現代文學
42

二哥在哪裡？

駱一浪　著

博客思出版社

目錄

目錄

第一章

1 樹洞秘密

咸豐二年的六月初六，正午的太陽炙得路上的砂粒像糖炒栗子倒上去一樣燙。一個七八歲大的小男孩，整個上午沉在深不可測年年溺死人的鯰魚潭中，像水獺的玩到過晌，彷彿肚子在告訴他該吃飯了，從深潭爬上岸。小男孩光頭、光屁股赤裸裸像泥鰍的一條，當他腳皮泡軟的腳觸到滾滾燙的沙石上，痛苦的噘起嘴巴，踮起腳，嘶啊嘶啊叫，「真燙啊！跑到家腳板燙熟了——」決定去菩提寺前的那棵大樹下涼涼腳再走。小男孩像一隻遇險的蜥蜴踏水而去，跑向菩提寺前的大銀杏樹去。

正值吃飯時間，這時候最哪怕最貪玩的小孩，也不會跑出去到太陽底下曝曬。混賬而且愛管閒事的小狗，平時連主人的腳步和身影也分辨不出，風吹樹梢或白雲投下的陰影，神經質的狂叫亂吠，此時此刻像患了瘟病不問不聞，死狗一樣貼在水缸邊貪涼，主人腳頭踢他也懶得起來。小男孩聞到屋裡飄來的飯菜和既香又酸的芥菜湯所誘惑，便咽了幾口口水，對自己說：「再咬咬牙吧，跑過大樟樹就到了。」

萬里晴空，天上沒有一絲雲翳，湛藍湛藍的天能看到九天外。白灼而耀眼的太陽讓人不敢去正視，像剛出爐的一煲鋼水，高高的懸在中天。調養了一個冬天和春天的青山，用不了多久，蒼翠碧綠的山頭將變得枯黃衰頹，地裡所有莊稼，像遭火燒一般卒不忍睹。旱情嚴重深不見底永不乾涸的鯰魚潭，流盡最後一滴水，儘管並無前例，但自然界的事天說了算不是人說了算。

小男孩燙得到緩解，鼓足勇氣剛離開舒適的樹蔭，突然「啪啦啦——」破聲氣的一聲，一個晴天霹靂在頭頂炸開，整個菩提山都震蒙了。看見菩提寺冒出一道白煙，接著飄來一股焦臭味，幾個人圍抱、數十米高、上千年的菩提樹被對中劈開。這老樹像中了槍的戰士，搖晃了幾下，一棵樹分道揚鑣的倒去下，一半砸在寺廟屋角上，聽見嘩啦啦的一聲巨響，屋子一角連磚帶瓦砸沒了，另一半砸在剛走出樹底的小男孩身上。小男孩的頭，枕在石階上面，頃刻間腦漿迸裂，壓得扁扁的像劈開的醃豬頭，爆出的兩枚眼珠也不知去向，耳朵眼睛鼻子嘴巴面目全非。假空和尚聽見一聲巨響，菩提樹像破竹一般對中剖開，差點砸在大殿柱上。假空冒著灰塵、踏著瓦礫從寺院出來，見眼前場景傻眼了，大樹底下壓著一個孩子，便撩起破袈裟，迅速追下石級，努力想搬掉孩子身上的樹枝，老納想挪動籮口大的樹枝這簡直如蚍蜉撼樹。老和尚無奈的伸出手，試試小孩子的鼻息，得知已回天乏術，皺起慈悲的雙眉，雙手合掌，「阿彌陀佛……」

聽到霹靂聲，人們放下手中的飯碗，一齊向菩提寺追去，男人們扛的扛抬的抬把大樹挪開，壓成肉餅的小男孩，十老八早去極樂世界了。

剛才活蹦亂跳的邊走邊喊「真燙腳啊」的活人，一眨眼工夫就不知道什麼是燙了，跟殺雞的直挺挺僵在地下。對此，所有人都感到沉痛和非常震驚，好端端的皎子青天，萬里天空找不到任何一朵雲翳，猶如一生沒有瑕疵的好人平白無辜的持刀殺人，怎麼可能產生雷劈呢？！萬惡的蒼天將這棵千代相繼、朝夕相處、觸手可摸的菩提樹毀於一旦！把小男孩活活的砸死？

消息很快傳到小男孩的爺爺那裡，爺爺聽人說孫子被剛才的天雷打死，半信半疑的趕到寺院前，見孫子血肉模糊的像個肉餅子死在地上。對爺爺來說真是晴天霹靂，像沒了心肝的蹲下身去，狠狠打自己兩個耳光，「我教你不要出去，你不聽偏要出去，卻到這兒來送死！」爺爺悲痛欲絕跪在屍體旁邊，手指著上天，憤怒的對天哭罵：「朗朗乾坤把我孫子打死——你天無天理啊！……」

一位穿藍衫執扇的長者，出來勸爺爺說：「節哀吧。看天氣炎熱，蒼蠅都來咬了，收屍要緊……」長者搖著扇說：「……人在做，天在看，善惡是非總逃不過神的眼睛，不可能沒有天理的……陰差陽錯了，你們不曉得內中情由，老

天打的是大樟樹啊，樟樹洞裡藏著禍祟。青天落白雨，太陽底下響天雷，肯定有蹊蹺的……」

長者說的與人們心裡只隔一層紙，只是沒有人願意把它說破。所有人的目光，集中在德高望重的假空和尚身上，處於彷徨的人們寧相信假空和尚具有人天溝通的法力，只有他瞭解人心惶惶的背後究竟隱藏著這樣一個真相？希望趁這個難得的時機，當眾說出來。假空明哲保身，假癡假呆的避而不談，念阿彌陀佛回進廟去。

老者不是在有意製造恐慌和混亂，也不是在編造故事蠱惑人心，他知道洞裡秘密或看到、聽見了什麼？既然指望不上和尚，不如指望老者能毫無保留的說出來。

至於人們對樟樹洞裡的傳聞有來已久了。菩提山的人七家八姓的，大多是從別地遷徙來的。一則相互缺乏信任，二則怕褻瀆了神靈遭來滅頂之災。這並非聳人聽聞，這樣的事不止發生過一次，而是發生了多次。因為沒有溝通，傳說的內容也不盡相同，但可以說主題八九不離十。洞裡傳聞始於哪一朝或哪一輩，確實沒一個人能說得清，假若知無不言，人們不能對他過於苛求，從他口裡獲得自己從前所不知道的就心滿意足了。

「反正我們上輩的上輩再上一輩……」老者搖著扇說，「以訛傳訛，事情已弄得模糊不清了。老實說我也不敢狂言，一直沒有人說，故事像悶洞爛的瘡，外面結了痂，裡面在滾膿……所以時間越久，離洞裡的真相就越遠、越傳越玄乎、越傳越廣。但人的心理越不知道他越想知道——村裡這麼多人，誰也不敢去公開討論，包括你們看到的假空和尚也遠而避之三緘其口……其實，樟樹洞裡的秘密，已不是什麼秘密了，大家心裡比我還清楚，知道誰都不願說——」

如果不可能先有洞後有樹的話，這棵老樟樹長了多少年、什麼時候才有洞？即便召集全村所有老者和聰明人相信也沒一個人能回答上來。所以繼續考究老樟樹和洞，實在沒有一點的意義。

關於樟樹的長相和有關洞裡稀奇古怪的事那是另外一回事。

村裡有人為了證明這樟樹的軀幹有多大，招呼正在享受冬早晨太陽的青年說，「嗨嗨——我說小夥子們快過來，不要懶懶的曬太陽。把這棵大樟樹的胸圍測量一下吧！」那人以為這麼多人，圍起來足足有餘了，十八個年輕人手拉手的只圍了一大半斷鏈沒人了。那人急得在大樟樹下大喊大叫，「喂！菩提山的年輕人，你們都來啊！菩提山的青年你們都去了哪裡？竟連一棵樹都圍不起來啊！——」自那次測量失敗，為首的聽說他得了什麼怪病，不久便離奇的死了。從此再沒人給老樟樹搞過測量。

樹的上半身分別長有九個岐枝，粗大的樹枝像九龍飛天。九條支幹跟主幹一樣完全被蝕空了，像九個單筒望遠鏡對著天空。偌大的一棵樹木，僅靠外面的一圈樹皮維繫壽命。雖然看上去表皮光鮮枝繁葉茂活得還不差，但木質內部已千瘡百孔岌岌可危了。哪一天吹來一陣狂風，肚大腹空的老樟樹摧枯拉朽就一命嗚呼。

只要生長在菩提山，連三歲的孩子都知道不能進大樹洞去。據說在樹洞內，能放下一張麻將桌再加四枚凳子，還有一個衛生間的空間，洞內淨有面積，比上海人住的一室戶還寬敞呢。想像中洞內一片昏暗，其實並不像想像的黑暗，既亮堂，又通風，因頭上有九個貫穿主杆的小洞，九個洞像煉鋼爐的高煙囪空氣流通。據說只要晚上進去，樹洞像哈伯太空望遠鏡能窺探測到宇宙以外的宇宙。要是有足夠的膽量晚上去觀察天象，一號洞觀察天秤，兩號洞看見麒麟，三號看見金牛，四號看見雙子，五號觀察獵戶，六號看巨蟹，七號見獅子，八號見仙女，九號看天蠍，隨著春夏秋冬四季變化，星斗轉移，不同的洞觀察不同的星座。萬古長夜，月亮亙古不變，在不同季節、不同月曆從不同角度照進洞來。如果像半夜起來小便的那個倒楣蛋，拂曉看見樹洞上面火焰灼灼，紅蛇娘娘張開血盆大嘴，一口想把月亮吞下肚……當然最恐怖駭人的地方並不在樹洞的上面，而是在樹洞的地底下，據說地下有個深不可測黑咕隆咚的無底洞。據說沿著洞一直往裡走，裡面越走越深、越走越冷，活人嗅得到從黃泉十八層地獄漫上來的冥氣息……在大樟樹的洞

內，上攬九天二十八宿，下連陰曹十八地府。話說雖這麼說，畢竟沒人去考察過，所以小說的描述並不具有權威性。

宋元明清流傳下來的故事則像阿拉伯一千零一夜，不是荒謬到不著邊際，就是玄虛杜撰至以訛傳訛，聊作小說的填充料可另當別論，如果讓人相信就很難說了，但相去不遠發生的事可信度更高。值得在這兒一說。

菩提寺早已不復存在，那個叫假空的和尚亦十老八早歸道山了。而多遭詬病又飽經風霜的菩提寺，因年久失修破敗不堪。菩提山歷來沒有學堂的，讀書完全成了有錢人的事，不是聘私塾先生來家裡教書，就是束鋪打席的到山外的白馬鄉去就讀。解放後成立新政府，見整個村子沒有學校，主管土改的南下幹部，手反著背在搖搖欲墜的菩提寺先後轉了幾圈，「媽勒個巴子！窮娃也要讀書嘛。俺去說，教人民政府弄些錢下來，幾面牆一修，幾張瓦添上，馬上書聲朗朗了。」政府一窮二白也沒錢，勉強添了幾張瓦片，把破牆洞堵上，最最關鍵把外面刷新，只要外套穿戴整齊，內衣內褲穿不穿也無所謂。白馬鄉公所爬山過嶺敲鑼打鼓送來「菩提完小」一塊牌子，菩提山像過大年似的擠在廟門前看王鄉長掛新牌子。十多年後的某一天早晨，幾個師生摘下「菩提完小」換上「光明小學」的牌子。山外學校紅衛兵造反如火如荼了，菩提山幾個孩子正在玩貓捉老鼠的遊戲，一個九歲大的小男孩見無處躲藏，眼看被同伴逮住，急中生智跑進大樟樹洞去。雖然父母吩咐過不許進樹洞，但孩子畢竟年紀還小，為什麼不能進洞呢？況且他爺爺一邊吸他的潮煙，一邊目不轉睛的盯著孫子，一眨眼這小子就鑽進樹洞中。爺爺見狀連忙敲掉煙灰，煙杆往腰間一插，一邊追，一邊喊孫子快出來。眾目睽睽下鑽進洞去的小孩就再沒有出來。爺爺怎能容忍，活蹦活跳的一個人，一袋煙時間，說沒了，就沒了？不管眾人怎麼勸爺爺切忌不能進洞，再搭上自己可犯不著——失去冷靜的爺爺哪聽得進人勸，悲愴地說，「你們只能勸別人啊，假如患上自己會有這麼寬心——」哪怕皇帝的聖旨，也只能當做耳邊風，上刀山、闖火海隨所不惜。義無反顧沖進洞中。爺爺對樹洞的傳說不得不有所小心，小心邁過盤根錯節的根系和高低不平的地面，一手扶著長滿苔蘚的腐壁，向恐怖陰冷的深處走去。談洞色變甚至連鬼都感到害怕的洞內充斥著彌漫的血腥味、屍臭氣、泥土味、和潮濕的腐敗味。地上到處撒落著動物的殘骸，像袋子倒掛在壁上的蝙蝠，風乾成了僵屍。貼在地上的臭鼬和正在滾動糞球的蜣螂及栩栩如生的螳螂，標本的展示在那裡，數尾碩大的連著頭顱的魚骨架，完整的保留下來。居然還有一個完整的豬頭，和一頭黃牛的半個胸腔。還有桌子的三條腿和幾塊木板散落著。竹筷蛀成粉，已接近消失，破碎的瓷碗和酒杯依然閃耀著當時的光彩，哪怕海枯了石爛了，瓷片卻永久不會消失。四五把錫酒壺和蠟燭臺半埋在土裡，無情的光陰蟲，不朽的金屬上啃齧出一個個無數的小洞，估計不用多長歲月，這些供奉過神靈的貴重金屬漸漸還原到石頭中去。爺爺全然顧不得這些，爺爺的眼睛只盯著裡面看他的孫子，沒有注意到地下就是一個深淵，爺爺一步之差就跌入萬劫不復的深坑。幸虧爺爺心裡早有提防，一股陰風驟然從腳底竄起，爺爺連連往後退。爺爺彷彿置身於百米高的煙囪裡，從地下拔起一股陰風，簡直像一臺羅茨鼓風機在嗚嗚嗚叫。爺爺身上的粗布長衫，刮刺刺像狂風中的旗幟上下翻滾。繫在腰間的大腳布，不知何時被風解開，呼一聲被吸出洞外。一人長、尺多寬的腳布，不再受人的束縛而徹底獲得了自由，像斷線的風箏直上雲霄……插在爺爺腰間的煙竿撲通掉進深洞裏。驚出一身冷汗的爺爺不敢再往洞裡追了，小心翼翼手擋著滑膩膩又濕漉漉的樹洞內壁往後退去。

「寶寶啊！」爺爺什麼也看不見，絕望的嘶聲力竭的呼喚：「我的寶寶啊——你在哪裡——出來——啊！」爺爺悲愴絕望的叫聲，震得整棵樹都在瑟瑟發顫，樹葉兒像春天蛻下的老葉紛紛墜落。老人悽惶泣血高密度的呼喊受空間洞壁的限制，壓縮後隨強大的風力捲出洞外，衝破層層迷霧、穿過層層雲層直接傳到天闕，悲憤和絕望驚動午夢醒來的天皇。天皇倦意未消，一邊打著哈欠，一邊自言自語含混說：「……人間寰宇誰這麼淒慘？大喊大叫的真不像話！」……爺爺兩手空空從洞中出來，像掉了魂似的，突然之間，爺爺莫名其妙的仰天大笑，繼而又嚎啕大哭，不停捶打著自己的胸脯，又狠狠打自己的耳光，自責的說：「寶寶啊……讓爺爺悔都來不及啊——都是我的不好，我不該顧自己抽煙，我不該讓你出來，我好後悔……老天爺啊！你——為什麼不讓我去死——」突然爺爺發了瘋的，向前面山上一處懸崖奔去。驚慌中的人們，已經知道他想幹什麼了，可是年輕人都在地頭幹活，沒人拉得住爺爺，等人們腳跟的趕到，爺爺縱身一躍，從百丈高的斷崖上跳下了鯰魚潭。深不見底的鯰魚潭，激起一柱浪花悲悼生命所付出的代價……孫子失蹤，爺爺投河自盡，可想而知這一家捲入何等一場悲劇。老伴與兒媳的痛苦無法用語言訴說，都感到活著絕望了，傷心欲絕天天去洞外哭鬧，七七四九天，那天晚上，奶奶和父母都親眼看見小男孩從洞裡出來，他站在洞口，沒好氣的對娘嚷道：「你們鬧什麼鬧！再不要來哭鬧了。我這裡有吃、有穿、又有玩。活得好好比你們家裡強……」兒子又走回洞去。娘不顧一切想去追兒子，奶奶見狀大聲疾呼：「不能進去——快把你老婆攔住——」整個村弄得人心惶惶。大隊黨委竭力干預下強行勸回屋裡。天亮後小孩母親臉也顧不上洗，急急忙忙跑去洞口察看，看到地上丟著一個亮鋥鋥的銀項鎖，正是兒子生前戴的那副項圈啊。母親又揀到兒子生前蓄著的那條小辮子，見到啃完肉的一堆肋骨。母親傷心的看兒子只剩下骨頭，再也沒有眼淚和力氣哭了，「——老天為什麼！」母親悲憤到了極點，指著洞：「咱們沒有做過什麼傷天害理的大惡事。咱五代都是單傳啊，就這麼一個兒子，你你你為什麼要絕咱的後——」

光天化日之下，發生駭人聽聞的慘禍，讓菩提山人人自危。妖精吃童男的故事正式公開傳播，而且一致認為就是洞裡那條千年紅蛇精。

無獨有偶，深夜親眼目睹妖精現身的一個老者，本打算在第二天早晨，去大樟樹底下生產隊安排生活，當做今天的頭條新聞告訴大家的，可沒等到他第二天說出真相，突然之間他口吐白沫、兩眼睛翻白、嘴巴往左邊歪、鼻子向右邊歪、耳朵拔出、四肢抽搐、尿屎直淋不省人事。儘管大隊赤腳醫生是他親外甥，採用最好最好的九死還魂草也毫無起色了。病急亂投醫，家人又是請江湖草頭郎中，又請來道士、巫師多管齊下，忙了幾天人散曲終，帶著自己的秘密一同進了棺材。

老者不明不白的死亡又給村人心裡蒙上一層陰影，諱莫如深恐怖嚇人的洞窟，又籠罩一層新的陰影。隨解放思想破除迷信深入開展，樹洞所滋生繁衍的各種謠言傳聞將徹底得到清算，有人大膽提出來：「把禍害社會的大樟樹連根剷除。看紅蛇妖精往哪裡藏！」沒想到這潑辣的提議卻受許多人的堅決反對：「夠了，你們想把整個村都毀滅掉嗎！」樹欲靜而風不止，關於死者的謠傳鋪天蓋地，入殮穿衣服的說：「——全身皮膚像金子一般黃亮，苦膽嚇破死的。」鄰居佐證道：「確實像你說的一樣。我看見他肚裡吐出來的污穢，苦膽汁的碧綠碧綠，足足吐了有半臉盆。」後來家人證實道：「吐出來的東西好惡心。有的形狀像青蛙，有的像蝙蝠，有的像蛐蟮，有的像蚱蜢，又臭又腥。臨死前不斷叫：『我苦啊！我苦啊』就咽氣了。」但也有人提出責疑：「……這不是自相矛盾嗎。既然說他神志不清，就失了感觀味覺功能。根本連話都不會說，哪會知道苦呢？」但問題是不因有人提出責疑所有謠傳就嘎然而止，相反拍皮球一樣，你拍得愈重，反彈得就愈高，責疑聲越多，謠傳反而層出不窮。

諸多謠傳中，最具代表性的一種說法，說紅娘娘沒有老公，小男孩爺爺當她老公。流傳中修成正果的蛇精並不多，許配給許仙的白娘子和小青算兩條，紅蛇也是其中一條，另一條聽說在廣西的百萬大山。

紅蛇得道，玉帝看她還是個天才，成為天帝集團的公務員。紅蛇上天經不起誘惑，勾引天官，收受賄賂。大臣向玉帝反映，此風不可長矣！把凡界酒色財氣帶來污染太宮。雖然紅蛇犯了天規，但玉帝並不想把她一棍子打死，本著治病救神的原則，所以沒有開除她的神職，作出留天察看的錯誤決定。紅蛇沒有因此得到教訓，偷偷潛入太宮神職人員檔案館，偷看誰也不許洩密的個人檔案。從而洩露揭開了包括自己在內四條蛇精的身世與履歷，並偷偷告訴別的蛇精。她洩露了不該透露的國家機密，犯下不可饒恕的罪行。玉帝龍顏大怒，下令開除她們的天籍，統統將她們貶到農村去。玉帝敕令紅蛇下放到最窮、最苦、最偏僻誰也不願意去的菩提山。白蛇和青蛇下放到人間天堂的杭州，癡心不改，斷橋與許仙相遇喜結良緣而製造出許許多多扯不斷理還亂的麻煩。花蛇年滿十六歲，正值荳蔻年華，在天也喜歡在眾神面前賣弄風騷，玉帝明察秋毫，說留在仙界遲早闖禍，不是個好東西，乾脆下放去廣西的百萬大山。白蛇因許仙已名花有主，紅蛇她不一定有白蛇娘娘那樣好的桃花運，強搶小男孩爺爺做老公。想到同病相憐的小花，把小男孩介紹給他做老公。假設爺爺確實作了紅蛇的夫君的話，多年過去，如今她應該蛇孫滿堂了。

各種謠傳鬧得沸沸揚揚，是蛇是神還是鬼無法下定論，一波未平一波又起，村裡又出了人性命。

五月初三那天清晨，老牧童起來倒夜壺，頭仰著天空，嘴巴不乾不淨哼著「奶奶十八摸，」一腳踩在斜坡一張粽葉上，人仰面朝天坐滑梯的與夜壺一起滾下坡，瓦夜壺撞在石頭上百沫粉碎，老牧童渾身都是夜壺尿。「狗日的！」牧童看身上全是臭氣，「夜壺沒有可怎麼辦？」當時瓦夜壺跟原子彈一樣國家統購統銷的，山村貸銷店沒有夜壺供應。第二天凌晨，牧童尿急起身開門出去撒尿，忽見東邊紅光焰焰。牧童誤以為太陽，不對啊，一兩點鐘哪能出太陽。仔細看可不得了啦!樟樹的頂端，一個火球帶著呼嘯射向夜空。見一條大蛇半身探出洞外，通體鱗甲金光閃閃，張著畚箕一般的嘴巴，呼的一聲，又吐出一個火球，火箭彈的射向天空。天非常非常黑，火球非常非常的耀眼，照得跟白晝一樣，那可怕的爆裂和滾動聲，像高射炮發射炮彈。牧童被眼前可怕的場景嚇呆了，渾身瑟瑟作抖，不知道自己出來幹什麼，整泡尿一點不少尿在褲管上，顧不得把尿完尿的東西塞回去，一邊往屋裡逃，一邊「不好！不好」的驚叫。逃進屋內，急忙把門閂實，覺得不放心，又找來鋤頭家雜，牢牢把門頂嚴實。也許叫聲驚動了紅蛇，想不到夜深人靜仍有一雙冷眼在偷窺。牧童嚇得魂飛魄散，蜷縮在屋角落裡哆嗦，忽聽到外面嘭一聲悶響，一道白光掠過屋脊，繼而狂風大作，飛沙走石，攪得周天寒徹，頭上的瓦片刮啦啦飛起，……奇怪的夜裡發生這麼大的響動，整個菩提山若無其事，除牧童一人，沒第二個人察覺到。第二天，太陽依舊從東山升起。但牧童沒有去牧早牛，依舊蜷縮在角落中。屋頂瓦片一掃而光，家中一片狼藉。牧童受到驚嚇便一病不起。負責飼養的兩頭牛，一直關在牛籠裡。牛三天沒有進料，母親對女兒說：「他不來放我們吃草，咱會餓死在這裡。等著死，不如自己救自己……」母親的鼻子受人牽制，女兒出生還不滿半年，女兒天真爛漫，一邊吃母奶，一邊學會啃草，聽母親說越欄出逃，高興的在牛圈跳起舞，魯莽中一頭磕在欄柱上。母親低下頭，用犄角把欄柵木楨挑掉，母女倆終於獲得了自由。甭提有多高興，在草地上，哞之不足，舞之蹈之。因母女倆放縱自己偷吃隊裡的莊稼，被社員緝拿歸案，牽著母女倆找隊長問責。隊長去追查老牧童的責任，隊長推開虛掩的柴門，發現老牧童的家裡，被誰糟蹋得一塌糊塗了，房頂瓦片，落了一地，牧童蜷縮在角落裡，已僵死多日了。

牧童突然死亡，一石激起千重浪，全村弄得人心惶惶。當前「破四舊立四新」轟轟烈烈史無前例的運動中，頂風作案她究竟想幹什麼？

要什麼有什麼的天上人間，被貶到窮鄉僻壤的菩提山，猥瑣的盤踞在鯰魚禫峭壁的一個岩洞裡。卑劣的像默默無聞的一條野蛇。不想當將軍的士兵不是好士兵，不想做神蛇的蛇也不是一條好蛇。冬天西北風凌厲，嗚嗚嗚的從早刮到夜，夏天太陽升起一直曬到下山，不遠萬裡遷徙的鳥兒，哪怕翅膀疲憊得展不開，也不願在風急浪高的巉岩上落腳。這個高不可攀、鳥獸不踏、無人知曉的鬼地方，紅蛇哭也哭過，罵也罵過，咒也咒過，甚至想跳下鯰魚潭從此一了百了。她已經受夠了，不想一直住在這鬼地方。事有湊巧，一個討飯、捉蛇兼做郎中的乞丐，也不知道是何方神仙，徒手的下到崖洞，採到他一輩子也採不到名貴好藥。喜悅的心情苦於沒人跟他分享。他不認識村裡的人，村裡的人也不認得乞丐，即使乞丐希望別人跟他分享快樂，別人見他是個乞丐，誰願意與他搭話呢。「哎喲喲！最大的遺憾，我本想告訴你們聽的……既然你們瞧不起我——算了吧，算了吧。跟你們說這些與我不相干的事，我又何苦呢——算了吧。」乞丐想說但沒有人想聽他洞裡看到的情形，這確實是個遺憾，是整個菩提山人的遺憾，而且這乞丐一去就再也沒有來過，彌補也無法彌補。是真是假不知道，傳說老乞丐後來發了橫財，丟掉乞討捉蛇行醫的老行當。晚年還娶了一個年輕媳婦。光怪離陸的命運背後，誰知道乞丐與蛇精私下有什麼交易？一切只剩下懷疑而已。

有人想自殺沒錢或捨不得花錢買農藥，最簡單直接的方式跳鯰魚潭。鯰魚潭中不知溺死過多少人，有的是愛玩水的孩子，有的矛盾難解想不開投河，有的在死與生之間徬徨發生偏差而側重於死的一邊，有的清楚知道生命只有一次，死了就不能復生，但已山窮水盡迫不得走這條路。紅蛇來到岩洞終於發現選錯了地方，山裡常年不斷出來的流水全傾瀉在鯰魚潭裡，每到梅雨季節，山洪咆哮著突然從斷崖上直接跳下來，濺起的浪花白沫有幾丈高。這還不算，到了冬天，西北風灌進洞裡如刀割一般，到了夏天，毒辣的太陽簡直把自己烤成了椒鹽蛇。或許這菩提山是天底下最窮的窮地方，靠山靠不牢，靠田也靠不牢，靠水那就更不要說了。窮山惡水出來的人大多刁鑽惡極，赤膊雞鬥赤膊雞窮人鬥窮人，你一槍、我一刀，其樂無窮蔚然成風，雖然雞犬相聞朝夕共處，卻跟敵人一樣你死我活。長期處在相互戕害、勾心鬥角、樂此不疲並受社會鼓勵的環境下，每個人自覺養成內訌、好鬥、陰謀、弄訟人的下流民風。惡劣的民風不但絲毫沒有好轉，變本加厲且越來越壞，現實情況可能比上述說的更糟。如她一直待在清苦的岩洞裡，這裡的人根本無視自己的存在，一年四季，無論為自己慶祝，還是緬懷逝去的故人，他們會竭盡全力搞得隆重，慶祝豐收載歌載舞，節日請草台班子唱戲，家家珍饌醇香，自己冷冷清清只能喝西北風，可憐的連一杯粗茶或一盞淡酒也沒人敬孝。修得千年連個小鬼都不如。要這些窮漢刁民知道自己不是一般的牛鬼蛇神，就必須拿出點顏色給他們瞧瞧。否則別奢望他們心甘情願把你當神供奉。紅蛇冷眼觀察他們的內心世界，真正控制或統治他們精神的不是偉大領袖毛主席，而是那些被他們親手砸爛的泥菩薩，有形的菩薩砸爛了，精神領域的菩薩依然屹立不倒。不過他們最愛最為崇拜的好像是財神，依次為觀世音和土地爺。他們當眾高唱「爹親娘親不如毛主席最親，」暗地對死去的祖宗又跪又拜喃喃寄語。有時有節，敬畏有加，奠祝放炮，百般諛奉，什麼雞呀、鴨啦、豬頭、牛羊應有盡有。再看看自己吧，從九天一下貶到九地，過的是什麼鳥日子，淒慘孤獨的蜷縮在潮濕冰冷的岩洞中。鯰魚潭瀑布聲不分晝夜的吵得心神不寧，他們隆重的大吃大喝，自己忍饑挨餓，連根雞毛毛都不見著……「豈有此理——」紅蛇冷笑說，「應該讓他們知道自己是誰！讓他們知道我的威嚴，讓他們感到懼怕。只有內心恐懼才能產生敬畏！敬畏之心，才會俯首貼耳甘心做奴隸……只要掌握利用欺軟怕惡的人性的弱點，把他們靈肉牢牢控制在手中。當然這還遠遠不夠，對他們不能有一點慈仁——牽一頭鹿讓他們指認，沒有一個敢說不是馬——只有這樣，才能膽大放心的為所欲為。」

2 紅蛇娘娘

一場狂雨之後，彙聚的山洪從斷崖落下，發出震耳欲聾的聲音。沒有月亮，也沒有星星，蒼茫的天空像墨汁般黑。紅蛇迂迴的來到覬覦已久的大樟樹洞口，就警惕的停下來，她告訴自己，不能貿然進到一個陌生的洞穴去。彎曲的身子緊貼著洞壁，用分叉的敏感的信舌辨別裡面情況，根據接收到的資訊，洞裡住著一大群蝙蝠。除幾隻生病的蝙蝠外，他們都出去捕食了，天亮之前必須歸巢，他們肚皮吃得飽飽的，像一個個

番茄掛在頂上。入睡之前忘不了昨晚的故事，喋喋不休興奮的講給同伴聽。雖然他們是這裡的原居民，對她也並不構成威脅，但道不同不相為謀，何況這些討厭的傢伙既非走獸又非飛禽，鬼鬼祟祟的晝伏夜出，和他們共居一室，有百害而無一利。他們每天黃昏吵吵嚷嚷飛出，天濛濛亮又吵吵鬧鬧的進洞，自己的美夢讓這些可惡的傢伙攪了。嚴重影響自己正常休息。這些腳朝上頭朝下的傢伙，不管是誰看見都不舒服。其實這種種的理由，只為明正言順吃他們找藉口。「令人多麼嚮往的美味啊！」紅蛇摸著空空如也的饑腸，禁不住哈哈大笑，「今天送到口中，多好的口福。哈哈哈，哈哈哈。」口水上來噎得她咳嗆不止，狠狠咽下說：「屈指數來，千年沒吃過一隻老鼠，或一隻青蛙。滿以為吃得苦中苦，方能人上人，沒想到修得千年，一蓬青煙，竹籃打水——一場空。」

眼看就能飽餐，不覺睏倦上來，啊啊啊長長打了一個哈欠，一串口水從尖利的牙齒滴下來。自嘲地說：「千年等一會啊！」

當她摸清洞內情況，天色開始微明，未雨綢繆將身子調整到最佳攻擊方位，她守株待兔靜靜地等待蝙蝠歸巢。不到一袋煙工夫，聽見天空傳來扇動翅膀的頻率，紅蛇抬頭看見成千上萬的蝙蝠像潮水一般湧來，飛入洞並很快找到他們固定的位置，一陣喧鬧之後，最後一隻蝙蝠也找到了自己的落腳點，整個洞才安靜下來。也許蝙蝠吃得太飽了，屙下來的糞便，像飛機擲炸彈劈啪劈啪響。紅蛇見時機成熟，抑制住內心一陣狂喜，將全身腹腔肌肉收縮到最低限度，擠出腔內所有空氣，張開她貪婪的比自身大幾倍的血盆大嘴，深深地一吸，聽見嘍然一聲，剎那間腹腔突然膨脹，空殼的老樟樹搖搖欲墜，大地搖晃，倒灌風在洞裡打旋，懸掛洞頂的蝙蝠像瓜熟蒂落一般，紛紛吸入紅蛇的無底洞裡。什麼沙泥、石子、爛草、腐葉、演唱結束準備休息的青蛙、覓食回家打算睡覺的老鼠、被露水打濕翅膀的蝗蟲正在等太陽出來等生靈遭到無妄之災一一收入囊中。

盤踞在村口，她天天能看見並觀察這些人

的活動，每天清晨一大簇人紛紛都聚在大樟樹下，聽一個人安排今天的生活才陸續的散去。這些人待在一起，天天有說不完的話，久而久之覺得聽他們談論的話題，不但沒有一點新意，而且十分滑稽可笑，不著邊際的說封神西遊的歷史，更多就是天不下雨、雞不生蛋，怨天尤人。早晨背著農具上地，中午興沖沖回家吃飯，吃完飯又聚集在大樟樹下談天說地，懶洋洋的再次出工，聽到工頭命令收工，大夥兒像打仗衝鋒一般趕回家，只有年長的老農躬著背、彎著腰、疲憊拖遝的跟在黃牛後面。只有不當家、不知柴米、不知愁的少年，初生牛犢不怕虎充滿活力，朝氣蓬勃像早晨八九點鐘的太陽，體內能量過剩，熱血沸騰，心潮澎湃，狂熱躁動有使不完的勁，和唱不完的歌。「我們走在大路上，毛主席領導革命隊伍，披荊斬棘奔向前方。向前進！向前進！革命氣勢不可阻擋，向前進！向前進！朝著勝利的方向……」

中午或晚上，一陣陣的人間煙火從村裡飄來，「真香啊！」紅蛇咽著口水，「饞涎欲滴，太誘人了，聞得到卻吃不著，真他媽的豈有此理。」

紅蛇千年沒有蛻過一次皮，統體鱗甲又老又硬又大，黑暗中看到自己身上的鱗片，簡直像金甲一般光輝熠熠。取得妖術認為無所不能了，鋒芒畢露，敢比天公試比高。探出頭怒視蒼穹，為報一箭之仇，射出一連串火球，將霄曉星擊落，變成流星，永遠從天空消滅，永遠見不到耀眼奪目的曉星。雷厲的火球帶著駭人的碌碡的滾動聲射向蒼穹，沒想到被半夜起來解溲的老牧童偷窺，使得紅蛇的妖術失去效驗，這枚人間不可或缺的星亮才逃過一劫。但老牧童就沒有星星這樣走運了。

誰家結婚或者死了人，哪怕家裡窮得揭不開鍋，誰都清楚不能因此虧待紅娘娘。按理這是迷信不是必須執行頒發的紅頭文件，卻自覺的像鐵定的一點馬虎不得的明規則。除非結不起婚不結婚，死不起人不死人，既然想結婚又免不了要死人，就想得明白點，哪怕掖被賣席、砸鍋賣鐵不遺餘力為紅娘娘擺一桌良心說得過去的酒肴，恭恭敬敬地向敬畏的紅娘娘磕頭跪拜。

屠王大奶奶八十大壽，屠身為革委會的主任，雖然不敢「頂風作案」明堂堂敬拜紅娘娘。屠與奶奶商量拜紅娘娘就免了吧，奶奶一聽火了，「做什麼壽？你們不要認為句句是真理，一句頂一萬句……紅娘娘教你活就活，教你長壽想短壽都做不到！紅娘娘教你死不死也做不到的。你怕丟掉這點芝麻綠豆官，我壽寧可不做……」屠王大的奶奶是從上海退休回來的，每月有八十多元的退休金，那是名符其實的搖錢樹，不能小覷這奶奶，整個家靠她維持，家庭地位勝過了任何人。奶奶可不能死，她死等於全家人為奶奶「陪葬。」二則害怕奶奶胡說什麼「一句頂一萬句」而引火焚身。手下善解人意，建議屠說：「有何難哉，這事你就交給我吧……」話好說，做起來並不容易，首先全國各地哪怕北京上海也買不到紙錢和元寶。那手下來到吃素念經的老太太家裡，讓老太太念些佛經出來。老太太懷疑這手下是釣魚執法的，頭搖得像撥浪鼓似的，「阿燦同志，你不會弄錯人了吧？我十老八早就不念經了……」手下知道老太太故意在他面前裝腔作勢，說：「你知道不？——是屠主任奶奶八十大壽用的。」老太太哦一聲，臉上馬上由陰轉晴，說道：「哦！你怎麼不早說。好好……反正黨教幹啥就幹啥。但是我老太太沒有佛經的紙頭，拿什麼折元寶呢？」手下只好去請示主任，說：「要不——用學生的舊課本折紙元寶？」屠主任說：「那不行啊，每一頁都有最高指示的……」手下詭譎的一笑，說：「……總不能拿樹葉去折吧，恰恰相反最高指示折的元寶含金量更高……」屠王大提不出什麼反對意見，吩咐手下說：「這事我就不出面了，拜託你在紅娘娘面前替我奶奶說幾句好話吧。」手下接過遞來煙說：「主任你就放心吧，紅娘娘跟前，我同樣也會替你說好話的——」屠主任聞之大喜。午夜過半，手下在樹洞前擺上酒饌牲品，沒有紅燭，就拿白蠟燭替代。一切就緒，手下跪在洞前，雙手合掌，真心誠意的對紅娘娘說：「大慈大悲紅娘娘——偉大領袖毛主席教導我們要節約鬧革命……薄酒粗酢已很不容易。請紅娘娘能體諒苦衷。保佑奶奶長命百歲，保佑主任官升三級，將來能當上中央幹部——」

紙總包不住火，阿燦替代屠王大奶奶去祭拜紅娘娘的事不逕而走，眾所周知這不是屠王大第一個開的先河，因為別人這麼幹，所以他才這麼幹的。問題他參與活動，事情的性質就大不一樣。戶看戶，社員看幹部成為這些人的藉口，從此祭拜紅娘娘像野火一般蔓延，成為菩提山的盛事。

幹部還是群眾，自覺的對紅娘娘充滿敬畏與虔誠。白天偉大領袖掛在口中，黑夜幹著見不得人的勾當。白天和黑夜、內心與外表，一個人形成了兩個不同的世界。頭上沒有辮子、屁股沒有尾巴的貧農有恃無恐，大白天堂而皇之率領全家老小去洞前祭拜，家長向紅娘娘磕頭跪拜，祈禱朗朗，以花接木道：「最最敬愛的紅娘娘，我們有多少知心的話兒要對您講……請您老人家保佑我們避禍免災，保佑我們一家老少平安，保佑我們有吃有穿，保佑我們遠離病痛長命千歲……」出於內心一絲不苟的虔誠禱告，與政治任務死記硬背味同嚼蠟的「老三篇」形成顯明對照。成分不好的六類分子，遇上繞不開的死人與結婚，看人家這樣搞，有這個心但沒那個膽讓人糾結。歷史的污點讓他們抬不起頭、喘不過氣，破四舊、立四新攻勢凌厲，誰也不敢冒天下大之不韙，成為典型拿做開刀豬。別人婚喪嫁娶都祭紅娘娘，自己連一滴冷水也沒有，怕家人帶來劫難，歸咎對紅娘娘的不敬。一邊是高壓政治態勢，一邊是對神的恐懼。大多數寧信其有，不可信其無，對紅娘娘頂禮膜拜，對毛主席的教導置若罔聞，撒桂子得罪紅娘娘的下場是最好的例子。

靠鋤頭錢置辦一桌酒肴談何容易，他們身上哪有錢啊，即便債臺高築不拜天地、不拜高堂，但千萬不能輕慢了紅娘娘。尤其從外村嫁來的新娘子，樟樹洞口那是必經之路，有翅膀你也得從這兒飛過。可不要抱著天不怕、地不怕一切無所謂的態度，或存僥倖的心理想混蒙過關。這關係嫁到菩提山來一生的禍福，關係到生兒育女的繁衍大事，關係到夫妻是否恩愛，關係到事業

是否昌盛，關係到身體能否健康，等等等等。不論嫁進來還是嫁出去，幾乎沒有一對新人不給紅娘娘設宴祭拜、祈禱祝福的。

正當自覺地形成公共信仰並達成某種共識，讓人害怕的事終於不可避免發生了，破壞處於脆弱階段的信仰。

聽說撒桂子的老婆各方面條件挺不差，哥哥在某軍區當幹部，老婆本人在白馬做民辦教師。撒桂子思想積極，又念過幾年書，大字報大批判英雄有了用武之地，出口成章信手拈來，擔任群專主任，又兼任貧管會主任，年輕得志，整個人從頭紅到了腳。從他自身條件來說，撒桂子只有一個母親，女人看他家庭沒有負擔，另方面有政治頭腦，要求上進，又是黨員，當官的哥哥支持說：「很有政治前途，將來是做黨委書記的料。放心嫁給他吧。」兩人從認識到結婚還不到三個星期。而且正好逢暑期學校放假，違反農村六月不結婚的習俗，選擇在盛夏結婚。大家猜想，一定是撒桂子把女人肚皮弄大了，等下半年結婚就穿幫了。

撒桂子一馬當先第一個向紅娘娘開火。在全村社員大會上，嚴肅的站在迷信活動的重災區——大樟樹前慷慨激昂地說：

「全體貧下中農，革命同志們，要擦亮眼睛啊！千萬不要忘記階級鬥爭……我爺爺要飯來到菩提山的。上無片瓦，下無寸地，給地主當牛做馬，是共產黨偉大領袖毛主席把我從火坑中救出來。不能翻身忘本啊！列寧說，忘記過去就意味著背叛！偉大領袖毛主席教導我們說：階級鬥爭要天天講、月月講、年年講……拿槍的敵人被消滅以後，不拿槍的敵人依然存在！階級敵人利用封建迷信佔領社會主義思想陣營，破壞文化大革命大好形勢——極大部分都是好的，但也有個別思想落後、政治覺悟不高的人，受反動思想的腐蝕，沒有樹立正確的無產階級世界觀，沒有樹立社會主義新風尚、新道德、新思想，反而對所謂的紅娘娘頂禮膜拜！……統治階級利用封建迷信束縛我們勞動人民，是套在我們頭上的鐵鎖鏈，束縛思想的枷鎖。同志們啊！該懸崖勒馬了！如果執迷不悟繼續下去將是非常非常危險的——我代表革命委員會和群眾專政指揮部，必須堅決制止祭祀紅娘娘的迷信活動！必須砸爛毒蛇魔窟！必須把腐蝕毒害靈魂的樟樹連根剷除，讓蛇妖無處遁形——牛鬼蛇神是無產階級專政的對象，必須堅決徹底打倒！我問你們，為什麼有人稱她紅娘娘？為什麼不稱她白娘娘、黑娘娘、灰娘娘？這就是真正的奧秘……紅代表無產階級，紅色江山、紅色後代、紅太陽、紅衛兵、紅寶書、紅領巾、紅帽徽……善良的人們啊，不要蒙蔽了你的眼睛，鑽進階級敵人設好的圈套，提高政治思想覺悟……堅決徹底劃清界線。我撒桂子不信這個邪，誰繼續搞迷信，就是反對偉大領袖毛主席，反對黨中央，反對毛主席親手締造的無產階級文化大革命，我就砸爛誰的狗頭！堅決徹底把他消滅乾淨！洞裡到底有沒有鬼存在，我現在就進去讓大家親眼瞧瞧……」說罷，撒桂子一頭鑽進只有米篩大的洞口。不知他在洞裡怎麼轉悠很快出來了，人們緊張的替他捏把汗。反著手即興的編了一首謠唱道：

「紅娘紅娘，大腿弄裡挾煞！紅娘紅娘，民脂民膏吃得爛肚腸，紅娘紅娘……」

撒桂子表演獨腳戲的並沒有人作出積極回應，鴉雀無聲的靜得可怕，遠處傳來「哥哥苦！哥哥苦」的鳥叫。

「忠不忠看行動——世界上怕就怕認真兩字，……」撒桂子心裡清楚的知道，菩提山乃至口口聲聲說破除迷信的幹部，假如他們的靈魂能剖開來看，這些道貌岸然者，無一例外是紅娘娘的崇拜者和擁護者。沒有文化大革命運動的撐腰，沒有群專主任這一要職，沒有家族勢力的撒桂子，比普通百姓還不如，豈敢在大庭廣眾褻瀆他們的神靈，把他當作異教徒吊死在樟樹上。

表演到這裡撒桂不想就此甘休，說到做到，從草垛抱來一捆稻草，點上火塞進洞去，回頭得意的笑著說：「嘿嘿，嘿嘿嘿，我看蛇精洞裡能待多久！不出來現身，不烤你死，濃煙也薰死你——」滾滾濃煙從樟樹頂端九個枝幹冒出，像大煉鋼鐵小高爐煙囪，像九條龍或九條蛇升上天空。更多人相信，法術無邊的紅娘娘，肯定沒有被火烤死，也沒有被煙薰死。

物質與精神同樣是一窮二白的菩提山，樹洞不是一般意義的樹洞，而是心裡拆不掉的一座神廟，紅娘娘是救苦救難大慈大悲有求必應的神靈，為他們消災避禍的唯一的寄託。目睹撒桂子這極其瘋狂的舉動敢怒不敢言，每個人抱著忐忑驚懼疑慮複雜的心理，想到的趕緊離開這是非之地。一個開溜，個看個樣都溜光了。

這次會議是撒桂子有史以來召開最失敗的大會。他似乎覺得一開始就感到不順利。昨天屠王大跟他說得好好的，屠說：「這大會你召開得很及時，迷信活動越來越猖狂，不整治不行啦——」早上撒去找屠，他說昨晚吃了不潔的東西，肚子刀絞一般痛，一大早就上合作醫療吊鹽水去了……因為停電了，麥克風跟巧婦沒有米做飯一樣發不出聲音，若大一個會場沒有麥克風作用，撒桂子的嗓音像蚊子叫，這屠王大又不在，大會前東方紅的歌曲像禱告彌撒又不能不唱。撒桂子清請喉嚨，說：「大家唱東方紅，……」撒桂子齊宣王聽竽，看底下人張合著嘴，可聽不見歌聲，只有鬼才知道唱不唱呢。大會還沒有宣佈結束，人一個個都溜光了，只剩下撒桂子和幾個拾牙惠喝狗肉湯的幾個。

「大海航行靠舵手——」這下只剩下幾個人了，撒桂子成了齊潛王。領唱到「靠」嗓音提得太高，公雞叫的走了調。

底下人心裡嘀咕，「媽媽的你怎麼唱的？渾身起雞皮疙瘩——」

「你——」撒桂子指出他說：「你怎麼不唱啊！」

於是忍俊不禁跟著唱：「……雨露滋潤禾苗壯，幹革命靠的是毛澤東思想。魚兒離不水，瓜兒離不秧，革命群眾離不開共產黨，毛澤東思想是不落的太陽，……」

人間世事除上帝誰也給不出一個合理的闡釋，不知道是否真正存在「未知領域？」但不幸的事確確實實降臨在撒桂子頭上。老婆只好放棄教書，回到家裡來生孩子。收生婆見孩子的模樣，嚇了一大跳，「撒主任，撒主任，你來看——」

「怎麼說呀？」撒桂子在門外忐忑的問。

「你進來，」收生婆提著血毛孩說：「你看，他兩只眼睛長在頭頂上了?!」

「狗日的東西！」撒桂子仔細看大吃一驚，「會生這麼一個東西……」小孩不僅面目全非，看他的舌頭像蛇一樣分叉的，五個手指不分並連在一起。撒桂子自語說：「怪哉怪哉——會生這麼一個東西！」

不幸中萬幸，這怪物活了不到半天就死了。

管閒事出名叫她長舌婦的中年婦女，她四處宣揚說撒桂子得了現世報，「惡事作多了，所以遭到了惡報。你紅口白牙的罵紅娘娘時不用付一分銅錢，這下紅娘娘找你來算帳了。他跟老婆竟然弄出一條蛇來……」

撒桂子再接再勵，老婆又生出滿身長鱗蛇皮癬的傢伙，而且娘胎長了牙齒。收生婆寬慰說這個比上個要好看——餵小孩吃奶，專咬他老婆的乳頭，老婆痛得喊媽媽，半天扯不下來，咬得血出淋淋，從此再不敢餵他奶。婆婆教兒媳把奶擠在碗裡，家裡沒有準備奶瓶，權且用調羹餵孩子，聽見咯噔一聲脆响，堅硬的瓷調羹咬斷。存活不到一個月就死了。老婆兩次懷孕一雙失去，雖孩子七分像人三分似怪可有可無的，但畢竟十月懷胎生的，何況狗生狗值錢，貓生貓值錢，老婆哭得淚人似的。撒桂子安慰她說：「不必太傷心。他長得人不像人……養大了也沒用，是個累贅，不如趁早死了好。」

長舌婦又四處亂說，「這回撒桂子同他老婆弄出了一條揚子鱷……」話傳到撒桂子耳朵添油加醋的更為惡毒。本來撒桂子與長舌婦沒有什麼利害衝突，一個在上半村，一個在下半村心無掛礙。撒桂子對她埋下仇恨的種子。心裡暗暗發誓：「總有一天，我讓你連本帶利嘔出來！」

所有希望全寄託在第三胎，收生婆連連向撒桂子夫婦恭喜，「撒主任，你公子相貌長得多齊整……」卻沒有發現小孩屁股末梢長著一截尾巴。收生婆笑容僵在臉上，「撒主任，這怪不怪——像條四腳蛇的。半個村子的孩子我接生的，接生接到死了，從來沒有碰到這種倒楣事……前生前世做了什麼惡事來的。」放下毛孩，「撒主任，想要不——」

撒桂子忍無可忍了，「要四足蛇幹嘛！」他像訓斥地富反壞右吼狼虎霸，責怪在收生婆身上，好像接生婆的緣故。

「兒啊！」撒桂子母親說：「婆婆盡力了——」一邊向收生婆賠笑臉，「婆婆兒子不是在怪你——命啊！命該如此……」母親哭起來。

撒桂子又生了一條四腳蛇的消息像春風吹遍大地，菩提山家喻戶曉，而且是可靠的收生婆說出來的。

一直不信或不怎麼相信鬼神的撒桂子，懷疑中開始反省產生了動搖。難道紅蛇真的存在嗎？難道是自己得罪她遭到報復嗎？村裡的人看到他，交頭接耳的竊竊私語。事實勝於雄辯，撒桂子徹底的崩潰了。

撒桂子東借西賒湊了三十七元錢，私下偷偷請來一個地下方士。太陽底下曬一天只有幾角錢，且是工分賒賬，三十多元不是個小數目。壞錢不算，作為群專主任帶頭搞迷信得冒政治風險。跟道士兩個搞地下工作的只能偷偷摸摸幹。那位自喻道術高明的方士，天書的畫了幾道咒符，床頭貼到灶前，廁所貼至豬欄，方士煞有介事執一把醬鏽疙瘩的破寶劍，跳神弄鬼、吆五喝六、胡說八道、躥上跳下一連續折騰了三個晚上。撒桂子平時獨好嗜酒，手裡既沒錢，又缺少酒票，不露聲色釀了一小缸新米酒，道士也一點不客氣，白天喝過，晚上又喝，等法術作畢，一缸新酒喝得只剩下酒糟，榨得缸底朝天。他醉洶洶的打著飽嗝、拍著胸脯向撒桂子保證說：「主任，我對她使出了剎手鐧，這下您就太平了，下半年保您生個大胖小子——」

方士用極其低級的手段對撒主任騙吃騙喝，撒桂子心疼的看著一缸酒逼成糟，得意的道士一邊數著手裡的報酬，一邊醉醺醺的一派胡言。道士跨出門檻，撒桂子指著遠去的背影大罵：「你這混賬東西！好不容易釀缸酒，被豬玀喝個精光。狗日的！怎麼我會日出一個有尾巴的東西！」

萬幸三個不像人更似蛇的小孩沒有留下來，否則只能等改革開放，賣給專耍把戲的做道具了。

撒桂子侮蔑紅娘娘的行為，給廣大人民豎立了榜樣。即便思想積極謀求官職的，誰還敢對紅娘娘說三道四呢，因為害怕自己遭到厄運，對紅娘娘的態度越來越敬畏。不怕一萬，只怕萬一，既然結得起婚、死得起人，開得起飯莊，還怕大肚漢嗎。砸鍋賣鐵也要在洞前為紅娘娘擺一桌酒肴。

一個叫叭喇的壯年，白馬出來已是黃昏靜了，走了一夜頭的崎嶇山路，後半夜才摸到村頭，路過樟樹洞口時，忽看見洞內燈火通明，聽見管弦悠揚，七個美貌穿紅著綠的女子載歌載舞。壯漢知道太蹊蹺，而且存在危險，但禁不住誘惑，腳步想挪都挪不動，亦步亦趨的走近洞去，見洞內霓虹羽裳，金璧輝煌。娥冠博帽，群賢滿座。琴瑟和唱，歡聲笑語。那人呆頭不怕鬼拉，把害怕兩字丟進爪哇國去了，佇立在洞口一直看到拂曉。一個手執仙帚的看門老叟，出來跟他說：「看夠了吧！頭雞叫了，該收場了，回去吧，要看明天請早……」言罷金鑼噹的響起，燈光具滅，萬籟具寂。那人離開洞口怎麼也找不到家，老地方繞來繞去走到大天亮，幸虧他老婆去老趙店裡買鹽，見丈夫走過自己的門前不進去，一本正經的向別的方向走去。女人怕自己看錯了人，所以不敢叫，捧著鹽淘籮追上前去。一把拽住丈夫的衣裳，「到屋裡不去！」這才清醒過來。

在一般情況下，祭祀活動都在深夜進行的。前半夜擺上酒肴，把壇場設好，後半夜家長帶全家人去洞前祭拜，重新點上一副香燭，一齊跪在前，家長掏出不知誰寫的千篇一律的祭文，虔誠地一字一句跟著大聲朗誦；

「大慈大悲、大恩大德的紅娘娘……托您老人家的福，保佑我們遠離災禍、一切晦氣、噩運——饗食！」

祭祀結束，領全家回去，天亮後（夏季北京時間六點，冬季早上八點）由家婦把桌子等物收拾乾淨。桌子還是桌子，但蠟燭成灰，魚肉只剩下骨刺，果品全無，酒杯空了，有時候連錫酒壺也拿去。桌子上碗筷杯盤一片狼藉。懷疑的人不是說沒有，只是不敢出聲而已，懷疑是松鼠、狸貓等禽獸所為。

眾人把紅娘娘捧為無所不能的神靈，雖沒有出過類似撒桂子這樣的惡性事件，但樹欲靜而風不止，憑良心說，菩提山一直沒有太平過，各種尷尬的事層出不窮，讓五體投地頂禮膜拜的信徒們感到困惑。

紅娘娘的名聲像滾雪球一般越傳越遠、越來越響。菩薩遠的靈，百里之外絡繹不絕偷偷趕來，對她的虔誠態度，遠遠超過了本村。撒桂子囂張氣焰被澆滅後，對紅娘娘的崇拜到瘋狂的程度，杜撰編造出各種莫名其妙的禮節，甚至有人說十二月二十六日這天，是紅娘娘的誕生日……祭拜紅娘娘的活動，比傳達中央文件、最高、最新指示還隆重。紅娘娘不僅家喻戶曉，而且深入人心。黨員大隊幹部只要瞞過群眾的眼睛，偷偷祭祀；小隊幹部則半暗半明化；貧下中農有恃無恐完全趨於公開。紅蛇娘娘現代版故事比白蛇娘娘還傳奇。只要看他們舉行的儀式就一目了然。心裡更多的是害怕，越害怕，對紅娘娘越敬畏，越是敬畏，心裡越害怕，儀式就越隆重，越隆重越虔誠，越相信越顯得其神聖……

終於紅娘娘欣喜地看到這裡的人，徹底被她降服了。農曆六月初一那天拂曉，紅娘娘得意的嘲笑天帝說：「你雖無所不能，但你有眼無珠啊！上天不留爺，自有留爺處，睜開你的眼睛看看吧，這裡的一些人，不怕你，不怕地，也不怕他們最最敬愛的偉大領袖毛主席，嘿嘿，只怕我一個。哈哈哈」

3

菩提山下苦

每月初頭及月半，善男信女雷打不動給紅娘娘燒香磕頭。當白馬以及外村人說到菩堤山發生這些怪事，不客氣的批評他們搞迷信比活學活用毛澤東思想還認真——「整個菩提山籠罩著一片妖氣！紅蛇吃盡家裡的財富，也吃光了村裡的人才。」

奇怪的在毫無徵兆下，二十幾歲的青年人

接二連三的突然死亡，整個菩提山籠罩在人心惶惶的恐怖中。為了祈求平安，老太太不遺餘力散酢念佛，日日為紅娘娘燒香磕頭。打一個不恰當的比方；成千上百隻小雞小鴨擠在一個棚裏，一夜擠死、踩死、悶死幾隻很正常；這麼多人集中在無形的籠子裏，即便每天死一個，猶如滄海少滴水。這些貪生而擔驚受怕的人，在上帝看來既可悲又可笑。不能排除自身健康原因或免疫出了問題才是導致死亡的誘因。問題盤古開天地，菩提山從來沒有發生過死這麼多年輕人。人死了也就死了，活著的不但沒有一點同情和憐憫，反而去羅織死者一大堆罪名，說死者生前作惡多端，打爹罵娘。活著實在找不到罪名，說他前世做過惡事。人非聖賢，孰能無過，在漫長艱辛的風塵中跋涉，人為了活命，去偷集體幾個蘿蔔、蕃薯，有米無柴的時候，總不能咀嚼生米，上山偷柴在所難免，連這一點皮毛小錯，也被挖掘出來並不斷放大。蓋棺損名毀譽暫且不說。

有據可查菩提山有史沒有出過一例精神病人，而短短的幾年中，精神失常像瘟疫一般蔓延開來，村頭村尾常碰到目光遲鈍、心智堵塞、兩眼佈滿血絲、自言自語、蓬頭垢面、衣衫襤褸或一絲不掛、看見男人猛追的瘋婆。去年一年瘋掉三個女人，兩個為中年婦女，一個還只有十八歲。精神失常像流行性感冒一樣的蔓延開來。有人打比方但不完全恰當，在思想言論高度統一、吃不飽、穿不暖、嚴禁信仰、絕對閉塞又無法擺脫、猶如奧斯維辛集中營差不多的自然大型監獄中，如出現發瘋、變態、自殺、憂鬱焦慮應該不作為奇。凡從青春少年過來的應該理解青春期的作為，雙手熱忱懷抱前途與理想，現實中被擊得粉碎感到徹底絕望後應該是怎樣一個結局？一年三百六十五天，起碼三百天在一塊田地勞作，彼此間連對方頭上生了幾根白髮都一清二楚，一夜之間突然死了或成了精神病，相互不認識，死還是活無關痛癢，朝夕相處、同病相憐又無話不說的人哪怕兩只一起生活的狗，一隻被汽車軋死，另一隻悲哀的守在死者身邊不忍離開。不斷受到精神刺激，正常的人懷疑自己哪天也會瘋掉。一旦鑽進精神的死胡同，再也找不到光明和出路，

陷入沼澤一樣越陷越深直至逼瘋……菩提山瘋子紮堆，猶如《百年孤獨》印第安人帶給馬孔多村的集體失眠症，到了不可逆轉的嚴重境地。

家住上半村隸屬一小隊那個十八歲的姑娘，愛上同小隊富農兒子。女方父母堅決不同意女兒戀愛，但沒有說男孩子家庭成分不好，冠冕堂皇的勸道：「還沒達到國家規定的結婚年齡——」拒絕女兒早戀。女兒情人眼中出潘安，癡心不改，一定要嫁給富農兒子。父母跟女兒攤開了說：「我們堅決不同意！咱響噹噹的貧農，嫁給一個富農。你不要做人了，咱還要做人。」父母反對理由充分，正當也異常的簡單，天下父母誰不希望自己兒女好。來硬的不行，母親講軟話好話給她聽，「實足年齡只有十六歲，即使你不為自己考慮，也要為下一代考慮啊……以後小孩長大，一不能參軍，二不能入黨，三村裡抬不起頭，四害你自己不夠，我們都讓你害進去……爹娘苦口婆心為你好，希望將來走出大山去外面。菩提山靠山沒有柴草，靠水沒有魚，靠田沒有米，菩提山人的良心惡、行事刻，赤膊雞啄赤膊雞，窮人鬥窮人……」父母不希望嫁在菩提山，生活貧困交通閉塞是一個原因，關鍵母親跟她兄弟談好了，女兒過二十歲，嫁給表哥做媳婦。富農的兒子捷足先登，打了個措手不及。

「我的婚事我作主，」女兒態度十分堅決，「就是下地獄也是我自己的事，不要你們替我操心……」

「你你你說什麼！」母親的下巴不由自主的抖動起來，她真的生氣了，「你以為翅膀硬了！她爹你聽聽啊，這麼大的大事不用同我們商量……」

「我嫁人，還是你嫁人？」女兒早讀穿父母的陰謀，無非想自己嫁給口吃的表哥。

「你聽見了沒有！毛主席把她慣成了這個樣子！她爹，你再不好好管管她，我們要叫她做娘了……」

「我不是你們養的一頭豬！」女兒斬釘截鐵說：「你想賣給誰，就得賣給誰——我不要，你要你自己去吧——這輩子，除非嫁給他，就是死，我也不會答應你們沒有一點人性的要求。」

「看你敢！」母親憤怒到了極點幾近咆哮道：「不信，你不妨試試看……」得知女兒吞下秤砣鐵了心，悲憤的嚎啕大哭，「啊呀——我的娘啊……爹生娘生竟生了……這麼一個不聽話的畜生啊。」

女兒毫不心軟，「……死也要跟他死在一塊！」擲地有聲說。

父母根本勸不轉女兒回心。晚上父親持著齊眉高的一條青柴棍，跟蹤到幽會處，父親一腔怒火都泄在木棍上，操起柴棍狠狠向富農兒子的腿骨上打去，一邊打，一邊罵，「……打死你這富農的孽種！打死，我大不了去坐幾年監牢……」父親已失去了理智，打得富農的兒子滿地爬，一隻的腿骨打斷了。

男方的父母受了委屈，就到革委會主任屠王大那裡評理。屠王大收了女孩父親一條雄獅煙，閉著眼睛說，「……惡人先告狀。鄭重的警告你——不要忘了你自己的身份？偉大領袖毛主席教導我們說，什麼樹開什麼花，什麼藤結什麼瓜……各種思想無不打上階級的烙印！你對兒子沒有教育好，欺騙貧下中農子弟的感情，晚上誘騙女人到野地裡偷情，這是十足的資產階級流氓行為……屢教不改小心去勞動教養。」

「屠主任，」富農心裡飽含著委屈說：「我們也是一個人啊……天下到底有沒有王法了，主任啊？」

「活該！」屠王大強盜審官司刀快頭平。「你還理直氣壯的。明確告訴你，你兒子不知悔改，就讓群眾大會去鬥爭！」

男孩家富農成分就先天不足，前沒人，後沒影，正像女孩的父親說打死了大不了坐幾年勞改。蒼茫大地，沒有第二個地方可以說理，甚至連打傷的醫藥費、誤工的工分，也得不到賠償。富農含冤的回到家裡，把怨氣撒在兒子身上。男孩越想越覺得做人窩囊，活著還有啥意義呢，拖著斷腿掙扎著爬上山崖，頭往下、腳朝天栽下鯰魚潭。男孩子的屍體，至今還沒撈著。男孩的母親因悲傷過甚，哭著哭著卻大笑起來，第二天說她精神失常了。原本好好的一個家，頓時像木桶失去箍，撒架再也拼不起來了。父親撬開隊室肥料倉庫，抓起一瓶樂果嘓嘓嘓一氣咽下大半瓶。十八歲姑娘懷上富農的種，把所有的仇和恨都栽在父母身上，是爹娘把她們活活拆開的，是爹爹逼死了自己心愛的人。虧理且沒有人性的父親，受到全村一致譴責，精神與輿論的雙重壓力下，姑娘精神徹底崩潰，一天早上，大樟樹那邊聚著人聽安排生活，十八歲的姑娘蓬頭跣腳、一絲不掛的出現在大庭廣眾中，一邊笑，一邊叫，「豆豆回來了！豆豆回來了——」

長舌婦精神失常說是撒桂子的緣故。據撒桂子自己向人說，有人向他反映，說長舌婦跟她公公搞不正當關係。

閉塞、落後、傳統守舊，僅芝麻大的一點地方，卻出了西瓜大的新聞，一石激起千重浪。根正苗紅的貧下中農不知道反革命、地主、壞分子、右派究竟有多壞，即使他們是專政的對象只要不傷害到自己當然可以容忍，卻絕對不能容忍這傷風敗俗、不恥於人類狗糞堆媳婦與公公搞性關係。哪還了得！消息一傳開，菩提山的上空簡直像廣島扔下的一枚原子彈，性質的惡劣程度遠甚於比反黨、反馬列主義、反毛澤東思想，就是立即把長舌婦拖出來，拿石頭砸死或大樟樹上吊死也沒有人出來說不能這樣，眾口一詞的「活該！」遊手好閒的群專領導班子正當缺少這樣的轟動，幾個荷槍的人隨即上門，不問青紅皂白將長舌婦和公公反綁起來並把她們單獨關押審訊。

有人當即猜測說：「遭此災難禍從口出，太愛管別人的閒事了，這下搬石頭壓自己的腳……」婦人歷來流長飛短，確實很不得人心，受撒桂子的設計似乎在情理之中，換句話說罪有應得。但有人不這麼看，認為說撒桂子壞話在後，撒桂子遭紅娘娘報復在前，撒桂子接連生三個怪物，難道容許生而不容許她說嗎。但兩種說法的性質差別不大，不能排除撒桂子公報私仇的嫌疑。文化大革命賦予撒桂子這個權力，手裡持有無產階級專政及皇帝的尚方寶劍，只要有懷疑，不管存在不存在、事實不事實、承認不承認，寧可冤枉一千，也不可漏網一個。抓人比籠子裡抓雞還方便。

聽說長舌婦的丈夫不會生小孩的，事實生

有兩男一女，其中去白馬打過三次胎。禿子頭上的蝨子，不是明擺著的道理，排除長舌婦與男人通姦，她的三孩子與誰製造的？愛說別人的同時，對她也瘋言瘋語，早說跟公公有染。撒主任對她們進行隔離審訊。公公死也不承認與媳婦有關係。「不見棺材不落淚，」撒桂子冷冷說，「嚐嚐坐飛機的有趣吧。」繩子把公公兩胳膊反扭攥緊，繩頭甩過橫樑，反背懸空吊起來，痛得公公殺豬一般嚎叫。「——滋味好吧？嘿嘿嘿，」撒獰笑著審問道：「還想享受嗎，不想，你就老實的坦白吧，你是不是三孩子的爹？唔！你跟媳婦弄出來……」

「沒有啊！」公公大叫冤屈，儘管疼痛難忍，名節事大死也不予承認。「沒有就是沒有！你們冤枉我……」

「看來對你太客氣了，嘿嘿……」撒對公公胸前狠狠一腳頭，雙手反綁的公公像惡作劇孩子手裏的一隻蚱蜢，秋千似的盪開去，等他蕩回來再踢——

公公吃不住酷刑，向他求饒，「撒主任，求你把我放下，手腕胳膊要斷了，下來……我招——招招，我招，我……」放回地面拒絕招供，堅決否認與兒媳有關係。撒徹底被惹惱了，重新把他懸空吊起，身上綁一個石礅磉垂著。

公公終於屈打成招，坦白說：「是兒媳婦勾引我……」再次從樑上放下，教他在供詞上簽字，又矢口否認。

公公出爾反爾，撒桂子不再輕易相信他了，直到痛得昏厥過去，用冷水把他激醒。再不承認，命就沒了，公公和著淚承認與兒媳通姦……並在現成的供詞上簽字按下手印。

撒桂子揚著公公的招供詞，說：「嘿嘿嘿你看看供詞上的手印吧。你不招也沒關係，反正你扒灰公公承認了。根據黨坦白從寬、抗拒從嚴的一慣政策，給你一個機會，是不是你勾引他的？說！放得聰明，就少吃些呆苦頭。」

「你狗日——含血噴人！」長舌婦頭髮披散，憤恨的罵道：「你這個畜生，你遲早會遭到報應的……」

長舌婦寧可死，怎麼也不承認。撒桂子有

了公公的證詞，無所謂兒媳婦招不招供，立即把長舌婦的頭髮剪成阿飛頭。兒媳婦與公公胸前各掛一塊公媳通姦的門牌，公公與兒媳拴在一塊，迫使公公牽著兒媳，敲鑼遊村一周。

婦人受不了這奇恥大辱，人前抬不起頭，自己吃不了，讓兒女兜著走……三天後的早晨，長舌婦發瘋了。

事情還沒完呢，聽說長舌婦的哥哥，是某軍部隊的一個團級幹部，得知妹妹被群專逼瘋的消息，火速趕回村裡。有人背地裡悄悄向他說：「公公屈打成招，你妹被撒桂子幾個幹部逼瘋的。」

找撒桂子找革委會都是一丘之貉。哥哥趕到白馬鎮，找公社革命委員會領導小組，頭兒正是自己的同學，但一切都晚了。同學老實說道：「……亂糟糟的你說誰治得了啊？公社革委會幫派不一，自己都管不了！即便把撒桂子殺了，還能還你一個妹妹嗎——新宇啊，於事無補。我們有七八年沒見過面吧？你看我頭髮開始白了。走走！去我家談談……」

一個晴朗的早晨，大公無私的陽光沐浴著廣大貧下中農和唾棄不值一提的地富反壞右分子。人們正聚集在大樟樹下等待隊長安排一天生活，長舌婦披頭散髮從樹洞中出來，令所有人目瞪口呆。只有神經不正常才敢進洞裡去，看樣子不是早上進去的，說不定昨晚她在洞裡過宿。

曾經有個膽大著稱的社員乙某，甲某跟他打賭，「你敢洞裡住一個晚上，給你一百分工分？」乙某還沒搭腔，乙某老婆搶白說：「你蹲一個晚上，我給一千個工分……命都沒了，要這斷種的工分幹啥？死了雙手捏著元寶什麼用？」雖然最終這個賭局沒有賭成，但大家走在一起依然念念不忘。眾目睽睽之下，長舌婦安然無恙的從樹洞裡出來。看外星人一樣瞪大眼睛看她。

長舌婦眼睛像瘋狗似的佈滿血絲，她走到撒桂子的跟前，湊近他的耳朵詭異說：「嘿嘿，嘿嘿，嘿嘿嘿——娘娘對我講，她好些日子沒有東西吃了，讓我弄些吃的東西給她……我說：我自己也沒有的吃，你讓撒桂子家去吃。她說那最好，乾脆就搬到你家裡去住……快看！我屋裡著火了！著火啊！著火啊！你們不要站著不動，快去救火啊！啊喲我的家呀，嗚嗚嗚……」

「咦？」秋雨看見瘋子從洞裡出來，覺得十分詫異，「昨晚難道睡在洞裡嗎？奇怪紅娘娘怎麼不吃她？」

「你不知道？」隊長笑著說，「紅娘娘早已貼過安民告示，對於腦子不正常的她一概不吃。」

「有誰知道睡沒睡在洞裡？」一個叫小和尚的青年說：「興許她剛剛洞裡轉了一下就出來了。」

「不不！」家在村口的老相公說，「我們口吃煙雞都沒見過一隻，要是她剛剛來，我怎能不看見，就是一隻老鼠也逃不過我眼睛。」

三麻雀扛著鋤頭下來，看見這瘋女人湊近撒桂子說什麼，「撒主任，這瘋女人跟你說什麼——」

撒桂子並沒有正面回答，拿上鋤頭，王顧左右而言他，「喂喂！時候不早了，上工遲到扣工分。」

長舌婦似癲非癲的話縈繞在耳邊，使撒桂子忐忑不安。「真該死！」撒桂子自己寬慰自己，「胡言亂語的不必去當真。」

十月國慶的一天，慶祝大會結束，母親見撒桂子開會回來端出菜飯。三個成人冷冷清清佔據一張八仙桌上，「大老官在今年……」母親脫口說了半句急忙熬住。一條三尺長、手腕粗的蛇從上面橫樑滑下來，不偏不倚砸在飯菜上。豆腐、螺螄、米飯、湯水流了一地，打落在地的碗筷、調羹，像斯特勞斯交響樂。撒桂子母親見天上掉下一條大蛇，驚慌的啊叫起來，一屁股跌坐在地上昏過去。撒桂子邊卡母親的唇中，邊娘娘的喚著，老婆泥塑木雕的驚呆著——撒桂子怒不可遏，置娘於不顧，轉身從門背後拿來一把鋤頭，非把他剁成肉漿不可。但大青蛇已不知去向。他氣急敗壞的拿著鋤頭，從桌椅底下一直尋找到水缸邊，從房裡找到房外，可能躲藏的地方都搜遍，大青蛇神奇般的消失了。母親知道天已入秋，蛇即將冬眠，也許青蛇身已僵化，爪附不力從樑上滑下來。或許橫樑上積滿多年塵埃，不小心才掉下來的。

整個下午撒桂子在在琢磨這件事，驀然想起那天早晨長舌婦說的話，撒桂子不由得心頭一緊，頭皮發麻，渾身起了雞皮疙瘩。難道紅蛇真的找上門來。

忐忑不安的度過一夜，第二天甘蔗田裡剝甘蔗葉，小雲見撒桂子滿臉愁雲，「你有什麼心事吧？沒聽你說過一句話，吃了啞藥不是。」

「誒！這狗日出來的——」撒桂子掏心裡話了，「昨天……吃飯時，忽然樑上掉下一條青龍菩薩。我娘當場嚇死過去，老婆嚇得話都說不出。我去拿鋤頭打，就放屁一點工夫這傢伙不見了。我裡裡外外、角角落落、連茅坑、豬舍都找遍……你說這奇怪不奇怪？這時候他不應該再出來了。」

「農諺說白露身不露，」小雲接過撒給他的大紅鷹香煙，「天反常了，夜裡毯子還嫌熱呢。這有什麼可奇怪的。」小雲吐著煙說，「蛇會爬。我家也經常出現青龍菩薩，從來沒有發生掉下來的事。我要把它打死，奶奶不許我打，抓來一升米麥，一邊向蛇撒去，一邊念什麼經，一眨眼就溜走了。」

「我也給弄糊塗了，」撒桂子歎著冷氣說：「你知道那天……早晨嗎？這瘋女人跑來對我說……我不信會有事，但確實………使我疑神疑鬼——誒！真不可理喻。」

「不可全信，也不可不信。」撒桂子神情木然，像跟母親出來的孩子半路走失不知所措，「相信鬼神恐怕不是今天才有的吧，追溯遠不止五千年，後面起碼再加個零。人屁股還長有尾巴，對天雷忽閃自然威力深深充滿恐懼與敬畏，冰凍三尺——一下子把頑固不化的習俗中抹去談何容易！至少……你吃了大虧……」

小雲一番話，使撒桂子惶惑不安，知道不宜與小雲繼續探討下去，一旦傳到別人的耳朵裡，自己犯了原則性的錯誤。

撒桂子抱著一束甘蔗葉子回去，見母親捂著左手急急忙忙的走來。「娘去哪裡？」撒桂子放下手裡的甘蔗葉。

「我折柴生火，」母親臉色鐵青驚慌的告

訴說：「柴草纏著條蛇，當柴一起折了，覺得左手中指有些痛，以為是刺戳了一下，鬆開手見是一條蛇！手指頭立即腫起來了。」

見母親的左手腫得像小饅頭，十有八九被毒蛇咬了。阿興瞧了瞧說：「撒主任可不能耽誤，趕緊去找小松討飯，只有他備有蛇草藥。」

撒桂子並沒有找到咬母親的那條毒蛇，只要沒有找到除惡務盡把它打死，始終是個威脅。「狗日的！」撒鋤頭往地上狠狠一搡，「牛鬼蛇神造無產階級的反啦！——肆無忌憚成了蛇窟。」

防止蛇晚上出來作祟，撒不敢掉以輕心，睡覺前，把蛇能鑽的洞、牆縫全堵死，窗戶關嚴，門檻腳下再撒上生石灰。雖然防範措施做到位，但心裡仍然沒有安全感，彷彿滿腦子的紅蛇、白蛇、黃蛇、花蛇、青蛇、毒蛇無處不在，你走到哪裡，他隨到哪裡。撒神情恍惚迷迷糊糊覺得女人又在玩他的勞什子，那東西像量血壓的皮囊，迅速的膨脹起來……這女人沒有孩子可以讓她操心，兩個人睡下一對，爬起一雙，除了雄文四卷和一天洗多次腦的有線廣播外拿不出任何一本書，長長一個夜，醒在床上幹什麼，唯一可做的只有做愛了。寂寞可怕無聊的長夜，男人的雞巴成了女人不可或缺的玩具。撒一次次的受到打擊，對做愛喪失了信心，甚至覺得女人煩人，要是不考慮女人急切想要孩子和自己才能幫助她解決的困難，寧可用變態扭曲的方式泄慾。撒在老婆身上用盡最後一點力氣，感覺身體涼涼的，光滑柔軟的乳房像魚鱗一樣毛糙……也許因為腦子裡想了一夜的蛇，受到心理的暗示，睜開看懷中不是老婆而是一個蟒蛇軀體。老婆變成長舌婦說話的口吻，說道：「撒主任別來無恙！你自編自唱說我『大腿弄裡挾煞……』今天看你大腿有多大威力，咯咯咯，咯咯咯……」回頭說：「山花呀，你過來不要怕，把他腿弄的那根臭黃瓜扭下——你想要，你就拿去用，不要就剁碎餵老鴨……」山花就是那個長舌婦，她說她才不要這骯髒的狗鞭子。撒桂子嚇得魂飛魄散，癱瘓一般四肢無力，但他清楚的聽見她們之間的談話。在蛇精的慫恿下山花鼓足勇氣，抓住他腿弄處的雞雞，當黃瓜扭下來。撒下意識去摸，那東西齊根沒了——紅蛇張開血盆大嘴，露出猙獰的鋸齒的密密麻麻的利牙，分叉的舌頭像雙寶劍的刺向撒桂子……撒桂子喪心病狂的啊啊尖叫，以後什麼都不知道了。

也許該瘋的瘋子，都瘋完了，撒桂子是菩提山最後的一個瘋子。他有兩個第一，第一個男瘋子，第一個武瘋子。

撒桂子見人追打，精神分裂變得力大如牛。有次他看見小雲追上去打，小雲閃入大樟樹背後去，見人打不到，對著兩歲大的一頭牛的前胛心一個組合拳。牛根本沒防備像被泰森擊倒的對手，側向的一個趔趄，四腳朝天的倒在地上。從此大人小人只要遇見撒瘋子就拔腿就逃，撒瘋子像魔鬼一般見你們越怕，他越要追趕，並且不分白天黑夜四處遊蕩，咬牙切齒的一邊揮拳，一邊像獅子一般吼叫。菩提山被撒瘋子攪得人心慌慌，提心吊膽。熱鬧的每天必到的大樟樹前，從此再也見不到一個人。

不能因撒桂子打人閉門不出。有人建議說：「最好辦法瘋子綁在菩薩前，不出一個禮拜保證醫好。」廟沒了，哪來的菩薩？有人說：「免得他四處遊蕩，傷及無辜，吊在紅娘娘前更好，他早年曾經罵過紅娘娘的，紅娘娘肯定會好好報答他的……」

雖然是迷信也是習俗，但在找不到切實可行的科學方法之前，遵照傳統慣例只能死馬當活馬醫，患者綁在菩薩面前鎮壓兼鎮邪。三五個十足勞力，趁撒桂子打瞌睡，一個從背後將他撲倒在地，幾個一齊湧上，把他雙手雙腳捆住，然後用鐵鏈子鎖在木樁上。頭幾天，羈驁不馴一會大罵：「造反了——敢奪我的權！」一會兒學狗叫，一會唱《造反有理》。大樟樹下恢復了熱鬧，撒桂子前圍著許多看熱鬧的人，聽撒桂子唱完，拍手鼓掌，「唱得好，再來一首！」瘋子受到鼓勵，口吐白沫再接再勵的又唱《北京有個金太陽》。也許神經錯亂張冠李戴的唱到「天大地大不如毛主席的恩情大。」一陣哄笑過後，也許一個腦子不正常的人對一個正常人來說未免覺得太乏味，在病人身上再也找不到樂趣了。人們散去，空曠的大樟樹下，只剩下撒瘋子一個人了。太陽早上一直曬到晚，撒桂累了便沉沉睡去。白天大喊大罵倒無所謂，晚上等大家入睡，來了精神的瘋子狼嚎鬼哭。一隻狗叫，全村的狗跟著叫，從村頭至村尾此起彼伏遙相呼應。好不容易待安靜下去，瘋子的一聲吼，群狗狂吠，全村夜不能寢。甚至有人說：「寧可被他打死，也不願被他折騰死。」有人說：「乾脆讓他永遠閉嘴……」當然說說而已，把瘋子打死，照樣一命抵一命。撒桂子木樁前大約吊了二十多天，風吹雨打日頭曬，加上露天夜裡寒冷，似乎老實多了。老婆見撒桂子吊在那裡奄奄一息，這日子怎麼過？回娘家再也沒有回來。老娘天天去餵他飯，撒桂子將食嚼爛，全唾在老娘臉上，痛罵娘是老狗、老狐狸精，餵飯不吃，灌水不喝。一天早上，人們發現撒桂子人不見了，木樁只剩下一副鐵鏈條和一些麻繩，發現洞口丟著啃光肉的一些骨頭。一致認為撒被蛇吃了，這下終於可以鬆口氣。母親見兒子實在太可憐，拿著出嫁時十個袁大頭，去白馬銀行以一塊比一塊兌現，極僅所能給紅娘娘擺上一桌豐盛酒肴，燒了紙錢和元寶。滿頭白髮的母親愛子心切，虔誠地跪在紅娘娘洞前，一邊眼淚汪汪泣拜，一邊哀求：「紅娘娘您發發慈悲吧。看在我孤老太婆的份上，饒了兒子吧。紅娘娘若不肯放過，我請求您同兒子一起去死。這多災多難的人間煉獄——受夠了！兒子死掉沒人給我養老送終……」紅娘娘見老婦人泣不成聲，就動了惻隱，叭嗒一聲打開鎖，鬆開身上的鐵鏈。

撒桂子沒有死，現在老老實實的跟死掉一樣躺在破床上。這天凌晨，一對不知什麼鳥兒，一大早樟樹上叫：「菩提山下苦！菩提山下苦……」不管天晴天雨、春夏秋冬、大喜大悲，每天凌晨人還在夢裡，惡鳥淒苦的一聲疊一聲。人們埋怨說：「去了一個撒桂子，卻又來一對惡鳥。菩提山不是人住的地方。」

心裡有苦，也只能苦在肚裡，一天到晚的叫苦，不苦也叫出苦來。惡鳥天天哭，把菩提山人哭窮了。

天要下雨鳥要飛。鳥不懂人事，鳥叫跟人

說話談戀愛一樣需要交流，能怪罪鳥麼。好事的就此編了一首《菩提山下苦》，一傳十，十傳百，風一般吹開來。

菩提山下苦，
紅蛇當大路；
種田沒有穀，
種麥全是殼；
走的山彎路，
住的大山塢；
有囡寧可嫁豬狗，
弗可嫁到菩提下；
……

第二章

4

偶然來到世上

我來到本不該來窮得沒有底線的一個家裡。假使不是命所註定的那只能說是個偶然。

我上面有七個哥哥，如果出麻子死掉的姐姐也算在內，包括我一共有九個兄妹。至今我不知道也沒有問過父親叫什麼大名，反正奶奶、母親和認識的人都叫他黃金瓜的，跟閻王鹵簿一般用於記錄勞動工分吃飯的本簿上，同樣是黃金瓜這個名字。黃金瓜是種橢圓形金黃色的甜瓜，不知為什麼父親會用來當名字？可笑的我爹自己也不知道取過名字沒有，抑或根本沒有名字。仔細想想芸芸眾生，名字只是社會人的一個符號。除非上學、當兵、記工分要用名字，像奶奶爹娘一輩子窩在家裡步門不出的，即便名字再響亮有啥用呢。雖然我們兄弟眾多，依次老大老二老三的叫，我想一個都不會叫錯的。

我說我來到世上純屬意外因父母不想也不能再添孩子了。她們不加節制的繼續繁殖下去，這天下盡姓黃的了。生這麼多兒子、這麼窮困，關鍵她們養活不了我們。打算把二兒子送給膝下無子的舅舅養，殊不知什麼原因雙方沒有達成共識。父母仍然想把二哥送人，可是像臭豬頭一樣都沒人要他。父母考慮問題比較長遠，她們不光把我們養大，等八個兒子長大，她們責任要負到底，要幫我們建房子、娶老婆、帶小孩、兄弟打架、妯娌鬧矛盾。說一千，道一萬因為家裡太窮。如爹是朱元璋，兒子像糞蛆蟲隨便封個王。或有石崇、沈萬山和當今的李嘉誠那麼富，不要說八個兒子，八十個億兆財富若滄海一粟。母親生下我，她連三頓飯都吃不飽，哺乳期不要說想吃魚吃肉，紅鍋炒菜連油都沒一滴。沒有營養、沒有油水吃下去，母親哪有奶來餵我，我沒有奶吃，一邊啼苦，咬住母親的癟乳頭拔河似的，我嘴巴鬆開，母親的癟乳頭像牛皮筋的彈回胸部——該死的七哥，見我吐掉乳頭，咚咚咚蹣跚的奔過來，見縫插針鑽進母親的懷裡，雙手捧著母親乾癟懸垂只剩下一層皮的空乳房，塞進嘴裡貪婪的滋滋滋大吮，七哥像一臺水泵在乾涸的井裡抽水發出空轉——「啪啪！」母親在七哥的後腦上狠狠打了兩下，「你們這些討債鬼！」母親怨天尤人，把我也罵了進去，「你們為什麼不會死掉！吃吃吃什麼吃！——骨髓都給你們吮乾了！」又要馬兒好，又要馬兒不吃草的母親該有多好……

我委屈的哭了，七哥也委屈地哭了，母雞見我們倆嗩吶的發出尖嘯，呱呱呱叫著飛上灶台，公雞見母雞驚慌的邊叫邊飛，莫名其妙的也跟著瞎鬧。父親黃金瓜叨著旱煙竿，瞪著一雙遲鈍、愚蠢、兇惡的死眼，真恨不得把我們吃了。煙竿鞭子的打在桌面上，破銅鑼的大罵：「狗日出來的東西！哭哭哭——再哭看——啊！」

「金瓜嫂，」一個婦女大路喊著母親，「出工去不，人家走了有些時候……你動作快點啊！」

母親一邊來啦來啦向外答應，一邊把我放入稻草編的囤窩裡。草囤是我父親編的，我坐的是他編的第四個草囤，算下來，平均兩兒子一個草囤。父親手腳胼胝又老又厚，手板粗糙跟毛石頭一般。他捨不得壞一根洋火，從灶中撮一枚炭火，放在手心上，嫌不旺嘴巴呼呼的吹得冒出綠幽幽的火苗，托著炭火把煙癮過足。似乎皮肉不是娘生的。讓那些自稱自是黑老大的無地自容。

爹心智不靈，手腳笨拙，懷疑他編織不了這工序煩瑣需要技巧與計算的草囤。奶奶常誇獎我父親說：「在菩提山找不到這樣巧的手。」我覺得奶奶嫁給黃家稱讚自己的兒子有黃婆賣瓜之嫌——父親聽奶奶誇獎他，屁眼裡添薄荷——涼到心裡頭，大言不慚的說：「呵呵，那當然！我雙手，摸著稻稻會大，摸著奶奶會大，摸著肚子肚皮會大——」別人說我父親做年糕老虎心靈手巧，一個年糕團到他手中，一搓、二捏、三撥弄，栩栩如生的臥牛、鯉魚、豬頭、睡羊、小狗，一隻隻從開裂的虎口粗糙的手指中脫穎而出。婦女和兒童人見人愛，捧在手心愛得不肯鬆手。送給杭州上海的親戚，始終捨不得當點心吃掉。時間一長風化乾裂，年糕老虎變少胳膊掉腿。不是他們親眼所見，說父親心靈手巧沒有一個人會相信，這雙笨手做不出有匠心的東西。哥哥們都有自己的事，上山砍柴的砍柴，下河摸魚的摸魚，下地幹活的幹活，念書的念書，母親知道我七哥這人心胸狹窄，有次他發狠對我說：「你不讓我吃奶，看我弄死你！」兄弟倆說話連不成句，走路還搖搖擺擺的呢，為生存爭奪母親一口奶吃，卻到你死我活的境地。有一次，七哥步子蹣跚的搬來一把劈柴刀，舉起刀說：「我殺你掉……」刀還沒舉到頭頂，不堪負重落下來，砸到自己的腳拇指哇哇大叫。奶奶本來可以照看我，去曬穀場管雞鴨了，母親雖說恨不得讓我死掉，但嘴上說說而已，七哥跟我留在家裡，怕被不懂事的七哥弄死，乾脆帶上七哥去地頭。

一家人出去把我關在黑暗的屋裡，讓我獨自一人坐在草囤中。當最後一個離開，把兩扇大門關上。

七哥和我乳期的大部分辰光在囤窠度過，兄弟倆都養成一個惡習，奶奶母親給我們把屎尿屁股打死也不肯屙，放進囤窠屎尿直淋落。他們看見我往下蹲，臉孔漲紅神色凝重、眼睛濕淋淋知道我賴在囤窠裡做好事了，趕緊把我抱起，但為時已晚，糞便像日本人飛機甩炸彈淋得一塌糊塗。囤窠便成了廁所，整個草囤散發著惡臭。大冬天，奶奶把煮飯的餘火撮在一個瓦缽頭裡，然後放在草囤底下給我取暖。有時柴還沒有燃燒盡，薰野貓一般青煙嫋嫋，害得我眼淚鼻涕橫流。一頭豬聞到我吃飯掉在囤窠中的飯粒，豬嘴巴只輕輕一噘，囤窠義大利比薩斜塔晃了幾晃，連人帶草囤的被豬拱倒在地，柴火潑在草囤上很快就燒起來，幸虧二哥聽見我在尖叫，見草囤已經燒著，二哥處驚不變，急忙去水缸舀來水將火澆滅。要不是我二哥及時發現並將火撲滅，後果不堪設想，且茅草屋燒毀不說，一家人晚上到哪裡去投宿？俗話說金窩銀窩不如自家的草窩。我肯定大火中成了一隻叫花子雞，今天也不可能把這些事告訴讀者了。當我知道，又要被大人關在漆黑的屋裡，孤獨的坐在空蕩蕩、哭叫沒有人聽見、臭氣沖天的草囤中感到前所未有的恐懼與絕望。這段不幸的遭際在幼小的心靈裡，留下了永生難以磨滅的可怕記憶。我甚至相信等我老了臨死的時候，最記得最清楚的不是初戀女人和一生最為得意的事，而是難以磨滅的幼年經歷。這些人早餐後匆匆忙忙在屋裡穿梭，意識到又要把我關在裡面坐草囤了。娘餵好我最後一頓奶，當我看見囤窠，就像成人看見囚籠一般緊張與恐懼。母親舉起企圖把我插進囤窠去，我本能的狡猾地把兩腳分開掰成個大字，或像秤紮鉤一樣彎成勾兒，母親插插一個空，插插又是一個空，但不管我有多狡猾、掙扎與反抗，母親畢竟是專制者，強制性把我塞進草囤——我不甘心坐草窠，像離開水的一條魚草囤中亂蹭亂跳……我短促的哇一聲，汽車急剎車的半晌沒有哭出聲音，直至他們大門關上，我像休克甦醒一般放聲大哭。有時母親在臨走前，想不通過暴力手段解決不得不解決的事情，會安慰、誇獎、撫慰我，塞給我一個生蕃薯或生蘿蔔，一來可以當玩具，二來餓了可以啃。我牙齒還沒萌芽，吃奶的嘴，怎麼啃得動這些生東西呢。

大門關好，屋子裡頓時像地府一樣冥昏。我像一個快溺死的人張著羸弱的雙臂，瘋狂的向我母親求救，脆弱的小腳踩著這萬惡的囤窠……母親毫無憐憫之心，頭也不回，義無反顧的去了。「上帝啊，您難道真的死了嗎？……」

在家只有我和一群無恥兇惡可怕的蒼蠅為伍。絕望中我憤恨的丟掉手裡的生蘿蔔。眼淚伴著嘔出奶腥味和囤窠中的屎尿惡臭，大批饑餓瘋狂的飛蠅埋伏在黑暗的四周，覬覦我靠微薄奶水維繫生命的血液和嬌嫩的肌膚，就為這一刻。牛虻、蒼蠅、蚊子、飛蟲齊刷刷的落到我的頭上，兇殘貪婪的各種飛蠅卻真正實現「吃飯不要錢」的共產主義美好生活。我所有吃奶的力氣，掙扎和哭號中消耗殆盡，我沒有任何能力抵禦他們的進攻，奄奄一息垂著頭任蠅宰割。我氣若遊絲的嚶嚶哭聲淹沒在牛虻蒼蠅的饕餮聲中，我像即將死去一隻可憐的小貓。這些傢伙有的啃我眼珠，有的咬我耳朵，有的叮我嘴巴，有的齧我下巴，體形碩壯吸牛血的牛虻，和打防疫針一般刺痛的鐵絲蒼蠅，他們的毒針深深刺入我的肉裡。鑽進我鼻孔的綠頭與麻皮蒼蠅，為爭奪地盤在我的鼻孔中大打出手。他們恨不得通過鼻孔鑽到腦袋去吮我的腦髓……有回，念佛的老婆婆來我家借米篩，也許是我哭累了，也許是我餓昏過去，也許咬得失去了感知，頭歪倒在坐囤旁邊。老婆婆推開門，見我賴在草囤裡，雪雪白的臉蛋叮滿了蒼蠅，黑乎乎的像一個芝麻球。老太太路見不平，張開兩手啪的一掌，老太太張開手一瞧，雙手血肉模糊，連連向牛虻蒼蠅道歉，「阿彌陀佛，罪過！罪過——」婆婆輕輕拍拍著我的頭，「小囡囡！小囡囡！啊——」我毫無反應，高聲叫，「喂喂！小黃八蛋（綽號）——黃八蛋醒醒！」見我仍無一點聲響，把我頭豎直，頹然的歪倒……老太太以為我已死掉了，掰開我的眼睛，看我瞳孔有沒有散去。婆婆慌了，一邊搖，一邊喊，「人啊！黃八蛋死了——你們的人呢！罪過人也不怕啊……」婆婆聰明的用臉貼我的臉，證明活著，身上還有熱氣，放下手裡的一切，老太太把我抱去。

母親回來關心豬玀比我還關心，那豬只要一聽到母親的腳步聲，就像我討奶吃一樣嗷嗷叫。母親把我先丟在一邊，先把豬餵飽，然後再打聽我的下落。

「素娟姑娘（應該是娘的正式名字），」母親聽念佛老婆婆說：「……我說你們啊真罪過人都弗怕！都出去做生活了，把小黃八蛋一個人扔在家裡，被一群牛虻蒼蠅要吃下去了……我去搖搖他人，沒一點兒響動，頭頸也豎不牢，以為他死掉了呢，著力把我嚇了一大跳呢。」

「會死掉就好了，大家都脫罪了，」母親說道：「婆婆，債不討滿不會肯死……我怨他怎麼不會死啊——」

我在母親肚子裡的十個月前的五年前一個晴朗的下午，一頭母豬帶著十九個豬崽鬼使神差的來到家門口，雖父親沒有說但母親看見父親不是第一次尾隨母豬，從大樟樹跟到三裡廟，母豬不想直接回家，走進三裡廟十三隊一塊桑園地，掘藏銀的把樹根都拱起，不是有人用桑條驅趕，父親傻子等母豬，不知要等到什麼時候了。受了驚的母豬，率領十九個子女一口氣跑回主人家。

母豬的主人叫張財興，屬於同一個大隊不同的生產隊。從我家走到財興家，經大樟樹翻上一座小山坡，過虛有徒名的三裡廟，順著小河前面看見有個自然村。據說在很久很久以前，來了一戶張姓人家，生了五個兒子，五個兒子又各生了五個兒子，在短短的幾年發展成一大族群，乾脆直接稱它為張家口村封國建土為獨立王國。所以張家口沒有一個外姓人，只有張家人遷出去，沒有外姓人搬到裡頭。從我家走到張財興家門口，雖然沒有經過實地丈量，而且我一趟都沒有去過，少說有四五里地。至今我仍想不明白，我家與張財興的母豬素不相識，她領著一大群的兒女，爬山涉水來我家為哪般呢？用今天的話說，當時的財興相當養豬專業戶，但說他專業戶值得商榷，因為養的豬並不多，一共只養了兩頭母豬，和一頭約克公豬。公豬長得十分壯碩，腦袋跟牛差不多大，腿弄懸空凸出的兩枚睾丸像兩個大蘿蔔。主人養一頭公豬給兩母豬配種太奢侈，公豬因精力過剩而英雄無用武之地，鄰近三村聽說財興有頭約克良種，獨輪車載著母豬翻山越嶺來配種。那時性禁錮得厲害，男女之事只能做不能說，年輕男女沒有性方面的認識，甚至不知道製造人的生產流程。假如我們像亞馬遜原始部落那樣不知道穿衣裳為了遮羞，開門見奶，性的問題不會成什麼問題。假如把性關在黑屋子裡不讓男女們知道，哪怕想知道要冒殺頭的危險，依舊想探個究竟的男女應該大有人在吧。不讓看、說也不讓說，自然而然成了神秘的推手，越神秘就越成問題。財興家公豬給母豬配種，就成了青年男女的性教育基地。瞭解公豬的同時也瞭解自己和別人的性行為方式及製造孩子的整個流水。看到配種的母豬進來，百忙之中放下手裡的活計，跑去財興家觀看女豬跟男豬交配。不知為什麼，觀看的人像得傳染一樣越來越多，財興家人滿為患，成一道風景。要是今天人人都知道賺錢，財興就不會向公眾免費開放了，像國家博物館一樣一舉三得可發啦。約克大男豬露著獠牙，嘴巴不停地咀嚼，嘴裡白泊情涎欲滴。財興講解說：「豬跟人不一樣，他不關心交配對象的品貌好壞，只關心女豬的屁股……」因為有過交配失敗。不僅交配要五元錢，翻山越嶺趕來費工夫，一窩小豬落空的損失相當於破產。財興必須驗看女豬的生殖器，如果女方發情不成熟或過了發情期，財興告訴說：「哪這麼辦，來了只能試試看，配不進再來。」男豬興奮的迫不及待爬上母豬的背去，衝擊鑽一樣的生殖器在女豬的屁股上亂戳亂鑽。財興蹲在地上，不失時機的幫他導入女豬的花部。完事，財興照例給約克餵兩個生雞蛋。文化大革命造反派把財興打成流氓，受到了應有的懲罰。撤主任說他公開「買淫，」收取女方五元錢。張財興既是皮條也是老鴇，並且直接參與淫亂，引誘不良青年觀看，傷風敗俗，道德敗壞……財興趕忙把約克賣掉，母豬殺了，洗手不幹了。

「黃金瓜啊！」財興見我父親跟叱討飯老一樣，「……怎麼又來了！幹什麼呢，跟你說過多少遍賒賬我不賣的！」

黃金瓜難為情的搓著雙手，紅著臉蛋，一言不發，猶豫的掉轉屁股回去。

不久這十九頭小豬，陸陸續續的分窩被人買走，最後只剩下一頭小僵豬。那頭落腳小豬因經常吃不到奶，被十八個兄弟姐妹驅來趕去，人人都有固定的乳頭，而他沒有自己的飯碗，不自量力的去搶別人的飯吃，體質強壯蠻不講理的同胞，一口咬住他耳朵，或壓在身下把他置於死地。他滿臉披血，在母親面前嗚啦啦的哭，他的母親，也跟我母親一樣人多困苦，愛莫能助隨你自生自滅。他們自生下來一開始就創建了秩序或等級制度，每個孩子都有固定的乳頭，不能隨心所欲的今天吃這只奶，明天換那只奶，雖然母親的乳房子女共同擁有的，但實際上屬於個人財產。那頭豬崽跟我的情況類似，母親沒有我的奶，無論走到那裡，奶末頭都不受歡迎。兄妹分窩來到陌生人家裡生活，沒奶吃的僵豬的體重只有胞兄妹的一半。他依然扯著母親的乳頭不放，財興不讓他再繼續吃奶了，會妨礙延誤母豬的發情，財興怎能為芝麻而扔掉西瓜。財興雖然愛小豬，確切的說想多賺些錢，不可能為一頭僵豬放棄大局。財興的老婆早想把落腳豬丟掉，母豬局限這幾個乳頭，不忍痛反而會妨礙到其他幾頭。財興捨不得，說：「只要能活下來，多少總能賣幾個錢。活也好，死也好，隨天所判罷。」當父親再次來到財興家，要求財興把落腳豬賒給他。財興想了半天，強盜發善心同意了。

「黃金瓜啊！」財興直截了當的說道：「咱們人熟理勿熟，勿要弄得站著賒賬，跪著要賬，我臭話說在前頭，一、小豬按照市價六角一斤，有一斤算一斤。昨天我剛剛稱過十二斤六兩重。一六得六、二六十二，共七塊二角，二角就給你抹掉……」

「好好好！」金石為開，爹高興得嘴巴笑到耳朵邊，「啊呀財興哥啊！我隨你話來好了——」

「黃金瓜，」財興兩手拱在胸前問道：「你說幾時能給我小豬的本錢呢？」

「預支發出……」爹不置可否的說。

「你人多囡苦現剝現都剝勿過去，先吃後空的，哪來的預支發啊！這話就不大靠譜了。」

「財興哥，」爹一急，就拍著胸部向他保證說：「我的人囡會大起來的啊，馬上就都會賺工分了！退一步說即使沒有預支款，小豬出欄也就能樹上開花啊，豬錢出在豬身上，不怕付不清，再說……」爹向來木訥不擅言詞，從來不與人打交道，這次如神來之筆，讓愛錢如命的張財興也被爹說服了。

「你這狗日的，看來我壽要活得長！萬一……」財興不敢說萬一僵豬死了你怎麼還我

錢?雖然對僵豬不期望跟其他崽一樣的收入，七塊錢可不是一個小數目，一旦賒出去，就存在有收不回來的風險，何況崽子先天不足，他能長成大豬嗎?要是半途夭折或兩年三年的養不大，相信黃金瓜誠信還財興的豬錢，拿不出錢還不是空的嗎。這點財興心裡很清楚，如果沒有我爹這枉篤鬼，世上再沒有第二個人要這頭小僵豬了。財興伸出手，小末手指彎出跟爹打金勾。爹心想那是兒時的把戲。

「賴賴是小狗!」這一金勾，像沉重的石頭壓在爹的心頭。

這頭千年不大的僵豬與我來到這個世界共同承受人生的痛苦與快樂有著極為密切的關係。

5

豬尾巴的功能

父親謀寶似的一遍又一遍向財興求情就差沒有跪下賒來這頭倒楣透頂的僵豬崽，養到出欄花費了四年八個月零十三天，在將近的五年中，去白馬鎮玩了三次，去去一次稱重說不及格，又獨輪車拉回來。奶奶對豬說：「我不如你啊，活到現在白馬只去過二次啊。」

聽奶奶說這頭豬長相怪異，嘴巴尖尖的像隻臭鼬，四隻腳又短又粗，尾巴很長但像壓縮彈簧的繞著圈兒，背脊上的鬃毛像獵蜥的筆直豎起，毛毛像鋼針一般堅硬。快養到周年的時候，父親盼啊盼，豬像石頭一樣不會長大。爹又氣又急，甚至感到十分的後悔，「我曉得這樣還是不要的好!」那天爹吩咐大哥去借把扛秤來，給豬算一下命，究竟有多少份量。大哥蹬一下跳進豬欄，一把將豬耳朵揪住，未等父親拿繩子來，大哥抓住豬鬃毛，提小兔地拎到欄外。母親親自掌秤，偏於三十三斤重，可太不爭氣了，見秤砣一路下滑。報喜不報憂的母親說：「三十三斤——」

「秤沒有打好!」大哥童言無忌說：「哪來的三十三斤重啊?足足養了他一年，成了老壽豬了……」

「這豬爺爺，」爹含著煙竿憂心的說：「千年老勿大!看來——指望不上他，狗日的欠著財興的銅錢啊。」

養到兩周歲半，毛豬一百零三斤重。母親像官員凸出自己的政績，昧著良心瞞報了十三斤。讓人尷尬的殺又不能殺，養著又不長。財興雷打不動的一年兩次跑到家裏來要賬。父親沒賖賬時會說話了，愧對債主低頭不語。只好由母親出面，母親賠了一大堆好話，然後領著財興去豬圈看他家那個寶貝，證明自己沒有說謊。

「財興同志真對不起了，賬欠到如今三年了，你不催咱心裡也焦啊！你也看到，這豬跟石頭一樣養不大，三年吃掉多少食料。不知要養到猴年馬月才能賣？欠你這麼多年了，真難為情死……」

財興看豬確實還養著，但對母親的一番言語頗有微詞，心裡嘀咕道；「當初你家黃金瓜一趟趟的來，不是我椏給你們的。現在賖賬是賖賬的面孔，討債又是討債的面孔，你豬長不大，難道也要怪我賖給你嗎？」

母親從來不會傷沖人頭，和顏悅色的面對債主。財興似乎想說什麼的，但望著四壁陡空的一個家，不好意思再說什麼了，掃興的回去。

後來母親半年放一回老勿大出去，老勿大老馬識途跑到財興家去。財興一眼就認出了老勿大，懊惱地對豬說：「老勿大你還在敬老院裡啊！十九個兄妹當中你壽命最長了。看來我用不著去討債了。」財興知道討了也白討的。

家裡不光欠財興的七元，東拖西借陸陸續續的越欠越多。母親向人借錢，樂觀的有豬做堅強後盾，似乎只要豬出欄所有債務能還清了。大哥仔細一算豬不抵債，即便毛豬當作淨肉賣，也入不敷出。

「素娟，」父親翹起腳底敲掉煙灰，站起說：「再忍一忍吧，寧可人吃得薄點，豬爺爺吃得好點，讓他多長點膘，早點出欄……」

「餵得還不夠好嗎？」母親恨打一處來，「自留地裡種的東西，都讓他吃光的！萬斬萬剁的瘟豬頭——」

三年零六個月時，爹說：「明天餵他飽，一定過關了……」天不亮拉出去買，摸黑瘸索索拉回來，爹氣呼呼的說：「又勿及格，國家不要收！」

又餵了一段時間，爹跳入豬圈手丈量著豬身說一定上購了。母親不放心，叫大哥拿秤來，秤一橫飽肚一百四十三斤。娘說保證點再餵上兩天吧。爹娘晚上睡下早晨眼睛張開在討論這頭豬。收購毛豬不是逢五就是逢十。最終決定廿五號去白馬賣。

母親忐忑的一夜未眠，既高興又擔心，高興豬賣了就有錢，擔心怕又不及格。母親三更就起來了，煮了一大鑊的米粥，五更開始餵豬，一邊餵，一邊對老勿大說：「墊債豬啊，養您養了四年了，心裡還真捨不得你走。今天是最後一頓上轎飯。白米粥敞開肚子讓你吃，吃進肚裡變鈔票……慢慢吃，聽話，多吃些……」老勿大不習慣五更用餐，抑或故意跟母親作對？只吃了平時的一半，抬起頭看著母親：「你吃你吃」的哼哼。母親大為惱火，又露出平時的猙獰，吼道：「你這千年不大的瘟豬頭！不成精，也快成神……一家人性命都繫在你身上。自留地種的番薯都讓你一個吃光！今天到要緊關頭，卻裝小娘不肯吃！天底下沒有你個討債豬——」老勿大像聽懂了母親的話，伏下頭撲在豬砦裡「叭叭叭！叭叭叭」大口大口的吃起來。「這就對了——」母親又恢復了笑影，謂爹說：「黃金瓜你看，這老勿大多墊債啊，十斤米的粥，連水帶米，少說有廿來斤吧，吃到肚裡十斤就是四塊四角呢，撐飽廿十斤，剛好多了一個小豬鈿……」

豬吃得肚皮滾圓像個累地冬瓜，父親又驚又喜，說：「這下保證上購！我擔心吃得太飽，不會肚皮撐破吧——」

「這次再賣不掉人家都要給他弄倒灶了。」娘說：「橡皮肚子怎麼撐得破呢。墊債豬聽話些，路上尿屎熬牢不要放掉。」

老勿大的背部呈兩頭高，中間凹像一座馬鞍，四隻短腳扛著大肚子著地拖行，大腹便便的倒像個紳士。這頭豬必須拉到白馬鎮上去賣，從菩提山到白馬有十多公里路遠，道路狹窄不到一米寬，而且大部分都是山路，加上天還沒有完全亮，路上什麼也看不清。豬吃飽喝足了，爹與大哥把老勿大四足捆起，仰天綁到一條長凳上，然後抬上門口的獨輪車。捆在長凳上的老勿大，也許知道壽數已盡，綁赴刑場一般尖叫，將人們的晨夢扯碎。四條被綁的短腿亂蹭亂踢。

「蠟梨頭，」爹把握住獨輪車槓，對大哥說：「那塊大石頭放一邊。好好，且讓我試試，往後再放點，好！這樣持平了。」

即將啟程，奶奶轉向豬欄方向，拜了三拜，喃喃地說：「豬欄太婆，管我們豬養得像牛一樣壯——」

大哥脫掉乞丐似的百褂衣，搭在獨輪車上，露著一條條清晰可見的肋條骨。大哥大約十五六的少年。大哥在前面拉繩，爹跟蹌的邁著八字步推獨輪車。母親收拾停當，從屋裡出來，見父親他們拉著車走了。她一邊追，一邊用淒厲的聲音呼喚：「大豬啊！你回來吧——哦！大豬來了。」

老勿大尖利的叫聲刺破黎明的黑暗，一線微弱而暗淡的青輝，從東方邊緣滲出來。父子倆氣喘吁吁的爬上陡峭的嶺頭，大白天下已成定局，晨曦把黑暗逼到西陲已經走投無路了……

「歇一息！」爹煙癮上來了，坐在獨輪車上過煙癮，然後解開褲帶，放掉早晨的第二泡尿，挽緊大腳布對大哥說：「天亮了，咱們走吧！」從此一路下坡，大哥把牽繩盤在車頭上，跟在爹屁股後面抖擻精神的向白馬而去。

父子倆來到白馬供銷社毛豬收購站的時候已是早晨的七點鐘。想不到，賣豬的隊伍已排到幾里之外。父子倆剛排入隊伍，後面又大批趕到排隊。大哥想這麼長的隊，排到什麼時候才能輪到自己？他離開隊伍，獨自去前面打探消息，大約走了三五百米，仍然看不到隊伍的盡頭。大哥回來沮喪的說：「爹，狗日的！隊排的幾里路長呢，排到夜也不知會不會輪到呢——」排在爹前面的女人聽大哥跟爹說話的方式掩著口笑。

人和豬以及車輛一塊都擠在隊伍裡，而且一頭豬至少跟兩個人，多則全家出動，售豬隊伍像正月十五迎龍燈一般蔚為壯觀，瞻前還是望後看不到邊。這些從四面八方各個地方趕來賣豬的農戶，運送活豬的方式方法各有區別，有的抬兜子轎一樣把豬抬來，有的把豬直接捆在獨輪車上，白馬或道路平坦的鄉村都是用雙輪車，躺在寬敞的雙輪車上的豬，比捆綁在獨輪車上要舒服得多。豬失去自由四腳捆著，依然不甘就擒，不停地掙扎嚎叫，反抗激烈的大肥豬，鯉魚打挺四足蹬空從囚籠中掙扎起來，發出車子散架的響聲。仰天陷在特定的凹槽架子中，就算有牛的力氣也枉然徒勞。尖銳刺耳的嚎叫淹沒了隊伍中的說話聲。

逶迤、散漫、零亂、嘈雜、尖囂、臭哄哄的人豬隊伍如電影《一九四二》難民逃難的場景。男男女女剛剛從人民公社大食堂餓昏醒過來，個個面如土色、頭毛乾燥、一搭骨頭一張皮。身上衣裳破得不能再破，上來跟爹搭訕的中年女人，破爛的一條玄色褲，叉袋撕開的口子，爹看見裡面跟自己一樣沒有短褲的。善良愚蠢的農戶出於私心，豬看得比人還重，人皮搭骨頭，豬反而養得白白胖胖。

這些售豬的人像雜牌軍的穿著五花八門的衣服，說是衣裳，跟猿時候遮羞的樹葉幾乎差不多。有穿著襤褸邋遢的長衫，有補著各種顏色的斜襟衫，有病入膏肓曾紅極一時的列寧裝，有補丁打補丁繼承了幾代的中山裝。男人無一例外腰間都系著一條大腳布，腰裡插著必不可少的潮煙管。有的褲管一只高一只低，抑或剛剛從爛田裡爬起來，殷紅的螞蟥血，順著腿肚子一直流到腳後跟，沾滿泥塵的破草鞋染成了酡紅。與理髮一起刮過的鬍子，縱橫交錯茂盛得嘴邊打旋，好像被颱風刮倒了的青苗。農婦大多穿青一色鑻扣的對襟衣，梳著傳統的麻花頭，偶爾看到出嫁時母親或奶奶送的一對金耳環。雖然女人比男人乾淨，褪色的幾乎快風化的衣裳，極少見到有不打補丁的。大哥從婦女身上聞到同母親一樣的腐臭味，兩手泡在惡臭的豬食中捏啊揉啊，女人手中的汙溝像哥窯瓷器開片鐵線。雖然抹了許多雪花膏百雀靈，仍然掩蓋不了冰凍三尺的腐臭，糟糕的臭味和雪花膏的香味混在一起，五味雜陳誰也不知道叫什麼氣味。大哥生長在充滿惡臭的環境裡，當然不知道臭，一天不聞熟悉的氣息，覺得生活缺了什麼。

四海無閑田，一年忙到頭，排著長隊耐心

等待出售毛豬的幾乎沒有一分閒錢。三百六十天，風裡來雨裡去，太陽曬螞蟥咬，牛馬不如的生活，所有勞動報酬，藍墨水記在分工簿上畫餅充饑。平時起碼的油鹽醬醋開銷，如果生產隊不能預支，只能靠東借西賒。例如子女讀書、看病、嫁娶、人情支出等，一切花銷，把希望都寄託在這頭豬上。大多跟母親一樣，盼星星、盼月亮，終於能見到鈔票了。

他們毫無怨言，耐著心排在隊伍中，相互交流著養豬的心得。一個穿大襟衣門牙紮出的中年婦女說：「養豬蝕本的。我算筆賬給你們聽吧，一天餵兩斤米、三斤糠要不，柴火和人工不在內，算他三毛錢一天的成本，三百六十五天就要一百零九塊多錢。加上自留地種出來的番薯、蘿蔔。豬生病，要請豬郎中看病吃藥，這些都不算它，順順當當一年豬長到二百斤，每天必須長出半斤肉來。賣給政府一斤毛豬四角四，二四得八，二四得八，八十八塊洋錢。滿盤滿算不夠吃下去的本錢。不算麻其痹，一算吃飯弄肚饑，不知在做人家，還是在敗家啊……」

「照你算來，」一五十多歲的老農叨著煙竿說：「嗨！真是開著眼睛屙尿出……」

「養一年二百斤算好的！」父親忍不住說：「你們猜猜看，我養的這頭豬，養了幾個年頭？」

一個剪青年髮的婦女上前來瞟了瞟綁在獨輪車上的老勿大，看著爹說：「一年？」爹拔出含在嘴裡的煙竿搖搖頭。門牙紮出的女人說兩年？爹鼻孔哼一聲。一個跟父親年紀相仿的男人猜三年總了不得吧？爹一個勁搖著頭，說她們永遠猜不准了，驕傲的豎起四手指頭說整四個年頭。頓時隊伍裡笑得前仰後俯。

「啊——養了四年？豬不抵債，」那個猜三年的男人說：「我也碰到過老勿大豬，養了他三年，去賣說不要，收豬的說是個黃胛豬——豬不等養大，豬身上的錢早花光了，連買小豬的本錢都沒有。……豬出欄了，全家老小總想吃個殺豬頓，買包好香煙，買幾斤酒樂一樂覺得畏手畏腳。」

父親最擔心豬及格不及格。根據收購標

準，老勿大處於腳裡腳外，換句話說，收購給面子可以收，不給面子可以拒收。有的認識收購人或沾親帶故，只要他肯幫忙去賣豬，不用說不怕不及格，同樣的豬，他給的折扣率更高，雇他去做槍手。收購人員像皇帝的聖旨口說一不二，他說不合格就不合格，他說幾折就幾折，鐵板釘釘沒有討價還價的餘地。絕對權力使得收購人員比狗肉還香。

隨隊伍逐漸推進，大哥遠遠聽見收購人高聲裁決：六點七折、不合格、快抬走！下一個……收購人手裡拿一把洋車剪刀，在豬身上剪毛，做只有他們自己才清楚的標記。豬終於得到鬆綁，雖能四腳行走，但不能想往哪裡就到哪裡，這些管理驅趕的人拿著青竹棍，像法西斯一般揍打他們，統統趕入擁擠不堪的奧斯維辛集中營。或許明天遭到屠殺，或許後天成為犧牲品，運氣好的豬裝上輪船或火車，漂洋過海分別去香港、澳門、越南、古巴、南斯拉夫、阿爾巴尼亞做友誼的祭品。豬最智慧也畢竟是豬，豬在狹窄擁擠的空間產生出跟人一樣的效果——相互惡鬥、撕咬、慟哭、絕望。

父子倆和老勿大一起曝曬在陽光下，賣豬的隊伍進展得十分緩慢。離餵豬過去了四五個鐘頭，母親一勺勺的米粥從腸胃旅遊了一圈，漸漸變一團團豬糞和一泡泡尿水。眼巴巴看著四角四角的錢從豬屁眼掉出來。父親實在心痛不已，可又沒有好辦法不讓漏出來，他突發奇想，去附近田裡挖來一團爛泥，把整個豬屁股封起來。一位大爺覺得父親滑稽愚蠢，張著沒有牙齒的大嘴巴，笑著說：「我說哥老啊，是從裡面攻出來的，爛泥你怎堵得住啊。除非屁眼裡敲檀木楦頭……」

排在大爺後面的小夥子也走上前湊趣，不無諷趣的對爹說：「大叔，你黃繼光堵槍眼……」

「你怎麼知道我姓黃呢——」父親張著嘴巴愚蠢得周圍嘩都笑了。

大哥埋怨爹丟人現眼，盡出這樣的餿主意，「屁眼倒沒堵住，整頭豬被你爛泥弄得不成樣子。收豬員以為我們往豬肚裡灌爛泥……他們不要你怎麼辦。」

終於挨到了父親，父子倆把豬扛上磅秤去秤。大哥像做了虧心事的，心怦怦的跳得厲害。收購員瞄了老勿大一眼，「誰家的豬啊？」父親連連答應是他的豬。「豬的鬃毛毛半尺長，像鋼絲刷帚？泥塘打滾捉到的野豬吧——」

「同志，」父親舌頭打結，「哪能啊……」父親回答家養的正確無誤。看著老勿大面目全非的樣子，覺得自慚形穢的父親再也說不出話。

收購員撥打了三次法碼，第四次剪刀往裡一敲。顯然沒有他主觀想的那樣重。失去耐心把法碼去掉。他不響大哥以為他同意收了，試圖將凹槽中的豬從磅秤掀下。「誰教你放！」收購員扳著臉制止道：「不合格快抬去！來！下一個……」我爹聽收購員說老勿大又不及格。人似土氣打翻的四肢癱軟，氣得他啊哺啊哺的說不出話。大哥大著膽子問收購員，「老毛同志，」大哥聽人家在這麼叫收購員，「我們從早晨三點鐘出來，一直到現在。一來一回四五十里山路，求求你收下吧，毛同志啊？我們餓著肚皮……為什麼不收？」收購員連頭都不抬一下，「少廢話！什麼五十里八十里山路。為什麼不收，及格不及格你秤不會看……」大哥看老勿大離及格只差一二斤而已。氣得連話都說不出，兩手扯住老勿大兩耳，倒的拽往獨輪車上去。老勿大撕心裂肺的尖叫，父親才回過神來，拽住豬尾巴，父子協力把他按上獨輪車。一路上父子倆垂頭喪氣的像中了邪，爬上最後一道山嶺已是下午，前面終於看見了菩提山。

豬賣得的錢，母親一個蘿蔔一個坑，全安排停當好，家門口在翹首以盼……見父子倆拉著老勿大此時無聲勝有聲，母親一切明白了。

「這瘟豬頭！」大哥先開口說：「我看見只差了一兩斤，只要最後一坨屎不屙，肯定上購的——」

「狗日的！」父親咬著牙說：「下次用線把他屁眼洞縫死……」

財興早就守候在大樟樹那邊偷偷窺視，他希望想搶在母親的前頭，當路截住大哥先下手為強。害怕這錢一到我母親的手裡，如棗子放入猴嘴巴，怎麼也摳不出了。他遠遠看見老勿大仍舊綁在獨輪車上，「這狗日的！三進山城……」滿懷期待的財興像洩氣的皮球，罵罵咧咧的走了。

直到年底即將過年，父親叫來屠王師傅把老勿大殺掉，按照娘的指示豬頭、腳爪、腸子留下過年，兩片白肉賣去給副食品公司。

一共拿到六十二塊二毛三，五十斤飼料票，咬咬牙，把欠了五年的小豬錢一筆還清。留下大窟窿請女媧補也覺得太為難。一大窩子人總得活下去，母親說：「頭痛醫頭、腳痛醫腳。日子再長太陽也會落下去的。年年難過年年過——」

老勿大的心肝、肚肺、頭爪留著給家裡過年享用。明年的小豬錢明年再想辦法，母親說養豬雖然蝕本，但作為務農人，不養豬還算種田人嗎。大哥給老勿大算了一筆細帳，五年吃掉的糧食足可以買六頭大肥豬了。

家裡很少有肉嚐到，窮人就是命窮，哥哥們一吃肉就肚子拉稀，一個褲子拉上，一個迫不及待蹲下，你來我往像織布一般。

母親把老勿大的長尾巴燉給父親一個人吃。父親吃了豬尾巴下身躁動不安，小肚憋得厲害，夜裡三番四次要求跟母親交歡。母親既愛又怕，除了男人以外不能解決內心渴求與快樂，怕再次懷上孩子，尤其是兒子。一遍遍遭母親的拒絕。

「我要日出了……」父親咬著牙問：「我我出……」

「……看你也做不到了，」母親正處在高潮，「反正這一筆賬……」

父親與母親配合默契，等完事後，兩人都後悔不已。精子入了子宮駟馬難追。分析有四個問題：一父親好久沒有碰過母親。二豬尾巴的功能，這點母親心裡應該最有數。三母親剛好處在排卵期。四說到底是母親當斷不斷……

因為豬尾巴的功能，使我來到這個不該來的家裡。

6 大官賜姓

假如上海去北京本可以直接出發的，難以置信背道而馳的去雲南四川繞了一大圈，冗長乏味的不厭其煩的說了一大通廢話，讀者覺得在竊取他們的時間。可說可不說的，但還是說了。有人瞭解故事內容的同時想瞭解我本人不知道來龍去脈，所以就多花一點時間也許是值得的。

也許跟愛思考自己的人一樣，有時對自己起因和存在倍感困惑，不經要問自己為什麼會來到世上，為什麼在這個家裡，為什麼人活著總是被糾紛煩惱劫難悲傷痛苦所包圍，為什麼幸福快樂開心少之又少，既然活了幾十歲為什麼還會死掉，死亡有沒有未知世界，有又是一個什麼狀況等等，看似荒誕但現實存在且不能回避科學巨頭也找不到滿意的詮釋，看似複雜的疑問其實簡單得不能最簡單，打個比方後來的日心說推翻地心說事關掉腦袋的原則問題沒有因學說的改變影響了我們的一日三餐，太陽也沒有因爭論不下掛在天空不再下山。多麼複雜的一件事情，只要用笨腦筋想得簡單化就釋然了。話雖然這麼說，但依然受好奇心的驅使，很想知道自己的根到底在哪裡？

奇怪的我祖宗並不姓黃氏。可姓黃一直姓到現在，不姓黃，姓什麼呢？

「祖宗八代誰知道姓黃還是姓綠，」奶奶大言不慚地說：「到底祖上有沒有姓氏，我想值得懷疑的。爺爺的爺爺再爺爺的爺爺，從山東逃荒去關東，關東混了幾年混不下去，像無頭蒼蠅飛到山西，山西打仗兵慌馬亂，收成又不好，老祖宗拍拍腦袋還是家裡好啊，就再次流浪回到老家。老家已經不屬於你了，哪有家立腳啊，成了流浪狗。老祖宗走投無路，拍拍腦袋三十六計走為上策，但吸取闖關東的、走山西的教訓，總結北方流浪取得的經驗，這次不該再往北方去，應該往南方走。別的好處不說，南方天氣暖和，氣候濕潤，農作物眾多，有魚有米的地方。沒有大冰大雪，即便風餐露宿也不會凍死人，不像北方冰天雪地的，晚上把人凍成冰棍。至少可以省掉

棉被棉襖。南方河流縱橫，出行以船代馬，如果遇上好心人，打個招呼能順便搭個船，比兩腳跑路省力多了，鞋子也能省幾雙。……」

爺爺的爺爺再爺爺叫著太不順口，就稱為老祖宗吧。老祖宗既無恆產又無定所，處處無家處處家，走到那裡算那裡。屬於典型的流民。運氣不好的人，不管無論走到哪裡，倒楣像影子的跟到那裡。南方長毛造反如火如荼，老祖宗十足的赤貧，他應該跟著洪秀全參加革命才對，鬼知道他稀裡糊塗跟著穿綢吃油的財主土豪一起去逃難。只要看我爹的模樣，不難猜想老祖宗的腦袋瓜兒有多聰明，人家身上穿著是綾羅綢緞，包袱裡是金銀細軟，老祖宗叫花子的拖著一床破棉花胎，雞立鶴群的夾在有錢人的隊伍中。奶奶譏誚「窮佬的性命，孤老的錢財。」

長毛瘋狂掠殺，見到財主就殺，人首分離，細軟被劫。祖宗嚇得蝨子都抖落，受到驚嚇加上疲於奔命，三天沒有喝一口水，半路病倒在涼亭裡，再也起不來。祖宗知道自己走到了盡頭，就要客死在這裡，對老婆只說了一個「逃」字。

兵燹四起，一片火海，不要說死一個乞丐遊民，成千上萬的地主老財被長毛所殺，血流成河，砍下的頭顱棄在大路邊當球踢。至今不知道祖宗的屍骨在哪裡。母親帶著八歲兒子繼續逃命，混亂中母子被沖散，從此不知母親去了哪裡是死是活。兒子四處乞討，流落到菩提山。

當時菩提山有個很有名的大財主。母親妻妾兒女都被長毛老殺了。財主所以沒有死他沒有離開。家人勸他一起逃，財主說：「你們不用勸啦，趕緊顧自己逃吧！你們不是不知道我外面不能住，一個月三十天不屙屎，陌生眠床夜裡睡不著覺。如是死在外面，不如死在家裡好。你們拿著東西快走吧。」第二天有人在白馬看到，除了他小老婆長毛沒有殺，其餘都殺死在白馬長塘口。

祖宗上他家要口冷飯吃，財主問：「你是哪裡人啊？」

「不知道。」

「爹娘呢？」

「都死了。」

「進屋吧——」財主把祖宗叫進屋裡。見是孤兒，有收留他的意思。

「小官人，」財主打量著祖宗，古派的問道：「你貴姓啊？」

「不知道……」祖宗說。

「今年多大？」

「不知道。」

祖宗確實不知道自己姓啥生於哪年，只知道父母叫他小兔，也沒有教過什麼姓。常年過著流民日子，浮萍一樣飄忽不定，沒有職業，沒有書讀，也不需要戶口和暫住證，沒有布票、糧票、煙酒票需要簽字。四處流浪誰也不認識誰，不必像鄰居見面少不了打招呼。加上兵慌馬亂人心叵測，有姓名也不肯對人說，久而久之祖宗竟忘記了我是誰。父親說的最多的一個字是逃，有時天不亮父親驚慌叫道，「快逃啊！」有時涼亭角落剛安頓好睡覺，聽見慌亂雜遝的腳步聲，不是強盜來搶，就是官兵追到，喪心病狂的父親催促大叫，「快逃啊！」有時半夜被馬蹄聲驚醒，父親拖著兒子抱頭鼠竄……

祖宗側著頭想了想，回答說：「應該姓逃。」

「桃子的桃嗎？」

「聽爹一直說逃——逃跑的逃。」

「聞所未聞，」財主啞然失笑，「哪有姓逃的人呢，你一定忘了……這樣吧，原姓反正找不到了，姓桃也不差，但不是逃難的逃，是桃子的桃。你就當一棵小桃樹，栽在菩提山，生根落腳、開花結果——小官人，你說好不好？」

「好好！」祖宗連連說。免費從財主中獲得了一個尊姓。

後來祖宗的兒子就是我的爺爺。解放後爺爺參加土改，當上農會主任。領導土改工作的是南下大軍，他跟爺爺說：「俺聽你口音是山東人……」

「老鄉見老鄉……」聽說大官是山東人，爺爺熱淚盈眶，激動說：「大官老爺，我祖籍也是山東啊……」

「同志，你貴姓呢？」大官問。

「免貴，」爺爺懂得一點禮數，謙遜地說：「鄙姓桃。」

「俺沒聽見姓桃的人？」

「是我爹瞎編的……」

「瞎編的？」大官有些驚異，「哈哈，俺說同志，這姓氏怎麼能瞎編呢？」

爺爺就一五一十把財主賜姓的過程告訴長官聽。

「你爹真混賬得可以啊，」長官說：「竟連自己姓啥都不知道！姓桃氏，既奧妙又不好使，」長官語重心長說：「你聽俺說，新中國成立，俺們窮人翻身當家作主人。馬上登記造冊要分勝利果實了。你不如跟俺姓一個姓吧。」

「姓長官姓？那最好。貴姓？」

「免貴。鄙姓黃，大肚黃，炎黃子孫的黃……」

爺爺受寵若驚，一連向黃大官道了十八個謝謝。從此爺爺改桃換黃，開創了歷史新篇章。

我至今仍在想這位南下的黃大官很有意思，仿效三皇五帝的作派，賜姓給我爺爺。父親所以叫黃金瓜。

胳膊彎進裡，拳頭打出外，在老鄉黃大官的關照下，問我爺爺，「你喜歡地主的一間樓房，還要山腳邊那三間茅草房？回去想好了告訴俺。」

爺爺對樓房當然夢寐以求，草房那有磚瓦樓屋好。草屋一旦遇上颱風，屋頂被大風刮走，然後大雨小雨下來，床頭屋漏無干處，雨腳如麻未斷絕，爺爺對草房帶來的苦楚已經嘗夠了。但是要樓房只有一間，地主逐出每一間屋都分配給跟自己一樣的窮苦人家。雖說貧下中農是一家人，唇齒相依的日子久了，免不了你的雞偷了我家的食，我家的狗咬死了他家的雞，例如小孩打架等等。本就不是一個家族的人，趙錢孫李、周吳陳王，裡面住著的人都是七家八姓的，只要稍有一點矛盾與成見，芝麻綠豆大的小事就會引發一場戰爭。誰能理解「貧農下中農一條心，天南海北一家人」共產黨和毛主席分給我們的勝利果實，只是運動唱唱熱鬧好聽的。門對門戶對戶正式住在一個屋簷下，不要說貧下中農了，牙齒跟舌頭也要打架呢。損害到利益寸步不讓。食人間煙火，離不開油鹽醬醋茶，既做不到寬宏大量，也做不到潔身自好。相鄰交惡，倒不如「退避三舍」要那三間茅房。爺爺爹認為台門屋受環境所制約，將來等兒女長大，沒有發展餘地，那三間大茅房的周圍，可有的是發展的閒地。「爹，」爺爺跟父親商量，「你說選擇那頭好？草屋就是年年要翻蓋麻煩……」

「……誰不曉得住磚瓦樓房？」父親吐出一口煙，似乎心裡早打算好了，「聽老一輩的人說，三裡廟是龍尾，龍尾一擺，出龍神整座山倒下來。蝦灣屬於龍爪，好也說不上。三間大茅屋是龍頸，鯰魚潭是龍首。起屋造宅當然是風水寶地。前面是菩提山，後邊山凹一大片竹林，左右全是空地，出入方便，沒有鄰舍。將來子孫如有本事，房子隨你造好了。一間樓房能派什麼用，連關豬關鴨堆柴草的地方都沒有……草屋就草屋。」

父子倆達成共識，承蒙黃長官庇護，爺爺選擇三間大草房的同時分得一張做工考究雕工精湛的黃花梨拔步床。據說這床是阿崔地主爺爺傳下來的。找不到像這樣第二張的精緻眠床擺在我家茅廬中，猶如穿著華麗的衣裳在黑夜中行走。爺爺跟爹從阿崔家搬了一天，搬回家安裝不了，屋子裡堆滿了。爺爺笑著說：「金瓜，木卯看堆頭大，即使床睡破了，當柴能燒半年呢！」

「爹你說得對，不管怎麼說，眼前這麼大一堆，那些八腳床比也不能比。黃大官真算幫咱們忙了。」

「金瓜！」奶奶看見爹從地主家裡又扛來一口大黃砂甏，「放我房間裡，跟床木頭夾在一塊，敲到就碎掉了。哈哈哈，家裡真少這樣的米甏呢。」

這床要是放在當官或像樣的財主家裡好比錦上添花；放在我們家裡如一朵鮮花插在牛汙中。這張不可多得的床裡浸透了大哥二哥我們七八個兄弟的屎尿。草屋裡又黑又煙又潮又髒，沒幾年時間，所得的勝利果實壽終正寢了，床腳爛穿，榫頭脫開，漆絲剝落，棕棚爛出大洞，人睡上去，床會痛苦的嘎吱嘎吱地哭。床後來請工匠安裝起來的，爹發現裡床有橋板抽屜，拉開發現有只熏香爐和一盒檀香。也許爹出於好奇，一邊焚香，一邊跟娘做愛。奶奶爺爺睡在東頭，問爺爺什麼這麼香，爺爺說他的鼻子不知香臭，聞不出。那時奶奶不僅眼睛銳利，她鼻子嗅覺可與獵狗媲美，遁著香味一直尋到父母大床前，見兒子和兒媳像水蟒的絞股在一起……二哥是不是母親那次受孕的不知道，反正分勝利果實時生的。父親大字不識一個，一輩子穿草鞋做苦力，馬上對檀香木和香爐仇恨起來，挖出所有檀香，統統倒進火坑中，把放在床板裡的香爐，丟進門前的爛田裏。一年後奶奶才發現田裡這只香爐。奶奶端詳良久，覺得似曾相識，半天奶奶才想起那晚兒子和媳婦做愛用過的。覺得扔了太可惜，餵小雞小鴨正好，誰知道這香爐做飼料罐乏善可陳，奶奶覺得一無是處，把香爐擱在草屋泥牆上去。

一九七八年秋天的一個下午，一個收舊的外鄉人，問奶奶：「舊傢俱、舊瓷器、舊書畫、老硯臺、舊墨有嗎？有拿來賣給我。」奶奶記起那只束之高閣的老香爐，拿下來給他看。收舊的傢伙反過來反過去對香爐端詳了半天，見香爐的底部寫著修內司，嘟囔道：「修內司？修內司……不值錢，頂多一塊錢。」

「十塊，」奶奶斬釘截鐵，「要就拿走，不要就歇！」

直至後來的後來我才曉得修內司在杭州的鳳凰山下，是南宋朝廷的官窯瓷器。無論收藏、欣賞、還是考古歷史價值，都是不可複製的稀世之寶。如果拿去佳士德拍賣，底價至少上千萬。還有不可多得的黃花梨拔步床，今天我家一夜暴富了。什麼事也不用做，就坐坐吃吃也吃不完了。我們八兄弟坐享其成，個個都是百萬元……我相信窮人之所以是窮人，因為骨子生好了。運氣佳的貴人，腳讓石頭扳一跌跤，爬起來看原是一只金元寶礙事。倒楣蛋手中攥著金元寶也會變石頭，所以不是你得的東西，一切都是枉然的。奶奶沒揣過這麼大的一張鈔票，心裡怦怦跳，臉上每道皺紋都樂開了花。在奶奶的眼裡，這十元大錢簡直比天大、比娘親、比海深……

接下來，務必介紹我的七個哥哥。

雖然大哥前面已經知道了，他正式的名字叫黃興，但沒有人叫他的名字，男男女女老老小小、是人是鬼，都叫他蠟梨頭的綽號。為了給大兒子取個名字，爹動足了腦筋，娘問他兒子名字想好沒有？爹回答才十天工夫，那有這麼快啊。

「就取個名字，」娘揶揄說道：「又不是造阿房宮嘞。今天想，明天想，天天想，想到你兒子討老婆……」

大清早，爹在茅坑上邊拉屎邊吸煙邊給大哥想名字，忽然腦袋瓜開竅連褲子也沒有繫好，迫不及待跑去跟娘說：「素娟，兒子名字想好了，叫他黃興怎樣？興是興旺的興，就是人丁興旺的意思。」爹斗大字不識一升，腦袋天生實心呆笨，做愛只能光生兒子，竟然被他說中，一連生了八個兒子。不僅人丁興旺，而且怨聲載道。

大哥從小染上癩頭瘡，癩頭瘡發癢，整個頭皮雙手搔得血出淋淋像剝出的紅柿子，十八歲頭皮像白蟻蛀空的爛木頭，光禿禿一毛不生，活像西天取經的那個沙和尚。家裡家外都叫他蠟梨頭。大哥一生未娶，俗語說癩子娶姣姣，可見這話不是針對大哥說的。癩子討姣姣不僅要有豔福，且家裡得硬體好才行。大哥癩得難看不說，家裡實在太窮了，這兩樣條件湊在一塊雪上加霜。關鍵因為窮，我想有錢女人根本不在乎癩頭皮。大哥人雖然醜，做人的良心一等一的好，不是我誇他在黃婆賣瓜，大哥毫不利己專門利人，在我們八兄弟當中他的品德最高尚。如今這個社會要找像我大哥這樣的好兄弟，不是吹牛皮，比四川大熊貓還難找。我們這個家，假如沒有我大哥作出犧牲，絕對沒有我們的今天。所以大哥在家裡起到了舉足輕重的作用。大哥一生有太多太多感人肺腑、可歌可泣的故事。但不該在有限的篇章中扯得太遠了，待以後慢慢的細說。

二哥叫黃穀。穀是稻的穀，當然爹根本不知道民以食為天這句話。二哥出生時遇上好年歲，爹加入互助組，早稻一片金黃。二哥上午落地，下午開始收割早稻，穀粒飽滿，沉甸甸的幾乎像米一樣。父親一下子開了天窗，不加思索的脫口而出：「素娟，小兒名字就叫他黃稻吧。」

「金瓜，」奶奶從不贊許兒子，這次表彰

爹說：「這名字取得好。為口飯落的難，是二孫子帶來的好年成。」

「黃稻？」母親可比我爹要聰明能幹，說，「黃稻的稻跟強盜的盜含混不清的，倒不如叫他黃穀好聽些吧。」

二哥的名字是爹發明的，但是由母親來完善的。爹似乎還想說什麼，爹實在說不出任何道道，說也得、不說也得，不得不依我娘說。在這兒我順便必須提一下，這家要是沒有我母親把持，七零八落的早就不成家了。二哥眼觀六角，耳聽八方，從小就很機靈，奶奶綽號叫他刁老三，但外邊鮮為人知，僅限家裡內部使用。刁字褒貶不一，說好聽叫聰明，說不好聽刁奸。二哥念到初中，在我們八個兄弟當中，應數他的學歷最高。千萬別小覷我二哥是個初中生，改革開放初期，菩提山乃至白馬絕大多數農民陶醉在自己的承包田裡，不知道也不敢想像今天社會會到這個樣子的。容許一部分人先富起來打開潘多拉匣子一般社會像核產生裂變輻射到每個細胞。抱著一畝三分田做中國夢的因此而坐失良機，人民公社、集體經濟徹底崩潰，淪為老無可依沒有土地的農民。我並不否認自己這樣說是事後諸葛亮，但二哥不是坐以待斃的農民，不知商海的浪有多高、水有多深、能不能摸到石頭，奮不顧身一頭扎進大潮中。也許他給大潮卷走、葬身魚腹、或嗆個半死，那是理所當然的事，敢於冒險被陳屍街頭，誰會說他是英雄，相反你有田不種，都說他活該。慶倖的二哥天生是個弄潮兒，非但沒有捲走和淹死，沖在浪巔上而遊刃有餘。完成原始資本積累的二哥，同時在政治上奠定了堅實的基礎。危機四伏都說如今生意不好做的趨勢下二哥左右逢源固若金湯。

二哥出生在上述所說的一個大環境中的家庭裡，而不是繼承父親的王位，默默無聞沒人瞧得起的人要掙脫枷鎖成為人上人其中艱辛是可想而知的。話再說回來，二哥不是自覺走上這一步，是不自覺的，更確切地說逼得他不得不走到這一步。要說二哥一生的經歷，帶有傳奇的同時充滿死亡和兇險，死裡逃生的情節驚心動魄。我形容我二哥的人生，他像船上的帆，經受過狂風暴雨和驚濤駭浪，絕不是你見到的普普通通的一塊布。這裡簡單扼要的說一下，二哥因說錯一句話，正確地說他只說差了一個字，差點被逮捕法辦，上山打虎親兄弟，大哥法場救弟，二哥才僥倖逃出菩提山，從此亡命天涯，家裡都當二哥死在他鄉，父母為他做了衣冠塚，某一天突然回來了。接下來娶妻生子的日子黃蓮一般苦，二哥豁出去了，在痛苦中沉默死去，不如爆發中死去，孤注一擲，唆使老婆把娘給她們造房子用的錢騙來做買賣。以極其低廉的租費在菜市場門口租了一排廢棄的露天大糞坑，因陋就簡搭了幾間簡易棚子，三四張破桌，五六枚凳子擺起「大肚漢餛飩攤。」酒香不怕巷子深，實惠不怕糞坑店，二哥和他老婆的餛飩攤擺得紅紅火火。說是時來運轉也好，苦盡甜來也好，糞坑上掘到第一桶金的二哥，已不是過去小農經濟的眼界，總計師的為自己開始描繪藍圖。步子再寬一點，膽子再大一點，從餛飩店發展到開五金、建材、超市、工廠實體，如日中天的生意越做越大。誰也想不到工商聯三請諸葛亮讓二哥擔任個體勞動者協會主任，又當選為市人大代表，和全國勞模以及人大常委會主任。二哥黃袍加身如老虎插上翅膀。二哥從一個政治逃犯，成為人民代表、全國勞模走向紅地毯的主席臺，不難想像二哥經歷怎樣一個心路歷程，經歷了多少險灘急流。可以說二哥他走過的橋，比我走過的路還多。他一生的故事車船也載不動，三言兩語蜻蜓點水也談不上。

三哥叫黃水，這名字母親自己取的，母親說：「生這個討債鬼我苦頭吃足了。妊娠反應黃惡頭水都嘔出了。」母親指的苦頭妊娠反應太大，吃什麼吐什麼，吐到後來肚裡沒有東西可吐了，吐惡水為止。所謂吐惡水是黃色的糞便。出生後，母親對老三餘氣未消，說：「這三討債半條命給他了，他教我吐惡水，就叫他黃水吧——」反正我家沒有什麼文化的，菩提山社會也不需要有文化，阿狗、阿貓能叫應就好。值得一提，我三哥這人性格孤僻，不擅言辭，要不說，開口傷沖人頭。獨來獨往，也不喜歡與人交流，他的性格照式葫蘆像我爹，爹身上所有的缺點或基因遺產，都讓老三一個人繼承下來。個性

決定命運，三哥的命運不言而喻，默默無聞的一生。

老四叫黃忠，志高氣傲，但大事做不來，小事又不做。眼高手低，整天懷才不遇的怨天尤人。

老五叫黃華，跟我一樣平庸、喜愛自由散漫，跟我一樣沒有一點兒出息。

老六叫黃明，綽號六個手指頭老，倒不是手長有六個指頭。老六從小扭扭揑揑的裝女人相。父母最看不慣就是老六，像畸生多餘的一個手指頭。

老七叫黃凡，心眼忒小，小時候跟我搶奶吃，童年專門欺侮我，長大以七哥自居對我發號施令。導致他養成凌強欺弱的惡習。但以後我們兄弟聚少離多的，反而時常會懷念他欺負我的美好時光，我更不會計較這一些。

挨下來就談談我自己。爹給兒子名字取多了，給我取名如同他在口袋裡掏東西一樣順手。「狗日的，老八，就叫他黃八吧。」爹公開這麼叫我，學校老師同學黃八的後面又免費送我一個蛋，大家都叫我黃八蛋。爹和娘有時喜歡叫我尾巴頭。也許父母還在記得老勿大的那條尾巴。

八兄弟中的地位中，我跟財興家那個落腳豬一樣感到無奈和悲哀。你想學校老師和同學都叫我黃八蛋，心裡自卑——一言難以蔽之。

總而言之，一娘生八子，子子不相同。常言道五個手指伸出來也有長短呢，何怪乎一母所生同胞兄弟啊。

我在菩提山完小讀的書，三年級時，費老師叫我站起來回答問題，「黃八蛋，我問你河馬是不是馬？請你回答。」

我不加思索的說不是馬！

「為什麼不是馬？」

「河馬不能騎啊。」

「牛能騎，」費老師緊追不捨，「……為什麼叫牛不叫馬？」

「牛雖能騎，但職責是耕地；馬也能耕地，擅長於騁馳疆場。」

「如此看來，中國下一個公孫龍就出在咱菩提山小學……」費老師在全班同學面前誇我回答機智、條例清晰、符合邏輯，「你這個黃八蛋不混賬，能善辯，將來載入史冊……我們菩提山全體師生與你共享殊榮。」

是狗不會變成貓，這連三歲的兒童也知道，黃八蛋永遠是黃八蛋，所以我對於費老師的褒獎保持審慎的樂觀，謙虛的說道：「河馬不是馬正如黃八蛋不可能成為公孫龍一樣那麼簡單，」……

在菩提山念完小學若繼續想念初中，我就得東鋪打席，去廿十里之外的白馬上學。二哥天資聰慧父母把二哥當人才來培養，因家裡供不起上學住校的開銷，沒有等到畢業的一天回家參加勞動。菩提山去白馬沒有公路，勉強只能通獨輪車，一路都是彎來繞去的山道，翻過西天嶺和東天嶺，山下有條小河，有座獨木橋，人走在上面板橋吱吱嘎嘎的會唱歌，然後朝前走，離公社所在地的白馬鎮就不遠了。我不住校不可能早出晚歸做走讀生，勢所必然只能寄宿在那兒。並且做住校生還得自帶鋪蓋，一個星期回次家，帶上一個星期的米和菜，除此之外，學校每天收取一角錢的搭夥費。

首先家拿不出多餘的鋪蓋給我。在家我、六哥、七哥三人共蓋一條被子，如果我單獨蓋一條被子，顯而易見三個哥哥就沒被蓋了，即便要了母親的命，她也拿不出被子給我。第二個問題，平時家裡十來個人吃飯，一張桌子坐不下，糧米緊張得要命，看母親整天愁腸百結的，恨不得一粒粒數著米吃。七個哥哥簡直像七匹餓狼，上好的牙齒毫無意義，飯扒到嘴一嚼不嚼的熱辣辣囫圇的吞進肚子。直徑兩尺兩的一只大鐵鑊，頓頓吃得鍋底朝天。奶奶父母一共有十一個人吃飯，第一個開始吃到最後一個碗捧起，先吃的一碗已經下肚了，八九十來個人你來我往的比織布的梭還忙呢。吃得稍微慢一點想去轉碗，遺憾的滿滿一鍋飯只剩下一只空鍋了。我抱怨爹娘，你們有能力生我們，卻沒有能力讓我們肚皮吃飽，尤其爹認為是我們妨礙了他的生活品質，他像落敗的一頭雄獅，看他既憤怒又沮喪。別看爹在外面委屈求全的毫無鬥爭反抗精神，對我們兒子橫凶霸道，動輒用他的煙竿頭、巴掌、拳頭代替教訓。在我幼小的記憶裡，爹的臉兒整天像豬苦膽桂眉毛，沒有一絲的笑音。拉茬鬍子像草船借箭中的亂矢，一雙不會轉動的死魚眼珠，破袍子補著一塊格格不入的布，三百六十天腰裡繫著一塊大腳布，穿著稻草草鞋，一年三季，十個腳指頭總露在外面，赤裸裸的像個老生薑。爹身上幾乎一無是處的，唯獨他的煙竿，像當今的蘋果手機顯得獨一無二，煙竿丟了像手機丟了一樣失魂落魄，他說寧可三天沒有飯吃，不可一日沒有煙吸。爹有兩根煙竿，一竿是自己製造的，非常的粗劣，另一竿是勝利果實得來的，竹節像古銅一般紅彤，咬嘴鑲嵌著綠松石，尤其裝煙絲的煙匣子，不是普通的煙匣子，那是雕刻精湛的一件藝術品。十分精美，非一般工匠所為。那年爹打了一頭雄麋鹿，他把雄鹿的睪丸皮剝下，血出淋淋趁熱套在煙匣子外面。等睪丸皮毛收縮乾燥後，煙匣被緊緊包裹。毛茸茸的煙匣子，簡直跟雄鹿的睪丸一模一樣。爹畫蛇添足的徹底把煙匣毀了，他根本不懂什麼叫藝術。煙匣從此失去雕刻工藝與欣賞價值。每當飯蓋子揭開，爹臉孔像蚊帳一樣唰放下，仇人的瞪著我們，「狗日出來的！你們工分不會掙，吃飯無多厭少，飯是一座山，也給你們扒倒了！」即便我去住校，怎樣節省糧米，一天一斤米要吧，一個星期回家取六斤米，米缸會淺去一大節，母親在當家，她不要憂死人的？我跟全家人混在一起吃，好比豬食槽裡多一隻狗，感覺不到多我那口飯。每個禮拜回家索米，問題就非常明顯了。再說我不能每天吃淡飯吧，拿什麼菜，什麼菜能吃上六天呢？見到母親憂心忡忡於心不忍……更傷腦筋一天一角的搭夥費，一個學期十多塊，而且學校不欠帳，必須付給學校現金。一家人在生產隊賺的是工分。從春至秋、從夏到冬、從今年到明年，可是藍墨水在簿本上點點的，一年忙到頭，兩個空拳頭。到年終應該考方案分紅了，革委會屠主任大會宣佈：「大隊暫時沒有錢，到明年春花再說。讓我們過個革命化的春節……」過年過慣了的社員，向幹部發牢騷，「革命化的春節也不能喝西北風啊！」革委會領導班子見說服不了，使出「階級鬥爭一抓就靈」的剎手鐗，四類分子揪上臺鬥爭，或召開憶苦思甜大會，給貧下中農一人分一塊糠餅，必須大會現場吃下去。訴苦的幾乎變職業演員，和著眼淚領大家一起唱，「不忘階級苦，牢記血淚仇。」一直說要爆發第三次世界大戰，形勢越來越嚴峻，糧食也越來越短缺，當初一個勞動日從六毛錢，下降只有三毛。爹成天罵我們曹操的兵，吃飯的精！母親怨我們都是男孩子，肚皮大，糧食費，衣裳壞，不聽話，心事大……母親哪出得起這筆住校費。所以上述這三個條件，我黃八蛋一個都不具備。

「劉邦從來不讀書……」大哥語不驚人死不休，說：「讀書讀到死，扔掉一刀紙……不學ABC，照樣鬧革命。讀什麼書，讀了又有什麼用啊！你看看這些臭老九——」

雖然父親健在，不能說由大哥說了算，但大哥已是家裡主要勞力，有一定的話語權。經大哥一反對，父母不再作聲了。我知道大哥說在父母的心坎上了。

「……三畝棉花三畝稻，」爹訕訕的說：「念不念書一個樣。」

7

難言之隱

「小八喂，」瞎眼奶奶坐在門口竹椅上叫我，「你醒來沒？時間差不多了……」

差點我忘了介紹我奶奶了，這時候的奶奶，兩眼對她已不起作用了。奶奶說在我三歲那年開始的，發現夜裡看月亮重重疊疊的有好幾個，奶奶不止一次說：「人老了像蠟燭一樣快點完了，眼光在逐步逐步暗下去，直到完全看不見為止。」奶奶雖然眼睛看不見，但自己並不覺得悲哀，坦然地認為人像蠟燭一樣，總有點光的時候，天下沒有長明燈的，太陽一定有耗盡的一天。慶倖的是對奶奶的日常生活，並沒有帶來多大的妨礙，該走的路仍舊能走，除了針線活幹不了，該做的事仍舊能做，奶奶憑著對周圍環境的熟悉，比如什麼地方該轉彎、什麼地方有屋柱、屋柱上有多少枚釘子、凳子、桌子、水缸、雞舍固定在哪裡、床到門檻有幾步路、門口有幾棵樹等等，甚至四季太陽變化照在家裡不同位置她瞭若指掌，完全不必依賴眼睛。她看不見太陽和雲朵，風從她臉上略過，如諸葛亮知道風雲變幻，說：「小八，天要下雨了，晾曬在外面的衣裳收進。」奶奶沒有見過自鳴鐘，對時辰像公雞報曉一樣準確無誤，說：「小八，你爹、哥他們做生活快進門了。」我問她你怎麼看見的？「傻瓜的。」事實證明奶奶的偏差不會超出五分鐘。我要看農業學大寨，全國進畈出畈的時辰一個生懷疑奶奶假看不見還是真看不見？於是我用手掌擋住奶奶的雙目，看她有什麼反應沒有，見奶奶視若無睹的樣子。奶奶除縫補衣裳做不成，早晨開始燒茶煮飯、洗碗刷鍋、飼豬養雞，沒有一件不是她了理的，不因奶奶雙眼看不見，從此這些家務可以撒手不管，飯來張口、衣來伸手讓兒孫們照看她……這樣奢侈與福氣只有別的奶奶有可能，我奶奶的後腦勺冰冷冰冷的，根本連想都沒有想過。必須說明我奶奶對家庭的貢獻是不能忽視的，尤其當母親養下我，奶水早已被前面七個哥哥吮枯了，七哥恬不知恥的還要跟我搶飯碗，父母至於對我的存在，抱著活著不多、死了不少的態度。是奶奶不離不棄，宣言說：「我的子孫一個都不能少！這小黃八蛋倘若他將來當了皇帝，你們誰知道啊……」煮飯時，她鍋裡放只空大碗，飯煮熟，空碗中積下半碗稠稠的米湯水，從芝麻大餵到我西瓜大。當然我們兄弟八個沒一個不是老祖母一手抱大的，之所以勞苦功高，所以只要奶奶一旦發脾氣，誰都不敢回對，包括愣頭愣腦的爹，和聰明能幹的娘。奶奶指著罵我娘，「這八個兒子，我十個月大肚皮沒有墜，哪個不是我親手抱大。」

我知道奶奶叫我起來幹什麼，我揉揉眼睛，捲起地上睡過的草席，瞌睡朦朧走到大門口，過了正午太陽已往西偏，發白灼熱的陽光像電桿光一般刺眼，整個天地熱得像一個大蒸籠。田塍上的桑樹，葉子都炙得捲稍了，知了絕望枉然地呼喚著西風。夏天我天天一絲不掛在太陽底下玩耍，身上皮膚像知了的蛻了皮，大哥說我比坦桑尼亞人還黑。我回進屋，屋柱上摘下一頂比濟公和尚還破的破草帽。

離家不遠的山腳邊，有口小小的池塘，大

約五六張八仙桌那麼大小。因為泉水源源不斷的流入，所以才有這個小池塘。不管天旱，還是長雨，池塘裡的泉水總似君子似的不亢不卑的不淺也不滿。一次，我跟著七哥去池塘裡玩，七哥偶然中發現坎頭有個泥洞，洞一半沉在水中，一半露在上面，七哥怕裡面蹲有蛇，自己不敢伸手進去掏，「小八！」七哥以行政手段命令我，「你去摸，說不定洞裡有大黃鱔。」

「哪有黃鱔，」我也怕有蛇，家裡年年有蛇爬進雞窩吞吃雞蛋。

「我教你去摸你就摸——」七哥雙手叉腰說。

或許人還不會直立行走和使用豐富的對白時已生成了嚴格的等級制度，類似於我們兄弟這種原始的不成文的規則：母性是家裡的頭領，然而父親吃大哥，大哥吃二哥，二哥吃三哥，三哥壓四哥，一級吃一級的吃到我為止。雖然我怕死不願冒險，但又不敢違抗七哥的命令，洞裡是蛇還是黃鱔，全憑自己的手氣了。硬著頭皮手小心翼翼的伸進洞，一條受驚的蛇，像箭一樣從洞裡飆出來，我神經質地縮回來，如是說我嚇著蛇，不如說是蛇嚇著了我，給我造成巨大的心裡壓力，惶恐猶豫的看七哥的臉色。「你儘管膽子大些！」七哥對我說現成白話，「一山不容兩虎，一個洞同樣不可能蹲二條蛇的。」七哥站著說話不要疼，猜他心裡在說：「乖乖！幸虧自己沒有去摸——」

我不得不壯著膽再次伸進洞去，手指尖觸到一樣麻皮疙瘩的東西，憑觸覺應該不是一條蛇吧，那東西似乎想逃，但洞內沒有退路，整個身子鼓囊囊的成一個球。我手小，一把抓不住那個東西，手臂也不夠長，那生物將自己軀體壓縮到極限。我怕已經抓到手的東西又讓他跑了，我完全臥在水裡只露出兩個鼻孔透氣，將胳膊伸展到最長限度。改變策略，既然身子抓不住，抓住他一條腿，使勁的往外拽。

「七哥！」一邊興奮向七哥報捷，「這傢伙——被我抓到了！」那東西突然左腿猛力的一蹭，抓住的右腿掙脫了。

「是什麼！」七哥聽見我啊呀一聲急得岸

上爪耳搔腮，「抓住嗎?黃八蛋是什麼!到底抓住了沒有?你騙我……哪根骨頭在犯賤。」

「一個很大很大的大家夥——」我顧不得嗆水鼻子發酸，興奮地說：「逮住了，終於被我逮住了，……」

七哥見一個尺把長癩蛤蟆似的大家伙夥，高興的從地上跳起來，七哥為搶我的功勞，不由分說抓過去，折甘蔗的咯噔咯噔幾下把兩條後腿統統折斷。迫不及待向奶奶去邀功。一邊跑，一邊叫：「奶奶!奶奶!我抓了一隻大石藏。天天晚上聽見剛啦剛啦在叫的那傢伙，原來他就躲在水塘洞裡。」

直到後來我才知道石藏的學名叫棘胸蛙，土名又叫他山雞。皮可以制革，肉味道很鮮美。如今這物種已經消失。

奶奶聽見我們說抓了一隻大石藏回來，她摸著折斷了腿的棘胸蛙，哈哈哈!哈哈哈樂開了花，笑得她嘴巴都合不攏，「你們兄弟本事可真不小啊!抓怎麼大一隻石藏給奶奶，哈哈哈!哈哈哈——簡直開心死啦——」我沒有見過奶奶有今天這麼開心，由衷的笑容，使臉上蒼老縱橫五花繃裂的皺紋花朵似的綻放。「——奶奶今天有肉吃了。半年，應該不止半年了吧，過年嚐過再沒有嚐過肉啊，奶奶真是連肉的味道都快想不起來。哈哈哈，哈哈哈，哈哈哈……」

「老七，」奶奶似乎不想讓這寶貝，糊裡糊塗地就上斷頭臺。「你去拿秤來，稻草把兩條腿綁住?聽見嗎，你秤它好!知道不。」

七哥拿秤一秤，好傢伙，「奶奶!他足足有一斤三兩重呢!」

「誰抓住的?」

「我!」七哥捷足先登。

「真的?」

「當然真的……」

「好!奶奶給你記上一大功……」

我心裡很生氣，但不敢說，一屁股坐在門檻上，側目看兩眼抹黑的奶奶庖丁解牛操刀殺石藏。

奶奶熟練的把他頭切下，菜刀角扯住大石藏的皮，吱吱幾下把整張皮扯了下來，全身雪白、肌腱完美的石藏，像一絲不掛的裸女。

奶奶獨自美餐了一頓。第二天，奶奶對我說：「小八，奶奶昨天吃了石藏肉，今天眼睛都亮一亮……」

第二天我又去池塘裡碰運氣，結果手伸進去，又被我抓到一隻。這是我單獨行動抓住的，興奮之情溢於言表，一邊跑，一邊遠遠向奶奶報喜。為防止他逃跑，我效仿七哥兇殘的做法，把石藏兩條大腿骨先折斷。然後遞到奶奶手裡，奶奶真不敢相信世上有這種事！樂得像個孩子，竟然滑稽的說：「小八，你功勞大大的——」

因受到奶奶的鼓勵和表彰，第三天午後，我愚蠢的又向池塘走去，不可思議我伸手又抓到了一隻。

七哥心生妒忌，想原來你這樣容易抓住，何必讓我去討好奶奶。七哥要抓，我當然只能靠邊站，於是我站在岸上旁觀。七哥戰戰兢兢的伸進去，聽見他啊唷一聲，我以為七哥故意在嚇唬我，見他慌不疊的抽出手，食指上竟咬著一條肥胖的大淤泥蛇，不管七哥怎麼拽，淤泥蛇死不鬆口。萬幸淤泥水蛇沒有毒的，這條饑餓的蛇，把七哥的手指當送上嘴的美食。七哥嚇得魂飛魄散，我也驚得失魂落魄，不知道該如何處理才好？我說回家讓奶奶想辦法，七哥默認了我的建議，帶魚的拎回家讓奶奶去解救。七哥已經到喪心病狂的境地，哭嚎著：「奶奶！你快救救我啊——」

奶奶哪會把一條泥蛇放在眼裡，對我說道：「小八，你去拿把菜刀來！」奶奶一把捏住泥蛇頸部，蛇像彈簧的纏住奶奶的手腕。又從容的吩咐七哥道：「來，把手放在門檻上面……」

蛇緊緊絞著奶奶手腕不放讓我毛骨悚然，抖著把菜刀遞到奶奶手裡。滿身是鏽的那把菜刀跟奶奶一樣半年來也沒有開過葷，刃口幾乎鈍得跟刀背一樣，奶奶像拉鋸一樣在蛇頭上來回拉動。

七哥嘴巴噘得像個雞娘屁股，淬火一般絲絲絲地叫著。我不知道蛇到底有毒不，擔心七哥會喪命不？該死的菜刀剮卵不出血，不僅替奶奶捏把汗，也活受凌遲的蛇感到難過。我不安的一會走出門外去，一會站到門內來。

「奶奶，求求你快些吧！」七哥哇哇叫開始哀求，「我的手，手被咬斷了！啊唷痛死了——娘啊！奶奶，你當心點吧，不要把我的手指頭一塊斬落，吃飯我筷子不會拿……啊唷！娘呀……」

「老七！」奶奶把一隻腳伸到門檻外去，騎馬的騎在門檻上，「你叫你娘，就教你娘來弄吧。你再叫，我可不管你了。放心，奶奶雖然看不見，心裡有數得很。再熬熬吧，一條泥蛇，又不是一頭牛！」

蛇非但沒有鬆開口，反咬得更緊，七哥一邊遭蛇咬，一邊又要承受鈍刀的折磨，痛苦的賴在門檻上嗚嗚嗚哭，不知實情的人，真以為奶奶在鋸他的手指頭。蛇頭終於鋸下，但咬著七哥不放。我看在眼裡，不失時機遞給七哥一把剪刀。

「奶奶，蛇還在動呢，」奶奶去洗手裡的血。我壯著膽拎起掀動的蛇尾巴，「我拿到茅坑裡去丟掉。」

「不不……」奶奶連忙喝止道：「小八你真傻呆了，怎麼能去丟掉呢？這蛇滾滾壯的有一捏大，裡面長滿了油，清燉燉奶奶要吃的。——」奶奶剝石藏的順勢把蛇皮褪下，五臟六腑一同扯出，「小八你去小塘裡洗乾淨。」

「七哥，」我特地的問他：「小塘裡你去不——」七哥朝我狠狠的瞪了一眼。一遭被蛇咬，三年怕草繩，七哥晚上做夢聽他在慌夢叫。七哥心有餘悸，對池塘遠而敬之。

小池塘發生的故事像阿拉伯神話一般，至今仍想不明白究竟怎麼回事？我沒有因七哥遭蛇咬就此收手，在以後幾天我午睡醒來去池塘掏那個令人刺激的洞穴，簡直如同囊中取物一樣，接連三天抓了三隻石藏。但石藏越來越小一隻不如一隻。

「老七！」奶奶無聊拿七哥開心，「看來你的手，將來抓糞的……」又褒獎我說：「咱小八的手，是只積財的手。兒子像娘，銀子打牆，咱黃家門大富大貴將來要靠你來——哈哈哈！哈哈哈！」

「爹，」大哥教大隊鐵匠打來一把小钁

頭，削好檀木柄，在門口的一塊大石頭砰砰撴實。對父親說：「後山我們也挖個防空洞，你看怎樣？」

「第三次世界大戰真會打起來嗎？」不知爹從有線廣播聽的，還是田頭聽人說第三次世界大戰一詞。爹壓根不知道什麼叫世界大戰，更不要說第一次、第二次大戰這麼回事，他的數字概念與三頭豬或三頭牛差不多。若打個不恰當的比喻，一個人死了，爹去奔喪事，一連吃了三天喪飯，結束時，他問旁邊是誰死了？時髦又滑稽的說：「深挖洞嘛，挖了當然比不挖好，……」

爹不知道大隊挖這麼多防空洞幹啥用？頗具微詞，「農作正事都不幹了，勞民傷財挖許多短命的山洞。難道烏龜能逃到鱉洞裡去嗎！吃飯弄肚饑——」

「爹你說話不要亂講……」大哥知道爹腦子簡單又十分糊塗，向他解釋道：「中國主要防美帝國主義和蘇聯修正主義發動核戰爭。防止他們到中國擲原子彈、氫彈。一旦發生核戰爭，只要躲進防空洞裡，就不會受到輻射，平安無事……」

「照你說來，」爹茅塞頓開，「那美瓜老、美瓜老，弄總是個雪人囉（美國人原來是壞人嗎）？狗日的蘇聯老不是說是我們的老大哥嗎？蘇聯番薯吃好吃但產量不高……難怪蘇聯番薯斷種了。」爹自言自語說：「狗日的！他們不去人多的北京、上海、杭州甩炸彈？為什麼來炸我們菩提山？頂多就死幾株松樹嘛。」

「他們才不會到菩提山扔原子彈呢！」二哥贊同父親，「來菩提山扔炸彈，頂多死幾個窮人和幾隻烏鴉。高射炮打麻鳥，簡直瞎折騰。自己搞得草木皆兵……」

「你們說，我在聽，」母親忍不住插嘴道：「大約莫美國老和蘇聯老的原雞蛋多得發臭了，他們自己吃不光丟給我們去臭……」

「你們獨好對課，」大哥笑著說，「爹說美瓜老，你說原雞蛋，打日本老美國人在廣島扔下兩顆原子彈，死掉了幾十萬人才無條件投降的，沒有美國人這兩顆原子彈，中國跟日本老有得打打呢……」

「什麼原子彈原雞蛋的，」娘不以為然，「琴琴、小米、菊芬她們都這樣說的。琴琴又是黨員又是大隊婦聯主任，她應該總比我們這些人懂吧。我們挖的洞裡碰上了大岩石，這摟耳朵的小钁頭如老鴰啄石頭，不放石炮哪挖得動。」

「真的是吃飯弄肚饑，」二哥說：「大山弄中防空洞挖得這麼深，有什麼鳥用？全民挖洞要多少勞力多少工分？一個人一個月還沒有三十斤米能吃。」

「糊海海抬棺材啊！」一提起米，母親話兒就多了，「早上喝一口薄粥出來的，三鋤頭挖下來，洞裡一泡尿肚皮就癟了，忍到中午肚皮咕咕叫，全身乏力，手骨酥軟，肩胛背脊虛汗直流，美國老蘇聯老不來……咱真是吃飽飯沒事幹了。反正躲在洞裡沒人看見，大家磨洋工，我們幾個打盹的打盹，打毛線的打毛線，切鞋底的切鞋底，工分不挣白不挣，況且擁軍鞋也是回應備戰的號召……」

「大哥，」我二哥從來不叫大哥蠟梨頭的綽號。二哥說：「我們挖的防空洞直線深度超過了二十米，計畫再九十度轉上兩個彎兒，這樣保證不會受到任何輻射，躲在洞裡可萬無一失。」

「轉彎轉得越多，當然就越安全了，」大哥放下碗筷，兩個手指撮住鼻子，嘟的哼出一把濃厚的鼻涕，甩在地上如一只大肉餛飩。「只不過當即不會炸死，但核輻射一時三刻不會消散的，日本這麼多年今天仍有影響。」

「你們知道這防空洞要挖到什麼時候才算完？」說到底爹最關心的是收成，並不關心事關生死存亡的核戰爭，吐出一團濃霧，說：「狗日的！家裡連雞豬都不讓養了。肉不吃也算了，蔬菜也不讓人種，不種菜，你哪來的醃菜？等到下半年長雪長雨天來了，沒了醃菜吃淡飯頭？這狗日的朝代真沒法兒說。」

「沒毛主席和林副統帥的命令，誰敢停下來不挖！」大哥說道：「……養豬養家禽都屬於走資本主義道路，私有當做資本主義的尾巴統統割掉。反正又不止是我們一家，要活大家活，要死大家死……誰認為挖防空洞是為了備戰？都是去騙幾個工分的，不管天晴下雨天天去，你不去，工分讓人搶去了，眼看著他們搶你碗裡的飯吃。只要人還有一口氣，就去洞裡磨洋工。」

「狗日的，」爹似乎明白又不甚明白：「大家在騙集體的工分。這集體究竟是那一個的?不是自己在騙自己嘛。」

那隻大難不死的母雞，從大老遠聽見大哥擤鼻涕聲音，急匆匆奔來啄食大餛飩。家裡所有雞鴨，都被大隊組織的割資本主義尾巴的幹部隊伍全部撲殺，唯有這隻母雞僥倖逃過一劫，奶奶稱讚她是神機妙算的諸葛亮。撒桂子率領大隊各個片組的組長，每個幹部手裡都拿著木棍，像日本老掃蕩一般挨家挨戶進行清查，見了雞鴨就打，雞呱呱呱的滿天飛，狗汪汪汪的跳出圍牆。這些人從大路殺將下來直撲我家，五隻雞三隻鴨還沒有明白就嗚呼哀哉，橫七豎八陳屍在院中。撒桂子看見還有一隻母雞，賊頭賊腦偷偷靠近母雞，舉起木棍伺機一擊斃命，說時遲那時快，母雞展開雙翅腳一蹬嘟啦啦離開了地面，母雞像老鷹的幹部頭上飛了幾圈，樹繞三匝，無枝可依，咯咯咯一聲長唳，穩穩當當降落在草屋之巔。撒主任使出剎手鐗，而老母雞有看家本領。奶奶聽見他們在撲殺雞鴨，啾啾啾，啾啾啾急切呼喚母雞，掩耳盜鈴的想把母雞藏在自己懷裡，看他們敢搜身、敢從懷裡搶走。聽見有人說這混帳的母雞飛上房頂去了。老人家心裡的石頭落了地，得意的哈哈大笑，「撒桂子，你娘給你少生了兩只翅膀，不會飛吧?有本事你上去啊!你這臉上長毛的東西，有本事上去把我老棚踩坍!有勢不可盡行，有福不可盡享，惡有惡報，怪不得生個長鱗的長蟲……」奶奶罵得太苛刻，一下把撒桂子的囂焰澆滅。打雞滅鴨工作隊，見瞎眼奶奶斬斬剁剁罵，仰望著草屋棟上的母雞而鞭長莫及。

「不獲全勝，決不收兵!」撒桂子被奶奶罵得狗血噴頭下不了臺，撒桂子撤不是，不撤又不是。高屋見瓴的老母雞有的是時間，乾脆孵下來跟他們耗，「小東、雲兒，」撒桂子下令說：「你們給我守在這裡!不相信這尾巴割不了。今天不飛下來明天，明天不下來後天……我們去其他人家。」

老母雞像通人性，知道他們守簷待雞，母

雞晚上棲在屋頂。

七哥趁爹不注意又去鍋裡盛飯。父親看在眼裡早想發作了，見七哥吃了四碗還要，爹火氣一下竄上來，「狗日的！你吃第幾碗——唔？」更讓父親生氣的七哥飯裝滿，然後飯撬填實再裝上去，爹舉起銅頭煙管，在七哥的頭上殷實的敲了兩下，七哥痛得地上跳起來，兩個雄鵝凸頭大的腫塊起來。七哥失聲的哭不出來，抱著頭顧不上飯碗，連碗夾飯摔在灶台石板上。

「狗日出來的——」父親又是重重的一傢伙。要不是奶奶出來護犢，七哥的狗頭被爹砸開了瓢。「畜生！你生活不會做，飯比勞動的還會吃，吃吃一碗，吃吃一碗，像個填不滿的無底洞！有完沒完！啊啊……」

爹他不應該把老七一個人犯的錯，而把其他人罵進去，這連座法使爹的一生失去了許多張選票。把矛頭指向了老三黃水。

「金瓜！」奶奶雙手護著老七的頭對爹吼，「兒子上腰，吃飯討饒。你像他的時候，也不是這樣吃不飽的吃？不是爹娘養你大是你自己大起來的……你沒重沒輕的打他的頭，腦子給你打壞，一生一世變成爹養老，害他一生一世……你們心勿疼，我可肉痛！你再打我勿肯歇得你。」

「我我又怎麼啦？」老三見有奶奶的庇蔭，嘴巴就強了起來。

「什麼！」老三像火上澆了一勺油，爹火冒三丈，「狗日的你也敢回對我……」重重的一巴掌打在老三臉上。老三稚嫩蒼白的臉上五個清晰的血手指印。

撞到槍口上的黃水無緣無故給爹吃巴掌，有一肚子委屈。老三平時不太會講話，嗚嗚的哭著說：「你們——你們說老七只管說老七，為什麼事情扯到我身上！看我好欺負些？嗚嗚嗚……」

「我日你的娘——」父親一下把桌子掀翻，桌上的碗筷散落到地，「反正人活不下去了，大家都去死吧……」

「我去死—」父親奶奶面前翻桌子首先沒有理可講。奶奶忍無可忍，我從來沒見過奶奶發這麼大的脾氣。「……老天菩薩啊！」奶奶呼天搶地的大哭，「我怎麼不會死的？祖宗大人你們看見了，出了這樣的末代子孫！今天打兒子，明天他要奪娘的飯碗了——啊喲祖宗大人喂，你們，你們——為什麼——不把我叫去的——呵呵老天菩薩啊——」

我不能哭出來，我一哭奶奶會更加傷心的。我像一隻聽話的小貓，鑽進奶奶受傷的懷窩，頭緊緊偎依在奶奶胸前……

「三年這麼困難，」我耳朵貼著奶奶肺腑上，能聽到奶奶的心在倔強的跳動，聽見肺腑發出來的聲音，「吃食堂飯，一天只有幾兩飯票，食堂散掉連一粒米都沒有，我也沒有讓蠟梨頭、老二他們餓死！人家當幹部食堂裡有人，咱們前沒人後沒影，人家有面子吃厚粥，我們沒面子喝薄湯，碗裡清水晃噹，照得見自己嘴臉。我老太婆上山挖狼萁根、掘山芋艿、挖苧麻根，蠟梨頭老二吃得汙屙弗出，我用手指頭給他們一點點摳出來……那時這麼困難也沒有餓死，現在至少月月有米秤……」

奶奶心裡有著想說說不出口的事，作為人做了不是人做的事怎麼說得出口呢。但我後來間接或直接知道一些情況。

在那餓死人的大荒年中，張家口劃分三小隊，有一個綽號叫他爛番薯阿大的男子，三十出頭，孤身一個。張阿大身體長得魁梧，吃食量大。人不愛勞動，又不愛面子，肚餓看到麥吃麥，看到穀嚼穀。有次看曬場曬著做種的小麥，大把大把住口裡塞，不管有人把所有衣裳袋裝滿。因貪吃賴做被拔白旗，要不是做大隊長的堂兄弟作保，早送去勞改隊教養了。阿大賊心不改，還是肚皮實在餓得慌，半夜翻牆頭去偷畜牧場的豬食吃。什麼豬食都能偷，不該偷這頭豬的食吃，他不是普通的一頭豬，省乃至全國大報頭版登過他的肖像，跟縣區公社大隊各級領導，以及畜牧場場長與吃得白白胖胖容光煥發的模範飼養員一起合影。千斤豬和衛星豬，明星豬和政績豬。社員們餓得一副骨頭一張皮，走路都走不穩，豬胖得四隻腳撐不了自身的重量，接見幹部連站都沒法站起來。眼睛深深陷在肉裡面，尾巴深深嵌在兩片屁股的肉裡面。這頭尊貴的千斤豬餵他白米飯都不吃，一定要吃糯米做的酒釀。阿大跳入豬欄當中，見豬砦裡的酒釀頭撲倒就吃。偷吃回去猝死在家裡。有的說他吃得太多撐死的，有的說是因心臟病死的，不管怎麼反正死了。這一年，天氣特別特別寒冷，加上肚子不飽，村裡三天兩頭的死人，連埋葬的人都沒有。村落墟丘，萬戶蕭疏，張阿大同房的堂兄弟不少，大家各開門戶自吃飯，自己都朝不保夕，誰去管死了的人。有人跟大隊長說阿大死在屋裡，不能讓他爛在屋裡。大隊長恨阿大經常拆爛汙，說到底他也不想管。沒辦法，大隊長去跟阿大的鄰居商量，怎麼合夥把屍體抬出去。鄰居推託他走路都走不動，哪來力氣扛死人，且貪吃懶做的張阿大，身體特別的壯。大隊長想你住在隔壁都不管，直說道：「你爺爺、他爺爺還是親兄弟！你們兩家合一堵牆，不是一個房族，作為鄰居也不能看他爛在家裡。你不管，我也沒辦法，就讓他爛在這裡好了……」鄰居聽隊長說讓他爛在家裡，二話不說脫下門板，抬到屍骨井山溝扔掉。

奶奶挨到天黑，拿著白天磨快的一把菜刀，一隻亮眼大菜籃，一腳深一腳淺摸到拋屍的山溝。奶奶跪在阿大的屍體前，恭恭敬敬的向他磕了三個頭，對他說：「阿大兄弟，你活著我們總客客氣氣的，跟你沒有過不去的事。今天我對不起你了，阿大兄弟——活不下去，實在沒法子。」奶奶拜畢，打量著阿大的屍體究竟從哪裡下刀。看似阿大壯實魁梧，其實只大了一副骨骼而已，身上沒有多餘的肉好割。奶奶阿大的屁股上下刀。奶奶第一次對容影笑貌熟悉的人行兇，拿刀手在栗栗發抖，仿佛阿大笑嘻嘻向她走來，親切的，「金瓜娘——」奶奶慌忙將刀收回，瑟瑟發抖，慌得氣也透不出，牙齒不住的打架，臉上肌肉痙攣得厲害。畢竟不是在剜牛羊肉，而是在無冤無仇的熟人身上刮肉啊！「不不不！不能——做不是人做的事。」奶奶菜刀往籃子裡一丟，毅然的離開。沒走到幾丈遠，奶奶問自己：「我來幹嗎？空手回去難道看蠟梨頭他們餓死？阿大已經死了，他沒有任何知覺，即便把他剁成肉醬，他也不會曉得痛，不割肉也會腐爛的。」奶奶終於想明白，不再顧忌什麼，捲起袖子，從兩片屁股順著大腿、小腿，剔得剩一副骨架。剮了滿滿一大菜籃。剛扛上肩膀想溜，忽聽見身後窸裡索落的踩踏枯葉的腳聲。奶奶趕緊退到溝底隱蔽起來，果然走來一個大男人，那人走到阿大屍體身邊蹲下。「見鬼了！人轉背只剩下一副骨頭了。誰手腳會這麼快呢。」月光下，那人的刀在一閃一閃。奶奶通過說話的聲音識別出那人不是別人，正是阿大隔壁的堂兄弟。他滿以為垂手可得的，想不到讓奶奶捷足先登了。奶奶連夜將肉煮熟，也不說這是什麼肉、從哪兒來的，叫全家起來飽啖了一頓。

大哥二哥或許不甚明白，但父母應該清楚什麼肉、從哪裡來。父母與奶奶隔著不願捅破的一層紙。

雖然今天全家飽了一天，但無法保障明天、後天不挨餓。「人嘴巴，鑊窩肚，」奶奶悲歎，「今天吃飽，明天又餓，人的肚皮是個無底洞阿！」

不斷有人死去，最多一天有三四具屍體，沒有棺材，也沒有哭聲，除死者身上穿著的破衣裳，赤條條丟入這臭名昭著的屍骨溝裡。分析死掉的絕大多數有病的老人和抵抗力弱的孩子，食不果腹餓得像一根柴棍，身上幾乎沒有肉可以剜。活著的人人自危，顧不上也沒有能力埋葬親人。今天葬了別人，說不定明天自己死了，浮腫病、黃胖病、癆損病，凡正常不正常死了，即使家裡有棺材，餓得病懨懨的誰抬，辦喪事得給人家飯吃，吃飯談何容易！反正自己不是先例，大家都這麼幹，門板脫下，把屍體扛到山谷拋掉。已經不把人當人了，葬禮還有意義嗎。不是不知道人在吃屍肉，只是自己親人的肉難以下咽。明白人的生死不過是種習俗，倘若祖宗像西藏人死了就去餵禿鷲，甚至骨頭敲碎拌糠粑一樣無可厚非的。人死了，哪怕剁成肉俎也無所謂的。那時山上有一種似狼非狼、似狐非狐、似狗非狗，專咬家禽吃的犬科動物，所有家禽沒了，他們守株待兔的等著屍首丟下來，瘋狂的與人爭搶。有個獵戶叫野貓阿發，他直接不吃死人肉，讓野獸吃了死人後，開槍把犬科打死。用間接的方式吃肉心裡就安多了。

奶奶剮肉剮出了經驗，最好吃的是幼兒，其次未婚女子，再其次青年和壯年，別無選擇的情況下，不論老少、肉多和肉寡，剜回家汆熟，然後烘乾製成脯乾。奶奶有一套製作方法，先鹽撒在肉上，反覆揉搓，然後放入煮沸的水裡，八成熟，鍋裡撈出，瀝乾。肉成分百分之九十是水，拳頭大的一塊肉，經炭火烘乾，縮得只有麻將牌大。奶奶把烘乾的肉乾，偷偷藏在勝利果實分的黃沙甏裡，作為救命的儲備糧。黃沙甏放在奶奶的床前，甏口上壓著沒有用處切菜的厚砧板，任何人包括奶奶自己，不到萬不得已，不輕易動用救命的儲備糧。奶奶整天都守著甏口，不讓人走近半步。三個哥哥餓急哭了，向奶奶討吃，奶奶不會馬上拿給三哥吃，「誰不餓啊！你大哥二哥他們吵不吵。聽話，乖囡囡，晚上奶奶分給你……」奶奶是絕不會當著孫子面去掏黃沙甏的，只要被他們發現，哪怕老虎吊在甏口也不怕。晚上奶奶不動聲色把兄弟幾個召進去，關上房門，手擎在空中，入黨宣誓的：「外面不許去說！聽到沒有？」「聽到了！」三兄弟異口同聲。「吃完誰也不許討添！聽到沒有——」三兄弟盼肉心切，一齊答應保證，奶奶才分給他們。

奶奶心裡明白，可不是主食，是防止餓死的絕招，緊要關頭救命的。

關於奶奶這些事，三個哥哥是否知情，我不知道，至少奶奶在我的面前沒有吐露過半個字。

小時候奶奶經常給我講《老虎外婆》的故事，說吃人的老虎裝扮成外婆，敲門入室陪兩個小外甥一塊睡。大外甥聽外婆在咯噔咯噔嚼東西吃，大外甥問：「外婆，你吃什麼好東西？」外婆問：「你想吃不？」外甥說要，就拿給他弟弟的一個手指頭——童年的《老虎外婆》是膾炙人口的《灰太狼與喜羊羊》……後來二哥有了錢，他大鱉、肥鰻、燕窩、海參買給奶奶吃，奶奶埋怨說：「你壞得鈔票幹嘛——這生世肉我吃厭了，看見肉就想吐，再勿要吃肉啦。」

「奶奶！」二哥說：「你不要肉痛鈔票，你孫子現在有的是錢。不要說吃魚吃肉，你要吃天鵝肉，哪怕天鵝飛到歐洲也辦來。」

「老二啊，」奶奶有口說不出，難言之隱啊，「你弗曉得我，奶奶這輩子，肉吃得傷陰騭啊……再也不想吃肉了。奶奶曉得你有銅錢，存著好了，等將來造大屋、買田地、做大財主……哈哈哈！」直至奶奶到生命最後沒有吃過一塊肉。

「蠟梨頭！」掃毛老在門外面喊我大哥，「你好了沒有……」

「好了好了！」大哥一邊答應，「稍微等我一會——」大哥急速回到房裏，匆匆繫上一只刀篰出去。我看見小星手裡拿著一個撈漁的網兜，大哥與掃毛老揪肩搭背的邊走邊悄悄的說什麼。

8

上山打虎親兄弟

「黃穀——」我娘叫我們兄弟都叫老三老四的，唯獨叫二哥不叫他老二呼黃穀。「今天下午大隊分米的，收工了，你就早點去秤米，知道嗎。」

二哥邊答應，邊披起搭在籬笆上被汗浸透全是泥巴的破衣服挖防空去了。那件補丁加補丁衣服跟蓑衣一般沉重，母親找不到匹配的布料補衣服，不管黑布灰布藍布花布，甚至連小學繫過的紅領巾也一併納入補丁中，密密麻麻的針腳切得像鞋底一樣厚，已認不出這件衣服原是什麼顏色。去年國慶日開會遊行放半天假，奶奶聞到夾襖一股汗酸臭，趁今天二哥不穿，拿著去池塘清水揉一把，孰料破衣服水浸泡後跟死人一般沉，險些被衣服拖下水去，小池塘像鍋底一般，中間又深又滑，奶奶要是栽下去做故人了。

「老七，」母親回過頭又關照七哥說：「你給我聽著，唔？耳朵有沒有——唔？你不要把靈魂玩得丟掉！聽見沒有？你米籮挑去，先去隊排，省得讓你二哥回來去排隊。聽見了沒有！」

「小八，」母親又吩咐我道：「你給我好好聽著，告訴你，不要無法無天，到上邊樟樹洞裡去——唔？耳朵有有，啊！不怕被紅蛇娘娘當

點心你就去好了，省得我們再養你。一天到晚不舉家業，不是泡在水裡，就是爬樹攀高頭，人太陽曬得像烏金子的。哎，你這麼喜歡玩水，遲早三十六河水鬼拉去，鯰魚潭裡年年都溺死人，去年淹死的曉東、曉西一對雙胞胎，今年淹死茂雲和上海來玩的一個老師。乾脆淹死也好，一了百了，省得在家裡吃飯淘氣。」

我做兒子沒有做過父親，但能理解母親既愛又恨的心。兒子多了賤如草芥，將來也沒有好日子過，死了就死了。人世間的奇怪在於說不清楚，能說明白就不奇怪，例如父母當心肝寶貝的往往留不住，像我吃了上頓無下頓教我死也不會死，與人情相悖的該死的不死，不該死的死了。雖然母親詛咒起我來刻薄得讓人難以接受，但大多數詛咒都是甜蜜的愛，世上只有媽媽好，她害怕無人照料到處亂跑，要是我真的出了意外，我能想像母親痛不欲生的樣子，悲傷得要撞牆去死。

昨天晚上我聽娘扳著手指頭在算米賬，米分來，還東家幾斤，欠西家幾斤，債務還掉還剩幾斤，盤算能維持到下次分米，一天只能吃多少。不算也就糊裡糊塗的過去，細算賬娘嚇一大跳，「……還掉只有十天飯米！剩下二十天的窟窿怎麼補……先吃後空，八個油瓶七個蓋這家教我怎麼當？愁煞人啊。」

「轟——轟！」我聽到鯰魚潭方向傳來幾聲沉悶的爆炸，聯想起大哥他們鬼鬼祟祟的樣子，知道在幹什麼勾當。

我看見大哥出去，繫的刀節裡裝著三枚長柄手榴彈。外面叫他的是掃毛老、小雲、阿星和老蝦公。趁中午吃飯人眼少，密謀一塊去鯰魚潭裡炸魚。撐一艘蚱蜢小船，劃到紅蛇成仙的崖洞下，那是鯰魚潭最深的一個區域，大哥拿著一百米長的一捲尼龍田絲，綁一塊石頭，大半捲田絲放完才沉到底。掃毛老和小雲極力主張，三枚手榴彈三角形爆炸，三枚手榴彈捆在一起，雖然威力巨大，但魚在遊動，見冒煙的手榴彈早掉頭跑了，三只角三枚手榴彈同時爆炸的效果好，魚想跑也跑不掉。大哥則堅持三枚彈捆在一起炸，七八十米深沒有足夠的爆炸力，效果肯定不理想。強調這裡的水太深，單枚炸彈的威力不大。因為大哥事先作過測量，阿星和老蝦公贊同大哥的方案。

大哥把三手榴彈綁在一起，掀開蓋子，拉出弦線，劃到投放位置，拉斷扣環，大家坐在船上看著大哥，手榴彈冒著青煙、發出響尾蛇的嗞嗞嗞聲。大家都在一條船上，大哥並沒有立即擲下水去，而是拿在手裡，欣賞著從手榴彈冒出的青煙。「蠟梨頭！」小雲毛骨悚然地喊：「狗日的你要炸我們死啊!快扔呀！」這時物理時間與心理時間成為兩個概念，物理只有一秒鐘，而心理覺得非常漫長了。船裡的人都起了雞皮疙瘩，一齊驚呼，「狗日的還不丟下去——」

「你們別急，我心裡有數的，讓它多待會兒。」大哥殊不知甩過多少手榴彈，對爆炸時間節點掌握得非常正確。揶揄道：「狗日的!吃沒得吃、穿也沒得穿，你們性命倒值銅錢啊!馬上丟進水裡，手榴彈的導火索滅了……效果最好沉至半水發生爆炸。」

大哥將手榴彈投入水裡，小船還沒有劃出一丈遠，隨著轟隆一聲沉悶的巨響，一股巨大的駭浪從水底騰空而起。鯰魚潭四海翻騰雲水怒，剎那間像地震引發的一場海嘯，巨大的水柱把船托到半空中，還來不及思考又從浪尖上重重拋下，大象摔孩子的重重拋在水中。大家以為小船解體了，當船再次躍上浪尖，船頭朝下一下栽進狂瀾，人像鳥巢傾覆的鳥蛋全掉進水裡。幸虧都是水中泡大的，個個像野鸕鶿，不約而同浮出水面，把底兒朝天小船翻正。

「蠟梨頭——」掃毛老第一個爬上船，情不自禁的大叫起來，「見鬼了!快看啊，見鬼了……」所有人被眼前的情景驚得說不出話，波浪漸漸恢復的水面像雪的一片，大魚小魚都被震暈震死了，肚皮朝天浮在水上。掃毛老抑制不住內心狂喜，「蠟梨頭這下發財了。小船還裝得下不……」

「發大財了!」阿星驚喜不已，一邊撈，一邊大笑說：「怎也沒想到，潭裡有這麼多的魚啊。」

「魚膘震碎了，」大哥說，「不趕緊撈上

來，魚馬上就會沉下去的。小的魚就乾脆不要撈，揀大的撈吧。」驀然大哥發現一條比人高黑乎乎的烏鰱魚，半沉半浮的奄奄一息，嘴巴像快斷氣的人一張一合。大哥從刀篰取出挖防空洞的小鐝頭，對魚頭一鐝頭，深深扎進顱腦內。催促掃毛老和阿星，「所有事都放下！你們來划船，先把這條大魚拖上岸去，有時間再來撈。」像海明威《老人與海》小船拖大魚向岸邊拽去。大哥前面拉，其餘後面扯，才將大魚拖上岸。魚身上遺落的鱗片，亮晶晶的像一枚枚銀元。

凡是一起挖防空洞的，每人都得到了魚。幾乎沒有錢一直沒有魚肉吃的人，忽然獲得這麼多的魚，喜氣洋洋奔相走告，高興得像大過年。

我七哥這人依賴性很重，他非叫我一起跟著去大隊的碾米廠排隊。由於我們去排得太早了，碾米處空無一人，整個加工廠彌漫著礱糠的氣息，橫樑、瓦片、窗戶所及之處積著厚厚的糠塵。

「嗨——小死屍！」負責碾米的老胡，叨著煙戲罵道：「你們生活不會做，秤米倒結棍啊。項頸賊細，專講食祭。出去，我要睡午覺了。」

我和七哥被老胡趕出大門。正值一天中太陽最為猛烈的時候，趕緊躲到大樹蔭底下去，不知過了多久，有幾個像我們一樣大的孩子挑著空籮上加工廠排隊，我和七哥一人一只籮筐，擁入加工廠排隊。

趕來排隊的人越來越多了。「喂喂，喂……」聽見大樟樹上高音喇叭唱的「革命不是請客吃飯」嘎然而止，從擴音器麥克風中一陣牙齒痙攣的囂叫之後，一個女音說：「喂，喂喂喂……現在播送革委會的通知：全體社員同志請注意……分配糧食之前，革委會要召開備戰備荒全體動員大會……第二，秤糧食安排在菩提小學的操場上，希望大家不要去加工廠排隊，大會結束再秤糧食……」

排隊的一群人，聽到廣播改變秤米地點，剎時像樹倒了的猴子一哄而散，紛紛湧向菩提寺一邊去。——我們傻瓜似的排了半天隊伍，決堤一般沖得七零八落。排隊秤米的人，不是放暑假的孩子，就是喪失勞動力的翁媼，你擠掉我的籮筐，扁擔勾住了他的褲管，籮絡套住身子，有的拿錯了扁擔，有的拿錯了人家籮筐。七哥被人擠到牆角一邊，拼命喊我把籮筐看住，我肩膀還夠不到擔子，套在筐子裡的軟絡像個寬緊帶，人一撞只剩下空籮絡。七哥泥鰍的鑽出人群，挑起空籮擔往外衝，像九一八最危險的時候夾裹在人流中打轉，七哥被人一碰，扁擔從肩上脫落，兩只籮筐分道揚鑣一東一西。後來母親發現自家的新軟絡換來人家舊軟絡。我們面對突然變故的世道毫無應對能力，七哥和我欲哭無淚。

屠王大，「美帝國主義蘇聯修正主義正在走向滅亡……國內國際形勢不是小好一片大好……」之後宣佈說。

「……偉大領袖毛主席教導我們要深挖洞，廣積糧，不稱霸。我們要隨時作好打第三次世界大戰的準備，以毛澤東思想為有力武器，做到召之即來，來之能戰，戰之能勝……根據毛主席黨中央最新傳達的黨精神，經我們革委會討論作出決定；——積極回應毛主席林副主席黨中央備戰備荒為人民的號召，從這個月起，男勞動力由原有的每人每月二十七斤糧米，減少為二十三斤，婦女勞力、半勞力、學生同樣減少……」

二哥聽屠王大說一個人要減少三斤米，無緣無故卡去了三十斤口糧。二哥肚裡已憋久了的一股怨氣，忍無可忍了。家人每天為三餐吃不飽，而爭吵聲不斷，你屠王大借著革委會的名義，隨便扣卡糧米，初生黃犢的二哥憤怒到極點，一下衝到屠王大跟前，指著他的鼻子大罵，「備戰備荒害人民……狗日出來的，什麼中央狗屁文件！不是你們幹部自己想出風頭是什麼，你們思想好、政治覺悟高你們自己減好了！憑什麼扣卡我們口糧？」

二哥認為他在罵以屠主任為首的一小撮，不認為矛頭指向正確光榮偉大的毛主席和林副主席及黨中央。二哥的言論，通過麥克風擴音作用，不止一人聽見，全村革命幹部、革命群眾、廣大貧下中農，包括地富反壞右黑六類階級敵人，沒一個不聽見的。有的心裏不說，但讓二哥說到了心坎上，有的聽得毛骨悚然，有的嚇得頭縮進肩胛裡，有的想你這小子這下死定了！更多的還沒有醒悟過來……

「這狗日的——你們聽見他在說啥！啊……」群專撒主任馬上反應過來，立即揪住二哥的衣襟，群專一起幾個幫兇見主子衝向二哥，一齊衝上前去，忠良一把揪住二哥頭髮往後猛拽，阿賢和仲信逮住二哥兩胳膊扭轉過去，趙五對二哥胸堂拳頭像打沙包一般，六腳老草鞋腳對二哥的小肚，二哥像頭被狼群撕裂的羊，沒有生還的希望了。二哥被打倒在地，趙五幾個踩踏二哥的背，忠良雙手抓住二哥長頭髮，搗蒜的使勁往地上磕，一邊獰笑著說：「狗膽包天！敢侮辱我們最最敬愛的偉大領袖毛主席……」撒桂子過於緊張激動，臉色鐵青，胸脯一起一伏，「無限忠於」的一顆紅心，在激烈的跳動。他氣急敗壞語無倫次對著麥克風吼：「他他他，你你你們——都都聽到的——他他說的什麼啊？！」撒桂子嚴肅地掃視著持扁擔籮筐的人群，憤怒的舉起拳頭，「啊啊！這傢夥吃了癲狗藥，敢公開對抗偉大領袖毛主席和林副主席備戰備荒為人民的英明戰略決策……讓他死一萬遍，也不足以頂罪！」

「打死這個狗雜種！誰反對毛主席反對林副統帥就砸爛誰的狗頭——」台下頓時群情激動，舉著拳頭大聲疾呼。

「公開污蔑反對偉大領袖和林副統帥的英明戰略決策！綁起來！以現行反革命罪行判處他的死罪！」

「綁起來！綁起來！你們幹部還等什麼？這有什麼可猶豫的……這混蛋應該明天送他去公社槍斃——」

二哥這下闖了大禍，民憤一下子被點燃了。馬小英貢獻出抬籮筐的麻繩，二哥被繩綁得像一塊紮肉。跟母親一個防空洞幹活的婦女主任，像頭雌老虎衝到二哥前，俐落脫下自己的鞋，鞋底揍打二哥巴掌，厚實的鞋底揍打在二哥臉上，啪啪啪駭人響聲，至今還在我的耳邊迴響。二哥臉上佈滿鞋底印，打得像鐵頭魁星似的，雙眼大熊貓的佈滿烏青，嘴唇翹嘴魚的腫起，當門牙少了兩顆，鼻子、嘴巴血淌得全身都是。……二哥只有一條短褲，綁二哥的細麻繩深深陷進皮肉，我看他的胳臂血脈不通已經發黑了。

二哥憤怒的昂起頭，潑罵屠王大和撒桂子，「你們這些狗日的！憑什麼把我綁起來？你們有什麼權力，綁我貧下中農子弟——啊？！我犯了什麼王法？你們這些狗雜種哪個歷史有我清白，啊？混入革命隊伍的敗類，解放前當保長的保長，當甲長的甲長，你們才是不折不扣的反革命，而真正雇農的兒子成了狗日的專政對象……」二哥沖著屠主任怒吼：「你屠王大，不去摸摸自己的屁股是否乾淨？吃食堂飯你爹偽造貪污食堂飯票，哪一個不知道，……」又罵撒桂子：「你還算是個東西嘛！你防空洞裡跟剛才那個打我的婊子搞腐化，你以為洞裡睡覺，只有天知地知沒有人曉得了！披著羊皮的狼，革命隊伍的敗類！你這狗日出來的東西——斷子絕孫！等著看，你們沒一個好下場……」

「把麥克風關掉！麥克關掉——」阿賢指使管擴音器看呆了的月琴喊道。但為時已晚，二哥那刺耳的潑罵，隨麥克風一字不落嘹亮地播向大地了。

是可忍孰不可忍，忠良從背後再次拽住二哥頭髮，用膝蓋頂住二哥的腰，使勁勒住脖子上的繩索……二哥像吃了牽機藥的痛苦地朝後躬，臉色豬肝一般紫黑紫黑，要他命的繩子，無情的勒緊二哥的喉頸部，頸脖一條條暴綻的青筋似一條條蚯蚓，喉嚨發出哼哼的窒息的聲音——我看見二哥窒息死亡的眼神無助的哭出來，七哥飛也似的向家奔去，我也跟在後面跑。

爹見大哥捕來這麼多魚，把吃午飯吵架的不快丟到九霄雲外了，他腦子想得最多魚是清蒸還是煲湯？「蠟梨，」父親一得意就忘了尊卑，親密的像跟兄弟一般，「下次啥時候你帶我一起去炸魚。這麼大的魚，生出娘肚我還是第一次看到。刀切進去連刀背都不見，肉頭好厚啊……至少百把斤重吧？」

「什麼百把斤！你在說笑話，」大哥邊刨魚鱗，邊得意的謂爹說：「淨的有二百一十七斤三兩！呆卵看看好了，整條魚有你人這麼長呢。

刮下的魚鱗有銀洋錢一般大，」大哥一高興也忘了是他爹，沒大沒小的說：「……你的眼睛發流火，百把斤都會話出來的！」

「二百多！」爹大吃一驚，自己怎麼會失眼呢？擼擼下巴，「說大話吧？養了四五年的一頭豬，才隻有幾斤重？……嘖嘖嘖。」

「我騙你是畜生！」一隻野蠻的牛虻降落在大哥的頭頂上，肆無忌憚的啃齧大哥的頭皮，大哥頭一晃，牛虻知道他無能為力，肆無忌憚的繼續咬大哥的頭，大哥又狠狠一甩，仍然沒有趕走牛虻蒼蠅，大哥雙手沾滿了魚鱗和血腥，騰不出手去拍該死的牛虻。牛虻熟讀孫子，「知己知彼，百戰不殆，」有恃無恐的啃得大哥焦頭爛額。「啊唷！爹，該死的給我頭上趕下牛虻蒼蠅啊。」

「爹——娘！」七哥像家裡失火一般，跑得上氣不接下氣，「二……二二哥，他他被被被撒桂……他他們把他綁起來了，再不去救二哥被人打死了……」

「你說什麼！」爹和大哥一臉驚愕，異口同聲問。

「為分米，」七哥說不清事情的來龍去脈，「他們把二哥綁起來，打得血出淋淋！你們——快去救啊！」

「分米，又怎麼啦？」爹丈二和尚摸不著頭問。

「老七，」母親匆匆從灶間趕出來，問七哥，「老七……你快說，老二他怎麼啦？啊？」這時我也哭著趕到，我把我親眼看到、聽到、能理解的向家人說了一遍。

「狗日的！」大哥怒火中燃，菜刀往地上一擲，一腳踢掉矮凳，跳起來罵道：「這幫狗娘養的東西！把我們當好吃的嫩豆腐！不日他娘，不喊我做爹！賤胎……殺了這幫土匪的革委會！」

「你去送死啊！你——」母親想阻止又不想去阻止大哥，說：「他們有權有勢，你鬥不過他們的……」

「怕甚！」大哥向屋裡邊走邊說：「老虎怕得狗，沿山怎敢走！」從屋柱卸下半自動衝鋒槍，從床肚下取出一個裝滿子彈的彈夾，知道母親會當自己的道路，大哥不走大門，從奶奶一間房出來。此時大哥已完全失去了理智，像頭被獅子激怒的野牛，不計後果瘋狂衝向會場。

「黃金瓜，你還有心思在這兒抽煙啊？」母親見大哥子彈上膛跑去會場殺人，急得雙腳直跳，「……這個蠟梨頭，要是真發起笨性，他死爹死娘勿管。不光害他自己，要害一家屋裡的人，家裡老的老，小的小怎麼辦啊！金瓜你像個樹木頭的立著不動，還不快去把他攔回來！……」

「死就死嘛，闖出一條命索性多殺他幾個狗日！」爹繼續抽他的煙，旁觀者的輕描淡寫說：「嘿嘿嘿，這麼兒子是死勿光的……」

「老三，老四！」母親大聲叫我們兄弟，「你們都死啦，啊？待這裡等死？啊！還不快去幫襯，啊——」

9

射出去的箭

老三聽母親在慫恿，揀起大哥劈魚的缺刃菜刀操在手裡，四哥抓不到應心得手的防禦武器，就地取材，路邊撿了二枚鵝卵石握在手裡作好戰鬥準備，五哥看四哥的樣，拿石頭為武器，六哥門口拿了一把禿掃帚，橫刀立馬像關雲長，七哥擦乾了眼淚、重整旗鼓、雄赳赳氣昂昂跟著兄弟奔赴戰場，我同仇敵愾，學老四老五抓了兩枚石頭趕去。三哥回頭訓斥讓我放下石頭，四哥也不支持我上戰場，說我手無縛雞之力，六哥說我去只會給他們添麻煩。雖然泥菩薩過河，禁不起人家一把推，但血濃於水是兄弟情誼，是人猿最原始傳承下來的動物本能，義無反顧追著他們去。

「逼上梁山了！」父親敲打掉鍋裡的煙灰說。收起潮煙竿，往腰間一插，自言自語說道：「養兒千日，用著一時，上山打虎親兄弟。我倒要看看這世界究竟誰怕誰？！狗日的，你不去招

惹他們，他們招惹你，有什麼辦法想呢！拳頭大，做阿哥，打得過打，打勿過沉茅坑。」

我追到大路口，還沒有看清這些哥哥的情況，就聽到衝鋒槍噠噠噠！噠達噠響了。不知大哥打倒了多少人。

這些革命幹部和群眾積極分子仍不解恨，倒在地上的二哥捆綁得像一段樹木頭，痛打落水狗，你踢一腳，他踢一腳，不曾想到會半路殺出個程咬金，大哥怒氣衝衝端著槍並向他們瘋狂掃射。像受驚的一群麻雀一哄而散，大哥對他們頭頂扣動扳機，平生第一次我看到從槍膛冒出暗紫的憤怒的火煙，掉出的空彈殼在地上快樂地蹦跳，槍產生的後座力，使大哥的臂膀一陣抖動，子彈在頭頂呼嘯，刺耳尖銳嚇人的槍聲在山谷久久的回蕩，剛才信誓旦旦「誓死捍衛黨中央毛主席」的無產階級革命戰士，嚇得抱頭鼠竄、哭娘喊爹、屁滾尿流，恨爹娘自己不是禽獸只有兩條腿。三哥張牙舞爪的舉著捉奸嚇唬用的菜刀，見他們落荒而逃就乘勝掩殺過去。四哥、五哥手中的石頭鳥一般飛向他們，六哥像長板坡的趙雲，舉著掃帚去打。參加大會的、看熱鬧的、秤糧食的婦女兒童哭爹喊娘亂成一團，連性命都難保了，誰還顧得上要米，竹簟堆著白花花的大米，被逃命的腳步踏得一塌糊塗。撞倒的籮筐球一樣滾來滾去，扁擔、籮絡、抬槓像敗兵丟棄的戟戈，剛才歌聲嘹亮人聲鼎沸，廣場一片狼藉、眾鳥散盡。

狡猾的屠王大見大哥針對他而來的，急中生智迅速逃到大樟樹的背後，大哥端起就是一梭子，子彈飛刀的簇簇簇都打在樹身上。幸虧屠王大早一步，否則今天見閻王了，嚇得他雙腿發抖趕緊趴在地上。這才讓他明白偉大領袖教導我們說：「要奮鬥就會有犧牲，死人的事是經常發生的，……」屠王大腦子飛快的思考著，如果躲在樹後不想辦法趕緊逃走，這下肯定死在蠟梨頭的槍下，他來的目的就是要殺自己。趁現場混亂，屠當計立斷，爬起向菩提山小學大門跑去。大哥端起槍，瞄也不瞄咚咚咚三槍，一槍打在學校的大門上，一槍打在門檻上，一槍從屠主任的胯下穿過，驚慌失措連滾帶爬跌跌撞撞的滾進了校門，並迅速把大門關緊。

撒桂子看見屠主任躲進學校去，處於危險之中的撒桂子，容不得自己有點猶豫，撒開腿迅速追去，剛追到門口，屠關了大門。這一丘之貉，在大限臨頭，不管他這麼叫喊，屠絕不會冒著生命開門放他進去，說不定屠逃得不知去向。撒桂子被屠主任拒之門外，完全暴露在大哥的射程中，撒桂子急得似熱鍋裡的螞蟻，進退維谷徘徊在校門前。大哥端著槍步步逼近，牙齒咬得咯咯響，眼睛噴著怒火，槍口黑洞洞的指著撒的頭，撒桂子唯一想到今天要死在蠟梨頭的手裡——褲襠不知什麼時候濕了一大片……這傢伙平時嘴巴硬得咬破碗，一口一個堅決捍衛，一口一個誓死保衛，變成了一灘鼻涕。

大哥知道阿信阿王兄弟倆也是欺侮兄弟的得力幫兇，大哥網開一面，兩仁兄撲通的跪在大哥跟前連連喊饒命，「蠟梨頭，我們做錯了。請您開開恩不要殺我們，做牛做馬會報答您……」阿信邊說邊咚咚咚磕響頭。

「狗日的給我滾——」兄弟倆聽大哥饒他們了，一骨碌從地上爬起，像殿試考上了頭名狀元，飛馬飛報的逃回家去。

忠良見勢不妙，這小賊慌不擇路，一頭鑽進死也不肯進去的樟樹洞。

大哥熱乎乎的槍口戳著撒桂子冰冷的腦袋，大哥像神經病的「嘿嘿嘿嘿嘿」一陣邪笑繼而「哈哈哈哈哈」狂笑。

撒桂子像隻癩皮狗癱倒在大哥跟前，褲襠尿濕了一大片。這時忠良賊頭賊的從樹洞中探出頭，大哥噠噠噠一梭子，打得樹皮橫飛，樹葉紛紛墜下，忠良烏龜似的縮回洞去，大聲哭喪著向大哥求饒，「蠟梨頭，你饒我條命！我是爹娘日出來的，下一次再也不敢了！你就饒了我這回……」撒掛子聽見槍響，以為子彈打在自己身上，條件反射的倒在地上死了。大哥背上敲了兩槍托子，覺得痛才相信自己還活著。

「蠟梨同志——」撒桂子鼓足力量跪起來，一把眼淚一把鼻涕向大哥哀求，「……我們抬頭不見低頭見。我承認是我的不好！我錯了，我不是人，我該死！我是臉上長毛的畜生！

蠟梨同志……請看在我老娘的份上，饒我一條狗命。我要是死了，沒人為她養老送終……你開開恩吧，下輩子我做牛做馬報答你——」撒桂子看見大哥眼睛已經紅起了，目光中透著一股殺氣，如果感動不了大哥，今天就死定了，於是撒抱著大哥的腿，嗚嗚嗚的痛哭……七哥走到撒主任背後，雙手舉著大鵝卵石，打夯一般咚的一聲，砸在撒主任頭頂，跪在地上的撒主任，像米袋子的頹然倒下。

「狗日的！」大哥見三哥正忙著為二哥解繩子，憤怒地吼道：「你們都滾開！狗日綁，就教狗日去解！」

大哥把忠良逼出來，槍頂著他的腦袋，「狗日的，老二是你做的兇手！」忠良聽明白大哥的意思，「我罪大惡極，罪該萬死，將功贖罪，我去去解。」一邊解繩，說：「黃穀同志，請您原諒，我忠良也萬不得已，只能聽屠王大啊，我對您做出不該做的事，我該死！我該死！」啪啪響亮的連打自己兩耳光，再次作出深刻檢討，「您大人莫記小人過，真誠的向您賠禮，保證以後不報復，再犯第二次我不是人。」

七哥在撒主任頭上狠狠一鵝卵石，被七哥砸了個大窟窿，熱血像趵突泉的冒出來。醒過來後，雙手捫著頭頂，屁敗流風狼狽的逃回家去。

大哥叫我們幾個弟弟把石頭扔掉。悄悄去跟老三說：「……你回去同媽說，把二哥穿的衣裳鞋襪收拾好，你趕緊拿過來……」大哥拉著二哥，「我們走！」兩人來到大隊的金融中心——會計室。

「大哥，你要幹什麼？」二哥見大哥闖進會計室想撬抽屜，上前阻止他道。

大哥對此置之不理，硬把會計和現金出納的兩抽屜撬開，搬出抽屜，一共獲得九十八元二毛三分錢，和三十一斤全國流動糧票，悉數塞到二哥的手中，「狗日的箭射出去了還能回頭？到了這個地步，你還有什麼退路呢？我叫老三回家去取衣裳來，拿上行旅、鈔票趕緊逃走吧……逃得越遠越好。天下這麼大，哪裡飯不能吃！有本事你這輩子就永遠不要回菩提山來——」

「大哥！」二哥頭痛得像裂開一樣，肋骨

像斷掉一般，「你教我往哪裡逃啊？我逃了你們跑得了嗎，爹娘和兄弟怎麼辦？我不願因為我牽連到全家……我不走，一人做事一人當，要殺要剮隨他們便……」

「狗日出來的！」大哥看二哥執迷不悟就怒吼起來，「天下這麼大，九百六十萬公里難道藏不下你一個人。除臺灣去不了，哪裡不能去。城市人眼多，不宜久留……如果你賴著不走，知道你的罪有多大，如是你這不走，不僅害了你自己，總算徹底把全家人都坑進去……只要他們找不到你的人，他們咬我們個球。這屠王大跟撒掛子本不是人，是畜生，一定跑到白馬去彙報了，最快今天，最遲明天，一定會帶人來抓的。老二趕緊逃吧。你不要婆婆媽媽扯這扯那。記住一、車站碼頭要多注意防範，二、少跟陌生人去說話，三、不要暴露你的身份，四、別給家裡寫信……五、任何時候、遇到任何危險，要沉著冷靜應對。出門在外，不要像家裡那樣魯莽任性。」三哥和四哥心急如焚的跑來，說娘無論如何不讓黃穀出逃。老三偷偷拿了自己的一件舊衣裳和一雙破球鞋。

「……娘也真是的老虎逼到腳後跟了，」大哥果斷催促說：「老二！再不容許你猶豫了，拿上衣服趕緊走吧！」

我從灶台上拿了幾個隔夜冷番薯，想天色已經晚了，二沒地方去吃飯，隨身帶上路裡好填饑的。大哥解下腰裡的大腳布，把番薯和衣裳包裹好，「老二，如是大家都死在這兒，不如你一個逃出去，只要你活著，我們才會有希望——」

老三、老五包括我也支持二哥逃跑。

突如其來發生這樣的事，讓所有人始料不及，一分鐘前，沒人會想到二哥要出逃，二哥也沒有出逃的心理準備。之所以二哥闖這樣大的禍，歸咎於年少無知，不知道兇險。致命的二哥沒有出過遠門，陌生的地理環境，他連東西南北都辨不清，像一個不識英文的人，突然來到華盛頓。擺在二哥面前的問題該往哪裡逃？父母兄弟朝夕相處，生死別離二哥心頭一酸，眼淚就撲簌簌落下來。二哥撫摸著我的頭說：「老八啊……爹娘靠你們兄弟照顧，倘若我能活著，我總有一

天會回來看你們的……老三、老四，你們可要聽爹娘和大哥的話，只有兄弟團結一心，我們家才會有希望。」說著，二哥拔下不離表袋的那支鋼筆，對我說：「小八，二哥把這支鋼筆送給你做紀念……」

「不能往大路去，」大哥見二哥朝大路去，「萬一他們大路設埋伏怎麼辦？要從他們沒有想到的反山小路去。雖多走了一點路，但萬無一失。」

二哥走到蝸牛嶺天完全黑了。

自幼處在山區，從小跟著別人去山裡摘栗子、挖三七、採蘑菇、弶野貓，對山上每一條捷徑、小路瞭若指掌。二哥走到三岔處思想，如果選擇往千鶴崗路比較遠但好走，往石蛤巴方向走山路崎嶇難走，但下了山就到了公路上，去縣城不過三十里地吧。照這樣的速度半夜到了縣城，二哥去了往石蛤巴的小路。

初中「經風雨見世面」學生自發組織去縣城拉連，二哥去過一次縣城。那次拉連經歷讓二哥有了吹牛的資本，說給不出鄉里的青年人聽，他們縣城一次都沒有去過，不管二哥怎麼吹，他們跟瞎子點蠟燭一般。天花亂墜的說自己去過人民電影院、燈光球場、第一百貨公司、火車站等等令人嚮往的著名場所。二哥確實到縣城，但他根本沒有到過他說的地方。上路的時候大家幹勁十足，那面大紅旗個個搶著扛，似乎縣城一腳就能跨到，一路高唱，「不到長城非好漢」「金猴奮起千鈞棒」「大刀向鬼子們的頭上砍去」可是只走了十分之一的路程，隊伍開始拖拖拉拉，那面搶著扛的大紅旗卻成了一個燙手山芋，哪個扛著，再也沒有人去接手，大家一致認為是個累贅。許多是第一次遠行軍，腳下裝備極差，穿的都是容易磨損的布底鞋，步行沙沙作響鋪滿沙石的公路上如磨刀石上磨刀，布鞋底怎禁得起長途跋涉，鞋底磨穿，鞋底與鞋幫像夫妻離婚的脫離關係。好多人只能光著腳板行軍。二哥未雨綢繆家裡穿去一雙草鞋，既耐磨，又輕鬆，把帶去的布鞋給了別人。從此同學們覺得這路越走越遠了，相互詢問也越來越頻繁，「離縣城還有多少路？」「到了沒有呀？」「我實在走不動了……」出來時一路上興致勃勃的謀劃說，到縣城後去看燈光球場，電影院，看火車，看百貨大廈，走了還不到一半路程，掉隊的掉隊、喊腳痛、喊腰痛、說再也走不到縣城了，當初的計畫煙消雲散。拉連從昨晚六點走到第二天早上八點，足足行了一夜軍。出來鬥志昂揚，現在垂頭喪氣，那面搶著扛的大紅旗誰也不願意扛了，看見大紅旗像看見災星一樣，都避得遠遠的。二哥趁著天黑把紅旗扯下，長竹竿擲標槍的投進河中，紅旗胡亂的揉作一團，塞到石頭縫裡。一個女同學興奮的喊了起來，「你們聽——我聽見了火車的叫聲。」她一說，大家駐足聆聽，果然聽到了火車那「軋煞勿管」的聲音。大家彷彿打了一針強心劑，精神又振作起來。但沒人知道火車站該往哪裡走。路人的指點下正準備走的時候，頭上隆隆一個天雷，瓢潑的大雨倒一樣下來，人和剛燃起的希望淋得一塌糊塗。二哥至今不知道火車站在縣城哪個方向。

當二哥走上一座拱形大橋，知道到了縣城。寬闊的街道除隱藏在法國梧桐背後幾盞街燈，馬路看不見一個行人。看見「大橋飯店」的裡面亮著燈光，生煤的鼓風機嗚嗚響著，壁窗排風扇葉子懶洋洋的轉動，把逃出來的光明切成碎片。「天應該快亮了吧，」二哥心裡估計道，「必須在天亮前離開縣城。」當務之急二哥不知道火車站在哪個方向，問沒人，也不便去問，走到人民路一條小巷二哥停下腳步，豎起耳朵諦聽火車的叫聲。欣喜的火車叫聲，離他所在並不遠，二哥想去售票處看列車時刻，然後決定去哪個方向。剛走到售票處大門口，見三個戴紅袖套、背槍的人正在盤問一個買票的旅客。二哥賊膽心虛，扭頭就跑。也許不逃不要緊，一跑等於告訴他們有問題。二哥東闖西突，慌不擇路的又怕迷失方向，一直朝大街狂奔，一邊逃，一邊猜想：「難道他們這麼快就得知了——」看見二哥逃跑，他們摘下槍追，「站住！不然開槍了——站住！」銳利的令人心悸的哨子聲，和拉動槍栓的恐嚇聲，以及長街傳來慌亂雜踏的腳步聲，打破黎明前的死寂。二哥腿腳嚇得打軟，生死在此一舉，不能這樣束手就擒，二哥想也沒想拐進一條小弄堂，見開闊處有口水井，不加思索下到井去，雙腳雙手掰開一個大字，壁虎的插在井壁石縫中，二哥逃過一劫。

雖然僥倖逃脫，二哥想他們不可能就此甘休，反而會加大搜查力度和範圍，儘快的離開縣城。「我怎麼才能離開?我究竟要去哪兒？」二哥心如亂麻，「如果買票乘車，無疑在自投羅網。」天馬上就要亮了，這副模樣很容易被人識破，即便生有兩隻翅膀，也難飛出布下的天羅地網。

二哥確定火車站的位置，就順著一條運黃沙石子的通道溜入站內，迅速翻下月臺，穿過七八條火車軌道，又鑽過一列貨物列車，繞到反月臺一邊，怕被人發現，迅速伏在下水溝中。二哥確認四周無人，探出頭張望股道不遠的那列火車，他下意識的看火車龍頭在哪個方向，二哥根本就看不見火車龍頭，聽到列車一聲長嘶，繼而咣當的一串鏈鎖撞擊，車頭的鋼輪叭叭叭一陣空轉，整個鋼輪像像砂輪機帶火旋轉。停久了的火車像生了鏽吱吱嘎嘎響，像條百腳蟲的開始慢慢蠕動。不管火車駛向哪個方向，已容不得二哥猶豫了，即便知道火車往西去的，二哥也不知道西究竟什麼樣子。二哥飛快躍出水溝，抓住車皮上的拉手，敏捷的像只猴子翻進車門。登上決定他一生命運的列車。二哥聽見股道上的高音喇叭在喊，但二哥聽不明白說什麼。二哥只在課堂從來沒見過實物的火車，他不知道火車是怎麼行駛的，剛剛受過驚嚇，二哥驚魂未定胡思亂想；「也許爬車被他們發現了，車站通知火車司機抓人？不會吧，應該沒有人看見我扒車，不要嚇自己，遇事一定要冷靜鎮定，切勿過於的驚慌，不能害怕，越怕越易出紕漏。對！應該先放下心來。」第一次見到人們日常所描繪的偉大的火車，今天居然能夢想成真——確實太讓人感到驚奇了，雖然自己是個逃跑的罪犯，但人生能有親自體驗火車的一天依然覺得很榮幸。二哥荒唐的意識幻覺不由讓我想起敬愛的唐詰訶德先生。

火車蒸汽機龍頭叭啦叭啦的放著蒸汽，像潛伏在水中河馬鼻孔噴水，詹天佑巨大的撞擊使整個大地都在顫抖。長長的一列火車，宛如剛從春天甦醒的一條蛇，扭動著逶迤的長軀在大地遊動。二哥這才發現上了一節煤車，二哥像從陷阱中逃生的一隻老鼠，膽怯地蹲在車廂旮旯角中。

火車龍頭牽引的節奏越來越快，列車的腳步也越來越輕鬆，無數鋼輪滾過軌縫連接發出「叭啦答……叭啦答」統一步伐的節奏，當鏗鏘的車輪滾過道岔決定路線方向的同時也決定了二哥的命運，二哥已上了賊船一般別無選擇。鋼輪軋軋義無反顧的向南方疾馳。

二哥第一次享受人類文明具體說是瓦特發明的蒸汽動力，敬愛的瓦特先生幫助二哥逃脫生死追捕而從此逍遙法外。

二哥想到這兒抑制不住內心的激動，他小心翼翼的一點一點從煤灰堆中站起來，興奮謹慎的探出頭去張望，東方已經現出晨曦，一個天空半個被黎明所解放，「東方欲曉，莫道君行早……」二哥一時忘了自己的處境，似乎不像逃亡倒像出來旅遊一般，情不自禁的唱起革命歌曲。

列車馳騁在亮鋥永無止境的鋼軌上跟黎明賽跑……「多麼愜意啊！現在不要說屠王大和撒桂子，子彈也追不上我。誰也擋不住歷史一樣的滾滾車輪，誰也休想把自己從車上拽下來……」二哥的頭髮被狂風吹得亂七八糟，掀起的煤灰把二哥染得烏黑，像海豹突擊隊。烏黑的臉上，露出獲得自由珍貴而燦爛的笑容。梳理事件發生到現在已十多個小時沒有休息過、沒有喝過一滴水、吃過一點東西。二哥從腳布包中解開幾次想丟掉的冷番薯，那是我拿給二哥路上充饑的隔夜番薯，幾次跌落又幾次撿起，受盡磨難與擠壓，已變成一團糊疙瘩，黃黃的像一坨踩爛的大便。「真幸虧小八想得周到啊！」二哥饑不擇食全部吞下肚子，吃得太多了，肚皮鼓鼓的一陣內急。二哥從貓那裡學來的樣吧，在煤灰中扒了一個坑，突然晃啷噹一個急剎車，二哥一屁股坐在自己屙的屎中……

後來二哥說起這段故事，他開玩笑的跟我說：「多虧小八想得周到，要是我沒有這兩個隔夜冷番薯，我不可活到今天了……」

第三章

10

「新中華民國萬歲」

回想起當時發生的場景，至今我記憶猶新，白米散了一地，籮筐滾來滾去，扁擔橫七豎八，軟籮絡像扳馬索將人絆倒，槍聲、罵聲、哭聲、尖叫聲、求饒聲、腳步聲，這場景比什麼電影都刺激恐怖。通過這件事，不難看出人對饑餓與性命兩者的誠實態度，雖知道沒有飯吃必然也會死，而且更難以讓人接受，其實槍打死也是死，餓死也是死，怕打死，不怕被餓死，白花花的一堆大米誰也不要拿。

這年中秋的月亮像是嘲笑我們出奇的圓，像面鑼的掛在大樟樹的頂上，不似往年中秋受颱風影響，不是風，就是雨。大哥拿槍掃射，二哥倉皇出逃，家裡人像全死了一樣，沒有吃飯，沒有人要吃飯，也沒有點燈，一大家子人安靜得讓人害怕，甚至猖獗的老鼠也為這熱鬧的家庭感到奇怪，吱吱繞到我的跟前，好像在問我：「嗨！小子怎麼一聲不吭的，我說遇到了什麼麻煩嗎？」

爹一鍋接一鍋的抽煙，黑暗中鍋裡的煙火像冬天的星星一閃一閃，娘每天不例外坐在煤油燈下縫補衣裳，今晚心事重重的坐在黑暗角落，屁股扭動聽見竹椅發出苦澀單調不堪負重的嘎嘎。父母大約都各自想著各自的事情。兄弟們好像在一瞬間都明事理了，無止休的爭吵是我曉得以來最為安靜的一天，但每個人心裡都明白，安靜中在等待禍祟的降臨，那是暴風驟雨的前兆。明天為怎麼樣？會有明天嗎？明天什麼大禍等待著我們一家？我想屠王大和撒桂子，很可能去叫三支二軍來鎮壓我們，大哥當場被槍打死，把老三老四老五包括我捆綁起來，押送去白馬公社召開公判大會……他們放過父母因為她們沒有加入反革命事件？一切的一切還是個未知數，誰也難以預料。最讓我擔憂的是二哥，不知他現在跑了多遠？往哪個方向跑？走路還是坐車？火車還是汽車？要是我跟二哥一樣大，乾脆就跟二哥跑了，萬一遇到了什麼事，兄弟有個人好商量。夜已經深了，雞犬不寧的村莊聽不到一聲狗吠。雖然我尚小，不該去擔大人們的心事，但在隱隱中，覺得我與這個家休戚與共。絲毫沒有一點睡意。我走出窒息可怕的家門，站在空曠的院子中，聽秋蟲四面楚歌。舉頭仰看明淨沒有雲翳圓得該死的月亮。蒼天啊！你年年中秋，霏雨連日，烏雲遮月，故意製造出這破天荒的一天，你刻意在嘲笑我們？

黑暗中無數雙恐懼、險惡、詭秘、複雜的眼睛，注視著此時此刻的大哥。有的龜縮在自己家裡，擔心大哥現在人在哪裡？手中還端著槍不？明天白馬來捉拿，他不會置自己性命不顧，開火同他們對打吧，聽說他家裡藏著三箱手榴彈和六百多發子彈，夠對抗一陣子，那樣的話難免雙方要死人了。有的擔心大哥此時此刻不會偷偷蹲在仇人的窗戶下，或端著那支槍伺候在屋後頭，達達達一梭子，或窗戶外塞進一枚手榴彈？黃昏兩個不知天高地厚的少年，說要去會場尋找自己的籮筐扁擔，被父母喝止，「性命值錢還是籮筐值錢！尋死去啊——」三百六十五天，幾乎天天晚上聚在樟樹底下談山海經，孩子你逐我追鬧到黃昏後，像宵禁一般空無一人，有史以來是山村最為恐怖的一夜。除了惶恐不安的人心，平時見風吹草動上竄下跳的狗哼都不敢哼一聲。若干年後奶奶說：「惡人自有惡人治！從此他們見到蠟梨頭，像打怕的狗。菩提山人生來就這麼犯賤……」

屠和撒兩個獨立為王的主任，聽人說跑得不知下落了。基層一級的政府完全處於無政府狀態。毛主席說過沒有政治頭腦的人等於沒有靈魂，照這個邏輯，整個領導核心都丟掉了靈魂？

天大亮了，一夜未眠的大哥把打空彈夾重新填滿子彈，槍依在牆邊，從床肚底下拉出三箱木柄手榴彈，並放在門口，決心跟來犯的作一死戰。

大哥開著門注視著大路那邊，耳朵聽著周圍動靜，這時他們敢冒天下之大不諱，大哥毫無疑問用槍彈歡迎他們，來者哪怕是皇帝也照殺不誤。大哥走到這一腳闖出一條命，反正橫也死，豎也是死，隨便憑他們怎麼來，如其被他們擒獲，吊打鬥爭遊街讓你苦頭吃足了再殺，倒不如拉上幾個大家痛痛快快一起見閻王。

昨晚大哥心裡也想著一件事，黑暗中他過會扳著手指頭在數鐘頭，心裡說：「應該逃遠了吧？如果在路上不出什麼意外，半夜一二點鐘可以到縣城，到城裡不知他怎麼走，坐火車還是汽車，他沒有出過家門會選擇去哪裡？唉呀！雖說天下這麼大，能容得下人的地方真沒有……管他去那裡呢，只要不被他們抓住就好，要是被他們抓住三仙歸一洞。咱家徹底完了，……」

瞎眼奶奶半夜從房間摸出來，走出大門外，跪在滿天星斗、月色明朗的夜空下，一邊拜天，一邊祈禱說：「老天菩薩啊，請你保佑我二孫子平平安安……老天你要生眼睛啊，可憐可憐咱啊！本來跟討飯一樣窮，全靠共產黨毛主席翻身的，怎麼會忘恩負義呢！人有一張口子啊，心想圖個飽……一家人被逼得走投無路……」

爹跟往常一樣，好像昨天什麼事也沒有發生過，坐在凳子上煙抽過癮，哢哢哢的打了三四個哈欠，解下腰裏的大腳布床檔一掛，無心無事的打起呼嚕。均勻而有節奏的眠鼾，似奶奶生火拉風箱。

心事最重的應該是我母親，夜深人靜，聽見母親低聲啜泣。母親想忍又忍不住泣血的哀哭，至今不能讓我忘懷。她一邊一邊呼喚著二哥的名字，像母貓呼喚影形不離一夜不歸的小貓。

二哥在母親心裡的位置無人可以替代，是八個兒子中最為鍾意的一個，因此讓幾個哥哥心懷妒忌。母親說：「老三，家裡柴沒了，你去斫柴。」老三噘著嘴巴：「我不去，你不好叫二哥去的——」認為母親偏心二哥而多有微詞。偏心也好，不偏心也好，八個兒子就像母親十個指頭，說那個手指多餘能把他切掉呢？十指連心八個兒子都連著母親的心啊。母親太瞭解二哥了，這次闖禍與家裡天天吃飯吵架有一定關係，年紀輕、血氣剛、出身好，是多種因素的結果。結合二哥一慣性格脾氣，母親深信一時衝動的一次偶發事件。二哥從不跟兄弟爭食，平時不亂說亂話，一次掃毛老來家玩，二哥在看造反撿來的一本書，對大哥說：「你老二念了幾年書，狗日的文縐縐像個書呆子。」二哥不喜歡武七武八，只要有書，不管新華字典抓到要看，同時二哥也不是那種死腦筋，遇上危機坐著等死的人，審時度勢踏著尾巴頭會搖，比任何人反應要敏捷，所以母親堅信二哥不會出什麼亂子，哪怕遇上危險，也能化險為夷。

「……一個天雷到處響啊。」母親心裡擔憂，「亂哄哄的時局，到處都有革委會、群專指揮部、造反派、戰鬥隊、保守派、保皇派、三支兩軍飛機大炮都用上了。即便黃穀逃得到天邊，能逃得出毛主席的天下嗎？就算菩提山人壞心壞肝壞肚腸，難道別的天下的人的心腸會比咱菩提山好？」……

當我第二天醒來窗外日遲。家裡靜悄悄的沒人，只有奶奶一個人在摘毛豆莢，「你大哥，被白馬一幫勿好人綁走了。」

屠王大與撒桂子怕大哥，兩人連夜逃到白馬公社向上級領導彙報，菩提山發生嚴重的反革命政治事件，並且持槍射殺幹部和廣大群眾。公社革委會黨委立即作出批示，定性為罕見的現行反革命殺人事件。

大哥為何束手被擒？他不是作好了犧牲的準備嗎？沒錯，白馬調來了一隊解放軍，加上武裝民兵和造反派，荷槍實彈不算，殺豬用牛刀雄起起扛來了三門迫擊炮。部隊的政治指導員用半導體喇叭向大哥喊話，「繳械不殺、反戈一擊有功、負嵎頑抗死路一條、只有放下武器向人民投降才是你唯一的出路」展開強大凌厲的政治攻勢。

大哥根本不答話，對準一手舉袖珍的毛主席語錄書、一手持半導體喇叭的指導員，噠噠噠先開了槍。閃到路後一棵樹去的指導員見軟的不奏效，三門迫擊炮同時向我家開炮，一顆炮彈落在草屋左側，另兩顆落在右側和屋後面，剎時地動天搖，聽見菜櫥裡的空碗，發出琅琅抖響。房子左右騰起美麗的三朵蘑菇雲，被炸上天去的樹枝、竹梢、石頭、泥土、灰塵冰雹一般墜下。

「畜生！你們這些畜生！」奶奶勇敢的邁

出屋外，對圍剿的軍人大罵：「來啊！你們來啊，你們飛機大炮打我老太婆啊！」奶奶意識到對抗的危險，不只是大哥的事情，畢竟有一家人……

「蠟梨！」奶奶回進屋，抓著大哥的手臂說：「聽奶奶，你打不過兵老爺的，你不把槍繳出去，他們就把房子毀了，一家人被他們滅了，奶奶求求你，放下槍吧，聽話？」邊說邊叫，「金瓜！你還不快點把他的槍拿走！——」

「你不要管我！狗日的跟他們拼了！」大哥怎也不肯放下槍，娘教我們兄弟上來把他按住。爹迅速奪下槍扔到院子前面爛田中，回來又把三箱手榴彈搬出。「好好好好！」爹站在院子裡向解放軍喊道：「槍手榴彈都交出了，你們來好了——」

如果大哥不是我們把他團團困住，箭在弦上，大哥會跟他們拼個魚死網破。要是雙方以慘劇收場，毋庸置疑我一家的命運則另當別論了。

大哥成為了階下囚，而二哥現行反革命畏罪潛逃，家院卻多了三個彈坑。狼狽逃跑磕頭求饒嚇得尿褲子的屠王大和撒桂子又捲土重來了。他們像天上的北斗，這些人又緊緊的圍繞在他們身邊，神采飛揚的講述這次戰鬥的勝利。

屠撒他們為讓我們永世不得翻身，不惜羅織罪名，著手調查我上代歷史，發現地沒有一分，瓦沒有一片。祖宗三代做長工，連自己姓甚麼都不知道。沒土地沒家產沒姓名沒文化屬於典型的四無人員。苗紅根正無論入黨還是做官一等一的料，他們裡查外調無懈可擊，沒法對我爹下手。

「我知道黃金瓜幫（被）國民黨軍隊當民夫——」如果屠王大是狼，那撒桂子就是狽，撒桂子陰險的笑著說：「並且有人能作證。只要一口咬定黃金瓜參加過國軍跟共產黨打仗，一切水到渠成，所有難題就迎刃而解了。無論黃金瓜祖輩十八代雇農，也禁不起他穿過國民黨軍服的致命一擊。打倒在地再踏上一腳，政治生命就結束了。」

「哪證人呢？」屠桌上撳著的香煙縮短了三分一，空殼的香煙一團紙火。吐出一口煙問：

「哪裡的？怎找得到的？」

「通過瞭解找到的，」撒桂子得意地說：「住在白馬，可去了幾次……他不願意出面作證。」

「什麼……道理呢？」

「我想出於自身考慮吧，如果他出面替黃金瓜作證，豈不他也栽進裡面去了……我向他保證：『黨歷來不會放過一個壞人，也不會冤枉一個好人，你儘管放心，我們不會牽連你的……』仍然不能打消他的顧慮。」

「真不行就對他施加壓力。」

「不願作證當然對他不客氣。」撒桂子說：「我再次上門去做工作，對他說：『只需你在揭發材料上簽個字——』他接過材料看了好幾遍，一言不發還我還，意思不願在揭發材料上簽字。我認真對他說：『不然，你也逃不脫……』他沉思良久喃喃說：『你讓我考慮考慮吧。』……第二天我們再去，見堂屋裡掛著白孝布，有三個女人戴孝在哭。我就傻眼了，說那人昨天上吊死了。這狗日的線索風箏一樣掛斷了。」

「跟誰去調查的？」

「通過李主任。但辦法還是有的，」撒桂子又說：「本來雙管齊下萬穩萬當的。想不到他寧可自殺。只剩下一招。」

「什麼招數？」

「我絞盡了腦汁，」撒悄聲說：「最後這一招讓他家破人亡，嘿嘿嘿……讓他死無葬身之地。」

「那麼有把握嗎……」

「當然！」撒桂子道：「他不是有八個兒子——」

「這——有什麼搭界？」

「怎麼會不搭界呢。」

「……這怎麼掀得起大浪？」

「只要找到地球的支點，就能撬動地球——哈哈哈！」撒桂子神秘兮兮的說：「問題出在黃金瓜的八個兒子名字上面。」

「跟名字有什麼關係？……」

「關係非常非常大——」撒悄悄聲音讓屠

王大不得不湊近耳朵去聽，「蠟梨頭的名字叫黃興對吧，辛亥革命主張君主立憲的叫黃興對不，興字與新舊的新音同。老二黃穀，穀與國民黨的國同音對不。黃忠的忠，中國的中。黃華的華，中華的華。黃明的明，人民的民同音對不。黃凡的凡，萬歲的萬同音。黃水的水萬歲的歲密不可分對不……他們七個兒子的名字串起來，豈不是『新中華民國萬歲』嗎？結合黃穀的現行反革命這一鐵的事實，可想黃金瓜有多反動？用心何其毒也。這不是憑空捏造，而是鐵證如山啊——」

「你這狗日——」屠聽撒桂子這麼一點撥，簡直如醍醐灌頂，屠王大拍手稱讚，「高高高——狗日的實在是高！但眾所周知的這黃金瓜沒一點兒文化呀，你說他哪來的用心？怕很難服眾。」

「屠主任，」撒桂子說：「那小子在大會上公開散佈反革命言論，難道只有我們兩人聽到的嗎，全體貧下中農甚至地富反壞右沒一個不聽到的，難道不是鐵證還得去找證人！蠟梨頭企圖殺害革委會幹部和革命群眾，攻擊人民解放軍支左部隊……難道還不構成反革命武裝暴亂……這發生的一切並不是偶然的，與黃金瓜跟國民黨不無關係。嘿嘿，這下新賬老賬一起算。」

「你趕緊把這些材料準備齊全，」屠說：「咱們必須趁熱打鐵，要把蠟梨頭槍擊搞成鐵案——蠟梨頭關進去，不能再放他出來，放出來等於放老虎歸山。上次大難不死，幸虧我逃得快，你看看，」屠撩起草綠色的軍褲指給他看，「狗日的你看，子彈從褲襠下穿過，的確涼焦了一個洞，差一點點打到小頭上。阿星和掃毛老他們都聽到蠟梨頭在嚷：『八兄弟死一個有什麼大不了的！』那天合圍抓逮，捆綁得扎扎實實還不服氣，歪著頭、斜眼看著我們大叫：『要不死在你們手裡，活著回來，不殺你們全家，我蠟梨頭絕不是人！』不搞死他就是個後遺症……」

「你跟我想到一塊了。」

撒對屠只顧自己逃命不顧別人死活的行為心存怨氣，這傢伙奸詐狡猾，對他的確良草綠褲那個子彈洞心存疑惑，也許是他用香煙火燙出來的。自己應該感謝蠟梨頭才好，要是這狗日手指一癢，碰一槍，就卵脬朝天了。當時嚇得褲子都尿濕了，只有蠟梨頭知道，驚嚇程度比狗日大得多了去。害得天天晚上做噩夢。撒想只要他出的損招奏效，大哥不槍斃，起碼也得判廿年勞改。廿年之後即便活著出來，人也差不多老了，時光會把火氣磨消，君子報仇十年不晚，只是說說而已，他再也起不了殺心。

歷史清白、窮得不能再窮的我的家被貼上「新中華民國萬歲」反動標籤：忽如一夜春風來，千樹萬樹梨花開，傳遍並轟動了整個白馬公社。

白天晚上都在議論我們家的事，說公安部對二哥發出全國紅色通緝令，不久就會捉拿歸案。大哥可能等我二哥歸案後一起執行槍決。不同的說法，大哥不會立即執行槍斃，但至少判無期徒刑。

調查組說我父親某年某月參加國民黨軍隊，上戰場殺過解放軍戰士。爹呆若木雞連一句話都不說。奶奶聽他們宣佈兒子參加國軍，哭著說：「天在頭頂啊！你們敢血口噴人！他被掃毛部隊抓去做民夫的，不相信你們去問阿狗保長，他人還活著呢——」

「不用狡辯了！準備被捕吧，」調查組哪會理睬奶奶，「進清理階級隊伍去辦學習班……」

正如晴天霹靂，奶奶哭成了淚人，她拿著瞎子棒親自去向屠王大和撒桂子求情，奶奶像羊求狼跪著向撒桂子哀求，「撒主任，您宰相肚裡好撐船……我家蠟梨頭他無知無識，這不能怪他爹。大人莫記小人過，我老太婆向您求情了，放了黃金瓜……」

「這事跟你老太婆無關的！」撒桂子看奶奶跪著哀求他可憐狀，一箭之仇報了半箭。「你跪到夜也沒用的，這不是我說沒事就沒事，完全是上級調查組領導所作出的決定。毛主席教導我們階級鬥爭沒有調和的餘地，不是東風壓倒西風，就是西風壓倒東風，是大是大非的原則問題。」

奶奶聽不懂東風西風的那套鬼話，撒桂子冷若冰霜的態度知道一切都白說。幾乎在一瞬間

這家坐牢的坐牢、出逃的出逃，而父親面臨去隔離審查，「老天菩薩啊！」奶奶禁不住失聲痛哭，「啊你——睜開眼看看……你要絕我一家的命……啊——你讓我白頭送黑頭啊淒涼人啊……你教我活受凌辱！天啊，呃呃……呃……」突然奶奶一頭向屋柱碰去，幸好三哥眼快把奶奶攔腰抱住。

我哭倒在奶奶懷裡，哭著說：「奶奶你不能這樣，你死了，我也活不下去。奶奶你說過，等我以後賺錢了，住我的新瓦房，吃我的香米飯，穿我的新衣裳，還要看我漂亮的新媳婦……」

奶奶馬上忍住不哭，說：「奶奶聽小八，奶奶不去死，奶奶一定要活下去，等著你大哥二哥都回家。」

撒桂子正式來通知我爹，「公社革委會對你作出隔離審查的決定。明天帶被捕去辦學習班。」

父親連美國佬好壞都不知道，一個完全沒有政治頭腦的天才。教他去搞政治，比趕鴨上樹還難。但這不能說這麼多的政治運動中爹一點政治作用都不起，爺爺農會當主任的那會兒，雖不驚天動地，也算一個紅過的人，爺爺私下裡跟南下幹部說：「金瓜這小子，你看能不能給他弄個官兒？」南下幹部手一揮那還不容易，一句話讓爹當上民兵連長。爹拿繩子捆人的技術跟他幹農活一樣嫺熟，田間沒事還經常演示給人看，土改、整反、肅反、反右捆綁的地主反革命多了，熟能生巧像賣油郎銅錢眼瀝油。那時殺惡霸地主反革命，沒有後來繁瑣必須最高人民法院核准，拿錢去小店打酒一樣便當。鬥爭大會結束後，前呼後擁看工作組押著犯人去屍骨溝槍斃。屍骨井從前不叫屍骨井，槍斃人多了更名叫它屍骨井。那可是爹捆綁的是別人，自己不知道爹娘生的皮肉有多痛。這下像欠下的債一般要輪到自己了……想受苦受難活著不如死掉清爽。就在這一念之間，爹抓起門後一個農藥瓶裡的一瓶煤油，仰著脖子，吹軍號的嘟嘟嘟一口氣喝到瓶底。等四哥連連看見將他奪下，只剩下一個空瓶了。四哥所以這樣著急，父親喝下的不全是煤油，四哥負責防病治蟲的植保員，經常把農藥帶到家裡，床下、門後到處是用完不用完的農藥瓶。前一天，娘對爹說：「洋燈洋油又沒了，去小店買一斤來。」父親隨手抓起一個農藥瓶，掖在腋窩去小店購買。

老趙拿起瓶搖了搖說：「黃金瓜，你的瓶裡還有樂果呢，去倒掉。」

爹抓起瓶看見還有一些農藥，想倒但沒有倒掉。爹躊躇一下，還是去倒了吧，但老趙不讓爹倒在小店的門口。「不用倒掉，」爹懶得走，「你舀上去好了。」

父親認為樂果和煤油一樣臭性質應該沒有多大的區別。例如小鵝耳朵洞裡長蝨子，往耳朵洞滴上幾滴煤油，蟲虱就死光光了。不僅母親奶奶這麼做，養鵝人家都這麼做。樂果同樣也是滅油蟲、飛蛾、稻虱的，證明煤油就是農藥，既然煤油能燈點，樂果肯定也能點燈。喝煤油跟樂果一樣會藥死人。

「娘！娘！娘——」四哥驚慌的叫起來，「你們快來啊！爹喝了藥水。爹爹——爹爹啊！為什麼這樣糊塗啊。」

正是屋漏又遭連夜雨。家裡禍事一樁接一樁的。爹受到心理暗示認為自己馬上就要死了，仰天倒在地上，頭歪向一邊，自覺地閉上眼睛，作出垂死狀的樣子，口吐白沫，哼哼唧唧地，「啊啊！娘呀……我死了——」

爹身上及整個室內充斥著煤油和農藥的混合味。看到爹痛苦蜷曲癱在地上，爹就要死在我的眼前，前所未有一種恐懼向我襲來，當場哇哇大哭。我的哭聲像倒下的第一張多米納骨牌，然後娘、七哥、三哥、四哥哭成了一片……

我父親畏罪自殺的消息，在這個充滿罪惡的村落不逕而走。撒桂子一幫急忙追到我家裡，果然發見我爹喝了農藥，半死不活躺在地上，「黃金瓜啊！」撒叉著腰說：「嘿嘿，想畏罪自殺太便宜你了！」撒桂子緊捂著鼻子又說：「黃金瓜！我——告訴你！歷史問題不交代清爽，不會這麼便宜讓你死……去叫朱郎中給他洗腸！」

朱郎中是大隊合作醫療站醫生，朱是屠王大的嫡親表兄，大隊沒有赤腳醫院之前是專門閹

雞閹豬的。手彎處挽著一把勾頭的黃油布洋傘，背一只汙血斑斑的巾包袋，穿一件灰色的破長大衫，菩提山連三歲的兒童都認得他。串巷走弄唱歌似的吆喝，「閹豬——閹雞——呵……」空谷跫聲，三里之外能聽見，練就多明戈的一副好嗓子。屠王大當革委會主任，一手遮住菩提山的太陽。豬郎中搖身一變成赤腳醫生，屠王大鼓勵他說：「表兄你本來就有基礎，大隊保送你去省立醫院進修半年，以後就給育齡男女搞結紮。省得讓群眾翻山越嶺上白馬人民醫院去。」

「閹豬比閹人難多了，」朱說：「豬不聽話人聽話啊，……」

朱郎中不問爹究竟喝了什麼農藥，濃烈的煤油味和農藥味直叩腦門。他噴著孰柿味的酒氣，「黃金瓜，你這狗日的，喝喝喝是樂果，還還還是煤煤油——啊？」

爹咬緊牙關抱著一死的決心，只呻吟不說話。

「你們！」朱郎中看我們兄弟眾人像文武百官的插在他面前，沖我娘嚷道：「還愣著幹嘛，來人呀，把狗日的他抬到殺豬板凳上去躺好……喂，金瓜媽，給他灌腸，你去泡些肥皂粉來。」

「朱——郎中，」娘搓著兩手說：「我家沒有肥皂粉。」

「哪怎麼辦？黃豆子呢，」朱點了一顆煙，「生黃豆磨成漿，讓他催吐……」

「這這——朱郎中，」我娘急了，「咱連米都拿不出，家哪來的黃豆子啊……」

「百樣無一的，見你三百大頭鬼！」有人售豬，邀請朱郎中吃殺豬頓剛剛回來，滿嘴爛番薯燒酒味道，醉醺醺的兩眼朝上翻白，說話舌頭打結，責問的看著我母親，「哪哪哪教我拿什麼給他洗胃？你你你們們，做做什麼空戲文呢！……我我我沒這本本本事……你你另請高明！」拾起地上的醫藥箱要走。

「朱郎中！」娘撲通跪在他面前，哭著向他哀求，「看在我面上，你……你就想想辦法吧，救救我……們……求你了。」

「不是我我見見死不救——你讓我拿什麼

催吐？讓我手摳他的喉嚨嗎。這狗日又是煤油又是農藥，誰知道喝了多少——」

「大概這麼一點，」四哥用手不準確的比劃說：「再多到瓶格一格的樣子……」

也許朱郎中看我母親可憐而動了惻隱，也許撒桂子交代過他不能讓這樣便宜去死，當一項政治任務交給他，死了不好向他交差吧。朱郎中背起的藥箱又滑落到原處。「好好！死馬當活馬醫，這樣吧，你們去糞桶撈些大糞來吧……越新鮮、越臭越好——」

三哥、四哥、五哥聽說人糞給爹灌腸，你看我，我看你，都愣著不動了。我說過我一生盡做傻事，我看哥哥們傻掉一般站著不動，救爹要緊，躑躅的走到門背後糞桶前，糞桶中積蓄了大半桶的尿屎。家裡沒有奢侈到用馬糞紙擦屁股，通常用稻草揩屁股，草結冰山的半浮在上面，早上三哥屙下的新鮮糞便，香蕉的睡在草鬚上——毫不猶豫棒起三哥的大便，亦步亦趨捧到朱郎中面前。

「狗日——」朱見我似乎想要交給他，「給我幹嘛——」又沖著老三老四大嚷，「你們都是死人！站著幹嘛，幫襯捉豬腳啊！」朱一手托住父親的下巴，用撥弄舌頭的不銹鋼片撬開父親的嘴巴，對我吼道：「快——快，塞到狗日的嘴去……」

朱像個大炮瞄準手，我像負責填炮彈，三哥四哥按住父親兩只胳臂，五哥和六哥按住父親兩條腿，朱郎中撬開爹的大嘴巴，我第一次看見父親掉了三顆大牙。把三哥早上那支香蕉塞進爹的口裡……爹前所未有的一陣噁心，父親肚裡翻江倒海，整個人元寶的翹起來，四個哥哥人仰馬翻。父親嘔嘔幾下像火山噴發一樣對朱郎中吐了一臉，眼睛鼻子嘴巴上全是污穢。如果酒鬼吃下去吐出來的穢物另當別論，爹吐出來那是令人噁心的糞便、煤油、樂果和中午吃下即將變屎的東西。

「喲喲喲喲喲！狗日的槍斃鬼！」朱郎中活像從骯髒的糞坑中爬出來的，頭髮眉毛「面目全非。」條卡中山裝的領子和胸前掛著的毛澤東像章濺滿污穢。「殺殺殺坏！你你——你這狗日罪罪罪該萬死——」

母親心裡覺得太對不起人家，去舀來一面盆水，意思讓朱郎中洗一洗。朱郎中緊緊閉著眼睛和嘴巴，此時酒也醒了大半，碰上這樣倒楣的事，氣得他說不出話。乾脆連藥箱也不拿了，剛沖出門檻，一陣翻江倒海，唔唔唔瀑布的瀉在院子裡。一邊抹臉上穢物，一邊嘴裡呸呸的吐著，夾著尾巴逃回家。

「這狗日——」父親神奇般從殺豬板凳上起來，「你給我吃汙，教你也嚐嚐味道，狗日的嘿嘿嘿……」穿上破草鞋說：「素娟，你弄點東西我吃吃，肚皮吐得精光了……」

「天無絕人之路，」奶奶雖看不到眼前所發生的場景，同樣不能享受這充滿戲劇性的一幕。聽父親坐起來討吃，奶奶曉得應該沒事了，長長舒了一口氣，說：「小八，去我床頭拿幾個番薯坨給你爹吃。」

11

步步驚魂

如果二哥沒有太陽作為參照，他很難分清東西南北。當火車停靠或龍頭加水或換火車機頭，二哥小心翼翼探出頭，察看車站上的牌子來獲得所在位置的一些資訊，但憑二哥一點地理知識，無法判斷屬於哪個省或那個市。

火車停停開開、開開停停凌晨一直挨到中午，又從中午挨到太陽西斜。疾馳吹來的狂風使整個車斗煤灰飛揚，二哥渾身被煤灰塗成黑人，臉上兩只恐懼、狡黠、警惕的眼珠靈活的轉動。要是身上沒有衣裳，活脫脫是只大黑猩猩。之所以身上有衣裳也沒有隨身物品，不是從監獄逃出的，就是煤窯洞裡出來的，很可能有案在身，但絕對不是安分守己的人。長長坐了一天的火車，離家不是一般的遠了，已很遠很遠了，二哥彷彿到了天邊的感覺。火車開開停停，還是沒有到終止的意思，不知這火車究竟要跑多遠呢？如果火車一直開，自己也一直坐到底嗎？有必要繼續坐下去嗎？大哥雖說教他逃得越遠越好，最好永遠不要回家，火車奔馳了整整一天，應該到了大哥所要求的距離或已經綽綽有餘了吧。雖然在白天，但對不知道地理位置的二哥來說等於在黑夜，內心變得焦慮不安起來。惆悵的蹲在煤車角落裡憂心忡忡：「逃那麼遠幹嘛？難道他們還抓得住我嗎……」

火車突然在車站外正線停下，二哥覺得機會來了，迅速爬出車門，站在路基旁邊前後眺望，發覺離這兒不遠有座城市。二哥吸取來時的教訓，城市盤查嚴而且危險性大，但反過來，越是危險的地方越安全，城市人多，便於混跡，可以相互依賴。人與人相互依賴並存著相當大的風險。二哥想何況自己沒有一技之長，沒有親戚朋友，沒有社會關係，兩派鬥爭激烈……不是明智的選擇！山裡少有人進去，有一種親切感，對陌生人不會想得太多。二哥太瞭解山了，哪怕沒有飯吃，二哥照樣能解決生存。就在火車啟動的一剎那，二哥果斷作出決定，重新跳上火車。

「到什麼地方我才該下來？」二哥困惑地思想：「下來又該去哪兒？如果要去哪裡連自己都不知道，比盲人騎瞎馬更擔心……」不知道省份縣市、不知道離家多遠、不知道前方到達站、更不知道去的目的地在哪裡？二哥心裡像十七八只吊桶井裡打水，如坐針氈方寸大亂了。

大哥再三叮囑走得越遠越好，但大哥沒有說讓他走多遠，難道真的這輩子不再見爹娘兄弟了？二哥下定決心：不管火車什麼時候停、什麼車站，他必須跳下來……大哥「沉著應對」的話在二哥耳邊迴響，必須把安全放在首位，好不容易逃出了魔掌，跑出這麼遠，再被人逮住，仇者快親者痛，如何向兄弟交代……

天色漸漸暗下來，二哥急切盼望火車在下一站停下，火車卻風馳電掣的越來越快。老油條的司機不按調度計畫讓另一列車快速通過，迫使那輛列車放慢速度，二哥坐的那輛列車駛入正線，同時綠燈開放。老油條司機與司爐工配合默契，拼命往爐膛甩煤，車輪鏘鏘鏘向前疾馳……二哥跳車計畫再次落空。

火車再次停靠已晚上九十點鐘了。二哥爬

車有了經驗，車尚未停穩，他早作好了跳車準備，二哥選擇在反月臺方向跳車，這樣不容易被車站的人發現，車輪還在轉動，二哥輕鬆的落在路基下。見列檢員拿著一個小榔頭，東敲敲、西敲敲的過來，二哥迅速鑽過車肚走到那一邊。

二哥來到三號月臺邊，他想看但看不到車站牌子，不知道這裡叫什麼地方。正前方燈火明亮，二哥分析應該是檢票口或出口處。中間橫著十多條股道，火車龍頭吭哧吭哧的在調度的叫子聲中來回穿梭。二哥經過片刻思考，如果穿越鐵道往燈光亮處走，有飛蛾撲火的危險。如果從反月臺出去，月臺緊靠著山腳，山腳下有幾座工棚，透出零碎的亮光，說明裡面住人。雖然上山容易隱藏，但對這裡的地形不熟。一般情況屬於鐵路範圍都攔有鐵絲網或圍牆，一旦鑽入了死路則風險更大。二哥馬上否定上兩種選擇。往火車頭方向去，有三個司機不說，股道間燈火燦爛，一個人走在那裡如和尚頭上的蝨子。二哥認為儘量避開燈光走，離開車站的燈光越遠越好，二哥正處於列車的末端，只有往車尾方向走最為安全。火車進站的時候，二哥發現車站不到有個供行人車輛進出的鐵路道口，看到看管道口的工人無所事事的站在那裡。二哥決定從列車尾部出去。

龐大的蒸汽龍頭巨獸的臥在鐵軌上，吭哧——吭哧像閉著眼睛在打盹。司爐踩開了兩扇爐門的同時，漆黑的車頭亮得像低糊的燈籠，一司機捧著鋁質飯盒吃著夜宵，另一個司機則坐在瞭望位置擱著腿抽煙。二哥謹慎的避開車火射出的燈光，走下道床，沿著山邊一條狹窄的小道行走。車站內燈光越來越稀，二哥相信道口已經不遠了，只要走出車站，逃亡就取得了勝利，二哥不由得一陣激動，心怦怦的直跳。看到道口兩端的燈光亮著，紅白相間的欄竿橫著。

「喂——站著！」

二哥正要從站內與站外分界的那道柵欄出去，萬萬沒有想到有人把守。一個佩戴紅袖套全副武裝的傢伙把二哥截住。二哥一下從頭涼到腳，這下死定了……心似乎停止跳動，周身血液凝固，腦子一片空白，再沒有逃跑的可能。二哥始終沒有回答對方的問話。

「站住別動——幹什麼的！」不遠處又走出一夥人，手裡拿著槍，背著子彈帶，腰裡插手榴彈，好像剛從戰壕出來。

「喂！在問你呢，」一個鼻音混濁、臉色粗糙、叼著煙的傢伙，厲聲喝道，「你從哪兒來的……」

過五關斬六將好不容易逃到這兒，輕而易舉的當了俘虜。此時此刻如果火車開來，二哥一頭撞上去，一死百了……二哥不管他們怎麼追問，始終一言不發。無獨有偶，抓獲不止二哥一個，同時抓獲有六七個男女。二哥稍微放下心來，他們不是針對自己的，這樣事情比想像的簡單多了。

從他們的盤問中得知，這些人因買不起火車票，扒貨物列車才被抓的。按理逃票者罰錢就是了，但他們好像並不是為了罰錢。二哥從他們那兒得知，自己到了江西的弋陽縣。二哥不接觸外面社會，根本不知道這個世界的複雜性，而才剛剛邁進複雜社會的門檻。

他們把二哥等六七個男女押解去行車室旁邊的一間空屋。屋子裡只有一盞日光燈，像患上沙眼病的巴眨個不停，彷彿像走進了一家迪斯可舞廳，所有人在黑暗與光明的交替中若隱若現。

「你！」臉肉粗糙但又不是麻皮的人，指著一個中年男子，厲聲的問：「說！——哪兒來的？啊，說！」

「江蘇……」

「江蘇什麼地方！身上有證明嗎？啊！」

「我……沒帶。」

「沒帶，還是沒有！參加哪一派組織？啊，快說，是個什麼組織？」

「我沒有參加任何——」

「你說什麼……你沒有參加！」掄手狠狠給他兩巴掌，「媽勒個巴子！做逍遙派。不參加就是不革命、反革命，反對毛主席的文化大革命路線！媽勒個巴子……到這兒你搞什麼串聯？快說！」

「我我沒有搞串聯，我去——」

「不想老實交待，啊——」

「我去探親，找我弟弟……」

「探親，用得著找嗎！自相矛盾。不老實交代，有著不可告人的陰謀……」左右開弓又是兩巴掌，「說！兄弟姓什麼、叫什麼？參加造反派還是保皇派？快說……」

「同志……」

「誰是你同志，媽勒個巴子！告訴你，休想我們面前蒙混過關！」

「領導，我真不知道啊！」中年男子捂著臉嗚嗚當眾哭起來。

「哭，什麼哭！你連自己兄弟叫什麼名字都不知道？滑天下之大稽！告訴你，不要敬酒不吃吃罰酒，不說我們也會調查清楚的——給我那邊去立著！」

男子哭喪著臉轉向一邊去。背槍的青年一把把他扯到裡面一邊，惡狠地，「蹲下！老老實實蹲著。」

「你呢？」他開始審訊第二個，指著一個男青年，「你去哪裡的？幹什麼的？從哪兒來的？來幹什麼的？屬於哪一派的？坦白從寬，抗拒從嚴，不要擠牙膏的擠，老實坦白交代說……」

「……去紅星墾殖場。」

「幹什麼去？去找誰的，快——說！」

「我去找工作的。」青年看第一個叫他同志吃了兩巴掌。

「問你啊，參加哪個組織的？」

「紅鐵司聯合風暴——」

「反革命集團組織！」他掏出手槍往臺子上一拍，厲聲說：「要查的就是你們的反革命組織……這傢伙身上仔細搜一搜。」

「同志……同志，」他慌了神忍不住叫出同志。努力為自己申辯，「領導同志！我我我絕對沒有參加反革命集團組織啊！領導同志，請您相信我，我用黨性原則向您保證……我自始至終站在黨中央、偉大領袖毛主席、林副統帥、無產階級革命路線的一邊，沒有犯路線方向性錯誤，也沒有參加反革命集團，同志……還給我行旅。」

「不行！把他行李扣下——」

「你哪裡來的？」他對女人顯然客氣多了。

「說我麼？」女人堆滿不合事宜的微笑，說：「嘻嘻——嘻嘻，同志……扒火車知道錯了——以後再也不扒了。嘻嘻嘻。」

「少廢話，問你家在哪裡？有單位的介紹信嗎？」

「沒有家，也沒有單位，所以也沒有介紹信……」

「既無家，又沒有所屬單位，純粹就是流竄作案犯。是慣犯嗎？你以為這樣我們就拿你沒有辦法了？是吧，啊——」

「你呢？」女子被扯到一邊去，讓她在地上老實蹲著，指著生倒八字眉毛的男青年問道：「有證明嗎？」

倒八字眉男子生性怯弱，老實坦白沒有證明的。他手一揮，被拉到裡邊蹲下。接著盤問滿臉雀斑的中年婦女，「從哪來？幹什麼？不要費口舌了，不如自己老實交代。啊！」

待進一步聽候發落的犯人像馴服的羔羊都乖乖地蹲在地上，她們像剪去翅羽的鳥，根本用不著全副武裝看守，兩個民兵也許覺得槍子太沉，也許煙癮上來，把槍依在牆邊開始抽煙。

二哥有意走在最後面，進門穿過窄小的過道，前面俘虜的腳步慢了下來。二哥仔細觀察這裡的環境並全神貫注傾聽審訊和被審訊之間的對話，心裡琢磨著：抓他們的一些人的真正企圖是什麼？他們粗暴簡單的盤查方式隱瞞著什麼企圖？當他們盤問自己的時候，不可能一直不回答裝聾賣啞，回答又該怎麼說呢？煤車上長長一天下來，跟煤窯子出來一樣，乾脆說自己是煤窯挖煤的……二哥觀察到東邊有一扇三開的玻璃窗，半開半關，沒有欄杆，如果跳出窗子，外面就是剛才走的那條路。假設不趁隙逃跑，很可能再沒有機會逃走了，一旦自己的身份被查實，一切努力全白費了，押送回菩提山要多難堪就有多難堪。如果跳窗戶比從門裡逃出去要快捷便利得多，因為門是關著的，而且必須通過狹窄的走廊，逃跑成功的機率跟買福利彩票中大獎一樣微乎其微。二哥見兩個看守俘虜的傢伙，完全放鬆

了警惕，審訊粗暴蠻橫的傢伙暫時停止審訊，去裡面打電話，二哥從生疏的方言中獲得大概意思，教對方派一輛車來押送犯人。

二哥瞅準這個不可多得的機會，趁大家不注意縱身向窗臺跳去，只聽見玻璃晃啷噹一聲碎響，人們還不知怎麼一回事，二哥直接跳到大路上，飛人一樣越過障礙，沒命的向道口方向飛奔。兩個吞雲吐霧手腳滯鈍的看守，發現二哥竟然跳窗逃跑，急忙抓起槍，衝到窗口，對著二哥逃跑的方向噠噠噠的一陣掃射。刺耳的槍聲和濃烈的硝煙以及俘虜們悽惶驚慌的尖叫織成一片。夜空劃過子彈暗紅的熱量，流星一般從二哥頭上曳過。

「媽勒個巴子煮熟的雞教他飛了……」那人臉色氣得像豬肝，罵那兩個不盡責職的看守，「你們都是死人？還站著幹嘛，不快去追……啊！」

二哥迅速繞過道口，順著下坡一路狂奔，一口氣跑出千米之遠，確信他們追不上自己他才緩下腳步。二哥腦子在飛快旋轉，不能一直朝大路跑下去，儘管夜裡人少，走在大路上則容易發現；如果他們動用交通工具就很快能追上他。二哥拐進一條偏僻的小道，然後朝著沒有燈光、行人稀少的荒郊方向逃竄。回頭看城市的燈火漸行漸遠，二哥鬆了口氣，消失在沒有月亮的秋夜。

二哥一次次成為漏網之魚，雖然僥倖，但緊張恐懼驚慌帶來的心理壓力，已到他能夠承受的極限。惶惶之中不考慮明天後天該怎麼辦，著重現在該怎麼辦！知道逃得一時，逃不過一世，凶多吉少，逃到幾時算幾時。傷腦筋的不知道自己所在方位在哪裡，這裡會安全嗎？……二哥足足一晝時沒有喝過一滴水、吃過一口飯，高度緊張的神態必須釋放一下，當務之急找個隱蔽安全的地方休整恢復一下體力，紊亂不堪的思緒，需要重新進行梳理。

前面似乎有一座不大的山丘，坡上黑簇簇一片影子，估計應該是一處叢林。十五的月亮十六圓，他鄉的嬋娟被烏雲所包裹，偶爾不明不白的顯示一下自己。二哥看不見上山有什麼途徑，二哥敏捷的躍上了山坡，發現從這兒上山，原比想像中要困難得多，幾乎全是金櫻子刺叢，像軍事防禦的鐵絲網遍佈整個山坡。開弓沒有回頭箭，二哥別無選擇，脫下衣服光著膀子忍著痛從刺棚中鑽過去，尖利的像貓爪子一般在身上留下道道血痕，承受著常人不能承受的痛苦，二哥終於踏出一條血路，來到一片短松林，二哥刺在肉上的刺，密密麻麻的像刺蝟的毛一樣，坐在地上一枚枚拔起來。這兒地處偏僻，不會有人到山上來，可以把身心暫時放下，必須好好的睡上一覺。二哥鑽進茂密的黑林，雖然松針很刺痛，但比起荊棘來算不上什麼。二哥穿上唯一的一套衣裳，為避免蚊子的叮咬，大腳布將整個臉蒙起來，宛如古埃及金字塔下的法老木乃伊，一忽忽沉沉的睡去。

雖然二哥肉身睡熟了，但心彷彿還在坐火車，耳朵聽見啪啪啪、啪啪啪的節奏和隨節奏的晃動。二哥突然發現前面軌道已到盡頭，他坐的那列火車已來不及刹車，龍頭義無反顧的衝出去，目睹前半列的火車廂，像下餃子的栽下崖去。二哥急忙跳出煤車斗，可為時已晚了，連人帶車墜下了懸崖……煤灰像天女撒花的拋向空中，煤車斗重重砸在其他車廂的屍體上……二哥奇蹟般沒有一起掉下去，掛在一處峭壁的古松上。

「親愛的年輕人！」一個似曾相識滿頭銀髮的老人慷慨地伸出他的拐杖，用詩一般的洪亮的聲音說：「歡迎你！來到冒險充滿刺激的命運之神的迪士尼樂園！主人將為你展開精彩的詩史一般的奇妙世界；年輕人，請抓住我的拐杖，可別再猶豫了……」

二哥抓住老者的拐杖一躍而起，一頭撞在低矮的松枝上。二哥被一個不知是禍是福的松林夢所驚醒。

黎明處於混沌狀態，曦光悄悄滲入樹林，凌晨的朦朧像動過手術的盲人，醫生即將揭開蒙在傷眼的層層紗布……二哥揉著眼睛，爬出短松林，顧不上去想夢中的情景和哪個奇怪的老人。二哥猶如天亮的老鼠，必須儘早儘快的逃走。當二哥鑽出松樹林，才發現昨晚宿在一處烈士陵園中。烈士墓碑已被人砸得粉碎了，只剩下一堆亂

石頭和斷磚，根本認不出這位烈士大人是誰？這位烈士，生得卑鄙、死得可恥，生前犯下不可饒恕的罪行？再也不值得讓後人們敬仰了。因沒人到這兒憑弔，周邊的松樹和龍柏長得出奇的好。雖然烈士遭人唾棄與殘踏，天地陽光雨露仍然一往情深。

二哥最擔心自己暴露在光天化日下，天亮剩下的時間不多了，迫在眉睫趕緊想辦法離開。他順著頹廢的雜草叢生的石級往下摸索，發現山底下原是一條公路。山坎下正停著一輛解放牌貨車，汽車的後尾燈一閃一閃的亮著。二哥推測車燈閃亮必定車裡有人，如果昨天停在這兒過夜，不應該讓他一直閃燈吧？估計司機在駕駛室裡，二哥躡手躡腳的摸向車頭駕駛室，車門上噴著「國營紅星墾殖四場」的字樣。這不是昨晚那個俘虜交待的那個林場嗎！真是天賜良機，去山區林場，不正是二哥夢寐以求的地方嗎。二哥貿然不敢去求司機帶他去林場，司機見他這副模樣，百分之二百不會答應搭他的便車，反而暴露了自己，如果碰上不夠厚道的主，開車直接把自己送進殺人不眨眼的劊子手中。等他發動汽車那一刻，偷偷上他的車門。二哥剛想探出頭去看司機，裡面傳來男女的對話聲。

「我不要！」女人說：「……把手放開，哎喲！……」

「你來幹什麼？」男人說。

「你每次在騙我，讓我怎麼相信你……」

「我是黨員又在支委……你不是不知道。……我向她提出離婚，我怎麼向組織領導去解釋？人家正抓不到我的辮子苦呢……」

「那好，」女人說，「我們就到此為止！省得讓你丟掉烏紗帽。放——放開！把手鬆開！讓我走——」

「親親……親親……」男人說：「不不不！你聽我說，我不是怕丟掉烏紗帽，我怕失去你……寧願官不做，我不能沒有你呀……來吧來吧，天馬上要亮了。」

「你不用騙我的！放開，讓我下去——不要——就不要。」

「這次我一定向你保證，一定說到做到。

不信你明天約她一起出來，這樣你總相信了吧。你坐中間，教她坐靠門的一頭，開到老鷹尖彎道那兒，我把她推下崖去。」

「那好！你敢對我發誓？」女的堅持要他發毒誓為證，「你發誓！發誓！不願發誓證明你心裏有鬼，你仍想哄騙。」

「不推她下去我是小狗。男子漢大丈夫，說話一定算數。」

「不！讓我下去……」

「出來多不容易，」男子性渴難耐，「好吧，我發誓：要是我再騙你的話，就讓我汽車翻轉壓死；壓不死，讓雷劈死；雷劈不死讓臭屁彈死；小弟弟頭上生疔瘡爛死；斷子絕孫總行了。——親親快快，我急死了。」

「你只顧自己快活，不顧別人感受，來了就像公雞交配，……摸摸底下，有水出來沒……」

「嘻嘻嘻，」男人淫笑著說：「蚌蚌腫的像個饅頭，喲喲喲，你看我的手上啊……像黃鱔的滑痰——手爛呢，小娘牝可真壞，裡面發大水，這法海和尚也要淹死了——」

「屁話少說，快點弄，天馬上要亮了，人來了會看到的。等我們做了長久夫妻，你喜歡橫就橫、喜歡豎就豎，隨便你怎麼弄。我得問你，我們結為夫妻，你會不會像為了我，丟掉前老婆又去勾搭別的女人然後把我推下老鷹尖深淵……」

「球！我連這點黨性原則都沒了，還算一個黨員，還配做一個支委……」

「……吃吃我奶，來，吮幾口，嘻嘻嘻……哈哈哈。」

「別笑了，我忍不住了，要要要出來了……媽媽的怎麼快就弄出了。啊啊啊啊——真爽死人啊。」

「三兩下東西，跟雄雞一樣……嘻嘻，嘻嘻。」

二哥趁兩個全身心投入交配，打定主意要搭這位黨員的便車了，趁兩個發生車震，悄悄爬上空車斗，貼著駕駛室壁後臥下。

男人繫好褲子，女人攏了攏亂頭髮，打開

電門鑰匙，汽車電瓶嘟嘟嘟一陣，像帕金森的抖起來，青色的濃煙從排氣管瀰漫上來，熏得二哥險些嗆出聲。司機輕車駕熟，油門踩到底，二哥迎著晨霧、頂著晨風、冒著被發現的危險，向一個未知的地方載去。

12

黃穀栽藥

這輛解放牌運送木頭的空車沒有進入城區，而是往北方向朝偏遠山區行駛。大約行駛了半個小時，躺在車頭背後的二哥，聞到一股刺鼻濃郁的松香味。汽車駛在鋪滿砂石的泥路上疾馳，從輪胎捲起的石子，打得車肚乒乒乓乓的響，二哥通過身子感覺汽車在爬坡。黑暗終於過去了，恆古不變的早晨，從而揭開了二哥具有歷史意義的一天。

前面的路似乎越來越顛，坡度也越來越陡，汽車在狹窄陡峭的山上迂迴盤旋，黨員憑熟練的駕駛技術和稔於胸中的道路輕車駕熟轉過一個又一個急彎，強大的慣性作用，使二哥無法抗衡，像冬瓜一般拋來甩去。一個多小時的行程中，竟然沒有見到一個村落，也沒有碰上一輛來車，只有運送木頭拋錨的汽車窩在一邊。沒有荷載的解放牌車像一頭撲殺跳羚的獵豹，以驚人的速度向縱深躍進。

「來——嚼塊檳榔，」男的推推眼睛微閉雙手抱胸的女人說。

「別吵了，一夜沒睡太睏想睡會……」

男人一手把方向盤，一手伸進女人的衣裳去摸乳房，「親親寶貝，我又硬起了，找個地方弄……」

「莫跟我吵！」女人理了理落下的頭髮，閉著眼睛抱怨說：「不得好死，把你的賊手挪開！晚上依你……別吵了啊呀！」

汽車一直往群山裡面鑽去，見到的山一座比一座大、一座比一座高，二哥揣摩著爬上前面那座高山，應該到了巔峰吧？結果翻上山巔出乎意料，前面出現的山比這座更高。真是山裡有山、山外有山重重疊疊。自稱從大山出來的二哥，看到這邊的山真是大山，與之一比簡直小巫見大巫了。

汽車冒著黑煙吭吭哧哧的喘著粗氣爬著最為險峻陡峭的山坡，車爬上嶺崗，司機咯噔一下換了檔，汽車彷佛像緩了一口氣，下坡司機又掛了空檔，汽車像自由落體一般往山下墜落，他動作誇大的突然一個急轉彎，慣性把二哥擠壓到車欄一邊，他拼命抓住欄杆想恢復身體的平衡，聽到左邊的車門砰一聲。靠門打盹的女人已跌出車外，像一粒彈丸拋向深谷。女人來不及叫一聲媽，重重摔在下面凸出的一處岩石上，然後身軀像皮球一樣彈起來，第二次落入深不見底的深峪。司機若無其事的把車門帶上。

靠著窗口正做著長久夫妻夢、幾小時前發生肌膚之親並以詛咒的方式向女人表示忠心的男人，狠毒的把情人推下深谷。稀裡糊塗的女人連哼都沒有來得及哼一聲稀裡糊塗去了極樂世界。這可憐的女人第一次撞在岩石上已粉身碎骨了，第二次摔下去成了肉餅子……二哥目睹男女姦情發展為慘無人道的謀害，不是蒼天有眼、天網恢恢這女人死不瞑目！荒無人跡的深山老林，數千萬年以後有人發現這具古人類的骸骨，足以讓愚蠢的科學家花畢生精力做無聊的研究。考古學家誰會想到自喻為文明進步具有共產主義崇高理想的人做出沒有人性的壞事情。

「不離婚你要告發我，」司機彷佛甩掉了這累贅的包袱，輕鬆愉快的說：「你去陰間告發我吧。你這爛婊子！」

司機的方向盤像老嫗磨豆腐的隨山道稔熟的轉著圈。一座座青山在眼前飛逝，迎來又一座座青山。「一座座青山緊相連，一朵朵白雲繞山間……」賞心悅目的二哥不禁在心裡默唱，司機要不是個殺人兇手；二哥沒有案子在身，坐在開闊美不勝收的車斗上，二哥准會放開喉嚨歡唱。

司機順坡一直溜到山底，看見前方停著一輛木材車，司機嘎——刹車，輪胎在沙子上刨出長長一段轍印才停下來。

「啥時候出去？」那輛裝滿礦木的司機探出頭問。

「看輪胎用不用換……」兇手從車窗遞給

那司機一根煙說道。

「阿爾巴尼亞的煙我不抽，臭得要死。」那司機反丟給兇手一包井岡山，「我這事咋樣了？……」

「應該這樣就算通過——」兇手把煙放在女人原來坐過的位置上，說：「下次開支部會時，我再重提一下。」

「那太謝謝你了！」那人鬆開手剎，徐徐的開動汽車，點頭說，「那好——我今天不回來了。」

二哥這才看清了兇手的真面目，大約一米五六身材，滿臉鬍子，生一雙豬白眼。二哥看到他的同時他驚訝的發現自己車斗坐著一個陌生人。「我操你媽的——」矮個子司機見二哥不聲不響搭他的車，非常非常惱怒。「喂！朋友！你搭我的車，事先總應該打個招呼吧？你……你先別走，給我站住——」

二哥知道他想糾纏，說不定會殺人滅口，二哥猴子的迅速攀上山坡，野人的鑽進原始森林，像一條小魚游歸了大海。

二哥盲目地走在根本沒有路、看不見太陽、不知道方向、佈滿瘴氣的莽莽叢林，漫無目的地艱難行進。由於一直處於高度緊張，整整兩天沒有吃過食物，此時覺得又累又乏、又饑又渴。已經進入秋天，高大的野梨樹上掛滿了梨果，二哥一陣高興，每株梨樹下面長滿了密密麻麻的竹叢，摘下的果子都擱在竹頂上。二哥只能邊摘邊吃。野梨子又硬又酸，饑不擇食頭幾個覺得還行，吃到後來牙齒碰到梨子發痙，吸氣都感到牙齒生疼。不知果子受太陽曬燙了，還是不消化滑腸，肚皮打天雷一樣咕嚕咕嚕響個不停，一個下午屙了十多次肚子，到後來越來越嚴重，甚至褲子剛剛拉起又想屙了，失去控制能力，拉出來跟肥皂泡沫一樣。二哥的身體處於極度虛弱，如果再得不到暫時休息和食物補給，繼續在叢林露宿，二哥會死在茫茫的原始叢林中。

二哥白天行走，天黑像猩猩的爬到樹上去睡覺，避免受到兇猛的食肉動物的攻擊，萬一遇到野獸襲擊，二哥連招架的氣力都沒有。第三個晚上因體力嚴重透支，一次次從樹上滑下來，九牛二虎終於爬到樹上，二哥迫不及待鬆開褲帶，拉出來的不是白沫，而全是殷紅的鮮血。

二哥咬著牙繼續在叢林摸索，晚上巢氏的棲在樹上，一直走到第五天下午，二哥終於走出大山，來到地勢平坦、茅草有一層樓高、荒無人煙的一個地方。憑二哥的直覺似乎這裡好像有人。

二哥在後來說到這次經歷，「我到承受的極限了。心裡不止一次這樣想：假如我知道要死在無人知曉的莽林中，根本沒有逃跑的意義，這些驚悸擔憂恐懼和痛苦都白遭了，倒不如不逃，要打要剮隨他們。死在家裡，至少身邊有祖母、爹娘和兄弟，死在大山裡屍骨永遠找不到——」

二哥在大樹下見不到太陽，眼前一片平原豁然開朗。確切說並不是什麼平原，只是由四周大山包圍著的一片類似沼澤的窪地。面積大約有幾平方公里的範圍，奇怪的竟然沒有一棵樹木，全是清一色的有樓屋高的跟頭發一樣密的金絲茅草。當山風獵過茅草叢，大片隨風起伏的茅草，像金色的海洋在波浪中翻滾，似豐收在望的稻浪此起彼伏。陰颼颼的山風吹得茅草沙沙作響，給人一種不祥的感覺，似乎草叢中隱伏著一隻吊睛白額大蟲，出其不意的向二哥的病軀撲來——

二哥沿著一條獸徑不似獸徑、人道又不像人道、茅草中間分開的地方走，「梆梆……梆梆梆！」二哥好像聽到有人砧上捶衣的聲音，但二哥不敢確信真的有人，便停下腳步，豎起耳朵仔細聆聽，什麼聲音也沒有。難道過於渴望見到人心理所產生的幻覺？許久也沒有聲音，二哥確信自己出現了幻覺，正準備繼續向前，卻又傳來了真切的捶衣裳聲，「沒錯！這下絕對沒有聽錯……有人！一定有人！」

二哥後來形容自己是即將溺死的人抓住一根救命稻草——

這片茂密得跟頭髮一樣的茅草叢中，看不出有人活動的痕跡，只是兩邊倒伏的茅草似梳西髮的拔開，說路見不到人行走的足跡，二哥循著這梆梆的槌衣聲探索過去，走到一條呈L形的小徑處，有個人蹲在草叢一個小池邊。背朝著二哥，光著上身，皮膚黝黑，揮著棒槌捶打。那人專心孜孜洗衣裳，不知遠處站著一個人。這荒無人煙毫無防備的情況下，二哥走得太靠近，那人發現背後一個人，不嚇死，也得嚇個半死。這是人跡罕至的荒原，而不是人來人往的都市，何況二哥從煤車中出來，黑不溜秋的像一隻非洲大猩猩，身上的衣裳，撕得像個星條旗，身上被荊棘劃得沒一處好皮肉。二哥立在二十米開外，直至那人回頭發現，二哥才走上前去。

二哥抱歉的微微的向她點了一下頭，其實二哥連堆笑的力氣都困難，拄著木棍走了過去……

「對不起——能給我一點東西吃嗎……」二哥平生第一次開口向人乞討，九牛二虎的才說出口。

那人像個聾子，繼續捶打衣服，直至最後一件洗完，站起絞衣裳發現是個女人。兩只脹鼓沉甸的乳房垂在胸前，穿著一條短褲……二哥像第一回上戰場的新兵見猛烈的炮火嚇得屁滾尿流——走不是，不走也不是。

她根本沒覺察到二哥的不安與尷尬。若無其事的搖搖頭，意思聽不懂二哥說什麼。二哥只能用手裝著吃飯的樣子。她會意的點了點頭，簡單的手向前面一指，意思讓二哥跟著她去。

二哥認不出女人年齡有多大，膝下有兩個兒子，大的三歲，小的剛剛學會行走。兄弟倆光著腚，身上沒有一點兒布絲。大兒子見到陌生人警惕的注視著二哥；小兒子見二哥滿臉污垢，嚇得躲到母親的身後。

女人穿上一件印著「洪煤」字樣的深常青的男式工作服。從樓板勾子上，卸下掛著的飯桶。

二哥後來說：「一口氣咽下三碗冷飯，心裡還想吃，桶裡只剩下一點點飯了，忍痛割愛的放下碗筷……」二哥掘到第N桶金家大業大當選全國勞模這一年年底，二哥瞞著所有的人，獨自一個人開著車到山溝來找過姚姐，抱著感恩的心，想當面對姚姐說一聲謝謝。當二哥再次來到舊地，幾乎認不出了。茂密的蓬勃的樓高的金絲茅草不見了，杉樹皮當瓦片、木頭當牆的熟悉的小木屋人去樓空。二哥推開虛掩的門，咿呀的臼聲在空屋中回蕩，老鼠吃驚地看著這位不速之客。一股既不像神丹、又不似薄荷腐朽氣撲鼻而來，人氣消亡的空間與時間又歸還給自然，板壁與屋柱長出靈芝和木耳，二哥彷彿走進《魔戒》哈比人比爾博與佛羅多的家。二哥必須去看自己住過的那個房間，確切說是冬天烤火兼燻臘肉的。一隻野兔從二哥胯下突然竄出，並迅速從後門逃出……姚姐走了，家成了兔穴狐窩。時代正處在大變革的當中，城裡人去國外、鄉下人去城裡，盲目的哪找得到姚姐。二哥公務纏身，攥著送給姚姐的兩萬元錢悵然的離開……

人畢竟是有感情的動物。人並不寬裕的一生，不是被情愛所困，就被恨仇所糾。二哥去找姚姐，也是情理之中的。他當面對姚姐說聲謝謝，不僅因為救命的一頓冷飯，其中原由不是一句二句話能說得明瞭的，假如二哥沒有姚姐的幫助；就沒有我二嫂阿紅；沒有阿紅就沒有二哥的今天；沒有今天故事，故事的本身就不存在。二哥一生的故事像宇宙大爆炸，從此開創了宇宙，有了時間與空間；二哥留在這裡的故事像黃河長江發源於那曲，一路上萬河匯集，滔滔滹滹而一言難以蔽之。

二哥畏罪潛逃，從家鄉千里迢迢扒火車、扒汽車、爬山涉水來到這裡，幾天幾夜沒吃沒住，腸胃痢疾差點讓他脫水送命。

姚姐挖來專治腸胃腹瀉的草藥，洗淨加鹽搗成泥狀，教二哥敷在肚臍眼上，僅僅只捂了一晚，第二天草藥乾燥脫落，二哥肚子就不拉了，三天後，又變得生龍活虎了。姚姐說不要認為好了就不敷了，繼續再敷兩三遍才會根除。

姚姐她一眼看出二哥是個沒有見過世面的小青年。根本不知道外面的風險，不知道察言觀色，連謊話也編織不好，一個毫無社會經驗的人，怎麼在江湖上混啊?姚姐內心並不想收留二哥，就當他休養幾天然後離開。姚姐把二哥安排在冬天燒火取暖的小屋裡，現在用不著生火，到冬天他應該離開了。

「這裡有個煤礦，很亂，」姚姐提醒說：「經常半夜刮紅色颱風，專門搜捕沒有證明、出來流竄的人。抓去強迫他們去築水庫，白天讓你幹活，晚上用鐵鏈條鎖起來，或雙手雙腳捆住，關入黑屋，外面有兵把守。抓進去就慘了，根本不當人看的，非打即罵。他們的人懶得打，教他們相互自己打，幹的活又重又累，肚子又不讓吃飽，一個月三十天只吃南瓜與冬瓜。經常有人累死、餓死、打死和病死，死了往深溝中一丟，家人永遠不知道他在哪裡……所以晚上你要警覺些，不要睡得太死了，聽見半夜有人叩門，你不要出聲，更不要跑去開門，我會去開的。」姚姐指著後邊的一頭小門說：「萬一他們進來我大聲說話，你趕緊後門逃出躲進草叢……」

說句不好聽的話二哥陰毛還沒有出齊呢，說話聲音像沒閹淨的小公雞，幼稚無知，還沒有到出來混的資格。姚姐一眼看出二哥不是出來謀生的人，空手打空拳，即便討飯手裡還有一只碗一雙筷呢，不是家裡犯了什麼事，就是或外面闖了禍。姚姐既沒問二哥哪裡人，也不問究竟犯了什麼事，看他沒有城府、毫無心機的黃毛小子，幹得出什麼值得去打聽的大事呢。

姚姐見二哥病養好了，二哥沒有打算走的意思，詢問姚姐需要他幫忙的事嗎？姚姐見他還要賴在家裡，「你會拾柴嗎？冬天不遠了，柴火還沒準備呢。」

讓二哥砍柴火，豈不小菜一碟麼。再說也不能閑在家裡白吃飯，總要幫人做點事。二哥一天兩擔柴，把整個冬天取暖的柴備足，一段段的鋸好，該劈的劈開，然後整整齊齊的疊在屋簷下。

「沒想到你能幹，」姚姐對二哥吃飯不付錢的食客倒非常滿意。「你不能一直這樣呆著……」過了一段時間，姚姐終於下逐客令，委婉地說：「我不說——你也知道我家裡的現狀……我也知道你沒地方可以去吧，但是去那兒都難啊——不知你願意不，要真沒辦法你去幫我表哥種白術？可願意？」

「那當然最好不過。」二哥終於鬆了一口氣。

「山上只有你一人，」姚姐重申：「——周圍沒有人家，是一片荒山，也沒有房子住的，沒有人可以說說話，沒有啥東西吃的——很苦很苦。如果種得好，能賣個好價錢，我想表哥他多少得付你些工錢。現在正是他拋本的時候，你山上吃的用的，都要他買來，沒有能力負擔工資，……」

「我不怕苦的，」二哥捋著頭皮說：「我不要什麼工錢……」

在深山荒野中二哥自己跟自己生活了八百三十三天。二哥經常去一口泉井旁邊，呆呆的望著泉水裡的自己，喃喃說：「蘇武最終能回到漢室，而我什麼時侯才能見到父母家人啊？不知道家裡怎麼樣……」二哥只知寒暑移節，不知道確切的日子了，深夜聽見南飛的大雁長唳，知道一年的行程即將走完，不由得徹夜難眠，想家想出了淚水，和著眼淚唱：「……哪年哪月才能夠回到我的家鄉……」

二哥為了找肉食吃，走遍山裡每一條水溝，捉到的田雞、泥鰍、小魚甚至蚱蜢，開膛剖肚放在火堆中烤吃。如果二哥他不天天跟自己說話，擔心自己會失去說話功能。長時間處於半人半猿的生活，再過些年二哥可能返回到山頂洞人的時代，徹底變成全野人。為防止喪失語言能力，懇求主人多捎些紙和鉛筆，主人拿來幾疊印有毛主席語錄的煤礦公用信箋和一大把鉛筆給二哥。二哥用文字形式記錄自己的野人生活，抒發自己的情感思想，和由於孤獨產生出來的種種思想，一方面替代自己跟自己嘮叨，另一方面驅趕內心的寂寞和痛苦。二哥做到筆耕不輟，寫下幾十萬字的《黃穀栽藥記》。

「藥記」記錄這樣一件趣事，二哥山上結識了一隻老野猴，相互彼此信任，與老猴結下了深厚的友誼。有一次，二哥發現這猴子眼睛沒有視力，也許是被毒蛇的毒液噴瞎的，或者被什麼東西弄瞎的。二哥對盲猴非常友好，二哥吃什麼，瞎猴吃什麼，山上摘來一顆野果子也要與猴分享。冬天二哥甚至邀請他睡到被窩來。二哥心裡有什麼話，毫無保留的說給老猴聽，老猴雖似懂非懂，但確實在洗耳恭聽。漸漸的相處久了，親密無間而成了知已。一個人在天老地荒的無人世界中，對孤獨兩字的理解，不是一般人能夠領悟的，二哥下潛到一般不可能到達的心靈海溝。

人的大腦容積顯見但思想比浩瀚的宇宙還要浩瀚，即便借助哈伯太空望遠鏡也探索不到思想之外否還存在思想第二個體系？在二哥長達兩年有餘的日日夜夜中，唯一的朋友就是那只能意會而不能言語的瞎眼老猴，有時二哥荒唐的把老猴想成自己瞎眼奶奶，同吃同住並承擔起贍養義務。雖然人有著猴子的基因甚至認為是自己的祖先，但衣食住行明顯存在很大差異，直立會語言使用工具的二哥，和四肢著地攀爬的猴子不可避免會引起衝突，為此在實際交往中演繹出許多悲哀又無奈的故事。他們通過相互模仿彼此瞭解對方取得足夠信任，懂得磨合縮小人與猴的差距，為此二哥和老猴建立了牢不可破的關係。二哥吃烤泥鰍，老猴也吃泥鰍，嘴巴嘖嘖或拍拍胸脯誇耀「你們懂得理料。」二哥有時還睡在床上，老猴像出早市的從樹上摘來頂峰陽光充裕最甜最好的果實給二哥當早餐。種藥材的老闆窘困得擠不出糧草，二哥不得不挨餓，老猴竭盡全力去採果子來養活二哥，兩人同甘共苦，淪為一對難兄難弟。老猴沒事終日守在二哥身邊，一旦有外來入侵者、或遇到什麼危險，老猴總在第一時間向二哥發出信號，一邊急吼吼的在樹上蹦跳，一邊發出嘎嘎嘎——嘎嘎嘎緊急警報。二哥不知道老猴是怎麼察覺到周邊情況的？憑聽覺還是憑經驗？抑或眼睛沒有完全瞎掉？一次，二哥正在睡午覺，一條粗大的眼鏡蛇從床邊籬笆牆鑽進來，被地上打瞌睡的老猴及時察覺，奮不顧身的呼竄上床去。一把揪住毒蛇的尾巴，機智勇敢的往外拽，一邊拽，一邊嘎嘎嘎！嘎嘎嘎！向睡夢中的二哥發警報。眼鏡蛇憤怒的瞪著老猴，榨偏的誇張的犁頭狀的嘴巴發出駭人的嘶嘶聲。挺身而出的老猴像位忠實的共產黨員，不顧個人安危，兩腳撐住籬笆牆，雙手揪住蛇尾巴，像做老婆婆拔蘿蔔遊戲一樣使勁往外拽。狡猾的眼睛蛇用身子繞住籬笆，老猴魯智深倒拔楊柳……幸虧蛇處在兩難的境地，不想戀戰而只想逃命，用恐嚇手段向老猴發出通諜。二哥被吵鬧驚醒，見狀大驚失色，急忙跳下床操起鋤頭，結果蛇的性命，二哥將蛇皮剝了，放在火上烤成焦鹽蛇肉，兩個美美的飽餐了一頓。又一次，老猴嘎嘎叫著，兩腳焦急的跳來跳去，二哥以為又是蛇，後來一想不對，大冬天哪有蛇啊，發現床底下蜷縮著黑乎乎的一團東西，宛如地上一堆大牛糞。二哥用鋤頭一拔才知道是隻大穿山甲。兩個又美美的飽餐了一頓。可謂成也蕭何，敗也蕭何，瞎眼老猴跟二哥學會了玩火，竟然把看守白術的小木屋放火燒了。二哥的「栽藥記」剛剛封筆，這是二哥唯一的精神財產，殫盡竭慮寫成幾十萬字的《黃穀栽藥記》付之一炬。二哥後來回憶說：「十有八九是老猴故意放的火，他不讓我把書稿拿回家去。當時那種政治態勢被官方發現，不殺頭也得把牢底坐穿。如果『藥記』用錢能換回，哪怕教我出兩百萬也願意……」

木屋燒了，旱情嚴重得史無前例，極大部分白術因缺水而枯死了。姚姐種白術漁利的表哥因血本無歸，他根本付不出什麼工錢，二哥也絕不會要他的錢的，丟掉了山上的爛攤子跟瞎眼猴分道揚鑣了。因姚姐的表哥破產，二哥再次失去隱身之所，無奈的只好又回到了姚姐家裡。

「小弟，」姚姐問道：「伐木你能行嗎？我怕你年紀小，吃不了這個苦……搞山場運木材十分危險，弄不好性命也搭進去——」

「我不怕，」二哥既回不了家，又不好意思長呆在姚姐的家裡吃白飯，堅持說：「我能行，問題我沒有板車。」

「這倒無所謂的，」姚姐含糊地說：「我會想辦法……」

「只是太麻煩你了——」二哥說：「一遍遍麻煩，讓你為難了——」

「幹嘛說這麼客氣。出門多不容易，我也是出門人啊，雖然一心想幫你——結果讓你白幹了兩年多，一分錢也沒有。誒！說啥好呢，天天唱社會主義好，人民地位高，隔三差五刮紅色風暴，半夜三更來逮人，成宿心驚肉跳的。太平時世的人，還不如亂世的狗。」

姚姐自己始終沒有對二哥說她煤礦有個相好的。那男人是礦區一個頭頭。姚姐的男人在煤礦挖煤，平時很少回家，據說丈夫去煤礦做臨時工挖煤，就是那頭頭介紹的，雖然下井挖煤，既危險又辛苦，去煤礦做臨時工趨之若鶩，沒有姚

姐的關係，是絕對進不去的。丈夫在十八層井下三班倒革命加拼命，頭頭在地面上大白天或晚上來跟姚姐睡覺。偶爾丈夫回家想跟姚姐親熱，不巧的頭頭還睡在他們床上，「你起來，」姚姐笑著對頭頭說：「……讓他來睡吧。」因此二哥見她的情人比她的丈夫還見得多。當初半夜三更有人來敲門，二哥不知道是姚姐的情夫，以為又來刮紅色颱風抓人了，心提到了嗓子眼，不問情由的慌忙從後門逃出，結果虛驚一場。一驚一咋，弄得二哥全無睡意，二哥跟姚姐的房間只隔著一層木板，晚上姚姐點亮燈，亮光從板縫中漏出，二哥房間光芒四射，像電影銀幕映出的八一電影製片廠那枚五角星——這編外的地下夫妻，做愛卻正大光明無所顧忌，忘記了隔壁的二哥，靈魂深處流出令人心顫的呻吟使另一個男人想入非非……姚姐讓二哥去山上搞礦木，應該也是情人手中的權力。而且二哥經常在家，給她們帶來諸多的不便吧。

最早時林場把伐木工程承包給一個溫州人，刮紅色風暴全部一網抓去。溫州交代那封公社介紹信上的印章是用肥皂刻的。所有流竄犯押送到水庫工地服勞役，半年後，遣送費賺出，然後把他們遣送回原藉。直到二十年後，孫志剛被收容所打死，流竄犯這名詞不得不退出不合時代的政治歷史舞臺。

二哥來到伐木的山上，幾年前伐倒的木頭，橫七豎八的全躺在山上。因為運送木頭路線長，山高陡險，唯一的方式山上築路用人力車運下山。築路耗資耗時工程巨大，憑一雙手談何容易，十幾個人叩石墾土愚公移山的從早幹到晚、從春幹到冬，工程不是一般艱巨，相當的艱難，更何況各種原因，一批人來，一批人去，又一批人來，斷斷續續修了兩三年，依然一籌莫展，數年來一根礦木也沒有運出去。

因極度窮困偷偷脫離生產單位出來掙錢的社員被稱為流竄，他們本以為這兒情況比家裡好，誰知道木頭伐倒，卻沒法運下山去得不到一分錢，甚至困在山裡沒有飯吃。把木頭運到森林局指定的場地驗收才有報酬。前期伐木、修路、工具、伙食一切生產資料的投入由乙方自負，甲方不會付一分預付款，也不承擔其他任何費用。乙方運送不出木材，就沒有一分收益，堅持到最後連吃飯都成了問題，從一日三頓減為兩頓，又從兩頓減為一頓，最後巧婦難為，不逃回家必餓死在這裡。

逃出來大多上有老下有小，一封信來回起碼一二個月，甚至半年才能收到。家書不是娘生病、爹離世、糧食給生產隊扣了、債主天天來要錢、老婆吃農藥自殺，從來沒有好消息的。家書抵萬金；沒信盼來信，來信捧著信呵呵大哭。男人的心在流血啊，悲愴淒涼的哭聲在荒谷中迴響，鬼聽了也會同哭。老婆結婚嫁來的漂亮珍貴絲滑的龍鳳綢被，平時捨不得蓋，讓丈夫拿去禦寒，變得墨黑疙瘩的一坨爛花絮。記得夜深人靜，老婆做賊一樣送丈夫到大樹下，月光下，女人依依不捨又千叮萬囑……一分錢也沒賺到，反讓家裏寄路費，含著淚傷心離開。

原始大山像當年美國的三藩市，沒有自由窮透的「流竄犯」有著巨大誘惑，也不知道是通過什麼管道得到的資訊，像蒼蠅嗅到臭魚一般，冒政治風險、瞞著親戚、幹部社員、繞過攔截的層層關卡、躲過道道盤查，抱著發財的美夢來到這兒。吃不上一滴油、賺不到一分錢不說，砸死、餓死、病死的人，孤獨的長眠在這深山裡。

二哥在這些盲流、外逃、流竄人員中身份顯得很特殊。第一、他們都知道二哥背後有人；第二、二哥能說會道是個老江湖，不僅懂且會說當地方言；第三、二哥思維敏銳，有組織能力，甘願自己吃虧，善於團結人，有種親和力。二哥在烏合之眾的流竄部落中，儼然成了他們的酋長和精神領袖。

二哥花了數天時間，走遍整個伐木現場，仔細察看估算砍伐木材數量，查看修了幾年半途而廢的山路，二哥苦笑對自己搖搖頭說：「此路走不通啊！」在峽谷之中，二哥找到了靈感。

他踏戡山上形成的地勢，以五十毫米雨量計算，大致算出山谷間的集雨面積與水的流量。這些人不知道二哥一個人寫寫畫畫搞什麼名堂，天天催他趕緊修路，「不急，你們繼續玩牌吧。」

「小王，」二哥以花接木說自己姓王。一個大家叫他胡老的中年人說道：「我們可耽擱不起啊，抓緊時間趕緊把山路修好，不然木頭不會自己跑下山去的……」

考察調查結束，二哥還沒有向他們宣佈方案，進一步去瞭解這些人的家庭情況、文化程度，有什麼特長。挑選了三個人，成立運送計畫的三人小組。

「我們不能再繼續修路了！」二哥向大家宣佈說：「假如說，我們把道路修好了，山上有多少立方的木材？我們有多少人力、多少板車？算它每個人每天運送一個立方木頭，你們算算需要多少天才能運完？算算一人能得到多少錢呢？」這些人愚公移山的精神武裝了頭腦，誰也不曾想過這麼複雜的問題，大家你看我、我看你。

修路，不僅耗時費力，就算道路修成，靠幾個人、幾輛破車，猴年馬月才能把木材運下山去，而且運送的成本，不夠維持我們的日常開支……

經過對地勢的仔細勘察和測算，我們可以充分利用資源方面的優勢，這樣才能實現我們的計畫。我考慮分幾步走，第一步，集中力量把所有段木都搬到山谷底下，集中堆放起來；第二步，山谷最狹窄的地方，修建一條類似水庫的大壩。為節省工本、減少不必要的體力消耗，礦木疊作壩，為讓山水流出，壩底下留個洞，等大雨來臨時將洞口封住。然後在峽谷的兩邊，挖兩個洞以埋設炸藥，等天降暴雨時，然後進行定向爆破，把兩邊的山皮泥土，全炸進峽谷之中。迅速形成一道大壩，蓄成淹塞湖。

為此，我已經向煤礦借了半噸炸藥及雷管。如果五百公斤炸藥的威力不足，到時再向礦上商量。炸藥這筆錢，說好等以後在收購款中扣除。我必須讓大家明白我的計畫，在設計水力運輸的方案。強調一點，大家必須擰成一股繩，協力同心，才能戰勝不可能戰勝的一切困難。

第三步爆破必須萬無一失。這事由老吳來負責吧，我瞭解老吳本來就是石匠老，他對爆破有經驗。我們只能成功，不能失敗，因為沒有下一次了。決不能像過去那樣身無分文的、悲慘傷心地離開這裡！家裡人等著錢還債、看病、買工分秤口糧……我們每個人須掙到錢，我們一定能掙到錢！大家有沒有信心！有就喊得再響點！用力點！這樣就好！

第四步也是最後一個計畫，木材沖入水庫後，大家集中力量把木頭打撈上岸。未雨綢繆把打撈工具準備好。

第五……分頭就去準備。」

這些人終於明白二哥這幾天在幹什麼。聽完二哥的計畫，並一件件攤開來，分析給大家聽，有不同意見可以暢所欲言，這樣更有利於工作。這讓在場的人都驚呆了。

「為什麼沒一個人想到過？」一個被紅色颱風刮走再次回來的流民說：「我整整三個年頭沒有回過家，信也不敢寄……兩手空空的，讓我怎麼去見老爸老媽、老婆孩子呢……不管計畫能不能付諸現實，我第一個佩服的是你小王，怎麼多人、怎麼多年沒有一個想到，你確實是個天才！平庸的人看茶開蓋子頂起，只有瓦特看到蒸汽的巨大動力……」

二哥指明了奮鬥目標與方向，大家都信心十足，並向二哥表示：「一切行動堅決聽你指揮！」

二哥對自己的理論在邏輯上並不存在困難，但讓他最擔心的是捉摸不透的天氣。如果天一直不下雨，紙上談兵木頭還是運不出去；如果準備工作還沒有做好，就來一場大雨，木頭不但不能沖進水庫去，大壩一旦沖潰，那麼功虧一簣，木頭被泥水沖得七零八散，有天大的本事，再也聚集到一塊。沒有糧食的情況下，人心像潰堤一樣再也豎不起信心。二哥還能見姚姐嗎，回家回不去，流竄沒地方，何去何從呢？如果老天眷顧，考慮樂觀一點，等一切就緒，一場狂雨，那麼一切計畫付諸實現。

關鍵的關鍵讓大家都掙到錢，高高興興的「榮歸故里。」二哥雖不能像他們回家，但只要手裡有錢，哪怕住在姚姐這兒或讓姚姐的相好替他找個事做，應該不是問題……

二哥躺在床上對他實施的計畫思考再三；

全取決于天時地理人和：「謀事在人，成事在天。」

13

二哥回家了

那年家裡像遭了天災，二哥出逃從此亡命天涯，撒桂子和屠王大共同合謀在爹的背後狠捅一刀，沒有政治頭腦沒有靈魂的父親，經不起他們這般恐嚇，喝下煤油想自殺。「咱這門人家啊」奶奶絕望地說：「徹底的散桃園掉了……」奶奶憂鬱成疾大病一場，我以為奶奶活到頭了，赤腳醫生不看，什麼藥也沒有吃，奇蹟般活下來。我母親本來頭上沒有一根白頭髮的，似伍子胥過昭關一夜發白。摟著耳朵洞說，兩耳朵成天像飛機的嗡嗡響，拿針穿線從不戴眼鏡的，幾乎一夜間眼睛花了。更枉傷的是我大哥，因包庇現行反革命的弟弟，持槍殺革命幹部依法被投入監獄。歷史還是現行都鐵證如山，當時大家都說我大哥必死無疑，奶奶跟爹說：「金瓜啊，看來……我的棺材給蠟梨……」大哥與小雲、阿星、掃毛老他們天天在一塊，好事壞事都有份，自大哥出了事之後，生怕禍及，斷腳足的不到我家來了。掃毛老跟別人說：「我勸蠟梨頭紅娘娘修煉聖地不宜炸魚。他說：『什麼紅娘娘白娘娘的，捨得一身剮，敢把皇帝拉下馬……怕什麼怕啊！』三顆手榴彈綁在一起，轟隆聲驚天動地。話過不到半天，短短幾個鐘頭，就闖出這麼大的禍祟！冒犯紅娘娘寅不過卯就得到了報應……」後來才得知大哥只判了三年徒刑。一心想判他死刑的人而言，心裡落差太大，幾乎不相信罪會這麼輕。田頭議論紛紛，掃毛老預言：「當時槍斃掉也就槍斃了。三年冤枉監獄坐滿回家，這蠟梨頭像傷銃野豬，不管三七二十一，連卵兩條命，恐怕不會輕易饒過他們的。若不信，你們看著吧。」

大哥勞改釋放翌年春天的一個上午，二哥居然回來了。大哥見了二哥第一句話，「狗日的老二！你連夢都不托我一個——啊？都以為你死在外面了。我說咱刁老三有九條命，輕易不會死的。嗨！果真好好的回來了。哈哈哈，娘，你得弄幾斤酒來。」

二哥亡命出逃幾年中，沒有給家裡寫過一封信。

一日中午，母親坐在竹椅上打瞌睡，突然二哥哭喪著臉走到母親旁邊，「娘——」一聲，「不用記得我了，我已經死了……」

母親一下跌醒過來，彷彿二哥聲音猶在耳旁，肯定還沒有走遠，母親精神恍惚的追到門口，院子裡靜悄悄的沒有一點動靜。棲在石榴樹上的白頸黑羽的一隻烏鴉受到驚擾，哇哇兩聲飛走了。「呸呸呸！」母親唾罵道：「見鬼……看得清清爽爽啊！」

一次做這樣的白日夢，母親並不覺得奇怪，但接三連四做同樣的夢，不得不讓母親相信二哥確實已經死了。

那天晚上，二哥又逼真的出現在母親身後，有氣無力的喊了一聲「娘——」當母親扭過頭去，二哥不想面對母親，轉身就想離開。情急之下母親伸手去拉他，抓住二哥衫袖，二哥胳膊往後一甩金蟬脫殼了。母親只抓到那件破棉襖……

拂曉時分，二哥又叫了一聲「娘！」二哥光著身，愁眉苦臉說：「娘，你把棉襖還給我吧……外面天好冷，快凍死了！」

母親想把棉襖拿給二哥，可怎麼找也找不到。「要不我去找一件給你穿，」母親抬頭看二哥，正向門外走去。「黃穀，你沒有死！你回來啊——」母親一骨碌翻身下床，跣腳追出門……

一大早母親起來，找二哥那件破棉襖，翻箱倒籠找了半天也沒有找到。思想會不會放在簟籮筐內？所有破絮、破衣全部搬出，仍舊沒有發現二哥的破棉襖。母親百思不得其解會放到哪裡去呢？清楚抓在手裡的，——不可能啊？

「老四！」母親問老三，老三說不知道，又問老四，「你見過二哥的破棉襖沒？上好記得跟你們的衣服一塊放在簟籮筐裡的？真怪了。」

「沒見過啊！」老四說：「大熱天你找棉襖幹嘛？二哥他有信了？」

「沒有沒有……」母親掩佈心事說：「會

不會……走時拿去了……」

「開玩笑，」老四哂笑母親道：「你不讓他走，什麼替換衣裳都不帶……夏天衣裳也不拿，這麼會拿棉襖呢。」

「就是啊！」母親搔著頭自語道：「奇怪了，我會把它放在哪裡呢？要不曬在外面讓風給吹跑了？要不把它拆了？拆了棉花絮應該在吧……真怪了。」

母親幾乎把棉襖這件事忘了，二哥又來向母親索要棉襖，母親親口對二哥說：「棉襖我找不到啊。你活著，你沒有死！娘日日夜夜的想你，娘想你想成病了，黃穀，回來吧，嗚嗚嗚，嗚嗚嗚……」

「娘別哭了，」二哥沒有露面，幽暗中詭異地說：「你問問爹吧，也許爹知道放在哪裡……」

「你黃穀那件棉襖看到沒？」起床時，母親問爹，「我角角落落都找遍了，這破棉襖又不能當飯吃的，怎麼會找不到的——」

「這……不是棉襖嗎！」爹從枕頭底下挖出二哥的破棉襖，「枕頭不夠高啊，墊在下面當枕頭。」

「真是的！別人上天入地尋煞快——」母親生氣的從爹手裡奪過衣服。母親十分的驚訝，二哥怎麼知道在爹那裡？

娘把夢事講給爹聽。

爹歎著冷氣說道：「恐怕你做的不是好夢。他像剛斷奶的一隻流浪狗，你踢一腳、他打一棍能不受欺負嗎。外面有誰認識他，不餓死，凍也凍你死！狗日的要是人還活著，是人總歸有封信吧，又不是一字不識橫劃的，除非人死了，就音信無蹤了。孤魂野鬼才向你來托夢的……」

「你認為咱小鬼已死了？」母親將信將疑的問，「不敢相信他死了——我得去問問算命先生怎麼說。」

「放心——」奶奶堅持認為，「老二人還在。」

我問奶奶，「你怎麼知道二哥還在呢？」

「心裡有數的——哈哈哈，」奶奶笑笑說：「要是死了，就從我心裡泯滅了。可心裡仍然像活著那樣。」

其實不止我家人乃至整個菩提山包括我認為二哥活著回來的希望微乎其微的。糾結的活不見人死不見屍，母親每年到清明、七月半、冬至在家哭得死去活來，「黃穀——啊我的肉啊——肉啊！」母親聽了瞎子的哄，教她在爺爺的墳頭旁邊，給二哥做一穴衣冠塚。

奶奶第一個反對母親為孫子立假墳。批評我娘，「黃穀人活著，你給他做假墳，詛咒他不死啊！」

「是我生的兒子，」母親堅持自己的觀點說：「娘兒倆的心都連著，一次可以不相信，三四次做同樣的夢，還能不相信嗎……你說人還活著，你拿得出活著的把柄不——閉著眼睛說瞎話。」

「從小是我一把尿一把屎抱大的！」奶奶對母親並不示弱，也打出一張王牌，「你說他死了，你有他的屍骨嗎?說瞎話的是你！」

婆媳兩個一個說活著，一個說死了，鬧得母親傷心大哭。母親偏心二哥，不顧奶奶反對，執意要為二哥立衣冠塚。

大哥勞改釋放回來他第一個見到的不是家人，而是刻骨仇恨的撒桂子。撒桂子已經瘋了，被鐵鏈子綁在樟樹前一個木樁上，頭上戴著一頂破草帽，臉色像燒炭老，鬍子拉茬。一雙破球鞋，露在外面的腳趾像土裡刨出的生薑，黏滿泥灰補著膝蓋破破爛爛的一條草綠色軍褲，宛如田頭管秧鳥的一個草人菩薩，這與大哥勞改前判若兩人。大哥走到撒桂子跟前，撒桂子疲憊的垂著頭，好像晚上沒睡好在打早盹兒。

「你這狗X搗的！」大哥托起撒桂子的下巴，一個字一個字從牙齒縫中蹦出說：「還認識我不?」

「嗨——哪怕你燒成灰，」撒桂子張開佈滿血筋的眼睛，不屑一顧的說：「我也認識出……」

「嗨喲!這狗日的——你沒瘋嘛?」大哥咬著牙歪著頭，虎口扼住撒桂子脖頸，撒桂子難過得喘不出氣，「你說，我是誰呢?」

「嘿嘿嘿，你是黃黃……嘿嘿……槍打蠟

梨頭，蠟梨頭攢槍——」

「狗日的！」大哥搔著頭皮，忍不住笑起來，「嘿嘿……多虧狗日的瘋了，本當回來打算把你們兩家龜孫子統統收拾掉，我去投鯰魚潭……呸！狗日！」

「蠟梨你回來了！」掃毛老第二個見到大哥，久別重逢一般，急忙從口袋拔出一支雄獅煙，「這麼早！回來就好，回來就好……晚上去我家吃飯，咱倆好好喝上幾杯。」

「掃毛你氣色不錯麼！」大哥見掃毛老像親兄弟一般，兩人揪著肩膀，「狗日的，終算活著回來。心裡我只想著一件事，冤有頭，債有主，他們欠我多少錢，再加上這幾年來的利息新賬老賬一起算。他（屠王大）要我飯吃不下，我就教他屎拉不出！我無牽無掛連小弟弟兩條命，殺他個雞犬不留——」

「息氣息氣，剛回來，」掃毛老拍著大哥的肩說：「好啦！事情過去了這麼多年，你老狗記千年的，做人又何必呢。冤家易結不易解，得饒人處且饒人。你看世事無常啊，瘋的瘋了，死的死了，跑的跑了，生的生了，小的大了，老的老了，一切都隨風而去。蠟梨你倒養得白白胖胖，看來勞改隊吃的罐頭飯比家裡還好啊——哈哈哈！大家一個村，抬頭不見低頭見。算了算了，重新來過吧。我跟你說好了，晚上我在家等你。」

大哥跟掃毛只有睡覺不在一起，兩人好得棺材勿拆壽枋板，彼此的個性都瞭解。掃毛老這傢伙會做人，積極主動去幫屠王大自留地割麥、掘地。自己家裡出毛豆送毛豆、有茄子送茄子、出冬瓜送冬瓜、甚至白楊樹的幾根絲瓜也要與屠家分享。小雲說：「他除老婆不能分享，什麼都與屠分享，是社會主義條件下的新型奴隸。」也不怕不在乎別人在背後說他捧大卵脬。大哥知道，他一定會把剛才說的話傳給屠王大去聽，有意無意說給他聽。掃毛老知道他報復心重，何況吃了這麼大的冤枉，光身一人不怕死，看他手榴彈導火索嗞嗞嗞的響還不肯扔。

果不其然，掃毛老告訴了屠王大，屠王大教掃毛老帶信給大哥，說：「從前大家誤會了。」他屠王大高姿態，不計前嫌，願意明天為大哥「洗塵。」

大哥一下號到這傢伙的脈絡，便一口拒絕了，對掃毛老說：「請你告訴他，沒有這個必要的。咱們是兩股道上跑的車！除非他屠王大親自上門向我爹賠禮道歉，否則說什麼都不頂用！我蠟梨頭說到做到，三節炸藥、一個雷管，教他狗日的滿門抄斬，斷子絕孫——不信咱就試試？」

中國的歷史與現在基本同一個行情，有錢的怕有權的；有錢的怕沒錢的；沒錢的怕不要命的，死豬不怕開水燙奈何不得。屠知道大哥心狠手辣，本來撒桂子可以共同頂罪，他瘋了全栽在自己身上。權衡利弊孰重孰輕，搭上活生生的一大家子人，去跟落拓、潦倒、禍水不怕大小的蠟梨頭PK，這麼多年紀活在狗身上的！連處理這點危機的能力都沒有，黨員幹部都白當了？屠王大讓掃毛老轉告依大哥提出的條件。大哥大言不慚瀟灑地開出一張「罰單。」擇為這個月初一日，送高升雙響炮仗兩封（一封十響）、香蠟燭一對、豬頭一個、雞一隻、鯉魚一條、果品兩盤。屠王大必須親自上門向黃金瓜賠罪。屠王大向黃金瓜謝罪消息傳開一石激起千層浪，整個菩提山炸開了鍋。不論黨員幹部、群眾社員、地富反壞右、男女老少、小狗小貓、閑雞遊鴨，都擠到我家院子看熱鬧。

大哥從小牧牛基本沒有好好上過學，能識幾個字但識得不多。菩提山所有人讚賞他，「蠟梨頭這幾年勞改，確實比讀大學還管用——」不可否認，菩提山對大哥有了重新的認識。

「……惡人蠢蠢動，好人死斷種，」奶奶罵道：「逼得我們走投無路啊？老二穀裡揀米啊……黃穀不回來，我死了也閉不上眼睛！」又對母親說：「既然你說黃穀不在了，應該給他算個命慰慰心啊。」

奶奶不知道，母親十老八早去給二哥算過命了。跑到白馬那個家喻戶曉、門半掩半開的兆半仙那裡，問，「……我老二還在不？」

「已經不在了——」兆半仙十分肯定說。

「你胡說……」母親把兆半仙的哄騙當做閻羅王下的死命令，唰一下眼淚嘩嘩流下來，分庭抗禮跟兆半仙爭執，「我兒子不會死的——」

「你既然知道不會死，」兆半仙不亢不卑，「你教我算什麼命呢？大笑話……」

「我生的，」母親強詞奪理說：「我心裡當然有數——」

「是啊……活著也說不定的，」兆半仙看在那二毛錢的份上，迎合著娘說：「你重新把他的時辰八字報一遍我聽聽——」半仙扳著手指掐算道：「你剛才報我的是卯時，排來應是寅時，這就對了。他有貴人相助呢……去年六月不回來，恐碰到了勾扳事體；今年三月不回凶多吉少；假如今年八月至明年五月還不回來客死在外；假定回來捧著金元寶回來。你頂好給他做個衣冠塚，保佑他順著……」

對兆半仙的話，娘還是覺得不踏實，念佛婆婆指點娘說：「素娟姑娘，廿裡街的張大仙出名，眼睛不瞎，看相還是算命，百分之一百準。去年家裡那頭豬走沒了，找了半個月也沒找到，我去廿裡街求張大仙。他說：『你不用再去找了，回去豬在家裡等你——運氣勿怕呆，豬娘帶胎來。』我心裡還罵他放你個豬狗屁，快快不樂的回來，走到家門口，老太公遠遠叫過來：『豬來了！豬來了——』這小豬娘牝，跟山上的野老公豬交配，後來竟生了十二頭小野種。你說他準不準。」

娘瞞著家裡人，又偷偷去廿裡街問張大仙，大仙不問二哥的時辰八字，披頭散髮，裝神弄鬼，手舞足蹈念念有詞，他說他附上了神仙，由旁邊一個婦人傳達他的意思，「現在可以問大仙了。」

「我兒子幾年前逃到別州外府去，不知道人在哪裡，家裡至今沒有他一點音信。問先生是凶還是吉？……」

大仙一連打了幾個呵欠，伸著懶腰說：「你聽神仙說：『我看見你家老二了。三年之前已歸西天——趕緊給他做口墳吧，把你兒子的魂招回來……』」末了見張大仙翹起半個屁股，清脆放了三個屁。

兩個大仙不約而同說給二哥做假墳，母親想：怎麼說二哥托夢是真的了。臨走時張大仙借神之口又關照娘說：「——不要忘記，回家給他做一個神主牌位，讓他九泉有歸，祭奠多燒一些紙錢給他用。」

母親只能接受事實了。八個兒子二哥學歷最高，聰明能幹，長相人緣都好。母親偏向二哥是不爭的事實，我們七兄弟誰也替代不了二哥，奶奶小時候就看好二哥了，嘴裡一直掛著這麼說：「這麼多孫子中，老二像穀裡揀米。將來會不會翻身就要看老二有沒有花頭，他要沒有花頭，黃家沒有出山日子了。」「古話說，」母親自怨自艾地說：「唉——訂做的包子沒有餡啊。」

「蠟梨，」娘對大哥說：「你給你兄弟做塊神子牌，逢年過節我做娘有個寄思，娘心裏不過安啊。既然都說不用指望了，就認真當他死——我跟你爹說了幾遍，他亂搡柁碓，說話沒有一點分寸，反而大罵黃穀，『這狗日！活不見人、死不見屍，做什麼鬼牌位，又不是頭代太公！祖宗也沒有牌位！這畜生嘴巴要閑，全村口糧都一個樣，不止少了咱一家，別人為什麼不沒說，這狗日熬不住，好說不說說備戰備荒害人民！狗日的就這一句話，害得全家屋裡顛倒仰翻——七八十來年書，都讀到狗屁眼裡的！』唉呀，不說吧只要一肚皮氣，說說吧兩肚皮的氣……小隊這兩天木匠在修水車，你跟木匠師傅商量商量，給黃穀做塊神主牌來？」

爹喝下一斤煤油和少量的樂果，幸虧朱郎中和功不可沒的這一大坨的新鮮糞便。混合煤油和樂果只是去腸胃作了一次短暫的旅遊。人沒有藥死，卻藥死了肚裡許多蛔蟲，從此爹變得精神更足了。朱郎中因弄拙成巧，革委會屠主任的推薦下不久應邀參加全國赤腳醫療衛生學術研討會。回來左胸掛著大紅花，右胸掛著毛主席紀念章，大樟樹下聚集一大幫人聽他侃侃而談，「……喝農藥自殺用大便為患者洗腸胃，國內尚屬首創。全國赤腳醫療衛生學術研討會上，對我的報告領導十分重視。內部資料說全國喝農藥自殺的比例相當驚人，逐年翻番……專家和衛生醫療系統一致認為：應該作為新生事物向全國推廣……」

這天早晨跟往日許多無精打彩的早晨一樣，看見一個年輕人風塵僕僕、精神飽滿向村頭走去。肩上一根木棍，木棍扛著一只人造革的大旅行袋，逕直的走到大樟樹下，放下肩上的旅行袋，他像瘋了一般，兩手以蠡測海的去擁抱需要幾十個人才能圍起來的大樟樹，仰著頭大叫：「大樹啊，我回來啦——」忽然他一頭鑽進那個談虎色變的大樹洞裡。佇立在昏暗潮濕充滿泥腥味的洞內，仔細把整個洞看遍，抬頭凝視通向天空的九個小洞。他咯咯咯的大笑聲在洞中打旋。「我愛你大樹！……愛你菩提山……有紅娘娘嗎？不！是你們自己把自己折騰成這樣。」

樹洞那個狂妄的年輕人，正是一致以為死了的我二哥。

小東正在洞口不遠處，全神貫注的盯著豬屁股拾豬糞，看見洞裡出來的人好眼熟，「這不是死了的黃穀麼？」同時二哥一眼早認出了小東，上前想跟小東搭話，小東見二哥向他迎來，扔掉手裡的豬糞竹鉗，喪心病狂的邊跑邊呼叫，「洞裡出鬼了——出鬼了——」

「小東，小東！」二哥急忙喊過去，「別逃啊——我是黃穀！你見我跑幹嘛？又不洞裡出來的妖怪。過來，來，吃支香煙——」

「你……不是說你死了嗎？」小東膽怯的接住香煙，但仍不敢放鬆警惕，一腳前、一腳後隨時打算拔腿逃跑。懷疑地接過香煙，再拿到鼻子去聞聞。「這——都都都在——說你……怎麼來了呢？」

「你們都以為我死在外邊了，」二哥伸出手想跟小東握手，小東打著哆嗦，半信半疑的伸過手，感覺二哥的手熱呼呼還沾著汗。確信不是鬼，而是黃穀。

「喂——三耳朵，六手指、小雲！」小東便大聲的向人招呼，「你們來看，是誰來了——啊！黃金瓜二兒子回來了——還活著！」

爹正從家裡出來安排一天生活，走到人群去看，見到自己的兒子，爹卻像一個旁觀者一般，兩手拱在衫袖洞裡，麻木不仁地立在人群中看熱鬧。

二哥迎上去，不好意思的叫了一聲「爹—

——」

「你是……」爹不敢隨便認應出去。

「黃金瓜！他是你兒子啊……」眾人起哄喊道。

「你——不像！」爹田頭經常被這些好心的社員刁難作弄，「你們不要騙我！我家老二人要矮，皮膚沒這麼白。死了，鬼才相信呢……」

「黃金瓜，是你家老二！」小東撿起扔掉的豬糞挾鉗，叼著香煙上來作證，說：「他從樹洞出來，我嚇得轉身就逃，他說不是洞裡出來的鬼，『我是黃穀啊——』我不敢相信是真的，手摸熱的才敢認——」

「大頭天話——咱老二像個小討飯？他倒穿得新簇簇的。」爹無動於衷拱著手，頭搖得像撥浪鼓，始終不相信。

「黃金瓜！」阿星接住二哥遞他的香煙，「是是！他是你家老二呀。你連自己生的兒子都認不出——」

「那麼……你大變相了，」爹一臉狐疑的接過二哥遞來的煙，彷彿對自己說：「聽說話的喉氣都不像……你們休想騙我！」爹睇凝良久，他下巴那撮似黃鼠狼衰老無力的鬍鬚明顯的因激動開始微微抖動，模糊的目光漸漸使兒子的輪廓變得清晰，喃喃的像問自己，「你真是……狗日出來的……」

「黃金瓜，」掃毛老知道爹腦子不太好使，虧吃多了，好話會當惡話聽。「你看他像不像你家黃穀的？你老二有他精神嗎？」

「是啊，你只要看看他身段打扮，」圍觀的人哄我爹說：「是不是你兒子，你生的都不知道？……」

我爹甩開手連連朝後退去，一邊走，一邊說：「這狗日的認不出……我叫他娘自己來認……」

二哥比出逃之前，人長高了一尺，原本瘦小的身材，長得魁梧偉岸、相貌堂堂。出逃那天一身破衣裳，叫花子都甘拜下風，回來制服筆挺，穿雪白一雙高邦回力牌球鞋，嶄新一身的確涼卡其中山裝，上口袋插著兩支大號金星鋼筆，拎著年輕人見都沒有見過的人造革時髦旅行包。

兩手叉在口袋裡，笑咪咪嘻嘻的叼著捲煙，見到一個遞上一支煙。似乎不想急著回家。

「黃穀啊，」小雲蹲下來去撫摸地上放著的皮包問：「這高級漂亮的旅行包，不會紙頭糊的吧？萬一淋到雨就酥了——你買來多少鈔票呢？」

「哈哈哈！」大家都笑了，掃毛老也忍不住去摸摸看，「到底會不會酥掉，水裡浸一浸就見分曉……」

「酥你個頭啊！」二哥笑著說，「水裡泡三十天，一個月不酥。多少錢我拿百貨商店的發票給你看，……」

「哇噻！四十七塊六角八分……」小雲倒吸一口氣說：「狗日的一只袋，咱生產隊做一年，也勿曉得有沒有一只皮包好買。狗日的發了大財回來的——」

二哥不管見誰，總友好的笑臉相迎，碰見忠良、趙五綁過他、打過他的傢伙，笑嘻嘻們向他們敬煙，似乎二哥徹底忘了當初為什麼出逃的，好像什麼事也沒有發生過。掃毛老一夥談論，說二哥和我大哥的態度截然相反，大哥勞改釋放回來首先找陷害他的仇人報復，逼得屠王大只好向家人道歉。另一種說法，說二哥有今天，應該謝謝屠主任和撒主任才對，不是他們逼他逃跑，今天也跟咱們一樣在挖六株頭（種田）。二哥見老者叫爺爺奶奶，見長者叫叔叔伯伯，嘴巴像抹了蜜的甜。村裡人想不起過去的二哥是怎樣一個人啊？

二哥在逃竄流亡中學到了很多東西，學會委屈就是便宜，學會忍辱負重，學會了隨機應變，學會怎麼去待人接物，懂得處世做大事不忍小而則亂大謀的道理。回來前二哥考慮了很多很久，必須痛改前非，不要那種小雞肚腸心思，如奶奶經常嘮叨說：忍得一時之氣，免得千年之禍。何苦為芝麻綠豆大的小事耿耿於懷呢，不要把細小得失放在放大鏡下面，自己不斷的把它放大，直至仇恨在心裡生根發芽……笑臉相迎，叫人家大爺大伯，自己又沒有損失什麼，這樣人家就樂意跟你做朋友，即使有過不快，笑一笑就泯了。相反一本正經的金口難開，擺出了不起矜持的樣子，人家想接近也不願跟你接近，你也得不到什麼便宜。二哥在逃亡中一日三省吾身不斷深刻反思自己，只要這次能吸取教訓，一輩子都能受用了。希望別人待你真誠，首先自己待別人真誠。二哥學會的只不過是些江湖經驗而已，事物正同硬幣的兩面；你過於忍讓，別人以為是你軟弱，過於霸道覺得你不大好惹，太世故像老江湖，認為你沒有原則。

冤家還是親家、朋友還是敵人見面敬煙，人多乾脆將煙殼子一撕到底，不管認不認識的、是男是女童叟無欺。一包分完，又取出一包，皮包像取之不盡的一只魔術袋，有掏不光的香煙。

二哥財大氣粗，一支支香煙像鳥的飛向各位，哪還了得，發光一包香煙，就是二角九分錢，相當一個勞動力在太陽底下曬一整天的價值。大家都認為二哥一定發了橫財，不然他哪能慷慨到這種程度啊！有意露富給大家看。

有人評論二哥：見過世面、經過風雨的人就不一樣，眼界寬、見識廣、氣度大、會得做事情，所以賺得了大鈔票。總而言之，二哥以全新的面貌出現，給人們留下非常不錯的一個形象。長在山裡的人多見樹木，少見人頭，生來一副小雞肚腸心思看不得人家好，儘管二哥用香煙餵他們，換來對他的無端猜測懷疑和妒忌。

當年畏罪潛逃卻在外面發了財「衣錦返鄉。」那些跟二哥年齡差不多的青年人受到莫大震動，安分守己的一老一實生產隊賺工分，既羨慕又妒忌，心裡說不出的滋味。個別甚至想要是遇到他這樣逃跑的「機遇」就好了。大多數並不這麼認為，他們始終堅信二哥犯反革命罪，政府至今仍然沒有對他撤銷過紅色通緝令。雖然回來官方並沒有追究他的責任，對他當初定性的現行反革命罪，同樣沒有作出撤銷。儘管事隔多年，時過境遷，政府如果認定這是錯案冤案，也應該給予公開合法的平反，但官方對他什麼結論也沒有，模棱兩可的意味著問題遠沒有了結，形勢需要隨時可以把他抓起來甚至投入監獄。二哥「備戰備荒害人民」的反動口號像美國在廣島拋下的原子彈，至今還受到核輻射的遺害。

而二哥的慷慨與闊綽引起了副作用，村裡

謠傳說二哥那只大皮包裡，全是一遝遝的十塊頭鈔票，他們馬上得出結論：「……除非他去搶銀行，哪來這麼多的錢？」這個社會和民族中，窮人難做，富人同樣不好過，不管二哥正常取得，還是非法獲得，逃不脫人們所編織的羅網。因此二哥成了頗具爭議的人物。

二哥回家第一件事，給奶奶、爹娘和七個兄弟，各裁了一套新衣裳。那一日，全家人煥然一新，一直由晦氣籠罩的茅草屋，變得喜氣洋洋了。

「我說老二啊！」奶奶一身新衣服，手盲人摸象的抖著衣服哈哈大笑說：「給我做什麼新衣啊，多壞鈔票的。瞎子點蠟燭，我又看不到漂亮……哈哈哈。」

「嗐！」爹突然變得聰明起來，「又不是穿給你自己看的。跟做人一樣，是穿給別人看的……」

二哥回來兩個星期後，收到寄來的火車行李提貨單。二哥江西托運回來八只樟木箱木板，及箍腳盆、水桶、糞桶的一批杉木方料。大哥和爹拉著獨輪車，去五十裡外的火車站行李室提貨，當父子倆滿滿的兩車木料拉回家，驚動了菩提山，半個村子圍著看稀奇。全家歡聲笑語，比過大年還高興。村人目睹這麼多珍貴稀缺的木料火車運回來，徹底的傻眼了，竊竊私語說：「這不是毛坯木材，所有料板全部取好的……按理這些木料不能當行李托運，而且火車嚴格禁止木料販運出境。黃金瓜兒子的本事看來不是一點點大啊，他的門路相當相當開闊。」

看父親走路腰板也挺了許多，好像撥雲見日，揚眉吐氣，得意洋洋的說：「咱八輩子也沒像今天這麼光耀！看來爺爺風水葬好了，這家要開始發了——」

「我不是在說你，」母親心裡不平靜表面出奇的冷靜，訓斥爹說：「你可不要老太婆坐花轎——神志昏沌沌，別再說這樣的大話了，有什麼體面好把！大家你傳來我傳去的，誰曉得是禍還是福呢。」

「蠟梨頭，」娘對大哥說，其實是對所有兒子說，「你說，咱們眼前大笠帽要緊，還是穿著時髦要緊?」

「當然是起屋要緊……」大哥搔著頭皮說。

「依我看……」娘高屋建瓴說：「把樟木箱板、水桶、腳桶、糞桶賣掉，換桁料、擱柵、椽子。當務之急你們兄弟首先把草房翻成瓦屋，其他都是一些芝麻綠豆的小事。你們衣裳穿得再破，誰又會把你認錯呢——」

當母親採取緊急剎車，二哥拿來的錢卻已經花出去不少了——家裡要花錢的地方實在太多了，母親手裡的錢像碾米一般漏下去，最終不得不放棄翻屋的念頭。

既然屋翻不成，大哥二哥都到成家立業的年紀，趁手上還有一點錢，另方面大家都在議論二哥在外面發了大財。母親想乘著輿論的東風，給大哥說個媳婦吧。

第四章

14

大麥不割割小麥

我祖上沒有什麼遺產傳下來，僅有的三間大茅屋，也是托共產黨毛主席的福，當勝利果實分配給我爺爺的。但父母留下我們八個弟兄的遺產實在太多了，關鍵收入太少，而窮漢的肚子又大，年年都是先吃後空下來的，我經常看到母親拿著一只空淘籮，挨家挨戶的到處借米下鍋。眼看勞動的馬上要回家來吃午飯，而母親的落鑊飯米還在別人家裡，東借不成西賒不成，捧著空淘籮急得轉團團。我家是菩提山出了名的缺糧大戶。吃且不去說，拿穿的來說吧，父親穿過的衣裳大哥穿，大哥穿過給二哥，破得不能再破、補丁打補丁認不出原來本色再給三哥穿。如果我的褲子搶先被七哥穿走了，要是在大冬天，我就起不來，只能臥在破棉絮中嗚嗚嗚的悲嚎。說得不好聽，咱一家人的衣食住去跟乞丐比，也覺得自慚形穢。全家人托二哥的福，從老到小、從頭到腳都穿得新簇簇的，正如爹說的是穿給別人看的，眾人面前晃來悠去，投來羨慕妒忌的目光。無言的廣而告之，眾人一致認為：「黃金瓜的一家徹底的翻身了！」尤其有關二哥那一皮包的十塊頭的故事迅速傳開並繼續發酵。說我們草屋即將翻新屋，打算置傢俱娶媳婦了。母親聽了嘴上不說，心裡在說：「……外面敲銅鼓，屋裡喝醃菜鹵，只有自己得知啊！」

二哥發大財的謠傳不僅僅在菩提山流傳，整個公社都謠遍了。好事者甚至老死不相往來的人特地跑來問母親：「素娟，究竟有沒有這回事啊？」母親總是笑而不語，因為母親不願作任何解釋，這些愛撥弄是非的人，你越解釋得清楚，他們越是無中生有去杜撰，母親的耳朵聽起了老繭。

不過謠言有時候不但沒有壞處，反而帶來意想不到的幫助。母親虛虛實實、實實虛虛不失為一種生活藝術，不置可否虛晃一槍帶來變術。毫無轉機的窘迫現狀，猶如獲得《百萬英鎊》妙趣橫生，謠言好比魔術大師，閉上眼睛再睜開，絕對不可能發生的事成為現實。一傳十，十傳百，蝴蝶效應越傳越廣、越傳越神了。把二哥外面發洋財的故事說得有根有據、有板有眼。

許多不相識的青年得知二哥去江西發大財後，從老遠的古塘村、白湖沅、萬丈深、白馬鎮，乃至鄰縣紛紛尋上門，希望二哥為他們指引一條路。

「你們怎麼回事，是怎找到我的？我們根本沒有見過面。」前幾次人來，二哥還熱情的招待他們，來的人太多了，說實在母親連點心飯都招待不起。二哥推辭說：「我哪來發財的路道！沒這回事的。吃了點心，你們回去——」

這些苦久了的、一心想逃出去見世面、經風雨的熱血青年，今天不答應他們，過兩三天又找上門。「只要你答應帶我們去，」老成的一個說：「我們全都聽你安排。你來去的車票由我們負責……」

二哥只好一五一十把自己真實遭際如實告

訴他們，他們根本不聽。纏得二哥實在沒辦法，這麼遠的路一次次登門三請諸葛亮，二哥盛情難卻，問奶奶同意他再出去不?奶奶堅決不許二哥再出門。「哪怕在家裡餓死，」奶奶斬釘截鐵道：「除非你等我奶奶死了，不管你到哪裡去，我還活著，你哪裡也不准去！」

「你也知道，」早已豁出去的一個血氣的青年看他噙著淚花，「沒有自由也見不到一分錢的勞改隊裡默默死掉，我寧願死在自由的他鄉——知道你是個好人，所以我們三番四次來麻煩你，你一定走不了，給我們介紹一條活路吧，求你了……」

「這樣好了，」他們情緒跌落到冰點，二哥掏出金星鋼筆和紙，「既然我去不了，你們帶上我寫的兩封信，一封交給納洪森林站的馬站長。另一封給承包山場的包工頭。那人姓顧，浙江溫嶺人，也很好說話。生活非常非常苦，連豬油都吃不到一滴。人到那裡，我想應該有辦法的。能不能賺到錢要看運氣的，誰都保證不了。我也想幫你們的，但幫不上什麼忙……」二哥推己及人的想那個年輕人不嚮往自由呢。

不知什麼時候起，上門做媒的人一個接一個來。說得不好聽家像腐爛發臭的一塊肉招來了許多蒼蠅。一位梳麻花頭，穿一件藍青斜襟衫，蠶扣繫著塊方格子的青手帕，像狗頭粽的一雙小腳，走一步頭和腰及屁股蛇一樣會扭，「素娟姑娘！」媒婆摘下蠶扣上的方帕，輕輕一甩，勾著麻花頭說：「哎呀！我無事不登三寶殿，上門來做媒……人家大姑娘人可好著呢。頭代祖宗要飯的，二代祖宗做長年的，三代祖宗牧牛的，呱呱叫的貧雇農，歷史清清白白——兄弟姐妹六個，說媒的姑娘是老三……」

「婆婆辛苦了，」娘泡茶問道：「那敢情好！」

「不過，」媒婆道：「話講在頭裡，她們要的是你老二……」

娘一聽有的放矢，心裡打起了退堂鼓，懈訥地回答說：「老大還沒有過對象——老二怎能先找呢。黃穀年紀還小著點……」

「哦……」媒婆屁股剛挨上凳子就想走

了，出於道理，喝了口茶說：「素娟姑娘的意思要老大先來……那好，那好，你慢慢坐吧，我回去跟姑娘家商量了，過幾天再與你對頭寸——」

一個前腳剛走，一個又後腳跟進，做媒的雖談不上門庭若市，但絡繹不絕，母親接待多了，顯得胸有成竹，在這大好的形勢之下，不愁沒有人給大哥做老婆。破草房天天人來客往，母親招待熱情，又捧茶，又燒點心，殺雞宰鴨，燉肉煎魚，香味充室，灶台終日熱烘烘的氤氳繞樑欥煙嫋嫋。我家有史沒有這麼多的人來往。爹叨著煙杆，有客人他高興壞了，因為爹是一家之主，母親也只能算內客，陪客非爹莫屬，天天有酒有肉吃，開心對娘說：「素娟啊，像這兩天做人還是個做做。」

「你當然好！」娘譏誚爹說：「你不當家不用擔心事——這樣一班進一班出的再折騰下去，這兩個銅錢馬上就滑落光了。」

這些媒婆不例外都沖著我二哥來的。母親一口拒絕：「大麥不割割小麥，哪這麼行呢……」除了大哥，二哥免談，媒婆調轉屁股就走。

二哥支持母親必須先解大哥的婚事，「大哥若不落實我不談戀愛。」

問題如果大哥的婚姻遲遲得不到解決，始終成為二哥難以逾越的一道障礙？母親「大麥不割割小麥」保守規則二哥也表示出擔憂；如果不顧禮法跳過大哥，意味父母已把大哥放棄了，二哥先於大哥結婚，大哥就成了老大難。毫無疑問把他推向光棍的行列。

只要聽說今天媒人上門做介紹，二哥一個人悄悄溜走了，一整天都不回家來。母親一再堅持「哥哥先成家」的原則，雖然母親和二哥在全力幫助大哥，大哥是扶不起的阿斗頹勢難挽，母親心裡明白：「牛頭鑽出，拽牛尾巴怎麼拽得回啊。」

「我說老嫂子，」媒人搖搖頭說：「不是我在說你，你不能打煞老婆肏死牝啊。這樣死抱著你大老官勿放，不太合時宜，總要看人家大姑娘願不願意的……」媒人見母親心思有點動搖，步步緊逼，「不要認為今天為黃穀來說媒的多，像鮮紅桑葉一樣俏，人可以等，時光不能等，看著老大直把老二拖死為止？等你老二把時光誤了，下面幾個兄弟卻跟扶梯檔一檔接一檔，貓筍一般頂起來。你堅持老二沒有老婆，你們下面一律不許討老婆？老嫂子，你應該比我明白啊，八個兒子，娶一房，少一房，少一房，就少一樁心事，怎麼能把困難都集中起來？」

娘終於沉默了。

「是啊，我在作繭自縛，」母親想。大哥二十五歲，二哥相差他三歲，二哥人不在沒人替大哥說媒，原因很明顯，二哥長得比大哥漂亮，能幹而且有錢，大哥人個子矮，人是癩子頭皮，不管冤枉也好，不冤枉也好，大哥去勞改這是事實，誰願意嫁給去監獄進修的人。母親考慮良久，沒有理由去抑制二哥的婚姻。正如媒婆說娶一房就少一房……

「金瓜，」母親早上起來對爹說：「我看——娶一房，少一房，老婆騙進了，就讓她們搬出去。讓她們自己做人家。」

「我總歸聽你的，」父親說：「咱蠟梨頭人又矮又黑，脾氣賊強，跟他說得來，連自己頭也肯借，你跟他鬥硬，這狗日一犁耕到頭。坐了幾年監獄，雪上加霜，曉得他底細縱然有金山銀山，也勿肯嫁給他。」

「你也看到，」娘趿著鞋邊走邊說：「是啊，老大想討老婆，看來困難——」

「黃穀，」削麥時婁光榮問二哥，「聽人說你發了大財，一皮包的十塊頭？還眼紅這一點工分嗎。」

「哪來一皮包鈔票，」二哥停下鋤頭說：「你聽人家鹽都要出蟲……」

「光榮——」阿星丟過話說：「你啊聰明人講笨話，你想黃穀會對你說真話嗎，鈔票再多，哪個會說我發了大財，悶聲發大財。」

「唉呀，真是越有鈔票，越是一分洋錢勿肯放，……」光榮訕訕說。

二哥越說自己沒錢，不想得到這樣答覆的人就越不相信，他們喜歡把事情描黑讓所有人都參與進來。便說我二哥不像蠟梨頭嘰嘰咕咕像個麥杆炮丈，「黃穀讀過書、跑過碼頭的人，他什麼事沒有經識過。他吃的鹽比咱吃的米還吃得多，究竟賺了多少銅錢，怎麼隨便與人說呢？」

「我並沒有騙人！」二哥那像他們說的，根本不想隱瞞實情，「哪來一皮包啊！才兩千八百元錢……」

「哇噻——」男女異口同聲驚呼起來，都放下手中的鋤頭，眼光齊刷刷集中在二哥身上，小隊出納阿玉說：「整個小隊四十二戶人家，考年終方案分紅，發得一千多元錢！你們聽聽，他自己說二千八百。」

「自己說的兩千八百塊，」婁光榮夾首說道：「看狐狸尾巴露出了吧，實際遠遠不止這個數，保守一點倍上幾倍……現在咱就算他說的二千八百元，你還要跟我們一塊到田裡來尋死啊，坐坐吃吃一年也吃不完。」

「哎黃穀，」阿星說：「你想我們在猛太陽底下曬整一天，風裡來，雨裡去，一天十分工分三角錢。到年終分紅，還說鈔票沒有發不出，牆壁上畫燒餅。跟你比，買個三分錢豆腐好去撞死了……要是早知道你會發大財，當初跟你一塊跑就好了。人追銅錢追勿著，銅錢追人拉後腳，命該如此！」

「人比人比煞人，」小雲說：「其他還有八只樟木箱板和許多杉木料，拿到黑市值多少錢啊。我爹夢寐以求想箍一雙糞桶擔，八年了木頭還湊不夠，媽媽的抗戰也只不過打了八年。直到他死也沒有實現這個心願——咱田裡陷死陷骨頭，一輩子掙不到你八只樟木箱子的錢！」

母親醒悟過來牢牢抓住和利用二哥「發財」的輿論導向，媒婆來做介紹，只要抓牢姑娘就是兒媳婦，解決一房算一房。時間在一天天逝去，手裡的錢隨時間也在融化，輿論泡沫隨金錢的短去慢慢地破滅，當潮水的退去，窘相就水落日出，一切將煙消雲散。究竟有錢沒錢，騙得了別人和自己，終究騙不了真實漫長的日子。

「老大，」母親雖然同意給二哥做媒，但心裡還是對大哥放心不下，「娘同你商量一件事……」

「勿要商量了——老婆我不要討！」母親話還沒有說呢，大哥竟一口拒絕，「一個人過好，何苦腳後跟吊只破草鞋。反正我說不要就不要！你——要說就去給黃穀說好了。以後兄弟成家，分家我就跟你們爹娘吃罷。」

「老大啊，」大哥的態度讓母親心裡很是內疚，「娘的意思是慢點兒來，你遲早總得結婚，我想……」

「你勿用勸我了。」大哥打定主意他三斧頭劈勿進，「我自己的命，我自己知道的，真話難聽啊，我沒有相貌沒有銅錢，一副的邋遢相，還坐過監獄，連雌狗都勿肯給我的……好了好了，你們少給我操心。」

「蠟梨你不要自暴自棄，」母親愀然地說：「爹娘沒辦法只好給你兄弟先說。不是爹娘想放棄你，沒辦法，黃泥蘿蔔剝點吃點，慢慢來吧……」

「秋香姐，」母親同大哥溝通後就趕到白馬媒人家裡，從籃裡掏出一條雄獅煙送給媒婆，「想辛苦你秋香姐了，幾時把大姑娘請到菩提山來看人家？不瞞秋香姐說，咱眼前比較困苦了點，不像個人家，我不說，你也知道情況。」

「素娟姑娘——不是我秋香嘴巴快，說出來你可不能生氣啊，」媒婆心裡像寫好的訴狀，說道：「講句不好聽，你八個兒子像扶梯檔一樣的，就算三間草屋翻建二層樓房，古老言語說：樹大產丫，人大分家，八兄弟家怎麼分呢？」

「是啊是啊，但飯總得一口口的吃，路總得一步步的走，慢慢總會好的嘛。」母親自己騙自己的說，心裡哪有什麼低氣。

「話是這麼說，」媒婆先給母親一個下馬威，然後撫慰說：「我也想啊，日子總像芝麻開花……可人家不會這麼想，看菩薩的面，明擺著的。」

「是啊是啊，你說的對——」媒婆上來就擊中母親的軟肋，緩過氣說：「當然要靠你大媒先生的……我曉得你辛苦的，我們不是過河拆橋的那種人……」

「十媒九騙啊——」秋香對自己的道行並不忌諱，「把人家的黃花大姑娘哄到手，對你們來說，當然我在做好事，對人家姑娘來說我在做惡事啊。抬頭不見低頭見，做人僅有巴掌大一點面孔，我怎麼朝對她們？你嘴上說得好馬上要翻新屋了，畢竟還住在草屋裡，要是屋翻新倒還有句話好說。答應人家空口說白話，豈不是牆壁上畫餅？八字都沒一撇，吹牛勿上稅，馬上住金窠銀窠也儘管吹——」

「是啊是啊！」母親低著頭像鬥地主的唯唯喏喏的聽媒婆一頓訴落，又堆著笑賠了一大通好話。秋香答應過些天她給母親回音。

「素娟姑娘啊——」大約過了三五天，一早秋香從大路上拐下來，遠遠的喊過來跟母親打招呼。

「哎呦呦！」母親趕緊迎上去，貴客的握著秋香的手，「這麼早就出來了——辛苦辛苦！快進家裡坐。」

「你客氣了，這怎麼算得上辛苦呢，」秋香解下斜襟衣鬘扣上的手絹，抹著汗說：「什麼事都得趕早，走路也要趕早風涼，省得曬猛日頭。」

「秋香姐，看你走得汗津津的，還說不辛苦。我給你洗臉水打好了，你洗把臉。」母親又是遞煙，又是敬茶。

秋香第一次上門做媒母親堅持給大哥說對象，秋香調轉屁股連坐也沒坐，所以屋裡究竟怎樣她沒有仔細看，母親答應介紹給二哥，第二次上門只為打探虛實。

「上次來你沒有工夫坐，」母親說領她去豬舍考察，「你看看，這些堆著的香樟木板和箍桶木料……人家要嫁囡、要討新婦，一趟趟來要我賣。這麼好的料作，即便有錢都買不到的，怎捨不得賣掉呢。何況咱們不缺這一點兒錢花，兒子結婚派用場。」

「東西擺在那裡反正是看見的——」秋香看過木頭說。母親說不缺這一點錢花，不由心裡一陣嘀咕：「聽她這麼大的口氣，難道真有橫財發回來嗎？」秋香說：「素娟，哪怕我口吐蓮花，也瞞不過人家的眼睛，你說對不對。現在的青年不像我們那個朝代有爹娘說了算數，現在爹娘不好作主，更不要說媒人了。我只是起秧縛草作用，幫她們兩個攔攏。至於介紹做不做得成功沒一定。」

「當然當然！是啊是啊！」母親順著媒婆的心說：「好歹曉得的，成不成無所謂，你又不是保討老婆保生兒子的。我想，是不是叫大姑娘過來先看看小官人再說。假如女方見了沒意見，就讓她們自己去談。」

「上次你執意要給你大兒子，」秋香道：「所以我沒有去對女方講，出醜不如歇手，多得倒楣的，所以後來沒有給你回音。既然說清爽給你老二——我上門跑一趟。」

「多謝秋香姐了！」臨走時母親送她到大路旁，「什麼時候來，我聽你的回應？」

「不急，」秋香道：「等我頭寸接來，我就通知你。」

被媒人以同樣方式騙去嫁給父親的母親對做媒一行的圈套瞭若指掌，知道該怎樣去配合媒婆並取得主動。解放婦女的地位大大躍進，積極提倡男女平等、同工同酬，甚至還要半片天。口號確實讓婦女徹底翻了身，實際連窩都沒有挪，婚姻依舊離不開媒妁之言和爹娘的旨意。母親深諳圈套，靠媒婆瞞天過海的一張嘴。媒人見人說人話，見鬼說鬼話，尤其像我們這樣的家況，媒人少不了扎扎實實的一棍子將你打悶，盡挑我們的瑕疵，說這也不好，那也不如女方，不管三七二十一把女方身價抬到天上，母親的自信當然萎去。媒人目的並不之此，要是她萬一介紹做不成功，順坡推驢一切都歸咎於男方自身不足緣故——媒婆她也注重自己的品牌，未雨綢繆的留好退路。媒婆不辭辛苦男女雙方跑來跑去，為什麼，不就為了收益嗎，母親當然懂得捨不得孩子打不著狼，多使幾個小錢，才不遺餘力的幫你推磨。秋香裝有彈簧的嘴皮子，說得火腿會走，白鯗會遊，掃帚柄上出冬筍，黃河長江水倒流，沉在水裡的河水鬼被她哄上岸去。

秋香通知母親攜姑娘來看人家，臨走母親拿出一雙球鞋說：「秋香姐，來回讓你跑腳頭趟，把你的鞋底磨穿了，讓你辛苦。」母親又拿出一包回貨說：「不能空著手去見女方家，讓人說閒話，沒什麼東西送禮，半斤天津小紅棗、一斤桂花球、一斤金棗和一條新安江香煙，你帶去作面禮。」

「喲喲——素娟姑娘！這八字沒一撇呢，幹嘛這麼講究？」媒婆沒想到母親如此細心周到，處處替她著想，媒還沒說上送自己鞋子，給女方送回貨，說了半輩子媒，還是第一回碰到呢。「這使不得的，我這梅不知道會不會曬乾讓你先破費……回貨我給女方送去，鞋斷然不能收。」

「這點薄禮你客氣什麼，」母親哪肯收回去，「你不收就看不起了，怎麼好央勞你，聽我說，這事一上手好事多磨，夠你來回跑了，你絕要收下的！」媒婆騙男哄女雖不值得稱道，但媒人也有潛規，必須像皇帝禪讓三辭三讓才合禮數。秋香吞下母親穿有魚餌的金鉤。

如果按女方的擇婿標準，我家客觀條件根本滿足不了女方的基本要求。哪怕秋香能說會道，大姑娘跑到我家裡，見七八個兄弟擠在三間簡陋的草房裡，姑娘絕不會考慮二哥作為未來夫家的人選。母親魚餌已經拋下去，焉知魚會不會咬鉤？晚上睡著忐忑不安地想，不會掇雞不著蝕把米吧？

陌生人一進門，屋角灶台三口大鐵鍋先映入眼簾，其次有三四張東倒西歪的醜床。當年作為勝利果實那張雕花黃花梨老床，不要說菩提山絕無僅有，整個華夏亦屈指可數。父親為積極回應破四舊的號召，率先找來一把斧頭，和一支缺額倒刃醬鏽的鈍鑿子，砰砰嘭嘭把雕刻的人物頭顱一個不少的殺了。索性刀快頭平也罷，鈍鑿子像沒有牙齒老太婆嚼羅漢豆，弄得焦頭爛額，隼頭敲碎，床匾脫落，整張床四分五裂。母親一把奪下爹手中的斧頭和鑿子，氣的大罵：「你見著鬼了！你晚上睡到豬圈去——」爹才知道床已散架，拿老虎鉗用鉛絲捆住。這麼好的一張床，成了家裡最醜的擺設。房子中間放一張大板桌，也是我們全家就餐的地方，如果說大板桌比作是皇帝，那麼四周放著橫七豎八、缺胳膊少腿的爛凳椅就是大臣，說實話一家人連嘴巴都顧不上，怎找得出一件像樣的家雜。靠掙工分吃飯的務農人，有多少勞力，就有多少把鋤頭，不光鋤頭就夠了，泥鍬、斧钁、鉤刀、鉋子、草鞋、涼帽、蓑衣、笠帽、破衣、刀篰、繩子、米籮、扁擔、夜壺、糞桶、茶籃、菜籃、米缸、水桶、豬食挽斗、水缸、狗氣煞、雞籠、黃鱔籠、石秤砣、石砦槽、磨刀石等等，宛如兵器庫一樣遍佈屋內外。如果二哥和阿紅的姻緣不是五百年前註定的，不要說黃花大姑娘，就是嫁過人的兩手女人也打退堂鼓，除非女的真瞎了兩只眼睛。幸虧秋香做媒做到老，怎麼哄騙自有一套辦法的。她附著娘的耳朵當面受計，母親拿了兩包香煙，轉身去跟隊長商量，向生產隊借五擔穀子，要求在我家宿上兩個晚上。因為不是母親開的先河，隊長馬上答應，大哥五擔穀子把車籮堆得饅頭胖。自古說家中有糧，心裡不慌，吃不飽的一個家，變豐登殷實的一個富戶。

「嘿嘿真要是自家有這麼多的穀，」爹喃喃自語：「多好啊！」

母親將歪倒的床鋪重新教兄弟整飭打理一番，母親覺得仍然不行，眉頭一皺，計上心來，出去借來兩頂杜布藍帳子，把所有的破棉絮、破毯子、爛衣裳，統統放進床裡面，把帳子門放下一罩遮百醜。娘對面子工程的傑作覺得相當滿意，笑起來自語道：「……繡花枕頭稻草包，咯咯咯咯咯咯……小八，你不要手吃得熱拙把帳子門撩開來，出腳了我敲煞你，聽到沒有，唔！」

母親又借來廿十個雞蛋，「小八，你糖票鈔票拿去，貸小店秤一斤白糖來。」我欣然答應，從母親手裡接過糖票和兩元錢。「頂好買白砂糖來；白砂糖沒有你買青糖；青糖沒有買古巴糖。這斷種的古巴糖，甜裡帶苦意的，又爛份量又重，這古巴糖不知從哪里弄來的？你聽見沒有，唔？」

母親打發我出去，回來發現床肚下幾個瓦尿壺孵雞娘的孵在那裡。「老七，你待著沒事幹，把這幾個土鱉統統拎到豬圈去放著。像孵雞娘的孵在床底下算什麼，有個人來難看不難看，啊。」

「今早，我通知你們，」母親發號施令對幾個哥哥說：「聽著，除老二和小八，其餘都到外面去，不要礙手礙腳呆在家裏。」

母親想起三裡廟的陳三兔，給第二個兒子說媳婦。爹娘媒婆講好為老二說對象的，誰知大姑娘卻看中他的大兒子。大兒子跟別的姑娘已訂過親了。媒婆婉言的向女孩解釋，「你說的是老二呀，老大已經訂親了，變卦怎麼行呢？」

女孩直戳了當對媒婆道：「除了老大我要的！老二免談——」

「這不是給我出難題嗎？」媒人急得撓頭跳腳。

「各人各心愛，大姑娘愛馱背，」女孩子語出驚人，「你不信你去問問老大自己，如果老大不喜歡，我隨你怎麼安排……」

老大跟這女子素昧平生的，兩個根本沒有見過面，更不要說曾經有過什麼瓜葛。天下男女奇就奇在這裡，男看女還是女看男絕對不需要時間的，需要時間的愛情大多數是勉強的愛情。媒人尷尬極了，但又不能向男方的父母交代，硬著頭皮只好告訴其父母，問道，「你家大老官不會跟她有往來吧？」

「哪能呢！」母親追問老大，老大說第一眼就看上了她。

「……既然你不喜歡，」母親痛恨說：「跟人家訂什麼親！」

「我怎麼知道她今天才來……」

這家人徹底被攪亂了。前幾回給老大說媒，這回指定給二哥說媒，現在的女孩子防不勝防啊，你要這，她偏要那，不憑自己所想的發展。老大不對對老二，老二不對又有老三老四，誰知道會出什麼荒唐事來。為避免亂點鴛鴦譜，母親把二哥和我留下，其餘統統都逐出去。

母親一切安排停當，日近中午但仍不見人影，母親焦急的像只調窩雞娘跑進跑出，當母親再次走出門外，手前額搭著涼棚，看看太陽又看看大路那邊，喃喃說：「咦？快到吃中飯了，這麼人怎麼還不來啊？媒婆老娘說好九點至十點到，點心廣播十點鐘叫過已有些時候了。你在火裡，她在水裡……真要命啊。」

「小八！」母親把我從屋裡喚出去，「你把八哥籠子掛到石榴樹上去，屋裡這鳥屎臭死了。然後你到村口去看看她們來了沒有，見她們來了，你趕緊回來通知，聽見嗎！來了泡茶燒點心著頭著腳的，知道嗎——啊。」

我奉命去村口放哨，站在大樟樹下望穿秋水，眼看地裡幹活的人快要回家吃飯了，大路盡頭看不到一個人。母親見我久久不來報信，又是拍手又是跺腳，「如果她們再不來，幹活的回來看見就慘了。都擁到屋裡來觀望。大姑娘尷尬不說，就怕好事變成壞事……」

凡姑娘第一次上門來看人家，不知什麼時候形成的鄉風，初次見面的姑娘，就直呼男方老婆或稱她為新娘子。屋裡看稀世之寶一般圍得水泄不通對姑娘品頭論足，甚者教唆不懂事的小孩，齊聲喊「某某老婆！」有的女孩子接受不了，不顧介紹人的臉面，一氣之下扭頭跑了，結果黃鶴一去不復返，十有八九媒黃了。母親擔憂的人心叵測，小地方的人心眼兒窄小，自己老婆娶不上心生妒忌，頂好讓你也娶不成，不惜一切代價找到女方去撬槓頭，說男方怎麼怎麼的不好，千方百計去砸媒。

「這小討債，」母親心裡如湯煮，一遍遍出來看，始終不見我來報信，罵道：「這麼長時間，不曉得回來說一下？遊性太重不會玩得條路去了，這萬斬萬剁的小東西！」

母親開始胡思亂想了，一怕我遊蕩到別處玩去了，二怕會不會秋香媒婆騙人，三怕大姑娘不肯上門看人家……母親再也耽擱不住了，決定親自去村口察看，解下身上的圍巾我氣喘吁吁的跑來。

「報、報、報告娘！不不……不好了……」

15 看人家

「你說什麼！？」母親聽我說不好，見她腳骨發軟，手彈琵琶的瑟瑟作抖，「我知道糟了，一早起來，對面苦楝樹上的一隻烏老鴰，總是哇啦哇啦的朝著我啼叫，果真出了大霉頭……」

「不見鬼子不掛鉤，」我發現母親的臉色由紅轉白，知道我玩笑開過頭了，急忙改口彌補，「娘，看見她們來了……」

二哥聽我說不好了，心吊到了嗓子眼，緊張的從屋裡出來問我，又聽我說她們已經到了村頭，臉上陰天變晴天，心裡的大石頭落了地，「小八——節骨眼你謊報軍情，一驚一咋的娘給你嚇出心臟病來——」

「我咋謊報軍情了？」我「不見鬼子不掛鉤」拿電影《地道戰》的臺詞，移花接木的說。

二哥忍不住笑起來，說：「你知道娘這兩天心像繃緊的弦一樣，你恐嚇娘，娘真的要被你嚇死的。你這個油腔滑調的傢伙。」

「真是個黃八蛋！跟你老娘開什麼國際玩笑，」母親勾起手指，要鑿我栗子殼，我機靈的逃走，「小討債！活魂靈都給你拎出了——」

二哥跟母親急忙上去迎接。大姑娘跟在秋香媒婆的後面，偷偷的睃了二哥一眼，低頭裝做什麼也沒看見。

「辛苦辛苦，」母親上去熱情的向她們招呼，「進到屋裡坐吧。」轉身又吩咐二哥說：「黃穀，你給客人泡茶。」

母親從屋外到屋內盯著姑娘從頭看到腳，見她一張圓臉，胸脯挺拔，大腿根部壯得像大殿柱子，渾厚肥腴的圓滾滾的兩片屁股全是肉。皮膚黝黑，而且粗糙，像常年在野外工作的人。母親對她的第一印象體格健壯。母親記得奶奶看到自己的第一眼，就說：「……奶泡大屁股大獨好生養。」

姑娘裡邊穿著棉襖，外面包著一件粉紅色的涼包棉襖罩衫，人坐在凳子上，舉手投足裡面的舊棉襖昭然若揭。下穿一條條棉常青褲子，一雙黑面料方口繫搭襻的布底鞋，腳背上肉高高隆起，胖得像個小饅頭，褲管和鞋沾著灰塵。兩條又黑又粗又長的辮子，一直垂到腰臀下，時不時的挪至胸前去撚弄。

見到母親她連伯母或者黃穀他媽都沒叫一聲。母親打量姑娘的同時她也在打量，把屋裡陳設巡睃了一遍，然後目光落到二哥身上，我看見二哥臉孔緋紅，不好意思的垂下頭。母親心裡想：「難道真是來看我們人家的嗎？」母親不怕她二哥看不上，老實說配配她足夠有餘了，擔心的這個家她看不上。

沒等陪同媒人說，「請坐，」一屁股坐在八仙桌邊的長凳上，架起二郎腿，雙手放在膝蓋上作逍遙抖。

「阿紅姑娘，這是黃穀的媽媽……」秋香有意誘導她叫聲「媽媽」或「伯母。」阿紅朝母親微微一笑。

「她叫阿紅，」秋香跟母親介紹道：「早先我男人與阿紅她爸爸，挑白馬水庫時兩人認識的。眼睛一眨快廿來年了，你看時光過得多快……」

阿紅一次次去看那三張床。母親咯噔一下，心裡想：「她會看見蚊帳裡面放著的一些東西？」母親的目光穿過紗帳，感到一陣發窘。

「婆婆吃力了，」二哥雙手捧茶遞給秋香，笑著說：「請喝茶。」

「呦呦，罪過人啊！」秋香謙遜的接過二哥手裡的茶說：「不吃力，來只是攪擾了你們。」

二哥靦腆的低著頭，第二杯茶遞給阿紅，發現阿紅正注視著自己看，二哥像被蜜蜂叮了一口，茶晃在手背上。田頭二哥也會跟人講男女韻事，但正兒八經沒有接觸過女性，臉孔一下羞得通紅。

「這——茶真好，」姑娘並不介意二哥的尷尬，品了一口茶莞爾一笑，「早上吃的油炒飯，正想吃茶呢。」鼓著腮幫吹開上面的白沫，儼然像個老茶客。讓母親和秋香大跌眼睛。

秋香和母親都是古板人，覺得姑娘舉止放任有失體統。秋香想：「難道爹娘從小沒有教條的，見面連人也不叫……」覺得母親面前失了面子。放下茶杯離開座位，踱到母親一邊去攀談。

母親不時用冷眼瞄這位未來的二兒媳，心裡也在嘀咕：「見面不叫人也罷，一個女人家，翹著二郎腿吃茶，一點禮貌都不懂，看她這副派頭，等將來抬進門，我當她的媳婦才是……唉！有什麼法兒呢，怨只怨自己兒子生得太多了，家裡又這麼窮——人家不來嫌憎你，你有什麼條件去嫌憎人家呢？自古說什麼菩薩，蹲什麼廟。如果她看得上老二，就心滿意足了，哪怕將來我做她的新婦。」

「黃穀，」秋香說道：「阿紅學校裡就入了團員，當過大隊團支部書記。」秋香為證實自己說的全是實話，故意的問阿紅道：「你們宣傳

隊的名氣可大了，前幾年去北京參加彙報演出，受到中央幹部的接見呢。我聽他們說你還見過真的毛主席……」

阿紅好像並不注意去聽，坐在板凳上，心不在焉的蕩著兩腳，既沒有說見過，也不說沒有見過。

秋香捧著茶，又走到灶台去跟母親說：「阿紅還有一個哥哥，她是獨養女兒，排來跟你兒子同庚的。」秋香所以這麼說，有意往阿紅臉上貼金，一邊告訴阿紅：「在拔高你的身價，」一邊又說給母親和二哥聽：「你們心裡要有數，她是個能幹的女人……」

秋香把母親支到屋外去說話，「我討阿紅爹娘口風，她娘倒也開通，『婚姻大事父母不作興包辦，她自己中意就好。毛主席天下，一個天雷到處響，務農人家橫豎是靠做做吃吃的。頭一個家庭出身要好，第二個小官人體格要健，第三個要有一頂大涼帽。即使吃薄粥薄湯的也不擔心，沒有房子，要靠自己去造，日做夜做這輩子造勿起房子。』我對阿紅爹娘講，抬頭不見低頭見，用不著瞞三瞞四的，大家燈籠照火把——亮見亮的，第一出身三代雇農。第二小官人千裡挑一，不但人長得高大健棒，相貌俊俏，人品道德高尚。我說你們不相信，自己好去打聽的。第三雖然眼前還是草房，人家鈔票木料倉著等，不是今年就是明年翻造，如果沒有這點把握，我秋香也不會搭這個嘴……我說我嘴巴講得再好，耳聽為虛，眼見為實，你們如果同意雙方見個面，我帶你們先去打個探？小官人好不好、家中條件滿意不滿意，看了再拿主意，看不上就拉倒，認為可以讓她們談談看。」

「嘻嘻嘻……」秋香湊近母親耳朵低聲說道：「素娟，我哪能這麼傻請兩個老的來看人家，屋裡有錢沒錢，看見一目了然，除非地下藏著一缸藏銀。老倆不出鄉里年紀邁，吭不出的臭螺螄，說什麼也不敢來，聲聲口口教我帶阿紅一個人去看了再說……」

「你不曉得呀，阿紅她在俱樂部裡日裡夜裡跟一夥年輕人唱唱跳跳，都是些當俏後生哥，阿紅像一隻起狗娘，她走到哪裡，他們就跟到哪裡。本來應該早有人家了，阿紅娘不滿意，死也不肯鬆口……」

「我頭一次上門去講，她娘問我哪地方人，我說是菩提山人。她娘一聽說菩提山，就頭連搖搖說：『阿紅年紀還小，談對象早著呢。』我夾頭對阿紅娘填上一句，小也不算小了，十七八一朵花，二十爬上嘀嗒一下過去。一旦錯過時光做介紹的就少了，這樣的例子讓你供水也供不過來。老姑娘一慌方寸亂了，兩眼糊塗好壞不識，只有撞到算數……姑娘不是老酒，越陳越香……我特地不說阿紅年齡，她做娘的難道心裡沒數？我說你不要認為菩提山苦，老話說村村有大樹，畈畈有良田。她娘一邊點頭說是。『秋香姐，』阿紅娘開口說：『我們相信你，我們不出步門外的，讓阿紅跟你去，好壞讓阿紅自己拿主意吧。』娘同意帶她去看人家，阿紅卻不願意去，怕她是藕斷絲不斷……我好說歹說勸了半天，才帶她過來。短命的山路難走又遠，所以來遲了。」

「不遲不遲！」娘聽了十分感激秋香，連連道謝說：「多虧你秋香姐幫忙，你對我們的好處，我心裡一筆筆的記著——」

「說句老實話，我只能給她們做個秧把草，將她們攏攏就算完了。老婆騙不騙得進來全看你們的腳色……」

我說過我這人盡做些蠢事，阿紅進了屋再沒有我的事情，外面玩夠了嘻皮笑臉的奔進門，不怕陌生的走到阿紅跟前，鬼使神差的響亮地一聲，「二嫂！」

秋香和娘以及二哥聽我突然叫阿紅二嫂怔愣的目瞪口呆，目光集中到阿紅身上。阿紅被我喊得無地自容，羞得面孔血紅，低下頭看著自己的方口鞋。二哥跟阿紅一樣不好意思低頭喝茶。

「二嫂！二嫂——」八哥學著我「二嫂」叫得好嘹亮。母親唆使我把鳥籠掛到石榴樹上去，是二哥掛在這草屋簷頭的。二哥走到籠子前，凶巴巴的指著八哥罵道：「你再叫我踏死你！」八哥毫無畏懼的回敬二哥，「我踏死你——」秋香與母親聽了相顧大笑，阿紅忍俊不禁的也笑了起來。本無智慧可言的八哥在這適當的時機與場合化解了智慧者帶來的尷尬。草屋裡充滿盎趣。

「畜生機靈得緊，」母親笑道：「別在他面前說背後話，……」母親話音未落，八哥側著頭學著母親平時罵豬說：「你個宰豬頭，你個宰豬頭。」母親威脅八哥說：「你再罵我拔了你的毛，吃你的肉！」母親又指著我說：「都是小八不好，教你掛到石榴樹上去，又拿進家裡來。煩死人了，把他掛出去！」

「又不是我拿進來的！」我委屈地說。

「你討債鬼！」母親給我一個頭搨，「尚好你出去玩的，回來又來討債……」母親一邊在罵我，一邊窺視阿紅對我的一聲「二嫂」有什麼反應，見阿紅含情的對二哥一笑，好像並沒有覺得反感。

「過來！」母親對我說：「把點心捧給婆婆和姐姐吃——」媒婆趕緊站起身，接住我捧著的點心，然後沒有打算坐下來，端著碗去跟母親聊天，桌子上只剩下我們三個。

「姐姐，」我受娘的提醒，我機靈的改口喚她姐姐，「今晚村裡要放電影呢，你今天不要回去，行嗎？放映機旁邊我放好了凳子。」

我雖然是個混蛋，但口齒不遲鈍，也許幹蠢事因為我過於天真和理想，本沒有什麼惡意，並且知錯就改，雖然陌生人尤其姑娘不一定討喜歡，但也說不上對我討厭。我讓阿紅留下看電影，她並沒有正面回答。

「……什麼電影啊？」阿紅輕輕的問我。

「說是朝鮮片《賣花姑娘》。『賣花呀，賣花呀……』我也會唱吶。我大哥他們特地趕到白馬去看。我也想跟他們一塊去看，他們嫌我小跑不動，生怕半路教他們背，一個都不願帶我。」

「我早看見過了。」

「姐姐，你說《賣花姑娘》好看嗎？」

「好看，很多人邊看邊哭……」

「是嗎？那他們為什麼要看得哭呢？我想這有什麼好哭的？戲不就是戲，做給人看的嘛，平白無故眼淚怎麼流得出來——姐姐，你哭了嗎？……啊？」

「小八，」二哥怕我繞舌弄巧成拙，便美麗的驅逐我，「別總纏人，出去去玩吧……」

我充滿幼稚，怕姐姐不顧我的請求晚上回去，低聲向她央求，「好姐姐！你看過也再看一遍，答應我不要回去，行嗎？姐……答應我好不。」

媒婆吃完點心，低聲對母親說：「你家小八真聰明……點心吃了，我一人先回去，你不必去告訴阿紅，讓她這裡待上一夜，與老二好好談談——」

秋香其用心母親亦心知肚明，今天的媒婆與《金瓶梅》王婆大抵差不多，用心良苦何其毒也。

「你中飯沒吃，」母親說：「這麼多路空著肚子怎麼走？來了氣還沒喘過來，急什麼急呀！」

「你依我便好，雞蛋湯圓也吃飽了。」秋香一再強調，「你知道的，家裡我哪離得開啊，有雞有鴨，床上還有一個生病頭老哩。你聽我好了，且把阿紅留在這兒讓她兩個好好談談。爹娘那邊我會朝對的……」秋香心裡明白得緊，如果跟阿紅說她先回去，教阿紅一個人留下來，就是殺頭也不肯留在這裡的，秋香有義務和責任完好無損的把阿紅送回家。秋香藉故家有急事不辭而去，即便等阿紅發覺天色已晚，除了兩條腿沒有任何交通工具，不留下也得留下來。如是說把阿紅一個人拋在這兒，全是秋香設計的陰謀，倒不如說她與母親達成的共識。從犯罪角度判別，母親也難咎其責。

「中飯不吃走哪成——」娘覺得太難為情的樣子。

「別說了，還是讓我走快點，兩個鐘頭就到家。」秋香道：「你放心好了，她不會找我的……嘻嘻嘻。」

那些地裡幹活回來的得知今天二哥「老婆」來了，鋤頭傢伙往大路上一丟，顧不上去吃飯，像潮水一般湧到家來看「新娘子。」

男男女女擁擠在大門口和窗戶口爭相張望，她們像排門一般堵在門口，屋裡唯一採光的門窗堵死，屋裡一片昏暗，阿紅看見門戶處出現

一張張貪婪的頭臉驚慌得不知所措，坐著如坐在針上。她們不僅看阿紅長相，而且對她的長相品頭論足。

「黃穀他老婆，」阿星大驚小怪地嚷道：「你們看她那雙腳啊，又寬又壯的簡直是一雙方腳……」

「哦，看她那長辮子，」阿王啧啧稱讚：「坐著快拖到著地下了。辮子像支烏梢蛇的墨黑墨黑，做人做到如今，沒見過這麼漂亮的女人辮子。」

「辮子倒確實漂亮的！」小雲指出說：「但是跟她的皮膚不大相配。給黃穀做老婆還過得過去吧。」

「依我看，」掃毛總三句不離本行，下作地說：「我頂欣賞頂喜歡她兩個凸點和一個缺點。狗日的大奶奶大屁股聳幾聳幾——勿要太爽快。」

「黃穀困上去——」阿星更下流，「跟困棕綳眠床一樣的墜幾墜幾……」

秋生說：「這女人兩只豆腐袋奶奶，衣服外看看還好，衣裳脫了往下墜並不好看。」

「秋生你走眼了！」小麥老跟秋生爭理，「相信不她絕不是豆腐袋奶奶，而是兩只羊角奶，不要太漂亮！」

「你眼睛生得褲襠裡的！」秋生損小麥老說：「我跟你賭都好賭！」

「賭就賭！」小麥老嗓門大起來，「你說賭什麼東道！你把黃穀叫出來……」

「張虎叔，」小阿信問張虎道：「不是說你會麻衣看相嗎，你給黃穀的老婆好好看一看，相長得如何。」

「你不問我倒想說，你問我就不想說，……」

「虎叔，」小阿信把二哥給他的煙給了張虎，「不要這樣保守嘛，說給我們聽聽，看你說得准不——」

「這女人大貴，」張虎斷言，「女人皮膚光滑鮮嫩，不一定相佳。西施、貂嬋、王昭君、楊貴妃那個膚色不鮮亮。主膚色粗黑，體格內臟健康。命宮印堂黃光明澤，當官受上司賞識。

天庭光亮，主嫁貴夫。夫妻恩愛。幫夫足稱富貴……主頭髮柔軟，性格溫柔。兩眼距離開，少心機，善良坦誠，比一般女子有度量。不是沒有瑕疵，天倉、地庫、地閣有異，輕則大盜相侵，重則遭到天譴——」

「虎叔你太邪乎了，女人皮膚粗黑怎麼會好——」小阿信說：「虎叔眼光像x光透視棉襖裡去……哈哈哈！哈哈哈！」

這些農夫獨好講女人，口無遮攔且百無禁忌，有的說胸脯好，有的說屁股好，有的說辮子好，有的說嘴唇性感，接吻好，這些混蛋口無遮攔在初次見面的阿紅跟前講不堪入耳的下流話，急得二哥像熱鍋上的螞蚱，趕緊出來掏出香煙堵他們的機槍口。

家裡來了客人就不加管束了，我人來瘋的處於一種無政府自由狀態，似懂非懂的挨在阿紅身旁。「姐姐——」我悄聲地問：「你看我二哥這個人怎麼樣？你歡喜我二哥不？我們兄弟幾個要數我二哥最漂亮、最能幹了，是村裡唯一見過世面的年輕人。二哥去過很遠很遠的地方，掙回來很多很多的錢，你看我這身新衣服也是二哥買的，家裡人一人一套……姐你不知道，想嫁給我二哥的姑娘可多了，你來之前，天天上門為他做介紹，有花街，庵亭，白水灣，響水湖，狐狸村，但白馬的只有你一個。還有我舅舅也說要給二哥做介紹。有時一天要來幾班人馬——但我眼裡覺得姐姐最好，地方也好，人也好，跟我姐姐挺合得來的。你肯嫁給我二哥嗎？姐姐——啊？」

阿紅被我問得羞愧難當，臉孔像楊貴妃血紅血紅，幸虧沒一個人聽到。阿紅從我的口中得到了她想得到與二哥相關的一些資訊。也許她很想問我清楚，但有礙面子，不好意思直接問我。輕聲對我說：「小八，不要再喊我二嫂……讓人聽見難為情的。今晚我得回去，以後有機會我再來看你。」

我歪著腦袋說：「我改正不叫你二嫂了，喊你姐姐總不難為情吧。我有七個哥哥，就少個做姐姐的，爹和娘喜歡你，我也喜歡你，哥哥喜歡你——」

「你多大了？」阿紅問我。

「八歲。」

「上幾年級。」

「一年級……」

媒婆走時出去對娘說，「……你儘管在行些，隨她們頂好生米做成熟飯。到那時她爹娘兄弟主意再大，也攔不住她朝外走了，嘻嘻嘻……」秋香繞到後面那條小道走上大路，丟下阿紅打道回府。

秋香不逕直回家，先去見阿紅母親。母親見媒婆回來，一下子蒙了，正要問，「那麼阿紅人呢？」

「阿紅娘，」秋香先開口說：「湊巧夜頭那邊放電影，他們說機會難得，硬教我們留下看電影。你曉得我家情況，上有老，下有小，一群雞鴨，這些都好隨它的，關鍵搭床爛席的一個生病頭老啊，我那天殺的男人，即使他沒毛病，也千手不動，看我忙裏忙外做三上吊，手指頭都不會去蘸一蘸，飯來張口，衣來伸手，大官老爺的像前世欠他一般。如今癱在床裡，我不燒飯給他吃，哪個燒飯給他吃？外面有吃有喝，我何嘗不想度個快活呢。我對黃穀娘嘮過一嘮電影看好遲遲早早教黃穀送她回家，……」

「什麼——」阿紅娘像受到重重一擊，「你怎麼好把她剩在那裡顧自己回來的呢！電影看好……唉呀！」

「我是跟黃穀娘說的，『要去阿紅要跟我一道回去，不然阿紅她娘向我追人。她娘做人一點一劃的，撇下怎麼向她娘交代，被她怪死了……』黃穀娘的客情好，說：『你們難得來一次的，別人二三十里路外趕去看電影，來著不如湊著，你又沒有吃奶的孩子……怕我屋裡的窮氣帶走？還是怕山裡老虎把你們吃掉？』既然人家這麼盛情，我看看阿紅，阿紅坐著也不說回去。人家好心不能當做驢心肺，拉阿紅回來也太不給人家面子。只好關照黃穀，電影看好，遲遲早早哪怕天亮一定要送阿紅回來的。黃穀答應說：『我們經常去白馬看《智取威虎山》《紅燈記》《白毛女》，電影散場回到菩提山天亮快了。』教我一千個放心。黃穀滿口答應，我仍不放心，又跟他娘去講。素娟說：『將心比心，你不說我也教黃穀送阿紅回去，不會教大姑娘在陌生人家那裡過夜的……』我怎麼再好意思說什麼呢，就放心的回來。腳不著地，屋裡也不去，向你先打聲招呼——」

秋香把娘送給阿紅母親的香菇、白糖、香煙、筍乾遞到阿紅娘手裡，「這是黃穀娘讓我捎給你的——噯喲！外面說菩提山下苦，吃個六穀糊，走個山灣路，講他們的破話……親眼看見屋裡堆著陳倉穀米，他們的條件我們怎比得上，好好之比我們強。又殺雞又殺鴨，魚肉酒菜桌上擺滿——我們才叫窮呢。」

「秋香姐我們全托付給你，一起去，應該一起回……」阿紅娘耿耿於懷便一個勁的責怪媒人說：「怎能把她一個人剩在陌生人家裡。阿紅到現在除俱樂部去巡迴演出，單獨她從不在外邊過夜的。萬一對象不成男人家裡過夜，豈不授人於柄背黑鍋？渾身是嘴說不清，一匹白布落進靛缸裡……以後怎麼找對象啊？」

「阿紅娘請放心！」媒婆說：「一切都包在我身上，古話說人要看人起，臘梨要看頭皮起，他們是中規中矩的人家，不是烏七亂八的，要不然我怎麼放心得下，當初我就不會搭嘴的。小官人知書達理，懂得禮儀廉恥，忠厚老實，不是三蠻五野的潑皮無賴，不會做出對不起你們的事。阿紅娘，村裡有人對我說，天天有媒人上門給他做媒，人家就因為看他的人品好、條件好、體格好、又能幹。小官人你們沒見過，我冷眼在看你阿紅，跟黃穀兩人眉花眼笑……人家跑過三省六碼頭，喝過串桶熱老酒，經過大風大浪，光身一個人逃出去，就拎著一皮包鈔票回來，帶來這麼多的樟木箱板和木料，豬舍裡一大堆呢。不要說菩提山就是整個白馬公社，也找不出像黃穀那樣拔尖的年輕人。找對象不就找個人嗎。雖然他們現在住的是草屋，他娘親口對我說，馬上就要翻瓦屋了，另外又批了三間地盤，等明年早稻收成秋後開始打地基。以後啊，你們倆老靠女兒享清福……」

媒婆誇得我們花好稻花。阿紅娘沒心聽她的誇耀，一肚子擔心女兒滯留不歸。聽秋香說女兒見男的眉花眼笑，心裡像貓的在爪。

見阿紅娘心緒稍有平息，秋香天花亂墜的又說了一通，給她添了兩遍茶水，秋香拍著腿說：「哎呀！你看看，時辰八字都忘了！雞鴨還在外面呢，天黑要入窩了，昨天沒有及時去關，又少了兩只……」茶杯一放就匆匆離去。

16

中圈套

秋香瞞著阿紅不知道她已經獨自回家了。

雖然這是媒婆預設的圈套，我母親並沒有直接參與，不知不覺中母親也成了幫兇。母親知道而且心照不喧的讓阿紅留下，隱含只能心會不能明言的某種陰謀。母親故意不告訴阿紅聽，實際已構成與秋香共同合謀的要件。我雖沒有主觀上的故意，但勸誘阿紅留下來看電影，這才導致她回不了家的一個事實。在整個事件中，我起到至關重要的作用。鑒於我尚未成年，無論在道德倫理上，還是在法律層面上，不負任何責任。

等我長大實踐生活中觀察發現，一個單身女子留宿於陌生男人家裡，猶如羊寄宿在狼窩一樣；長大了才知這個道貌和諧的世界以及衣冠楚楚的人是多麼的兇險和陰奸……阿紅一直蒙在鼓裡，披著羊皮的狼，所以並不懼怕，直至下午家人教她吃點心發現一直沒有媒婆的身影，大公無私的太陽向西墜去，暮色公平公正的走來，忠於職守的公雞，喔喔的提醒將步入黃昏。她焦急地想：「秋香怎麼不來催自己回家呢？這該死的媒婆，也不知道會死到哪裡去的？即便現在動身走到三更才能走到家。」阿紅聽二哥講外面的新鮮事兒聽入了迷，這下她再也坐不住了，焦躁不安的東張西望，又不敢直接去問母親，也礙於去問二哥，把我拉到身邊，悄悄問：「告訴姐姐，你知道秋香婆婆去哪裡了？」

「我剛才還看見她呢，」我玩都來不及哪會去關心媒婆，不負責任的說：「與我娘兩人在石榴樹下說話呢。」

「你出去找找看，看人在不在？」

我急忙出去張望，外面轉了一圈回來，

「姐姐，找不到她人啊——」

「這裡有她認識的人嗎？」阿紅憂心如焚，「不會到別人家裡去串門吧？小八，你幫我去找好嗎。」

「不會去串門的，即便串門，她也該回來吃晚飯。」我肯定的說：「要不她在後山挖鞭筍吧，」我飛快奔向後山竹林，但天已昏了，怎麼有可能呢。回來向阿紅搖搖頭。

一天終將圓滿結束，勞動的都收工回來，人們驚奇的發見二哥的對象竟還在家裡？如果現在還不回去，今天肯定在男方家裡過夜了。女方第一次去看人家，哪有在男方家裡過夜的道理。那些搗蛋的夥伴，捧著飯碗來我家門口看個究竟。二哥向他們解釋說：「看完電影我送她回去……」

「狗日的你不要錯過機會——」小阿信半真半開玩笑說：「過了這村就沒那個店，今晚一定要把她拿下……」

「狗日的！」二哥踢了他一腳頭，「小聲點……聽見了。」

這些山裡人一邊盯住人看，一邊對她品頭論足，讓阿紅難以忍受，像新購來的一頭母山羊。山裡人少見人頭，尤其見外來女子，不怕難為情的團團圍住，目不轉睛盯牢看。阿紅幾番下決心起身想走。但想到這麼多路，都是上上下下的山嶺，又是沒有走過的陌生路，白天都難走，更何況走夜路呢。怨只怨自己鬼迷心竅，不該捱到這麼晚才開始著急。母親特地去後山頭挖鞭筍，阿紅傻乎乎的聽二哥講他的故事，稀裡糊塗不知不覺太陽滑落了。四周的青山變成黛色，泛起淡淡的暮靄，投宿的飛鳥從天空丟下一聲啁啾，黃昏像一張大網在悄悄合攏。阿紅像落入陷阱的一頭困獸，對秋香媒婆的行為咬牙切齒的恨，心裡罵道：「可惡的媒婆有意把我丟下。」

奶奶爹娘及我們八個光棍，吃晚飯大家都到齊了。在昏暗的煤油燈照亮下，屋裡人頭攢動，身影橫斜，黑簇簇的模糊的人影到處在晃動。阿紅第一次見到一屋子男人，好像在某個機關食堂就餐。這陌生令人不安的場面讓她不知所措。根據阿紅的表情臉色，似懂非懂的我心裡蒙上了一層陰影——「也許姐姐心裡在後悔了……」

「八兄弟三間草房——」阿紅當然在思想；「暫且不說房子，娶八個媳婦談何容易。靠一天掙三四角錢，哪怕敲骨吸髓也榨不出油，建房子、娶老婆比移王屋、太行三座大山還難啊……走錯一步，跌入苦海，將永遠看不見岸……八個妯娌在一個屋簷怎樣一種處境。「阿紅你受得了不……」她斬釘截鐵的對自己說：「丟掉幻想，這沒有考慮的餘地！」

二哥人長得英俊，體格又魁偉，待人謙和，碰到人總是一副笑臉，阿紅喜歡男人有個好脾氣。不怕不識貨，只怕貨比貨，阿紅心裡必然會跟以前談過的幾個對象進行比對。他們的物質條件和地理環境，二哥沒法跟他們去比。有的當過兵，有的會手藝，有的會說會唱會跳，家裡還是獨養子。也許大多數女人好虛榮，側重男人的品貌和脾氣，頭腦發熱其他可以忽略不計。二哥不但長相脾氣好，見識廣，談吐風趣，以前談過的幾個男朋友，一個也沒法與他比。變成事實有人肯定會說；「這男人比前談過幾個都漂亮。」阿紅勸自己放棄，覺得難以割捨，一邊是排斥與否認，一邊是傾向與愛慕。內心矛盾鬥爭激烈。「人的因素第一，還是物質條件之上？」「當然人最重要，一切物質都靠人創造的。」「說得容易啊，頭腦不要發熱，這是一輩子的事，應該冷靜理智，不要為自己去編識謊言。現狀擺在你面前，幻想是不能替代現實的，他長得漂亮健康，但他有這個能力去改變客觀現狀嗎？愛情是什麼，是精神憶症，杜撰編織揑造美好的愛情夢，虛幻地把茅屋設想成愛情的宮殿，一窮二白描繪得美輪美奐，讓你心甘情願的墜入所謂的美麗的愛情的陷阱中——」阿紅儘管極力抵觸辯護，但始終找不到自圓其說的藉口。她悲觀的想由命運來安排吧。命運又是什麼？是上帝手中的一枚骰子嗎？——

哥哥們胡亂地迅速扒完飯，手裡的空碗和筷子像繳械一般乒乓的疊在灶臺上。聽大廣場響起喇叭的聲音，齊唰唰的像落潮一般退出屋去。屋裡只留下阿紅、二哥、我和母親。我像一屋之主招待阿紅，熱情殷勤不斷往阿紅飯碗裡挾菜，雞大腿、雞翅、肥肉只往她碗裡送。並左一聲姐姐，右一聲姐姐，弄得阿紅不好意思的躲著飯碗。也許是我堵住了阿紅回家的思路，她一時忘了煩惱。

我看阿紅用完了飯。我拿著臉盆上前為阿紅打熱水洗臉，打開菜櫥的抽屜，拿出母親剛買的一瓶百雀靈雪花膏。我善解人意，並奉承阿諛得恰到好處，這讓阿紅也覺得很開心。

「姐姐，」我牽拉著阿紅的手，兩眼注視著她的臉說：「你好耐人細看，真的！我一點都不騙你。姐姐——我帶你去看電影吧。」

阿紅沒有想到我會說出與我年齡不相符的說話。阿紅聽我對她的欣賞與誇獎，低下頭靦腆一笑。

我拉起姐姐潮濕溫柔的手，我得意的想，阿紅允許讓我牽手這馬屁拍得很到位，博得阿紅的歡欣。我拉著阿紅走在前面，二哥跟在我們後面，拉著姐姐穿梭在人海中，很快找到我擺著的那枚凳子。我讓姐姐坐下，老鼠的又鑽出人群去把二哥找來，我指著電影放映機旁邊對二哥說：「看見不，姐姐坐在那裡——」雖然我不懂男女的事情，但知道我不能做她們的電燈泡，看電影不過圖個場面，找人玩耍才是真的。

二哥在阿紅身邊坐下，默默的相視而笑。兩個陌生男女第一次靠得這麼近——見面還沒有一天呢。

電影放映員自編自導唱了一段計劃生育的快板書，什麼節育搞絕紮的一大套，具有性能力的男女，自覺地聯想到做愛。破擦板搭破嗓子說唱完畢，極其親切的說：「廣大革命同志們，社員同志們，下面請看正片……」放映機刺眼的燈光滅了，像電筒的一柱光束，投射到銀幕上，寂靜無聲的聽十六毫米電影機滋滋的卷片聲。

二哥他無意有意的挨了阿紅一下身子，二哥的肢體語言阿紅並沒有表示出厭惡或者不滿，二哥以為得到阿紅的默許，得寸進尺握住阿紅的手，阿紅沒有將自己手抽回去，迎合著握在一起，二哥不安分的與阿紅的指頭交叉的疊加在一塊……阿紅的心跳動得激烈不激烈不知道，二哥全身血像水煮開一般翻騰……

「這片子你看過沒有?」阿紅頭貼近二哥輕聲地問。二哥聞到從阿紅頭髮溢出來的香味，這香味一直滲透到二哥靈魂深處。

「不知看過多少遍了，」二哥說：「咱不如出去到外面走走——」阿紅點點頭，兩人一前一後擠出電影場。

菩提山的村落參差不齊像一盤散沙。學校和貨小店及咱家處在村子口，幾乎從大樟樹開始，民宅變得越來越密集了，大村往裡走有好幾條岔路，但都有高山擋住，當年二哥就是從其中一條岔路逃跑的。走到山前山窮水盡看似無路可走，繞過一個山彎，柳暗花明的又一村。住在最最裡面的人走到我家門口，少說也有五六里地吧。因為地勢自然形成，山再高也擋不住水的去路，山彎彎，水也彎彎。老百姓建造房屋依山而築，雖然天天在學習愚公移山的精神，但沒有哪個傻瓜去把門前山搬掉。斜坡上的一戶人家，忽然打開樓上的窗子，一道微弱的光亮，滄海一粟的融入茫無邊際的黑暗。樓窗口依著一個人影兒，從窗口傳來，「北風那個吹吹，雪花那個飄飄……」如訴如泣的洞簫聲，哀怨淒涼婉囀的簫聲在漆黑萬籟的山岱特別的醒耳。阿紅和著簫聲的節奏，便輕輕哼起了《白毛女》。

「這山多像一尊菩薩?」月亮下，阿紅指著菩提山說：「即使人工雕，也雕不到這般逼真。」

「菩提山因這座山而得名的。」二哥說：「假如你換一個角度去看，不一定像了。咱們走，到山上去玩玩。」

阿紅隨著二哥來到菩提山下。說來不相信，我從來沒有去自家門前的那個山玩過，甚至不知道山上有一座烈士墓。但不知道的人肯定不止我一個，跟我一樣大的孩子他們也沒有說過。這烈士叫什麼、生平什麼事蹟、是怎麼犧牲的、建於什麼時候、為什麼會安葬在這山上?奇怪的烈士墓近在咫尺，我卻一無所知。

二哥一個舉動讓阿紅猛然醒悟，夜裡跟著一個單身陌生男子上山將意味著什麼。阿紅推託說路不好走，甩開二哥轉身想回走。

二哥螳螂似的把阿紅捕在懷裡……初出茅廬第一次真實接觸到女人二哥熱血沸騰，愛情的渴望和肉慾原始衝動像原子產生裂變，兩個青年肉貼肉面對面像燃燒的兩團火，精神領域造成巨大的衝擊波，將有血有肉的軀體和意志燒為焦土。二哥周身熱血沸騰，心咚咚咚劇烈地跳動，腦子空了一樣，此時此刻不知道世上有什麼比這更重要的。毫無經驗的二哥像剛生出站立不穩找不到母親乳頭的牛犢，不知道找她嘴巴親吻，卻貼著阿紅的脖頸籲籲的喘粗氣，「我我——紅紅……」傻瓜的夢囈的變語無倫次。

除了女人有生具來的害羞，但隱藏在內心深處其實同樣也渴望得到男人的愛，如果二哥是她心儀的人，接下來若不是堅決拒絕，就是跟二哥妥協。阿紅試圖從二哥的懷裡掙脫出來，二哥像獵豹捕到了一頭跳羚，怎能讓阿紅輕易的掙脫。阿紅只是意思的輕輕地掙扎了幾下不再抗拒。麻醉的像電擊倒的魚，自己的身體不受自己的支配。轉過身面對面捧著二哥的頭狂吻起來。

每天早晨發現這些哥哥，赤膊短褲去門角的糞桶撒尿。當初我不明白，為什麼哥哥們總貓著腰呢？原來短褲那個東西像旗杆的筆陡翹。人脫離無衣遮體的原始不知羞恥的東西變為羞恥了。年輕人就是年輕人嘛，什麼東西能模仿去造假，下面那個不起眼的東西，沒能耐當不了硬漢。人老像爹那樣站在糞桶邊，撒尿要撒大半天，低頭一看，淅淅瀝瀝的尿全滴在褲襠及鞋頭上……哥哥們撒尿「咚咚咚！咚咚咚」像打機關槍一樣，像救火的洋龍，射得桶內尿屎上下翻滾。沉澱了一夜的屎尿從底下淘起，吃下的大蒜大蔥，經過腸胃生化排出的污穢奇臭難聞，整個茅廬充斥著臭不可聞的惡穢，揮之不去像一個大糞坑。二哥撒完尿還沒有回到床上，三哥趿著鞋貓著腰出去，大浪淘沙還沒有尿盡，四哥迫不及待貓著腰去候補，像接力賽一個接一個。二哥聽著糞桶發出的樂章，情不自禁唱：「四海翻騰雲水怒，五洲震盪風雷急……」

媒婆謂母親說「生米做成熟飯，」我的理解希望二哥把阿紅睡了。田頭夥伴也說：「黃穀有本事就把她『火烙印』敲了，不怕她不做你老婆。」二哥失去這次機會，阿紅肯定不會再來，也就沒有第二次機會。阿紅出生在繁華方便的白馬鎮，菩提山是出了名的窮山溝，山裡的姑娘逃還來不及呢，明知山有虎，偏向山中行，怎肯嫁到我家來，更何況我家兄弟這麼多、家庭條件這麼差，就算阿紅同意與二哥保持戀愛關係，那只是含蓄的一種托詞，要明白紙是包不住火的，家裡的窘境馬上就露餡了。家裡有沒有錢、有多少錢二哥還不清楚嗎。母親手裡的錢一旦花完，魚鉤就沒有了誘餌，天底下最笨的魚兒，也不會去咬空鉤上當的。這次為阿紅見面，聽母親說花了血本，背地對二哥說：「黃穀呀，你神志要清爽，要是這一腳踏個空，人家都弄倒灶了……你看著辦。」

二哥除見過姚姐沒穿上衣的女人真相，從來沒接觸過任何女人。晚上想女人想得太厲害，只好用手解決，次數多了，聽人說長此以往會傷到性命的，心裡非常鬱悶困惑。田裡勞動大家沒有一天不說女人的，今天真的見了女人，而且擁在懷裡，卻嚇得哆嗦起來。兩人從電影場出來，二哥存想帶阿紅去家裡的，家裡除瞎眼奶奶，都出去看電影了，可心裡還是怕家人突然闖入，悲哀的沒有作愛的條件。二哥忽然記起烈士墓有個水泥平臺。

當二哥真實觸摸到女人的肉身，卻讓他變得半信半疑、似夢非夢，心臟怦怦的像榔頭在敲一樣，人緊張到快要虛脫瀕臨死亡邊緣。阿紅的激情像油一般轟的燃燒。本能使她不顧一切越過了雷池，她與二哥的嘴粘在了一起，這撩心的初吻，像撥火的棍子熊熊燃燒，兩個如饑如渴、如癡如醉、如生如死真切地感到生命的存在。體內不可遏止的精神原子像核裂變產生反應。二哥充滿欲望的東西直奔終極目標，……

阿紅受母親影響，一直認為女人的身體是處世做人的原則。即使嫁了老公與其他男人不能有任何交集與接觸。眼前的男人是不是對象也尚未確立，怎麼能讓恣意妄為，時至今日阿紅沒有過這樣的行為；要是被母親知道簡直不配再活在世界上。想不到自己會不顧一切做出不理智的舉動？把母親平時的教誨置之於腦後，阿紅的理智被二哥抽去了主心骨，理智陷入完全癱瘓……當她知道二哥他想幹什麼，阿紅猛然覺醒，叱責自己「懸崖勒馬——」但肉體完全背叛了阿紅的靈魂。

「我——紅——你——我，」二哥說話笨拙到了極點，語無倫次像神經錯亂向一個並不熟悉的女人說：「我快死了，渴望……死……」

理智的失守，阿紅乖乖讓二哥抱到那個長滿苔蘚的水泥墳頭上。性慾的物質排放與拉斯維加斯紅鱒魚溯流產卵死亡有著相似的一面。顯而易見以理智構築的防守不堪一擊，雙雙淪為偷吃禁果的竊賊。

「賣花呀！賣花呀……」《賣花姑娘》的主題曲，如訴如泣的一遍遍悽惶哭唱著，「噯喲……」阿紅隱隱感到下面一陣灼痛，手本能的推住二哥的胸脯，潔身足足守了二十餘年的處女徹底被二哥毀了。從而二哥為她打開一扇女人的大門……缺少經驗的二哥幾次落空，這次真正落到實處。

雲雨消散，靈魂與軀殼重新組裝成一個人——大腦皮層上的小人。「我真該死！怎麼能這樣……」阿紅心裡暗暗罵自己，這下自己清楚意識到，自己背著家人和社會竟做了見不得人的事，內心湧起驚懼與悔意。讓阿紅最感到害怕的莫過於懷孕，萬一懷上了他的孩子，沒臉見爹娘家人，也沒臉見周圍的人，有什麼臉再活在世界上……阿紅雙腿掰開蹲在水泥墳頭上，把注入體內的液體倒出來……黑夜做的事情天總要亮的。阿紅越想越害怕，忍不住嗚嗚的哭泣起來。

「你怎麼啦……」二哥問。

「今後你教我怎麼做人！嗚嗚嗚……」

「紅——對不起，是我錯了。我不該……」見阿紅悲傷的哭起來，二哥慌得六神無主了，只一個勁向她道歉。「請你相信我，我會愛你到永遠的。我不會壞良心的。要是我壞了良心，就像下面的鬼不得好死。像那棵樹被天雷劈成兩半……」

性愛跟吸毒無異，激情上來無法控制不管三七二十一，把各種擔憂警惕防範都丟到了一邊，激情過後所有一切重新又回到現實中。一時之樂，讓阿紅犯下一個不可饒恕的致命錯誤，本來完全不必考慮的事情，一下子把她拉入到泥潭。

最寶貴神聖的身子讓男人毀了，死死活活只有跟著他。「恨只恨自己骨頭太輕，他家的情況你又不是不看到，為什麼要燈蛾撲火……」「我問你，」阿紅止住哭：「你到底有多少錢？」

「錢……」二哥遲疑了一下回答：「當然有啊。」

「我問你有多少，」阿紅認真注視著二哥，「怎麼說不出來。秋香跟我說，說你家這樣有錢。既然那樣有，你大哥為什麼找不到對象的？為什麼你急著要找對象結婚？為什麼有錢八兄弟不造房子？為什麼……」

「錢當然家裡有的呀，」二哥畢竟沒有談過戀愛，不像戀愛老手會哄女孩子，一撒謊就吱唔唔。「我賺了好幾千塊，都交給我娘了。娘本打算把草房翻成瓦屋的，然後把批下的三間地盤的基礎打好，娘心裡想只要有房子，不怕兒子討不到老婆……雖然分紅不高，但我們有七八個男勞力，全隊我家工分數最多，應該也積攢了一些錢吧。家裡由我娘當家，具體有多少錢我不清楚。反正一切有父母為我們操心。大哥比我大三歲，前段時間有人替他介紹對象，說那女人的男人死了，他一聽是孤霜貳婚頭，他堅決不要。對娘說他這輩子不結婚了。娘說他不打算結婚，不等於我們兄弟都不結婚。娘說讓我先結婚。對老三老四他們說誰願意找入贅就做上門女婿。阿紅，我第一眼看到你心裡一亮，不是我要找的人嗎。也許是——命中註定的。我對你對天發誓，我黃穀一心一意對你好，永遠永遠跟你在一起！你要是看不起我，或不接受我，我就寧願去死——」

「我問你，」這下阿紅沒有被二哥的花言所迷惑，牢牢抓住核心根本問題不放，「我問你為什麼至今房子沒有翻建？如果我們真的結婚，難道就在這間破草房裡結婚？與你七八個光棍兄弟擠在一起，破破爛爛像旅館大通鋪。要是我娘得知你這個狀況，殺頭都不會同意我的！——在人家面前，我怎麼抬得起頭來？不教人家笑死才怪——」

「房子遲早會造好的，只是一個時間問題，阿紅，只要咱倆感情好，其他應該不是大問題。條件通過自己的努力可以創造的，毛主席說一窮二白說，一張白紙，沒有負擔，好寫最新最美的文字，好畫最新最美的圖畫。可以憑自己的雙手在白紙上描繪我們的藍圖。你要相信我，不會一輩子這樣窮下去的，我有我的志向，我不是個軟弱無能的人，恰恰相反憑我的勤勞與智慧，一定能創造出幸福美好的家園，絕不讓你受苦受窮，絕不讓你受人嘲笑，一定讓你過上比別人更好更快樂的生活！只要咱倆能真心相愛，勝過住高樓大廈——再說，草屋並沒有什麼不好，裡面冬暖夏涼；爹娘也在草房結婚生出我們八兄弟……不是我不想住新瓦房、過好日子，只有一步步來。我會充分尊重你家的意見，不管你父母提出什麼要求，我無條件答應，積極照辦，一定使她們滿意。」

「你不要拿真心相愛所謂的愛情來哄我！」阿紅聽二哥說父母也在草房結婚生兒子的話，氣打一處來，「後悔我骨頭太輕——不怨你，怨我自己！」說畢便又抽泣起來。

「我不是那個意思，」二哥見阿紅哭就心慌意亂。

「你赤卵說布賤，」阿紅不依不饒，「連個窩都沒有，以後去露天空下結婚？愛情能當房子住，還是能當衣穿，還能當飯吃……」紅為自己的輕浮而付出了慘痛的代價，初次意識男人的動機，簡單的只想佔有身體。

二哥說這些話，心裡也覺得非常後悔，寬容的愛憐的把阿紅緊緊摟在懷裡，用知道世味的舌頭，把紅落下的眼淚一粒粒的揀起來——二哥初次嘗到女人從心裡流出的淚，像又鹹又澀的原汁原味的人生泉水。流進另一個人的心裡。

二哥被人吊打、死裡逃生、五天五夜沒有覺睡沒有飯吃也沒掉過一滴淚，在女人面前輕易流下了眼淚，哽噎的說：「阿紅，我保證用我的生命來愛你，你是空氣和水，沒有你我將無法活下去——我只會愛你一個人！求你做我的愛人吧，就是你叫我去死也心甘情願。我發誓，不管我以後有錢還是貧窮，對你永遠忠心，不見移世遷，不移情別戀，一直守你到老……就是西施勾引我也不會去看她一眼。紅，我們生生死死在一塊，不管有多大的風浪，我對你的愛像這座菩提山一樣堅如磐石……」

「既然你真心愛我，」紅眼裡噙著淚花說：「……忠不忠看行動，你只要把房子先蓋好，讓我的父母看了放心，我心甘情願嫁給你。我不要求你蓋多大的房子，更不敢奢望建樓房，能趨風避雨只要有個家——真正屬於自己的安樂窩就心滿意足。第一次見面，就把視為比生命還重要的節操給了你，我問你，你說我還能再嫁人嗎！如果你對我認真負責……你應該積極儘快解決我提出的一些問題。等結婚有了孩子，我們還能像少男少女那樣、無憂無慮的充滿浪漫嗎？還能一天到晚的你愛我、我愛你嗎？不切實際虛偽空洞的好聽話，只能自欺欺人，無法替代鐵板一般的現實生活。愛情好比是漂亮的皇帝的新衣，其實什麼也沒穿。凡人不是牛郎和織女，即便仙人不食人間煙火，也要你耕田來我織布。那種夢一般的愛情在油鹽醬醋能夠長久存活嗎？真實的感情必須建立在物質基礎上，普通庸俗平淡無奇的日子直接關係到愛情的幸福指數，所有指數來自於房子、孩子和柴米油鹽。美麗的謊言及廉價的海誓山盟，是經不起漫長現實的日子的檢驗的。你拿這些花言巧語能跟我結婚嗎？……」

阿紅的話像一把錐子深深戳到了二哥的痛處。雖然二哥與阿紅同歲，但女性不像男性不著邊際、泛泛而談或從宏觀去看問題，阿紅關注的往往是生活中的每個細枝末節。顯然男女存在很大差距，現實中二哥只是個小弟弟。二哥及母親的言行舉止，根本瞞不了阿紅成熟世故的眼睛。我家有錢沒錢，一望便知。

二哥痛得眼淚滂沱，情緒低落說：「紅，對不起，目前我連起碼的要求也滿足不了你……感到既痛心又慚愧！但我依然堅信自己，困難只是暫時的，人窮並不要緊，只要不甘墮落，一心想戰勝窮苦，我想人活著總有希望的一天。不是有個傳說，說朱買臣他四十歲還窮困潦倒呢。老婆看不起他而憤然離去。終於在五十歲得到了富貴榮華……你相信我，我有這個毅力和決心，只要給我機會，我就有改變命運的能力。不會永遠這樣窮下去的。我保證讓你過上好日子，穿最華麗最漂亮的衣裳，吃你想吃的一切美食。用我的智慧和勇氣取得使你永遠幸福的阿拉丁神燈；讓心愛的人想什麼就有什麼。幸福生活像太平洋那樣一望無際。我向你保證，無論我賺了大錢，還是做了大官，還是落魄討飯捉蛇、睡破廟，我用我的生命來愛你一輩子！」

阿紅她雖然很功利也很現實，但碰上二哥，一旦進入狀態，哪怕阿紅再頑固，也抵擋不住二哥的甜言蜜語。依戀得揉麵粉一般要長得長、要圓就圓。初次見面就捲入到愛情的黑洞中。

17

黑衣人

電影放映機燈光亮起，人們扛著自己帶來的凳子散去，自編自說的放映員老陸，將電影膠片放進盒子，那個從部隊轉業的退伍軍人，解開東邊竹竿上的繩子，放電影的幕布像抽掉褲帶的褲子，唰一下褪到地上。老陸他們收拾好東西，叫去吃半夜點心睡覺。看家狗一時眼花，把自己的主人當成陌生人。「瞎了你的狗眼！」主人猛的一跺腳，充滿疑惑的狗倒退幾步，叫得更起勁了。放映機的電燈一滅，整個菩提山陷入黑暗，黑幢幢的山頭像觸礁沉沒在海底的一艘巨輪。母親獨自坐在家門口，耐心的等著二哥她們回來。掛在石榴樹上忘拿進的繞舌的八哥，也許發見坐在暗處的母親，躁動不安的在跳躍，興許在提醒母親「你別忘了拿進屋，我可不想在露天過夜。」八哥吃喝拉撒都是大哥的事，母親不僅不管，對他討厭而常常遭到謾罵。

「黃穀，」娘見二哥與阿紅走進院子，從椅子站起來，「你們吃點心吧，」阿紅說不想吃，娘客氣的說：「哎！我燒好的，晚飯又吃得早，要肚子餓的……黃穀，我跟牡丹說好了，晚上讓阿紅去她那裡睡。你陪她去吃點心吧，夜深了，人家還在等呢。」

二哥興奮得久久不能入睡，想做人比做夢還奇妙，不可能發生的事真發生了——雖然跟她發生那種關係，但她不一定為成你的老婆。二哥想到阿紅所提出的苛刻要求，一下讓二哥心事重重。家裡哪建得起房子，沒有房子阿紅她會不會離開自己呢？近期這幾年是肯定建不起房子的。

二哥想著想著，他應該太倦了，沉沉的睡過去了。「篤篤篤……篤篤篤，」二哥聽外面有人在敲門。夜這麼深了，有誰會來敲門呢？家裡人被關在門外了，不會吧。難道屋裡都睡死了，沒人聽見有人叩門？「篤篤篤……」門越敲越重了。

「小八，小八，」二哥叫我，「你起來去開門啊。」他見我沒有回答，「會睡得這麼死！真活見鬼！」懊惱的極不情願爬起來去開門。

二哥拔掉門背後的橫門，打開門，下弦月高高掛在天上，門外根本沒什麼人。「真是活見鬼！」二哥惱火的罵道：「是誰深更半夜的開玩笑？門開了，你要進來就進來啊！」二哥第一次將精液直接注入女人體內，身子像空了的一樣，趕緊關上門去床上睡覺。可這兩扇門任憑他怎麼關也關不上？發現兩門中間一隻手……

「誰？」二哥有些惱怒，「你開什麼玩笑啊！」二哥鬆開門。

「嘿嘿……嘿嘿嘿！」那人在門外冷冷的笑了幾聲，聲音低沉的說：「……你這王八羔子！脾氣還不小啊。」

「你……是，」二哥門沒關也沒有完全敞開，聽他聲音好熟，「你是——小星嗎，知道了，一定是。」

「什麼小星大星，是災星，災星你可認識？嘿嘿……嘿嘿嘿。」

「別開玩笑了，」二哥打著哈欠說：「啊呀，我……睏極了。沒事你就趕緊回吧。」

「王八羔子——說什麼？你不歡迎我，把我拒之門外？真是豈有此理。」

「我並不認識你，有事你就在這兒說。」

「哈哈哈，哈哈哈！你真是他媽的混蛋！你又不是貴人，怎麼快就忘事呢？媽媽的你剛做過的事忘了，……」

「你不要開口罵人！」

「他媽的混蛋！再罵你一句，你打算咋的？」

二哥聽出對方是個沒有教養的粗人。不想與他糾纏下去，就鬆開門，讓他進屋。

「不知廉恥——」陌生的傢伙一進門，粗野的罵開了：「你這下流無恥的壞傢伙！怎麼？進門連請坐也不說……」

屋裡沒有燈光，那人融入黑暗裡。二哥估計他個子不高，奇怪的頭上戴著一頂寬邊的大黑帽，很像墨西哥人戴的那種帽，穿一件玄色的著地拖的長衫袍子，不知道什麼鞋、穿還沒穿？整個臉隱藏在寬沿帽下，即便有光也沒法辨認他的長相。從他講話的聲音聽出，是個男子，年齡不大，應該與二哥差不多年齡。

「你夜半闖宅，出言不遜罵人，」二哥對他的無禮非常惱怒，「告訴你不要含血口噴人，憑什麼說我不知廉恥？我怎麼不知廉恥——啊！」

「嗨！看這混蛋小子的嘴巴還挺硬的，」那傢伙氣焰囂張，「剛在在俺頭上幹見不得人的勾當，你就忘了……你知道俺是誰嗎？你知道這是什麼地方嗎？你知道俺為什麼找你來的？」

「我——我幹什麼啦？」二哥被這傢伙一連串的「你知道嗎」弄得莫名其妙，墜入雲裡霧裡。「我不知道你在說什麼鬼話！？」

「好！你裝糊塗——那好吧，」他情緒有些激動，不停在屋裡來回走動，指著二哥憤慨說：「你美好幸福的生活從哪裡來的？天上掉下來的嗎？還是地上長出來的？還是你從娘胎帶來的？我老實告訴你，這天下是老子用鮮血和生命換來的！你這狗雜種，竟在一個為黨為國捐軀的烈士頭上行奸！褻瀆一個革命烈士、侮蔑俺的純潔、污蔑神靈，敢當何罪！你不是初犯，而是個屢教不改的傢伙。犯下滔天罪行，讓你僥倖逃脫法律制裁，把你兄弟送進大牢，……『新中華民國萬歲』讓你全家人足夠死上一萬次。走運的你爹黃金瓜是個大蠢驢，多虧三代雇農，門大的字不識得一升。差點為你命歸黃泉，為了你差點家破人亡，為了你攪得雞犬不寧——而今你又故技重演，去欺騙一個涉世不深、歷史清白、單純善良、守身如玉、認識還不到一晝夜的姑娘，讓你破了身子，拖入苦海深淵中……現在你應該明白俺是誰吧。」他走到二哥的跟前，一字一句說：「擺在你的眼前，俺給你兩條路讓你選擇，一、花錢免災，你明天必須拿祭品、蠟燭、紙錢，到俺墳前謝罪；二、俺贈給你一根繩子，去樟樹洞自己了結。你父母早就替你挖好了衣冠塚，俺倆住一起，可能成為不共戴天的仇敵，當然若你學得聰明一點，也可以成為俺的好鄰居……不然你將倒大楣、出大血、死大人、吃大苦、受大罪……死無葬身之地。」

「胡說八道！給我滾出去！」二哥被他徹底激怒了，操起一條扁擔，「不然不要怪我不客氣——」

那人隨手啪啪給二哥兩個大巴掌，「媽勒個巴子！看來你不見棺材不落淚，你等著瞧！」言罷拂袖離去。

二哥摸著熱辣辣痛的腮幫，怔怔的看黑影人出去。月色皎白，黑影人沒有往出入行路上走，而是直接下了田裡。我家的院子與田，有一人多的高差，而且田裡都是沼澤泥潭，種田時，人們把門板鋪在上面，然後人站在門板上去插秧，一處插完，接龍的往後移。人一旦掉進沼澤潭，好像被河水鬼獲住一樣往深處拖。越掙紮的厲害，陷得越快越深，只需一會會工夫，泥水沒過頭頂，像掉入沸騰的粥鍋冒出一個個泡泡。黑影人蜥蜴的竟在上面行走？

「黑無常——黑無常。」二哥忽聽見石榴樹上的八哥沖著黑影人大叫，萬籟具寂，八哥叫聲特別嘹亮。黑影人聽見八哥叫「黑無常」重新又折了回來，「嘿嘿，嘿，」陰險地說：「媽勒個巴子——」對著籠子「噓」吹了口氣。八哥像中了槍的喳一聲慘叫，翅膀耷拉倒在籠裡。黑影人從籠子抓出八哥，聳著肩膀「喀喀喀」的獰笑說：「可惜啊，你太小不夠我塞牙縫，」扯住八哥兩只翅膀，商鞅車裂的將八哥生生的撕開。

大哥勞改釋放回來，去大樟樹底下安排一天的生活，忽然從樟樹上掉下一隻小鳥。大哥一瞧，嗨！原是一隻小八哥呢，也許學飛掉下來的。大哥愛好養鳥，一直說要去山上弶黃鸝捉竹雉，捧著小八哥如獲致寶，撫摸著小鳥說：「小東西不要怕，我建座鳥的宮殿給你住，天天給你餵蚱蜢蚯蚓，給你天天吃好吃的，讓你說人話、唱山歌…………」

大哥開始給鳥兒做房子，娘看他破竹削篾地上到處都是碎竹屑，抱怨大哥吃飽飯沒有事情做，「最好你把他放歸林裡，」母親說：「哪怕你給他建一座金鑾殿，跟人一樣，失去親人和自由是什麼滋味……」大哥從羽毛未齊調教成人見人愛有點多舌的愛鳥，頃刻間頭歸頭、翅歸翅、腳歸腳五馬分屍了。黑影人連血帶肉的放入嘴裡，叭嗒叭嗒的咀嚼著。羽毛像冬天的碎雪，紛紛墜落下來——月亮膽怯的鑽進一朵雲去。黑影人吃完八哥，乾脆俐落的拍拍手，嘖著嘴巴消失了。

二哥看到這恐怖的一幕，全身起雞皮疙瘩，趕緊門閂上，覺得還不放心，又找了一把鋤頭頂上。二哥總覺得有點蹊蹺，心裡隱隱感到不大對勁，好像有什麼事即將來臨。聽見大門嘭的一聲被腳頭野蠻的踹開，鋤頭倒在一邊，門閂骨碌碌的滾到床邊，一群端著槍的凶神沖進屋裡，迎接長官的自覺排成兩列。

「你們憑什麼夜闖私宅！」二哥大聲責問他們道。他剛想從床上起來跟他們論理，黑洞洞的槍口頂著二哥的頭，二哥無奈的被迫躺下。

一個滿口金牙、戴白手套、看似頭頭的人物走到床前，對他的手下甩了一下頭，他們把二哥身上的被子鍬開，兩個士兵按住二哥，把他唯一的短褲剝下來。二哥一絲不掛從來沒有受到過這樣的侮辱。

「報告長官！」一個士兵用鼻子聞聞了二哥的短褲，說：「這傢伙的短褲充滿了蟲腥味……確實幹過了那種事。請長官驗明！」

「媽勒個巴子日你奶奶的熊！」長官隨手將短褲擲在地上，拉開駁殼槍板機，指著二哥的腦袋說：「我代表人民代表黨——」

二哥赤裸裸的驚恐萬狀，凝視黑洞洞一觸就發的槍口，此時此刻二哥絕望透了，我敢保證二哥臨死前首先想到的不是父母兄弟而是熟悉還不到一晝時的女人。「阿紅——剛翻開了新的一頁，我對我們的未來充滿了美好的希望，不幸的我遭到這滅頂之災，要與你生離死別……」二哥抱著一線希望，不能這樣含恨的離開阿紅啊……雖然相識到相愛時光短暫得不能再短暫了，卻經歷了翻天覆地的終身難忘的生與死愛和恨坐過山車的滋味。自己已深深的愛上了阿紅；相信阿紅也同樣深深的愛著自己，二哥鼓起勇氣，對長官提出說在他死之前，希望容許他見一見他再也見不到的愛人，臨死前要親口告訴她，「親愛的紅，我生也愛你，死同樣也愛你……」可長官沒有答應二哥的要求，不由分說對二哥腦袋，「砰砰」的兩槍，清楚看到兩枚彈殼滾到地上，腦袋開瓢，腦髓和熱血濺滿蚊帳，……

母親聽見二哥「嗚嗚嗚——嗚嗚，」叫不出聲音，一邊叫，「黃穀！黃穀！老二——老二——醒醒啊，怎麼啦——啊。」一邊點亮燈照，見半床棉被落在地下，我的一隻腳壓在二哥的心口上。

「黃穀，黃穀！黃穀！」母親一聲比一聲重，「你做惡夢了，醒醒啊——」母親好像跟閻羅王在搶奪二哥的性命，終於把二哥從夢魘中拉回來。母親拎起我的腳脖子，狠狠往裡床邊扔去，「你個小討債！白天玩瘋了，夜裡睡沒睡相，像個橫撐船的——」我習慣性的又擱上去，母親啪啪的打了我兩下，然後重重的把我甩到裡面去。

母親幫我們蓋好被子，開出門去豬舍那邊解溲。東方開始泛白，月亮的行程才走了一半，對面山上烏鴉突然驚起，邊飛邊朝母親「苦哇、苦哇」的叫了兩聲。母親以牙還牙的「呸呸」向烏鴉唾了兩口。解溲回來，母親見昨晚掛在石榴樹上的鳥籠被拆得七零八散了，發現地上一灘血肉模糊的羽毛殘肢。

「啊呀——」母親彎下身，從地上撿起血肉模糊的殘肢。「這短命的！」母親抬頭朝著天問：「什麼東西把他咬成這個樣子？罪過啊——肯定又是那該死的野貓。好了，蠟梨頭看見要肉痛死來。斬頭野貓。」

「拖雞是貓，不拖雞也是貓——」瞎眼奶奶邊扣衣扣邊說。三百六十五天，奶奶天天這時間起床，「你冤枉野貓了。昨天夜裡，我聽到有人來敲門的，我想起來問他是誰？心裡想不會是老二的朋友吧？去管孫輩們的事，要厭我多管閒事了。那人出去了，聽見八哥在背後罵他黑無常，他又重新返回來把八哥做掉的……但想不到會成這樣子。我說的你們總不相信，我猜一定是這老鬼三……老大老二出事的幾年裡，我夜裡經常看見有個烏帽、烏衣裳的黑影，在屋裡遊走……」

「你看見的，你那只眼睛看見的？」母親已不止一次說奶奶神假鬼無，「你不要一天到晚嚇三惑四的！……毛主席天下還有什麼神仙皇帝、狐仙鬼怪、菩薩祖宗呢！」

「我問你，」奶奶跟母親爭辯道：「不是還有牛鬼蛇神嗎！這不是他毛主席自己說有的嘛——」

「我告訴你，以後少拿毛主席說的話，胡說八道的被人家抓住把柄，人家又被他們弄得顛倒仰翻。他們正候機不著的苦！」

「你不信就不信，反正我信了……」奶奶憤懣地說：「誰說沒有皇帝了？毛主席萬歲、萬歲、萬萬歲這不叫皇帝嗎？你說皇帝叫什麼？我愁自己不會死掉，頂好讓他們把我抓去槍斃了……」奶奶地上篤著拐杖說。

「就怕死勿死，皮捋起——」母親沒有心向一個早上跟奶奶抬槓。母親的心事應該比二哥還重。思前想後想了半宿，心裡問；「黃穀跟她電影不看，又去哪裡……她對黃穀有意思沒？兩個人單獨這麼久，應該談得來吧。小鬼會不會跟她做那種事……頂好今天能再留上她一宿，讓全村人都知道是黃穀老婆，叫得越響越好，傳到白馬給她爹媽知道才好。」母親像神來之筆忽然心裡一亮，「何不教黃穀繞道往舅舅家走。」舅舅見黃穀帶新客人上門，隨便不會讓她們回去的。眾多外甥舅舅最歡喜是黃穀。一會喝茶，一會吃飯喝酒，天晚只能舅舅家留宿。要是咱黃谷這小鬼花心兒多一些，生米煮成熟飯這事就鐵定了……就教女方變卦，她也不會了。女人一旦肚裡有了孩子，著急的是她而不是男方，這樣我們就主動多了，不怕女方要板打板的，花費上要省許多。戀愛時光談得越久，各種費用例如端午節、八半月、拜年等節日，道理一樣不能少。如果親事不訂下來，等於姑娘還沒有夫家，夜長夢多的這山望著那山高，弄得錢不見，人不見，麻線吊鴨子——兩頭滑脫。

母親恨不得立即讓阿紅變成自己的兒媳婦。

母親若有所思的機械地拉著風箱煮粥，風箱劈啪的節奏，伴著二哥甜蜜勻稱的眠鼾顯得溫馨而和諧。母雞率領著出殼不久的一群雛雞，簇擁纏繞著母親的雙腳，母親一邊咯答咯答的呼喚。豬圈裡的兩頭餓豬，聽見母親動炊的聲音，像帕瓦羅蒂與多明戈，以高八度的音節讚美偉大的一家之主。出往煙囪的濃煙，被倒灌風強行的堵回來，整個草屋內煙霧妖嬈如天上宮闕。上下沸騰的生米已熬出了粥油，沁人心脾的粥馨在空間四處漫溢……每當憶起嶄新的不同尋常的那個清晨，我依然記憶猶新，好像就是昨天早晨——

「老六，老六啊！」粥快熟了，母親在鍋裡放了一把鏟子，然後再蓋上蓋子，走過去把六哥叫醒，「你趕緊起來吃早飯，吃好馬上去你舅舅家，去告訴舅舅，說今天二哥跟他的對象要來——不要忘了爹刨好的煙絲帶給你舅舅。」

二哥匆匆洗了一把臉，一聲不吭來到灶樑臺後面，從灶樑洞挖走一疊佛圖，那佛圖是奶奶放著的。但二哥拿走的佛經奶奶還沒有念過阿彌陀佛。二哥又取走一盒火柴，匆匆忙忙穿過田塍小路朝對面山上走去。

烈士有墓而沒有碑文。母親給二哥做的假墳，貼貼就在烈士墓的下首。父親及三個哥哥，本來就馬虎得可以，潦草的為二哥砌了一座假墳，後來花了一條雄獅香煙，母親教父親去阿雷石匠那裡，為二哥刻了一塊墓碑。祖宗十八代以來，二哥可是第一個擁有墓碑的。阿雷石匠說：「我是個蠻石匠，教我鑿字可不行，除非你把字寫來。倘若你兒子活著回來，名字刻上去反不好。」父親想阿雷石匠說的也有道理啊，但一條香煙，換一塊無字碑回去，母親又要怨父親不會辦事情。父親求張老師幫忙給二哥寫墓碑，張老師寫下「黃穀之墓」四個字說二哥曾是他的學生子，今天老師為學生寫墓碑很慚愧……二哥見毛裡毛糙刻著班主任老師親手寫的花崗岩墓碑。幾年不來祭祀上墳，二哥的墳頭沒面的蒿草。

早先的烈士墓只是一個土饅頭。江南的野草瘋狂而猖獗，所以一年冬至清明上墳泥，把墳頭上的藤蔓野草荊叢剷除。倘若半年一載沒有人理值，便成為無主荒塚。聽爹說社會主義教育運動期間，一天上面派幹部來找墳，他們教爹做嚮導，陪他們整座山轉遍，也沒有找到像他們說的墳。爹指著夷為平地的土堆說：「應該這一口是吧，這不是，就沒有墳了。」我的祖宗都葬在這山上，而且爹又生活在墓旁邊，如果爹吃不准墳墓在那裡，上面這些幹部更找不到了。一個幹部說：「病急亂投醫，活人找亂墳，黃金瓜應該不會指認錯的。」其實他們不知道爹的腦管用不管用，即便不是要找的烈士，又非自己的祖宗，哪怕是一座無主的民墳，甚至埋著的是階級敵人，煞費苦心勞財喪民只不過是個黑色幽默。爹問幹部：「找墳幹嘛呀？」幹部說修烈士墓，目的為了教育下一代，清明節掃墓讓學生有個處去。這裡不是革命搖籃的老區和根據地，當地很少有什麼革命烈士出現，偶然在檔案館文獻找到的。政府沒有充裕的資金修烈士陵園，撥的一點錢杯水車薪，山高路遠，水泥材料，靠人力一擔擔翻山越嶺的從白馬挑來。本當像天安門英雄紀念碑那樣豎一塊碑的，一來資金短缺，二來工程投入太大，三來雖說檔案文獻有記載，寥寥數字沒有詳細的記載，甚至不知道這位烈士生前叫什麼名字。修墳的苦力開玩笑說，「三天豆腐飯吃了，也不知道是誰死了！」姓氏不詳，沒有必要為他杜撰姓名，沒有必要立一塊「無名英雄紀念碑。」領頭的人說，墳頂乾脆用水泥澆個烏龜背，省得長野草生荊叢，等以後名字事蹟查清了，在上面仍然可以豎碑立傳。一拖拖至文化大革命也沒有查到這個烈士的姓何名誰，大規模的運動勢如破竹，許多有名無名的英雄先烈也難逃一劫，一夜之間成了特務叛徒、賣國賊、漢奸、反革命等等等等。一聲巨響，烈士碑被炸得百沫粉碎，甚至跟伍子胥跟楚平王一樣深仇大恨扒墳鞭屍。這個在檔案館找不到詳細資料的無名氏英雄，既沒有人向他敬獻花圈，也沒有遭到扒墳棄屍，無晴無風也無雨。龜背形的水泥墳頂永遠不長草，雖寸草不長，但不等於沒有生命，光滑的水泥墳頭長著一層綠茵茵、毛茸茸的青苔。

回想起昨晚夢幻般跟阿紅在墳頂上做愛，二哥好奇的蹲下身去察看，揭開上面留有鞋底印的青苔，阿紅害怕懷孕蹲的地方有處紫黑色的血污。二哥手去擦拭了幾下，手放到鼻子去嗅，否認的搖搖頭。血污完全滲入到水泥板塊中，不管他怎麼抹，沒法把汙血擦去。二哥耳邊響起阿紅「噯喲」一聲，會心一笑，心裡說：「看來真還沒有被男人碰過。」

「穀，穀穀，穀穀穀……」二哥聽見有人叫他，大清早有誰會來這兒？巡睃四周，除爺爺墳頭那株高大的苦楝樹上兩只白頭翁踏在枝頭響亮的叫著，什麼也沒有發現。二哥警惕的環顧確信附近沒人，從褲袋中掏出一疊用黃梅紙疊的元寶，堆在墳前然後點著。從不相信鬼魂的二哥，第一次虔誠的跪在墳前，喃喃地向夢裡的黑衣人說道：「先烈同志昨晚是我錯了，我確實不應該對先烈這樣惡劣的。遵照你的吩咐，一大早向你賠禮道歉……」

「穀穀穀，穀穀——」

二哥清楚聽見附近有人在叫。聯想到昨夜噩夢，二哥本來疑心重重提心吊膽的，因為害怕所以不敢怠慢，想不到立竿見影的擺在面前，二哥越想越膽寒，身上毛髮倒豎，撲通跪在墳前，一個勁向烈士磕頭求饒，哆嗦的說：「先烈啊，請你寬恕我吧，確實在你頭上幹了不應該幹的事。你大人莫記小人過，請寬恕我吧……若你地下有知，庇佑我婚姻遂願，我一世忘不了你的大恩大德，今後每年的清明、冬至我為你送錢、送寒衣……無奈我心有餘而力不足，慚愧的連祭奠你的牲品、酒餚都買不起啊！燒幾只元寶給你不要見怪。若我那一天飛黃騰達有財有勢有頭有臉，我努力把整座山買下來送給先烈。把所有亂墳遷走，所有雜樹砍光，給你栽一山花兒，修一座漂亮的亭子，為你豎碑立傳，千秋萬代讓後人瞻仰，報答你對我的恩賜——要是我把今天的諾言吃了，就天打五雷轟，像那棵菩提樹一樣，請你把我劈成兩半……」

「穀，穀穀，穀穀穀……」

聽叫聲好像就在腳底下，二哥壯著膽子，揭去腳下像棉毯的厚厚一層青苔，水泥墳頭忽顯出一道十公分寬的裂縫，居然能伸一隻手。工程資金不足草率而匆促，完工不久墓穴就開始下沉，最終把墳掰為兩半，只是上面覆蓋了一層青苔而已。從裂開的隙縫往下看，黑洞洞的一直通到墓穴的深處……二哥既感到膽怯，又覺得疑惑好奇，難道從這道裂縫鑽出來入自己的夢不？叫聲音好像地下發出來的，二哥分不清夢幻與現實，也分不清時間與空間。二哥起身見一隻金色的蟾蜍從裂縫爬上來，黑暗的狹縫閃閃發光，簡直像金子一樣。他蹲在洞口，鼓著奇特的龍眼核大小的眼睛，二哥誠惶誠恐的看著蟾蜍，發現蟾蜍的瞳仁鏡子一樣能照見二哥自己。

「穀穀，穀穀，」蛤蟆對著二哥明確的叫了兩聲，然後不慌不忙的調轉屁股，嘟的一泡尿，射得二哥滿臉是尿。向二哥眨眨眼睛，慢悠悠的鑽回墳洞中……二哥站了良久，但蛤蟆再也沒有現身。

二哥被夢幻和現實攪得一團混亂，沒想到剛才墳頭紫色模糊的血污，見到天光像花一般開了，燦爛的宛如豔花。

「黃穀！」一早察看秧田水的隊長，見二哥這麼早從山上下來，「怎麼早來山上，幹什麼呀？」

二哥做賊心虛，淡淡一笑，沒有正面作答，匆匆向家裡走去。

「這裡又沒有他的自留地？」隊長心裡思忖。山坎下隊長種了幾年的南瓜和葫蘆，今天看過，心想等明天來摘吧，第二天別人先他一步摘走了。隊長又氣又惱，幾次想逮他個現行，偷南瓜的那個賊活學活用毛主席的「他來賊退，他去賊來」的戰略戰術。隊長恨打一處來，乾脆實行三光政策，大大小小、老老嫩嫩滿門抄斬。與賊分吃，不如讓他斷子絕孫。藤蔓攀上山坎，一直蔓延到烈士墓地去。由於地方隱蔽，很少有人會到這兒來，隊長疑人偷斧認為一定是我家幹的。理由有二；一我家窮。倉粟足而知禮樂，只有窮人才會去偷東西；二離我家最近，尤其懷疑我二哥。可是讓隊長感到不解的，被偷的幾年我二哥不在家啊？用刑偵的術語說他沒有作案的時間。今年南瓜還沒開花呢。「這狗日的，」隊長問自己：「他有什麼勾當嗎？」

隊長也想弄個明白，爬上山坎，來到烈士墓旁邊，發現墳頂青苔揭去，墳前一堆剛燒過的紙錢灰。蹲下用手去一摸，「咦——灰還熱著呢！葬的死鬼，與你黃家非親非故——這壞料又在搞什麼鬼名堂？壞料就是壞料，反革命不會變一個革命者，正如狗永遠不會變成貓一樣——」

隊長扭頭發現水泥墳頭上的血跡，「豈不咄咄怪事——」泥鍬往地上一插，他像刑偵破案的蹲下去，摸二哥和阿紅留下的精與血，彷彿又是新鮮留下的，隊長一不做二不休，俯臥撐的伏在上面，用鼻子用力地嗅，「咦——這怎回事？狗日的，殺雞，還是殺人？血又從哪裡來的？平常早上叫他出工，三請諸葛亮一樣不肯出來，今天這麼早來幹嘛——」

18

十八里相送到白馬

「小八！」母親吩咐我說：「你去牡丹她家，啊，應該起床了。去把姐姐接來，好吃早飯了。」

「我問你，」阿紅牽著我的小手問：「你看見婆婆晚上回來沒有？」

「沒見到，」我搖搖頭說。

「這——媒婆老娘真天下少有！」阿紅生氣的說：「可惡之極！去哪裡也不通知我一聲……吃了早飯，我得趕緊回去。」

「哎呦呦！」娘正拎著豬食挽門去餵豬，剛好聽見阿紅跟我在說話，「那要怪我的不好了，我一時忘記告訴你了。她上去看這裡遠房侄子的，半路碰到有人帶口信給婆婆，說家裡的老公病重，教她趕緊回家去，否則要見不到了。於是教他侄媳婦帶信給我，讓我再轉告你一聲，她先走一步了。」

阿紅好生媒婆的氣，二哥知道她早上要

走，便說今天不去上工了，試看阿紅有什麼話要說。

「我早晨回去。」紅說。

「那好我送你回去吧。」

「不用了，我自己能回去的。」

「哪能讓你獨自一個人回去！」母親聽見就夾腳上前來勸，「咱們連起碼的道理也不曉得了，豈不被人笑話！應該教黃穀送你回家的。」母親不必面授計議，二哥心照不宣，吃了早餐，二哥便領阿紅往舅舅家去。阿紅糊裡糊塗的往圈套鑽。

二哥領著阿紅，沿著白馬水庫上游那條偏僻幾乎沒有人會走的山路上去。阿紅發現這條小道好陌生啊，好像並不是跟媒婆領她來的那一條路？二哥胸有成竹的解釋說：「往小路走好，人眼兒少，往大路走，生產隊裡的人看見，他們又要叫你『黃穀的老婆』……」阿紅想到昨晚的事臉唰一下紅了。

這是個春光明媚的晴好天，嶄新明亮的太陽，像朝氣蓬勃的青春，陽光像毒汁一般刺激著萬物生長，樹葉草尖掛著晶瑩欲滴的露珠兒，露珠在陽光下，折射出青黃紅橙綠藍紫，色彩斑斕流光四溢又瞬間即逝的露水，像上帝賜予的一次性鑽石。山上山下、河流溝壑，到處彌漫著樹木花草飄來的芳香，鳥兒有意無意的若即若離的跟著，公鳥引誘雌鳥的青睞，不住向雌鳥唱著婉轉動聽的求愛歌。從山腹深處流出的山泉，淙淙的奔向可納百川的白馬水庫。廣闊的水域碧波浩淼，像一面光滑的琉璃鏡，清淺的水底，魚兒歡快的在金子般的砂子上蹭著雪白的肚皮。過去這裡曾經是一座座山巒，水庫建成淹在汪洋中，成了一座座蒼翠蔥綠的小島，望去宛如鑲在皇冠上的祖母綠。山上各種野花已經開瘋了，空氣中充滿甜絲絲的香味。

「我問你，」阿紅天真幼稚的問二哥，「你說……是山跟著水走的呢？還是水隨著山走的？」

「這怎麼說好呢」二哥靈機一動曖昧的說：「好像我總跟著你走——」

「你壞！不跟你說了。」阿紅捋著被春風

吹亂了的瀏海，「這裡山長水遠……風景真美，人走著彷彿走進了畫卷，我從來沒有見過這樣美麗令人心曠神怡的景色！啊讓人忘掉了煩惱，忘掉所有的一切。」

「我借花獻佛了，」二哥隨手折了幾枝鮮豔的杜鵑獻給紅說道：「真的……說你有多漂亮就有多漂亮，你是我的水，我是你的山，讓我緊緊的圍繞在你的身旁，永遠永遠的跟著你……」說著二哥從口袋掏出一瓶百雀靈和一面小圓鏡。「昨天當我見你如驚鴻一瞥……不信你照照鏡子……」

「你的思想不對，」阿紅參加團組織政治生活中得到自我改造，不愛紅妝愛武裝，腦子對打扮、漂亮敏感的詞語，有著自覺抵制和免疫的功能，好的漂亮的東西成為資產階級的代名詞，必是腐朽思想。阿紅嘴上雖然不喜歡二哥說她漂亮，心裡不覺暗暗開興，像二哥餵了她一勺蜜，口是心非的說：「以後不要說，咱們儘量不見面……」

「這——為什麼？」

「人家見到了，影響不大好，」阿紅撚著辮稍，多情的看著二哥，吞吞吐吐的說：「被人說閒話唄。」

「這什麼話！難道讓人想你都不能嗎？讓他們去說吧！」二哥早已洞察阿紅的心裡活動了，知道阿紅心裡愛他，但姑娘矜持不能輕易的說出口。「……一個月見你一回，我會去你那兒的。」

「這不行，這堅決不行！有我哥嫂在家呢。再說，咱關係還沒確立呢，爹娘也不會承認你的，絕對不會同意你與我見面……」

「我不去你家裡。在外面見可以嗎，不管哪個地方見面都行——」

「來了晚上——你咋回去？」

「能回去！即使回不了，我就守你到天明……」

「這樣可不行，」阿紅似《紅燈記》裡的李鐵梅，長辮子一甩，截鐵的說：「堅決不行！母親每到晚上，她要追我的行蹤，不許我無端出去串夜門。去誰家、去幹什麼，我像地主反革命一樣事先必須跟她說清楚，否則她會滿大街找我，更不要說在外面過夜……為不讓外面過夜，她去跟宣傳隊的隊長說教我退出舞臺。當團委副書記的林凡，他到我家裡多來了兩次，母親當面說他黃鼠狼給雞拜年……這次受秋香煤婆的騙，回去又得聽嘮叨埋怨了……心裡又煩又愁——噯喲，我們走了多少路了?還有多少遠呢?走到現在，一半路有了吧——到這裡像唐僧去西天取經一樣困難，太不方便了啊！」

「自興修水利開始，就修這條路了。一遇上運動，路就不修了，修好的路被山洪沖垮功虧一簣。運動結束或心血來潮，全民動員責任到人又來築路了，我爹一頭擔被、一頭擔米來做路。燒飯山坎頭挖一個坑當灶，晚上就睡露天，任務完成監督人員驗收合格才能回家。這樣修了停、停了修鬧騰到現在，不但車通不了，反而變得坑坑窪窪的，連走都不好走。落地一聲哭，生在大山裡有什麼辦法！以後如果我當皇帝，定為我心愛的皇后，開闢一條跑駟馬的康莊大道，如當不了皇帝，做一個鄉鎮黨委書記也好，有條件要上、沒有條件創造條件也要上……如果仍舊是個愚夫，我以愚公移山的精神，也要為你把大山搬掉！你不要笑，我說到做到。走了不到一半的路呢，反正不著急，到我舅舅家吃中飯。你看這草多麼茂密，坐在上面軟綿綿像駄絨似的，咱們休息一會再走。」

「為什麼不直接回白馬？」阿紅覺得好蹊蹺，問道：「怎又去你舅舅家了？為什麼事先不告訴我！一路走去，今天去你舅舅家，明天去你姨媽家，後天到你三伯家，存心弄訟人家嗎。我在火中，你在水裡……真恨不得一步跨到家……」

「來了，讓你看看這一路風景，下次不一定有機會往舅舅家去。你看碧水處，上面一個天，水裡一個天，水連著天，天連著水，水天一色……實際上水裡那個天，比天上的天更加湛藍、更遠、更使人想入非非。紅，你看飄來三朵彩雲，她們見你這樣漂亮，慚愧的躲進倒影的翠山去了……」

「我想，越往裡走就越不像路，只有野貓

才能進出。」紅也被這心曠神怡美麗動人的湖光山色吸住了，「是人間另一個天地。難道因為沒人來，山水花鳥雲彩不知道人的存在而變得無所顧忌。」

「庫區內所有村子都搬到別的地方去了，有的甚至遷往了外省外縣。昔日的村址淹在水庫底下了。只有我們菩提山處在發源的上游，不在規劃的庫區。唉呀，要是菩提山也淹下去該有多好啊！」

「被淹搬走的人，他們又好在哪裡呢？」

「很明顯，今天就不用走這野貓山路了。咱倆若一同在白馬天天能見面了，什麼時候想見就見……」

「豈不笑話。沒有了皮，哪來的毛呢？菩提山搬走不存在你，這事就根本不會發生。毫無疑問不會認識——你說住在一塊天天能見面，牙齒與舌頭住得近不？他們的關係不是一般好，偶爾也會打架……」

「我寧願做舌頭被牙齒咬的……」二哥笑笑說。

「咯咯咯……癢死我了！」二哥的嘴唇遊弋在阿紅的耳根，阿紅忍不住勾緊脖子。二哥口裡吐出親切的熱氣，電流一樣傳遍全身每根毛細血管，刺激著阿紅的神經末梢，阿紅春心蕩漾如癡如醉、如膠如漆，忘記了眼前一大堆煩惱和憂愁。兩個在荒野中緊緊擁抱在一起，嘴對嘴的天衣無縫，吻得天昏地暗又死去活來。不約而同雙雙滾倒在碧油油的、毛絨絨的草地上——

我相信人的婚姻，即便現代高科技數字化，也探索不到姻緣實質的真相，只能以宿命來自圓其說。常說有緣千裡來相會，無緣對面不相識，單從二哥與阿紅的婚姻實例來說吧，她們的婚姻沒有其必然性，相反純純粹屬於一種偶然。

凡事不能用「假如」作為彌補和嗟歎，差之分毫則失之千里，假如只是假如而已。媒婆和母親都說姻緣是五百前註定的。鄙諺說：新買尿壺三夜香，新討老婆三年香，但二哥她們結婚有了孩子乃至在十多年後，依舊像新結婚那樣恩愛得讓人羨慕。天下長雨，生產隊不出工，兩個床裡繾綣悱惻，三天三夜不吃不喝的不起床。小雲他一天三次去敲門，每次二哥在床裡，答應出來道：「……在床裡呢！」第三天，小雲敲著門說：「狗日的你再不起床我要報警了——」夫妻倆三天三夜不起來的故事被人傳為「佳話。」二哥說魚兒離不開水，瓜兒離不開秧，他日夜離開不老婆……阿紅床上對二哥說：「不知為什麼，只要我看上你一眼，心發跳，臉發燥，渾身骨頭都酥了，……」夫妻七年之癢感情亮起紅燈，婚姻便有了危機。二哥僅僅十多年婚史，斷不能算老夫老妻，關鍵不在婚齡的長短，要看婚姻過程的實質性變化。那時的二哥財富和社會地位發生了天翻地覆的變化，要風得風，要雨有雨，可不比貧賤夫妻百事哀的時候。她們的愛情或說是繁衍生理的需要，即便如此，她們將婚姻經營保養到這種程度也難能可貴了。

　　二哥解開阿紅的棉襖的葡萄扣，露出貼身圓領棉毛衫和充當襯衫的假領頭。不知道阿紅當時她怎麼想，乖乖的順從二哥把身上的衣服剝去?明媚燦爛的春光下終於顯出了她的廬山真面目。阿紅臉孔潮紅的坐在臨水的草地上，太陽光照在她雪白的裸身上，簡直像坐在河岸的一尊自由女神像。和煦的陽光，光滑柔軟的春風，像絲綢巾一般從阿紅皮肉上滑過。一隻微不足道的小黑蛙，也許他待的不是地方，當阿紅的手掌剛要按下去，小蛙一泡尿縱身一躍，受驚的不光是小蛙，阿紅為此也嚇了一大跳。小蛙通的一聲跳進水，激起一朵小浪花，將整個天擊得了粉碎。二哥和阿紅留在鏡子裡的倩影，頃刻間蕩得無影無蹤，等漣漪漸漸止息，兩人又破鏡重圓。

　　二哥跟其他男人一樣對女人如饑如渴朝思暮想，尤其對說不清道不明充滿神秘與誘惑的那一對雙乳令人神往，由此在二哥的靈魂深處又有一種罪惡感。不管怎麼說，男人追求女人並得到滿足是自己的終極目標。二哥望著阿紅那微微上翹的乳房，驀想到姚姐那兩只肥大下垂的像皮水袋一樣的雙乳大惑不解。阿紅粉紅色的乳頭如含苞待放的花蕾……水中一座座青山，白雲白帆似的從天邊揚來，小鳥歡快的在身邊跳躍著，窺視著這光身的女人。兩個被愛情所迷亂，不知今夕是何年，分不清哪是天、哪是水。被蘊藏在體內的愛慾吞噬了……讓人困惑的，阿紅自己的軀體連父母都不讓看，卻完全屈服於一個完全陌生的男人……

「你要保證……」阿紅一臉認真的說，要二哥作出「不射在裡面的」保證。

「我保證……」二哥認真答應阿紅的要求。

兩個精力旺盛、正處於生殖高峰的年輕人，克制自己意志的同時，對於性交不是一個人的事，而是雙方的結果，所以二哥作出的「保證」談何容易。二哥覺得五臟六肺在調集全身的能量，心臟、血液、筋絡、骨髓、肌肉甚至毛髮爆發出巨大能量，像從地核中噴發出來的熔岩衝破地幔。

「我我要忍不住了……」但他並沒有得到阿紅相應的支持，相反雙手死死箍著二哥不放……「我我……我我……」二哥帶著神聖、食言的悲壯，哭腔著說。一切化為了烏有。

阿紅吻著二哥的脖頸，不但不肯鬆手，反而把二哥越抱越緊，大無畏悲壯地說：「抱緊些。讓他去——死就死……」

「黃穀，」阿紅穿好衣服，認真嚴肅堅決的說：「我們——不能有下一次了，要是懷了孩子，我就死在你的手裡了……如果你是真心愛我的，你就趕緊去把房子建好，咱們就可以馬上結婚——」

「發現你手與腳粗糙……」二哥答非所問明顯在回避這頭痛的問題，「身上皮膚卻那麼細膩潤滑……」

阿紅話說到了這份上，證明她已經決定打算嫁給二哥。作為二哥也應該作出積極回應的姿態才是。阿紅話雖然說不出口，也渴望精神與肉體相互交融能得到滿足，而不希望提心吊膽的野地上偷偷摸摸的。鑒於兩家關係尚不確定，也沒有任何手續與儀式，關鍵二哥連結婚的房子也沒有。這種不明不白的情況下，要是懷上孩子如何了得？無論在社會還是家庭低頭三尺……自己不要臉也就算了，名聲看得比性命還重的爹娘臉都丟盡了。走到這一腳，死無葬身之地。

「遊方郎中說我是牛皮癬，有的又說我是

蛇皮癬。」阿紅邊撫摸著手說：「省大醫院皮膚科專家說我先天性，從娘胎帶來的，治標不治本，目前沒有特效藥。」阿紅放下手又說：「記得在十二歲那年的三月初三，白馬開耕牛交流大會，跟同學一塊去趕會場。一個同學問賣狗皮膏藥的江湖郎中，什麼藥能治我的牛皮癬？賣膏藥的看我的手，我不讓他看，大家都勸我看看，於是就讓江湖看了。他看了手背，又看我的手心，端詳完半真半假的說：『不必治，治也治不好的。我可以告訴你這不是什麼病。……』不知江湖在諷刺我還是什麼，說看我的手相將來非貴即富。那時人還沒發育呢，聽不懂江湖話。並且教我把右手讓他看，大庭廣眾下簡直尷尬死了，我想逃走，但旁邊的同學揪著我不放，勸我說他又不收你錢的，看看就看看，看了又不會磨損的。平時在別人面前，輕易不敢露手示人，生怕被人笑話，第一次讓她們當猴耍，讓一個陌生人仔細端詳——連我自己也覺得很奇怪，胳膊以上不露的部位，皮膚光滑鮮嫩，示人出面的粗糙得像個樵夫，一個軀體如同個兩人。那個江湖說我將來非貴即富，豈不讓人笑掉大牙？從哪裡說起呢？我才不信他騙人的鬼話。還用得著他看相嗎，自己十分命相早知道了八九分。」

「那可不一定！」二哥說：「事物不斷在發生變化，幾天前我們天各一方，誰也不認識誰，毫無徵兆的情況下我們認識了。人與事無時不在變化，禍變成福，福也可以釀成禍，命運造化變化莫測。就拿我自己來說，因為說錯一句話而出逃，幾次從死裡逃生，在必死無疑的情況下又轉危為安。而且掙了錢回來的，壞事變好事因禍得福……這世界和與你之間蘊藏著各種變數……阿紅，等我哪天發了大財，我保證建一幢絕無僅有的全世界頂漂亮的房子讓你住，買最貴、最華麗的衣裳給心愛的人穿，讓心愛的人過上皇后公主那樣無憂無慮快快樂樂的幸福生活……」

「你倒很像那個賣狗皮膏藥的江湖人。」阿紅揶揄的說：「水裡的月亮能撈上來嗎。你這話從何說起？除非芝麻開門——你可真會逗人……咯咯咯，咯咯咯。」

二哥像太陽底下做夢，阿紅也明知在哄人，但心裡像蜜一樣甜，覺得那樣的幸福，咯咯咯笑聲，既燦爛又開心。

女人這心理總難以完全理解，只要男人哄得女人開心或虛榮能得到了滿足，不惜赴湯蹈火——哪怕明知被人賣了，也樂意替他數錢。二哥掌握阿紅的心理像掌握撬動地球的支點……鄉風談對象，赤裸裸稱為「騙老婆。」

「你家眼前境況，」阿紅收斂了笑容，又回到了主題，「發什麼財，等結婚成家不淪為乞丐就納福了——」

「說哪裡話。瓦片也有翻身日！即使我淪為乞丐，我一定不讓你去乞討，我乞討來的第一口飯讓你先吃。」

「自古至今，只要男人有錢，或有了功名，大都只有一種德性。不要甩破鞋一樣把我甩掉就好……」

「我可不是那樣的男人——」

儘管外界對二哥的看法褒貶不一，但我始終認為二哥是個講忠信、仁愛寬容的人，不是說一套、做一套、口是心非的情場老手。他與紅認識至發生關係只能用鐘頭來計算，雖相親相愛，但究竟能不能成為眷屬都不知道，自有肌膚之親那一刻起，二哥認為阿紅已經是他的女人了，心裡自覺承擔起一個丈夫的責任，無論說的做的對阿紅一片忠心。

「發財不是為我自己，我的目的讓你獲得幸福。我不願讓你跟我母親一樣，為了吃飯穿衣愁白了頭髮……我一定會去努力奮鬥的，即使不能如願，我也會讓你過得開開心心、快快樂樂的。有了錢，我怎麼可能移情別戀把你拋棄呢！你不信我可以對天發咒：要是我黃穀忘恩負義壞良心，做出對不起你的事情，讓老天爛我的舌根，鼻子尖頭丁瘡生死！像菩提樹那樣被天雷劈殺……」

今天看來男人對女人的廉價承諾可信度並不高，尤其雙方條件在不對等的情況下，處於劣勢的二哥，信誓旦旦只是為博得紅的芳心。二哥癡人說夢，古往今來男人做官發財，喜新厭舊，朝秦暮楚的男人世上數也數不過來。二哥情竇初開，心坎流露出來的話讓紅熱淚盈眶，撲在二哥懷裡哭了。

翻開二哥生命的每一頁日曆，這是他最為美好最值得珍藏與回憶的一天。這世界似乎突然一下變得美好了，無論看什麼都覺得那樣的親切可愛。花兒為他開放；山泉為他鼓瑟；小鳥為他歌唱；白雲為他伴行。二哥脫了上衣，流裡流氣的把衣服搭在肩頭，像所有熱戀瘋狂的年輕人一樣陶醉迷失在愛情的宮殿裡。

「小河的水清悠悠，莊稼蓋滿溝……」二哥情不自禁的哼唱。

阿紅：「解放軍進山來哎，幫助咱們鬧秋收——」也一起和唱。

六哥一早接母親的令，向舅舅報信說今天老二與對象要來。舅舅聞之大喜，宰殺了人家送給他的一頭小山羊，拿出剛剛釀成的新酒，盛情款待外甥結識的新客人。

舅媽看見外甥攜對象進來，急忙迎出門去，從頭看至腳，熱情的拉起阿紅的手，當面誇獎阿紅說：「長得好漂亮好漂亮！黃穀，你小子可真有福氣啊。」拉著阿紅到桌邊坐下，捧出瓜子和花生讓阿紅吃。

我舅舅夫妻倆不曾生育，本來說定讓二哥過繼給舅舅做兒子的，說不清道不明的種種原因，二哥並沒有給舅舅當兒子。

在八個外甥當中，舅舅最喜歡的就是二哥。每次娘舅外甥碰面，兩個有說不完的話，他們倒像父子倆。那天兩個人你敬我、我敬你的不知喝了不少酒。

舅媽怕阿紅受到冷落，不停的勸她吃東西，並且跟阿紅說這說那。雖然舅媽話多，但並不覺得囉嗦，不似其他女人那樣喜歡打聽別人私事，只不過出於禮貌，簡單詢問阿紅家有幾口人、父母身體好、生產隊的分紅情況。講自家的小貓捉老鼠表演捉放曹的有趣的故事。娓娓道來既生動又有趣。阿紅覺得舅媽說話很富感染力，哪怕一件極小的甚至不為所察覺的小事，由她說來聽者如嚼橄欖的有滋有味。舅媽人情練達，處世做人很在行，所以阿紅一點不覺得她討厭。

二哥答應下午送阿紅回白馬的，跟舅舅中

飯一直吃到太陽西墜。娘舅外甥酒逢知己千杯少，舅舅喝得說話舌頭打結頭，二哥吐得一蹋糊塗，阿紅可憐二哥，忍不住說：「出來喝這麼多酒，一是傷了自己身體，二來吃酒誤事。」

「就是啊，」舅媽試探地問：「醉成這樣子——怎麼辦？」

「舅媽，」阿紅說：「我陪著他。」

「你是我們的客人，這好意思……」

「舅媽放心，我會照顧他的。」今天還回不了家，她應該知道母親的脾氣，沒有任何理由一錯再錯了。

阿紅看二哥與舅舅沒完沒了的喝酒，內心歸心似箭。或出於面子或是個性使然，她並沒有催促二哥回家。心裡焦急的想早點結束趕路，然後一直煎熬到太陽西墜，晚間有線廣播開始廣播，二哥已經爛醉如泥了。無意中她問過舅媽，得知去白馬只有六七里裡地了，腳步走得快一點，一個小時就到。眼看二哥醉成了這樣，一個人顧己回去，連相互說句分別的話也不能。想不管做出母親所不能容忍的事情，然後母親總是母親，眼前的男人變得舉足輕重。自己在舅媽面前不該一走了之，理所當然應當由自己來照看黃穀。

阿紅從灶床扒了一畚斗的柴灰倒在嘔吐物上，打掃完房裡穢物，又打來洗臉水，把二哥的嘴臉擦乾淨，脫去鞋子洗了腳，然後解開身上衣裳，把二哥安頓好以後，為防止再次嘔吐，向舅媽要了一個木腳盆放在床頭邊。考慮二哥酒醒口乾想喝茶，再回客廳去倒茶，聽見舅媽跟丈夫在說：「我仔細看過了，若肯給嫁給黃穀做老婆，黃穀有福氣……」阿紅聽了舅媽說的背後話，心裡熱乎乎的，但一想到二哥的家境，心裡七上八下。

阿紅和衣的一直守在二哥身邊，含情脈脈的看著二哥的醉態。二哥酒醒，紅送茶遞水的關懷備致，昏色掩蓋下，兩人乾柴近烈火控制不住的情欲，像磁鐵的吸在一起。

「我出來已經三天了，」翌晨，見二哥還不提什麼時候上路，阿紅焦急地催促說：「再說舅舅她們有事——你不去我就走了。」

舅舅與舅媽再三挽留阿紅玩一天，阿紅去意已決。舅舅便退其次而求之，讓阿紅中飯吃了去。阿紅甚至懷疑昨天舅甥兩人真醉還是佯醉？舅舅夫妻倆只好放行。

「穀，」舅舅拿出生羊腿教二哥帶上。阿紅堅持不讓帶。「聽舅舅，穀你一定要陪到家為止。啊！」

家就在面前。紅教二哥送到這裡為止。阿紅的目的不想讓家人和熟人看到黃穀。二哥堅持要送到她家門口，以便下次就認識了。

「看到那棵大棗樹了嗎，」紅指著高過屋脊的棗樹說：「那是我家……信裡約好，你什麼時間來，我等你。白天你千萬別來，去後院敲我的窗戶——」

第五章

19 舌尖上的婚姻

如火如荼的三夏總算結束了，一不怕苦、二不怕死、革命加拼命，流了一個六月夏天的血汗，身子疲乏的像從刑架上鬆下來一般，渾身骨頭散架的酸痛。拮据艱難的日子根本容不得活著的人喘氣的機會，各種不得不面對的事如亂麻的堆在案頭。例如遇到我二哥這樣的情況，假使沒有房子，阿紅就不同意結婚。二哥送阿紅回家後，跟母親傳達了阿紅的意思。

「黃穀啊！」母親對兒子只能說實話，「你拿來的一點錢，吃用開銷蝕光了，咱做的是空戲文啊！只能現時剝現時，哪有能力造屋……船到橋門總會直的，也不必太擔心，問題在大姑娘身上，不在有沒有房子——」

「啊唷！是秋香姐來了，這麼熱的天——辛苦辛苦！」

「辛苦什麼。只要她倆的事能成功，再辛苦我也心甘情願的。」

「這麼熱的天，翻山越嶺大老遠的趕來，背上汗都滲透了。」

娘將婆婆迎進屋裡，又是遮扇子，又是泡

茶，沒等秋香緩過氣來，就迫不及待的問道：「阿紅她爹娘怎麼說？這小鬼，他經常去白馬看阿紅的……」

「嘻嘻嘻，」媒人弔詭的一笑，手遮嘴巴，湊近娘的耳朵，悄悄說：「聽人說……素娟姐你老二的本事不算差啊，看樣子你新婦大娘做先有呢……嘻嘻嘻嘻嘻。」

「就是說呀，」母親口上裝得像擔心，肚裡可高興都來不及，阿紅有身孕等於拴上了牛鼻子。「唉沒結婚就有生了，外面多難聽啊，以後做奶奶太婆，都要給人當話靶說。那麼女方的爹娘怎麼說？」

「我天不亮就來了……」秋香說，「昨天我去她家兜了頭寸，所以今天就趕緊來告訴你。我同阿紅娘說：『黃穀娘教我給她倆去排個八字。你把阿紅的生辰八字報給我吧。』

「『你說什麼！』阿紅娘的臉孔唰一下馬上放給我看。指謫我說：『天下有這種道理的嗎？！她娘講說話，還是動下巴？咱阿紅只不過你叫她去他看了一眼人家而已，又沒有拿他們一草一木，憑什麼索要我們的時辰八字？難道我們答應過他們什麼了？談對象，上門看人家再正常不過的事。噢，他們就當兒媳婦啦。豈不笑煞阿才哥。你又不是第一次做媒，這麼大年紀活在……』

阿紅娘越說越來氣，罵我這麼大年紀活在狗身上……

是啊是啊！我只能厚著臉皮聽她的嫌話臭話，媒人是老鼠蹲風箱——兩頭受氣。我看她氣消了一點，我填了她一句：你們是皇帝的囡，心裡當然不急了，但男方的爹娘不這樣想……你說做父母誰不希望兒子的終身大事儘早定下來？阿紅娘，不是我在怪你，我一向站在中間立場上，既理解你，也能理解男方，既不偏袒也不幫襯哪家，男女兩邊的想法我都得兼顧……我在琢磨這所謂事情的兩個字，按理說事歸事，情歸情的，事與情八竿子打不著邊卻摻和到一塊。事要靠人去做不可能變成可能，打個比喻說我想借你的米篩用一下，那我就得向你借呀，要使得你能借給我，我得說服你呀，說便是交流感情，有感情就事辦成了……你心裡有想法或意見，你得說出來才是，悶在肚子裡不說人家又不是你的蛔蟲，若你們不說話，他們也不發表意見，雙方黑燈瞎火的做三岔口的戲文。死不溝通怎麼讓人開展呢？……

阿紅娘自知道理欠缺，被我塞得啞口無言了。『破四舊破了這麼多年，』阿紅娘的氣焰沒了，給自己找臺階說道：『思想還這樣頑固。』

你不曉得我去她連坐也不叫一聲，更不要說泡茶給我喝，這時才遞我一杯茶。我說山裡人跟我咱不一樣，作興老的一派。我也批評黃穀娘現在記工分，窮富都一樣的，有什麼命不命的……但是黃穀娘說：表面上雖說四舊破除了，骨子裡還相信有命的。如果一個人沒有命，為什麼壽命有長短？為什麼福氣有好壞？同樣掙工分，有的為什麼飯吃不飽，有的仍然豐衣足食呢？命如一只手的五個指頭有長有短啊！長有長短的啊。黃穀娘又說，算個命好溫溫心，她們若命中相克，遲散還不如早散；若相合當然最好。至於她們有什麼要求，提出來雙方都好說的嘛。我聽人家這樣回答也算通情達理的，沒道理去說她們的不是。我答應黃穀娘說，那好我去問問阿紅娘有什麼意見與想法——

『她生這麼多人囡，就一間茅草破老棚……他們爹娘可想得通了，教我日裡夜裡心事都擔死啦！一個個打的都是死結頭……』看阿紅娘的心裡像著了大火，飛快的撲著扇子——

我索性坐下來跟她擺龍門陣，我說人家又不是沈萬三、王百萬，天下哪有堆樹造屋的人家……俗話說燕子養兒空勞碌，人活不過一百歲，擔的千年的心事，兒子的心事擔出，又要操孫子、玄孫的心事，活到老憂到老。話我雖然這麼說，但人人都這麼做，你我也不能例外——常說斗大的蠟燭難照後，只好頭痛醫頭，腳痛醫腳，黃泥蘿蔔——剝截吃截，走到哪裡算哪裡。我話一轉說黃穀娘問我，兩家親事能定不？我一向心直口快，回對黃穀娘說，你也真夠滑稽的，人家阿紅又不是我女兒，我哪會曉得她們怎麼想？即便阿紅她們兩個對意，最終要她父母點過頭。黃穀娘說我是介紹人啊……既然我搭的嘴，阿紅她娘罵我也好，只好厚著臉皮來問。黃穀娘對我說，如果你們沒意見，到時候擺桌訂親酒形式一下。雙方長輩見個面，兩家的關係先定下。不過黃穀娘也說，若他們高攀不上你們，大家就好聚好散，不耽誤你們可各奔前程。如果一直沒個著落，有人上門做媒，他們答應不是，不答應也不是。都誤了光陰——黃穀娘擔心現在年輕人的心思變幻莫測，活絡得像春天的雲彩，萬一，從半路殺出個程咬金來，大家都做難人了。黃穀娘也算思想通達的，把話說開了，鄉里鄉親的人只不過巴掌大一點面孔……抬頭不見低頭見，介紹不成情意在。經歸經，緯歸緯……只要你說一句話，沒什麼好讓你為難，得兩廂情願。我回去跟男方灶子菩薩直奏……」

阿紅的娘她早就教自己外甥，去菩提山打聽我家情況。外甥打聽回來跟說道：「菩提山人都知道黃穀因反革命而畏罪出逃，他哥開槍打人又去坐班房。幾年沒有音信，都說他已經死了，突然拎著一皮包鈔票回來了。沒人知道他的錢是怎麼來的。各種猜測都有，多說他的錢來路不清，甚至說什麼都有……」外甥客觀公正的又說：「吃不到葡萄說酸嘛，你黃穀生產隊裡比我們不如，況且是畏罪潛逃，出於妒忌也很正常的，但那些話不能評判一個人的好與壞。有的話很不靠譜了，不相信他敢去搶銀行裡的錢。都說自黃穀回來後，這家人舊貌換新顏，全身衣裳穿得新簇簇，令人好不羡慕，又聽說要翻茅草屋，另外還有三間屋地盤……看光景確實像發了財。」

「不會瞞外人的眼睛吧……」阿紅娘不無懷疑道：「他們有鈔票，這房子應該造起來了。他娘不會做空戲文吧？」

「我打聽了好幾個人，說詞都驚人的一致，男方不可能賣通他們合夥來騙我吧。我對這後生分析判斷，其他沒有什麼疵點，唯一不足的政治有污點，譬喻以後入黨啦、做官啦，那肯定成問題的。但話反過來說，這個大千社會芸芸眾生，有幾個人能入黨做官？現在形勢大不一樣了，變得十分實際，你想劉少奇、林彪、彭德懷統統被死了，王張江姚也蹲了大牢，六類分子的子女，照樣可以參軍入黨了……老百姓政治遊戲一圈玩下來感到麻木疲勞，沒有了當初那種興奮勁。如今看重的是吃穿住，物質才是頂頂實際的東西，難怪有這麼多媒人上門為他做媒——」

秋香見阿紅娘不再像剛才那樣囂張。

但在沒有摸清黃家究竟有多少錢之前，阿紅娘不能讓女兒愛得太深而不能自拔——未婚先孕就喪失了主動權。假如不像人家說的那樣有錢，輕率答應又怕自己吃了大虧，若判斷失誤，讓別人捷足先登，豈不又坐失良機？——有錢不怕找不到對象，男方腳踏兩頭船，然後矮中取長，自己不就吃虧了。

「我說，我不過給你們串個線而已，主意自己拿的。」我瞅準阿紅娘的心思將她一軍，「你也不必太為難，成則成，不成就拉倒嘛，我去回話他們就是……」

「其他——倒沒什麼，」阿紅娘鬆口說道：「跟你說句掏心話，那頂晾帽沒有啊！他家房子什麼時候建好？什麼時候娶阿紅都得。女兒總得出嫁的，但總不能嫁個連窠坐都沒有的人家！八個兄弟，一間草房怎麼做洞房——」

「我說，你一口想吃一個胖子，怎麼吃？他娘又不是讓她們明天圓房，你們如果有誠心，兩家的關係先確定下來，至於其他要求和條件，再慢慢跟他們談吧。這事行不行不就你一句話？說行把阿紅的生辰八字報給我，不行就拉倒算數。你走你的陽關道，他走他的獨木橋。拖著人家不表態，我怎向人家去說呢？」

阿紅娘像蛇打到了七寸上，放又不肯放，抓又抓不牢，心裡很是糾結，肚裡委屈的在想：我們父母沒喝過他們一口冷水呢，連黃家朝南朝北都不曉得，而且紅在娘面前也沒有明確的說什麼，這黃家人憑什麼如此驕橫？

「古話說大豬好養，大囡難養……我不給她有迴旋，對屁股又燒了把火，「嫁出去的囡，潑出去的水，難怪都想生兒子。你們把她養大了，一朝出閣，身邊冰清冷水像丟了什麼……如果女兒一直找不到對象，做娘則更加鬧心了。」

「聽鑼聽聲，聽話聽音，阿紅娘雖不是同一個大隊，屁股大的一塊地方，放個屁都能聽見，彼此誰也瞞不過誰，她知道我說的『大豬好養大囡難養』什麼意思。」

原來阿紅經人介紹談過幾個對象，一個是從部隊復員回來的，分配去白馬公社農機廠當鐵匠。雖說生產鋤頭鐵耙的公社企業，不是全部至少半個是工人階級。另一個是靠手藝吃飯的小木匠。俗話說良田萬頃，不如薄技在身，生產隊掙的是死工分，吃的是自家飯，而木匠拿的是現鈔票，吃的是人家飯，家裡少一張嘴，就多一個人的口糧。

阿紅對小木匠交往似乎並不熱絡，但父母對這門親事十分看好。婚事定局，到了談婚論嫁的階段，雙方父母為聘禮一點小事徹底鬧翻了。說男方斤斤計較，不如說阿紅家比男方更加計較得失，事情發展到後來就變得爭氣不爭財。阿紅哥哥與未來的妹夫一言不和，就爭了起來，不歡而散一度陷入僵局。儘管介紹人從中斡旋，雙方自以為是三斧頭劈勿進，誰也不讓誰。關鍵小木匠經常出門在外，與阿紅沒有太多時間接觸，擇偶更像是一樁買賣，兩人根本談不上感情，她們倆結婚的事而在外面叫得乒乓響了。

因為這件事，阿紅與娘產生了隔閡，以至阿紅對娘產生反感抵觸的情緒，母女倆坐起了翹翹板。凡是娘看對的，她偏不要，凡阿紅對意的，她娘總說不好。相當長一個時間，母女一直處於冷戰狀態。阿紅連遭挫折，讓僅有的一點自信都快賠光了。

阿紅變得性情孤僻，無端的亂發脾氣。小姐妹結婚，請她去做伴姑娘，千說萬說不肯去，她們一個個都出嫁了，並有了孩子，心情煩躁的阿紅，把自己封閉起來，有事沒事找母親兄嫂的茬，母親說她兩句，她像火山一樣爆發，大聲埋怨，「都是你們害的——」娘那受得了這句話，不吃不喝的哭了三天三夜，阿紅跟娘道歉都沒用。

女兒長大了，不像小時候那樣馴服聽話，她有自己的主見了，阿紅娘深深的體會到所謂「大囡難養」的這句話。內心希望女兒能找個稱心的男人，就早點兒嫁出去，丟掉父母的心事，讓生活歡喜樂笑起來。

阿紅初次看人家，破天荒的我家過了兩晚上，娘雖然沒有說什麼，卻大大出乎了母親的意料，阿紅回來好像換了一個人似的，聽見女兒久違了的哼唱，第一次跟母親說這說那。是的，只要阿紅想到跟二哥幽會，兩人有說不完的話，含情脈脈纏綿悱惻，不由得心砰砰直跳，眼睛發亮，神采奕奕。娘心裏咯噔一下。畢竟女兒太過幼稚，不懂得世道兇險，千戀愛萬戀愛九九八十一仍然回到柴米油鹽上……男女關係複雜，特別人言可怕，但有了前面的教訓，不好對阿紅再說什麼。值得母親欣慰，這一次應該合女兒心意了吧。

娘是過來人，這兩個夜晚少男少女單獨在一起，會不會做那種事體……毫無疑問除非小官人坐懷不亂的真人君子，那也不成啊，假如阿紅她主動呢？至少相信，男方的母親不會讓她們睡一張床吧……難道非要上床才能那個嗎？男方心存不良先斬後奏，讓阿紅的肚皮大出來，那時你嫁也得嫁，不嫁也得嫁，不嫁挺著肚子讓娘家出醜，背後讓人指指點點，不僅有辱門風，永遠當做話靶……母親對女兒越想心裡越不放心，看秋香說話軟中帶硬、話中有話，像穿上牛鼻被她們牽著走——

「秋香姐，」阿紅娘心裡再急，也要裝得像無所謂，「嫁女應該有個樣子，我們沒有過高的要求可提，只要他家房子造好，隨便幾時結婚。我們相信你不會串通好來藥我們的。一旦結了婚，房子的事就丟到慢字第裡去了，成了牆壁畫的燒餅。一戶人家若沒一頂晾帽，你說結婚生孩子日子怎麼過啊？做爹娘的哪能安心理得！我就拜託你了，你回去，對他父母直奏就是。」

媒婆一邊點頭道：「阿紅娘，你的心思我曉得，他家不是說房子不造了，確確實實準備造的。這畢竟不是小孩子辦人家，又不是堆樹造屋的富人家，椽子、桁料、柱子，有錢你都無處買，一椽一木、一磚一瓦，只能燕子銜泥的一點點的積累。造屋難啊，不是疊洋火盒子那麼容易，叩石抬土，砌牆壘磚，一畚箕一畚箕的擔……你放心，屋一定會造好的，不會讓她們蹲露天空下去。現在青年男女不像我們老早了，沒有結婚，肚子就搞大了。遠不說，你看李銀旺、張阿狗結婚，兒子吃爹娘的喜酒了！氣數十八代，老鼠叨牌位……做了『先有客人，』只好委曲娘家，草草結婚了事。」

秋香媒婆拿捏得十分有分寸，話點到為止，不能說過頭了，說過了頭反捅出漏子而適得其反。

見阿紅母親默不作聲，秋香知道話點到了要害。又期待的吃了一會茶，無話找話的說雞鴨瘟得一只不剩了，收成柴草糧米也大不如去年的說了一番。

「啊喲喲！我昏死了！只管在這裡跟你談空天，」秋香見她不回話就起身要走。「外甥今天要來……」

「……兩人同年的，」阿紅娘的嘴終於被秋香撬開了，「阿紅是六月十二，午時生的……」

「我有數了，」秋香心裡一樂，「那好，我去全瞎子那裡溫下心吧——」

「算了回來，」阿紅娘在門口喊道：「到我家吃中飯。」

20

蛤巴墊床腳

「算來這兩人雞鬥鬥的，命中犯沖。」全瞎子一本正經說：「小吵三六九，大吵勿斷頭的。若要好就不要合夫妻，做夫妻則少有到白頭……姑娘六月生，應是有福之人，女方八字算來命運不壞啊。配蛇或龍、兔都大合大好。根據八字排來，嫁到夫家第一年克公，接著死娘死叔伯，一家人弄得凋花飛散……」

「你瞎子講瞎話……」秋香聽算命一番話，跟全瞎子急起來，罵他說：「照你說來大姑娘的命，比祥林嫂還硬啊？我也算是你長戶頭了，有事不論大小，從不去兆半仙那裡，你不要熟吃熟，撥我出什麼腔花。古話說寧拆十座廟……有你這樣算命的嗎。不會掐指算錯？請仔細算算吧……」

「除非你報錯了姑娘的時辰八字——」瞎

子熟習的把煙揉成團裝入鍋內，邊吹煤頭紙邊說道：「秋香，你給阿水駝背的囡做媒啊，是菩提山哪戶好人家呢？」

其實二哥與阿紅屬虎的。秋香替人算命算多了，說夫妻兩只老虎不好。故意把虎說成雞。其實秋香做煤跟全瞎子算命一樣的齊名，男女雙方一旦撮合成功，委託秋香算命排八字，所以秋香是全瞎子的座上客。看似做媒和算命是兩股道上跑的車，一個靠哄嚇托騙，一個靠設局做套，同是江湖社會一丘之貉。

全先生吸完最後一口煙，呼的將煙灰吹掉，話帶著濃煙，「你仔細報我一遍聽聽——讓我仔細再算，哦時辰上有大出入。申酉戌……看來，這對夫妻勿會撐過三年的，假若能撐過三年，男人時來運轉了，而且財相旺盛，積金聚銀；看來小官人還有官運呢……」

「官運？做多大的官啊？」秋香心裡嗤笑，他又在瞎說了，一個現行反革命分子哪來做官條件……

「哦——萬人之上呢！」全瞎子又說道：「硬篤篤算，小官人確實有一步運。但話又得說回來了，男人命好，好在他老婆的身上，也就是揩老婆的油，術語叫庇蔭，全靠阿水駝背的囡的。」

「這話怎麼講啊？」秋香揶揄說：「先生你剛說姑娘的命硬得緊……低低碰卵脬，高高上眉毛，哈哈哈——」

「你時辰報得不對，教我如何算得準呢！秋香，你不信去看大姑娘下底的陰毛，生得各較頭的，牝毛像西發的對中兩邊分開，又長又齊又軟又濃又黑又清楚，而且在密毛深處隱藏著一顆朱痣。什麼叫牝福……暗命好的緊。」

「你這個斷種瞎子！」秋香笑嗔罵道，「你啊，嘴唇兩張皮，翻轉賊牛牝！天上太陽見不到一星光，走路靠人攙領，卻能在三裡路外看見阿水駝背女兒下身長的毛和痣？教你算命，不是讓你吃我豆腐。我再問你，萬人之上什麼官？能做一國的宰相嗎？你算命說話沒有頭寸的，你說得好，白鰲會遊、火腿會走、掃帚柄裏出團筍、黃狗出角變麒麟。」

「你不信就拉倒！」全瞎子又抽出煙管吸著，接下又說：「不信，你背地私下去問問大姑娘自己，否像我說的那樣？如果我全瞎子在亂說瞎說，你拿鋤頭來砸我店門。我問你，一個公社書記他要管多少人口？不是萬人之上嗎，宰相是國務院總理，管八九十來億人！教我仔細算算，但算了你又不信；還白白被你罵。哎呀做人難，難做人，人難做，……」

「那好，就聽你算到底吧。」

「在結婚的頭一兩年有個結頭。夫妻倆的日子相當難熬。說得難聽一些男人連死的心思都有。人在命運破殼之時，像女人生小孩一般陣痛，像天亮不亮黎明之前的黑暗，對生活前景看不到一線轉機與希望。」全先生停頓一會兒又說道：「每個人屋裡頭都有大人的，佛語說不增不減、不生不滅，大人老了總要死的，說實話也不好怪罪到女人的頭上——話亦可反過來說，雞亦濟也；兩只雞則叫共濟——大姑娘雖眼光狹小，少有主張，但個性糯妥，個性有點像爹阿水馱背的。能當家律己做人家，體貼人並能容忍。說到這裡，一切的一切歸功於大姑娘忍耐度好。時髦的說法就是個性決定命運。終其一生相信自己的男人。事事不去琢磨心思，跟我瞎子一樣讓人牽著走順著男人的心思……這就是所謂的幫夫命。」

「如一朝著了全先生的金口，」秋香聽得來勁高興說道：「來日我教小官人親自好好謝謝你！」秋香伸進懷裡，掏出一個手帕包兒，似錦囊的一層層剝開，露出一刀零碎的小鈔票，抽出一張五角交到全瞎子手中，「——不用找了！」她忽想起說阿紅陰毛一事，秋香咯咯咯情不自禁的笑起來，不忘再揶揄道：「全先生。」

「你說吧……」

「你沒有眼光，卻比明眼人還亮，——帷幄中瞧見三里外，穿透三層布絲被你看得一清二楚……咯咯咯！」

「哪裡哪裡，你過獎了！雖然我別的看不見，但看女人眼光特別尖銳，天生天化的心有靈犀……你罵我我也無話可說了，但我問你，木匠、篾匠、車匠，匠匠須拜師傅，夫妻洞房這件事，你說要師傅教嗎？我姓全，說的全是真話兒，人家說我全瞎子太下作相，其實說我的這些人才真下作，他們下作的事只能做，但不能說——我算得不好吧，你要怪我，算得好你又要罵我，處世真好難啊。偉大領袖毛主席說，知無不言，言無不盡，言者無罪，有則改之，無則皆勉，但到後來說真話實話批評的人，言者有罪都被打成了右派反革命。俗話說好歹有三攤——」

「再說說，以後哪些方面要做忌……」

「你回去說給小官人聽，教他四個字『苦撐待變。』命裡是財神的化身，他想賺多少錢就有多少錢。他不想發財，別人硬要他發財，他不想當官，硬請他去當官，他不想去找女人，女人要來找他……人一踏入江湖商務官場就由不得你了。要他記牢，活著不光為自己而是活讓別人看的……所以忌也無所忌，忌了也沒用，索性百無禁忌——四十五至五十五歲，鴻運到頭了，什麼人生糾葛、貧富、貴賤、榮辱、恩怨都會一筆勾銷。如《紅樓夢》賈寶玉一個夢『落了片白茫大地真乾淨』結局都一樣。古往今來亙古不變的，萬物生有時，死有時，花開有時，花落有時，總難逃一個敗字的。」

「從八字排來，他有幾個人囡呢？」

「有一男兩女，……女主四十二歲是個關口；四十八又是一關，逃過五十八，九十八歲壽源……」

「今年的年庚，能結婚不？」

「當然能啊。」

「啥時結婚才好？」

「十二月十九、廿三、廿五，三個都是大好日——」

秋香如果專門請瞎子揀結婚好日，須付二元錢。她一共只花了五角，省了一塊五。瞎子到後來才反應過來，搖搖頭心裡嘀咕說：「這媒婆像狐狸覬覦烏鴉嘴裡的肉奉承烏鴉歌唱得好——精得雁過拔毛啊。」

「阿紅娘啊，」秋香一進門，就向她吹噓說：「算命先生說了，她倆金玉良緣。這麼般配鐵鞋穿破也找不著的……」

還說我二哥若干年後發大財、做大官。

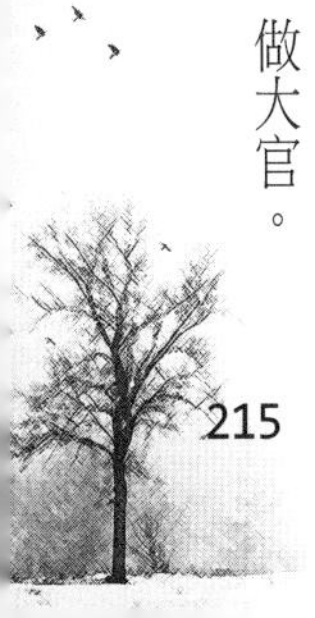

「你們兩老等著享福……全先生誇下海口，有半句不實，以後去砸的他店門牌子。說今年的年庚順，趁早辦訂親酒，十二月十九、廿三、廿五是大好日。」

「他們只要禮數到，」阿紅母親聽她借算命瞎子的口催儘快訂親一肚子的不快，說：「訂不訂親這不是什麼大事情，關鍵在於——」

「讓雙方長輩們見個面，辦個一桌便酒，大家坐坐敘敘嘛……那那我明天去菩提山，去通知他們？」

「既然娶得起媳婦，」母親對秋香說：「形式形式，作下來老禮省不掉的。否則名不正言不順。我們也不在乎省這點禮數錢。按老規矩吧。」

八月半前兩天，二哥第一次公開去見岳父母的面。照通常慣例母親為二哥籌了三百六十元定親錢，五斤酒，五斤白糖，三斤棗子，二筒散裝的酥月餅，兩條香煙，另外送給阿紅一件的確涼的上裝，一件包棉襖的花格子外套，兩雙尼龍洋襪，一雙球鞋，一雙半統的雨靴，以及搭盤頭用的餅乾、金棗。母親好面子，打腫臉孔充胖子，解嘲的說道：「咱蛤巴墊床腳——歇力撐；這樁大事體總算定下來了。」

二哥再也不必偷偷摸摸的去後院叩阿紅的窗戶了，光明正大的從大門走入，也不必回避父母哥嫂及外人，不用怕那條忠於職守近乎多管閒事的小花狗了，這畜生把二哥當成了竊賊，聽見二哥敲窗戶，立即警覺地鑽出狗洞去，瘋狂的上躥下跳對二哥咆哮，阿紅知道是二哥來了，小心的噓一聲把小花喚進，抱著小花的頭對二哥說：「下次家裡帶個鍋粑團給小花吃吧。人要聽好話，喜歡拍馬屁的，對狗你也要用腳色，受了賄賂就不會對你狂吠了。」二哥花一兩糧票伍分錢，在街上買兩個肉包子，小花吃了二哥誘餌，「三緘其口」不再把他當賊。悲哀的兩人幽會彷彿像在搞特務地下工作，一有風吹草動，心都提到了嗓門口，害怕被家人和熟人瞧見。「將仲子兮！無逾我里，無折我樹杞。豈敢愛之。畏我父母。仲可懷也，父母之言亦可畏也！」今日讀《將仲子》，周天子朝代的《詩》彷彿在描寫二哥與阿紅幽會的情景？原汁原味從一個模子出來。

二哥從這麼遠的路趕去，白天又不願放棄工分，相見時難別亦難。鴻雁傳書，二哥說好那一天跟阿紅相會，不管颳風還是下雨，勇往直前。阿紅坐在房裡望著颶風狂雨發愁，想今天二哥來不了了，望眼欲穿的相思的火焰漸漸澆熄，二哥竟出現在窗口。阿紅喜出望外，「風狂雨橫你還能來嗎！」

「風雨能阻擋我對你的思念不！」二哥渾身濕透像從河裡爬上來的，但絲毫不覺得，笑著說：「哪怕天上落菜刀，我就頂砧板來……」

兩人在萬籟的星空下，地下戀情像烈火一般燃燒，如饑如渴的又抱又摟，不但解決不了生理慾望的衝動，相互撫摸的行為簡直像根撥火棍，慾火只會越燒越旺，三番四次做出「下不為例」的事情。不知不覺中星斗轉移，東方露出魚肚白，晨鳥離巢，頭上落滿了霜露，她們像露水夫妻，又像蒲松齡筆下的狐仙，頭雞叫過，東方欲曉，得依依惜別……

訂親使得二哥與阿紅可以公開化，二哥總往阿紅家走。阿紅娘問道：「黃穀，你晚上回去電筒帶不？」

「夜裡怎麼走呀？」阿紅回答道。母親明顯不能讓毛腳女婿在家過夜，娘向二哥下了逐客令。「我床鋪安好了。」

「那教他——跟你爹睡。」母親無可奈何地說。

愛情的精神力量使男女們無所不能，作為過來人的母親所以不敢掉以輕心，生怕她們出什麼問題。當家裡安在屋柱上的有線廣播，傳來「今天全天的節目都播送完了，」母親走到阿紅房門口，側耳聽裡面有動靜沒有，輕輕的拍門通告，「廣播都歇掉了——早點好去睡了。啊，明天又要起早的。」

母親雖生過兩孩子，且做了奶奶，但自己仍然不甚明白女人是怎麼懷孕的。生產隊幹活，聽人們地頭開玩笑說，女人坐男人坐過的凳子也會懷孕的。無獨有偶隔壁的小狗孀，生了一大群兒女，女的恨男人動輒使自己懷孕，乾脆就提出兩人分房睡。小狗拿自己說事，「總以為分房睡沒事了。早晨我要換一件小布衫，喊孩子他娘布衫拿件給我換。狗日的，換布衫換布衫卻又弄出一個小兒子……」

一次阿紅她娘說去自留地割青菜，走到半路，娘才發現沒有帶刀來，返回家見女兒背靠桌子，兩個嘴對著嘴、下面對下面屁股瘋狂的扭動……女婿急猴猴的喘著粗氣，女兒的靈魂在呻吟……娘見恬不知恥的一幕，心像落油鍋一樣難受。她又偷偷的回出門外，佯裝什麼也沒有看見，故意「呵噓——呵噓！」大聲驅趕雞鴨。

總的來說原則上絕對不能讓兩個年輕男女單獨在一起的，尤其是晚上；即使素昧平生長途旅行，不會發生像白拉日隆子爵號郵輪上由於方鴻漸一個疏忽讓阿劉揀到的一枚髮夾而詐取三百法郎的事呢？

「阿水，」她對木訥的丈夫說：「年內只有幾個月時光了，黃穀雖答應造屋的，可不是在白紙上畫畫呀，看樣子肯定造不起來了。兩個一直像爛膏藥的黏著不過門，要是萬一……那可出醜立牌坊了。我想乾脆讓她們結婚吧。男方委託秋香來催過好幾回了，反正已經是他們的人了，不要弄得像上回子恨得我們……我們還要給她辦嫁妝，連連木頭家生做好還要油漆。趁早你把結婚清單列好，聘禮、幾桌酒水樣樣寫好，秋香來，我教她單子拿去通知男方——」

母親為二哥的婚事三分歡喜七分愁，殫盡竭慮的操碎了心。母親她主張訂婚的目的，只為製造社會輿論，受輿論的鉗制，女方不會這山望那山高而另攀高枝。之二，二哥去阿紅家就用不著做賊的躲躲閃閃了，只要阿紅的肚子大出來，等同牛穿上鼻鈕，男方不著急女方卻著急想結婚，掌握了主動權，甚至拿做籌碼進行討價還價。

二哥經常往阿紅家跑，同夥們取笑二哥做了上門女婿。為此二哥生產隊中落下了不少工分，父親對二哥曠工大為不滿，發牢道：「你結婚要鈔票的，不多賺一點工分，成天往她家裡跑。」

「你工分工分！靠這幾個斷命工分頂屁用

啊！」父親不知道母親的良苦用心，指責我爹說道：「你啊，曉得甚麼事體！多管雞娘孵鴨卵，結婚靠這幾個工分錢塘江裡撒泡尿——有個鳥用！」

母親讓阿紅她們在年內完婚。然後對女兒嘮叨了一大套，說什麼兄弟七八個，結婚沒有房屋，節骨眼上不敲他們一點竹槓，以後苦得你自己啊……每次兩個見面，二哥就迫不及待的想跟阿紅親熱。

「你家的房子，到底什麼時候能造好！」阿紅不讓二哥觸摸，拉下臉責問：「一切全是哄人的假話——」

二哥做一次愛，過五關斬六將，被阿紅責問得焦頭爛額。

「我問你，咱們結婚睡到哪裡去？跟你七個大兄大弟睡通鋪？等以後兄弟分家，我們住露天？還睡土穀祠——」

二哥無言以對，阿紅拒絕二哥的要求，以自己身體的優勢脅持二哥。一籌莫展的二哥弄得慾火焚身。其實阿紅也不好受，慾火像饑餓的海鷗咬住河豚不放，啄食的同時釋放出致命的毒液，陷入深深的痛苦與矛盾。

媒婆帶著阿紅父親托人寫的一份彩禮清單，紅紙黑字，更像遊坊郎中開出的一貼藥方子：

一、現金六百元整，括弧：孝順父母的養育之恩，農曆十二月初一至初八，需送到女方。二、兩壇老酒，二十斤糟燒。三、豬肉半片，腰子十二對，豬肚三個，豬肝三副，大小腸各三副，腳爪五雙。四、鯉魚六條，括弧：每條在一斤以上。鯿魚、鰱魚各十條，括弧：一斤半以上。五、西湖牌香煙二條，新安江八條，雄獅三條。六、顆頭糖六包，括弧：一包三斤裝；七、壓箱錢二百元。八、衣裳十二套，尼龍襪十八雙，皮鞋二雙，高、低幫的套（雨）鞋各一雙，毛線三斤。九……

「狗日出來的！」大哥看完辦喜酒的酒水清單忿懣之極，半個眼珠凸在眶外面，「要這麼多的鈔票，難道她那個勞什是金子打起來的！……醉翁之意不在酒，看我們兄弟多明敲我們的竹槓！這樣的黑心人家，倒不如趁早把家分了，要敲就敲自個頭上去……哪怕她要五湖四海也不管咱的鳥事！黑心爹娘剜得眼睛不怕烏珠瞎，她來這家遲早三十六拆掉的。天底下再也找不出第二戶人家了……」

二哥心裡雖然對阿紅爹娘不滿，錢已經花出去不少了，二哥離不開她，她也離不開二哥了。二哥衷心希望家人尤其我們兄弟能體諒他一些。大哥口無遮攔，萬一被外人聽見傳到阿紅父母的耳中非同小可，弄得不好竹藍打水。

「你瞎嚷個什麼，唔！」母親厲聲呵斥大哥，「長子為父，要深明大義，不要眼光短淺為小事斤斤計較。何況是親兄弟。古話說上山打虎親兄弟，假如你們眾弟兄擰成一股繩，我想山能移，沒有什麼困難克服不了的。我告訴你們聽，這事從開始到現在，人來客往、訂親送禮，已花了不少錢。饅頭已經咬到了豆沙邊，哪怕再苦再難也得啃下來……毛主席說人多力量大，熱氣高，你們八弟兄，還有我們父母在，天塌下來也能擋一下。辦法總是有的，但要靠人去想，發牢騷不能解決任何問題。大家團結一心，一起去想辦法。」

最讓母親為難的是近一千塊的現金。二百斤重一頭肥豬賣給國家也不上一百塊錢，這相當於十頭大肥豬的價錢。生產隊做一天活，只有三五角錢，而且十有九年不能兌現，這麼多現錢上哪兒去籌措？母親是我們一家的偉大領袖和舵手，她指向哪裡，我們就打向那裡，在關鍵時刻不會在我們面前顯出垂頭喪氣的，相反表現出大無畏的樂觀主義精神。夜深人靜，我聽見母親歎息，「一個銅錢逼死英雄漢啊——」

全家人風裡去，雨裡來，山上爬，田裡陷，太陽曬，螞蟥叮，牛虻咬，冷雨淋，起早摸黑、辛辛苦苦的寅吃卯糧。等年終方案出來，爹總是第一個去問生產隊會計，「……我家多少分紅？」

會計翻開社員的閻王鹵簿，算盤子撥得嘀嘀嗒嗒響，「黃金瓜，黃金瓜，黃金瓜在這裡等等……」會計乜看著爹說：「黃金瓜你還想分銅錢嗎？老早預支過頭了。我一筆筆算給你聽，春花預支五十九塊；雙搶兩次共領取一百二十塊；還有八月半借一百七十塊；還有……倒欠生產隊一百一十七塊七……」

「忙了一年，怎還要找給生產隊？」

「賬目對不？」會計帶著嘲笑問。

「應該不會錯的。……不算不知道，一算嚇一跳，這麼多的勞動力，做倒欠戶——」帳本真像閻王鹵簿一樣收走了爹的魂。

家裡油鹽醬醋日常開銷必不可少，況且沒有其他經濟來源，陸續的向生產隊預支，這一筆筆了無痕跡的欠款，都掛在帳本上面，日積月累成一個大窟窿。結算時不但拿不到一分錢的分紅，隊長反而向大哥下通諜，不拿錢去生產隊停止糧草供給。婦女能頂半片天，實行男女同工同酬，苦的是家裡都是男勞力，分派都是抬石叩土的重體力活。體力消耗大，吃飯如虎似狼，不知道什麼叫飽。七八個大男子，卻敵不過人家的一群弱女子。女兒天生文弱，幹的勞動往往是飼蠶、結網、採茶的輕便活兒，體力消耗小，吃飯就省，一不抽煙、二不喝酒，三會漿洗縫補，四會養禽餵豬，五會料理家務，六懂得精打細算，七不會招惹禍祟，八逢年過節大小女婿都送禮。例如蘭貞有六個女兒，只有蘭貞丈夫一個男勞動力，家庭殷實從沒向隊裡預支過錢，年終方案出來，積餘比任何一家豐厚。母親看人家有錢數，傷心的說：「我們一大群男兒，只能給女人們舔屁眼……要是生八個女兒該有多好啊——」遂令天下父母心，不重生男重生女。

「她們要敲我們這麼多錢，」有次娘犯愁的說：「教我當娘的讓哪兒去變呢？上千鈔票，哪怕老太太念阿彌陀佛，一時三刻也念不了這麼多！」娘在後悔捏捏放放沒有主見，如果一口咬定三間房子先蓋起，釜底抽薪不怕兒子娶不到媳婦了。現在追悔莫及，大多鈔票花在這事上，現在弄得前不著村，後不著店，女方開始要板打板……這前前後後算起來，娶老婆遠遠超過三間屋的成本了。

二哥跌到了人生的最谷底，成天垂頭喪氣的，像中了邪躺在床上看蚊帳頂。母親坐在幽暗的煤油燈下，補著補過又補、破爛不堪的爛衣破襪。手中的鋼針幾次頂不穿銅板厚的舊襪子，套在指環的頂針，頂得鋼針彎到了極限，寂靜中聽見清脆的叮一聲，寧折不阿的鋼針攔腰折斷。母親又換上一枚針，先在頭髮上篦了幾下，用力的頂進去，鋼針好像從硬地鑽出來的筍。母親戴著黑框的老花鏡，我發現母親似乎老了許多，那額頭、眉梢、眼角的皺紋聚到一起像打碎的汽車擋風玻璃，放射狀向各個角落擴散。

「唉……開弓哪有回頭箭，」娘仰起頭，也許對二哥說：「借得來，要結婚，借不來也要結婚……天無絕人之路。黃穀，你跟阿紅私下商量商量，怎麼的？勸她爹娘能少要一點錢嘛……說實話，這身債最終還是要落到你們倆身上的，以後還是要你們去還的，不是苦你們兩個……豬反正家有一頭了，一隻山羊，水庫兩年沒有分到魚了，今年應該有分的。酒煙這些都好解決，關鍵阿紅這十二套衣裳要做。真是的，她一下要這麼多衣裳幹嘛呀，壓在箱子底下不穿，馬上就過時了，活銅錢變成死銅錢，存箱子畢竟不是存銀行，不但不會生利息活錢變死錢，家裡弄得緊張死。這十二套衣裳的鈔票不說，布票要多少丈啊！要我到哪裡去借布票呢，就算布票借來，請裁縫還得花一大筆錢啊——」

「只能向舅舅去開口……」

「我也是這樣想的，」母親說：「明天，我向你舅舅去借去，關鍵怕你舅母小氣。按道理，她們沒有什麼負擔，你舅又是吃皇糧的國家幹部，平時熬吃省用的，多少應該有點兒積蓄吧。你舅母這人心眼兒小，當面待人看似很熱情，豆腐面孔剃刀心夠刻薄了——古話說窮老的性命，孤老的錢財，越有錢，越一分洋錢不肯放——攥得像死人拳頭的緊。唉！說這些也沒用。當初她們讓你過繼給她們做兒子，要是你去了，現在就沒這煩心事了——至少可以少操一個心事……憑良心你舅還挺喜歡你的，你舅媽教書人，有潔癖太疙瘩，她罵我們，『豬狗的屙了一大堆，難道光是晚上作作樂的，自己不要養，教我們去養，我們才不要呢，養大了，還不是你們的兒子——』雖是傳來言語，未必可信，也未必不可信。既然她不喜歡，你即使去了，雞皮勿搭鵝皮不貼心，去了也是去吃苦頭的。現在想來幸虧她們不要，這樣我們少了許多是非……明天，我熱面孔去貼冷屁股，臉皮厚些就厚些吧，死狗橫豎避不過做肉湯的，看她們怎麼說。」

大哥氣憤歸氣憤，暗地積極幫襯著兄弟想辦法，與這些窮朋友做會，私下多少有些積蓄。第二天大哥湊到了一百五十八塊錢，慷慨的交到娘的手裡。母親「喔唷」詫異的一聲，兩只眼睛發出異彩，「蠟梨頭，你哪來這麼多鈔票？啊——」

大哥沒說什麼，興沖沖回到房裡，趴下身去從床肚底下捧出一個黃沙甏。這俗稱的黃沙甏，是挑大寨田從一丈多深的泥土下挖到的。同時挖出有許許多各式各樣的瓶頭甏腦，器身佈滿米字形紋飾。大的如缸，小的如鬥，長的如壺，短的如豆。有的像青銅器三足鼎，有的肚圓似鼓，輔首塑有饕餮，有的壺頸頎長。大哥在眾多器物中，有的放矢揀了這個肚大口小塑有饕餮的黃沙甏，心想拿去好做錢筒竹罐積錢的。直至後來，我才知道這黃沙甏叫瓿，是西漢早期的東西。大哥拎著墓裡挖出的東西，母親聽說是死人用過的，她堅決不讓大哥拿進家去。大哥搔著頭皮佯裝去竹園丟掉，晚上又偷偷拿了回來，藏在床底的裡角落，把它當作存錢的儲蓄罐。二千多年歷史的西漢陶瓿，與當今的瓦夜壺放在一塊並起並坐。沒人識得這是漢代的器物，一見四舊的東西，掄起鋤頭就敲碎，不要說沒有價值的冥器，天安門城牆拆了去築小高爐，就是完美無缺不可複製的歷史文物都難逃一劫，死人用的陶器算個鳥。當人們挖到陶罐，最為關心的有有金元寶，挖一個出來，砸一個碎，砸碎除了一罐黃爛泥，裡面什麼都沒有。是我們被歷史嘲弄了？還是我們嘲弄了歷史？三十年後，文物古董奇貨可居，販子及盜墓賊應運而生，文物一道販子紛至沓來，剎時間菩提山變成一方熱土，販子幽靈的在村裡四處遊蕩。造房子挖地基，依然有瓮、罍、瓿、壺、罐等出土，雖然不知道它的價值，但不像學大寨時那樣愚昧了，人盡其才，物盡其用，洗乾淨拿來用醃鴨蛋、做鹽罐、填醃菜、黴莧菜梗，甚至當做米缸使用。販子見了如伯樂遇到了千里馬，從當初的十塊錢提高到一百，又從一百漲至一千，道瓊斯指數一路狂飆。一錢不值的古陶器，一篋萬金難求身價萬倍。一個窮字把大哥培養成不折不扣的十足的守財奴，平時一分、二分、伍分的零碎小票都丟入二千多年的甏裡。十餘年一點一滴攢下這難能可貴的三十多元錢。大哥捧起黃沙甏，往地上一搡砸了，悉數捐給二哥討老婆。

「蠟梨頭，」小雲對大哥開玩笑說：「以後弟媳婦娶過門，你大伯有條腿份……」大哥平時專門開人家的玩笑，這次候到人家口上，不說也白不說。

「那當然！」大哥笑著說：「共產黨搞互助組一樣的，三戶四戶並條牛嘛，哈哈哈哈哈哈！」

「蠟梨頭，」阿星嘲諷大哥道：「你不要牝沒得見面，給卵把體面——以後弟婦洗澡過的湯水，弄你喝喝蠻好了——」

每天我天不亮起來，翻過牛頭山，跑到十裡外一家大隊石灰窯廠幫人推車，或揀剛從灰窯放下的燙石灰。因為多勞多得，大冷天我渾身短褲不脫赤膊上陣，燒紅的石頭燙得直冒油汗，人蹲在火熱滾燙的窯洞中像烤北京烤鴨。奮不顧身衝進窯洞，跟奮不顧身的人爭搶尚未冷卻帶暗紅色的石灰。臉和手腳以及整個身軀的皮膚，被熱石灰嚴重灼傷，更糟糕的是石灰粉塵通過呼吸進人到我的肺部，鹼性剛烈的石灰啃齧腐蝕稚嫩的肺葉，疼痛得我晝夜不停的咳嗽，吐出的不是痰液，而是殷紅殷紅的鮮血。每次當我衝進石灰彌漫、熱浪滾滾的灰窯穹頂，猶如置身死亡邊緣的火山口裡。我還是一個瘦小羸弱、尚未成年的少年，城裡的孩子還躺在娘懷裡撒嬌呢，之所以有條件出來撈外快，因為我還沒有資格參加集體勞動。汗水像雨灑在高溫焙燒過的石灰上，石塊冒著白煙發出響尾蛇的嘶嘶的慘叫。我整個人像一條石灰泥鰍，身上皮肉被石灰咬傷後開始潰爛，帶血絲的皮肉像熟透開裂的紅柿子，渾身上下找不到一處好肉，尤其在腋窩和大腿根部，汗水與石灰黏在一起撕心裂肺的痛，這種只能意會不能言傳的痛苦不下於殘酷的凌遲。早上出門頂一片星星，晚上回家月亮走我也走，村人早進入了夢鄉，只有母親一邊油燈下補衲，一邊等著小兒子歸來。

「小八，」母親心疼的問我：「肚餓娘燒點你吃的？」

我實在太疲憊了，說不餓，要睡要緊了，顧不上洗一下手臉——除非連皮剝去，怎麼也洗不掉身上的灰垢，洗等於用刀在剜我的肉。石灰汗水與頭髮結成生死之交，亂蓬蓬的頭髮像非洲土著人塗的泥巴，結成一塊。我一頭倒在床裡便睡。母親拿著一盆洗腳水，替我拭髒腳，見我皮肉血出淋淋的往外翻，「……十指連心啊，」娘喃喃說。一邊輕輕為我擦拭，滾燙的熱淚落在我腳上。第二天天不亮，我強打著精神，義無反顧的去灰窯廠掙錢。

儘管一家人借的借、拖的拖，協力同心，但對於龐大的天文數來說乃杯水車薪，依然有相當一個缺口。全家人正積極籌措的當兒，秋香一個老早心急火燎趕來，她把母親拉到豬圈那邊去說話。

「……哪有這種人家的！」秋香小聲說道：「阿紅她娘教我來對你說，說還要加一千塊洋錢……錢到手才能結婚。」

這當頭一棒把母親一下敲暈了。「昨天，我還在胡思亂想；到時她們不會再敲我們一筆啊？果真道，今天來了！你看看，這天底下人無人道——」

「我對她們也不客氣了，」秋香尷尬的兩頭為難，「我現開銷說的，你們也真是，怎麼說得出口呢！男方又不是開中國人民銀行的！你們說話還是動下巴，啊？嘴巴一張獅子大開口，隨便的一千一萬，怎麼能這樣做人呢？時間又離得這麼近了，上轎變出花樣鏡，我媒人做夾煞中央人，……」

「她囡的牝是金子打起來的——」我第一次也是最後一次聽母親罵下作話。「又要敲我們一千塊錢！就是金子打的也沒有這麼貴……」

阿紅父母額外追加一千塊現錢，全家如晴天霹靂，個個唉聲歎氣。自我懂得記事，除大哥拿槍去救二哥那晚，是最為黑暗的一天。

「黃穀娘，」秋香媒婆知道她們在明敲竹槓，說：「我跟她娘口水拌礱糠，嘴巴都說出血了，也不能說動她的鐵石心腸。期待她心腸軟，除非太陽從西邊出來了……我啊，對不起你素娟姐，這事濕手黏幹麵粉，想收也收不了──」

女方的失信，甚至出爾反爾，秋香覺得自己丟了面子，娘面前難以朝對，天稍亮就悶聲不響的走了。

21

絕處逢生

媒婆像喪門星的一家人接到送來的消息，簡直天都塌了。沒有人說一句話，只有兩頭永遠餵不飽的豬在無休止的銳利的嚎叫。事情並不像母親所想的結果那樣去發展，事到今日退又退不得，進又進不了，徹底的被阿紅一家逼上了絕路。二哥開始認真檢討自己，千錯萬錯阿紅的心太狠，她並不看重兩個人的感情，只知道一味的向家裡索取。二哥想也許一開始就是個錯誤，兩人素不相識，本無感情基礎可言，自己也是一私之心把她佔有了。她的父母認為我們兄弟多，不趁這個機會敲一把，就再也沒有機會了，獅子大開口向家裡勒索。阿紅不念感情就算結了婚，婚後柴米油鹽磕磕碰碰的事多著去這日子怎麼過啊，金錢和精神的雙重壓力下二哥對阿紅徹底絕望了，殘酷痛苦的日子有什麼可留戀的！如其把一家人拖入痛苦的深淵，不如自己死掉算了。

「開開門──」

二哥聽見有人叫門。這聲音是那樣的熟悉。二哥懷疑自己「難道又在做夢？」人還沒入睡呢，應該不是做夢……二哥神志恍惚如鬼附身，白天晚上都想著死，思維空間被死亡所佔據。

「篤篤篤！」那人敲了幾下門又說：「喂！你還是開開門吧……」

二哥枕著肱懶得去答理。但不可思議的事發生了，一隻手穿過門出現在背後，叭啦的一聲將門閂撥開……堂而皇之的從門外進來。

那人依舊像第一次看到那樣的一副打扮，

穿著一件拖地的玄色長袍衫，戴一頂寬邊的耷拉的麥秸編織的舊草帽，遮著整個臉龐，根本看不清他的嘴臉。

自己反正今晚要死了，無所謂得罪他。二哥整整平時捨不得穿的滌卡中山裝，習慣的摸了表袋插著的兩支大號金星鋼筆。那人見二哥不理不睬，他像木樁的站著不動。二哥繞過他背後，從門背後取下捆柴禾用的一條繩子。

「去哪裡？」他冷冰冰問。

「這不關你事！」二哥攥著繩子說。

「是嗎，」他機械的側過身，面對面的跟二哥說：「當然，你的生死你作主，與俺毫不相干——你難道真的想跟俺做永久的鄰居嗎？俗話說遠親不如近鄰，倘若有個好鄰居，足比親戚管用……你說呢？你的父母，早在幾年前就為你建好一所宅院；當然，人生自古誰無死，人活著總是為死所準備的，哪怕長命百歲。宅院空關這麼久，滿目蓬蒿，怕你不認得了。奇怪的人在該死的時候不死，不該死的時候卻想死。陽間人沒房子可住，陰間卻空關著，豈不是種諷刺……為什麼要厚鬼而薄人呢？走投無路或可以一了百了，說實話，陰司間也不是你想像中的天堂啊，窮鬼也跟活人一樣無可奈何……這次，俺倆真成為毗鄰感到很榮幸，從今以後不會再孤單落寞了……」

「我說跟你沒任何關係！」二哥看也不看他一眼，走到父母的房門口，最後看一眼生他養他的只有付出沒有回報可憐的爹娘，但裡面黑洞洞的什麼也看不清，進去二哥又怕驚動母親，就在房門口告別並默默祈禱：「爹、娘，恕我不孝——來世再見了。」二哥又來到奶奶的床前，奶奶反正看不見，聽見她呼啦呼啦的睡得正熟。二哥能想像出，奶奶睡覺總睜著視若無睹的眼睛，奶奶曾說，她擔心自己死了，這兩隻眼睛會閉不上。二哥俯身看瘦骨嶙峋的奶奶，奶奶說，人只是一泡水而已，年輕漂亮靠水多，人老了，水也沒了，軀幹慢慢乾癟了。躺在床上奶奶像一具僵屍。張著空無一牙的嘴巴，宛如稻田的老鼠洞穴。失去的尖牙利齒，被上帝繳了械。奶奶恨自己會吃，說人嘴巴鑊灶洞，都是無底洞……是啊，奶奶的一生得吃掉多少食物，奶奶除自己爹娘不吃，桌子凳子不吃，來者不拒什麼都吃，番薯蘿蔔、五穀雜糧、豬肉、貓肉、狗肉、老鼠肉、四腳蛇、田螺肉、蛤蜊、棘胸蛙，甚至吃死了的同類。奶奶臉蒼老而醜陋，臉上皺紋像新疆哈蜜瓜的網紋縱橫交錯。嘴唇像潰堤的凹塌，全靠舌頭頂住，笑起來瞎搭糊塗眼睛眯成一條縫，滿臉的皺紋濟濟一堂，代表著無比歡樂。再過幾年奶奶就九十虛歲了。奶奶早上起來說：「啊呀我要死了，」晚上睡下又說：「要見了玄孫才會死呢。」奶奶對後輩的希望，全寄託在二哥身上……過去一幕幕的往事，都湧上二哥心頭，止不住的眼淚奪眶而出。他感激的跪在奶奶床前。

二哥提著上吊的繩子，心無旁騖頭也不回向樟樹洞走去。昨晚，不，前一天晚上，二哥走進死亡禁區的樹洞。二哥拿石頭做榔頭，洞壁敲上手指粗的一枚棺材釘。這枚銅打的棺材釘，農業學大寨扒墳造田大哥揀來的。自古以來，銅就是錢的代名詞，其次不易銹蝕，但換不來一分錢，又捨不得將它丟掉，大哥隨便扔在房檐下躺著。雖然地下埋了幾百年，銅就是銅完好如初。二哥將棺材釘扎扎實實敲進樹中，並試著手抓住釘子，雙腿騰空，相信足以承受一個人的重量，萬無一失才走出洞口。

二哥拴上繩子，絞死薩達姆的打了一個活絡結頭。只要脖頸往繩圈一鑽縱身跳下，一切的痛苦與煩惱、愛情與幸福、仇恨與怨憤從此徹底解脫了，身後留給活人去吧。二哥該考慮的事，都認為考慮到了，去意已決。頭套入繩圈，毅然跳下……聽見咚的一下，結結實實的摔在洞底裡。後腦勺重重撞在盤根錯結的樹根上，頓時磕起了一個大泡。難道是釘子沒釘牢？還是繩子沒系好，二哥忍著痛掙扎著爬上洞，見棺材釘安然無恙的釘在壁上，繩子也沒有斷掉。明明將脖子套進繩索的，怎麼會摔下來呢？二哥死心不泯，再次套進繩圈，又跌落下來……

「愚蠢而勇敢的……年輕人！」黑衣人拱著手，一直在袖手旁觀，訕訕地說道：「凡事不過三，不要妄自菲薄，」

「你滾開！」二哥惱怒地說：「除非你在

背後搗鬼——」

「嘿嘿嘿——你上吊尋死，關俺什麼鳥事呢？」

「那怎麼會……」

「哈哈……哈哈哈！」他冷笑無情說：「俺也替你覺得奇怪呀，別人上吊，繩子套在脖頸中，你卻套在後腦勺上，麻線吊鴨蛋——兩頭滑脫。兄弟，你這種幽默的上吊法倒挺逗人的，……哈哈哈！」

「可能嗎？」

「你最好問問自己——卻懷疑別人在搗鬼。」說罷黑衣人坐在坎坷的贅根上，「我說老弟你算了吧，既然閻王不讓你死，你還是放棄輕生吧。俺倆認識已久了，雖陰陽相隔，也是緣分，難得朋友一場！來來，跟俺一塊坐下聊聊……」他欠欠身子像在掏什麼，「真不知道該說你什麼才好，財還沒來得及發、官無從談起要上路與俺為伍了……你可別忘了對我許下的願心，說等到你飛黃騰達，將整座山買下送給我？抽支煙吧。」

是真是幻二哥搞糊塗了，惶恐地從他手裡接過香煙，便下意識的去鼻子聞了聞——的確確是一根香煙，憑二哥多年吸煙的豐富經驗，馬上斷定出是寧波捲煙廠生產的大紅花牌香煙。

「我沒火，」二哥想借照亮的機會，看一眼那人的嘴臉——

「最後一根洋火用完了，」他搖晃著火柴空盒子說。摘下自己嘴上的煙，遞給二哥點煙。

「俺姓趙，百家姓的第一姓。父母取名叫俺錢樹，她們也許想把兒子當作搖錢樹。加入交通員，俺化名叫敬民，後來自己改名叫全國。哈哈你叫黃穀，黃金穀米；俺們窮人家心比天高、命比紙薄，恰似一雙難兄難弟……俺的身世說來話長，十二歲給別人放羊，一下丟失了三只羊，不敢回東家屋裡，也不敢回自己的家，不管回到哪家都是一頓刑罰……我跑到保定，從此流落街頭，幾天沒有吃喝，蹲在一家羊肉館門口，想蹭別人吃剩的湯水。一個壯漢過來對我說，『小老弟，想吃羊肉湯嘛，你這副熊樣這店主能讓你進門嗎……弄不好，羊湯沒吃著反遭一頓揍。這樣吧，你幫咱這封信送到炮樓東側的一家包子鋪，你親手把這封信交給店主，他保證讓你吃個夠。但這信你不能讓任何人知道，千萬別出什麼差錯，性命攸關的……』從此俺就成了一名地下交通員。介紹俺吃包子的人，等俺離開被人打死在羊肉湯館的門口。

一九五零年俺隨大軍南下，到這兒十八歲還差七天。菩提山有小股土匪力量，俺們部隊進山圍殲，不想俺到南方水土不服，吃什麼拉什麼，肚子拉得厲害，絞痛不止，剛褪下褲子蹲下，看見一個土匪模樣的人，往山上跑去，俺拉起褲趕緊追上去，追到山頂上，俺大聲吆喝教他站住別動，突然從背後躥出一個人，攔腰把我抱住，那人碩壯如牛，嘴裡哇哇叫著，死死抱著俺不鬆手。十八歲正當血氣方剛，要是俺不拉肚子，俺不會輕易就擒的。他把俺劫持到懸崖上，沒想到他揪著俺跳下鯰魚潭……他原是個聾啞人，見俺去抓土匪，啞巴見義勇為，竟然把俺當成壞人，救了那個土匪。啞巴不知道解放軍是什麼人，但他跟土匪非常熟悉，把敵人當作朋友，把俺當作了敵人。北方人不會游泳，啞巴卻像個水耗子，深潭中游刃有餘，俺簡直像一塊石頭往下沉。嘓嘓嘓的往肚裡咽水，喝足就死了。

媽勒個巴子，老子前方不死，後方被啞巴溺死。憑俺的功勳榮譽，解放後穩篤篤的弄個區長縣長做做，跟其他戰友一樣坐享富貴……

媽勒個巴子！江南水鄉多嬌美，這江南女人白皮嫩肉的多可愛。皓腕凝霜雪，畫船聽雨眠……以至那些衝鋒陷陣的將士置黨性與良心不顧，不顧『三大紀律八項注意』喜新厭舊撇下糟糠，另築愛巢……

直至俺被淹死的七十天后，冤魂才浮出水面。潭裡的泥鰍、鰻魚、鰉刺鑽進俺肚皮中，將俺五臟六腑吃得寸腸不留，然後軀體成了烏鯖、鯉魚、鯰魚、鱸魚們的免費大餐，直至剔得乾乾淨淨渾身只剩下一副骨架，無奈浮出水面。要是沒有橫皮帶和槍套繫著，他們永遠不知道俺是哪個冤鬼。有史以來，俺是革命隊伍中最為憋屈的冤魂。沒有棺材，也沒有任何儀式與悼詞，用裝槍炮的木箱子給俺釘了一口小棺材，把俺草草埋在這座山上。不負責任的官僚主義，在官方檔案資料中，竟然沒有俺的名字，只知道叫俺紅小鬼。

媽勒個巴子！清明冬至，俺見你父母兄弟來你假墳前祭奠，你娘我的肉啊肉啊哭得像個淚人兒……你說俺孤魂野鬼有誰來祭奠？在南方，俺舉目無親、無家可歸，住在陰暗潮濕、蛇鬼混雜、冰冷殘酷的陌生地方。俺在冥府不瞞你說，窮鬼窮得鬼也做不下去……俺沒人給濟身無分文，小鬼的小費都付不起，就甭想向大鬼行賄，來改變自己的命運，俺渴望有人恩澤佈施……俺聽了你對俺的許諾，燃起了新的希望。沒想到你志會這樣短，壯志未酬就想死了。

你要明白：不管什麼社會制度，不管什麼人當皇帝，改變不了統治人、壓迫人、人吃人的原始叢林法則。人生存的兩個基本點：一是性交包括繁雜；二是為了抵禦外來侵犯。哪怕錢再多、官再大，每個人都存在內憂外患。那天你與她在俺的頭上行樂，確實心裡很生氣，不否認俺出於對你的妒忌……於是去貴府夜訪，向你開了兩槍，把多管閒事的八哥撕碎吃掉。甚至對你瞎眼奶奶也十分討厭，一直想把她解決掉——你小子還算有點兒誠信，第二天清早就來了，我鑽出來一睹你的尊容，哈哈哈！哈哈哈。

媽勒個巴子！東邊不亮西邊亮。兄弟你還年輕嘛，不要遇到一點挫折就灰心喪氣，要積極的去面對現實。俺看這姑娘人還不賴，如果有可能，你放棄俺還想要呢，哪怕她已是二手女人！你錯誤的曲解了她，其實她心裡只有你這小子！是個非常專情的女人，一心一意愛著你，把節操看得比命還要緊，僅僅你一念之差，如何得住人家啊？你死了她怎麼嫁人？況且俺還指望你發大財、做大官呢……

謀事在人，如果你不去謀，又如何得知成敗？還記得你當年逃亡嗎，有什麼困難把你嚇倒？過五關，斬六將，披荊斬棘的勇往直前，你煉成出色的男子漢；既然你死都不怕，還怕眼前一些困難嗎。俺透露個消息給你，你有著美好的前景，且相當樂觀。目前正處於最為黑暗的時分……天好像已接近了拂曉，俺聽見頭雞啼

叫，……俺倆零距離面對面的還是第一次，也許該分手了。兄弟，俺差一點忘了告訴你，江西不是有個朋友嗎，那女人對你評價相當不差，還經常寫信來教你去玩，多個朋友多條路嘛，你不妨給她寫封信試試，坦率告訴她你遇到困境。也許她能伸出援手。」

我揀了一夜石灰，天矇矇亮回到家裡，見奶奶拄著拐杖，一個人佇立在石榴樹下，朝著對面山頭看。

「奶奶，你起來這麼早幹嘛……」

「唷！是小八回來了。」

我說是。

奶奶轉過身說：「奶奶這幾天眼泡皮一直唧答唧答的跳。月亮下烏老鴰以為天亮了，哇哇的叫了一個晚上，」奶奶放低聲音詭異地說：「怕你二哥出什麼事？昨晚聽見你二哥走到我床前，他好像有什麼話要跟我說。隱約我聽見他和一個陌生人在言語，爾後，你二哥就出去了，那人也跟著出去的。我一直醒著，諦聽你二哥回來的聲音，他在外面大約待了兩個多時辰，剛回來躺下呢。我問你，回來的的路上，你碰到什麼人沒有——啊？」

「奶奶，你瞎說什麼？有誰天不亮上我家來，二哥不是睡在床上嗎——」奶奶不止一次這樣神昏顛倒的疑神疑鬼。「哪有陌生人上我家來……你耳朵出了錯吧。」

「看來你也不信我說的話了。現在我成了孤家寡人了——」奶奶無奈的歎氣說：「那人戴一頂寬沿的大草帽，一件玄色長大衫拖到地面。上次看他也這身打扮，這已經不是第一次上我家來……我老早想通知黃穀離他遠一點，不要跟他交往，這傢伙鬼得很。知人知面不知心啊……」

「老昏死了！」母親聽奶奶跟我胡說八道，衝撞奶奶說。婆媳如仇敵一樣，一下充滿了火藥味。

「我才不昏呢！我從光緒皇帝過來活到現在，一茬茬的袁世凱、孫中山、蔣介石、毛澤東、華國鋒、鄧小平神志可清楚得緊，你才昏了頭呢！」

「好好好！我才不與你吵。」母親跟奶奶

前世就是冤家，你說東，她就偏說西，一輩子只為唱反調。母親一邊扣著衣扣，一邊說：「小八，你一宵沒睡，小人太不懂事了，你沒日沒夜的在掙棺材錢啊——」

「娘，我知道累不累的。」說著我從褲兜掏出一卷鈔票，交給母親說：「四十天，共掙了六十一塊八毛三分。如果一直能掙這麼多錢，就是請我去當縣委書記也不幹。」

「有這麼多錢啊！」當務之急的母親，見了錢眼前覺得一亮，她似乎找到一條致富的捷徑，眼睛閃著光芒，「嗳喲——我說啊……教你四哥、五哥、老七都去窯廠——」

「不能去的。」

「為何道理！」

「他們外出賺錢，必須上繳給生產隊去買工分，我不算勞力，他們沒辦法管制我，否則我跟他們掙工分去。況且灰窯廠也沒那麼多活可幹。」

「這錢還差著遠呢，」母親把刨花一般的紙錢攤平展直，但有著記憶的鈔票，像彈簧似的又捲起來。邊數邊蘸著口水一連數了三遍，直至臉上喜色褪盡，愁雲又捲土重來，……「上哪兒去找這麼多錢補大窟窿呢！」

我把外衣脫了，在石榴樹上用力甩打，拍下的石灰粉塵放煙幕彈的騰空而起。

「啊啾——我的娘啊！」母親被石灰嗆得連打了三個噴嚏。像狗聞到黃鼠狼的屁逃進屋去。

「有了！有了！」二哥忽然一下從床上跳下來，慌不疊的問道，「筆呢？你們筆放在哪裡——」

我和母親嚇了一大跳，以為神情恍惚的二哥跟撒掛子一樣瘋掉了。

……

22

史無前例的匯款單

二哥一大早跑到白馬郵電局，用一分錢買了一份電報紙，把家裡構思好的電文稿，認真的填寫到電報紙上。

姚姐，我結婚缺錢，央告無門，乞望姚姐借我一千元，解燃眉之急！來日奉還。小弟黃穀。

二哥寫完後，連看了七八十來遍，再買了一份電報紙，重新抄寫將所有的標點符號取消，節約了六角錢。

元旦前，成千上萬只雪老鴰在菩提山上空盤旋，蔽天遮日的哇哇地叫，爹雙手拱在衫袖洞中說，「看來要落雪了。」當天晚上就下起雪籽，因為是草屋，根本聽不到雪籽歡快的跳躍。由厚厚一層雪籽墊底，然後拳大的雪降下來，山和天之間白茫茫的一片。屠王大起來如廁，打開門，見門口臥著一隻野狐狸。屠王大喜出望外，送上門的不光是美餐，還有價值不菲的一張狐狸皮，賣給供銷社收購商店，至少值五六十乃至百元。他顧不得屎急，急忙回屋去拿獵槍。狐狸見他去拿槍，並不急於逃命，慢吞吞的立起身，向菩提寺方向從容踱去，白雪上留下一串狐狸足跡。屠王大一邊卡火炮紙，一邊緊跟著狐狸，正當他瞄準射擊，狐狸三躥四躥進了樹洞，屠王大追到洞口不由得猶豫起來。不入樹洞，難得狐狸皮毛，屠王大抖了抖手裡的槍，為自己壯膽說：「槍桿裡面出政權，什麼紅娘娘橫掃一切害人蟲。」屠王大也許不想把珍貴的狐狸皮穿幾個彈孔，槍托也能打倒，想來個甕中捉鼈。但狐狸畢竟是狐狸，狡猾的躲到樹洞的最深處，黑暗中綠幽幽的眼睛與屠王大對峙。屠害怕地想，兔子急了也要咬人，狐狸作困獸猶鬥，且洞中有洞，深不可測，萬一讓狐狸跑了，可什麼都得不到。屠王大端起槍，瞄準狐狸的腦袋並扣動扳機。洞中發出的槍聲，像關著門放爆仗一樣，在隆冬的淩晨特別的醒耳，發出的巨響多米諾骨牌的向深山谷倒去……跟在豬屁股後面揀豬糞的老漢，聽見樹洞發生轟炸聲，以為腐朽的古樹倒了，由此同時他聞到洞裡飄出的硝煙和火藥味，大樹一陣哆嗦，葉子像雪一般紛紛墜落。一切恢復到原有的寧靜，屠王大始終沒有出來。睡夢中的人們，被突如其來巨大的響聲所驚擾，似乎覺得這政治廣場發生了什麼。老漢急忙去洞口探望，發現屠王大滿臉是血的躺在洞口，噯喲噯喲的痛苦呻吟。老漢不敢貿然進洞去救，急忙去叫住在最近的小東和阿星。人命關天！屠王大雖然作弄過小東，隨著時間的推移，過去那些恩怨漸漸淡化了。他壯著膽走進洞內，背起屠王大往外馱。阿星撿起落在洞裡的槍，見槍管已被炸得百沫粉碎。屠王大血出淋漓，半個頭的皮削掉了，像兔子剝去了皮。左邊的耳朵不翼而飛。不幸中萬幸命算沒有丟掉。小東雙手圈成喇叭，大聲疾呼；「地方喂！你們快來救救！屠王大被槍炸死啦！地方喂！」

天終於露出了太陽，還沒有笑到下午，重重疊疊的陰霾，遮得太陽不知死活。爹說：「看來天不會晴的，那是開雪眼。初三日頭初六雪。一直要下呢。」果然地上積雪不待融化，又紛紛揚揚下起大雪，雪加雪，雪堆雪，我家草屋頂上的積雪，足有一尺三寸厚，已到草屋所能承受的極限了，有幾戶人家因不堪負重，房梁和柱子被積雪折斷，草房的頂像天坍下來一般，一家遭滅頂之災。我爹催促我們兄弟幾個去草頂上耙雪，屋前屋後耙下的雪，堆得像一座座的小山。

「小八，」奶奶像冬眠的老瞎熊，整天整夜蟄伏在破棉絮中，卡路里的不足，而引發肚餓，問我；「晚飯好吃了嗎？」

「你早飯剛吃過，又想吃晚飯了。」奶奶咯咯咯的笑起來，奶奶她第一次向我公開承認昏死不知道晝夜了。洪荒的老天像六千五百萬年前彗星撞擊地球一般進入了暗無天日的冰川期。奶奶雖然看不見甚至對太陽的存在可有可無，冰冷憂鬱而漫長的隆冬，徹底打亂了奶奶的生物鐘。

翻山越嶺從外面接入的有線廣播線路，被凍雨和冰雪所凝結，因不堪負重而壓斷。一天到晚東方紅太陽升嘎然而止，再也聽不到黨的喉舌。沒膝蓋的大雪把送信送報的郵遞員截在大山之外。菩提山與外界完全失去了聯繫。

當太陽再次從菩提山上升起，人們一致認為雪徹底下完了。雪霽天氣更加的寒冷，白雪皚皚，好一個冰封世界。路上積雪已凍成了琉璃，通往白馬的唯一官道，人獸絕跡。屠王大受狐狸的引誘，引發槍管爆炸傷及自身，剛好第一次大

雪，去白馬雖然難走，但沒有被雪封住，要是處於現在他就死定了。掃毛老、小雲、阿星、小東四個年輕人輪番的抬一乘兜子轎。屠王大因受四人幫牽連，說他火線入黨，黨員被廢，主任被黜，從此江河日下。曾經幾次被打倒的胡尚書記東山再起，再次成為菩提山的領導核心。菩提寺前的政治廣場，麥克風又響起胡尚的聲音。

「全體共產黨員、各小隊的隊長、積極分子和廣大貧下中農同志們！現在菩提山正處於一個非常時期，一連下了將近半個月的大雪，廣播線路壓斷，道路被積雪封鎖，黨的聲音既進不來也出不去。報紙上級下達的文檔不能及時送達。廣大幹部和革命群眾——寧可三日沒吃，不能一日沒有黨的聲音！我代表支部黨委，號召全體共產黨員、共青團員和幹部社員，掃除道路積雪。雖然，白馬只有十多里路，但這是通往社會主義和共產主義的康莊大道，必須堅決徹底把積雪通通掃除！基幹民兵和共青團的同志，要發揚先鋒隊作用，要一不怕苦，二不怕死的革命精神，把壓斷的廣播線全部連接通——」

二哥看見送信的老郵差老蔣，從千鶴嶺踏雪而來，背著一大袋的報紙和公文信件，穿著綠色的郵電衣裳，戴一頂棉帽子，眉毛鬍子結起霜花，老牛耕田的口裡冒著白霧，深一腳，淺一腳往嶺上爬來。

「老蔣同志，」二哥上前問：「可有我的信或電報不？」

「比唐僧西天取經都難啊！一路上不知跌了多少跤。」老蔣爬上嶺頭，嘴裡的熱氣像蒸汽龍頭的噴著白煙，鬍子眉毛結著雪白的冰凌，隨嘴巴的閉合不住的抖動。棉帽蓋著的那顆熱氣騰騰的禿腦袋，彷彿像出籠的一蒸饅頭。「積積積……壓的報紙和信件，多多多得要車拉，這麼多人民日報跟屍體一樣沉……你等等，讓我找找吧，好像似乎有，似乎有你的份兒。」

「是信還是電報？」二哥激動得有點兒按捺不住了。

「別急啊，我找著來吧。」老蔣戴著棉手套，笨拙地翻閱著一大摞信件，終於找出那張二千元的大額匯款單子。「這不可能的，這怎麼可能呢——最多只能匯兩百，可……是二百元？」老蔣幹了三十三年的信差，吃奶的孩子，如今都做了父母親了，不要說菩提山，哪怕整個公社乃至白馬區也沒出現過這麼大的一筆匯款額度？

「你慢慢的——不會搞錯了？」老蔣乾脆脫去棉手套，摘掉近視眼鏡，差不多跟嗅似的看著，「不不要急，你不要急，老眼光碰到了新問題了。你讓我仔細看看……」經老蔣仔細反覆核對匯單上的金額大寫與小寫，以及寄錢人姓名和地址，再沒有理由懷疑匯款單的金額。老蔣好不容易說；「是真的——狗日的！確鑿寄給你的。」老蔣不敢相信自己，讓人相信就更難了，他皇帝不急太監急，激動的揚著匯款單，向鏟雪的人喊道：「黃穀有一筆二千元的匯款！——」

經他這麼一呼，掃雪的人像找不到吃的一群餓狼，呼啦啦的一下圍上來爭看。大家想先睹為快，七手八腳拿走老蔣手裡的一疊信。阿星見是紅頭文件，不是就隨手丟掉，一陣北風，文件在雪地上打了幾個滾兒，像風箏一般飛上藍天。老蔣急壞了，大罵：「狗日的把文件弄丟了，你們要負全責的。」

老蔣平素愛跟人調皮，到人家門口「某某信！」人家興高彩烈追出來拿，他騎著腳踏車笑著走了，老蔣把自己塑造成「狼來了」的那個孩子。老蔣的喝止他們當耳邊風，人們對紅頭文件不像前些年看得無比神聖與重視，幾乎變得無足輕重了。所有的目光，全投在跟天上掉下一般的二千元錢身上。人瘋了，把二哥的匯款單傳來又傳去，久久不肯放手。直到老蔣生氣動了真格，戀戀不捨交還給老蔣還。

「狗日的中央文件重要，」老蔣怒目圓瞪，「還是這短命的匯款單重要，啊！你們學習馬克思列寧主義毛澤東思想全是假裝的。爹親娘親不如鈔票親——」又對二哥說；「回去上面蓋章簽字……」

二千元一張匯款單像一枚重磅炸彈落在菩提山。

大夥沒心思去掃雪，三個一簇，五個一群，紛紛猜測這錢的來路。因沒有證據能證明這錢的合法來源，一致懷疑認為「誰知道他畏罪潛逃在外面幹什麼勾當了，正兒八經的他哪來這麼多錢？」甚至捏造說是二哥勞改獄友寄的。二哥根本沒有被勞改過，無中生有含血噴人啊。

這筆來歷不明的鉅款的消息不逕而走，張三傳給李四、王村傳到李莊，越傳越遠、越傳越荒謬滑稽。當時擔任白馬公社治安主任的傢伙，得知二哥的情況後，火速趕到菩堤山，對二哥展開全面仔細的調查，目的讓二哥把匯款單交出來。

公社治保主任根本用不著調查取證和法律依據，他認為他就是法律；大家也認為他就是法律。政府賦予他傳喚、審訊，乃至羈押任何人的權力。一以貫之的恫嚇二哥說：「你這劣跡斑斑的壞傢伙！還是放老實點，主動向政府坦白錢你是怎麼來的？廢話少說先把匯款單交出來，取得政府寬大處理。要不然……」

爹聽治保主任逼迫二哥拿出匯款單，雙眼怒瞪的像銅鈴大，似一頭發怒的老雄獅，挺身而出，擺出要錢不要命的架勢。隨手從門後操起一把大鐵耙，像豬八戒救唐僧憤怒的衝向陳主任。

「狗日出來的！大不了我跟你兌命——」

菩提山一般人都認為爹腦子不好使，引用法律術語說，他沒有民事能力，打死人不必負什麼法律責任。操起鐵耙沒輕沒重的夾頭夾腦的向陳主任砸去。「抵贓棄出這條老命，打煞你這強盜胚！」幸好陳主任對爹早有防備，側身躲過，釘耙深深的扎進泥地裡。要不然，這一手遮天的陳主任被爹穿上四個大窟窿，縱然不死，也得砸個半死。

陳主任進村前，先去問胡尚書記我家住在哪裡。胡尚問他去幹什麼？陳主任說來收繳那張匯款單的。胡尚關照陳主任說：「你去可要當心啊，黃金瓜這人腦子有毛病的。你要他的匯款單，他要你的命，輕易不會拿給你的。你得防備著他一點。」

「他敢！」陳主任對自己非常的自信，不以為然的說：「不要說黃金瓜，就是無常伯伯見我也怕我三分。」

陳主任脫口而出「無常，」他不知道老百

姓背後都叫胡書記無常。陳主任他嘴上雖有恃無恐，可心裡他十分清楚；如果自己被一個腦子有毛病的人一耙砸死，背景再硬，只能是日裡白死，夜裡黑死的。這下陳主任才知道我爹的厲害了。趁爹拔釘耙的縫隙抱著頭、夾著尾巴朝大路方向逃跑。阿貓耷子正趕著一群鴨子，大部隊一般的嘈嘈雜雜的過來，陳主任怕踏死鴨子，兩腳像跳巴蕾舞的甚為可笑。爹舉著鐵耙「宜將乘勇追窮寇」緊追不捨。陳主任前有鴨子，後有追兵，慌不擇路的一下竄入沼澤的爛田中。爹舉鐵耙叫囂，非砸死他不可。大哥和二哥及時趕來，奪下爹手裡的鐵耙，強行拉著爹回屋去。

幸虧胡尚書記及時趕到。見平時專橫跋扈八面威風的治保主任，給爹趕入爛田，陷在齊腰深的沼澤孤立無援。爹在塍岸上跳著腳、指著陳主任看著和尚罵賊禿。陳主任像落入陷阱的猛獸。

胡尚見官大，不知出於敬畏還是忠心，不顧寒冷親自下田去救駕。沼澤田裡半化的積雪像北冰洋的，甭說有多冷了。陳主任越想從沼澤中掙扎出來，反而越陷越深，大半個身子陷入沼澤之中。雪水凍得他嘴唇發黑，牙齒咯咯打架，渾身篩糠的哆嗦。像一隻偷糞吃的小狗不慎落入糞缸。陳主任見胡尚書記，像撈到了救命稻草。

胡尚下到爛田裡他方才明白，這樣下去救駕，不但救不上來，自己也會落入沼澤同歸於盡。急忙跑回家去取木板。

「胡尚！你快來救救我啊！——」陳主任見他下來又轉身棄他而去。陳主任顧不了尊嚴大聲呼喊。

胡尚從家裡背來了兩塊八尺板，鋪在爛田上，接龍的一步步挨到陳主任的身邊。陳主任看到了希望，拼盡所有力氣終於掙扎到木板上。筋疲力竭的胡尚也成了一尊泥佛。站在塍岸上看熱鬧的人越來越多。

「我的鞋呢——」陳主任發現兩只皮鞋仍陷在淤泥中。

「主任您，別急，人上去再說吧。回頭我來找鞋子！」

脫產的治保幹部，光腳丫不會走路了，胡

尚書記只好將上級領導背回家去。塍岸大路都擠滿了人，看著胡尚書記背著治保主任，泥烏龜的一雙人引來一片訕笑。小東問站在旁邊一個學生，「你知道什麼叫『狼狽為奸』嗎？這就是成語的出典。」

「嗨喲終於到了。」胡尚把陳主任搭救到家，把陳主任安放骨牌凳上。「阿芬！把我的衣裳拿套出來。然後找雙鞋子。」胡尚赤腳背著身價沉重的陳主任，累得胡尚上氣不接下氣的。

「啊呀！——」阿芬乍見凳子上一動不動的陳主任，嚇了一跳，「你從哪里弄來的一尊泥菩薩。」

「狗日的！少屁話！人家陳主任快冷死了——還不快去取衣裳來。」一邊安慰狼狽不堪的陳主任，說：「主任，您腳先洗一洗，我把您的皮鞋去找回來，」胡尚拿戳鱉槍去戳，「阿芬，那管戳鱉槍你放在哪兒？阿芬你不要再磨蹭了，幫陳主任燒一鍋熱水啊。」

「殺頭鬼！你又要我找衣裳，又要找鞋子，又要我燒熱水，我豬都沒有餵好呢。我有幾雙手的。」

諺語說三九四九弗出手，圍觀的人手拱在袖子洞內，看胡尚書記下田摸鞋。胡尚下到齊腰深的淤泥中，兩腳像窯廠煉瓦泥的踩著鞋子。岸上幸災樂禍的問他：「胡書記，蓮藕踩到沒有？」一群肇事的鴨子，以為他來撒糧的，呷呷、呷呷呷的朝胡尚圍攏來。摸了半天隻摸到主任的一隻皮鞋，田裡結著一層蟹殼冰，凍得他牙齒咯咯打戰，再也受不住這徹骨的寒冷，拎著滿是淤泥的一隻皮鞋向陳主任去交差。

「胡書記運氣不差，摸到一條大烏鯉魚——」引來岸上一片哄笑。

陳主任換上胡尚書記一套舊衣裳。胡尚人又高又大，而陳主任又瘦又小，穿在身上像女人的連衫裙，讓人忍俊不禁。老婆心裡揶揄治保主任像個燒香道士。三十九碼的腳，穿著四十三碼的鞋，像觸到冰山沉沒的坦泰尼克號……一言九鼎的金鳳凰，變成沒有毛的一隻赤膊雞。

「阿芬，」胡尚道：「你去打斤酒來，好讓主任暖暖身子。」

陳主任手僵得幾乎不能自主，筷子三番四次掉在地上。老婆見他凍得實在不行，就撮一個火囱讓他烘烘腳，但陳主任還是像彈棉花的渾身發抖。直至三碗熱黃湯下肚，陳主任這才恢復狀態。

「簡直是無法無天了！」陳主任在臨走時曾放下狠話說：「臭小子，你等著瞧吧，我不相信這人民政府會治不了你。」空手而回的陳主任，穿著何書記的鶴氅大衣，灰溜溜的回了白馬鎮。

取回來的二千元錢，最大的面值為伍元，一元、二元足足一大兜兒。這二千元錢可謂是雪中送炭。

娘彷佛像是做夢，甚至手裡拿著一堆鈔票，心裡還在懷疑，「這是不是真的呀！那個公社治保幹部會不會再來收繳？」

「他膽敢再來，」爹圓睜著眼說：「豁出去要他的狗頭。」

「嘿嘿，看來那外客大人不是個惡煞。」奶奶拄著龍頭拐杖彷佛說給娘聽，又像說給自己聽的。

「有借有還，再借不難，」娘拿著大疊鈔票，沒心思理睬奶奶。「把欠人家先還清了再說。如果有缺長補短，到時還好向人去借的。」這一家子人都是母親賺來的；要還要借還不是母親說了算嘛。

一切問題因有了錢而迎刃而解。一家人終於露出久違的笑容，關鍵解開了母親心裡的一把鎖。每個人心裡好暢快，臉上也都掛著笑容。感到最為心滿意足與幸福的莫過於我的父親，爹簡直樂得像個小孩子。他那從來沒有嘗過雪花膏的老面皮，縱橫交叉的皺紋，像商周巫官駁凶占吉火上烤裂的龜板，綻放出無比快樂的裂紋。

「有鈔票真好，」爹自言語道：「大家都笑咪咪了。錢能通人，也能通神啊。」爹開心的情不自禁地學著「打虎上山」的京劇唱腔，敲破鑼的，「穿林海，跨雪源，氣沖霄漢……鏘鏘鏘鏘得兒——鏘！」

鳥語的江南，爹一不懂京戲唱腔，又不識字，「打虎上山」唱著唱著去「李玉和」「獄警傳，似狼嗥，我邁步出監」串門了，南腔北調、張冠李戴的啼笑皆非。母親嗔怪教他不要再吼，說身上的汗毛一百百豎起來。但這並不打緊，重要的家裡歡聲笑語的其樂融融，大家一團和氣了，籠罩在頭上的憂霾褪盡，撥雲見日，可以說有史以來，一家老少從來沒有像今天那麼感到溫馨與和諧。

八哥莫名其妙死亡，奶奶說她是被一個穿黑衣的陌生人弄死的。母親則反駁說是被野貓吃掉的，兩人都沒有充分依據，兩個對有沒有八哥都無所謂。而大哥卻不一樣，大哥從一隻羽毛不齊的小鳥一手護理調教出來的，八哥死了心裡一直惦念著他，於是他重新整了一隻鳥籠子，從樹洞裡掏來兩隻羽毛尚未出齊的小八哥，不久兩精靈又學會了人語，經常嘰哩呱啦兩鳥像侯寶林說相聲。寄錢來的前一個晚上，大哥來到籠子邊餵食，一隻八哥突然叫，「蠟梨頭，」一隻接著叫；「鈔票來了，鈔票來了，」兩個異口同聲的高叫；「恭喜發財，恭喜發財。」

二哥再次成為新聞輿論的焦點。更多人對二哥這筆來路不明又秘而不喧的橫財充滿了疑惑，他們像獵狗的追著二哥。二哥清楚對這些好事者沒有什麼好解釋的，跟他們解釋得越明白，他們像癔癮發作，添油加醋的就越來勁，你說一千，經他們的口批發出去，十萬八千的無限擴大膨脹。所以二哥只是淡淡的一笑。然後二哥的緘口不要以為沒是非可攬了，說二哥諱莫如深的背後，隱藏著不可告人的勾當；否則公社治保主任無緣無故跑來找他幹嗎。

那治保主任被爹打敗後如同泥牛入海一去不回。胡尚書記也覺得很奇怪？走時說人民政府決不會饒過他的。怎麼會去了沒有一點兒聲音呢？按理陳主任作風一向雷厲風行，老百姓見他如見厲鬼一樣害怕，絕對不會放過劣跡的黃家人。胡尚書記為陳主任嗚不平，打擊黃家人的氣焰，胡尚書記在全體社員大會上狠狠抨擊說：「……黃金瓜無法無天，竟敢操大鐵耙追殺堂堂的公社治保幹部，甚至將公社治保陳主任，逼入沼澤中差一點溺死。可恥的社員不分是非，還要嘲笑陳主任，問題不是一般嚴重，很嚴重啊。廣大社員同志們，黃家發生的嚴重的政治事件，難道還少嗎。要是在前幾年，黃金瓜敢公開對抗幹部，氣焰十分囂張，哪怕他有三頭六臂的，不相信人民政府會治不了你一家人。早送你去勞改隊吃十兩頭了。」不知怎麼回事，大會下這些人對胡尚書記的報告充耳不聞，依舊嘻嘻哈哈的。胡尚似乎覺得時勢和時局已經變了。嚴酷的政治氣候開始轉暖，長期殘酷無情敏感緊張的政治運動把人折磨得筋疲力盡、麻木不仁而力不從心了。

隊長一直懷疑他種的葫蘆和南瓜除了我家沒人會去偷。事實我家除窮了一點而已，歷史沒有小偷小摸的習慣（奶奶偷剮屍肉不算）。雖然幾代雇農，根正苗紅出身相當當，就是因為窮，沒有背景，所以不管任何事、任何人、任何時候，都能被人栽贓冤枉。隊長重新發現闖蕩江湖的二哥，不是一個等閒人，深藏不露，又詭譎難測。二哥與那些二門不邁、雞肚腸心思、鼠目寸光的年輕人迥然不同。隊長相信，只要給他一定的機會，這傢夥還真能成大事。

「黃穀，」隊長首次上我家門，他跟二哥說：「這房子怎麼做得新房……我跟會計說了，會計室搬到新蠶房裡去，那邊房子空關著，幹嘛不利用。桑樹都砍光種糧食了，蠶匾也都丟光了，消毒室也塌掉，修了白修。蠶看來再也不會養了……我差小東會計室牆壁重新粉刷一遍，然後你用舊報紙糊個天棚頂，我裡舊的《人民日報》堆山似海。頂棚要做，省得灰塵、雪籽，從瓦片縫中掉進來。舊報紙既乾淨又整潔。窗戶都換了新玻璃。暫時你可以安心過渡……這三把鑰匙交給你，有空你去拾掇佈置。」

「隊長——這，你真貼心。」二哥確實做夢也沒有想到，婚房無疑是最後也是最大的一個難題，隊長雪中送炭將新房的鑰匙送上門。這麼多年來，我們一直寄人籬下，只是對他們的冤枉、刁難、侮辱、欺負，麻木而成了習慣。所以發生這樣的事，讓二哥不敢相信。激動得語不達意。

道理也很簡單，姚姐給二哥寄二千元錢，並不是無緣無故給他的。

二哥為姚姐她表哥，白白地種了兩年的白

術。姚姐雖不知道二哥犯了什麼事出來的，但良心肉做的，讓他做了兩年奴役覺得有點歉意，利用自己的情人在煤礦當頭的關係，介紹二哥去山上搞礦木。

山上伐倒的大批礦木，整整三年一根也運不下山。第一批伐木工在紅色風暴中，被民兵抓去挑水庫。第二批又來到深山，前面路還沒修好，後面就被雨水沖垮了，沖垮了再修，修了又沖垮，直至筋疲力盡吃完最後一粒糧食，含著淚辛酸的離開。前赴後繼的又來一批淘金者，最後衣不遮體、食不果腹，仍運不出一根木材，歎著冷氣傷心離開。二哥就在這種情況下來到山上的。因為是通過姚姐的關係，所有人把二哥看成包工頭，由此在煤礦弄到大量的炸藥，萬事具備老天一場前所未有的大暴雨，數千立方米礦木一瀉千里，如願以償的沖入五公里之外的庫區。憑藉二哥的智慧和敏銳及與生具來的組織能力，現在的話說應該是二哥掘到的第一桶金。二哥後來提到這件事，反思這不是靠一個人的能力能夠戰勝的，一切歸功於天時、地理、人和。

礦木運到指定地點，二哥手下那些人，仗著姚姐相好的權力，丈量木頭時，又做了很多不該做的手腳。他們請驗收人員吃飯喝酒送煙，等驗收員酒足飯飽後，醉態朦朧拿著丈量的皮圈尺，讓他們牽著鼻子走，這堆量好量那堆，那堆量了回來又量這堆，一堆木頭反覆反覆的丈量。舞弊占了不少便宜。也許因為這個原因，多行不義必自斃，二哥他再也不願去江西發大財。二哥把礦木補貼的糧票、布票、獎勵送給了姚姐。回家時，二哥只拿了三分之一的錢，三分之二的錢都給了姚姐。

「呀呀！我不要你的錢，」姚姐推辭說：「我介紹你種白術，吃苦不算，整整兩年你一分錢都沒得到……心裡一直很內疚。況且你這麼多糧票、布票給我了，黑市也能換錢……」

「姚姐，」二哥說心裡道：「假若我沒有你的收留，我就沒有今天——」確實人在沒錢的時候覺得錢太重要了；一旦有了錢，覺得錢並不很重要，相反成為惱人的累贅。二哥出逃時一路上心驚肉跳的恐怖記憶猶新，並堅持說：「……

路上帶這麼多錢反而不安全。如其充公沒收不如把錢留給你。你說等將來有錢了，給兩個兒子造房子。」

「哈哈哈，那是玩笑話啊。」姚姐把錢退還給二哥說：「我不需要你用血換來的錢。你家裡也有父母兄弟，如果你想告訴我，為什麼到這兒來。是殺了人，還是放火，你究竟犯什麼王法。」

「我沒殺人，也沒有放火。」事到如今，二哥不怕說給姚姐聽，「……我在社員大會上說『備戰備荒害人民』……怕連累家裡，大哥拿槍把我救下，撬了大隊會計室慫恿幫我潛逃。我爬火車逃到這裡的。姚姐，我出來這麼多日子，也不知道家裡究竟怎樣了，這錢你就收下吧，萬一我要是真遇到什麼為難的事了，我向你求助。」

23

愛你一輩子

「太陽大概已經死了！」秋香穿著乾淨的藍洋杜布的斜襟罩衫，一大清早，精神抖擻的跨進我家大門。一邊拍打著身上的碎雪，一邊蹭著鞋子上的灰垢說：「這路好難走！好難走啊——」

「秋香姐一路上辛苦了！來杯茶烘烘手吧。」娘捧來一杯滾燙的熱茶，「半個月沒有好太陽了，雨雪近年邊嘛。」母親將灶膛的餘火撮到火爐中，「秋香姐到火爐邊坐暖和。」

「素娟姐，」秋香詭秘地湊近娘的耳朵，雖然說話聲音放得很低，但仍然聽見她那驚詫不已的神態，「你家老二啊——怎麼會有這種事體呢？！你不知道，外面怎麼傳說的，整個白馬沸沸揚揚，天都給鬧翻了——老二洋財究竟怎樣發來的？嘖嘖嘖——嘖嘖嘖！」

娘只笑不答。見娘緘默，秋香知道即使生米不成熟飯也至少半熟了，母親再不需要宣揚家裡有錢。秋香也不便再多問，就言歸正傳道：「女方嫁妝已油漆好，」秋香放下手裡的茶杯，用烘熱的手抹抹自己冰冷的臉孔，打完兩個哈哈說：「……馬桶箱一口，樟木箱二只，八仙桌一張，四枚長凳，一個面桶架，六床棉被，三個繡花綢緞被面，五床毯子。人情也陸續送來，聽阿水老婆說有十把熱水瓶和十多個洋鐵面盆……十三條被面，十六套衣裳，八雙鞋，十六七雙尼龍洋襪，看來子孫手裡都穿弗光——我做媒做了一輩子，沒見過這樣體面的嫁妝！叫前世姻緣，面布包京團，兩人剛剛一對。你黃穀的福氣好著呢！噢，對了，迎新娘子、抬嫁妝的扛郎安排停當沒有？路途遠，東西又多，百步無輕擔。天晴還馬馬虎虎，下雪下雨路不好走，必須多安排幾個扛郎才好。特地來跟你來得個頭寸的。她娘說，教你們再抬兩乘眠轎去，馬桶、箱子、棉被、熱水瓶、面盆、茶杯等一些琉璃貨，放在眠轎上。家生都是真漆，就怕油漆擦掉，多帶些茅草紙墊墊。」

「扛郎早就約好了，」母親說：「廿五夜是個大好日，同天村裡結婚的人多，有幾戶到現在抬嫁妝的人還沒約著。她嘴巴一歪！臨時抱佛腳的又要多兩頂眠橋出來。教我們到哪裡去借呢？不光借眠橋，還要四個人去抬啊。這短命的毛主席！砸祠堂、毀宗廟、扒祖墳、燒牌位還不夠，將村裡所有的眠轎、栲籃、套籃、香籃統統搜出，投進火裡燒掉，有人去醫院生小人、看毛病，連眠橋都借不到。破四舊真是害人害足了！要不，我明天去他舅舅那邊借借看，也許大村裡還有。」

「喲喲……罪過人！」母親給秋香添茶，秋香急忙站起身謙恭的道謝，「教你倒茶——撥天打煞的。」

「我不想讓你作難人，」母親想起那天她來傳言女方要追加一千元的彩禮錢，母親又氣又惱，沒有好臉色給媒人看，秋香覺得阿紅娘的所作所為讓她在母親面前失了顏面，一早招呼也不打灰溜溜的回了。這事不是秋香能作得了主的，而母親怠慢實有些恨棒打人的，心裡覺得對她不起，不能再教她為難了，於是說：「你放心辦法總會有的。打算多抬一壇酒給她們，豬肚多二個，肉再加十斤，多加一包糖，一條香煙。她們家廚師、小工和路上攔新娘子討糖討煙都考慮進去了，你好朝對應付他們。你婆婆為我老二跑了許多腳頭趟，受了許多窩囊氣，鞋子都磨破了幾雙，我心裡都一一記著，好好謝你——一雙鞋、一雙洋襪、一塊淡士林洋布給你……」

「哎喲喲——」秋香心裡吃蜜的甜，笑容可掬的說：「素娟姐——怎麼客氣幹嘛，你我又不是外人嘍。」

「存心給你的！」母親把東西裝進一只巾包袋，「今早趁你來了帶回去……黃穀若沒有你的幫忙，哪找得到這麼好的老婆。這點薄禮，只能到到道理了……」

新娘子家上午十點正式開宴。白馬廚師的手藝和菜肴的講究遠近聞名，破四舊的風頭過去，舊鄉風、舊習慣、老傳統，變本加利又捲土重來。阿紅家照例為二十四碗菜，苦於樣樣得憑票，魚肉材料不充足，吃喜酒的親戚朋友又多，巧婦難為的廚師只好以素充葷，葷菜下墊些青菜、蘿蔔充實。酒吃到一半，堂前銅鑼喧天，洋號洋鼓齊鳴，新娘子在伴姑娘的陪同下，向每一桌賓客敬酒致謝。

「天要落雪了……」秋香抬頭看了看鉛灰色的天空，秋香一日遭蛇咬，三年怕草繩，她倒並不擔心下雪，擔心阿紅她娘上轎又要敲竹槓。踱到阿紅父母身邊委婉說：「有這麼多扛子嫁妝，外公外婆真夠體面啊。今朝天還算爭氣——考慮路遠，山路難走，就請外公外婆原諒了，讓他們把扛先打理起來……早一點上轎去夫家。」

阿紅爹只顧悶頭吸煙。他入贅做上門女婿，家裡大小事情，沒他說話的份兒。女兒卯時還是寅時上路不由他說了算，今天一唯的是敞開抽煙。經秋香這麼一頓促，娘意識到女兒在家的時間不多了，一下觸痛了，眼淚汪汪的轉過臉去，摘下鬚扣繫著的手帕，忍不住抽泣的哭起來。

「外婆啊，」媒婆上前寬解說：「十個月娘胎，是身上掉下來的肉啊；從小一把尿，一把屎，辛辛苦苦扯大，從咿呀蹣跚到蹦蹦跳跳的會說會笑，出落到亭亭玉立了，一猛之間突然離開……不要說一個活人，即便是一隻狗，一隻貓，做娘的哪個不心疼！我大女出嫁，說實話我像剁掉了一個手指頭，十指連心疼……哭

了三天三夜哩。在家千日好，女兒遲早總是人家的人，不能陪著爹娘過一世，須得過她自己的日子去……女人像下的雪，下在哪裡化到哪裡，命中註定要去夫家……外婆啊，好日好時辰，你不要過分的傷心，今天應該高高興興的讓阿紅上轎走……以後，阿紅同黃穀會來孝順你們兩老的，你們就放心的讓她走，讓她去做門好人家吧——」

「阿紅姑娘，」媒婆又走到阿紅的房間，笑嘻嘻的說：「你打扮好沒有。按規矩上轎之前，應該謝謝爹娘的養育之恩，說幾句安慰的寬心話……臨走你要哭幾聲爹娘的，不白養你一場……啊！時辰快到了，梳妝打扮好，準備上轎走吧。聽話些。我出去教扛郎嫁妝準備起來。」

阿紅離開父母兄弟本沒有什麼值得她牽掛與顧慮，家裡待久了，反而有些心煩。無論未來前景是好是壞，自幼就沒有想留在家裡。不恰當的時間和地點，秋香說這些酸溜溜的話，反引起添加了阿紅的傷感；女人的生命走到這裡竟是人生的分水嶺，一旦今天出嫁遠去，就沒有任何理由回到從前爹娘的身邊；嫁出去的女——潑出去的水……想到她們對自己無私的關愛和呵護，複雜的情感潮水一般湧上心頭，一次次叩擊著內心脆弱的大壩。除了交流不多處於半熟的老公，面對只見了一次面的公婆，和幾乎完全陌生的一群叔伯們。倘若自己遭到不公或者受到委曲，而娘家遠在山外愛莫能助，有天大的委曲只得獨自去承受。心裡酸到鼻子根，就哇的哭了出來。

母女倆淚眼相對，「娘——」阿紅再也按不住情感的閘門，母女倆抱作一團，淚水像斷了線的珠子滾下來。

悶頭抽煙的父親，被母女倆的哭聲攪得六神無主。狠命的不知滋味的一支接一支的抽煙，手指蠟黃蠟黃的像截廣東香腸，手像帕金森的抖著。

銅鑼銅鼓鏘鏘的又再次催響。年邊正好是毛澤東思想宣傳隊收穫的季節，這家迎完新娘子，再去送那家新郎官，事前有約的鑼鼓隊，急著要去趕場子。母女情長，千縷萬絲，扯不斷理還亂。除非媒人上前勸解催促，別人不能催新娘子快點啟程，只好用鑼鼓代表心聲。鏘鏘鏘的鑼鼓，時而像驟風暴雨，時而如兩軍交戰，時而咚鏘咚鏘如踱方步，時而唧咚唧咚如訴如泣。宕蕩起伏變幻多端的鼓樂，使現實場景誤以會是虛擬舞臺——阿紅將為自己今後的人生譜寫大戲。

扛郎把嫁妝用繩子穿好，正裝待發。幫工們放下手裡的活兒，齊刷刷追趕出來，努力止住抬槓。

「起碼拿一條煙、三斤糖才能走……」領頭的發話說。

媒婆與他們斡旋，一個說太少，一個說太多，鬧了半個時辰，仍不能達成協議。小工紛紛指責秋香說：「還說男方家這麼有錢那麼有錢，弄得狗牝倒灶的！」堅決不讓男方啟程。

鑼鼓一遍又一遍，敲得手臂發麻，索性停下抽煙，看她們討價還價。

秋香與小工們終於達成協議，追著要秋香立即兌現，秋香怕夜長夢多一邊掏喜糖，一邊教扛郎趕快抬走，回頭卻見母女倆抱成一團，哭得像個淚人。剛解決掉小工的糾纏，這母女倆扯也扯不開，急得秋香直跺腳。「再拖下去，到家要半夜了！」秋香跟兩伴姑娘說：「別耽誤了時辰了。你們心狠點把她娘拉開，架起新娘子好走了。」伴姑娘一人一只胳膊，強行把阿紅攙到村口大路。

抬嫁妝都是二十幾歲身強力壯的年輕人，根本不在乎下雪不下雪，爬山如履平地，一鼓足氣的跑出很遠，遠遠把新娘子拋在後面。迎親隊伍到達菩提山已接近黃昏。母親焦急不安的思想；這麼晚還不來，除非上轎又在敲竹槓了，左盼右盼不見新娘子，大家紛紛去村頭樟樹下去迎候，忽然有人叫喊，「新娘子來啦！新娘子來啦——」人群開始擾動，紛紛上前爭看新娘子。恭候在村口的鑼鼓隊，剎時鑼鼓喧天，囂張刺耳的梅花喇叭，嗚嗚啦啦在山坳久久迴響。爹穿著一套新衣服，破天荒他第一次棄了煙竿，嘴角叼著雪白時髦的香煙，嘴邊衰老疏朗的黃鬍子，跟落葉的松絲一樣。兩手相互拱在袖子洞中，爹像在看別人家的兒子娶媳婦。

「黃金瓜啊，」小東用肘觸觸父親的胳

膊，笑著說：「你做爺爺有灰扒啦，哈哈哈……哈哈哈。」

「我扒不動——扒不動了。」小東說他扒灰爺爺，爹彷彿明白在娶兒媳婦，高興的嘴巴撕到了耳朵邊，「呵呵呵……九九八十一難，今天總算把新婦大娘抬進門了。從此生根開花，千秋萬代做太婆……」

秋香說男方應該有媒人的。母親立即想到了隊長，請他做男方現成介紹人。隊長欣然答應為二哥做證婚人。母親像攀上中央大幹部覺得無尚光榮，拉著隊長的手，說：「隊長您是個德高望重的人，太看得起我們了……」這下男女雙方都有了大媒先生。阿紅如願似償的明媒正娶了。

阿紅左右兩邊，由兩個伴姑娘攙著，前有擎著火把的金童玉女引路。黃昏來臨，老樟樹上夜鳥爭巢發出淒厲的打鬥和嘶叫，鯰魚潭崖壁上冤鳥「哥哥苦！哥哥苦」的啼叫。一陣雪風吹得火把火星迸濺，風攜著火、火裹著雪、雪包著火，像流星曳過夜空。大官賜予黃姓來沒有今天這般輝煌與隆重。

隊長站在擠滿人的院子前為二哥主婚。他清了清嗓子，簡單而扼要的說：「各位親戚朋友，各位好鄰居，社員同志們。今天——（官腔的聲音拉得很長顯得俗套）是我們黃穀與吉紅同志結婚的大喜日子。她們在革命中建立了深厚的友誼，為了一個共同的革命目標，走到一起來了——讓我們衷心祝願她們相敬相愛白頭到老——」

站在雪天下的人們，爆發出雷鳴般的掌聲；這掌聲的背後感到人們對隊長的敬畏和對喜煙喜糖的期待。

草堂貼著已經陳舊褪色的毛主席像，當年二哥犯法，大哥揣槍劫法場，家裡雞飛狗跳亂成一鍋粥。爹看兒子拿槍的拿槍、持棒的持棒、握石頭的握石頭，信口還說「這世界究竟誰怕誰！」禍闖大他也害怕了，撲通的跪在毛主席畫像前，一邊磕頭，一邊鼻涕眼淚的向毛主席求饒，「毛主席呀毛主席，我們祖祖輩輩是雇農，上沒有一張瓦，下沒有立腳的地方，是您老人家分給我們的勝利果實……老二這個狗日的！說了對不起您的話，老大做了對不起您的事！我向您老人家請罪了，請您原諒他們年少不懂得事體。我向您老人家保證，他們絕不是您老人家的敵人……」

毛主席早歸了道山，人面不知何處去，畫像依然笑春風。桌子兩邊紅燭高照，爹和娘各坐一端。秋香媒婆像大導演張藝謀，雖癟嘴漏風，但有條不紊。拉長喉音說：「新郎——新娘一拜偉大領袖毛主席！沒有毛主席，哪有今天的幸福生活。二拜天地，沒有天哪有地。三拜高堂，沒有爹哪有娘，沒有娘哪有你。夫妻對拜……」

「媒婆胡搞什麼呀！」奶奶聽媒婆荒唐的給毛主席行禮，自言自語道：「媒婆異出亂樣的洋不洋、羌不羌。盤古開天地只有天地、高堂、夫妻三拜，活了這麼多歲數，從來沒見過這種禮法……他說是封建迷信，你給他行禮，豈不是作賤他。」禮畢，瞎眼奶奶忍不住喊，「新娘子我瞎眼看勿見。黃穀，你把新娘子領來，讓太婆摸摸……」二哥把阿紅交到奶奶的手裡，奶奶先摸了阿紅的臉，再撫摸阿紅的手，笑著說：「臉孔肉敦敦，手心手背全是肉……老二娶了個好老婆！奶奶歡喜死啦！咯咯咯，咯咯咯。」

裡裡外外擠滿了人，看熱鬧為討喜糖和喜煙吃。秋香說：「把新娘新郎送入洞房，然後向大家分發喜糖……」新房築在原來的會計室處，金童玉女照著火把，帶領她們去洞房。

酒吃到一半，新郎新娘向各位來賓敬酒表示感謝。頓時鼓樂齊鳴，歡聲笑語，婚宴達到了高潮。

酒宴接近尾聲，朋客陸續散去，桌上杯盤狼藉，秋香舅舅及父母幾個還在談天，娘笑著說：「這下可以鬆口氣了。」

「明年，」秋香說：「你就有孫子抱了，要做爺爺奶奶了呢……」

正說著，廚師小工上來說：「金瓜孀孀——你香煙糖好給我們了。」

「你們急什麼呀！」秋香接住話茬說：「我們酒還沒吃好呢。等酒席人散，把碗盞碟子盤收拾乾淨，該你們清理的事清理完畢給你們也不遲。」

「從廿一的那天起，」阿大廚師滿臉倦雲，兩只耳朵夾滿了香煙，「我沒有好好睡過一個夜，人快撐不住了，眼皮要用棍子支起來了……明天、後天、大後天還有幾家好日，要幹到大年卅十才能歇。過年，家裡什麼東西都不曾準備……就想早點睡覺。」他走到院前，抬頭看看天，愀然的說：「雪又下大了。」

「小八！」母親急忙喚我，「你把準備好的福利拿來吧。」又對阿大廚師說，「辛苦辛苦！你們早點回去休息吧，剩下的活我自己會拾掇的。謝謝眾人的幫忙，什麼時候有空，請你們喝杯酒。」

母親打發了他們，重新坐下來喝酒，見雪地站著一個小女孩，借著屋裡的亮光，女孩拿著碩大一個缽頭，靦腆的站在那裡。

「是小英子嗎？」母親放下酒碗出去，「怎麼一個人站在雪地中，你有什麼事嗎？」

「奶奶，」小女孩晃晃笨重的空缽頭說：「這個還給你還。我奶奶說，我奶奶……奶奶說……」女孩見這麼多生人欲言又止。

白天，母親忽然想到這戶特別困苦的人家。自小英她父親死後，母親就丟下她一走了之。家裡一個有病的老奶奶，非但照顧不了小英，自理也不能夠，反而要小英去照顧她。母親對我說：「這家人真罪過人啊！……咱難得有魚肉，你送一點給小英她們吃。別人過年都熱熱鬧鬧，祖孫倆的灶台冰冷出氣，太可憐了。」不知小英她為什麼吱吱唔唔？母親問：「這麼晚了，又下著雪，缽頭明天不好還我的？你奶奶說什麼？對我說，沒事的。」

小女孩見四五個人盯著她看，頭深深埋在胸前，看著那雙航空母艦一般的破雨靴，再也不敢說話了。

「對我說，不要緊的，」母親善解人意，站起去門外，蹲下身輕輕地問：「你奶奶有什麼話嘛……」

女孩鼓起勇氣，「奶奶說，奶奶……教我對你說……你們吃剩的骨頭不要扔掉，奶奶說要——要……」

「要骨頭渣幹嘛？」

「奶奶教我撿回去熬粥吃……」

母親想，自己已經黃蓮一般苦，世上還有比自己更苦的人啊！母親捏著小英凍僵了的小手，鼻子一酸，喉嚨頭癢癢的，眼淚禁不住溢出來，撩起衣角——母親捧著空缽頭裝上魚肉拿給小英，「拿去，後天你再來……」

這些沒有討過老婆的老少光棍，結婚吵房乃是一大樂事，一會叫新娘子唱革命歌曲，一會罰伴姑娘飲酒，挖空心思的花樣疊出，胡攪蠻纏又死乞百賴，且一個比一個惡劣刁蠻。也許伴姑娘久經沙場或已趨於職業，處境不變沉著應對，兵來將擋，水來土掩，這些土包子根本難不倒她們。一直鬧騰到後半夜仍意猶未盡。掃毛老搬來一條長板凳，別出新裁的「——教大伯跟弟媳板凳上交會好不好！」

「好啊！」眾人高呼掌聲雷動。

「大伯可出了不少力，應該有一腿的份……」

「請各位原諒！」大哥硬著頭皮說：「好日好時辰，一個人就只鬧一次，本當我就奉陪到底，因為老二這幾天跑東跑西沒有好好的停息過，人太累了，讓他早點兒休息怎樣？黃穀今天能娶上老婆，首先要感謝大夥的幫忙！我代表全家謝謝各位兄弟和好鄰好舍……一人發一包香煙，十顆糖，鬧房鬧到這裡好不好——」

「不好不好！」

大哥話音未落，群起而攻之，小星大聲責問大哥，「我倒要問你，今天你討老婆，還是黃穀討老婆？你結婚我們就聽你的，不是你結婚，就靠邊站。沒有權力阻止大家鬧房。」

「你大伯伯出力又出錢，」素有黃頭麻雀之稱的小東老婆說：「大伯伯有一條腿份才可惜弟媳婦嘛——」

小雲說：「……既然說靠我們眾人幫忙，你大伯講話作不了數。這樣吧，按掃毛老的既定方針，大伯跟弟媳走板凳交會，交會跌下來得重新來……」

大夥哄笑中一片叫好。大哥困窘的撓著頭。阿紅偷偷瞅了瞅二哥，剎那間她羞得臉孔通紅。阿良歪著嘴巴樂呵呵的說：「今天非吵到它天亮不可，不讓她們兩個睡覺——」

「對對對，」舅舅忙出面打圓場說：「各位鄉親，各位朋友！今天我有幸跟你們一起參加黃穀的婚禮，估計你們在坐各位都認識我娘舅的。我向各位提個建議好不？叫她們燒半夜點心來，痛痛快快再吃一回半夜酒，鬧它個通天曉。尤其香煙、糖果不能少——」

舅舅知道我們這裡鄉風惡俗。去年有人結婚鬧房，差點兒鬧出人性命。這些傢伙像三輩子沒有見過女人，鬧得不過癮把燈滅了。餓狼似的男人醉翁之意不在酒，將伴姑娘被剝得一絲不掛。一個涉世不深的小伴姑娘不堪羞辱，覺得沒臉做人，跳到冰冷的河裡差點淹死。平時大哥自己喜歡惡搞人家，今天落到人家手裡絕不會對他手軟。舅舅別的不擔心，擔心失去控制樂極生悲。

雖說舅舅不是同村人，但村裡跟他跟我們一樣熟悉，無論老幼一律叫娘舅。許多人去過舅舅家，不乏這些鬧房的。村民公社打證明還是醫院看病，遇到難辦的事，首先想到找舅舅幫忙。舅舅在公社當副書記，他從不擺官架子，只要見菩提山來人，拉著對方的手不放，「沒什麼菜，飯吃得去！」舅舅的客情讓舅媽頗有微詞。譬如看病缺錢，買不到化肥農藥種子，文書不給開證明等等，舅舅像對待至親一樣毫無怨言。並留吃留宿，個性跟母親一個樣，沒錢喜歡裝有錢，寧可小布衫裡脫出……舅舅不分彼此，人緣格外好，轟轟烈烈的文化大革命，個個幹部弄得灰頭土臉，自殺的自殺，他殺的他殺，削職的削職，開除的開除，坐牢的坐牢，舅舅毫髮無傷，跟他沒一毛錢關係。村裡要是知道舅舅來菩提山了，家裡就熱鬧了，一個要拉他去家裡吃飯，一個說他已經叫了，扯拉著舅舅的衫袖不放鬆。甚至連十惡不赦的撒桂子也稱讚舅舅肚量大，不計前嫌，是個大好人。村裡有口皆碑。既然舅舅這麼說了，再頑劣執拗的無賴也得賣賬。

人散去，洞房的熱鬧也隨之帶走。後半夜電壓異常充足，一百支光的燈泡照得房內一片煞白。阿紅坐在床邊，燈光下像空無一人的舞臺。

阿紅脫了外衣睡下，二哥見她穿著厚厚的衛

生褲睡覺，「你包得銅牆鐵壁……」二哥問為什麼？阿紅悶不作答。二哥關滅電燈去親吻阿紅，發現阿紅的臉掛滿了濕漉而冰冷的淚水。

二哥不知她受了什麼委曲，「你為什麼哭呢？」

「我想我的爹媽，」阿紅嚶聲的泣說：「再聽不到父母對我的嘮叨，也聽不到她們的呼喚，在家總嫌她們多管閒事會嘮叨，覺得好對不起她們。」

「後天我們就要去回門，過好年初二要去拜年的。你不要對你爹媽憂心，你的父母就是我的父母，什麼時候你想去就去。到明年或許再明年，我給你買輛鳳凰牌的腳踏車，這樣就便當了。」

「你不要再吹牛皮了，」阿紅聽這話就來生氣，說：「說好結婚前把房子造好的，現在借大隊的房子結婚，又要買腳踏車來哄我。至今明白你爹娘出爾反爾，做的全是空戲文……我爹娘擔心嫁給你，我將來要吃苦頭的。娘常說，生意做不著一遭，老公嫁不著一世，說實話當初條件好的我隨揀隨挑。有復員轉業的，公社企業的，當民辦老師的，想不到會……別人在背後笑我說：『揀來揀去揀個缺額燈盞……』要不是被你破身，恐怕我今天不會嫁給你的。嫁給像你家這種條件，何必選擇來菩提山。不要以為我娘認錢不認人……娘怕我對你不好，一直對我說：『不怨天，不怨地，命生好這樣了。嫁叟隨叟，嫁乞隨乞，就跟他好好過日子吧。』」

「你至今還不放心我嗎？」二哥深深歎了一口氣，說：「你知道我對你的愛有多深。我對我自己說，我要愛你一輩子，一輩子只愛你一個人，哪怕西施美女也不會去看一眼，我向你曾發過誓，就是為你去……」

阿紅連忙把二哥的「死」字堵在嘴裡。

第六章

24 挺險

阿紅嫁到我家的翌年春天，氣色不佳的父親，大便開始屙血，人一天比一天消瘦。家裡哪有錢啊，知道有病，卻一直拖著，拖到躺倒起不來，才送他去醫院檢查。醫生問二哥你是他什麼人？二哥說是兒子。正好母親過來聽見了，問醫生有無大礙？醫生坦言你們醫也是白搭的，還是讓他回家去養息養息吧。

母親跟二哥商量怎麼辦？父親得知了自己的毛病後，愁眉哭面的求娘要上好醫院，「我想活——見到了孫子再走。」

爹患的直腸癌已經到了晚期。爹的病就是有一座金山也回天乏術，花再多的錢，最後錢不見，人不見。死到臨頭，娘不願哄騙爹病會好的，「黃金瓜，」娘直接告訴爹，「咱還是回家去休養……你想吃啥，我辦給你吃。醫院裡住一天，就要花百把元錢，把家都填進去，也救不了你性命的。」

「我要死了，」爹心裡已經明白自己，兩顆豆大的淚珠，從爹蒼老乾枯蠟黃的臉上滾落下來，無言的黯然的點點頭。

把爹拉回到家門口，他抓著娘的手問：

「……老老老二老婆，肚裡有了不……」

母親握著爹瘦如柴棒的手，十分肯定的點點頭。爹用他生命最後的力量，把蠟黃枯萎的臉上的所有笑容全調集起來，在粗糙的皺襉中勉強擠出一絲笑容，宛如落山太陽現出最後一抹晚霞……爹安心的鬆開了娘的手——

雖然父親的病沒有花什麼錢，人死了，活著的八個兒子還要臉面啊，買棺材、辦喪事又欠了一大筆債務。二哥結婚的舊債沒還上，又欠下一屁股新債。一家人兢兢業業、貪早摸黑的努力，勉強只能應付一日三餐。阿紅深深感到愛情的虛無和現實的殘酷——自己已上了這艘賊船。心裡憧憬的新房子的夢想，像五彩斑斕的肥皂泡狂風中徹底幻滅。掉入沒頭沒腦的看不到彼岸的一片苦海中。為了不被活活淹死，奮力地垂死掙扎。

阿紅剛生下兒子黃聰，時局發生了翻天覆地的變化，中國又掀起了一場土改熱潮。從二級核算制回歸到以生產小隊為單位，想不到田地分到戶。人們歡呼雀躍奔相走告，整個菩提山沸騰了，分田分地比什麼都高興。阿星他爹說比解放土改還興奮。阿星問他為什麼？爹回答：「解放以前從來沒有餓死過人啊——不見高山，哪知平地。自己有田有地，你說能不高興嗎！」

田地山都是按人頭分的，剛出生的黃聰也算一丁，把二哥和阿紅高興壞了。二哥抱著繈褓中的乳兒，誇讚道，「出來就有田地分——真是個好兒子啊。從此不擔心餓肚皮了。哈哈哈，小畜生生得逢時，可遇上了好朝代。」

社員只需管好自家的一畝三分地，田裡的活三兩天就幹完了，不像生產隊爛腸瘟的有幹不完的活，一下騰出了許多的閒工夫。於是天天聚集在大樟樹下談山海經，成了傳播媒體的平臺和論壇。阿喬長腳、小唐北佬、上樹蜈蚣、小雲、小東、阿星、掃毛老、半腳老、田老鼠、大哥、二哥等天天在那裡談論政治時局形勢，大家七嘴八舌的各敘己見，對分田到戶聯產承包各看法不一。

「合久必分啊，」阿喬長腳說：「我對你們說，用不著誇誇其談的歷史學家來告訴農民，這八個字是中國全部歷史的精髓與濃縮；三十年不動，權宜之計，千萬不要當真。共產黨政策像月亮，初一月半不一樣，等肚皮飽、糧倉滿，三年不造反又渾身發癢了，又要搞共產的。我從打土豪分田地、農會、互助組、低級社、高級社、人民公社大躍進、全國農業學大寨，又到今天的包產到戶……中國農村農民是政治家們內訌外鬥的試驗田。不要高興得過早，鴨食礱糠——空歡喜。今天我當皇帝分田分地，明天他當皇帝又收回去，收回去發現餓死人然後再分田到戶——」

「承包制不符合社會主義原則方針，」隊長對三十年不動表示謹慎的樂觀，甚至懷疑，「我想中央只是先解決吃飯問題，沒飯吃那才是真正的大問題，沒有飯吃農民才起來造反。共產黨領導好，千好萬好，你沒有飯吃就不好嘛，繼續下去也要被推倒的。二級核算還是三級核算，集體最大的好處，誰也不用負責任，社員出工不出力，賣日頭空混工分。看田地分到戶，一個月幹的活，三兩天就幹完了。集體幹活有得嬷嬷（磨磨）生有得……但這不是共產主義的目標，不是共產黨政府走的真正道路，完全是私有化的資本主義道路，最終這路走不通的，分田到戶的目的把農民的積極性調動起來，不得已而為之。」

「是……人心所向，」小東卻持有不同看法，「你們不曉得形勢緣故，在安徽、溫州早就開始分田到戶了。國家只要你皇糧不少繳，隨你種棉花還是種稻，鄧小平說了不管白貓黑貓，會叼老鼠就是好貓……」

「阿喬叔說的有道理，」二哥曾因口無遮攔吃了大虧，又在大放厥詞，「跟著打土豪分田地，窮人翻身當主人，然後一場空歡喜……一會叫走互助組，一會低級社，一會高級社，人民公社，全國學大寨，一直騙到騙不下去只好分田到戶。中國自稱有五千年文明，只有『分久必合、合久必分』政治八字方針——阿喬叔太乙真人看鬼。」

馬拉式的政治運動人已經疲憊麻木了，嚴酷的政治環境一旦有所寬鬆，這些有深切感受的農民聚在大樟樹下妄議國政。他們本來就自由散漫，歷朝歷代沒人管他們的死活，處在自生自滅的狀態。因為生活在最底層，太瞭解這個社會制度的好壞了，說出來的話像喊「皇帝實在沒有穿衣服」的孩子。

阿喬叫他雙料貨。割資本主義的尾巴時，屋背後種了幾棵大白菜，他偷偷挑到白馬街市去跟人兌換糧票。被管理市場的逮住了，白馬公社將阿喬定性為投機倒把罪，把他雙手反綁押到菩提山，召集全體群眾在大樟樹前召開鬥爭大會。撤桂子厲問道：「阿喬你頂風作案！知法不？」

「知又咋啦……」阿喬強辯說：「餓死不如犯法！」

在屠王大和撤桂子的指使下，當時小東和

掃毛老的表現很積極，於是在投機倒把罪的基礎上，現場又做了一塊現行反革命的牌子，所以叫阿喬「雙料貨。」

「阿喬哥，你剛才這種言論，要是擺在過去……」小東朝自己的脖子一抹：「喀嚓！喀嚓掉。」

「小東，」秋三挖小東的舊瘡疤說道：「阿喬你親手綁著的。他掛的現行反革命分子牌子是你的書法。你為討好撒桂子，拿來一面破銅鑼，逼阿喬自己敲自己喊『我是現行反革命——』你們可幹不少的好事，名垂青史。」

「做過的錯事我不賴的！」小東坦然承認道：「人處在那種環境下，你不得不這樣。日本老侵略中國，漢奸偽軍很普遍……人一生免不了會犯錯，知道都錯了，借這個機會我向阿喬哥表示真誠的道歉。但話說回來，文革是黨中央毛主席發動的，我向阿喬哥道歉，又有誰向我道歉並對文化大革命負責呢！」

「風頭上嘛，」掃毛老解辯說：「我也沒辦法，幹革命總得聽革委會的命令。大蟲吃小蟲，小蟲吃細細蟲，貧農吃中農，中農吃富農地主，一級壓一級。不光是我一個啊，你們難道不緊跟偉大領袖毛主席嗎！這轟轟烈烈的文化大革命，不是某一個人能搞起來的。你秋水紅口白牙同樣積極參加過的。所以責任不在一兩個人身上……」

在舅舅的主持下我們兄弟分家了。舅舅分家會上說道：「你爹已經故世，你們兄弟也都大了。俗話說樹大分叉人多分家，大家該自立門戶。依我舅舅說，這家沒有什麼值錢你們分的家私，既然讓我舅舅作主，你們同胞兄弟，或多或少木勺裡剖西瓜——鹵水不外流。這樣吧，老大呢他作為長子，目前還沒成家，且有奶奶和娘，你們住在老房子，……總不能讓奶奶老娘流離失所。至於其他兄弟都出去自己想辦法。目前你們還沒有討老婆，願意跟大哥奶奶娘就暫時住在一塊吧。原則誰討好老婆誰自立門戶。黃穀，你結婚並有了兒子，家裡的債務應當多分攤些，因大部分欠債是你結婚所欠下的……怎麼辦？總不能讓他們負擔吧。黃穀這樣分好不好你表個態，——」

二哥當然聽舅舅的，阿紅肺都氣炸了，仨人連根稻草芯兒也沒份，淨身出戶不算，居然還要背債務，委屈的眼淚水只能往肚裡吞。或許是阿紅的個性使然，或許擔任過幹部保持著涵養，即使有天大的委曲，不會當面跟舅舅爭吵，不會跟婆婆奶奶去紅臉，也不會跟叔伯們去反目。直至舅舅把分家單寫好，回到自己屋裡蒙頭大哭了一場。

雖沒跟叔伯們鬧意見，但心裡有了疙瘩，從此面光肚不光。兄弟的情誼難以割斷，二哥一再勸阿紅說：「兄弟之間沒什麼便宜和委曲。他們知道我們困難，要是他們有能力，一定會幫我們的。你不要哭，這苦日子總會過去的，相信會慢慢好起來。」

做新房的會計室，隨分田到戶的實施，集體經濟徹底瓦解崩塌。山地水田池塘倉庫以及曬穀場，承包轉向賣給私人，隊長問二哥，「會計室你要買就優先。」

「隊長，我哪買得起呀。」

「賣了，就歸個人了。你要作好打算……」

二哥欠了一屁股的債，哪有錢買房子，但一經賣給了個人所有，二哥就面臨被逐出的尷尬。

改革開放像春風吹綠了江南，個個農戶的臉上掛著生氣的笑容，不是談論品種，就是山上種什麼經濟林，採種籽、購化肥、買農藥忙得不亦樂乎。第一次分到田地只爭朝夕一派百廢待興的氣象。「哥哥苦啊」的冤鳥叫聲，說成為「快快布穀。」春播開始，二哥連買鹽的錢都沒有，一年之際在於春，大哥知道二哥為難了，不失時機為二哥送來農藥和一袋化肥，說秧苗大哥為他播了。為了省錢，二哥決心把煙戒了，阿紅支持丈夫戒煙，連做種子的豆種，為二哥解煙，陸續炒了吃光，沒了豆種，山上一大片地空著種啥，阿紅到處向人去借豆種，一個叫拐手老的光棍，及時送來十五斤的豆種。

二哥反覆的吸了解，解了又吸，煙癮反而更大了，一天吸兩包煙也難維持到黃昏。阿紅可憐二哥，說：「既然難解，你就不要解了，最好做到少吸點。」

阿紅聽見母雞咯咯咯一叫，撿起留有血的握在手熱乎乎的雞蛋，捨不得給兒子吃，籌上半斤一斤，拿去賣給代銷店，還掉賒下的煙錢，或換成鹽醬回來。結婚至今，阿紅嫁給二哥沒做過一件新衣服，甚至早上想睡個懶覺都覺得奢侈。兩只母雞雖幫了好多忙，但僅靠幾個蛋錢，遠不夠買農藥化肥的。過去集體大件農具，如手扶拖拉機、水泵、風車、打稻機集體所有，現在需要自己花錢購置，一次二次還好向人借，長此以往自己也覺得不好意思，添置各種農具談何容易。二哥到了山窮水盡的地步。

糧食有了，放開肚子吃飽飯已不是神話，但種地的成本不斷提高，征糧、購糧、管理費及額外攤派芝麻開花節節高，繳完稅賦與攤派，一年忙到頭仍然兩個空拳頭，不要希望說賺錢，二哥舊債還不上，又添新債。小店的賒帳越陷越深，天天受趙美世的追逼。夫妻倆不敢從代銷店前過，趙美世只要一看見二哥，像抓住的小偷向二哥攔路索債。

「你到底還不還！」趙美世故意扯大嗓門，讓所有人都能聽到。

二哥說不出什麼時候能還上，也不敢向他開「明天就還」的空頭支票。而且趙美世也不會信二哥的。二哥認債不還，趙美世憤怒到了極點，手指頭篤著二哥的鼻子，「說你多麼多麼有錢，原是空殼大少爺！虱多弗癢，債多弗愁，實足一個無賴！你不覺得難為情，我替你難為情死。你臉皮厚得能開坦克了……我告訴你，這錢不是我趙美世私人的，是共產黨國家的。一個蘿蔔一個坑，少了教我賠出來……」

趙美世侮辱性語言像一把利刃，刀刀刺在二哥的心上。到這個窘境，人還有什麼尊嚴可言。二哥像打斷脊樑的狗，恨不得底下有個洞鑽下去。二哥後來說：「我想起胯下之辱的韓信，但韓信生得逢時，英雄有用武之地啊……」眾目睽睽下，二哥漲紅著臉，忍氣吞聲的灰溜溜的罵走。人們背後投來目光，芒刺一樣扎在身上，聽見有人向他呸一聲。只要一想到趙美世，二哥像打怕的一條狗嚇得魂飛魄散。怕遭到趙美世的辱罵，夫妻倆不得不避開小店門前多繞冤枉路。

一天，二哥去舅舅家借錢，拐手老進來對阿紅說：「趙美世逼人也太那個了……」他摸出一遝零碎的細鈔票，「六十六元你拿去還債吧。」

阿紅強調說老公去借錢了。阿紅不願用拐手老說不明白的錢去補趙美世的窟窿；同樣欠錢，拆東牆補西牆沒多大意義，況且跟拐手老這老光棍從未有過往來，世上沒有無緣無故的愛，接受他的恩賜，從某種意義說包含著一種契約，至少沒理由拒絕他來串門。萬一被人瞧見或傳到別人耳朵裡，准說不定會鬧出什麼緋聞，管你有沒有事情舌頭底下壓死人，渾身是嘴也說不清。想到二哥整天唉聲歎氣，受人追逼的窘境，阿紅心如刀絞……不自覺的將錢攥在手裡……拐手老把阿紅衣褲全都剝光，摘下襤褸的紗布奶罩，他拿到鼻子貪婪親切的深吸，把阿紅抱到床上，像X光透視一般，從臉上五官一直仔細端詳到只有二哥才能檢看的地方，……

拐手老的目的很明瞭，阿紅應該也不會太糊塗，只要她們有了第一次，就會有第十次……六十六元錢贖回丈夫的尊嚴同時毀掉一生的清白……手裡的錢像火裡煨紅的一枚燙鐵蛋，一把扔向拐手老的臉……

「阿紅，」二哥說：「我跟你商量一件事，想想想……去白馬開店。」

「開店？」阿紅非常的驚訝，「你想開店──開什麼店？」

「擺餛飩攤兒……」

「你不要出這種餿主意了！」阿紅斷然反對二哥棄農開店，「弄不好，人家都弄得撲掉！放棄田地不種做生意？人不在家裡，山地讓別人霸佔，竹木被人砍光。正事不幹，幹吊兒郎當的事，不讓人家笑話才怪。這還在其次，要是生意虧了，弄得個血本無歸，咱這日子怎麼過？你不是當光棍的時候了，做日和尚撞日鐘，現在咱娘倆都拴在你身上。倘若……倘若有個閃失，只有死路一條。不管你怎麼說，我橫豎不贊成你去開店的。」

「你聽我說罷，」二哥煙癮上來去摸口袋，煙殼空了，搓著手無奈地說：「阿紅你若不幫我，還真不好辦。我只會吃現成的，又不會打皮子、包餛飩。我跑過三省六碼頭，餛飩可吃過不少，但都沒你包的餛飩好吃。阿紅，這件事其實我考慮了好久，但一直在猶豫，不敢對你說。一年三百六五天，不是上山就是下田，風裡來雨裡去，拼死拼活的幹，卻終見不到一分錢，這樣的日子怎麼捱得下去。如果我不去搏一搏，這輩子休想過人樣的日子、休想造房子、還債，不努力去想辦法，打算死心死肝的種地，苦到兩腳筆直，也不會改變一個字……你看時光過得多快，眼睛一眨兒子要讀書了，讀書要錢，看病要錢，穿衣吃飯都要用錢啊，天上不會掉下來，地上又不會長起來，不會偷也不會搶，錢從哪來呢？現在做生意又不犯法，沒人說是搞投機倒把。你看到沒有，快到白馬那個三岔路口，新近開了兩家小店，聽說是私人開的店。蹲在屋裡白天一把鋤頭，夜裡一個枕頭，地裡刨不出一分錢來，倒不如出去闖一闖。這事我想全了，要麼生意做成功，要麼一敗塗地，沒有不輸不贏的和局。輸了就沒臉再回菩提山，自己了斷比屈辱活著更強。」

阿紅聽二哥滔滔不絕的描繪說，自己沒有什麼見解與概念，心裡反對但提不出反對的根據和意見。想了一會問道：「你本錢哪來？」

「所以要同你商量的，」二哥知道阿紅妥協了，臉上浮出興奮的笑意，「如果取得你爹娘的支持，借錢給我們最好。」

「……主要，怕我哥嫂。」

「不不不！」二哥直搖頭道：「如果你跟你爹娘說借錢給我做生意，她們一個子兒都不會借。你信不！」

阿紅心已經被二哥說動了，「大約要多少本錢呢？」

「至少上千元……」

「上千元？」阿紅像一塊紅鐵浸入冷水裡，哧的一下涼了。「要這麼多本錢哪裡去籌？」阿紅自言自語說：「去求娘……明天我就去。」

「你不要告訴做生意，借不借得來這很關鍵……」

「為什麼？」

「否則，你借不到錢還在其次，與你娘關係反而弄僵了，」二哥說：「她們的想法與你的觀念一模一樣，絕對不贊成我開店。只能說假話了……」

這一晚，二哥繪聲繪色描繪出一幅藍圖，阿紅津津有味的聽著，彷彿明天家裡就有錢了。夫妻倆興奮的足足談到拂曉，阿紅好奇的問：「黃穀，你沒有對我說過，你過去是怎樣發財的？結婚的那筆錢是怎麼來的？既然江西錢這麼好賺，又不用什麼本錢的，倒不如上江西去掙錢。」

「那事教我說不出口！」二哥想起奇怪的夢，說：「記得第一次跟你幹那事嗎？當天夜裡，我聽見有人來敲門，一個身穿黑衣的人突然闖了進來，他說誰教我們在他的頭上做愛的。他教我拿錢去墳前向他道歉。我跟他吵翻了，他出去叫來了一大幫人，向我頭上開了兩槍……我真以為死了，再也見不到你。」

「夢畢竟是夢，有什麼值得說呢……」

「你聽我說完呀！」二哥接著說：「你爹娘說結婚還要一千塊彩禮錢，這麼多錢，我到哪裡借？我傷心極了，想一死了之。半夜去樹洞裡上吊，幾次將脖子套進繩索中，幾次吊個空從上面掉下來……這傢伙又來勸我放棄自殺。他說念你人不壞，有這麼好一個女人。他提醒我問我還記得幫我發財的那個人。我如夢方醒，第二天一早去白馬拍了一份電報，寄來二千元錢。這像在做夢，又不是在做夢……我的意思，救急好救，救窮難救。親友再富，靠資助永遠不會富足。必須立足於自力更生的基礎上——」

「簡直荒謬之極！」阿紅嗔怪說，「你又在編故事哄我，我才不信鬼神呢……」

二哥倒最好阿紅不要相信這一樁離奇荒謬的鬼故事。二哥也不想把夢幻當做現實生活的依託。

秋香介紹她們認識的同時二哥當晚跟她發生肉體關係，阿紅半推半就的說強姦又不似強姦，說不是強姦，不是出於阿紅的本意。其實合法自由戀愛也存在強奸的元素。兩人最為浪漫唯一的一次是第二天去舅舅家的路上。整個戀愛過程在痛苦疑惑彷徨中度過的，根本談不上花前月下。所以自由戀愛不像自由戀愛，買賣婚姻又不像買賣婚姻——畢竟女人不止這一點錢。無論男女採用哪種方式結婚，以偶之見萬變不離其宗，浪漫痛苦的結果，只有一個繁殖。二哥談錢，把今天的困頓窘迫打扮成明天的夢想與希望，把虛擬描繪成現實，不管二哥說的多麼絢麗，阿紅覺得像個肥皂泡泡。

「你真有錢了，」紅問道：「第一件事打算做什麼——」

「第一件事呀，」二哥毫不猶豫地說：「先給我老婆買件漂亮的衣裳、我要補償你所有的委屈。把你打扮得漂漂亮亮，然後給兒子買個鐵臂阿童木什麼玩玩。我做爹的，沒有給他買過一件玩具……」

「不會吧……男人有了錢，第一件事想別的女人——」

「哪能呢！」

「哪不能呢？！你不去招女人，女人要招你……」

「你不信我的忠誠——」二哥摸著紅柔軟而肥大的乳房，笑說：「自己的老婆都要出租了，……」

紅想同二哥那個，二哥的心思在開店，心不在焉的半天舉不起來。

「求人不如求己，」阿紅無功而返，只好自己來解決。揶揄的說：「嘻嘻嘻扶不起的阿斗……同意出租我出租……嘻嘻嘻。」

紅忽然想到拐手老，他淫欲疊起把自己衣裳脫光，渾身上下落都看個遍，究竟為了什麼……

25

茅坑上的餛飩攤

阿紅走進閉眼摸得著的販牛弄，遠遠看見嫂子依在門枋上嗑瓜子，嫂子瞥見出嫁的姑娘又

空著手回娘家來搜刮什麼了。把頭一側便裝做沒看見回進裡面去。

阿紅不會理會太多。一進門先去灶間翻菜櫥櫃，見好吃的就抓來吃。阿紅妊娠的時候想吃家裡吃不到，隔三差五跑回娘家解饞。世上只有媽媽好，哪怕女兒已經出嫁，或女兒長得媽媽一般老了，母親依舊把女兒當孩子，只有母親知道女兒的苦楚，即便得罪兒媳砸鍋賣鐵會滿足女兒。甚至吃了還不夠，走時讓女兒拿回去。雖然哥哥沒有話說，但嫂子對出嫁的姑娘怎麼看也不順眼，當阿紅跨出門檻，背後一串冷言冷語落進耳朵，「幫女兒做人家，不幫兒子做人家，將來不靠兒子靠女兒女婿吃……」常言說冷粥冷飯好吃，冷言冷語難聽，母親忍不住就嘟囔兒媳婦幾句，一氣之下，兒媳婦一個翹頭就回了娘家。這下急壞了兒子，上丈母娘家賠禮道歉，老婆就是不肯回來，斬釘截鐵的說：「你要我回去，可以，只要跟你爹娘分開——」

「媽！」阿紅關上菜櫥門漫不經心的問：「爹人呢？」

「什麼爹呀娘呀，」母親沒好氣的嗔道：「淘氣淘飽了你回來幹嘛。」

「滑稽煞人了，我娘家為什麼不能回。你不想我回來，那我以後就不回來了……真是的。」

「你搜賊贓一樣的，什麼時候記得過我們爹娘啦？哪一次進門，不是先去翻菜廚？吃飽了，才想起我們——教人氣煞為止。」

其實娘的十句話，九句說給兒媳聽，阿紅並不在意。「媽——」紅單刀直入，「手裡有多少錢？」

「要錢幹嘛……」

「我們想承包山林啊。」阿紅挪過一枚凳子，讓母親坐下，說道：「大隊說承包山林必須先交押金……」

「你的一千塊錢我管著，」這錢娘早就鐵了心，「我先關照你，這筆錢哪怕死爹死娘不准動！你縱然有一百一千個理由，我都不會答應的。專款專用，任何人休想動這個腦筋！我存在銀行給你們以後造房子的。」

「媽，」阿紅牽著娘的手，嬌聲嬌氣的說：「這……房子嘛，可以慢慢來的，包山林比造房子要緊啊，……」

「是啊是啊，房子好慢慢來的，」母親鼻子哼的一聲，心裡一肚子懊惱像火山的爆發出來。「說句有句呀，門前一條河，討來新婦像阿婆；你阿婆也這樣搪塞騙我慢慢來慢慢來的。拖拖拖一直拖到如今成一句空話。你也學會阿婆『慢慢來』的招數，你『慢慢來』當做傳家寶，以後好騙你的兒媳婦——不要說包山包地，哪怕你們去包天，也堅決不許你動一分錢！」

「媽——你不明白我的道理。就算我們把房子造起，難道有新房子就什麼都有了？除非住進新屋，肚子不會餓、天冷不怕凍、要什麼就有什麼。哪怕住金屋銀屋，一日少不了三餐，開門七件事柴米油鹽醬醋茶一樣少不掉。關鍵沒有錢，沒有錢想辦的事也辦不了。所以我不顧黃穀的反對，一定要把山林承包下來。承包政策三十年不變……這樣就能作長遠打算，可以種板栗、水蜜桃、李子、獼猴桃、櫻桃等等，一年四季都讓它有出花。你看街上一斤桃子賣五塊錢，豬肉只賣八角呢。如果種上一山的桃子，真發大財了。娘你想想，五塊一斤的桃子一千塊錢能秤幾斤……一千塊只值兩百斤桃子啊，一棵桃樹結五十斤果，四棵樹就能結出一千塊錢來。咱就不說多，一座山栽四百棵，你說有多少斤果子。不要說造三間平房，六間樓房都不稀奇。吃喝不用再愁了……媽，你一定要幫襯我們的，我現在唯一能依賴的就是你們爹娘了。媽……」

「好好好！」母親剃刀嘴巴豆腐心，聽女兒一番胡謅，就改變了初衷。心想這錢反正是她們的，承包山林也是件好事，倘若正如阿紅所說產生出效益，不愧是長遠打算。母親把銀行的錢都取回來，說：「我再給你們三百元……我必須告訴你明白，以後你們造不造屋同爹娘無涉！沒有那頂大晾帽，不管你們住露天、去樹上做巢、還是蹲山洞，你們愛怎麼著就這麼著吧，不要再來煩我們。」

人被錢逼進了險境迷失了方向，一個道德高尚的人，也會做殺人越貨坑埋矇騙的事，甚至不惜賤賣靈肉，只要來錢什麼事都做得出來。阿紅從來沒有對父母說過半句謊話，上了老公這一條賊船，一心只為老公，阿紅為弄到錢，跟娘說誑話面不改色心不跳，居然不怕被戳穿向娘撒起了大謊。娘把錢交到阿紅手裡，又興奮又緊張，大功終於搞成了。走出娘家大門，緊張的心情才慢慢平復下去。阿紅一邊走，一邊想：不擇手段把母親的錢騙來讓黃穀去冒險。阿紅倒不怕承包山林的謊言揭穿，擔心黃穀做的事是否靠譜……成敗在此一舉，有種豁出去的悲壯；一切可以忽略不計，擔心餛飩攤能開嗎?買賣會不會虧本?如果連本錢都虧光……阿紅可不敢再往壞處去想。

二哥揣著一大筆錢來到白馬街上。

阿紅老想著這件虧心事，一夜沒有睡好，天亮卻迷迷糊糊地睡著了。恍惚中，阿紅見二哥垂頭喪氣的回到家裡來了，對她說：「餛飩店虧了，一千三百元錢都賠了進去。我人再也做不下去，自己了斷，已吃下了老鼠藥。免得你娘倆跟我吃苦頭……」阿紅從夢中猛然跌醒，驚出了一身冷汗。半信半疑的從床上翻身坐起，苦苦搜尋著夢中二哥的情景。「如真的像夢中一樣，」阿紅惶惶不安的對自己說：「我這輩子悔都悔不過來！我好糊塗，不該讓他去開店的。更不該跟母親去說謊，千不該，萬不該嫁這樣一個男人。」

阿紅彷彿看到母親暴跳如雷，「你騙人騙鬼，騙到爹娘頭上！一千三百塊能建三間房啊……弄得錢不見人不見！」阿紅雖知是夢，但心裡害怕之極，萬一，萬一落到夢中這個地步，不如跟他一塊死了拉倒。

二哥做賊一樣偷偷溜到白馬最繁華最熱鬧的紅旗路和人民路街上。白馬這兩條街好似上海的南京路，北京的王府井，南京的新街口，供銷合作社百貨公司，生產資料公司，銀行信用社，唯一的一座電影院，區政府公社派出所及機關行政都在那一邊。尤其飲食服務一類大都開設在鬧市區。往北就冷清了，跟農田相連接。據說白馬老街形成至今有數百年歷史，街道十分老舊，彎曲而且狹窄，街面兩邊鋸齒似的凹凸不平，清一色都是開店鋪的排門木結構建築。隨著歷史的演繹和變革多次易主，商住混雜，一家挨著一家。店堂內牆壁黢黑，廊柱林立，門檻高聳，排門板日曬雨淋破爛不堪。街道仍然是青石板，幾百年人來人往，青石板磨得跟青銅鏡一般光可鑒人。

二哥到那邊已過了早市，街上行人稀少，豬鴨牲畜在大街上游來蕩去。人民路雖然逛過了無數次，走馬觀花匆匆過客，從來沒有像今天這樣留心去觀察。偶爾踩到翹頭石板，發出撲通的響聲。家裡要來趕早市，凌晨三點出發，六點開始隆市，九點之後，像下達命令一樣全都撤去。除供銷合作社商店照常營業，再也沒有市面。偶爾家裡豬瘟死，有人當街在叫賣瘟豬肉，或出售連毛的野豬肉，誰問他一下價格，討價「五塊。」你扭頭就去，背後「三塊、一塊、八角……」的降價，盯著要賣給你。

國營飲食服務公司占盡了地理上的優勢，大都開設在熱鬧的十字街頭。蒸籠上攤著別人挑剩的冷饅頭，人走近，成群的蒼蠅嗡的飛起。這些養尊處優的吃官飯打官鼓的店員，或坐在櫃檯處打瞌睡，或幾個人一塊談閑天，或無聊的剝著手指甲。田頭聽掃毛老他們說，有一次小東阿星一夥來白馬逛街。掃毛老交給阿星一元錢，說教他去商店買一元錢的櫃檯猢猻。阿星務農才不久，年齡小資格嫩，差遣他去不得不去，這楞頭青不知什麼叫「櫃檯猢猻」，向店員買一元的櫃檯猢猻。見阿星公然侮辱營業員，一齊追出店外，拳頭落雨的落在阿星身上。殊不知道「櫃檯猢猻」含義的阿星，被打得滿街找牙。那時「工人階級領導一切」，吃皇糧的供銷社營業員高人一等，山裡出來的阿星，比一般的農民還下賤。

一位挑牛糞的農夫，擔子歇在街心，手裏攥著一分二分的鉛幣與糧票，「喂——兩只饅頭。」店員收了他糧票和鈔票，又去談山海經聊天，任抓豬糞的手反來覆去挑饅頭。賣主這個看看那個大，剛抓起的饅頭又丟到籠子裡，饅頭烙著抓豬糞的黑手印。因為沒有市場經濟不存在競爭對手，你不買不怕沒人要，今天賣不掉，明天照樣賣，即使饅頭出白花永遠丟在那裡，對自己沒有一毛錢的關係。「競爭」兩字是市場經濟的母親，但母親還沒有找到對象呢。沒有兜售叫賣、沒有缺斤少兩、假冒偽劣、以次充好、弄虛作假和欺行霸市。雖然蕭條，但寧靜和諧，保持著買賣的純淨與質樸。這些髒兮兮難以下咽的饅頭，驕傲簡直像皇帝的女兒。

二哥人民路上徘徊了良久，乍見飲食店的斜對面，有個中年人抱著一捆柴從破門面出來。這邊門面基本都是農戶。打擊投機倒把的影響，人們難走出心理陰影，田地分到戶，有飯吃，已經很知足了，沒有想過街面房子開店做買賣。街面房主要堆放農具雜物，或堆放糧食柴草，或做豬圈，或關雞鴨，甚至為賺行人的屎尿作肥料，把街面改成廁所。多年後，破敗不堪的街面成黃金地段，一鋪難求。二哥想這兒找間空房，租金應該不會貴吧，有利的不遠就是國家店。畢竟在中心地段，比起其他地段更優勢。

「請問大叔，」二哥抽出一支雄獅煙，向中年人打聽，「這房子是你的嗎，一月要租多少錢？」

「你要，三十塊一個月，」房東隨口又補上說：「要租先付一年的租金……」

二哥心裡開始盤算：生意還沒開張，得先付他三百六十元房租費。房子租下，大略的總該裝修粉刷一下，然後砌灶台、裝日光燈、買桌子、椅子、碗盞碟子盤、水缸、麵粉等雜七雜八的東西，有些甚至要用才能想得起。開張營業少說上千元。最大的缺點離丈母娘家太近，二哥偷偷摸摸在幹，紙是包不住火的，被丈母娘發現會帶來什麼樣的後果。

「好好！」二哥邊走，邊說道：「讓我考慮好再來。」

順著人民路走到尾就是白馬鎮的露天菜市場。菜場圍著一圈矮牆，早市散盡，見不到賣主和買主。空地到處是散亂的稻草、茭白殼、爛菜葉，和行商坐賈當凳坐兼爭搶攤位的大鑾石。早市像潮水一樣退去，太陽普照著露天菜場，農婦家裡背出穀簟，菜市一下場變成了曬穀場。老太太手持竹竿，見雞打雞、遇鴨趕鴨，一邊揮舞著長竹竿，一邊大聲呵噓！呵噓的恫嚇。

二哥踱到白馬唯一的露天菜場。菜場周圍被長長一排糞池所包圍。有的糞坑屋頂倒塌或快要倒塌。

分田到戶原本集體使用過的大糞池逐一還給了個人。二級核算制小隊並大隊像秦吞六國。以愚公移山的精神大搞農田基本建設，不分皂白、不切實際、不計工本、不求效益小田並大田，高田接低田，學大寨做政治田。分田到戶集體制徹底的解體，大田重新進行分割，田塍縱橫、楚河漢界，又回到了五代十國……一家三口，有游泳池一樣大的一口糞池，三人屎尿如滄海一粟，哪怕集一生的屎尿也難以囤滿。倒進大糞池中的肥料再難舀上來。廢棄後變成露天清水茅坑。飯剛剛能吃飽，人們連住房漏都添不起瓦，可有可無的糞坑哪有餘力去修。破敗嚴重連椽帶瓦坍入坑中，有的東倒西歪，有的搖搖欲墜，有的勉強豎立，路人方便踩在薄薄的七洞八孔的坑板上如履薄冰。

二哥沿著菜場週邊繞走了幾遍，心裡嘀咕：菜市場門口位置還不錯，也許該把目標放在這裡……如果這幾口大糞池租下來，定花不了多少錢的。然後上面鋪一層水泥五孔板，既杜絕臭味，又不易生潮氣。好在一次性投資，不必擔心因生意不好面臨房租帶來的壓力。生意好也不用擔心東家把你趕走。最主要看中的是菜市場，凡進出的人必須從這兒經過，第一眼看見的是餛飩攤。

二哥打聽到糞池的主人，是個單身老婦人，兒女都在外地。她十分驚訝，問，「你是哪裡人？」

「菩提山的，」二哥說。

「要我的茅坑幹嘛？」她見二哥穿一身破爛，滿腹狐疑地摘下老花鏡，笑著問：「做沼氣池，還蓋新茅坑？你要你去用，有什麼好租呢。」

「白使那不行，」雖然主人說的是客氣話，二哥心裡想，如果不出錢租，一天一月也許好說，長期使用且在做買賣，心裡哪會踏實呢。「老太太，這樣行不，每年我給你五十元錢租金？你答應，咱就寫個紙……」

「哈哈哈……哈哈哈！」老婦人哂笑說：「你說什麼笑話啊，出氣仰天的破茅坑租你五十元錢？……小夥子，你不會耍我老婆子吧……你存心要，一年給我五十斤穀就好。但穀一定要好的，最好是糯穀，外面我有兩個孫子、一個外甥，他們最愛吃我包的粽子，買來的糯米不純，一半是粳米……又不是賣田賣屋，寫什麼紙頭啊，我說話算話的……」

二哥與老太太口頭作了約定。二哥不要說心裡有多高興，兩腳生風，一口氣跑回家向阿紅報喜。

阿紅見二哥像路裡揀到金元寶喜形於色，聽他說租下一口大糞池，阿紅差點氣得背過去。「你有神經病啊！鬧市口不租去租一口大糞池——臭氣熏天這麼做餛飩攤？有誰會來吃啊？」

「我一樣樣算給你聽罷，」二哥耐心的解釋說：「第一、節約鈔票。眼前不用付什麼租金了；第二、處在小菜場的對門口，地理位置相當好，進進出出的人都要從門口經過。雖然現在的菜場只半天市面，日後會慢慢熱鬧的；第三、不用擔心因生意不好付不出房租、也不因生意太好被人趕了跑；第四、一次性投入一勞永逸……」

阿紅聽了也在理，秤出五十斤糯穀，第二天，讓二哥把糯穀交給老太太。

「黃穀——跟你說呀：」阿紅不放心追出門口吩咐二哥道：「紙要寫明呢，一年租金多少，我們跟她訂幾年，省得她以後反悔，弄得大家勿開心……」

一口糞池租五十斤穀子的消息，一下傳到另外幾口糞坑的主人那裡。幾個人約到一起找到二哥，說：「你願意我們幾家一起租給你得了？哪怕給三十斤穀也罷——」

二哥正擔心一口的地方不夠建房子，心想跟老太太約定後，教老太太去動員其他幾個戶主，想不到他們自己找上門來。二哥說一時拿不出這麼多稻穀，他們不約而同說，「只要你接受，租穀一時拿不出不要緊，下半年或明年或你賺了錢再給吧。」

「不瞞你們說，」二哥打實的對他們說：「……這穀子只是小事情，我還得造房子，還要一筆錢呢，所以手頭緊了……既然你們這麼相信我，說了是五十斤穀，我不會少你們一斤的。」

一拍即合，二哥照老太太的合約精神，議擬複寫了兩份合約，當場雙方簽字畫押。熱情的留二哥吃中飯，二哥向他們道謝，說今天沒時間下次他請。二哥心裡可樂了，路上邊走邊思想：昨晚又夢見了那個穿黑衣的傢伙，想起上吊的那件事，感到對他有些內疚，「哥老！」二哥便主動與他打招呼。他什麼也不說，倏地從眼前消失。自教阿紅去謀她母親手裡的錢、考察、租糞池，正愁地方不夠他們卻主動送上門。二哥出乎意外的順當，冥冥之中像趙敬民在護佑自己。

白馬有七八個生產大隊，加上機關單位非農業人口，估計超過了二萬人。白馬歷來是重鎮。長期以糧為綱，除供銷社統一市場，幾乎沒有什麼像樣的工業。農民僅有的出產種的是番薯、蘿蔔、青菜、茭白。黃鱔、泥鰍、野魚。有線廣播白天晚上高喊改革開放。長期社會運動和政治洗腦，人們思想已呈固化，很難轉換或適應過來。分田到戶是開放的最大限度，只要糧食足不再挨餓，沒有什麼奢望的要求。棄農經商非但沒有好感，長期積累經驗告訴，不可能政治運動沒了，到時候找你秋後算帳。自己有了田地，想種什麼種什麼，豐收欠收是你自己的事兒，沒了隊長的監管，變得自由自隨了，今天想勞作就勞作、不想勞作就休息，不像從那樣，小雨不停工大雨打衝鋒，天晴下雨地裡去拴著，已經獲得了不堪設想的自由，但是記憶的彈性反而讓人覺得無所適從。滿足於一畝三分地的人們，一門心思都撲在責任田裡。人奇怪的有時自己也搞不懂自己，沒飯吃，吃飽是最大的滿足和幸福，吃飽了麻煩接踵而來，內心的慾望與需求迅速膨脹，失去節制，甚至會朝惡性方向發展。重新認識到人吃飽喝足只是基本需求；而最大的需求是無止境的精神需求。前者類似於低級牲口；後者接近於靈長的本能或者人性。習慣劃地為牢的人們，誰會愚蠢到放棄自己的承包田不種去做不齒的買賣呢。除非一貫不務正業、吊兒郎當、遊手好閒的墮農坯子。至今我認為二哥並沒有自覺性和什麼超前意識，也不是生而知之的先知先覺者，他是被生活推到了懸崖邊上，逼得他走投無路了才孤注一擲的，不成商，就成鬼，拼死一搏。二哥當然是幸運的，他被譽為「第一個吃螃蟹的人。」

26

生意教人

二哥選擇菜市場門口大糞池上擺餛飩攤，這不得不承認二哥具有常人所不具備的商業眼光。

初來受市場環境制約，二哥的生意說不上興隆。似乎這露天菜市場也在等二哥一起發展結伴而行，一切就緒成全天候菜市場。二哥應心得手，從來沒碰到一點曲折和疙瘩。他不知道開店要工商登記，也沒人向他徵收稅收，工商所的來他店裡吃餛飩，也沒有告訴過二哥去辦營業執照。儘管市場上午熱鬧，下午較冷落，二哥一天生意早晨為重，已穩穩立住腳跟了。

「是吉紅……」阿紅去收碗時，顧客一臉錯愕的看著她，「你這團委書記，墮落到做這種事情！」那人叫竹斑，不僅一個大隊，是一個生產隊，而且兩人一直是同班同學，也是競爭團委書記的一個政敵。

阿紅像做賊一般當場被人逮住，真恨不得鑽下茅坑去。「餓死也不做生意了——」阿紅眼淚汪汪的對二哥說。

二哥朝那個趾高氣揚的顧客看了一眼，不明白為什麼哭的。竹斑用鄙夷的目光侮辱阿紅，自尊和人格受到莫大的傷害。

「有什麼了不起啊！」二哥挺身而出，高八度的聲音引來許多人圍觀，「我們一不偷、二不搶、三不做婊子……不丟人現眼。你去睬她幹嘛，當她狗叫就是！」

晚上，二哥對阿紅說：「這些人官癮大，腦子僵化了！你怕她甚麼。咱不僅站直做人，還要昂首挺胸。不要當她回事，看見當不看見，聽見當沒聽見。國家提倡並鼓勵做生意，為什麼生意不能做？這種人又沒有見識的，也不曉得國家的發展形勢。她看不起，我們還看不起她呢！阿紅，我們首先要克服買賣羞恥的心理，應該理直氣壯，應該光明磊落，應該大膽放手去幹。沒必要跟別人一樣愚蠢可憐的活著……阿紅，只要有我在，你不用怕，天塌下來底下還有洞呢……哈哈哈！」

「天就壓不垮茅坑啦，」阿紅逗得破涕而笑，說：「因為她當不上大隊團委書記，一直耿耿於懷，對我成見很深的，……」

一個月末，晚上二哥與紅進行一次營業盤點。去掉麵粉、調料、煤餅、電費等，直接產生的成本，竟有七百七十元三毛三的積餘。紅不信會有這麼多利潤。蘸著口水一連數了三遍仍然這個數，心裡一百個不相信，搜腸刮肚問道：「不如再想想，還有什麼沒算進去……殺頭都不相信有七百多的？」

「你再數遍吧，」二哥也心存疑慮，經阿紅這麼一說，就更懷疑了，「成本應該都算進去了，你不會數錯吧？不該有這麼多的利啊！」

「我已經數了三五遍了，」指著一大疊細碎的鈔票說：「你老婆書沒讀好，長大連鈔票也點不清！你不信就你自己去點。啊……啊——喲喂！我快都要累死了，現在最大願望不是鈔票，真希望睡它個三天三夜。腰骨痛的直都直不起來——」

「阿紅，」二哥抽出一支煙接上說：「看來啊不是假的……真有這麼多。嘿嘿嘿你看一個月利潤，相當你嫁給我的價錢。哈哈哈！哈哈哈！」

「你這個黑良心！」阿紅聽二哥這麼一說笑嗔怒罵，「我爹媽什麼時候用你過一分錢了，啊？！你不要忘記呢，爹娘倒貼了我不少錢啊。為你開這片餛飩攤，我去向她們去說誑話，娘自己又拿出三百小夥錢給我做本錢……你說你家有誰支持一分錢嗎？這麼多的兄弟教你一個人背債，弄得淨身出戶……」

二哥悔不該開這個玩笑，撞到阿紅槍口上看著和尚罵賊禿。當然，二哥也能理解阿紅對他發牢騷。看著麵粉案板上的一大堆花花綠綠的鈔票，夫妻倆眼珠都看綠了。二哥抓起一大把錢，欣喜若狂一下抱住老婆，在糞坑上轉起來，一邊叫喊：「發財了！我們要發財了！舊債還清可以挺起腰板做人了！」空心板上的四只腳像跳踢踏舞的踩得咚咚咚響。二哥抱著阿紅轉著轉著，瞳孔中溢出了淚水，泣不成聲說：「阿紅，苦日子總算熬到了頭，我們繼續努力下去，一定能活出個人樣……天大地大不如銅錢方孔大，千好萬好不如鈔票好，爹親娘親不如老婆最親——」

「你瘋了！快放開我！」阿紅一邊敲二哥的手背，一邊嗔怪說：「你發什麼神經！半夜三更在茅坑上跳舞，萬一這五孔水泥板斷掉，兩個人和全部家當都落到糞坑裡。人家人都快累死了，你吃得有趣，快放——開！」

「咱不在做夢吧！」二哥說：「一個月就能賺這麼多的錢，就是請我去當皇帝，我也不要當——」

「不要高興的太早了，」阿紅撫著被二哥勒痛的腰骨說：「常說窮人弗開心，開心有大禍，樂極生悲。現在起我們事事都要小心，無論對外還是對自己，有錢必須跟沒有錢一樣低調，絕對不能弄得太張揚。」

「那是！那是！」二哥又點上煙說：「老婆說得對。不過我仍然有懷疑，生意到底好不好，短期不能算數，起碼等下個月、下下個月盤點，才能見分曉。但一點可以肯定，至少不會虧本。如果實打實的計算，七百多元的裡面應有我們倆的工資，工資也屬於成本的。多不說，每個人五十元，一月就是一百元，這樣實際只有六百多。每個月去盤點，人太累，咱們木勺裡面剖西瓜——鹵水不外流，又不是拼夥計生意。況且你我的手生來不會數鈔票，割落數冬瓜的數不清，多多少少反正是我們的，到年終去盤點吧。」

「那可不行啊，」阿紅剔著指甲內的麵粉說：「做買賣不去盤點成本，你怎麼知道經營情況？營業成本不列清，利潤算不出來，你不盤不算，就不知道是盈是虧，店怎能經營的好呢。」

「對對對！你說的太對了！」二哥抽出一支大紅鷹，指甲上夯了幾下，銜接在未吸完的那支煙上。「只賣一角二分一碗的餛飩，小本生意也不可小覷，細水長流積沙成塔。自古說，好漢弗如癟店。田裡務農，就算你力大能耕田，也只能吃草、挨皮鞭的份兒。想要發財只有做生意。但是擺餛飩攤是發不了大財的，想發大財沒這麼簡單，頭腦靈活且能把握住時機。好夠滿足了，我們又不想發什麼洋財，能永遠保持這個勢頭不敗就好。聽老婆的話跟老婆走，月月盤點，好好經營，貓當老虎捉。」

「黃穀，」阿紅的瞌睡鬼已逃走了，情緒反而顯得很亢奮，「你仔細的算，如果照這個速度賺錢，一年接近上萬元收入！這還了得嗎？三年餛飩賣下來，我們變財主了。你嘴巴說得好聽，但有人真請你去當皇帝，後宮的女人隨揀隨挑……你肯說皇帝不要當？拉都拉不住你！鬼才相信你……哈哈哈哈哈！」自阿紅嫁給二哥以來沒這樣開懷的笑過，笑聲震得底下的糞池嗡嗡發顫。

「呆婆娘！」二哥丟掉香煙屁股，說：「誰不想當皇帝啊，起四更、落半夜、點頭哈腰伺候人，賺得幾個叫花子錢。狗日的當皇帝吃山珍海味，三宮六院，你以為男人是吃素的……」

「我知道你的，」阿紅拍拍桌板上的麵粉，一屁股的坐上去，「男人兜裡有錢，就是這副德性，狐狸尾巴就露出了，……」

「男人是什麼？」二哥笑嘻嘻地說：「原則上說，是上帝專門派他為女人盡責的……」

「盡你媽媽的x責！」阿紅斥罵道：「饑餓起盜心，飽暖起淫心，顛撲不破！黃穀，我告訴你，心思多放些在生意上，不要總盯著女人的兩只奶奶看……」

「看看又不是去摸，」二哥厚顏道：「照你說，銀行的鈔票也不許人看了……看了就等於搶鈔票，犯法的？」二哥一把抱住阿紅，阿紅不謀而合，兩個迅速脫光衣裳。二哥把赤身裸體的阿紅抱上揉面的桌板，雪白粉嫩的胴體像祭神的牲品。

「你見鬼啊！面板上全是麵粉呢，要弄去床上弄……」

「逢山開路，逢河搭橋……」二哥慾火上來，容不得阿紅的選擇，就直接在揉面板上幹……「再挪一挪窩，老二就要癟掉了……狗日的那勞什子大不如從前堅硬——」

也許兩個太用力了，擱面板的凳子，震動中在逐漸的拉開，撲通一下連人帶板都摔在地上，頭上擱著的大半袋麵粉夾頭夾腦的倒下來，瀉在兩個赤膊溜秋的身上。引發的一系列震盪，不亞於唐山大地震，嗡嗡嗡的聲音在空心糞坑迴蕩。

「你兩只奶的麵粉啊，」二哥摸著阿紅的乳房，充滿淫慾的說：「似撲了爽身粉一般滑膩膩的，既柔軟又滑溜好舒服！」二哥處驚不變充滿革命樂觀主義的精神，抹了抹落在頭上的麵粉，像傀儡戲的石灰人。

阿紅看見二哥腿間的那條東西全是麵粉，不由得笑了起來，「上頭下頭全白了……當桿麵杖——咯咯咯，咯咯咯……」

「你自個不去照照看，像《白毛女》的喜兒——」

「你像石灰泥鰍——」

「你像雪人菩薩……」

「我們白頭到老了。」二哥說完與阿紅相視大笑。

兩人豈止頭髮全白，烏黑的陰毛一片雪白。

兩人大約月餘沒有做過愛，她們幾乎沒有心思和時間想過做愛，為七百七十塊三毛三，以犧牲性交為代價。

早晨二哥心裡想做愛，幾乎同時阿紅起床去和麵粉了；紅晚上想跟他做愛，而二哥睡得沉沉的像個死豬。阿紅撫摸了他半天，像扶不起的阿斗，怎麼也培養不起來。二哥半死不活的說：「饒了我，睏睏睏死——我了——明天——明天好好的弄你一頓……」夫妻睡在一起，做愛像太陽和月亮總碰不到一起。

兩人滿身麵粉的堅持做完愛。二哥帶麵粉的幹面杖，捅進阿紅的私處，滲出的愛液做成了「餃子。」接吻的舌頭像油炸麵粉的小黃魚。

二哥與阿紅苦心經營，一邊做，一邊在不斷摸索總結經驗。不影響品質的情況下，二哥決定每碗餛飩再降價一分錢，與國營飲食店相比要便宜三分錢。老客戶收到退回的一分錢感到困惑不解，而新客戶有點半信半疑。要知道梨子的滋味，必須親口嘗一嘗。許多顧客抱著試一試的心態，腳步從國營店移向二哥私人攤位。不嘗不知道，一嘗忘不了，私營處不僅價錢比國營便宜，品質、服務則更勝一籌。無論別人怎麼說好，食客知道應該騙不了自己的舌頭。一次節省三分錢，光顧十次就白吃一碗。大家口口相傳，便成了最好的廣告，二哥的餛飩店名聲雀起。隨著花式的多樣，新老顧客趨之若鶩。

削價並沒有讓盈利減少來，相反比前幾個月翻了幾番。阿紅為利潤增多而高興，二哥為自己決策英明而得意，她們每天只睡三四個小時，但再苦再累，夫妻倆的臉上，永遠掛著令人滿足的笑容，像春天的陽光沐浴在顧客身上。顧客見這對夫妻總是樂陶陶的樣子，都說你們拾了金元寶會這樣的開心？

「是啊！」阿紅笑著說：「咱揀的是你們的金元寶……」

「咱價錢比別人便宜，」阿紅疑惑的問二哥，「為什麼不但沒有虧，反而賺得比以前多？原因究竟在哪兒？」

「不是說我們工錢不算的，」二哥初步知道薄利多銷這個道理，但概念很模糊，他囫圇的回答說：「因為他們是單位嘛，上面脫產有領導、有工會、有組織。這些閒人都要發工資的。還有退休勞保、要稅收等等，開銷大是一個原因，其次她們不像我們精打細算，反正是國家集體的，吃官飯，打官鼓，官鼓打破有人補。大手大腳下管浪費不浪費，如果厘厘算起來都是錢呀。雖然我們比他們還便宜了三分錢，我們不用發薪水，自己又當老闆又當夥計，內場夾外場，燒飯夾管賬，不需要養閒人，沒有額外開銷，哪怕再降價一分，人辛苦一點，照樣還有利潤。」

「黃穀，」阿紅好像想到了什麼事，「我說，等咱賺足兩萬塊，存在銀行裡吃利息，也夠咱們生活了。人總要休息的，休息就沒有鈔票了，銀行裡的利息三百六十五天沒有節假日、星期天，颳風還是下雨天天計利息……也不用耕田、買種子，不用澆灌護理，不用收割儲藏，就是三個月天不下雨，利息一分不會少。真正的叫坐收漁利。我想咱就是不去做生活，坐著也能吃了……」

「所以說女人頭髮長見識短……」二哥

嘲諷阿紅說道：「你啊！真是典型的小廟菩薩啊！……一點點小惠就覺得心滿意足，盆滿缽滿了，生怕把錢堆到門外面去——人家看見咱生意好，暗中在覬覦，我曾經去看過的人民路上的街面房子，都開滿了私人店，開始與你搶生意。你不想辦法賺更多錢，卻想靠兩萬存銀行吃利息，而他們正在動腦筋趕上咱……不要認為自己是兔子，他們是烏龜，一個不小心就落在他們後面……再說呀，現在豬肉漲到一塊一斤，物價也在跟你賺錢在賽跑。思想卻沒有上漲，……」

「哦——」阿紅恍然道：「怪不得，有幾個人來向我打聽長安行情的，他們問我開店要多少本錢？一月能有多少利潤？除了利潤我避開不說，還老老實實的告訴他們……」

「必須要動腦筋。」二哥若有所思的說。他心裡一直在考慮市場周圍這些茅坑及閑地，買下建成商業用房。

「還要動什麼腦筋呢，我們已做出名氣了。」

「我說，點心的花式花樣還欠多。」

菩提山乃至對廣大農村農民而說，改革開放只停留在分田到戶上。人們並沒有完全領悟改革開放會給農村的格局結構帶來徹底的根本想不到的裂變。任何人不會產生動搖拋棄田地的思想，甚至市場已經相對自由活躍，他們像圈內飼養關久了的一群鴨，當圍欄徹底被拆除仍傻頭傻腦的左顧右盼不敢向前邁出一腳。改革和商品經濟兩重浪潮來勢洶湧，而菩提山的人還在大樟樹下爭論姓社姓資的問題，更多的人是駐足觀看，亦不乏晚上左思右想開始睡不著覺的，但夜裡想到千條路，白天依然原封不動。不同經歷的有著對形勢不同的解讀，深受毛澤東思想影響與極左思想嚴重的堅信改革開放長不了，不會永久長期的開放下去。跟隨形勢有著比較前瞻的認為開弓沒有回頭箭了——田地、山林、一切集體所有的財產都化為私有了，中國還能再出一個毛澤東力挽狂瀾嗎?無疑螳臂擋車……二哥的餛飩店好比社會形勢的晴雨錶，各種思想資訊都集中到他這個交流平臺來。這些喝江湖水的四方客消息靈通，頭腦活絡，帶來各種言論各種思想和各種消息。二哥提供香煙茶水，聽他們談目前形勢和小道消息。二哥不像從前白天一把鋤頭晚上一個枕頭，他們在說，而二哥在想，好像站在時局的最高處去思考發展趨勢。跟司馬遷說的苦秦久了「關鍵在人心所向。」誰也沒能力開倒車、堵死改革開放。

「國家的政策不但不可能發生轉折，」二哥胸有成竹說：「而且會進一步放開。你銀行存二萬元錢，光吃利息能過日子？不考慮物價潮水一般漲來？你拿過去的物價來衡量現在的生活水準，如劍掉到河裡，船邊刻上記號……不聽見那些顧客在談論去菜場十塊錢找開就沒啦！豬肉從六角八分一斤漲到了一元，半年一個價，兩元三元的漲上去。證明物價與經濟發展速度是同步匹配的。照這樣的勢頭下去，你看著五十元、一百元一張的鈔票遲早會出來。不光是肉價，看什麼都在上漲，漲到錢不值錢為止，過去的十元錢只值六七元了。人民路那邊空房子三十元一個月我嫌貴呢，如今六百元一房難求。耳聽八方，眼觀六角，咱若躺在銀行七萬元錢上睡大覺，不覺得危機的存在，馬上就落在人家的後頭，淪為新的窮人。所以，我們不能有絲毫的鬆懈，一邊做，一邊學——當然，人教人生意是教不會的，只有市場才能教會你怎樣去賺錢。」

阿紅似懂非懂的望著二哥。

二哥摸出一支牡丹煙。當初二哥只抽一角三的大紅鷹，後來抽一角八分的雄獅，再後來，抽二角九的利群和飛馬，偶爾也抽三角四分一包的西湖煙。過去二哥連八分錢一包的經濟牌都抽不起，吸一口煙滅了，抽完一支煙得搭上半包洋火。趙美世攔路討債，當眾指著二哥的鼻子，被罵得狗血噴頭。現在二哥只要想到這事，心有餘悸的還會哆嗦……

「趙美世這傢伙狗眼看人低……」二哥對阿紅說道：「犯不著去跟這種人計較。欠他七十九塊八，我還了他一百六十元，並再送他一聲『謝謝！』這傢伙馬上換了一個面孔，滿臉堆笑的說：『黃老闆——太多了呀——』我說老趙你心地寬厚，我拖欠這麼久了……要不是你逼我出來，哪來今天的光景，恐怕還窩在菩提山裡挖六株頭（種田）。也許趙美世聽不懂或根本沒聽見我說什麼，拿著雙倍返還的鈔票感激得不知所云……又從包裡挖出一條西湖煙送給他，他大罵自己不是人，『我趙某人有眼無珠啊！……』他逢人就說，『黃家這小子可不得了，欠八十塊錢，還給我一百六再送一條西湖煙……小子發了大財！』是啊，我們發財了，可以毫不誇張說，菩提山沒人比我更有錢的。幾年前在太陽底下流血流汗的曬一天，還不到三角四分一包西湖牌香煙，今天也沒有人天天抽得起。沒有不落的太陽，只能說苦頭暫時的吃出了，不能保證永遠不會吃苦頭，永遠有這樣幸運，唯一只有永往直前努力去掙錢……做人做事都得小心，攥著腳趾頭行路，要牢牢記住沒錢的日子，多說有錢的幸福，像毛主席教導我們那樣階級鬥爭要天天講、月月講、年年講，無產階級江山才永遠不會變色。我們才能立於不敗之地。」

「你說什麼呀？」阿紅覺得二哥說得也太滑稽了，「到什麼朝代了？酸巴啦嘰的搞起了憶苦思甜——無產階級擁有了這麼多錢，你說這江山顏色變了不……」

二哥對小買賣做得非常之專心，一邊學習，一邊積累經驗，一邊經營，一邊不斷的探索生意，從單一的餛飩發展到做各式點心，如麻心湯圓、酒釀湯圓、肉包子、刀切饅頭、羊肉兼甜淡豆漿，粽子、油條，兩個人半夜起來忙到夜深人靜，像陀螺的一刻不停的轉。專項習業熟能生巧，成本利潤稔熟於胸，一切數據都存在大腦的資訊庫中，鈔票雪花的飄來，當初數鈔票、存銀行當作精神享受，現在看到花花綠綠的紙幣變得厭倦了，營業到夜不屑的往蛇皮袋裡一塞，錢沒有因為受到輕慢而斷絕來往，像流水一般源源不斷湧來。二哥抓住統購統銷國家資本所造成的物質貧乏的機會和站在一旁觀看改革開放麻木不仁的大多數，小本生意竟然做得風生水起。

二哥再次成為遠近有名的富戶。思想保守、生活貧窮的菩提山人反瞧不起二哥，指責二哥有地不耕、有山不育、好逸惡勞、投機取巧的一個惰農分子。以往一次次發財，一次次變身無分文，尾大不掉的一堆爛債，所以不止一人曾斷言說：「不要看他現在春風得意的樣子，兔子尾巴長不了，人民政府遲早會收拾他的。」村民去白馬出市過菜場，經過二哥的「大肚漢餛飩店」門口，總是投以鄙夷的目光，怕二哥招呼他們花錢吃餛飩，碰見夫妻倆像逃瘟神的迅速躲開。

那天阿紅的父親，怒氣衝衝找上門，手中還拿著一把開山鋤頭，二話不說，隨手把門口幾張桌椅掀翻，魯莽的老爹像水牛闖進了瓷器店，舉著鋤頭揚言說要扒她們灶台。老丈人叉著腰，指著二哥的鼻子罵，「我的囡嫁你這樣一個惰農坯！你騙人騙鬼騙的去承包山林——居然騙到我們頭上！」說罷，老丈人舉鋤要砸灶鍋。幸虧阿紅母親及時追來，上去一把奪過鋤頭。

「你這倒牛脾氣又來了！」母親平時叫丈夫不叫阿水，叫他倒牛的綽號，「你捏著鼻頭聽人哄！他們頂好你把女婿的店砸爛，巴不得她們倒灶——你這倒牛死屍！我老實告訴你，你敢再動她們一下，教你死掉沒地方葬……不信你就試試？」

阿紅的爹是家庭政治的一個傀儡，老伴罵的他再兇狠，也不敢當面頂一句嘴，母親一貫以獨裁管理上門夫婿的，即便在眾人面前也毫不給丈夫一點面子，潑口剁得他顏面掃地體無完膚。丈夫像聽話的孩子，乖乖的繳下鋤頭投降了。母親掉轉鋤頭柄，在他背上狠狠敲了一鋤頭柄。阿水烏龜的頭縮進頸裡。

眾人眼裡丈夫是老婆的手下敗將。問題卻出在觀眾，阿水想老婆這裡吃不下，女兒女婿他總好吃的，抻了抻衣裳，朝天朝地的說：「……鋤頭錢，萬萬年，生意錢，一蓬煙。你們田地不種，不務正業的——難道你受的教訓還不夠深！？」他又指著女兒罵：「你學會騙我們了，說去承包山林，錢騙到手去搞不要臉皮的事——你們不要臉，我們還要臉，今天不扒，明天會來扒的！」

「你且試試看！」母親將鋤頭往地上一搡，地動山搖震得茅坑下嗡嗡作響，「倒牛你扒呀！你不扒不是爹娘生出來的！是狗日出來的東西……」母親又舉起鋤頭柄，爹沒有逃，駝鳥的把禿腦袋縮起來……敲沒敲著，阿水「啊唷唷！

啊唷哎——」的空叫起來，引來眾人一片哄笑。七衝八跌的逃出店去。

母親沒有去追，回過頭關照女兒兩個說：「你們不要去聽人家怎麼說，做你們的生意便好，也不要理會這倒牛。他老糊塗了，受了菩提山人的挑唆，跑來就幹蠢事。他有頭沒有腦的——」

二哥覺得這事很對不起丈人丈母。拿來二瓶好酒一條好煙，「本當昨天想送去的，」二哥非常感激丈母娘幫襯，「一時沒工夫，你帶去給爸爸——」

「你們自己嘴巴不生啊，給他幹嘛！」丈母娘餘怒未消。

「媽，」紅把煙酒裝到一只塑膠袋中，「本來就買給爸爸的，只是沒有空送去……」

「砸店有煙有酒吃，吃完他再來砸——」母親拎著東西邊走邊說。

風波過去，但每天有人在大肚漢餛飩店門口指指點點的。二哥心裡想不通；「我做的是正兒八經的生意，不偷不搶不犯法，招惹還是得罪了誰？你們也不撒泡尿去照照究竟過的是什麼日子？……說我是不務正業的墮農坯——」

二哥對社會形勢越看越清了，這讓他更加堅定自己的奮鬥目標。有錢才是硬道嘛，有錢才能過好日子嘛，這道理簡單得再簡單不過了。人言可畏就畏縮不前，二哥十分清楚回家只有死路一條。沒有理由半途而廢，或停滯不前，應當心無旁騖的勇往直前。

二哥待人一貫和氣，但他的仁厚卻容易被人誤會好欺，二哥認為生意要靠誠信的，要不答應，答應了人就要信守諾言，尤其對服務性的小本買賣和氣生財更有深切體會，當做座右銘和行為準則的信條。店門一開開認識或不認識的來問，「請問，我東西在你店裡寄一下可以不？」

「好好好！」二哥非常熱忱，「你就放心吧，無論白天還是晚上都有人的。」

突然天下起了大雨，「黃老闆你洋傘借我一把？」阿紅有借不還的事領教多了，心裡實在捨不得把廿十多元的折疊傘，借給素不謀面的陌生人。二哥先斬後奏的把傘遞給了陌生人，阿紅曉得二哥脾氣，絕不會當面埋怨丈夫。世上好心當做驢心肺的人不是沒有，畢竟這樣的人極少，有的借去不是故意不還，而是天晴忘了來還。

有的食客等餛飩吃好，往口袋裡一掏摸，「啊喲！我錢沒有帶，下次一塊給你吧。」有的摸遍了口袋，「……少你二分錢……」任何情況任何時候二哥不會說一個不字，他的寬容出乎客人的意料。

一次乞丐向二哥討吃饅頭，二哥說那是昨天的冷饅頭，讓乞丐等一下，蒸出來拿熱的給他。

一個半生不熟的人，家人生病住進了醫院，醫院說趕緊去繳錢必須馬上動手術。可病人家屬親眷朋友那裡都借遍了，湊不齊這個缺口。走投無路的情況下抱著試試的心態，進店向二哥乞求。阿紅未待那人說完，搶先說：「可我們又不認識你啊？」二哥聽說病人躺在醫院裡繳錢救命，二話沒說慷慨解難。諸如繳不起書費不得不輟學、孤寡殘疾在受凍挨餓，二哥得知主動送錢上門。我可以負責的向您說，沒有一個遭二哥當面拒絕。林子大了，什麼鳥都有，社會有它的複雜性，不複雜就不叫社會，賴或認帳不還的在所難免，不過是少數，如果多了，證明我們這個社會道德的嚴重性。有的不是缺少還的誠信，因為確實困難，將自己寶貴的誠信廉價出賣。有次，二哥看見錢借去一直不還的人從小巷迎面走來，二哥唯恐避之不及，慌不擇路躲進一家理髮店，等那人過去了，二哥才敢出來。店主見二哥神色慌張的樣子覺得很奇怪，問：「黃老闆你欠他多少錢，幹嘛要躲他呢？」

二哥為難的笑笑說：「不是我欠債，是他欠我——」

剃頭老匪夷所思，哈哈大笑，「這不是顛倒翻仰啊！遇到你正好向他要債啊。自古只有躲債的，哪有躲避債務人的……倒第一次碰上你這種事？」

即便正面相遇實在沒法兒躲避開，二哥就低著頭，佯裝沒有看見他。

二哥他積攢起來的這些錢，靠夫妻倆起早貪黑、辛辛苦苦、一分一角的積攢起來，不是路

上一腳扳，發見蠻石頭原是一只金元寶。有時阿紅疼惜辛辛苦苦掙來錢，借去牛泥入海無消息，有去無回不免要發幾句牢騷。二哥像一點不心疼的，反而勸阿紅看得開點，「想想自己是怎麼過來的，鈔票不過是張紙頭……不能自飽勿管別人饑，體諒人家的苦楚。我們又沒有多大損失，無非白乾了幾天活的事情。賺多賺少而已。」

我發現二哥是憑良心做人的，誠實守信，公平買賣，童叟無欺，甚至多少還擔當些道義，當然這不能說明二哥什麼，杜月笙發跡知道做好事行善想把前半生漂白啊！二哥隨形勢生意迅速擴大，辦起五金建材公司。聽說白馬至菩提山要開拓公路，二哥捐了二千噸水泥。二哥的義舉，足讓這些混帳的菩提山人記上一輩子。二哥窮苦的日子一去不復返。但沒有絲毫放鬆和懈怠。常說有錢好辦事，二哥做什麼都成功，買賣良性迴圈駛上了高速路，二哥家大業大又樂善好施，倍受街坊閭巷的傳頌和愛戴。二哥為富不忘窮鄉村，資助的好事在媒體廣為傳播。

原本一天營業半天的菜市場變全天候買賣了。簡陋的市場，根本滿足不了自由興起的市場需求，菜市場重新拆除，政府下血本，蓋三層的百貨交易批發市場。冷落的名不見經的旮旯角落，卻成了遠近聞名的商品集散地。二哥從單一的餛飩，發展到各種傳統點心。大肚漢餛飩店生意火爆。二哥成天處於搖滾樂一樣的環境中，天一亮，吃早餐的人就像織布一樣盛進盛出。二哥開店結識的人也越來越多，有政府機關幹部、銀行職員、小商小販和混跡於街頭的痞子流氓、小偷竊賊、時間足而錢囊癟的窮人閑漢。形勢發展出乎一般的想像，格局行規都在打破和改變，這一點二哥可比誰都看得精准，經營頭腦相對超前。那些原本反對詆毀彷徨猶豫的人，把二哥作為榜樣，虛心向他討教如何做買賣。二哥不因你曾經講我壞話而懷有成見，只要有求於二哥，他毫無保留的向他們傳授經驗，誠懇幫人精心策劃，甚至借本錢與人。二哥無私的去幫助剛起步的個體戶，個體商販交口稱讚，二哥一下成各家媒體競相報導的新聞人物。

二哥的地段成為最為繁華活躍的黃金地

段，終日人來人往熙熙攘攘，各種商品應有盡有。

二哥老家建了八間三層樓。從此我們兄弟都住上寬敞明亮的新樓。可以不誇張說，菩堤山我家的房子是唯一的一幢三樓。阿紅隔三差五去信用社存現金。信用社內部人員曾向外界披露，說我二哥個人存款，躍居白馬第一位。

當二哥在糞池上挖到了第一桶金，他首想到把所有糞池買下來。房東當然同意賣給二哥，見二哥發了財，不再像當初那樣羞羞答答，獅子大開口了。

二哥還是十分客氣，說：「沒你幫忙我哪有錢賺，你就開個價——」

糞池的主人倒有點不好意思，雖然獅子大開口，但仍然大大低於二哥的心理價位。因為他們的錢界和眼界，與二哥根本不相對等。包括沿市場前後閒置的農田，二哥一狠心通通吃進。

「黃老闆，」五隊的隊長上門來說：「靠你旁邊的八畝地要不。」

二哥熱情的遞上一支香煙，隊長又說：「這田靠市場太近了，又在大馬路的邊上，石頭沙泥垃圾什麼都往田裡擲。菜場和居民垃圾通通往田裡倒，好像是公共垃圾場……稻禾種下去，牛呀豬呀鴨呀，都躥到田裏去吃，像公社大食堂吃飯不要錢，年年白花掉種子肥料農藥和勞力，年年顆粒無收的。分田到戶沒人願意肯接受，只好拋荒。社員提出：這樣一直閑在那裡，不如乾脆賣掉算了。」

「要多少錢啊？」二哥裝做可買可不買的樣子。

「三千二百元一畝總值的……」隊長張著大口說：「建造房屋那位置多好啊！這是社員集體討論決定的。」

「……去問問銀行要不？」二哥心裡非常清楚，天價沒人買得起。隊長故意在擺八卦陣。如果二哥不買，這附近乃至鎮上沒一個人買得起，這是其一；第二，就算有人硬的把它買下，造屋還得錢呢。況且先占為王，是社會的一個潛規則，房子建在別人旁邊，必將受到鄰居制約。假如不壞過口舌、不打官司，幾乎造不成房子。

二哥想這片地，可不是一天兩天一兩年了，只是不到時候。嫌憎的賣主，不能主動上門去求。隊長雖有權力，集體的東西說它好辦也好辦，說不好辦也不好辦，人多主意多，雞巴敲銅鑼，你一榔頭，他一棒子，不負責任的漫天要價，你想買都買不成。弄得心裡都不舒服。周圍鄰居先得罪了。話說欲速則不達，只要耐心守著這棵大樹，這兔遲早會撞在大樹上的。

第二天，隊長又來說：「社員同意降到三千——」

二哥搖搖頭，「三八廿十四，兩萬四千元呢。就是老太婆念佛圖，一天半天工夫，也念不出來啊——我哪來這麼多鈔票，這價錢只有銀行出得起……」

第三天，隊長跟社員商量回來說：「二千不能再低了，要不要？」

二哥時機成熟，以二千元一畝的價格成交。二哥教阿紅把馬夾袋拿來，「隊長，我沒什麼東西謝你！一點小意思……」

隊長見兩條牡丹煙，兩瓶四特酒，心裡激動得哇一聲。「這——這怎能夠……」

「小意思，我還得辛苦你隊長啊，至於相關手續你幫我辦好。等辦好後，我再好好的謝你！」

「哎呀！你早一點說嘛，就好了……」隊長的意思，「本來嘛，二千元價格還可以再商量商量——」

「不不不！」二哥著重解釋說：「我不是這意思。兩條煙算什麼呢，但事先送給你，你就被動了，光為我考慮，不能代表全體社員說話了。其次你明明沒有得到好處，可人多嘴雜啊，你渾身是口也說不清。咱們先小人，後君子嘛，還是這樣的好，省得你惹是非，我惹麻煩。其實我本不想買地的，你說幹嘛用呢。人住這兒，與大家相熟了，我若不買，還真有點過意不去……哈哈哈！」

加上這八畝土地的面積，二哥沿市場的周圍建起一排C字形五層樓層，下面店鋪，上面住家，還有若大的一個後花園。一排高高商住樓，把大半個市場包圍其中。

市場外一排嶄新的五層樓，鋼磚彩瓦，仰慕的人說：「這老闆不是一般的有錢啊，樓建得比國家的還氣魄。」確實二哥的樓房讓菜市場顯得相形見絀，簡陋的抬不起頭來。二哥的高樓說明消滅的資本主義正在社會主義國家迅速崛起，大有消滅共產主義的氣勢，無論在形式還是理論社會主義在走向沒落與死亡。

這些房子二哥除了自己開店外，打算多餘的店鋪都出租出去。商潮洶湧澎湃，人人都想經商發財，急於租房開鋪的大有人在，房子還沒有落成，有的就跟二哥約了，並說有話在先。有的怕租不到店鋪，硬的要二哥收取他訂金。有的挽親托眷的向二哥懇情，無論如何幫他留一間。僧多粥少，這些承租人都湊到一塊，主動向二哥提出大家競標。租戶的建議讓二哥醍醐灌頂，生意做到現在才覺悟到商業中的明規則，真是生意教人會啊！

大家在公平、公正、公開的條件下進行競價，既不傷人情面子，又增加了收益，市場經濟有招拆招。通過現場競價，比二哥預期的價位竟高了二倍之多。

在二哥的心中，他早繪有一幅藍圖，不甘心小打小鬧的一直開大肚漢餛飩店，永遠成不了氣候，必須尋找更有發展前景的、更為賺錢的行業才是目標。

27

心有千千結

「同你商量一件事，」二哥跟阿紅說：「大哥來說，隊裡的山要包了，我想去包山。你同意包嗎？」

「你自己說過的話難道忘了？」阿紅使勁的揉著麵團。

「我說——什麼了？」

「你答應我的，」阿紅轉過身去舀水，「說等你有錢了，第一件事給我買新衣裳，把我打扮得像皇后公主那樣漂亮……我等呀等，等到臉皮像老菜葉兒一樣發黃了，也等不到你買的新衣裳給我……」

「哎呀哎！這事我倒真的疏忽了。不過雖沒買，但心裡總一直惦記著啊！」二哥呵呵一笑說：「你說我有空去逛街市嗎，成天卵都快忙落了，你啊裡場夾外場、燒飯夾管賬，渾身麵粉像白雪公主的一個……一年到頭，兩人奴隸似的，不！比奴隸還不如，沒有星期天，沒有節假日，沒有清明、冬至祭祖宗的工夫，忙得暈頭轉向，不曉得何年何月、時辰八字。即便有新衣裳，你總不能穿著夢的嬌去揉麵團吧？阿紅，我想過了——等我們做大做強了，這雞零狗碎的小生意，教別人做得了。到那時，你穩坐收銀臺，專職跑銀行，平時逛逛街打扮打扮自身，出什麼名牌，咱穿什麼，愛穿什麼，咱穿什麼。行不。」

「你嘴巴比賣梨膏糖的還說得好聽！」阿紅手黏滿麵粉，邊搓邊埋怨說：「古話說得好：打死人要抵命，騙煞人勿抵命。自己命生來就賤，過去吧，生產隊糊爛泥，現在個體戶捏麵粉，想好好睡個長覺都不成。你說再去包一座山來，豈不前世不得死，秤砣砸卵子——咱倆純是鐵，能打幾枚釘？」

這天二哥從銀行存錢回來，跟阿紅開玩笑，說道：「鈔票只進不出，照這樣勢頭下去錢沒有用場啊？要是再來一場文化大革命，你我就倒楣了。那些菩提山的窮人，估計已經等得不耐了，我們是他們造反的第一個目標……他們憤怒的舉著拳頭，振臂高呼：『造反有理！革命無罪！』像洪水猛獸一般沖進店裡，勒令把所有現金、銀行存款、金銀首飾，統統交出來。然後頭上戴一頂高帽子，胸前掛著反動剝削階級的牌子，兩個一前一後，像牽猴子的牽著遊街……菩提山的窮人終於看到他們所希望的我，粉碎四人幫一般大快人心、奔相走告，高唱『大刀向不法商人的頭上砍去！』全白馬遊街，你爹從看客隊伍中沖出來，邊打我耳光，邊罵『知道你小子會有今天！騙子！惰農坯！』……起五更、落半夜，辛苦掙的血汗錢一律充公。一夜之間，咱們身無分文又回到了貧下中農，回到甚至比從前更苦更受罪的日子去……」

「你不是腦子進水——」阿紅不是怕歷史重演，而是真害怕它會反覆。二哥虛擬的繪聲繪色的一說，阿紅腦子中已經淡忘或處於睡眠狀態曾經參與著的這一幕幕舊場景一下被啟動了，活靈活現的展現在眼裡。「黃穀你嚇三惑四的！一會兒說這樣，一會兒又說那樣。一會說開弓沒有回頭箭，國家政策想收也收不回去了，再禁也禁不了，再變也變不了，反而會進一步開放，大膽放心的賺錢！如今卻說『造反有理』會重來。夏天卵子的或上或落！咱熬熬厲厲拼死拼活的弄到頭仍舊竹籃打水？財產充公在次，還要揪鬥遊街。搬石頭在砸自己的腳嘛？你聲聲口口對我說，樹挪死，人挪活，如生意不幹，回菩提山吃老堂飯等於找死，就是死也要死在街頭……」

「政策會不會變什麼時候變，難道我黃穀左右得了的？所謂階級鬥爭就是窮富之間的矛盾。富人希望對他有利的政策永遠牢固不變，個人合法財產受國家法律保護。但窮人不希望看著自己永遠窮下去，儘管富不了，但希望要窮大家一起窮，要富就大家富，倒不如走大寨，阿狗阿貓口糧集體秤。在這種經濟形勢下，大家公平能做得到嗎？是絕對不可能的，除非採取造反革命的暴力手段，推倒重來。有錢人首當其衝，成了替死鬼和冤大頭。……看似社會環境和平，但不等於風平浪靜，社會各種弊端積累像大海一樣在醞釀暴風眼，時機到來每時每刻可能發生波動乃至動盪。早上紅頭文件剛剛下達，晚上說政策又要收回了。你說我說了能管用不？分田到戶興奮過後又怨言疊出，老早搞農田基本建設，田頭閘刀一開，水嘩嘩的自流灌溉，田分到戶設施癱瘓，家家重新用原始方式去灌溉，順口溜說：『胡耀邦，胡耀邦，糞勺面盆當水泵……』人們唱共產黨政策像月亮，初一月半不一樣，月亮有規律至少能掌握，而走馬燈似的皇帝難有規律可尋，乍來個皇帝，就頒一道法令，換個皇帝又換新的法令，假如再來一個皇帝，說凡私人財產，統統沒收歸為國家所有。皇帝是天啊，小老百姓能抗拒得了他嗎？你不是說：『白馬不是自己的家，樹高千丈，遲早要回菩提山去的。家裡房子建好了，一個兒子，沒日沒夜的勞累，三年活兩歲！賺那麼多的錢又幹嘛用呢？』那時我反對我有三個理由。一、礱糠搓繩多難啊，頭起好有錢不掙，這不是太傻了，咱得想想拾香煙屁股欠債的時候；二、一旦回去家裡沒事可幹。個性使然，不管有錢沒錢閒不住的，而且本來喜歡墮落，整天跟兄弟一樣扯牌賭錢；三、斷了財源，等於斷了水源，坐吃山空，回過頭再想東山再起，機會已經失去，沒當初那麼容易了。失去的機會、時間、金錢無法估量。我的意思把山包下來，不是考慮以後回去。家有這麼多的兄弟，一座山放在那裡他們就有事可做了。省得成天扯牌賭博……說句難聽話，不管時勢好還是壞，任憑形勢千變萬化，萬一生意不許我們做，咱們夫妻雙雙把家還，你紡紗來，我打柴，無賴兒子學種瓜……有山有地，有錢有糧，便有恃無恐，就算一分錢不賺，坐著吃也餓不死一家人。」

「你啊！一會風，一會雨，一會這，一會那，像夏天卵子或上或落的。」阿紅捉摸不透二哥心裡到底想什麼？「上次，你教我去娘家借銅錢，誆騙她們去承包山林的，這回真要去包山林，問你包來幹嘛用？最要緊文化大革命那樣的運動還會來嗎？山包來豈不罪加一等！你說遲早要來的，我們做什麼生意……」

「真是個呆婆娘——」二哥看阿紅一臉幼稚且認真。「跟你說說笑笑……女人啊，不會用腦子去思考，社會已搞成那樣了，政府政策怎麼收回，你不說不會變，恰恰無時無刻不在發生變化，快到你思想跟不上，越變越開放……至少我們身上文革不會重演。錢閑著也是閑著，不妨門前整座山包下來，種水果做經濟林多好。你看市場有甚麼水果可買，常見的桃子、李子、葡萄、柑橘從外地長途販運來的。種下去三五年後就能產生效益了。再說家裡有這麼多閒人，無聊的一天到晚聚在一起打牌搓麻將，一會你的錢到我的口袋，一會到你的口袋，一言不和就出口傷人……百害而無一利。如果有錢不去包來，萬一讓外人包去，不僅是恥辱，門前的山怎讓外人占去……」

二哥確實擔憂怕被別人先包去，即使想承包他也無可奈何。如果再從承包人手中轉包回來會產生一筆費用，而且大可不必的。

阿紅當然不會在意這區區一點承包款，她

相信二哥的能力，嘴上鑽牛角尖反駁他，其實言聽計從，甚至到迷信的地步。大哥把合同簽下來。條款中明確規定，承包期三十年。我們根本不知道二哥包山的真正目的。娘在背地裡問二哥，「黃穀啊，你在白馬生意做得好好的，要包山幹嘛，想回來還嗎？」

「門口的山總不能讓別人包去啊！」二哥說：「萬一讓外人包去，在我們眼裡晃來晃去的礙手腳。」

二哥曾告訴過阿紅有關烈士托夢的故事。雖然講得囫圇吞棗，阿紅也沒有把它當成真話聽，認為是二哥逗著她玩的。阿紅受先鋒隊組織的洗禮，根本不相信神仙鬼怪，二哥說的故事，一只耳朵進，一只耳朵出。二哥說了，馬上後悔不該向阿紅吐露自己的心跡，二哥壓根不想讓任何人知道或讀穿他藏在內心的情結，除了自己。

那個叫趙敬民的烈士，似真似幻跟二哥甚為投緣，經常不定時的入二哥夢。二哥從沒看清過趙的真實面目，昏暗中隔著一層面紗對話，人生、政治、經濟無話不說。趙自始至終沒說這是兩人之間的秘密，二哥守口如瓶。世上沒有不透風的牆，雖然明眼人對此一無所知，雙目失明的瞎奶奶，反洞悉到這一切。對二哥與幽鬼的交往看得真切，認為二哥終究要吃虧的，就旁敲側擊的預警二哥說離他遠一點。

「老昏死了！」奶奶一開口，就遭到母親蠻橫的斥責，「老糊塗！神志昏沉沉，一天到晚疑神疑鬼的！」

二哥不想讓奶奶曉得，當然不會跟奶奶說出實情的。二哥對趙幾乎跟恩人一般每飯不忘，哪怕生意再忙、人累得要死，睡覺之前，他像一位虔誠的信徒向上帝禱告：「謝謝你在天之靈一路護佑。我一定會實現對你的承諾……」

二哥從小聽奶奶說人死後肉身雖然腐爛了，但他的靈魂永遠不會死，附在他人上，或附在豬牛羊或貓和狗的身上……奶奶講了許多活生生的實例，包括親身經驗，有點有憑有據的說給二哥聽，聽了毛骨悚然。奶奶對二哥灌輸的有鬼論思想像春天的種子植在二哥幼小的心靈裡，生根發芽健康的茁壯成長。直到雷厲風行的破四舊運動席捲而來，天天破除封建迷信，學校天天高唱「沒有救世主也不相信神仙皇帝，」對奶奶靈魂轉世的說法，二哥有了轉變，甚至對自己說：必須徹底根除內心的封建迷信。但又是奶奶的一句話，讓二哥重新陷入困惑。

「人的——靈魂，」奶奶說：「像不朽的毛澤東思想一樣附在每個活人身上。你說，朽還是不朽……」

「靈魂與思想完全是兩碼事！」二哥跟奶奶搶白反駁說。

「那你說，區別在哪兒呢？」奶奶當忍不讓。

「靈魂是靈魂，思想歸思想……思想可以學習的，靈魂能學習不？」

「我且問你一句，」奶奶若視無睹的盯著二哥說道：「你難道沒聽見有線廣播說嗎？說沒有政治思想，等於人沒有靈魂……」

「這這這……」二哥一時語塞，能說會道的人，居然被兩眼墨黑一字不識橫劃的清朝遺老一棍子打悶。

整個事件中，二哥反覆多次梳理思考，疑問的他跟阿紅墳頭上做愛，為什麼趙當夜就來入夢？怒衝衝的想置於他死地？疑問二給他燒了紙錢，並向他許願說，等發財把整座山買下來，並修一座亭子送給他。趙不但沒有找自己的茬，反而出奇的順心……一千元彩禮逼得他走投無路上吊自殺，四次三番從繩套中掉出來，他給自己抽煙、做開導，指點他找姚姐幫忙。二哥自走上生意這條路，從借錢、看店鋪、租糞坑，一路順風順水沒一點兒疙瘩，不但還清所有舊債，成為遠近聞名的第一富。從此百尺竿頭，可謂要風得風、要雨得雨……二哥找不到合理的解釋，二哥堅信冥冥之中趙在暗中護佑。自己從早忙到晚、一年忙到頭，例如清明、冬至，一次也沒有去祭奠。

「有你這份誠信，俺就足矣！」趙親口跟二哥說：「先別急，時機還沒有成熟。俺這麼多年也熬過來了，不在乎一時一事。難得有你一個知己啊！」

「兄弟！」二哥動容的幾乎落下淚來，誠

摯的說：「你為人真寬厚啊。但心裡我一直沒有忘記……天天惦記著你。」

「讓俺沒有瞧差你！值得慶倖的你的錦繡前程才剛剛展開呢，你前進的道路上將鋪滿了，光燦燦的金子，財富的大門已經向你敞開，最關鍵要抓住機會，告訴你機會瞬間即逝，這樣的機遇一生難得碰上，不可能複製重來——」

「請兄弟指點，我的前途命運……」

「如實告訴你，人生將發生重大的轉折，一個很大很大的大轉身，即使你本意不願去當官，只能保留你的思想。命運不是根據你來安排的，換句話不是你主觀所決定，而是命運的固有走向。當然做官是好事，俺也贊成你的。你沒有一官半職，說話不響、辦事困難，只能算一個土財主。前車可鑒，胡雪巖為什麼花銀子向朝廷買烏紗帽？百姓常說升官發財，不當官，哪來的財發，有權，才顯示出有勢，包括任何生意，官讓你發財就發財，官讓你破產就破產。富可敵國的沈萬三，朱元璋照樣找他茬——你必須掌握這社會的運勢，積極向官場去靠近，將來金山銀山哦！政治與經濟好比是連體嬰兒，兩顆腦袋共一顆心臟，哪怕醫術手段再高明，一分為兩雙雙夭亡。做官目的為賺大錢，賺錢為了做官，賺更多錢、做更大的官，……」

「我對目前的現狀已十分滿足了，」二哥笑著說：「況且我不是一個做官的料。咱先別說得這麼遙遠了，我把那山承包下來，一步步實現對你的承諾……」

說罷，趙某已是熱淚盈眶。

在二哥的心理歷程中，有兩個人讓他永遠也不會忘記。幾乎都救了他的命。一個江西的姚姐；一個是幽靈。

二哥建議把山上所有雜樹都砍去，栽上各種各樣的觀賞桃花。

「若大一座山頭，」大哥則反對說：「單種一種桃樹，一旦桃子成熟，一山桃子大批量的下來，賣又賣不掉，放又放不長，吃又吃不了，白白的糟蹋掉。」大哥當然為二哥的經濟效益考慮，竭力主張，「多種多樣，葡萄、板栗、櫻桃、枇杷、柑橘都栽上。一方面採摘季節可以分開了，人手好支配，其次風險小。板栗葡萄的銷路不好，還有櫻桃、枇杷、柑橘彌補。反則亦然，東邊不亮西邊亮。」

「有錢賺就頂好嘛，」二哥說：「沒錢賺就沒錢賺嘛，又不靠它來發財的——」二哥除香煙抽得好些，也不在人前擺什麼闊氣，待人和氣，品行謙恭，行事低調，樂善好施。而大哥根本不知道二哥的本意和經濟現狀，二哥既然要承包山，總想為他多賺些錢罷。二哥不至於說出自己的圖謀。含糊其詞的也說服不了大哥的。

「反正是你出的錢！」大哥生氣說：「哪怕你要種石頭、種草，跟我沒有半分錢的關係！」

二哥見大哥這麼說，開懷的大笑。

「朱主任早！」見朱力從街角過來，二哥遠遠的向他招呼。

朱力是白馬信用社的主任，兼黨支部書記。朱力每天早上，幾乎分秒不差來到二哥的店裡吃早點。

二哥將一籠蒸熟的饅頭，疾步端到攤位上，店堂內麥香瀰漫氤氳繚樑。

「小黃，」朱力手向後捋著西髮說道：「這又白又大的肉饅頭，像你老婆胸前兩只……哈哈哈！哪個男人看了不眼饞。難怪人家國營店現在門可羅雀，西施饅頭店人滿為患，稍微來遲一點，只能像討飯的立著吃了。」

「您又說笑話了，」二哥知道朱力說他的點心好吃又便宜，不惜拿自己老婆尋開心，「阿紅像生過豬崽的母豬，奶奶當褲帶繫了，白楊樹上落過霜的絲瓜只剩下皮了。承蒙主任的厚愛，大肚漢充當西施……」

朱力說話居高臨下無所顧忌，這讓二哥有時心情覺得複雜。朱力掌握著白馬唯一一家信用社，瞭解二哥的經營狀況，知道信用社裡存有多少錢。朱力壓根兒瞧不起二哥之因為是暴發戶；所以朱力與二哥的磨合過程思想比二哥還糾結。看似朱力在吃二哥的豆腐，喜笑怒罵的背後有著深層次原因，揶揄諷刺令人滑稽的社會。

二哥的信條是和氣生財，不管朱力嘲笑也好，怒罵也好，討好也好，恭維也好，自己則打也來，罵也來，教我蝕本就不來。本不值什麼錢的老婆供朱力開心，既不用鹽，也不花油，愛怎麼取逗就怎麼逗，反正汗毛不損失一根。

阿紅將一撮頭的羊肉碎屑、榨菜、油渣、油條碎沫放進大海碗，揭開豆漿鍋蓋，一勺滾燙充滿馨香的豆漿沖入大碗中。阿紅拿著像敲打打琴的一把小勺子，嫻熟地在醬油與豆漿之間演奏，一絲絲紫紅色的醬油，像一串細碎的瑪瑙綴在雪白的豆漿上，末了撒上幾許碧綠的小青蔥，像雨後的彩霞青白紅綠紫。三百六十行，行行出狀元，阿紅製作的豆漿，人見人愛讚不絕口，不說本地人愛喝，從幾十里外趕來一嘗為快。阿紅笑容可掬的親手將豆漿端到朱力面前，又拿來兩只飽綻雪白的肉饅頭。不必朱力吩咐，已約定成俗了。

「小紅這兩只肉饅頭好吃得緊——」朱力意猶未盡的一語雙關地說。

阿紅對朱力並不陌生。文化大革命朱力被銀行系統清洗出革命隊伍，把他們一家下放到農村，落戶在阿紅同一個生產隊裡。朱力是高中畢業生不是一個大老粗，按理讀書人文質彬彬的溫良恭儉讓，不會說也不肯說跟牧牛人一樣沒有教養的下流話。性相近，習相遠，跟貧下中農打成一片近墨者黑了，久而久之朱力講男女葷話青出於藍。朱力從沒下過田，下放到農村，不懂農事，不會種田割稻，教他耘田胯下一株，左右各耘三株。他邊耘邊數，耘到半途七株只剩下了五株了。他耘過到處是腳足坑。問隊長：「我耘的禾少了兩株，跑哪裡去了？」隊長夾口罵他「朱飯桶。」朱力虛心承認自己確是飯桶。

隊長見這個寶貝不可教。朱力為了活命，寧可自己煙不抽拼命塞給隊長，也許隊長生了惻隱，跟阿紅的爹說：「阿水老，朱力這個飯桶，沒他幹得了的生活。這傢伙一百斤三擔，一斗米三餐，長得枉長白大……割稻手指頭割掉，種田種潮煙管頭田，耘田七株變五株，拔稗秧苗全拔掉……四體不勤，五穀不分，讓孔老二給害死了——派不了用場，就教他跟在牛屁股後頭攤草結吧。」

阿水耕田耖田，有個老地主跟著他。牛料

草、潮煙、茶水，阿水不用去操心，一一地主會供給的。搶收搶種耕田，人沒有老酒喝，耕田的牛每天三斤黃酒。老地主懂得做人的訣竅，扣卡牛糧偷偷孝順阿水，以至阿水喝醉耕田時跌倒。隊長把朱力這個包袱扔給他，阿水實在不情願收這個主。

「把高頭的爛泥，扒到低凹去——」阿水對朱力說：「給你說了多少遍，耖齒脫下的草殼，兩只腳踏入爛泥下去……」老牛見阿水跟朱力說話，便耍起刁來。「唷唷——唷！唷唷——你這殺坯——」阿水連牛帶人一起罵：「……笨牛多耕田！」到七十年代末，朱力時來運轉得到平反，一家人跳出農村這火坑，工資補發並官復原職，揚眉吐氣了。

雖然阿紅爹碰見老婆，怕得如毛辣蟲見火，像個縮頭烏龜，但只要一跨出門檻，田野勞動講男女交歡，口才比央視《百家講壇》著名的教授勝出幾籌。從來不需要屁腹稿，口無遮攔出口成章，達到爐火純青出神入化的境地。歷來只能做、不能說的男女交媾，阿水正確無誤三維立體的翻譯出來。朱力坐在塍岸上聽得入神，暗暗的想：「這傢伙在老婆面前三棍打不出一個屁。咱心裡知道說不出的東西讓你說活了。」

「那時候你還在讀書，」朱力朝忙碌的阿紅那多肉的屁股貪婪地看了一眼說：「我清楚記得，你梳著兩只羊角辮。後來兩辮子養得又粗又黑又長。恐怕到結婚，你才把長辮子剪掉的吧？大姑娘時你長得又黑又瘦，如今做嫂嫂，反變得白白胖胖更年輕漂亮了——屁股像麥磨，奶奶像淘籮，哈哈哈……」朱力應該是阿水的關門弟子，不愧名師出高徒。朱力忽然話頭一轉，說道：「狗日的國家店的饅頭，越來越不像樣，賣不掉、隔夜、餿氣饅頭像爛狗屎的賣給顧客……殺豬攤阿旺說：『國營店專買別人不要的，廉價的豬頭肉、下料肉、淋巴肉做饅頭餡。』瘟豬才吃他們的無良饅頭呢……」

之前朱力對國營店的消費堅定不移，雖然目睹國營店在一天天的爛下去，但對國營的信譽地位心裡仍舊屹立不倒，對個體戶充滿偏見，看見個體戶像蒼蠅一般噁心。朱力從來不上二哥的大肚漢吃早點。一次碰見糧油公司的劉書記，「老劉，好久沒有見你來吃早餐，去哪裡出差了？」

「沒出差啊。」老劉掏給朱力一根煙說。

「啊——怎不見你來吃早點？」

「我每天去的呀，」老劉忽然想到了什麼，說：「噢噢——我不去國營店吃了。他們是朝南坐的，品質差得一蹋糊塗且不說，臉皮垂著欠他們的，頂好你服伺他。我早就換地方了，上菜場門口的大肚漢去吃了。那夫妻做的點心，一是花樣多，豆漿做得特好，而且價格比國營店便宜。幹嘛在國營店吊死。你不妨大肚漢那裡試試。」

第七章

28

喝大海水

儘管別人說的花好稻好，終究騙不了自己的三寸舌頭。不怕不識貨，只怕貨比貨，朱力嘗到後動搖對國營的迷信，為此他大為感慨；「不吃不知道，一吃忘不了！」從此雷打不動的每天一碗豆漿，二只肉包子。完畢擦擦嘴巴，二哥不失時機的給他一根西湖香煙，看看腕錶還有時間，坐下再聊上幾句閑天。斷足跡的不再進國營店的門。想不到這大肚漢餛飩攤的女主人，是師傅——阿水耕田老的女兒。

二哥平生沒有見過像朱力那樣平易近人的官兒。朱力的地位這麼高，菩提山村書記的架子也比他大，看得起自己才開這樣的玩笑。

朱力掏出一個塑膠的小盒子，裡面掏出一張長方透著馨香的小紙片兒，「小黃，這是我的名片——」

「呀呀——」二哥雙手恭恭敬敬的接過，從正面看到反面，上面明白寫著白馬鎮信用合作社主任、書記雙重頭銜。二哥生意做到如今，接到第一張也是官銜最大的一張名片。二哥大為震撼：「竟還有這玩藝……」

「小黃同志，」朱力嘴裡冒著煙說：「跟你說個事兒……鎮上那家農機修造廠，你知道不？」

「知道。」二哥只是曾聽阿紅對他發牢騷說到過。阿紅埋怨二哥說不肯嫁給農機廠打鐵的復員軍人。「廠怎麼啦？」

「欠信用社貸款，」朱力剔著嵌在牙縫的肉沫，很不舒服的咧著嘴說：「現現……現在麼……廠半死不活的，我把我的侄女介紹去廠裡做車床工，每月米米沙（三十三塊伍）都發不出。一九二七年英國造的老機器，還在充當大好老呢……怎麼落後的設備，就是有業務，能生產出合格的產品嗎。加上管理、技術落後，一群發工資的皇親國戚和技術一竅不通的一幫子農民，怎麼談得上管理素質。廠領導一門心思專營拍馬，對市場資訊一點不關心，早已淘汰的產品，還要拼命的生產出來，沒人要就堆在倉庫裡，變成高成本的一堆廢鐵。上次召開全廠職工動員大會，在大會上宣布說，教全體職工去推銷積壓產品，按照銷售價的比例分成，當頭的都不知道適銷對路不對路，豈不是盲人騎瞎馬，夜半臨深池！不像過去那樣業務會送上門，現在找米下鍋。有本事的自己去辦工廠了，有技術的被別的廠請去當師傅了。人往高處走，哪處工資高就到哪裡去，不是過去劃地為牢，搞職業終身制。只要有本事，不怕沒錢賺。技術骨幹和銷售人員另謀高就去了。廠裡只剩下一堆爛機器，一百三十多畝土地，荒草能躲老虎了。

「一直說要倒閉，但主管工業的領導，不讓在自己手裡倒閉，東拉西扯的弄些錢，讓它苟延殘喘的活著……這一回，我看真沒藥可救了。

「小黃，我從國營飲食服務公司移步到你大肚漢，這集體與私人的優劣顯而易見的。肯定不會像原來的樣子，不但有錢賺，而且不是蠅頭小利，必定會發大財……實業辦得好快馬加鞭，不是饅頭點心的小本生意啊！關鍵資本實力，其次要懂得管理，產品適銷對路，工廠局面一打開，機器一響，黃金萬兩啊，一年半載市面做大，你數鈔票都來不及。你做小買賣，人忙得像陀螺，又賺不了什麼大錢。若有本錢，一定要喝大海水，賺大錢必須辦實業。話雖這麼說，說到底要有經濟實力，第二處決有沒有眼光和魄力！」

「您說得有理！」朱力說的一番話，其實與二哥的行業可謂風牛馬不相及，二哥對工廠管理盲人摸象根本沒有什麼概念。但二哥聽賺錢發財卻落了耳朵：雖然生意不一樣，但目的都為了賺錢。隔行如隔山，賣餛飩點心與開工廠的差別可不是一般大。朱力似乎說得頭頭是道，而二哥聽得雲裡霧裡，但朱力話裡卻蘊藏著非常大的資訊量。儘管一千個不懂，一萬個外行，生意人對利潤一點就通，二哥說不上所以然，總覺得裡面藏著某種契機。聽說辦實業能賺大錢，二哥似蒼蠅見血，興奮起來。「可……這要多少本錢啊？機械一行對牛彈琴，我一竅不懂……」

朱力又給二哥講了個體辦實業的種種優勢。回到原話上，「欠信用社這麼多貸款，舊欠不還，還繼續要求貸款，自身失去造血功能，靠銀行貸款維繫生命。挑雪填井、肉饅頭砸狗，債越欠越多。其實最好也是唯一的辦法讓它安樂死，說不清道不明的種種原因，連死也死不成。現在形勢發展意想不到的快，擇業趨於雙向自由，企業挑選工人的同時，工人也在選擇企業。舊的一套管理手段無法控制人才流動。我們銀行系統也不像過去，誰貸出去的款，誰就有責任把錢收回。我多次要求企管辦領導，要麼把廠賣掉，要麼申請破產，要麼乾脆……他們說抵押給我——小黃，這也許對你是一個機會，問題懂行的拿不出這麼大一筆錢，想要也要不了。有錢的不懂行，不敢去冒這個風險。銀行性質變了，不能容忍認賬不還，市場經濟不相信眼淚，你楊白老還不了錢，喜兒作抵押天經地義的。如果你想要，出價一定不會高的。有些事可以商量通融，反正都是國家集體的東西，又不是私人買賣。呆子只要看堆頭大小，你算算，畢竟有這麼多舊設備和廠房，加上廠區這一百三十多畝土地。你不懂，其實也不需你去懂，懂這行的人大有人在，難道製造太空梭的人，自己親自上太空去嗎？毛澤東解放了全中國，他渾身沒一個傷疤連槍都沒打過一槍！」……

二哥被朱力循循善誘說得心思活動了，意識有這麼大一塊土地，關鍵這塊土地，屬於自己的，還是依然屬於國家歸集體所有？在二哥腦子的印象裡，覺得一切土地包括房屋都屬於國家所有，那一天如果國家想收回去，無條件的收回。經過公有制半個世紀的實踐，私有觀念蕩然無存，改革開放集體財產賣給個人，私有概念開始萌發，但是不敢十分確定。二哥勤於思考，不是個糊塗蟲，已經意識到共產制度完全蛻變，迅速的無法挽回的滑向財產私有化道路。天下之濱，莫非王土，歷朝歷代農民造反，無不與土地相關。洪秀全天下田天下人種，引誘一大批忘命人，最終新瓶裝舊酒一敗塗地。打土豪分田地的口號，同樣吸引不計其數農民，推翻廢止「莫非王土」的制度，並且進一步收回土地歸國家所有，打造出全新的「莫非王土。」再簡單一點，自己家造房子，先徵得相鄰一方的同意，大隊批准後，公社批，公社批准縣批，一趟趟不知跑了多少腳頭，工夫扔掉不算，托人、送禮、求情，比唐僧西天取經還難。鄰里間為爭奪地盤、房檐滴水寸土不讓，甚至以死相拼，不惜對簿公堂。土地立命之根本，沒有土地，就不能生存，其價值不言而喻。

二哥擔心的不是錢，關鍵自己替工廠還了貸款，一百多畝土地、廠房、設備等，究竟歸誰所有呢？依舊歸國家集體所有，出那麼多錢買個使用權，且不是無限期使用。哪一天土地廠房國家要了，給你一個紅頭文件，無條件收回。自己真金白銀，到頭為銀行埋單，豈不做冤大頭？

「費這麼多錢，」二哥不無憂慮的說：「萬一，萬一國家不承認廠是你的，發你一紙紅頭文件收回，這數十萬就白白擲……對你們銀行來說，這點錢連九牛一毛都算不上，而對我來說，可不是一個小數目，可以說是身家性命！社會各種運動搞怕了，換成誰心裡都不踏實的。畢竟做的是小本生意，不是一夜之間暴富起來的。靠一分一厘精打細算，細水長流積沙成塔。這幾年來，又買地，又造房子，本來好吃飯了，只為貪圖大利，把所有老本全搭進去。沒必要冒這麼大風險。」

「說的也在理，但是，」朱力辯證的說：「幹什麼風險與利潤是成正比的。之因為人家不敢去冒風險，所以你才是第一個敢吃螃蟹的人，對一個人來說除了財力能力，看你機會抓不抓得住，機會錯過跟時代商量能重新再來嗎？顯然是無稽之談。沒有抓住機會的說抓住機會的往往稱他為運氣好，因反應遲鈍目光短淺坐失良機辯解自己運氣不好。一切都推到機會的偶然性，根本不知道這偶然的必然原因。當然話說白了，銀行裡的錢不是我個人的，企業還不了，或成倍利息給銀行，與我半毛錢的關係也沒有。只不過提供你一個資訊，最終你自己拿主意。仔細考慮考慮……」

「朱主任，」二哥盤算了整整一夜，第二天見朱力又問道：「替工廠還清債務，這工廠永遠歸我嗎？」

「這不是很瞭解，」朱力低頭喝了一口豆漿說：「一般來說只有使用權，無非是年限多少問題。人是活的呀，當然看你有沒有關係，關係怎麼搞了，最後不是鄉鎮企業局領導一句話嗎。」

「我開點心小吃店，」二哥說：「跟他們雞皮不搭鵝皮，是兩股道上跑的車啊……」

「你不跟小紅結婚，我們誰認得誰啊？現在不是從前了，就算認得人又怎樣？你說娘舅跟外甥關係好不，在利益面前也靠不住了……不要管認不認得人，任何關係都是靠交道打出來的。就看你怎麼跟他們打交道。蘿蔔印章的權力握在他們手裡，十年，二十年，三十年，五十年，不是他們嘴巴一歪嗎？他們好像很掌握政策，對個人沒利就鐵面無私，有利死政策變活了。」

朱力的一席話像芝麻開門，二哥漸入佳境。

「形勢在不斷發展，政策也在不斷更新，今天不知道十年後跟你五年前不知道今天是同樣的道理啊！小黃你絕對是個聰明人，呆刁木惡的跟我裝什麼糊糊呢！這一排大糞坑和八畝土地，你是怎麼變成你私有的？倒反來問我。你看長此下去，財產私有了，不管用何種方式，最後土地也化為私有，私有的缺口一旦沖潰，社會主義的集體大堤徹底崩塌，資本滲透整個時代及政治領域，你只要操作得法，那可是一宗大買賣啊，機不可失、時不再來……到那時你醒悟過來找我，這筆大買賣拱手讓給別人。你好好考慮一下，錢還是土地都不是一個小數目。如果按解放土地改革劃分成份，有五畝地，就夠得上做地主了，戴上『惡霸』兩字的不用法院核准，鬥爭大會開好，直接拉到沙灘上槍斃掉。二五得十，五六三十，一百多畝土地，你算算有多少個地主成份好評啊？我再說給你聽，這塊地，政府原來打算辦大型毛紡廠的，省裡批准了，呈報給中央，遲遲沒有批准的原因，國家形勢發生了急遽變化，大型毛紡織廠連連虧損，不宜再辦這樣上萬職工的大型企業。土地已被徵用了，土地徵用工的名額都進入到議事日程了。本來不存在這問題的。反正是共產黨國老闆的東西嘛，徵用掉的土地誰管……鄉政府提出辦農機修造廠，鄉鎮基層幹部千方百計把自己的親信和親戚塞進廠領導班子。首任廠長就是公社王書記的舅老。朝中有人木做官，量尺寸用腳步和手來匡算不知道毫米釐米的大老粗，怎會懂得機械和經營呢。錢花完了，當廠長的人排著長隊，舅老拍拍屁股調到另一個部門去。然後又來一隻空肚鴨，廠長辦公室裝修得富麗堂皇，把廠吃空又挪屁股了。然後再來一個……你去過廠沒有？沒去過。當然不知道範圍多大，圍牆外還有一大片土呢。當時農機廠廠長推三阻四說：『咱不做跑馬場不辦野生動物園，海啦啦一大片地幹啥呢。』人家說爭田奪地，他嫌幅員遼闊，廠區太大不好管理。把多餘的土地圈出圍牆之外去。」

「黃穀，你饅頭拿出去！」阿紅和兩個服務員忙得首尾不能相顧，顧客等急了在門口直嚷嚷。二哥急忙去端蒸籠。

「整個白馬來說，」朱力說：「要數你頂有腰力了。你不承認也沒用，誰逃得過我的手心——工廠只你能吃——只要你想要，我朱某人鼎力相助。以後生產經營資金周轉不靈，可以幫你調頭寸的，只要用得著我朱某人。這樣吧，你先不用著急，等你考慮成熟後，想買再跟我說吧。屆時我會去找主管工業的李書記，讓他親自與你談。成也好，不成也好，對你沒有什麼損失。有意向，並值得買，咱們一起去找企業局領導。到他家裡去拜訪。談成後速戰速決，免得夜長夢多。」

急於想投資發展而找不到方向的二哥，聽朱力提供的資訊覺得大有文章，抑或是一條發財的道。一心做小生意的二哥別無異志，恰恰朱力提供他一條新的思路。如果二哥心態平和滿足於現狀，沒必要冒這麼大的風險，二哥骨子裡喜歡冒險，想一無所知的領域究竟是怎麼一條道路，或想換一個賺錢的方式。一貫受傳統思想的束縛影響和資訊限制，二哥雖有雄心，二哥專注本行，走一步看一步，摸著石頭過河，找不到前景更好的、利潤更高的又切實可行的投資目標。朱力的一番話，無疑是黑夜點亮的一盞燈，使他猛然覺醒，心胸一下豁然開朗，自古說辛苦不賺錢、賺錢不辛苦，決心跳出夫妻老婆店的經營思路。二哥他不可能像後來炙手可熱的CEO有系統理論和稠密的攻略與策劃，只是囫圇的看到裡面大有文章，至於什麼文章、該怎麼做心中一片混沌。

「只有膽大做將軍啊！」二哥考慮到最後找不到合理的解釋。對自己說道：「反正是空雙手來的，總不至於變空雙手吧！」

站在今天的時間高度上看，當時二哥的行為確鑿有些冒險，不是他形勢看得准，或存在必然。我認為他碰了上好運。說得不好聽，真是瞎貓碰到了死老鼠。

開工廠畢竟不是夫妻糞坑上開餛飩店，說幹就能幹的。經營實業，要說多複雜就有多複雜，工廠大門一打開，就開始花錢了，什麼業務問題、管理、技術、人才、財務、車間、倉庫、設備、啟動資金、流動資金、成品、半成品、隨途產品等等等等，打仗一般，兵馬未到糧草先行；例如水電、食堂、廁所細節缺一不可。私人開工廠不是家大業大，安部就班的國營企業，私營業主事無巨細樣樣都管，你一懈怠，一腳不到，一腳就留在那裡。內部還沒有個頭緒，外部工商、稅務、治安、消防、人防、江防、聯防、教育、贊助、廣告、推銷、小偷竊賊，或堂而皇

之、或攀牆入室吃唐僧肉的紛至沓來。沒有業務要擔心，有了業務產品品質又要擔心，產品品質沒問題，資金回籠又要擔心。總而言之，做這私營業主，有永遠擔不完的心事。

說一千，道一萬，關鍵還在人。人用好了，心事不擔或少擔，人要是用不好，沒心事生出心事，需要智慧和人才，及切實可行的企業管理制度。制度終究是人制定的，最好的制度要人去遵守，人與人、廠與人、廠與廠看得見摸不著，千縷萬絲又錯綜複雜的關係。不但既涉及到企業管理的學問，又涉及到社會人文科學複雜的領導藝術。正如二哥借上海知青的話說，製造原子武器的人，並沒有使用原子彈的能力和權力，擲不擲原子彈的事不關科學家的事兒，權力在一竅不通的政治家的手裡。簡而言之，掌控一家廠或集團的老闆有有技術專長並不重要，重要的是掌控集團如何運作的智慧和領導藝術，不需要愛迪生自己去做電燈泡生意。

商人利為先，二哥也不例外，或可以針對他說的。他首先考慮投入與產出的關係。工廠一旦開始運作，業務必須先行，沒有業務等同無米下鍋。然後技術、品質、檢驗、安全、設備、量具刃具、工資、稅收、電費及出差費用等等等等，牽一發而動全身。開工廠養工人不是鬧著玩，幾十幾百萬投入到工廠，如一條小魚投進大鱷的嘴巴，成捆成捆的現錢，像碾米機一般吞下去。經營不善或出現危機，血本無歸很快蝕個精光。國營企業國老闆，工人發不出工資去市委門口靜坐，名正言順提出「我要吃飯！」私企不給工人發工資，政府職能部門馬上找你麻煩，老闆說沒錢，或拘留，要不拿錢贖人，不然廠房設備封掉，讓法院拍賣，唯一的辦法業主連夜逃走。國企工作的人諄諄告誡二哥，說：「你連銼刀扳頭都沒摸過，自己開工廠膽可真不小啊！國營企業都在倒閉。難道你一點沒聽說過？否則這農機廠，也不會成今天這樣子。開工廠穩發財，哪怕這些鄉僚村官再笨，也輪不到你黃穀做贓啊！」

二哥夾頭夾腦一盆冷水該澆瞢了。第一次問阿紅：「你看怎麼辦——」

「我件件事都是聽你的，你教我去娘家騙

錢，我就把錢騙來……」阿紅更加的一竅不通，「你說小本生意做到腳直都發不財的，要喝就喝大海水。我說慢慢喝，別噎著了。你說女人頭髮長見識短，又不肯聽婆娘，即便把我賣掉，我只能幫你數鈔票……我想什麼苦頭都吃過，哪有過不了的坎！條條道路通羅馬……」

「老婆就偉大在這兒——」二哥猶豫不決的時候，阿紅給他增添了信心和勇氣。

這樣重大的決策，周圍沒一個親戚或朋友比二哥懂經營，可以商量、探討或諮詢。二哥成天陷入苦思冥想，攪得他寢食不安。

「請問，」從馬路對面過來一個中年男子，一臉迷茫的問道：「大姐，街上五金建材店在那裡？」

「五金……好像沒有……」阿紅搜腸刮肚從街頭摸至街尾，便搖著搖頭說：「沒有五金建材商店。」

「這個鬼地方！」那人詛咒道：「連五金建材都沒買。」

有時一天下來，向她打聽建材五金的人還真不少。有的要買三合板、纖維板，有的要鉸鏈螺絲，有的需要木頭和油漆。

早上二哥想跟紅親熱，阿紅睡得像個死人，連二哥把她短褲剝了一無所知。二哥急猴猴一個人在阿紅肚皮上做獨腳戲。累得氣喘吁吁，而阿紅鼾聲如歌。二哥排泄出了，忿忿的，「狗日的，我在奸屍啊。」

「啊——又遲了！」阿紅夢中驚醒，一骨碌的坐起，「睡死了！」發現自己光著一個屁股，知道二哥做的好事，「你——把我的短褲呢？大腿弄一塌糊塗，人家忙死了，你還要作樂，有什麼味道。」阿紅的短褲落在床底下，翹著屁股半天也摸不著，套上外褲，趕緊合上電閘。小鋼磨磨擦發出牙齒發痙的尖囂，將黎明的寂靜碾得粉碎。

二哥伸伸懈勢，強打著精神起來幫忙，一天又像陀螺的開始旋轉。

「阿紅，我們把點心店關了。」二哥去建材批發市場瞭解回來立即做出了決定。「我們辦建材五金公司。」

「你又來花招了！」阿紅不滿的朝二哥瞪了一眼，「摸生不如摸熟，隔行如隔山，好好有錢不賺，想其他花頭經。要幹你自己去幹，我橫豎不改行的……」

「你想想咱累死累活，三年活兩歲啊，賺得幾個錢呢！墨守成規一棵樹上吊死——就會被淘汰。」

「對老行當我瞭若指掌，重新換一樣行當，會有這麼容易嗎。」

「礱糠搓繩起頭難。聽我準錯不了，只要我指向哪裡，你就打向哪裡……」

阿紅雖然捨不得老本行，但相信二哥所作出的決定，他這麼說肯定拿得准的。無條件服從。

二哥收回與餛飩店連在一起的四間店鋪。採購來一箱箱的印尼三夾板、木屑板、纖維板以及釘子、螺絲、鉸鏈、電動五金工具。二哥實力雄厚，看得遠起點又高，成為全市私人第一家建材五金公司。

二哥改行做建材五金生意，本想這行當既輕鬆又賺錢，誰知生意上手，批發加零售，進貨與出貨，忙得他團團轉，加上吞吐量日益增大，二個小工應接不暇，向二哥抱怨說：「連撒尿的工夫都沒有……」

阿紅也叫苦不迭，「我寧可去做老行當的，這麼多的規格品種、價格檔次，簡直比撮藥還煩……」

大哥在家裏懶散慣了，生活馬虎整天跟人聚在家裏搓麻將打牌。聽二哥叫他去公司幫忙，他頭也大了。

大哥說他不懂得做生意，「我手腳笨，嘴巴拙，記性差。手連鈔票都數不來——什麼三夾板、纖維板、細木工板、方木、條木、圓木、油漆、香蕉水、各種寸數的釘子鏍絲拉手鉸鏈，品種、規格、價格哪記得住呢？你叫我去除了給你添麻煩，有什麼用處？再則，老三老四老六老八不在家，山上田地誰來打理。」一句話，大哥不願去白馬打理生意。

大哥曾經對人說「這個家，教老二討老婆折騰窮的……」

事情過去了許多年，有時想起大哥的話，二哥心裏會生氣。二哥知道大哥心直口快，在某種特定情況下才說這話的，如果捫心自問，大哥為自己結婚，心都捨得掏出來，一分分積攢起來的零錢，毫無保留的獻出來，為兄弟作出了表率。他寧願自己老婆不娶，竭力成全二哥，除了同胞兄弟，誰有那麼高尚啊。舅舅提出家裡所有債務，由二哥承擔，阿紅在一氣之下去了娘家，二哥請回來後，大哥跟弟媳說：「不要急，我有飯吃，不會讓你們喝稀的，我有肉吃，不會看你們啃骨頭的……」翌年，舅舅教大哥去他那兒承包魚塘，大哥賺了一些錢，告訴阿紅，「你們欠舅舅的錢我替你們還了。」阿紅非常感激大哥，只有兄弟才能這樣無私，阿紅感動的流下眼淚。阿紅銘記著大哥對她的好處，暗暗想自己那天有錢了，一定要報答大哥的。阿紅竭力攛掇二哥在老家蓋房子，目的讓全家安居，不再受茅屋之苦，包含對大哥的深情。

阿紅每次回家給大哥的錢，比給母親的還多。

大哥客氣推說不要。「大哥拿著，拿著！」阿紅善解人意，「零碎小鈔票，平時搓搓麻將……」有時阿紅給過錢了，二哥又給大哥，阿紅從來不會對二哥說自己給過他了。

二哥求他去了理生意，不僅僅只是懶惰，大哥另有原因的。

「你能去嗎？」阿紅背地悄聲問大哥：「到時候幫手叫來了，你過不習慣再好回來還的？」

「只要幫得上。回來也獨個人——」大哥在阿紅面前便答應了。

第八章

29

四請「黃主任」

「請問，」兩個穿墨綠色工商制服的人進門市部問大哥道：「黃穀同志他是不是住在這裡

的？」

「有啥事不？」大哥店裡正忙著，頭也不回的答應說：「好像出去了。」

阿紅從市場買菜進門，聽說他們在找二哥，上前詢問：「你們從哪裡來的？找黃穀有事不？」

「噢這樣……我們是工商局的，」個子較小的幹部回答說：「想找他聊一聊。」

正說著，二哥手叉著袋，叼著香煙從外面進來。大哥手往外一指說：「黃穀不是來了！」

他們站在店門口，向二哥作自我介紹。

「站門外幹嘛，」二哥熱情的招呼道：「進屋裡坐。」一邊向兩人敬煙，一邊朝裡喊道：「曉曉啊——你泡兩杯茶來！」

他們穿過店堂，見後院門開著，去一張望，兩幹部不由得異口同聲：「哇塞！裡面範圍不得了大啊。」

二哥愛起了花卉，牆根擺滿了雀梅、五針松、老榆樹、黃楊木等佝僂殘疾、病態龍鍾的樹椿盆景。痛苦的活在不足半尺土的瓦盆中，它們像愛苗條的女人，半饑不飽控制著自己食欲，只有表面一層皮，包裹著朽空的樹身，強顏歡笑掩不住崢嶸歲月世事滄桑，像八九十歲的老嫗賣弄著風騷。正值暮春三月，陰晴欲雨，不冷不熱，各種花卉爭奇鬥豔。

「小黃同志，」高個子的幹部，對二哥擁有這麼大一塊花園覺得十分詫異，「整個園子裡全是您的？」

「這邊請——」二哥笑笑，不說是，也不說不是。

一股清流像跑突泉的從客廳一處水池中冒出。水是從東邊的小溪引來的，利用固有的落差，把外面清水引入客廳大水池，流水不腐，溢出了多餘的水，又回流到主流還。農村的溫飽還沒有完全徹底解決，而二哥已步入富人行列。兩幹部第一次領略到個別農民竟富到奢侈的程度，不再滿足於溫飽，開始追求精神層面上的東西了。

「這些魚養養看看的？」小個子指著室內水池問。

「不是觀賞魚，殺吃的。」二哥給他們各人一包西湖香煙。兩人相互對視的同時彷彿在問對方「這煙能拿嗎?」

二哥見他們有點猶豫，笑道：「自己拿方便些——」

「小菜場就在門口頭啊，」小個子不解地問：「——多方便。」

「有水就要有魚嘛。」二哥解釋道：「市場是養殖的，這是完全野生的。」

「小黃同志，」挾著公事包的高個子幹部，幾乎驚呼起來，「你這場面可不得了!真有錢啊!」

他們要求參觀一下五層樓房子。二哥陪同他們從一層參觀至頂樓，釉面地磚鋪面，油漆刷牆，豪華吊燈，沙發椅子，書房臥室，客堂餐廳，檯球室，簡直美輪美奐。他們詢問二哥一共花了多少錢?二哥豎起四個指頭。兩個吐著舌頭。

一個十七八歲的姑娘，端茶上來。二哥對她說：「中午有客人。」

曉曉不是別人，是阿紅窮被看不起的哥嫂的女兒。哥嫂見姑娘發達了，生意越做越紅火，嫂嫂跟哥哥說：「你跟你妹夫去說，曉曉高中畢業沒事可做。她們反正在請幫工，曉曉幫她們去幹事……」阿紅也曾想叫侄女過來，但想到嫂嫂的行事，弄不好狗咬呂洞賓，恰巧哥哥自己來說，既然自己要求來幫忙，又何樂而不為呢，就是忙不幫，阿紅不是照樣在照顧哥哥嗎。侄女是自己人，不嬌氣，肯幹活，除打理家務外，諸如存款、解支票，她做總比外人放心。

「我姓馮，」拿公事包的自我介紹說。

「我姓單，」小個說：「馮同志是我的科長。」

「叫我老馮就好，」馮開口笑露出兩枚金牙，耀得滿口生輝。

「是這樣的，」馮科長單刀直入說：「局領導邀請你出任工商聯個體勞動者協會做任主任。我簡單的向你說一下，隨市場進一步開放，個體工商戶發展迅猛，經濟的發展速度讓人始料不及。目前市場活動中出現短斤缺兩、以次充好、仿冒商標等違法現象。為確保市場健康與繁榮，工商成立勞動者協會和消費者協會。你不但各守信用，遵紀守法，自己富了還樂意幫助別人走共同富裕的道路。小黃同志，你思路開闊，意識超前，具有開拓精神。值得個體經營戶們學習並發揚光大。」

「不像幹部說的那樣好啊，」二哥說：「反過來為自己賺錢，怎能不講誠信呢？不講信用不是砸自己的生意麼？說老實話，講誠信無非是披著華麗外衣的私利之心。我沒有全心全意為人民服務的高尚思想。難道為人民幣服務這樣的私心，也值得你們去弘揚和表彰嗎？……」

「把話可說得真白啊！」馮科長說：「有誰不知你的事蹟。但有的生意人可就不這麼想啦，他們只顧眼前利益，急功近利、殺雞取卵，打一槍，換個地方，不怕砸掉自己的牌子，只要鈔票騙到手……」

「我們科長說了，」矮個子說：「這些問題亟待我們去規範管理，做好並引導個體戶守法經營，打擊教育減少杜絕諸如此類的不法行為，不能任其讓它氾濫下去。我們勞協和消協必須發揮積極作用。」

「工作艱巨，而且事情繁瑣複雜，」馮科長看看手錶說：「甚至吃力不討好。局領導對你非常信任，尤其你在廣大個體戶中有口皆碑的，名氣傳得很遠很響了，有實踐經驗又有管理經驗，信任你一定能把隊伍建設好的……領導知道你自己生意也很忙，當然，為給你的利益帶來損失。局領導解放思想，打破歷來的行政規則，希望你顧全大局，犧牲個人利益，支持我們的工作。」

二哥做夢也沒想到，上面會注意到他，更沒料到請他出任勞協會主任。頭腦一熱，「運氣真來了，這樣好的好事砸在我頭上？」「這算哪門子官啊？」二哥清醒過來問，「這不是請孫悟空去當弼馬溫嗎？」二哥的熱情完全消失殆盡了。

跟公安雇竊賊，賊去抓賊沒兩樣；那些唯利是圖的不法商販，他們連政府法律都不在乎，難道靠你整治得了，還是拿自己作榜樣感化他們？只要有十倍一百倍的利潤，性命都置之度外。干涉擋道或損害他們利益，勢必跟你針鋒相對，視作肉中刺眼中釘當做敵人。與自己毫不相干的做出頭簷子，有必要嗎。錢不賺去管閒事，我不是天字號第一大傻瓜……狗日的當年「備戰備荒害人民」一句話，差點沒命。弄得大哥蹲冤獄，爹喝農藥，一家都抬不起頭。有錢了，天不怕地不怕，天高皇帝遠，自由自在不過，讓你們牽著鼻子走！才不幹呢！

「謝謝兩位領導！」二哥婉言辭謝，「謝謝兩位的美意。鄙人不學無術，擔當不起委此重任……」

兩個幹部你看我、我看你。他們萬萬沒想到山村野夫的個體戶，居然會斷然拒絕他們的邀請！誰不想捧這金飯碗啊，問三歲的小孩子都會說：「我長大了要當官做工人階級。」

「我們……」馮科長一臉尷尬，不知說什麼好，「這樣……我們倆倒不好向上面彙報了。如有你個人有什麼要求和條件，今天向我們提出來，我們帶回去向上面領導彙報，你看如何？」

「你們太客氣了，我有什麼資格向你們提要求？」二哥解釋說：「我生意很忙，公司人手就少，要進貨，又要聯繫業務，三天兩頭往外跑，明天又要去廣州，實在沒有時間和精力。我的脾氣，要麼不答應你們，答應了，就不能再三心二意的敷衍了事。做任何事，不論巨細，不全身心的不撲上去，哪辦得好事情，咱平頭小老百姓，我哪有理由向政府提個人條件。」

幹部左右為難，站起身告辭想走。二哥把兩位按下，又說：「飯都準備好了，等吃了去……」

「不吃不吃！」馮科長神情顯得有些沮喪，他說：「關鍵，關鍵我們回去不好交差。」

「這樣吧，」二哥看馮科長垂頭喪氣，又於心不忍，「以後再說吧。但今天兩位來了飯一定得吃。曉曉——」

二哥的「以後再說」給他們打了一針強心劑，心臟又開始搏動了。

被稱作清水衙門的工商部門，還沒有發展到卡拿要的時候。他們第一次看到個體戶建造的庭院豪宅，嚐到鮮蹦活跳的野生魚蝦，在杯觥交錯中羨贊不已。臨走時，為表示他們對自己的器重和關心，二哥教阿紅準備了兩份禮物。經再三推辭，見二哥執意要送的樣子，終於放心收下。

既然是生意人，目的就是賺錢，有一本萬利，就得承擔一本萬利所帶來的風險。好在二哥做什麼都專心，失敗是難免的，但要起碼自己知道失敗的原因，用他的話說，輸要輸得明白，不能輸得不明不白糊裡糊塗。逃亡中，二哥練就一雙火眼金睛，碰見陌生人，在短短的幾秒鐘能獲得對方資訊，三言二語，能讀出對方藏不藏奸，能不能說知心話，對自己會不會構成威脅。第一眼把這些掃描下來的數據，傳遞給大腦中樞並作出準確的判斷和指令。

有些事情跟男女談戀愛一樣，你越是遷就，對方就越矜持瞧不起，你越冷淡隨便，對方越不肯輕易放棄。二哥越推辭領導對他越重視，楊局對馮科長說：「做事穩重可靠有能耐的人，譬如像諸葛亮一類，怎麼可能一請就來呢，凡輕易答應的，來了也無用。他的事蹟不是報導一兩次，報紙頭版頭條報導過，我們不要一千個庸人，要就要這種能人！我把話說了，原則一條，想盡辦法必須請他來……不管他有什麼要求，你們答應就是。」

「楊局長，他沒有提什麼要求啊！」馮科長說：「關鍵在他的生意太好了，坐著就有錢賺，跑到我們清水衙門又沒有什麼油水。」

「反正——非他莫屬！」楊局說：「金石為開嘛！需要你耐心細緻的做工作，一趟請不他來，兩趟，兩趟不行，就三趟，感動上帝為止……」

科長第二次去，阿紅說二哥不在，第三次又說馮科長來得不湊巧，第四次，還是見不到二哥身影。馮科長起了疑心，人真不在還是假不在？抑或是「大夢誰先覺」現代版的臥龍先生？劉皇叔只有三顧，自己已經是第四次了，知道我來就避而不見？時近中午，馮科長去找信用社的朱力，因為朱力跟馮科長是一擔挑的兩連襟。馮科長走進朱力的辦公室，把大沿帽摔在臺桌上，捋著額頭上的大汗，「媽媽的！四請諸葛亮，避而不見我！……」

「哪個諸葛亮？」朱力遞過一支煙，問連襟，「你們工商請誰？請他去幹嘛？」

「那個開五金建材公司的臭個體戶——」

「哦哦，你們當然請他不動的，」朱力說：「你以為你們工商了不得，在他眼睛裡有都沒有。建材五金生意如日中天，大車進大車出，日進斗金。不說生意，光市場一圈房子年租金多少！難道萬歲爺不做，去給你們工商當趨狗嗎。但是，真要請他去，我跟他說，他非去不可……」

「你去說？嘿嘿！嘿嘿嘿……」馮科長不以為然，「你高高在上的，與這臭個體戶有什麼關係？」

「這就你別管了。不一定只有貓會捉老鼠，有時狗捉老鼠比貓還能幹。不過多管閒事是真的。」

「個把月來沒有一點兒進展，」科長呷了一口茶說：「楊局長批評我辦事不力，媽媽的，這小子屁眼老得很。兄弟你不要我面前吹牛皮了。」

「吹牛皮？哈哈哈——易如反掌！」朱力笑著說：「回家去說。昨天，她還在嘮叨葉弋連個電話也沒有，忘了她還有一個姐姐，要是她知道你來白馬四過家門而不入，不罵死你才怪呢。」朱力把煙放進口袋，跟辦公室的姑娘說：「小芹，我先走了。」

可謂踏破鐵鞋無覓處，得來全不費工夫。四請諸葛亮忙了這麼長時間幾乎使不出什麼解數來，走訪連襟歪打正著，看似與他渾身不搭界的事卻有了轉機，一高興，馮科長袖子一擼酒門大開，盞來杯去吃得酩酊大醉。

「工商局來了四次，」朱力就直白的說：「請諸葛亮只請了三次，你比諸葛亮更難請不是？國家機關請不動一個個體戶！小黃你資格也太老了。」

二哥馬上反應過來，「說哪裡話，我敢嗎？我瞞得了別人瞞不了你主任，成天東奔西波腳不著地的，頂好一個人劈開當兩使……哪有工夫待在家恭候呢。說到底我不是當官的坯子啊，有這個機會和想法也沒這個能力的。思忖，出醜還不如歇手吧，省得人家多為難……喲喲！這事主任怎麼知道呢？」

「哈哈哈——看見那個當苦差使的馮科長，你不抬他交不了差了，在白馬走投無路的像一隻沒有家的流浪狗……」

朱力破天荒第一次遞香煙給二哥抽。「媽媽的！他們為什麼不聘請我去呢。世上三只腳的蛤蟆難尋，兩只腳的人比狗毛還多……小黃我對你說，先富起來當然沒錯，但我們民族骨子固有的東西，你可能疏忽大意。沒有錢的人畢竟是大多數，這真理就永遠掌握在他們的手裡。他們在大聲疾呼：我們憑什麼比你窮？你的錢是從哪裡來的？你說是你起早摸黑辛辛苦苦賺來的，財產沒收掉挨鬥的資本家、地主、富農跟你一樣……時候不到，到時候就沒人為你說好話的。人怕出名豬怕壯，不怕賊偷，只怕賊惦記，窮人很容易變成惡人，他們像下雪天十天沒有吃過肉的狼，潛藏遊弋在黑夜中，眼中閃著兇惡貪婪的光，死死盯著肉頭肥厚的大戶……什麼階級鬥爭，是政治家為了奪取政權煽動利用製造窮富之間的矛盾。過去窮的仍然窮，苦的仍然苦，這跟老百姓沒一毛錢的關係。其實中國的問題，無關乎泊來的陌生晦澀深奧的馬列主義。毛澤東簡單扼要闡述中國歷史說，一個階級消滅了，一個階級產生了，這就是歷史。兩個司馬氏嘔心瀝血把歷史的腳印一個個撿起來留給今人，而毛一句話囊括盡五千年血史。如果資本主義跟社會主義一樣要餓死人，這兩種社會制度沒有什麼優劣可分。看似觀點背道而馳，結果殊途同歸。一部分人先富起來，早在幾千年前富了，解放過了五十年，大言不慚的說讓一部分人先富起來。白貓黑貓、摸著石頭過河怎麼解釋得通？繼續在扮演歷史——先富的人像種韭菜，一茬割了，鬆鬆土，澆一遍大糞，等著割下一茬……咱不說太遠了，毛對西方政治不屑一顧，朝夕捧著《資治通鑒》深究，知道不患寡而患不均普遍社會心理，徹底剷除私有制，要吃粥大家吃粥，要吃肉大家吃肉，餓肚皮一塊餓肚皮，要死就大家死。只要天下公平了，還有什麼東西可以去妒忌呢。廣積糧、深挖洞、不稱霸，糧食集體統一秤，他們減了你幾斤口糧，你馬上跟他們急。什麼不好罵，罵誰不好，詆毀蔑視攻擊毛主席『備戰備荒為人民』偉大戰略方針，差點兒送上斷頭臺。事實證明人民公社這條路是死路，政策一直在誤國誤民。改革開放箭在弦上不得不發的事，不是那個人偉大不偉大，側著頭去想的不覺得太荒謬嗎？繼續苦下去，你逼著人家去做陳勝吳廣嗎？我身為一個老黨員，受黨培養，應該把黨比作母親，兒不嫌母醜不該揭短，但我更愛真理——這話公開場合不能說，私下跟你說。雖然我們談不上深交，一不是官場，二不是同僚，三沒有利益關係。你應該是個明白人。你在街坊鄰居中口碑不賴，樂善好施，做人低調，才推心置腹的跟你談……」

「主任，」朱力說話繞圈子，讓二哥聽了一頭霧水，「主任有話只管直說。你的話我當良藥的！」

「我說你呀，錢當然要賺，有官當，你也要當的……」

二哥終於亮到「他來做說客了……」

「一個人光有錢沒地位檔次不高。無論做什麼事，難免會遇上磕磕碰碰。財大氣粗可不少，為什麼花銀兩去買官帽，買保險一樣買個護身符。不怕官，只怕管，那些個體戶全在你的管轄範圍，什麼買賣賺錢，你最先知道，靠資訊靈通。你跟他們做生意，還是自己做生意，我認為你百利而無一害……不是我說你，你精明但不夠聰明——」

讓朱力這麼一說，二哥醍醐灌頂豁然開朗。特別朱力最後的一句話，二哥像頭上開了一道天窗。朱力幹部多年，經受過政治風浪，下放農村吃過苦頭，所以對低層非常瞭解。他自喻政治騙子，做思想工作鬼也上當的。二哥沒聽過這樣大膽的思想言論，雖然言論已算不上犯罪，但朱力的見解跟農民伯伯不一般。

「小黃同志！」楊局長拿著聘書親自登門，「小黃你年紀還輕啊，目光要看的遠點，等將來你退休了，子女頂你的職……」

臨走楊局說：「真忙不過來，等工作理順了，時間你自己可以調整的。一個禮拜或去上四天班，白天沒工夫，晚上也可以辦公的。細小的事情教手下人去辦就是。局裡派三個同志協助你的工作，一個退休聘用的，二個學校畢業的，一個擔任我的文書，她姓毛，工作有一定的經驗，另一位姓石，從商業院分配來不久。為工作方便，給你裝一臺電話，目前初裝費要萬把塊，實在太貴了。我到郵電局去找斐局長，兩次都說他不在。過幾天我再去找他，應該開會回來了。有了電話聯繫就方便了，用不著你來回跑。考慮城裡你沒有住房，先暫時安排一個臨時住所，只能先克服一下。」

二哥連生產隊長都沒當過一天，一句官話都說不來。沒有官場經歷的二哥似天真爛漫的處女，被楊局長居高臨下的強姦了。官僚十足的楊局長他對付二哥，如幼稚園教師對付孩童一般，連招架都喪失了。

官場不像做生意，生意講誠心，官場恰恰相反。

30

新官上任

二哥上任之前，去經了一集裝箱的印尼三夾板。大哥說三夾板的行情在不斷上漲，把錢存在銀行裡，不如多吃些庫存划算。二哥打電話給對方要求再發兩個集裝箱。當初一張三夾板的批發價，只有八九元，一路狂飆上漲到後來失去了商業的理智，像一匹瘋馬完全失去控制。早上賣出二十八元一張，中午漲到三十元，早上買去的客戶，說還缺三張。大哥預先告訴他，「不是你上午買的價了？」

「早上我在你店裡頭買的呀！」

「哪不管的！買不買隨你的。」大哥雙手拱在胸前，三畝棉花三畝稻的說。

「要貴多少？」

「三十七元一張……」

「啊？二十八漲到三十七！你黑心，三夾板又不是時鮮桑葉啊——」買主氣得鬍鬚筆直，跟大哥爭了起來，「同一天，同個店，同樣的三夾板，幾個鐘頭中你要漲我九塊錢，你說得出來麼?這樣做生意，你還不如攔路去搶。」

「客人好好說……」阿紅聽到爭吵出來，「哦這麼一點小事。大哥，按早上賣出的價給他就行。」

「這還像個生意……」

「什麼叫隨行就市?」大哥向客人嘟囔。

一天忙碌結束，大哥一邊飲酒，一邊算著今天的營業額，翹著二郎腿說道：「照這樣賺下去那還了得——」

二哥懷著一顆單純崇高的心走馬上任。早早來到辦公室覺得無事可做，拿抹桌布把臺子沙發擦乾淨，辦公室打掃得一塵不染。把煙蒂堆積得像寶塔山的玻璃煙灰缸擦得乾乾淨淨，二哥捧著煥然一新的玻璃煙灰缸橫看豎看的不覺得呵呵的笑起來，問自己：「擦這麼乾淨，打算當作古董，把它陳列起來嗎?」

突然二哥發現鏡子裡的自己，穿著簇新的墨綠色的工商制服，頭戴大蓋帽，好像北洋軍閥的張作霖……想到早年務農，身上穿著補丁打補丁的破衣裳，一層層的補得像蓑衣一樣厚重。我前面曾說過，奶奶趁國慶二哥不幹活，把破夾襖拿去池塘洗，衣服水吃飽後簡直跟死人一樣沉，瞎眼奶奶被拉下水差點淹死。下地還是上山，肩頭一把鋤頭，腰間一條齷齪的大腳布，鞘中一把鉤刀，無論寒暑穿一雙赤腳草鞋，像不怕冷的雞鵝鴨腳板。兩只手板不是老繭就是傷疤，銼刀一般粗糙的皮膚來沒搽過雪花膏。蓬亂的沒有光澤的頭髮像個雞窩，一生與梳子無緣。就是討飯的見了也要被他嘲笑，「你還沒有我體面啊!」見鏡裡一身工商制服，雖不是編制內的人，有電話辦公室，有文秘，統管著分佈全市各地的二十七個分會。二哥現在這副打扮如果兀的出現在菩提山政治廣場，一定比他當年逃亡歸來，還要轟動，畢竟現在是國家幹部，名符其實「衣錦返鄉，」當然不能跟逃亡同日而語了。馬上小雲、阿星、掃毛老一夥，把他團團圍住，從頭打量到腳，「喲喲喲!這狗日的當官吃皇糧了。咱菩提山出人才啊……」二哥的遐想信馬由韁，陶醉在虛幻的鏡裡頭。前所未有的滿足感，從心裡漸漸漫漾到臉上……

「黃主任是哪裡人？」一位分會主管問旁邊同僚。

「你不知道他是白馬的，」旁邊回答道：「就是黃穀啊——」

「他——就是黃穀？」問者一臉驚訝，「人倒我沒有見過，在報紙上和廣播經常看到聽到的。聽說這傢伙的資產，已多得不得了了！菩提山那條公路，他出了不少錢啊。」

「分會各位負責同志！」楊局長在大會上首先發言道：「部署各項工作之前，向分會的各位負責人，介紹一下我們勞協會的黃主任，就是大名鼎鼎的黃穀同志。（聽有人說姓王）大肚黃，稻穀的穀……其實用不著我贅述了，黃穀的名字不僅全市乃至全國個體工商戶如雷貫耳。黃穀同志起步早，我們大多數對買賣還朦朦朧朧，當發明流行『萬元戶』這個新名詞，他已成為遠近聞名的一個富翁……今天，先召集大家開個見面會，一、讓大家彼此熟悉。第二、我們協會的全體同仁，為繁榮市場朝健康的道路發展，希望大家協力搞好協會工作，積極引導、監督、幫助個體工商戶走上健康繁榮的市場經濟……下面我就不多講了，讓黃主任向大家介紹，他是怎樣走上發家致富的……他有過怎樣的曲折與困難，為什麼這樣成功，才是我們需要的生意經。希望黃主任毫不保留把自己的成功經驗傳授給大家。下面請黃主任講話，大家歡迎！」

二哥第一次面對這麼多人上臺發言有些怯陣。雖接受過記者的採訪，但怎麼也不接受邀請去大會演講。因為只有聽人訓話和誣衊的份，久而久之奴隸做慣自卑就健康的發展壯大了，怎輪得到自己上臺發言？這些分管協會的主管自信的捧著茶架著二郎腿，沒有一個不認為自己是官，個個資格比他要老十倍百倍。事關生死存亡的危險都經歷過，台下是一群蠢頭蠢腦的無頭蒼蠅啊……二哥心情很快恢復了平靜。就跟採訪與熟人談天一般不必裝得正襟危坐，跟拉家常隨便談談自己做買賣的心得及經驗。二哥坦然的不緊不慢的有條不紊的把生意經說得頭頭是道，深入淺出通俗易懂而且覺得實用，他特別強調誠實守信這四個字。在座第一次聽二哥侃侃而談，把買賣的理念和當前市場和發展的趨勢說得非常透徹。鴉雀無聲，深深吸引打動了與會者。直到話說完，台下仍舊一片寂靜，甚至靜得針掉在地上的聲音都能聽見了。「一定說糟了……」二哥想。

忐忑中全場突然爆發出雷鳴一般的掌聲，久久才平息下來。有人站起來，沖著二哥叫道：「黃主任你講得真好！」「耳目一新啊！」「主任的一堂課，勝讀十年書……」會後，某日報的記者，又盯牢二哥要求專訪。

「主任早！」一個二十出頭的姑娘，笑著自我介紹說：「我叫毛竹君，主任您叫我小毛好了。來這之前，我在局裡上班，是楊局長派我到您這兒來學習的。今後需要主任關照和幫助。」

「你太客氣了，」二哥不是官僚而是一個生意人，他那種和氣生財的思想，尚未沾上或形成等級制度一個主任應有的一副腔調。不知如何跟下屬交流。他放下抹布說：「你們兩個都是大學生啊，以後要依靠你們幫我提高呢。」

「主任真幽默，」小毛對著鏡子塗好口紅出來，「咱可早就認識您啦，只不過您不認識咱——」

「是嗎？」二哥摸不著頭腦，「我們……在哪裡見的面？」

「廣播、電視、報紙上！」小毛掩口而笑，說道：「看過有關您創業發家致富的專題報導，主任您可是大名鼎鼎的新聞人物……」

「說我幽默，」二哥道：「毛秘書比我還幽默啊。哈哈哈！」

正說著小石也來了。前幾天小石幫二哥整理宿舍已見過面。小石見辦公室已打掃得乾乾淨淨，失聲叫道：「怎能讓主任打掃衛生啊！您以後千萬別這樣幹，這事應當交給我與毛姐做的。要是楊局長知道，咱要吃馬肉了。」

「新官上任三把火……」小毛沒輕沒重說：「主任您以身作則給咱倆一個下馬威？咯咯咯……咯咯咯。」

「毛姐，」小石邊走邊說：「你這樣說主任會生氣的。」

二哥不但不見怪，而且很開心。一個姑娘

跟生人或上司開這種玩笑，證明小毛性格開朗，同時表示主任平易近人。

「主任您的茶，」小石泡來一杯茉莉花茶，放在二哥的桌案上。

小毛見這位新上任的領導一點沒有上司的架子，且也喜歡跟她們說說笑笑，不像原來等級森嚴，上司一進辦公室就扳起臉，頤指氣使令人窒息。自己在這種和諧的氣氛中工作生活，有說不出的舒暢。

「你退也得退——」

「堅決不搬……看你怎麼我！」

正聊著，忽然聽見有人爭吵著從扶梯上來。

二哥急忙起身出去，上去問他們找誰，為什麼爭吵？兩人對二哥不屑一顧。那壯漢大聲嚷道：「找你們領導出來說話！」

「兩位師傅，」二哥耐心的勸說：「不要這樣氣急嘛，有事坐下來，心平氣和的好好商量解決……」

「你作不了主！」那個壯漢見二哥不像這裡的領導，氣衝衝的雙手叉著腰，「讓領導去評理！」

二哥教小石泡了兩杯茶，小石對他們說道：「你們要找領導不是，他就是勞協會的主任呀——」

「那好，」壯漢又從沙發上站起來，扯著大嗓門，「主任，你給我們評評道理。三年半之前，我租他家的門面房子，現在有人想租，價錢願意比我出得高。他不講道理，非要趕我走，轉租給他人。我不肯搬，他天天到我店裡來鬧，把我的客戶都攆跑了！胡攪蠻纏的沒法做生意……做他房客，我不是一天兩天一年兩年了，他說要我搬，我就要馬上搬？若大一個店，又不是一只菜籃拎了就拎了，況且我有我的老客戶，又不是沒有面孔的蚯蚓，主任你說說他有道理不？」

那個房東大約因房子是他的，道理在他的一邊，抑或本不擅長言辭與人溝通，嘴裡不會說，心裡卻窩著一肚子的火。未等壯漢說完，捋著袖子要打架的樣子。

二哥急忙將兩人扯開，把房東拉進隔壁的

辦公室。二哥遞上一支煙，說：「你這樣是解決不了問題的。別急，先喝杯茶抽支煙，等心情平了，把原委說我聽……」

經瞭解二哥得知，他們之間壓根沒有租賃協議，只憑口頭約定。如果一方失信，雙方就口說無憑了。他們的租賃關係顯然存在著不足。沒有協議，就不受制約，只憑個人的誠信與道德，誠信道德或出了問題，矛盾就出來了。房東認為房租費年年看漲，房客也應該隨行就市的，如果房客不考慮這一點，那個價錢出得高，房東他就租給誰。交涉中房客認為當初約定就這個價，你憑什麼漲我房租呢？況且租了你三四年了。

問題幾年前的房租費，跟當前的租價存在很大差距。隨經濟的活躍和市場的覺醒，已趨向全民經商的局面，大量農民湧進城做小商小販或開店設攤，候鳥似的農忙回去收割，收割完了繼續掙錢。不論自產自銷還是長途販運轉手倒賣，大家八仙過海各顯神通。小百貨帶來的轟動效應，使周圍門面奇貨可居。黃金地段的租金一年就翻了幾番，市口位置優越的一店難求。矛盾的焦點最簡單不過；一個要求漲房租，一個不願漲房租。

「當初出租，你們有過口頭協議，是嗎？」二哥聽完房東的陳述，經過一番工作把兩個叫到一起，「關於租房的年限和以後房價遞增問題，事先你們有沒有過約定呢？不能證明什麼時候什麼情況下，房東有權收回自己的房子，毛病出在口說無憑上。你們公說公有理，婆說婆有理，清官也難斷，唯一靠你們的誠信與道德。當然，口頭約定同樣具有合同效力，本人認為矛盾並不很難解決，房東想收回然而轉租給他人，人之常情嘛，應該可以理解的，但是，必須建立在誠實守信的原則上，用溝通、協商的方式來解決紛爭。當初你是怎麼答應房客的？今天非要逼他走。」

二哥又對房客說：「你呀，生意做得好好的，當然不願搬走。一方面生意做熟了，有一定的老客戶。一方面這位置市口好。你說對嗎？做生意最忌今天搬到東，明天搬到西，客戶找不到人……房東要收回房子無非想多賺幾個租金罷了，把你驅走他仍舊出租給別人。換位思考就好了，你堅持原來租金不能變，教你搬又不願搬，我說這不太合人情。你拿不出房租不能變的白紙黑字——打比方說我是你，必須考慮搬離帶來的後果，倘若來的人做你一樣的生意，你那些固定的老客戶全跑到他店裡去了。客源就是你的無形資產啊，你沒有客戶哪來的生意？來的就坐享其成，你是生意人，孰利孰弊用不著我教你，為何你抓住芝麻放掉西瓜，何不加他一點房租費呢？況且水漲船高，幾年前今非昔比……」二哥見壯漢沉默不語，「剛才忘了問你貴姓？」

「姓錢，」壯漢氣平和了一些。

「錢師傅，仔細算一筆賬，為這點點房租大家爭吵不休，一來鬧心，沒心思對付做生意；二來吵鬧要精力去應對；三你搬到別的地方去經營，房租未必比這裡更便宜合適；四搬店關門歇業且要時間，時間就是金錢，這一去一來的你都是損失；五固定客戶找不到你，生意都逃了——這樣做你可得不償失，不如加他點房租合算，免得大家傷了和氣，生意人和氣最要緊，和氣生財嘛。還是繼續租他的房子吧。我也是生意人，白馬開建材五金公司，剛到協會來工作——」

「久聞大名，原是黃大老闆，」房客肅然起敬。嘟囔地說：「房東貪得無厭。今年加他房錢，說明年又要漲我，年年漲房租，慾壑難填！我生意給他做了。」

「錢師傅，依我看，事情倒並非像你所想像的那樣，關鍵你們之間沒有契約，所以都不受制約。我的意見，一、你同意加他多少房租？二、你想租幾年？三、你們雙方能達成共識的，我給你們做老娘舅，馬上給你們起草一份協議。雙方責任和義務就都清楚了。兩位說好不？」

姓錢的早服氣了，連連頓頭，「你給我們做中央人，最好不過。」

二哥為他們做了協調，雙方都覺得滿意。毛秘書代為他們起草了一份合同，兩人冰釋前嫌，同在協議上畫押簽字。

二哥解決好兩人的爭端，牆上的石英鐘已中午十二點。兩個當事人要拉他們一起去吃午飯，大家都不肯去，只好作罷。

「我請二位小姐，吃蝦仁炒飯，怎樣？」二哥出師告捷，心裡覺得很有成就感，二則時已過午，邀請小毛和小石隨便吃一點。兩個爽快答應。二哥問她們家庭一些情況，得知她們都不是本地人。

幾乎天下都知道做生意獲利，市場像野火一般蔓遍了各個角落。是調查資料呢，還不知是說笑話，說有人拿晾衣竹竿，隨意攔住大街行走的人。十個人當中，有一個董事長和三個總經理。皮包公司跟文化大革命的戰鬥隊一樣盛極一時，過去的造反總司令，今天成了公司的總經理。掙錢的熱情高過幹革命。

利益是驅動生意人的動力，只要市場上缺少什麼，生意人便趨之若鶩，馬上會在市場出現。消費者向消協會反映說買的是假桂圓，人不能吃的。經有關部門鑒別，所謂的桂圓是越南出產的瘋人果，外貌確似兩廣的桂圓。事情還沒有得到查實，市場又出現用工業酒精勾兌的假酒。喝上一盅至雙目失明；喝二盅就危及性命；喝三盅必死無疑。人命關天，工商部門不得不捨棄一切要務，聯合勞協、消協、計量、質監、公安進行大規模清剿。然後假酒案尚未查實，假煙、假商標、假藥等狼煙四起。市場像前線的戰場，頻頻告急請求支援。這頭查獲仿冒商標，那邊來舉報侵害專利，什麼地下工廠生產劣質電線、消防器材、汽車配件、家用電器等等。烽火連三月，一波接一波。市場繁榮的同時帶來各種前所未有的弊端，最致命亂糟糟沒有秩序可言。商品大潮像八月十八的錢塘江潮水卷來，管理落後職能低下的行政疲於奔命，頭尾不能相顧，那裡起火去那裡撲火。

二哥這下捲入救火的行列。白天忙於調查研究，幫助個體戶解決各種紛爭，對於市場出現的亂象只能盡自己最大努力。隨私企的迅猛發展，家庭作坊遍地開花，整個村一片機器噪音，道路污水漫流，頭上黑煙蔽天，各種工業污染跟合謀一般把環境徹底扼殺。私營大多為勞動密集型產業，雇工問題日益凸出，工傷事故及勞資糾紛頻發，沒人去法院告狀，只知道找勞協消協，各種糾紛接踵而來，二哥被攪得暈頭轉向了。白天沒有時間辦公，晚上去辦公室，二哥給自己規定，不管有多忙多疲憊，天天晚上在燈下學習內部通訊資料，還要寫報告和總結，時常工作到天亮。「小石」二哥忽然記不起日子，像從外星歸來一般，「今天是幾月幾號啊？」二哥忘了年月日子，忘了阿紅和家裡的生意，有時想安靜一下，或出去透一口氣都覺得很奢侈。二哥從海量的內部簡訊及刊物報導得到這樣一種認識，全民經商的態勢，如江河決堤一般沙泥具下，市場一片混亂。不知道這樣發展的結果，是禍還是福？人們現在一切都向錢看。不管好壞，只要能搞到錢就好。什麼商業道德、誠信都置之不顧了。金錢至上思潮覆蓋了整個社會。徹底改變今天的價值觀。

學習中二哥悟出粗糙的一個結論；極端政治化導致物質極端匱乏，沒有或缺乏來不及預設的市場經濟管理機制一哄而上了，本身帶有病灶的社會被勢不可當的鏗鏘有力的車輪碾得七零八落。找不到也看不見可以彌補或挽救的有效措施。甚至二哥感到有些悲觀；市場機制雖尚未成熟，這些現象與矛盾不可避免的，但關鍵本不該有的「雙規制」政治，公開綁架市場經濟。如果不從政治制度上進行徹底改革或重組，市場經濟不能自圓其說。從宏觀的層面說乃是自欺欺人。

二哥記不清是什麼時回過家的？深夜靜下來想，或看見田野的莊稼收割完畢了，拍著腦袋感歎說：「這時光過去得可真快啊！」幸虧把大哥叫來幫忙，否則教阿紅一個女人怎麼支撐得住。記得半年前但具體什麼時候已記不清了，二哥給阿紅打電話說：「東側的四間店面不再出租了。我打算辦自選商場……」

「自選商場？」阿紅大惑不解。問：「開什麼商場呀！」

「加盟自選商場。我已經聯繫妥了。這錢來得更快。」

「這樣都忙不過來！你還要添一家商場嗎。你想累死我們不是。貨架陳列的東西讓顧客自己選，不偷光吃光才怪呢。」

「哈哈哈，你啊！請人管理，不要你們操一點心。」

「是啊不用我們操心！」阿紅抑著一肚子的氣，「回家路還認得不……」

「嘿嘿嘿嘿嘿……」

自選商場開辦不到三個月，阿紅在電話中說：「去超市買的人還真多。比我們生意好做得多，沒一分欠賬的。怎麼好賺，不如我們自己開——」

公司由大哥一人掌管，現金賬目大哥教阿紅去管。大哥每天的營業額交給阿紅，阿紅嫌交來交去太煩，非要大哥一手管。

「其他好管，」大哥頭搖得像個撥浪鼓，「不不不——進出賬我管，鈔票怎麼好讓我管，不行。」

31

替他人還債

二哥從餛飩攤發展到公司，成功轉身為社會管理階層。用他自己的話說，當初他根本沒有當人大代表的念想。雖然有推手，其實是上面早已定下來的。從此二哥像一輛剎車失靈的病車，駛入不能轉頭的政治高速道路——接著二哥被評為全國勞動模範，順利的進入常委會的領導班子。

二哥從政他像對待生意一樣講「和氣生財，」認為與人方便為己方便，從來不去揀別人的小便宜，反而經常施惠幫助別人。二哥不因自己富有就瞧不起身邊的窮人，是他最大的亮點。也不因老幹部卸任失去了利用價值而態度變得冷淡，對卸任失去了權力的人，二哥「相敬如賓。」為他進入常委會奠定了堅實基礎。工作性質環境的改變，活動範圍更為寬廣，層次也越來越高。二哥基礎薄弱，充其量是個文革的中學生。周圍不是碩士生就是高學歷，雞立鶴群，即便財富五車，地位再高，別人眼裡你無非是個暴發戶啊，精神或骨子裏仍然掩飾不住賤相。當官沒有當官的氣質素養，不要說旁人，自己也看不起自己。二哥抓住第一次幹部培訓進修機會，想通過自己的努力，名正言順的獲得職稱。二哥他自嘲地說：「繡花枕頭稻草包；泥菩薩臉上貼金啊。」

「黃主任，」黨校蔣校長寬慰二哥道：「放心吧！你的基礎本來就不錯。稍用點功，前三名沒問題的……」

「蔣校長，」二哥誠惶誠恐說：「啊！我能及格過關，就如心如願了，豈敢奢望在前幾名呢。」

「別擔心嘛！毛主席說過天下無難事，只要肯攀登……要有信心。肯定你一定能獲得好成績。」

「你不知道我的情況，東奔西波，哪能靜下心來讀書。說實話，協會工作救火的，忙得分身乏術……大半年了，我沒有回過一次家。」

「知道，我知道，你的情況我怎麼不知道。工作忙，學習也不能耽誤的。實際困難實際解決……到時我跟羅教授說照顧照顧，問題總會解決的。」

二哥聽蔣校長這麼一說，信心大增。

聽了半堂課，小石心急火燎的趕到黨校，一口氣追上三樓教室，說協會有急事，馬上教他回去。這一去，二哥整整蹓了四堂課。回來，羅教授課講到哪裡都不知道。白天沒空去聽課，羅教授說只好利用晚上自習。二哥在燈下自習功課，可腦子和心裡都塞滿了亟待處理的事務，而且電話此起彼伏，他不擺脫紛繁糾結的環境，不可能安心去學習。雖學習了大半夜，不知道學了些什麼。思想不專注，過目就忘，裝不到心裡去的。雖說念過初中，念的只有一本紅寶書，沒有其他書，有也不能看。成天唱「造反有理」「衝衝衝」「大刀向鬼子們的頭上砍去」「政策和策略是黨的生命」「你不打他就不倒」……跟不念書的沒有區別。到中年重新拾課本，怎跟得上現代的教程呢？下課他跟羅教授說：「學到用時方恨少，過去的念書跟沒念過一樣，說來慚愧，連ABCDE幾個字母我都認不完全！基礎差程度低，怕我過不了畢業一關。」

「黃主任，」羅教授和藹的笑著說：「蔣校長對我說了，你可是個大忙人，客觀原因造成的。不過，像你這種情況班上不只是你一人，時代造成的情況，大致都差不多。例如紅梅鎮翟鎮長；萬泉鎮裴鎮長；土管所殷所長；計生委的蘇主任；工商一所的王主任。你看見她們來過學校不？數得清的上了幾堂課。你還能去復習，他們從來不溫習，你應該算努力的。這些幹部學生大多在同一水準。」

「哪裡，教授您這麼說慚愧死人。」二哥撓著頭皮道：「如今再教我讀書，比趕鴨上樹還難。讓教授費心了。」

「大活人，總不至於讓尿憋死——別愁嘛，車到山前必有路……」

說二哥聰明也聰明，犯傻時比誰都傻，他一時領悟不到羅教授話中有話。二哥認為治學不是做生意，知識學問來不得半點虛假，至高無上嚴肅認真。除了刻苦用功苦沒有其他捷徑可通的。

臨考前的一天晚上，羅教授打電話到處找不到二哥。

「主任！」羅說：「天哪！你居無定所，好難找好難找。電話打去，對方教我打到另一處，另一處又說你剛剛走了，又教我打另一個電話，那邊說你離開還不到三分鐘，告訴我打某某辦公室的電話，電話追到辦公室，又說你三十秒前走的……到節骨眼上找不到你，急死人了，明天，喂喂，你聽見我說的話嗎？對對！明天上午考試，找不到就耽誤大了，重考必須重讀。明天你有多少把握？」

「我知道明天上午開考，正準備回去複習呢……誒，臨時抱佛腳有什麼把握，十有八九過不了關。」

二哥突然想起教授「車到山前必有路，」似乎明白了什麼：「莫非教授打電話……」聽說他既上課，又監考學生，只不換個班級老師而已。考試作弊跟婚外偷歡一樣，只管做但不能說。羅教授曾說過文化程度比他低的學生都能考出好成績，暗示他不要擔心，成績再差同樣幫你過關。他到處打電話找自己，莫非教自己走捷徑……

二哥在電話中歎苦經說：「羅教授，我一天到晚外面奔忙，哪有時間認真聽您講。不及格又要拖一年。」

「就是啊！」羅停頓了一下說：「這樣吧……現在你在哪兒？有時間馬上來，我在家……」

等二哥電話掛了才記起忘了問他家的住址，再打電話過去，電話一直處於忙音。這些門生跟自己一樣，到考試臨頭，這些門生都去抱羅的佛腳了，正向他們面授計議吧？足足撥了四十分鐘才算撥通，問清後，告訴教授大約半個小時左右趕到。

「小石，」二哥又撥通小石的電話，「你馬上過來，陪我去商場。」

小石風風火火趕來，「商場買什麼東西這麼急呀，這麼晚去做訪客。」

「要緊事，去羅教授家裡。」

「買香煙，五糧液幹嘛？」小石謂二哥說：「多麻煩，乾脆信封塞上二千塊錢，稱心又實惠。萬一買的是假貨，人家收了窩心不窩心呢？就算買的真煙真酒，倘若羅教授家不抽煙不吃酒，低於市場價賣給收購禮品的小店，一去一來損失不去說，被人瞧見還怕影響不好呢。還說主任做生意的，社會行情一點不知道——也太落伍了，哈哈哈。」

「小石你讓我茅塞頓開！」二哥教小石一點撥，承認道：「確實我落伍於時代了。需要小石好好開導。」

「黃大主任！」朱力終於在辦公室找到二哥，見沒有旁人，笑嗔說：「別士三日連升三級！現在想見上你一面，可不比見皇上容易。你兩個主任一肩挑！哈哈哈……能不能給我一個當當？高高在上，可別忘了窮朋友呢，卿乘車，我戴笠，日後相逢下車揖……哈哈哈，哈哈哈！」

二哥又是敬煙，又是遞茶，平時別人叫他主任沒一絲感覺，而朱力叫他「主任」別有一番滋味在心頭。二哥認識朱力以來，他一直叫他小黃，豆漿、包子、油條雙手捧到朱力手裡，不惜拿老婆的乳房比肉包子……人間世道瞬息萬變，像一個萬花筒，千奇百怪層出不窮。社會不按常規出牌了。朱力叫他小黃，老黃，黃大主任，連升了三級。

「難得難得！」二哥緊握著朱力的手說：

「今天東南風強勁，把書記吹到這兒！書記可真愛說笑話，我小黃哪有這個抱負與能力，小花臉當皇帝——扮勿像。只為討一口苦飯吃而已。什麼窮朋友富朋友，說這麼難聽的，多日不見可好。坐下先喝杯茶再說。今晚別回去了，我們好好聊聊。」

「無事不登三寶殿，特地來看你！工廠什麼時候開始運作？」

「八字還沒一撇呢。」二哥叫打字的小毛，「毛秘書，我稀客來了。你把打印好的通知，趕緊發到各個分會……」又吩咐小石說：「你給楊局打個電話，——」

見二哥身邊兩個女秘書，朱力大為愕然，自己信用社跌打滾爬，當了這麼多年的「主任、書記，」心裡酸溜溜的自歎弗如，暗暗罵道：「做官早不如做官巧……眉毛先出世，給卵毛追上前。」

妒忌歸妒忌，但朱力看人沒有走眼，幸虧結識了二哥。在朱力鼓動攛掇下，二哥終於把廠買下，連本帶息要還信用社：二十二萬三千一百六十三元一角一分爛債。

雖然欠的是政府的錢，但如果認真追究放貸人的責任，朱力有著不可推卸的責任。所貸的款是朱力他一手批的，關鍵朱力拿了人家的好處費。本來就懷疑其中有貓膩，局外人只憑猜疑，拿不出他收受回扣的鑿實證據。把侄女安排進廠工作至少是交易帶來的結果。問題嚴重的農機廠處於長期虧損狀態，靠朱力的關係貸款為發工資。他明知企業在虧損，還繼續貸款給他們，這貓膩就更大了。每當領工資，廠裡人盛進盛出，當工資發完，人散去又一片寂靜，偌大一個廠，聽不見機械的轉動。廠領導經常借業務之名飯店大擺酒宴，典型的廟窮和尚富。一次為貸款發工資，廠長弄了一桌酒宴，廠長舉杯欲言貸款一事，朱力忍不住捷足先登，說：「廠長大人！你這杯酒是貸款買的吧？」

「嘿嘿——嘿嘿嘿，」廠長面不改色心不跳，「都是共產黨的嘛！不吃，我又拿不走的，你啊，皇帝不急太監急……」

「廠長，」廠長有恃無恐的朱力覺得在綁

架自己，慍怒說：「此話差矣！銀行不是慈善機構，從前款貸出去沒人收回來，現在兩樣了，誰貸由誰負責收回，收不回來，追究個人責任，包括職務薪水掛鉤，你們廠，陸續從我手中貸了多少錢？長此以往難以為繼啊，貸款發薪無異於飲鴆止渴，債多弗愁，虱多弗癢，肉饅頭砸狗——有去無回。筆筆貸款都有我朱某人的簽名——請我吃鴻門宴——」

朱力後悔收他的好處費，又糊塗的再把侄女安排進廠，他們名擺著把自己當成了「人質。」塞進廠去的不止他一個，幹部的小姨大姨連襟可不少，平時不來，發薪水才來。廠對朱力來說「養兵千日，」他要堅決拒絕，沒那麼容易了。朱力一頓牢騷，表示不肯貸款，馬上有頭有臉的打電話給朱力，而且他們的口徑和態度驚人的一致：貸款解決職業工資名正言順，否則要銀行幹嘛！朱力擔心會越陷越深，像無形的一張大網無法脫身，知道負責信貸做不到潔身自好，除非換個環境。朱力不止一次想調個環境，或許別處情況好些。有次參加會議私下聊天，他們的人情貸、權力貸、好處貸，爛賬、死賬如出一轍。不比自己好。這股勢力加入政治權力形成社會一個巨大的黑洞，一旦靠近就會吞入其中。天下烏鴉一般黑，算了吧，再咬咬牙堅持七八年就捱到退休了。

他們認為朱力沒有理由不貸款給工廠，肯定在有意刁難，無非想拿好處費。廠長雖經營無方，但世事洞明，暗地送給朱力一筆錢，沒想到朱力照單收下，還問：「賬怎麼消化的？」

「主任儘管放心！」廠長說：「教會計把賬做平。」

廠長雖說讓朱力放心，心裡仍放心不下。果然成了要脅他的把柄，說是籌碼，不如說是剎手鐧。成為吞下餌兒的魚兒，用心何其毒啊！

工廠虧損越嚴重，就跟病急的人一樣，越沒有投向，虧損越大。一時謠言四起，說上面要派人來審計賬目了。朱力得到消息，再也坐不住了，那個混賬小子反正是個農民，酒肴吃進肚裡早變屎屙出了，隨你們掘地三尺怎麼查。朱力想要是他拿的些錢明白掛在帳上，吃不了就兜著走。朱力不敢多想，忍不住再次去問他，他不說消化，也不說沒有消化。簡直是流氓的手段。再過若干年，自己好光榮退休了，這小子挖好坑，讓你往下跳，審計一旦查出來，認定自己受賄，這不是一般的職務犯罪。深挖會拔出蘿蔔帶出泥，問題不止收過他一家。丟掉飯碗不算，還得去蹲牢，失去了退休金就意味著老來衣食無著。名聲狼藉，對不起黨的培養，對不起老婆孩子，自己也對不起自己啊……

二哥同意爛攤子買下，朱力才能從人質手中逃脫，徹底的解套。這些陳年爛賬隨體制的轉變一筆勾銷。

二哥聽了朱力的話買下爛攤子。朱力幾次去跟企管辦領導做工作，他們當面挖苦他，「與你不搭界的你著什麼急呀？」

朱力說：「銀行能減少一點損失。省得一直背包袱，跟我搭界啊。爛攤子永遠爛在那裡也不是辦法，有人會接受天大的好事。除了他，你們再找不到這樣的人。」

「這傢伙能拿出這麼多錢來？」企管辦主任說：「既沒有產權，又沒有土地證，嚴格說我們託管，不屬於任何集體和私人的。國家萬一要用，任何時候都可能收回。這傢伙捏著鼻子聽你哄，傻到無以復加的地步！」

「劉主任！」朱力大驚失色，「他面前你可千萬不能這樣說！為此我跟他做了不少動員工作。他擔心的就是廠歸誰所有……」

朱力教二哥把主管領導約出來吃飯。準備了兩份數額不小的現金送給主管領導。原本存在的問題不再是問題。朱力是促成交易的媒婆，二哥當然不能讓他白跑，二哥道：「主任你是有功之臣啊，為我花了這麼多心思……」二哥送給朱力九千元錢暫且不提。

朱力不但自己徹底解了套，還意外獲得一筆不菲的收入，抑制不住內心的激動，稱讚自己幹得漂亮，「一石四鳥！」

「你把刀磨得快一些。」朱力關照二哥：「不要怕別人喊痛，不要顧什麼面子，必須狠心斬下去！你應該比我耐行，這批烏龜王八蛋吃飯不幹事，就幹卡拿要。這些人心不要太黑，收了你的錢，不怕他們不答應。」

二哥不是初次出來混，幹這行做朱力的老師還差不多。付出一萬至少獲得十倍百倍的回報。一方面錢起的作用，一方面靠朱力從中斡旋。想不到討價還價中他們倒打一耙，教朱力把銀行利息抹掉。這讓朱力始料不及，羊毛出在狼身上了，就「拿去教上面批」硬著頭皮答應，最後以十八萬的價格，獲得這個爛攤子加一百多畝的土地。

二哥手裡有錢，所以沒有過多考慮產權和工廠買下該怎麼辦。彷彿從不賭博的人偶爾逛賭場玩一把而已。至今回想二哥這樁買賣，或許另有原因，或跟朱力熟了礙於情面，或確實覺得便宜，甚至出於一時衝動也未可知。他哪會知道後來的土地會這麼昂貴。哪會知道自己到這個地位。自己也說不清占了便宜，還是替人還債做冤大頭？

對此，阿紅和大哥都表示過反對，認為二哥把攤子鋪得太大了。公司和商場本來就忙不過來，蝜蝂的已不堪負重，再壓上一個沉重的包袱。

二哥對買賣敏感而且目光犀利，但不足以穿越未來時空洞穿籠罩在當前形勢的重重迷霾，他不知道也沒想到土地會如此暴利使人一夜暴富。二哥站在鏽跡斑駁、荒草瘋長廠區的門口，一籌莫展的同時反覆咀嚼阿紅「隔行如隔山」這句話，不知道該如何應對？

32

慧眼識人

太陽即將從西邊遠山落下，爬伏在圍牆上生氣勃勃的闊葉藤蔓與另一支藤蔓家族正爭奪著空間，衝在前的虯鬚，相互扭打在一起。它們不像其他有聲音的動物爭奪地盤或為交配權張牙舞爪的大聲恐嚇對方，而是悄然無聲的異常激烈的相互搶奪空間的雨露陽光，於無聲處之中你能看到啞巴一般的生物為爭取生存發展的空間奮勇廝殺搏鬥。整堵圍牆像秦朝的萬里長城被時間歷史所融蝕。取而代之的青藤爬滿了圍牆，蜿蜒碧綠彷彿不是磚砌的，是精心雕琢的一道翡翠圍屏。紫紅血一樣的殘陽噴瀉在綠葉上，玲瓏剔透像綠色的燈籠。大片的狗尾巴草似豐收在望的稻禾，暮風一吹「喜看稻禾千重浪，」隱伏在草叢中的爛鐵疙瘩便昭然若揭，像載歌載舞歡迎「我們未來的新主人，」又像在傾訴不堪回首的過去。

「黃主任，」老廠前任會計說：「廠裡情況人家不知道，我知道得一清二楚……」

「那當然！」二哥遞給他一支煙，「你是當家人啊！」

「黃主任，你可要三思而行啊！這麼多錢你如果砸在水裡，會撲咚一聲響，濺起尺高浪花，砸在爛廠裡，不會發出一點聲響的，它是個無底洞啊！我聽人說……人家為了脫自己的腳，誘你去上當，趕緊把廠推給他們還。」

「錢也付了，」二哥不知道會計出於好心，還另有意圖。不想跟他多囉唆，「生米已煮成熟飯了，哪怕是坨屎我只能吃下去——」

「你生意這麼大，事情這麼多，工作這麼忙，」會計又說：「公司、商場賺來的錢，你統統貼進去還不夠。」

會計的話也不無道理，二哥一籌莫展中也意識到問題的嚴重性，沒有相當把握貿然打開工廠大門，等於在燒錢。一步走錯，步步被動，爛攤子將是填不滿的大窟窿。根據目前情況，二哥不能把全部精力和全部資金都投入到工廠，沒有作好一切準備，不能盲目開動機器的。現在最好的辦法是什麼都不做，讓他保持現狀，學習守株待兔等待有利的時機。二哥時常會冒出盲目的樂觀；廠開起來一定有生意，只要是飯店，總有人會來吃飯，是廁所總有人來屙屎的。但理智馬上提醒二哥：：「這樣做過於冒險，絕對不能打開大門匆促上馬。只要保持現狀沒有任何壓力。」

隨舊城不斷向外拓展，城市配套設施的建設速度驚人。老化淘汰污染嚴重的企業如造紙、皮革、化工、冶煉，逐漸從城區遷至市區郊外，有的更加偏遠。近農機廠周邊的土地正在漸漸蠶食。白馬與市區越來越接近了，照這樣的速度繼續發展下去，要不了幾年，白馬與市區融為一體。

二哥守株待兔的策略，並不是按兵不動。二哥需要瞭解工廠虧損的真實原因，就找到原有管業務兼供應的李科長，二哥希望老李能談談老廠的看法，向他斟求意見如何能把工廠辦成，希望他提些寶貝建議。

老李當了多年的供銷科長，應該說是廠裡的買辦，他最瞭解廠裡經營情況。請教老李如何才能起死為生？老李聲聲口口標榜自己，自己是優秀共產黨員，採購銷售從來沒犯半點錯誤，「年年評為優秀黨員和先進積極分子……」

老李他開口二哥一葉知秋了，戳出了老李的份量——思想與時代離太遠了。老李身在經營最前沿，幾乎不知道時代腳步邁到哪裡，不了解社會發展形勢和思想的進步，更不必向他求問產業結構、行銷策略、管理模式、經營理念，跟他交流跟地道的樵夫農夫一模一樣。二哥給他的香煙，像艾把熏蚊子一根接一根，三十三天天天上天，繞來繞去全是套話和空話。

「你去問老李？」看門的葉師傅，咧著嘴對二哥笑，說：「問他香煙老酒才內行得緊……你真正要打聽，問那個上海知青差不多，他對廠裡的情況，比誰都知道，因知道得太多，副廠長位置降到質檢科。」

二哥如獲至寶。

「按現在的形勢，」知青直白說：「就是請東方紅來當廠長，恐怕也辦不好。你說他是鄉鎮企業，不如說是政治官場的競技場，麻雀雖小，五臟六腑齊全，幹部內訌、內耗不要太結棍。講句老實話不改變辦廠方式，錢再多哪怕你自己開銀行，金山銀山也扒倒。」

「廠我買下了，怎麼辦、如何辦由我說了算。當然不會按老一套方法去做，你有什麼思路，不妨說出來，聆聽教誨……」

「教誨可不敢，關鍵人才兩字。」

「需要什麼樣的人才呢？」

「缺你這樣的人才——」

「我——我嗎？」

知青點了一下頭。

「我不懂企業管理，不懂技術和業務。」

「這些根本不需要你懂，」知青笑著說：

「能懂人就好，……」

知青的一席話，讓二哥耳目一新。末了，「明白，我明白。」

二哥在知青身上好像在黑暗中看到了黎明。

二哥打算利用知青，第二次找知青又作了一次深談。「給你一個星期，寫一份『老廠失敗原因』給我。根據目前現狀和你個人思路，應該採取什麼樣的措施，客觀的全面地寫一份報告給我。」二哥再三強調，「一定要根據你自己真實的想法，不必揣摩，最好一氣呵成的草稿原件，切忌不要作任何潤筆。」

朱力把好事促成後，二哥這麼長時間還沒有恢復生產？覺得十分奇怪，問二哥：「啟動資金有問題，力所能及幫你周轉——」

「有你一句話，問題就全解決了。」

「臭話說在前頭，」二哥這虛晃一槍，朱力怕自己再落入坑人的陷阱，一本正經說：「有借有還，再借不難，不要像集體企業站著借錢，跪著討債。我說過，市場經濟是不相信眼淚的，不是楊白勞時代，賴賬的比放債的氣還壯，人民政府不怕你凶，不怕你耍無賴。雖然私人擁有了財產，但「一切為無產階級政治服務」的黨的大方針始終沒變。國家吃集體，烏龜吃王八；國家吃個體，大鈸蓋小鑔，借去不還，照樣封你的房子、帳號、財產，逼你賣兒賣女賣老婆，不是人民政府不好，是你自已經營不善，怨不得政府鐵面無私。」

朱力一隻中山狼，提心吊膽的爛賬，二哥幫他咽進肚裡，不再擔心出意外，心事放寬就吃得下睡得著。人是靈長類中最為貪婪不長教訓的動物，老想著二哥去他那裡貸款，甚至可以向他明要「給多少回扣？」見二哥工廠一直靜悄悄的，究竟怎麼一回事呢？難道他沒有啟動資金？

二哥擺出不借白不借一副爛肚腸心思。朱力又縮了回去，想自己好不容易從泥潭中拔出，再陷進去就難以預料。

二哥知道朱力不是一盞省油的燈，向朱力貸款他當然要拿回扣，拿二哥的錢他不會燙手，不會受到要脅，不會提心吊膽弄得寢食不安。個體戶不要向上級彙報批准，回扣不會從帳面體現出來，純粹是兩人之間的契約關係。一般情況下不偷稅漏稅違法經營，沒人去查他的帳，查也查不出這筆資金流向，二哥不說你知我知。

「那是那是，」朱力並不知道二哥的佈局，「應該有借有還。朱書記儘管放心，我不會耍賴的，說句不好聽的話，我嘗夠了借人錢的滋味，關鍵現在還沒有業務，待正常開始生產，你不借也得借，哈哈哈。」

「你的設想很好，」二哥看了知青寫的那份材料，讚賞說。他寫的那份報告，二哥一連看了數十遍，這傢伙畢竟生在大城市裡，見多識廣，思想新銳，思路敏捷，充分得到二哥的信任與賞識。

一個以商人的眼光去觀察權衡眼前與長遠；一個以實踐經驗結合形勢去取長補短。有的二哥沒有想到，知青他想到了，知青不夠完善的地方，二哥作了補充。尤其知青對工廠的弊病作了深刻的剖析，二哥對工廠有了進一步的瞭解與認知。

「現在沒必要添設備。」知青侃侃而談，「一沒有定型產品，定型產品要定型設備。二發展趨向不明確。三不宜招收工人，招募精幹的業務員，需要瞭解市場，擴展經營思路。四爭取與國營建立橫向聯繫。一旦有業務，採取外協加工辦法，廠把握質檢、裝配完成。具體方法，我都寫在這報告裏，考慮不到的還待你斟酌完善。」

知青打破傳統做法，以高薪聘請的方法，從大企業挖掘人才，換句話說在技術雄厚的國營企業盜竊人才。他說：「這些專業人才，都是國家花錢把他們培養出來的。私人萬萬培養不出來。」

「行！按照既定方針辦！挖社會主義的牆腳去……」二哥說完，與知青兩個哈哈大笑。

33

及時雨

知青打電話告訴二哥說：「上海單位人來了。」

「知道是什麼事嗎?」

「說是為加工業務。事關重大，主任你必須親自接待……」

早先，農機廠曾與上海一家設計單位發生過一次業務關係。像愛慕的人剛剛結婚蜜月還沒有過完，遭到像鐵達尼號撞上冰山人為不可戰勝的惡性事故。所有人幾乎記不起有這回事。代號為四零一的一家研究設計所，研製一種海上排雷裝備，想找一家比較可靠的工廠協作生產。說明不是製造整臺設備，生產其中一個零部件。並答應如品質過關按期交貨，長期跟他們建立合作關係。對效益低下瀕臨關門的農機廠來說這機會千載難逢，廠長包括全廠職工打了一針強心劑。為達到長期合作的目的，公社領導乃至頂頭上司親自接待，當一項政治任務來抓，要人有人要錢有錢。朱力對此也看到了一絲希望，在銀行的支持下添置了必要的設備。為保質保量按時交貨，勉強生產鋤頭鐵耙的設備技術，哪能製造精工產品，縣領導出面，找設備精良的國營大廠進行加工。鄉鎮企業地位彷彿是皇帝跟嬪妃生的，業務求進拜出，進國營廠加工東西，龜孫子的低三下四向他們求情，生產調度關節疏通，再做車間主任工作，落實到具體操作工人。好話說盡還不行，還要請客送禮。因為你不來加工，他們安安穩穩可以休息，反正做也這點工資，不做也這點工資，但東西做壞得吃賠賬，沒事找事誰也不樂意，見你見仇人一樣。去廠部、車間、工人，老鴰飛過拔省毛，這麼大成本耗費，哪有利潤呢。千辛萬苦加工好，而且及時把貨送到指定地點。在破壞性試驗中，除了設計本身原因，產品質得到使用和設計單位的認可。農機廠不惜血本啃下這塊難啃的雞肋，不在乎眼前虧盈，放長線釣大魚，一心想跟他們長期合作。不知什麼原因取消了生產計畫。農機廠蜜月還沒有度完，趁熱打鐵一趟趟跑去上海拜訪。這東東畢竟不是必需品，打仗才用得上它。農機廠又欠了一筆債，日後連去上海的串費都成了問題，大張旗鼓的一番折騰之後，如泥牛入海，偃旗息鼓了。時間過得快，形勢也變得快，單位在不斷改制、轉產、重組、破產、股份、倒閉中。原設計單位負責外協聯繫的業務員，不知往白馬打了多少個電話，不是區號不對，就是號碼錯誤，原有六位數號碼遞升至八位。設計小組領導懷疑這家鄉鎮企業是否還存在？於是委派負責外協的酈工，教他去實地考察一下工廠，瞭解一下設備技術和加工能力。領導並交待酈工說：「如果這家單位可靠，並具有加工能力的，你不用請示了，就直接拍板。」

知青傳來這麼一個特大喜訊，二哥興奮不已地說：「真是及時雨啊！天賜良機——你好生招待他，我半個鐘頭趕到。」

「主任，」知青見二哥迎了出去，悄聲告訴說，「看來還不好辦——」

「怎不好辦？」二哥心裡一緊。

「他現在提出來，要先看看廠房和加工設備再說……」知青說：「領他去看廠，這事肯定黃了。」

「你說怎辦？」

「跟紅衛機械廠聯繫一下，」知青道：「能不能在他們廠大門口給我們掛塊牌子？教廠部幫助接待一下？搪塞過去就好……」

「這事好辦。」二哥說：「先別著急，坐下來跟他談了看情況再說。」

酈工見二哥，遞上自己的名片。他簡略地談了一下有關外協加工事宜。也許二哥出於急於就成吧，還沒走入正題就提出要跟他們聯營。所謂的聯營一方的目的讓對方出資金或設備，一方可設立小金庫，化公為私從中得到實惠。橫向聯營這種溫柔的綁架風行一時，幾乎成了國企改革的代名詞。二哥想只要靠上國營企業的大船就一勞永逸，不管它駛往何方，可以高枕無憂。

酈工坦率告訴二哥說他只是一名業務人員，對於二哥提出的橫向聯營，不屬於他的範疇。「做的是非標準產品，」酈工把話轉入職責主題說：「業務量也不多，一年大約三五十萬元產值。樂觀一點不會超出一百萬元。關鍵產品的材料非常龐雜，光銅的牌號有四五種之多，其中一二種國內還很難採購。當然我們可以向國外代購，但最好你們要求我們設計部門用其他材質代替。關鍵加工工序繁雜，要調質、滲氮淬火、碾磨、試壓等，精度要求高，加工難度大，勢必報廢率高。考慮交貨週期較緊，非標件，不是批量生產，採購難度等一些客觀因素，對你們鄉鎮企業來說恐怕有些難度的。本教設備齊全技術精良的大廠加工，不滿你說，我去聯繫了幾家大廠，見雞零狗碎的小業務根本眼皮都不眨，即使承接下來，最快七個月後才能交貨。除非我們能付現金給他們，而且不開具任何發票。我們是軍工設計單位，像個體戶那樣能不給發票嗎，根本做不到……考慮到上述種種客觀因素，所以價格上作了適當的調整。在原來價格基數上，上浮百分之三十……我主要負責外協聯繫方面，具體有關技術數據品質問題，由技術科與你們交底。我們單位在幾年前曾與你們合作過，根據老合同上的聯繫電話，可再也聯繫不上了，領導教我去考察一下，順便看看你們的加工設備……」

「那好，」二哥說：「先喝杯茶吧。酈工，早先來過廠裡沒有？」

「我沒來過。」酈工呷了口茶道：「原先來聯繫的不是我，姓周的去了外資企業，他調離了我們單位。」

「現在設備比原來完善，」二哥忽然心裡一亮，想到免去察看設備的一條捷徑，說：「我們體制改了，廠我個人買下了。」

二哥聰明反被聰明誤，他以他「可以拿回扣」的來暗示並引誘酈工。酈工一聽，二哥是個體戶老闆，頓時心裡烏雲密佈。

半年前的春夏交際，大學學生、新聞界、單位、機關舉著「打倒官倒」「反對腐敗」的大幅標語上街參加示威遊行，造成道路堵塞，公共汽車推翻，四輪朝天在熊熊燃燒，火車也停了，車身塗滿了觸目驚心的政治口號。他從家裡走著去單位上班，一路上「打倒官倒、打倒腐敗」的口號錢江大潮的一浪蓋過一浪。不久事端得到了平息，廣播、電視、報紙掀起反腐敗運動。在強大凌厲的攻勢下，政府奉勸那些拿回扣、貪污、受賄、挪用的經理廠長和銷售業務員，主動的向檢察院去自首坦白交代，以獲得政府的寬大處理。熱鬧的馬路旁，放一張寫字臺和幾把鋼折椅，頭戴大沿帽的檢察院、法院人員，守株待兔的恭候經理廠長們撞上來。以「最後通牒」——

投案自首進入到計時，最後一星期……最後一天……最後一小時……最後一刻……鄺工坐在火車上思想，還真有人去主動自首的。一時間，經理廠長成了縮頭烏龜，主管業務的窩在辦公室不願去出差，更害怕與個體戶沾邊，明明沒有撈到好處，無中生有說他好處撈足了。懷疑猜測檢舉揭發成為一種新常態。甚至看見有人被叫到黨委、紀委去問話。

領導關照他不必彙報可以拍板定局，本打算先訂個意向協議，回去向領導彙報讓他們作決定。想不到二哥自己說是個體戶老闆，讓鄺工望而卻步——警告自己千萬不能跟他訂意向協議，羊肉倒沒吃著，反弄得一身羊膻氣。這事辦不成單位不會怪自己的，找個體戶，即使事情辦得再好，說你拿了回扣，渾身是嘴說不清啊。公事公辦何必背這個黑鍋……

「黃主任，」鄺工起身說：「這樣吧，我向領導去彙報。」

二哥機關算盡太聰明，狡猾又膽小怕事的鄺工，回去後再沒了消息。二哥焦急了，不能坐失良機，不能靠他送上門來，要靠自己去爭取的。二哥再也坐不住了，盯屁股追到上海去。

一連去了三次，單位沒有正面給出答覆。二哥只能盯住鄺工不放，想約鄺工出去一起吃飯，誰知下班後再也找不到人了。

單位聽說二哥是個體戶老闆，各個科室遇到二哥，像瘟神一般躲著他。二哥懵了，百思不得其解。

人大會議召開在即，一直在上海的二哥一籌莫展。小毛和小石天天來電話催回去，說事情堆山如海，趕緊讓他回去處理。二哥覺得思路有些紊亂，必須得重新梳理一番，主次輕重不分，也找不到問題的結症，一直耗在上海不起作用。參加會議比廠業務更重要，當天二哥就踏上歸途。

人大會議結束那天晚宴，二哥湊巧的跟主管工業的何市長同桌。何市長關切地問：「黃主任，你與上海協作談得差不多吧？」

「哎呀——別提了！」二哥搖著頭沮喪地說：「馬還在上海呢——」

二哥還沒見過何市長本人，兩人第一次相識。何冉她不是本地人，之前在一所中學教書。政府需要一位無黨無派、無宗教、具有高等學歷、女性的做副市長。天上掉餡餅，砸在何冉頭上了。好風憑藉力，送我上青天，一介平民飆升為副市長。

「怎麼呢？……」

「我去上海找過三四次了！」二哥忿然說：「去一次碰一次壁，去一次不理睬……要不是召開會議，今天還在上海呢。頭都疼死了……」

「哦哦，」何冉笑笑，輕描淡寫說；「原來是這樣。設計院院長是我大學的同學。交大一塊畢業的。這單位工作的同學不止一個，差一點我也去了……哈哈哈，哈哈哈。」

「是你的同學？」二哥半個眼珠凸在眶外，失去理智咚的跳出座位去，牢牢抓住何冉的手，「我的天哪！真是有眼不識泰山啊！天助我，天助我！」

眾裡尋他千百度，驀然回首，那人卻在燈火闌珊處……何冉被二哥失態的舉動，弄得滿面緋紅。

「那還不容易！」何冉聽完二哥整個事情的經過，笑著說：「沒關係沒關係！主任的事就是我的事嘛。去把蔣院長他們直接接來就完了。」

「何市長先別急，」同桌的政協委員說：「條件還沒講好呢，大功告成，黃主任他拿什麼謝你？天下沒有白幫忙的。」

「是我份內之事嘛，」何冉憨厚的笑著說：「黃主任為發展本市工業作出積極貢獻，我作為主管工業，當然義不容推……不用謝我。但今天有個要求，主任當著大家面，叫我一聲姐姐，我敬弟弟三杯酒……不算太過分吧……哈哈哈！」

「姐姐，姐姐，姐姐！」二哥一連喊了三聲姐姐，何冉掩著口大笑不止，卻羞於答應出來。「姐姐就是教我跪下，三跪三拜磕破頭，也比一趟趟的跑上海熱面孔去貼冷屁股強啊……」

何冉從官方簡歷來說，何冉生於一九六二年，她年紀足足比二哥小一肖，何冉喜歡做姐姐，從心理學角度解析，也許是對權力的一種慾望。危難之際二哥彷彿撈到了救命稻草，不懼肉麻和羞怯叫何市長姐姐。

大家跟二哥開玩笑，何冉笑疼了肚子。何市長同二哥去江邊花園散步了，二哥仔細看了一眼何冉，也許懂得保養，看上去比她實際年齡年輕，身上散發著說不清道不明女人特有的誘人氣息，說不定這兩天何冉正處於排卵期?從江邊回來，二哥覺得意猶未盡，何冉邀請說：「睡還早呢，我房間再坐一會，」在何冉的房間聊到深夜。

何市長不費吹灰之力將幾位老同學請來了，並親自為老同學當導遊，遊覽吳王金戈越王劍、鄭旦祠堂西施殿，一邊以官方名義設宴款待蔣院長一行。何市長代表市領導、工業主管、地主兼同學的身份，招待多年未謀面的老同學，殷勤有加，頻頻舉杯，飲到興頭上，何冉向院長攤牌說：「協作的事咋辦?」

「為什麼來不說的呢?」蔣院長說：「你之前說，就直接把酈永元一塊帶來，讓他把合同簽了。這點小事，何必殺雞用牛刀，本身在尋找協作單位，求之不得啊。本不複雜弄得這麼複雜。」蔣指著肖作興說：「你尋肖科長吧，他也是你同學。咱們難得一聚，切莫談工作上的事了。何冉，你得吃三杯呢。」

「好——不談公事，」何冉剛端起酒。

「且慢且慢！」蔣制止說道：「不是我們三人起幹，你敬我三杯，然後你再敬肖科長三杯，還有黃主任——」

「行啊！」何冉慷慨承諾，「三杯之後，咱們再一起幹——」

「三人能一起幹嗎?」肖插科打諢的說：「只能一對一的啊！」

肖作一語雙關的讓二哥忍不住笑起來，心裏想：高級知識份子的內心其實跟坐在田頭的農民沒有多大區別。看他們在辦公室一本正經，大會上不苟言笑，員工前道貌岸然的，女同學前肆無忌憚。頓時個個心裡樂開了花。

「謝謝同學，謝謝何市長——」蔣有點微醺，「人生如朝露，光明過隙之駒，我晚上做夢在念書，」蔣摸著自己的鬢髮，「未老先衰，兩鬢染霜了。」

「是啊好像都在昨天，」肖作興說：「前天晚上，做夢碰見了任琳，一整天讓我心情不爽，這麼活潑漂亮，優秀傑出的一個人說走就走了，生命是多麼的脆弱……我們學校的冷板凳坐得不夠，到研究設計院繼續坐冷板凳，一直坐到拿退休金為止。不去想則無所謂，仔細想為人一世，是何等的悲哀啊！怪不得何市長不要跟我們坐冷板凳——燕雀安知鴻鵠志，原來你有預謀有計畫實現你的政治抱負！不知木蘭是女郎……我敬你一杯！」

「我天大的冤枉啊！」何冉失驚的叫起來，「罷罷罷！難怪別人，連你們老同學都不了解我，我敞開心扉的說，是被人劫持的，逼上梁山啊！從教育局出來，又教我去主管工業，所以說黃主任的事，我責無旁貸，你們也不容推辭的。黃主任的企業是本市的龍頭老大，他的事我管定了。只要你們答應跟他合作聯營，雖酒量不行，願捨命陪君子，今天豁出去了。」何冉舉起杯跟他們連飲三杯。

「好！不愧是同學，」肖作興舌頭開始僵大，打著酒嗝說，「何何何……冉，女女女中豪豪傑，鐵杆同學！我我我回去……馬馬上叫鄺永元過來簽協議……」

「是黃主任的一點心意，」臨走，何冉拿出裝有五百元現金的兩個信封。

「不不不……」蔣兩手抱拳，堅辭不受。何冉堅持要給，蔣朝後退去。「錢——錢絕對不能收！真的真的。香椎子、茶葉、肉照單收了。謝謝謝謝！」

二哥親眼見何冉為自己達到協作的目的，不惜把自己醉死。兩個同學問她，為何如此鐵杆？她一再強調是自己本職工作。四個人飲了三瓶老窯，何冉醉得不省人事，床前吐了一地。二哥又是感激又是愛憐，一直陪在何市長的身邊。

肖科長拍著鄺工的肩膀，和氣中透著硬性，「這事不能一拖再拖了，需找到可靠的協作廠家。你去的那家廠不是有過跟我們合作的先例？你不要管他是私營還是國營，原則一條立場堅定，保證產品品質和進度。至於下面胡七八糟說什麼，沒必要去聽吧，怕人說話，工作就不必幹了。是我決定的。心正不怕影子斜，有問題你再來找我便是。」

鄺工不由得一聲驚歎，「迪（這）個鄉下人，本事不是一般大啊！」

二哥廠裡到上海、上海到廠裡像織布的來回奔忙，已好長一個時間沒去過協會，許多事待他去處理，亟待去處理的事堆積在案。小毛和小石幾乎天天打電話催「主任啊，你什麼時候能回來？」二哥電話中一直說是明天回來。

那天，小毛接到一個奇怪的電話，電話那端說是上饒鐵路公安局的，問道：「你們單位有有一個叫黃穀的人嗎？」

「有啊！我們勞協會的主任。」

「他……是人大代表和全國勞動模範嗎？」

「是啊！請問主任他怎麼啦？」對方嘟一聲把電話擱了。「喂……喂喂，喂！這電話怎麼會擱的！真有些莫名其妙。」

二哥從上海坐火車回來，嘉興停靠時，上來一幫跑單幫的老鄉，匯塘去收購珍珠，然後乘快車直接去廣州販賣。火車開動不久，突然過來幾個鐵路乘警，指著行李架上用鏈鎖鎖住的密碼箱說：「珠寶國家明令禁止買賣，屬於非法夾帶上車，鎖開開，全部沒收！」

一個老鄉向乘警求情，另一個老鄉顯得不是第一次遇到官匪的勒索，主動打開鎖住的鏈條。一個乘警搶過他手裡的密碼箱，「去——餐車來接受處理！」

「給你們買包煙……」老鄉拿出數好一疊十元鈔票。

「媽媽的！」乘警瞥了一眼嫌給得太少，不屑的說：「你在打發叫花子嗎？你是老江湖了，不是我一個人能說了算的……」

「咱不是第一次打交道，」老江湖堆著笑臉說：「車警同志，咱生意不好做，來回一趟賺不了錢，請高抬貴手。」

「求我也沒用。」車警吃死人肉的除了錢說什麼也沒用。「我明確告訴你起碼……」乘警豎起五個手指。

「行行行！」老江湖又從口袋數出兩百。

「媽媽的，你裝糊塗不是？」

「太讓人為難了，」老江湖聽說要索要五千元錢，心裡忿忿不平，想你拿有槍還不如攔路搶劫好？哀求道：「車警同志，我們經常坐你這趟車的，大家交個朋友嘛，來，抽支煙吧，我們生意多難做，好做就不在乎這點錢了。求求你能再少要一點嗎？」乘警不再理睬他，背著手踱向列車員的小房間去。

老江湖只好返回來跟同夥商量，說：「出五百元都打不倒了，獅子大開口要五千。看來他們嚐到了甜頭，這胃口越來越大了。今天這事還不好辦，這狗日的人民警察，比攔路搶劫的還狠，攔路搶劫如果把他打死，說你見義勇為屬於正當防衛，如跟他對抗妨礙執法，輕則蹲一輩子牢，重則法院紅筆一勾，驗明正身馬上執行槍斃。這珍珠本重利輕，去掉車馬食宿費，根本賺不了多少錢，他們存心教我們死嘛！給錢不？不給他們把珍珠全部吃沒掉。」

正說著，旁邊車廂一陣騷動，另一群販珠子的老鄉，為保衛財產跟兩乘警動起武。一乘警拔出手槍指著對抗的幾個，另一個乘警拿鏈條鐵鎖，當九節鞭揮舞甩打，第三個乘警奪下那個要錢不要命的手裡的珠寶箱子。二哥再也看不下去，即便不是人民選出來的代表，是普通老百姓或者一個買票的乘客，良心上也看不下去。二哥路見不平向乘警大喝不能打人搶東西，一邊衝過去幫老鄉珍珠奪回來。乘警先是一愣，這傢伙吃了豹子膽，竟敢妨礙公務執法。乾脆放掉幾個老鄉，全力以赴去對付二哥。二哥被幾個乘警按倒在地，騎在二哥身上像武松打虎。二哥只有挨打的份，沒有一點招架之力，一大塊頭乘警嫌手打痛了，用警靴猛踢二哥的頭臉。二哥眼冒金星，鼻頭流血，腦袋嗡一下失去了知覺。敢怒不敢言的老鄉以會打死了。乘警將他雙手反銬，像死狗一樣倒拖去餐車。關上車門繼續修理二哥。

二哥恢復過來，向乘警說明自己的身份，不說不要緊，一說又遭到一頓拳腳。二哥眼睛充血幾乎看不見東西，鼻子移位，嘴唇腫得一塌糊塗，口裡流著鮮血，巴掌烙滿鐵鏈、耳光和皮鞋的印子，青一塊紫一塊，奄奄一息的躺在地上。

幾個鐘頭過去，眼看快到了目的地車站。

二哥要求解開手銬要下車。

「你想下車去嗎！」乘警嘿嘿一陣冷笑，「你敢公然襲擊警察。一個人民代表竟不知道什麼叫妨礙執行公務，想溜之大吉，是嗎？嘿嘿嘿，可沒這麼便宜了，應該好好讓你補習補習法制……帶你去上饒，嘗一嘗集中營的滋味……」

「你們不能仗手中的特權，在光天化日下肆無忌憚的欺壓並勒索老百姓。不是我犯罪是你們在踐踏法律，玷污了人民警察的名聲。你們的責任是保護旅客的人身財物安全，而不是明火執仗的向旅客勒索錢財，即便不准帶珍珠上車，違反國家禁令必須沒收，應該出示相關手續，公然勒索錢財中飽私囊……」

「是人民代表？又是全國勞模？日你媽媽的x！你以為我們是三歲的小孩子？有資格軟臥不享受，跟這些平民商販乞丐擠在一處？你這熊樣不撒泡尿去照照！豬狗阿貓當人民代表，也輪不到你這傢伙！」

「我沒有帶證件。不信，你們打電話到市政府去瞭解……」

乘警根本不予理睬。二哥銬在餐桌的鐵足上，看他們坐地分贓。

二哥被關進上饒一家看守所，身上衣裳給同監牢頭剝光，不但不給他飯吃，牢頭指使同監不讓二哥睡覺。當牢頭再次凌辱二哥，迅雷不及掩耳的從背後鎖住牢頭的脖子，胳膊鐵鉗的死死勒住。牢頭想不到二哥會這一招，處於劣勢的牢頭為時已晚，牢籠成了UFC終極格鬥的八角籠子。二哥絕對不能手軟，如果鬆開手讓他緩過神，自己將自己置於危險境地，正如毛澤東說不是東風壓倒西風就是西風壓倒東風。二哥竭盡平生力氣緊緊扣住他的脖頸，以「斷頭臺」方式穩操勝券。為了避免受到同黨的進攻，扣著他拽到牆的角落中。直到牢頭沒有了呼吸，褲襠流出一灘臭尿才鬆開手。

同監見到這吃驚的一幕，都嚇退嚇傻了。見牢頭口吐白沫兩眼翻白，一片驚恐。拍打牢門，大聲呼救，「裡面殺人啦！快來人！殺人啦——」

牢獄霸頭雖沒有死成功，但引起了警方的懷疑，一致認為二哥肯定是個慣犯，身上說不定負有重大案底，一般沒犯過案或是初犯，不會這樣心狠手辣。鐵路警方對二哥展開了深入調查。這不查不知道，一查嚇一跳，果然像他自己說是市人大代表和全國勞動模範。一方面趕緊派人去與市委溝通，做領導的思想工作，如何「妥善處理。」一方面鐵路車務段向二哥表示誠懇的道歉。市府獲悉二哥的情況後，積極派人去把二哥接回來。二哥堅決不同意釋放自己，重申自己的要求：一、鐵路方面必須把敲詐勒索去的財物返回給受害者，並作出相應的賠償。二、鐵路方面必須在報紙上公開向受害人道歉。三、必須嚴厲追究鐵路領導的責任，尤其對員警敲詐勒索的犯法行為，必須進行徹底調查，依法作出嚴肅處理。如果他們不答應這三個條件，寧願把牢底坐穿。何冉獲悉二哥的情況後，在她的作用及授意下，新聞媒體進行大肆報導，讚揚歌頌二哥路見不平的正義行為，揭露批判鐵老大橫行不法，人民警察敲詐勒索旅客錢財，暴打人民代表全國勞模，把他關進黑監獄，任牢霸獄頭的凌辱。金主編竭盡所能，入木三分帶著煽情進行深入廣泛的報導。弄得鐵路方面非常被動難堪。鐵路採取惡人先告狀告，仗老大的特權與地位，告到北京中央，中央再向地方政府施加壓力，督促市委必須做好全面安定團結，決不允許將事態擴大化。

二哥堅決不肯走出監獄，決心同邪惡勢力鬥爭到底。媒體的作用下，事態不但沒有得到平息，反而不斷的在發酵。受害的不止這些跑單幫的珍珠商販，包括當地種草莓、葡萄、櫻桃、楊梅、枇杷的果農們，他們挑著農產品坐火車去上海販賣，同樣受列車員的拒絕、推搡、謾罵、欺侮和敲詐。甚至連筐帶果夾人的踢下車去。這些受盡欺壓的果農，聯合珍珠商販們，自發的舉著牌子去火車站向鐵路示威抗議。市領導班子明知他們去抗議，全體領導外出開會去了。上百號人糾集在火車站月臺上搖旗吶喊，急得車站工作人員團團轉，嚇得列車到站不敢開門。

在巨大的輿論壓力下，和市領導作壁上觀，鐵路方面只好作出讓步。避重求輕的撤職一個警察小頭目，和名不見經的列車長。報紙輕描淡寫、不痛不癢把一切責任栽在撤職的小警察身上。終於大事化小，小事化了。

得知二哥上饒坐火車回來。到車站下來，簡直傻了眼，月臺上鼓樂齊鳴，市民手中棒著鮮花，像歡迎英雄凱旋回來——在我看來二哥一生收藏的事蹟比作古董一件件拿出來，這次才算得上金鏤玉衣。

34

獲得了文憑

小毛和小石與二哥一塊工作很愉快，關係融洽，工作晚了，或輕鬆下來，二哥就邀請她們一起吃飯、看電影、逛夜市。出差開會有機會帶她們一起出去遊玩。聯營一事有關企業的前途和命運，不得不把它放在第一位。協會一般事務教她們兩個處理，遇到重大問題只有待二哥回來解決。這次與上海協作取得成功，回來前，二哥特地給她們各買了一條裙子，皮鞋與挎包。

連續談判、請客、拜訪，二哥連晚上睡覺都很少。雙方協議簽訂才算大功告成。鬆弛下來，疲倦的骨頭快要散了，想回到家裡，首先好好的睡一晚。

凌晨，二哥胯下的東西自然而然的脹起來，幾月沒有跟阿紅親熱了，跟幾天沒有吃飯一樣餓得慌，想跟女人做愛，……誰知剛到家裡，小石打電話來問什麼時候去協會？二哥看看腕上的錶，「等下看情況吧……」

阿紅見二哥回來，預備了一桌子的酒菜。滿以為今晚能睡在一起的，雖然電話裡並沒有聽到她們說什麼，心裡隱隱的覺得有點異樣，好像有不在家過夜的預感……

「晚飯來不及吃了……」二哥說：「協會有事，急著要辦——」阿紅還沒有回過神，車門嘭一聲，電機嘎嘎嘎的一陣牽引，一溜煙的跑了。

阿紅站在門口的石級上，望著汽車屁股冒

出一股煙塵和車尾一閃一閃的紅燈，消失在失落惆悵的暮靄裡。阿紅癡心的傻乎乎的看著絕塵，似乎還期待盼望著二哥回來，站著，站著，還站著……

大哥獨自坐在沒有開燈的廳裡抽煙，他目睹阿紅因期望值太高失落帶來的痛楚，同情中又愛莫能助……

小石早等在宿舍門口，見二哥汽車停好從車裡出來。

「終於回來了！」小石迎上前去說：「協會天天有人來找。你明天明天的還是明天，把我們急死了——」

「小石。」

「哎。」

「還好還好，沒有急死……」二哥俏皮得讓小石笑起來。「一般不要緊的老趙和範顧問也能處理呀——」

「他們真沒法處理。不知為什麼，你出去幾天的事特別多！前個禮拜，有個自稱外地來的中年男子，說一定要見你一面。我問他找你有什麼事？他不肯跟我們說。我們告訴他主任出差去了，不知什麼時候會回來。他以為我們在騙他，天天來，從早上等到我們下班，從禮拜一等到禮拜六，堅持要等到你回來。後從他口中得知他是一個生意人，因讀了一篇有關你的事蹟報導，專程來南方見你。幾天見不到你回來，他說他去義烏小商品市場，辦完事再回來等……林子大了，什麼鳥都有。」

二哥雖沒有好好休息過，一切都遂心願了，心情異常的興奮。兩人一邊談，一邊上樓梯。小石從挎包裡掏出一樣東西，藏在背後說：「主任，你猜猜，你還有什麼特別重大的喜訊呢……」

「喜訊……」二哥一時摸不著頭腦，「沒有——啊！」

「你猜猜我手裡拿的是什麼？」小石把手藏得更深了，「猜對了，我請你吃飯，要是猜不到你請我。」

「你說喜事？什麼喜事呢？」二哥遲緩的搖著頭說：「教我猜，肯定猜不到了……反正我請你……」

小石終於拿出二哥的大專畢業證書。二哥見是自己的畢業文憑，簡直欣喜得發狂，在文憑上噴噴的親了幾口，謹慎得像雞蛋一樣怕被打碎，害怕像鴿子一樣會飛走，把來之不易的護身符虔誠的貼在胸口，讓不會言語的護身符聽聽為它發狂的心跳……二哥像瘋一樣，抱著小石噴噴的親她。

「天大的喜訊啊！讓我太高興太高興……」二哥拉著小石的纖手，「你為什麼不在電話裡告訴我？」

「想……給你一個驚喜嘛。」

「小石，此時此刻應該我是世界上最幸福的人。去！咱倆好好慶祝一番，今個不醉不休。」

二哥的月工資只有一百餘元，光吸煙一項來說，最多的一天連抽帶遞抽掉了四合。甚至辦公家的事，他私人宴請別人吃飯，人家問他薪水夠花不？他笑笑說：「說來難為情，還要老婆養……」

工廠開始運作，錢像流水一般，正常投入不夠，今天向阿紅要五千、明天要三千、一萬。大哥對此頗有微詞，說是一個無底洞。埋怨二哥做蝕本生意，繼續這樣下去，金山銀山也要扒倒。

「鼠目寸光！」二哥駁斥說：「你們一個銅錢翻轉六個字（中國人民銀行），把錢看得天大，只配做小商小販。錢靠人賺，也是人花的，不是放著看的，只賺不花，不是死人手裡攥的元寶。生意如流水，有去才有來，你一個子兒不出，就一個子兒不來，出去越多，進來的也越多。況且我不是在瞎搞，有目標、有步驟、有計畫的在使用……」說得阿紅與大哥啞口無言。

恆豐樓老闆見二哥來了，握著二哥的手親切得像隔絕了半個世紀的臺海兩岸第一次親人重逢。

有一次，幾個外地模樣的人來恆豐樓飯店吃飯，客人發現開啟的啤酒中有一隻死蒼蠅，找恆豐老闆理會，老闆說帳單全免。他們說沒那麼容易，於是向老闆索要三百元的賠償，不然就向職能部門舉報。老闆馬上給二哥打電話，就引起了二哥的懷疑，因為同樣的「蒼蠅事件」其他飯店也發生過類似的情況。懷疑這夥人在蓄意敲詐。於是二哥叫來執法部門，當場揭穿了他們的陰謀。又一次，顧客向消協投訴，說恆豐樓缺斤少兩損害消費者利益。二哥從中協調，妥善解決了這場紛爭。加上平時二哥經常在他這兒吃飯。

除應酬，平時二哥獨自不吃酒。生產隊種最後一天田，掃毛老和小雲幾個，說跟二哥打賭，一斤柴子燒酒，一氣喝下，不吐就白吃。大哥說二哥是穩輸掉的，他沒有見過二哥喝過酒。二哥分三口吃完，下午照常一塊幹活，喝下沒有一句顛三倒四的醉話。阿紅說二哥沒條件吃酒，他是一把藏沒了的酒壺。今天二哥特別高興，二來沒有其他人，給小石一瓶藍帶啤酒，恆豐老闆給二哥一瓶五十二度的烈酒。

「祝主任正式成為大學生——敬你一杯！」貌似文弱內向的小石，把滿滿的一杯酒倒下喉嚨。

「真痛快！」二哥咽下一小杯白酒，由衷的啊一聲，說：「平時我沒見你沾過酒，嗨你酒量不錯——」

「是嗎，」小石靦腆的一笑說：「今天我為你高興嘛，」

小石年輕漂亮，戴著近視眼鏡，個性文靜，舉止得體。喝了酒臉白裏透紅，腮邊兩個若隱若現的酒窩，或許不知情的沒什麼，但對二哥來說，燈光下與年輕貌美的女子在一起，是從來沒有過的一種感覺。

「主任，」小石把卡拉OK話筒交給二哥，「唱首歌吧……」

「唱歌？我不會唱啊，這輩子我沒唱過歌。」二哥把話筒遞還小石說：「你唱吧，好讓我一飽耳福。」

「主任謙遜——」小石猶豫了一下說：「可惜我唱不好。」

「我也算謙遜的，但你比我更謙遜啊，哈哈哈！」

「咯咯咯咯咯！主任真幽默。」小石攏了攏落下的頭髮說：「好，恭敬不如從命。唱什麼歌呢？」

「唱《何日君再來》……」

「主任也喜歡聽鄧麗君的歌，好我試試……」

二哥記得他還在開大肚漢餛飩店，買來一臺時髦的雙卡錄音機。處在商業剛剛起步的白馬街上，大肚漢餛飩店有了第一臺雙卡收錄機。臺灣的鄧麗君和大陸的鄧小平並駕齊驅。假如沒有鄧小平的開放政策，那麼鄧麗君之風再強勁也吹進大陸的。然而鄧麗君靡靡之音比鄧小平的政治口號更深入人心，有過之而無不及。她的歌聲從長江到黃河，從西馬拉雅山刮到天涯海角，風靡大江南北。二哥他不知買了多少的鄧麗君的原聲錄音帶和盜版製品。不管下雨颳風，夜以繼日的從冬唱到夏、夏唱到冬。四喇叭立體感的麗音在長街中播揚，吸引了許許多多路人，打動了許許多多聽革命歌曲長大的人，讓山民野夫和行商坐賈耳目一新。一致都說：「這聲音大概只有天上有。」行色匆匆的忘記了自己的目的且駐足傾聽。一位母親等炒菜才發現醬油沒了，差遣兒去買醬油，母親眼巴巴等著醬油，可右等左等不見醬油來，便怒氣衝衝的追到街頭，心裡想找到兒子耳朵都扯他掉。見兒子抱著個醬油瓶在「大肚漢」門口聽歌。咬牙切齒的母親聽鄧麗君的歌，不僅消了怒氣忘了鍋裡的菜，燒得變炭。

「鄧麗君的唱腔纏綿悱惻又抑揚頓挫，充滿藝術的感染與誘惑，」二哥熱血沸騰心潮澎湃，「她能讓我鍾愛到死——」

小石如二哥說她謙遜，雖比不上那些職業歌星，喉音圓潤唱得維妙維肖的，大大出於二哥的預料。小石的歌聲使二哥靈魂出竅，思維長上翅膀飛向遙遠又猶在眼前觸手可摸的迷人的春夜。對男女之事朦朧的二哥被愛神的醪漿灌醉——月光下烈士墳上第一次做愛，《賣花姑娘》唱著「賣花呀賣花……」猛然間像觸到了二哥最為脆弱處。二哥的眼裏噙著晶晶發亮的東西。

跟阿紅認識的第二天也就去舅舅家路上，是二哥一生唯一的一次難忘的浪漫經歷。兩人的愛戀被物質的這條毒蛇所追殺，愛情像只無路可逃的老鼠跳進無邊無際的苦海，掙扎得奄奄一息不甘心死去。可憐的老鼠終於晃出苦海活了下來，還活得不賴。彷彿心裡又像丟了什麼——丟掉了真正屬於自己的東西。偶爾想起，該回家為對方做一次愛吧，也許沒有時間，抑或心不在阿紅身上？總讓孤寂的女人一場歡喜一場空。事業和社會身份的轉變，幾乎全身心投入到名利場中。新的起點和今後的目標始終放在第一。自己被宏偉計畫擠出了空間，腦子殘剩的從前記憶，像失落的馬丘比丘。

二哥有些兒酩酊了，起來時步履有點踉蹌，手腳輕飄飄的不聽大腦的使喚。他跟小石說自己曾喝過一斤柴子燒酒，今天一瓶酒就醉成這樣子？心裡問自己：「廉頗老了——尚能酒否？」

「主任，你喝不了就別喝了。」

「哪會……」二哥欲罷不能。

「你累了，」小石攥著酒瓶勸說：「過量傷身體的。」

「不——會——的，」二哥紅著眼，打著酒嗝，「我，我我尚尚好沒有醉，來！你給我——倒倒上。」

小石看二哥不能再喝了，一不做二不休，乾脆把剩下的酒都倒入自己的酒杯，一仰脖子飲盡。

小石喝過啤酒再喝燒酒，像剛蛻化的蝴蝶振著翅膀欲飛，走路有點兒飄飄然。

「你你你樣子真好看，」二哥笑著說：「小石，你你你是是酒仙，我我是酒鬼，五十步笑一百步……」

小石在門口攔下一輛計程車，打開車門先讓二哥坐上，自己坐到副駕駛室，「師傅，工人文化館旁邊停……」

小石搖了搖桌上的熱水瓶，空空如也，把電茶壺插上，覺得四肢乏力，就一屁股賴在沙發上喘粗氣。清晰聽見自己的心臟在博啦、博啦的跳，深深地呼出一口氣。全身癱軟，心翻癢癢的難受，曉得白酒就不喝了。覺得自己莫名其妙，問自己為什麼喝這麼多酒？

二哥日子比小石還難過，肚裡在翻江倒海，幾次控制不住嘔吐，就走進衛生間，跟自慰一般實行人工催吐。二哥兩手撐著洗臉架，從鏡子裡看見自己蠟黃憔悴死人一樣的臉。二哥用食指刺激著自己的舌根，腸胃受到強力刺激，一股不可遏制的力量從胃噴發出來……未經完全生化的酒肴去腸胃作了一趟短暫的旅遊，一股腦兒瀉進水槽。經過地震一般的腸胃運動，痙攣餘震的威脅著二哥。大病的嘴巴枉苦爛心肝——二哥吐完穢物，望著自己死灰似的臉龐，鏡子中彷彿不是自己，而是死去多年的父親的身影。二哥駭然的對著鏡子問：「我會像爹一樣死去嗎？」

「必定要死！」他不願意承認，但不得不否認必定要死的現實。回答：「至少現在不會死也不能死。」

「小石，」二哥整飭完衣服，理了理蓬亂了的頭髮，邊走邊跟小石說：「我沒事了，你回去休息——啊？」

見小石沒有反應，發現她在沙發上睡熟了。二哥想拿條毯子給她蓋上，聽見電茶壺的蓋子在蔔蔔蔔的暴跳。二哥泡了兩杯茶，然後拿毯子給她蓋，小石醒了。

「你沒事吧？」

「還好，」小石攏了攏頭髮，疲倦地說：「覺得有點兒發冷，過一會就會好的。你沒事吧？」

「沒事沒事。」二哥看她醉成這樣子，又想起何冉一不怕醉，二不怕死的吃酒精神，覺得只有雌性動物甘為雄性兩肋插刀真的好凜然啊！見小石醉態未醒，就不好意思再說讓她回去了，「別吹冷風，休息一會就好。給你茶泡了，喝杯熱茶吧。」

二哥忽然想起送給她們的禮物還放在汽車中，那是二哥特地跑到淮海路第一婦女用品商店中買的。二哥洞悉女人的心理，怕她們兩個看對方穿的裙子跟自己一樣，像眼睛進了灰塵，因猜疑而引發妒忌。根據兩人膚色及身材的高矮胖瘦，二哥參考服務員的身材和意見，為小石選了與小毛顏色款式不一樣的裙子。

小石問二哥下樓去幹什麼？二哥裝做沒聽到。

一次二哥與小毛去溫州參加會議，車開到青田晚了，車窗外夜色朦朧，道路在大規模修建，一路上坑坑窪窪、塵土飛揚，顛簸得人東倒西歪。小毛體態豐滿，尤其這兩只肉嘟嘟的尤物，裝有彈簧的上下跳躍又左晃右盪——二哥方向盤忙得左躲右閃，小毛的肥胸左右晃動比二哥還忙，弄得心神蕩漾神不守舍。小毛似睡非睡、有意無意的挨著二哥把方向盤的手，尤其急轉彎受慣性的使然，小毛整個肥軀把二哥擠到極限，觸到女人最敏感最誘男人的部位。

不能說二哥的自我控制能力差，對極大多數男人來說，二哥夠嚴以律己。孔老夫子說食色性也，性與吃飯一樣且必不可少，人對性或好色，也許是造物主沒有或不想把人與生就有的動物性脫乾淨埋下許多是非與禍根。雖然美中不足，但生活更加豐富多彩；《查泰萊夫人》《茶花女》還是《紅樓夢》《金瓶梅》男女遊戲複雜糾纏、驚險刺激。

「你要守住自己的底線！」二哥克制著勃起的雄心，並一再嚴厲警告自己：「這是原則問題，作為黨員幹部人民的楷模，不可喪失原則立場——過往今來打倒的幹部，因生活作風不檢點自律，栽在女人身上。——」

二哥清楚記得中學念書時，他們在新來的體育老師的統領下，天天開會鬥爭走資本主義道路的徐校長。徐開平鬥得多了，變成老油條了，見學生們拿出鬥牌，像給老牛套軛一樣頭低下來。鬥爭大會一結束，回到自己宿舍，一碗冷的乾菜焐豬肉，半斤酒，翹著二郎腿作逍遙抖。酒下肚，自唸自聽道：「哼！打倒我，我頭上沒有辮子，屁股沒有尾巴，你們休想。郎裡各郎……」體育老師改變鬥爭策略，帶著二哥他們衝進白馬供銷社支部辦公室，將書記玉蘭揪住，指控她生活腐化與徐開平有男女不正當關係。玉蘭反駁為自己強辯，說他們含血噴人！自己與他是清白的。二哥責問他每天喝酒的酒票是從哪裡來的！玉蘭承認酒票是她給的。體育老師道：「你為什麼不給我呢？鐵的事實擺在面前，你還想抵賴！……」立即從包裡取出剪刀，照流氓阿飛把她剪成陰陽頭，押著她在白馬遊街一圈，然後讓姘夫姘婦一起鬥爭。那天參加鬥爭大會的人山人海，臺上台下聲討聲一浪蓋過一浪。釜底抽薪的徹底的被打倒了。廣大群眾不關心你思想反動，何況不是政治家，認為政治問題不是問題，只有切齒的男女亂搞、勾搭女人是最嚴重的問題。精明的體育教師整人像掌握阿基米德定律，摧枯拉朽的把校長從政治舞臺拉下。

二哥不怕丟掉職位，怕丟掉自己的名聲，要是做對不起阿紅的事，她爹娘知道與別的女人勾搭，這老兩口子說到做到，沒有什麼事不敢或做不出來的，砸餛飩攤一樣，才不怕去勞協會、市人大大吵大鬧。老丈人砸她們的餛飩攤，幸虧丈母娘知道利弊，但女婿幹出損害女兒的事絕不會姑息，夫妻倆同仇敵愾。吃不了就兜著走。

小毛含情脈脈一頭靠在二哥肩上，二哥按捺不住欲火，試探的摸了她一下，小毛吃吃的笑起來……當二哥發現前面有個大坑，剎車已晚，四個輪子飛離地面足有尺高，小毛的胸脯橡皮水袋的跳起來——

二哥像隻饞貓，小毛卻似掛在饞貓眼前的一條鮮魚。二哥方向盤一轉將汽車駛入一條斷頭路。這是一個大堤，左右兩邊是茂密的竹林，聽到倒灌的夜潮，不停舔舐著疊在壩下的亂石。

兩個人下車心領意會的到後排的沙發上。……從山頭彎道駛出一輛汽車，兩柱雪亮像寶劍一般的遠光燈，照著渾身抖動的桑塔納——小毛哼哼唧唧發出低聲的呻吟，二哥緊張激動得氣喘吁吁。一男一女在侷促的小車裡做事，像偷油跌入油缸的老鼠在撲騰。

會議期間，兩人天天晚上去私人錄影放映廳看錄影。片子大多是泊來的色情片。業主害怕警察來查，前半夜播放武打片及一般錄影，過了十一點，看客見業主不換刺激片，齊聲高呼「爛片換掉！我們不要看。」業主向大家解釋為安全起見，必須等過十二點，警察睡覺才能放。

鄰縣的一位協會主任說回去想搭二哥的車子，一是貪舒適方便，二旅途寂寞，一路可以聊天。小毛想跟二哥等天黑了回去……恨死這個不識相的主任。小毛為表示不滿，捷足坐上了副駕駛室，他只好坐在後排位置。

乍見沙發上有一灘污漬，「黃主任，汽車你關過雞嗎？」

「哪能呢。」二哥朝後排看看說：「有什麼問題嗎？」

「沙發椅子上有爛雞屎呢……」

小毛回過頭去，知道這是二哥用來製造人的一種物質。二哥當然懼怕小毛受孕，忍痛割愛泄在體外。未能出世的孩子成了木乃尹。小毛唰一下臉紅了。

「哦——」二哥模棱兩可說：「是我的鼻涕吧。」

……

「你猜猜，」二哥仿效小石讓他猜一樣手藏在背後，「是什麼？」

小石猜了半天猜不出。二哥教她閉上眼睛，「請把手伸出來——」

二哥握著她纖巧的嫩手，小石睜開眼，見黃燦燦一枚金戒指，「我……我不能接受這麼貴重的禮物。」小石縮回了手。

「傻丫頭，」二哥關愛地說：「還有裙子和胸罩及香水呢……」

小石跟別的姑娘一樣愛美、愛打扮、愛虛榮。對她收入不高的姑娘來說，怎禁得起漂亮裙子、戒指、香水的誘惑。心都快酥了……

「主任——」小石驚喜得不知說什麼才好。

「我一直外面忙自己的私事，」二哥微笑的牽著她的手說：「你（們）……幫我做了許多工作，難道不應該向你表示一點感謝。你喜歡嗎？喜歡就馬上穿戴起來讓我看。不過，你穿什麼都比……好看……」

二哥差點說出你比小毛要好看。在二哥心目中小石的地位比小毛高。小毛性格爽朗熱情開放，小石屬於性情溫柔，嘴巴謹慎，善解人意的賢妻良母型。如果把兩個女人，都放在同等位置，不如都不放在心上妥當——妒忌是化作蝴蝶的蛹。

「你喜歡嗎？」小石回頭問二哥（為知己者悅）。

「無論你的身體還是品貌——不是一般的漂亮啊！」

「多少錢？」小石還給二哥一個吻。小石

的吻中情感頗為複雜。青澀的說：：「你——真好。」

「錢算什麼……何況都說我這傢伙會得賺錢，即便用再多的錢，也買不來幸福與快樂——」

小石忽然想到小毛漏嘴說去溫州主任給她買走私錶和皮鞋，小石心裡有種說不出的妒忌。

「小石，你不要與任何人說，包括小毛，光咱倆知道……」不失時機的解開了小石的心結。小石眉頭舒展，非常信任的點點頭。

「看錄影嗎？」

「什麼片子？」

「外國片，」二哥推進一盤錄影帶，「不過有點那個……」

「不要了。」

「沒關係，沒第三個人。」

……

「還好嗎？」小石早晨醒來，二哥已經起床，笑著問。

小石一陣臉紅，她不知問她睡得好，還是隱喻昨晚那場雲雨？

昨晚二哥去解小石衣扣，小石有過輕微的抵制，但還是順了二哥。二哥鋼刷一般的鬍子在小石粉紅堅挺的乳房周圍遊刷。小石彷彿靈魂飛出了肉體，刷新了她有過體驗的一切生命。穿透進入到女人的靈魂深處……

「昨晚你酒多了，」二哥說：「今天不要去上班了，在家好好休息吧。」

「這不行！」小石怕人家引起懷疑，堅持要去上班，「你先走一步，我打掃一下。」說著她抓起衣服遮住自己胸前，二哥看見白毛巾上沾著她的處女血。

「出血了？」二哥詫異地問：「你你沒那那個過……」小石的臉一片緋紅，二哥緊緊的把她摟在懷裡，「對不起，我錯了。」

二哥拿出一串鑰匙，「你拿著——」

「主任出了魂呢，」小石纖聲弱氣說：「我這裡不是有你的一把鑰匙，要不然，平時洗衣服怎麼進來？」

「每個禮拜晚上能來嗎？」

「……告訴我，禮物她有嗎？」

「傻ㄚ頭，我喜歡的是你呀——」

35

錢跟著錢走

「主任！」小毛過來提醒：「通知下個禮拜五人大要召開會議。另外，省勞協會也有一個通知，要你去省裡開會。這幾天我在整理會議發言稿……省姬主任打來電話說，你一定要出席這次大會的，希望你向大家介紹發家致富的經驗。如果參加人大會，省會議就沒時間去參加了。」

「好好！我知道了。」二哥說。

何再上次再三跟二哥說：「其他事情你先放一放，這次會議對你是致關重要的。再忙你也得到場。」

「省召開的會，」二哥關照小毛說：「沒有時間我就不去參加了。這樣吧，你去通知消協會陳主任，讓他去參加。你早點通知他。」

「陳主任他人不在，」小毛抱怨說：「他呀，比你更加忙哦。上次我去通知他開會，他正好坐上汽車，我敲著車窗說：『陳主任，有通知讓你去開會——』他面孔像砧板，吃錯藥的對我大吼道：『國民黨多稅，共產黨多會。一天到晚的開會開會！人家忙得連死掉的工夫都沒有！』真患神經病，對我大吼大叫幹什麼，有本事，你到市長那裡去吼。拿我當出氣筒，算什麼英雄。有了那次教訓，我再也不去通知他開會了。」

「都是為了工作，不要太計較……」

「憑良心也難怪陳主任的，」小毛說：「消協的事可比咱們多得多，——市場上滿眼都是假酒、假煙、假藥、假醫生、假文憑、假鈔票、假髮票、假新聞，甚至聽說大陸出現了假的蔣經國——只有假是真的。大陸的人除民主、人權、太空梭、原子彈沒人仿冒，來錢的什麼都敢偽造……消協這班人馬，常常傾巢出動，辦公室唱起了空城計。萬一那些制假、販假的人知道消協會失守，會把消協會佔領……救火的東頭撲滅，西邊又起，北方澆滅，南方蔓延，頭尾不能相顧。」

「你電話。」小石說。

「哪位？」

「不曉得，」小石把電話交給二哥，「說要找黃主任。」

「喂，黃主任，我是肖作興……」

「肖科長你好！是！我小黃。」

「你說話方便嗎？」

「沒事……你說吧。」

「有時間來我單位一趟。在電話裡不方便也說不清，……」

「讓我什麼時間過去好？過幾天要召開會議，估計下個禮拜五報到。」

「頂好就這兩天。噢，今天禮拜五，明天——後天能行嗎？你到上海旅館住定後，再給我打電話。這樣禮拜一就好辦事。」

「主任，」小石輕聲說：「你又要去上海了？」

「沒辦法的事。」二哥說：「一定有什麼重要的事情教我去。爭取吧，不！必須在星期四趕回來。」

「五洲船泊公司下面一家聯營廠，」肖科長說：「一直效益不好，虧損太嚴重，本來打算去年撤掉的。考慮這些設備沒有地方可以安置，若閒置不用，馬上變成一堆爛鐵。即使有場地，還是要派人去保養。都需費用，加上公司效益滑坡，考慮不想成為累贅……基建設備廠長也是我同學，他說乾脆處理掉，問我是否有人要。我一下就想到了你。」

「那得多少資金？」

「應該不會很貴。反正是國家的資產。無論賣多賣少，他個人一分錢也拿不進。只要你想買，這還不好說嗎。」

「當然要的啦……」

「現在什麼都別談，我們先到分廠去看看設備再說。說實話，我也不知道分廠有那些設備，完好程度如何，太舊太老淘汰設備要它幹嘛，買去應當要能使用的。你開工廠又不是收廢品的……」

肖科長馬上撥通對方電話，「喂，阿力，我作興啊，哎！黃主任已到上海了，我在他住的賓館裡。這樣吧，你開車過來接我們，一起去廠裡看看。好，好，好，就這樣，你馬上過來。」

「肖科長，」二哥拿出一個信封，裝著銀行取出沒有拆封的一刀十元鈔，「是何市長托我交給你——」塞進肖科長的上衣口袋裡。

國營企業橫向聯營成風，不可否認鄉鎮私營企業設備增添了不少，國營少數人或有掌握實權的人口袋也鼓了起來，幾乎沒有不設立小金庫的。同樣不可否認這為化公為私、貪腐、舞弊提供了許多便利。所謂的分廠有兩跨大廠房，兩臺雙梁橋式起重機，配有三米立車、普通床車、磨床、牛頭刨、龍門刨、立銑、滾齒、插齒等加工設備。二哥像劉佬佬進了大觀園，這裡一應具全。雖是公司調撥的閒置設備，因為保養維修得好，精度良好。二哥心裡樂開了花，要是這些設備放在自己廠房裡跟國營一模一樣。有了這批設備，無論規模還是加工能力，讓國營大廠刮目相看。關鍵在於價錢——

阿力他們陪著二哥一一看過設備，二哥找了一家飯店，也好好寬待了一番。肖科長附著二哥的耳朵說：「先不要問他價位，回去我們商量了再說」

二哥知道肖科長的意思，臨走說：「阮廠長，晚上我與廠裡通個電話，具體咱們明天再談。」

「小黃，」肖科長說：「你懂我意思嗎？晚上你到他家裡去。我關照你，你香煙老酒不要拎去，這幢房子裡的人，全是一單位的職工，給他一點錢就結束掉了……讓他幫你去操作吧。你說對不。」

二哥馬上打電話給知青，教他帶一萬現金，連夜趕到上海。二哥根據肖作興提供給他的住址，按圖索驥叩響阮阿力的門。

「阮廠長，」二哥說：「不好意思當不速之客。也沒準備什麼禮品，一點小意思，請笑納……」五刀十元鈔往房間寫字臺抽屜裡一放。

「主任你這——這樣客氣做啥，」阮廠長見他送上五刀鈔票，心砰砰直跳，心想這鄉下人下了猛藥。「廠裡所有設備，好的壞的新的舊的必須全都買走，包括兩臺橋式行車和一臺大型發電機。是廠部決定的原則。揀幾臺雞零狗碎的一概不賣。不管設備好與不好，不以臺計算，統一按設備標牌上的重量折算，一噸六百至九百之間。」

「兩臺行車重量不得了……」二哥覺得價格並不理想，提出說：「鋼結構值不了那麼多；況且結構件產生疲勞度，嚴格說應該當廢鐵。跨度配不上沒有用處……所有設備少說三五百噸？四百噸，七百一噸計算，四七廿十八，就要二十八萬元。加上拆卸、吊裝、運費等不可預見的一些費用。」

「價格是廠部討論決定的，」阮廠長說：「我不能擅自改變……我想，無非只有在噸位上做伸縮，沒人會說閒話。現在頭難做，辦什麼事都眼睛盯著看，你說是不是。另外如拆卸、吊裝、運輸或動用廠裡的車隊。」

「那也行，」二哥提出：「上海的舊設備要運出楓涇，關卡要有出運證，否則買了也運不回去。」

「這沒問題。跟你簽一份橫向聯營合同，去鄉下辦分廠，名正言順出關卡。」

第二天，二哥帶著知青一起去見阮廠長。因為二哥沒有時間留下來處理事情，所以把知青叫上來，全權委託知青負責。知青本是上海人，知道怎麼跟上海人打交道。

二哥交代說：「要搞好關係，尤其技術、檔案、設備、財務、車隊打好交道。千萬記住出門辦事不要太摳門，不要連發一顆香煙也要看看人的面孔。像上海人一樣小氣辦不成大事的，到時候叫他們吃頓飯，該花的錢，你一分不要給我節省，要用在刀刃上。知道你的一點工資不夠交際的，實報實銷，不要你樣樣拿發票。」

二哥剛回到家裡，一個在虯江路舊電機市場做生意的黃岩路橋人，腳跟兒的追上門來，「舊機器全賣給我，當即付你五十萬？」

「五十萬！？」阿紅和大哥咋著舌頭。

二哥搖搖頭。

「六十六萬……八十一……」黃牛自己給自己層層加碼，「一口價！一百零三萬。老闆……你吃肉，讓我湯喝點，——」

二哥仍然搖著頭。

大哥驚駭得快抽風了，自言自語的又好像在說給二哥聽，「還不好賣啊！三六九拿現鈔，去哪裡掙這麼多錢——頭腦發暈。」

「不賣？」黃牛問：「罷罷罷！兩臺行車賣我算了？」

「什麼價？」二哥終於開金口了。

「兩臺十五萬——夠爽氣吧。」

「不賣！」二哥精明地說：「——起重量十五噸，帶主副鉤，起升高度十一米，跨度二十二點五米，帶司機室凸輪控制的橋式雙梁行車，你說設備的自重量有多少噸？舊船拆下的爛鋼板，也要賣一千六百塊一噸，金屬市場賣三千元一噸的議價中板。難道兩臺八成新的行車，只值一千八百七十五元一噸嗎？」

黃岩人把清明果當夜飯；江陰一家鋼鐵廠，看中這兩臺行車，湊巧的廠房跨度、設計重量及技術參數一模一樣，買去安裝上去就就能直接發揮生產效益，踏破鐵鞋也找不到。社隊企業的負責人說：「時間就是金錢，買新的貴不說，還買不到，重新製造又得花上一年半載。我們社隊企業是小老婆生的兒子，沒有國撥價鋼材，只能買黑市議價，一去二來的把時間耽擱了。」供銷員找到虬江路舊機器市場，跟黃岩路橋的約定了這筆生意。虬江路舊設備市場幾乎被黃岩路橋所壟斷，很快得知設備出售單位，但已賣給了二哥。黃牛認為沒有搞不定的事，收了江陰人二萬塊定金，想不到二哥給他吃了藥。

後來知青形容二哥說他在上海撿到一只金元寶，……

我竊以為人世間的事經常會黑白顛倒歪打正著。朱力當時只為拔自己的一隻腳，如果沒有後來這麼好的形勢，朱力豈不把二哥坑了。二哥幫他拉出泥潭，從而獲得一家廠及一大片的土地。

如果朱力是二哥湊巧撞見的一位財神爺，那麼何市長呢，她幫二哥企業與上海一方達成協作，又通過肖作興的橫向關係發了一筆不可估量的大財。並不遺餘力的促成二哥坐上常委會第一把交椅，她才是二哥碰到的真貴人。一個販漿的走卒從此華麗轉身，成為一個要風得風、要雨得雨、左右逢源的紅頂商人。

通過二哥的事實讓我不得不篤信人是不能否認命運的。一個人的財運和官運，不是你想要就能得到的，好歹外福命簿上早就註冊好了。沒有命中註冊，一生只是空想，二哥確實不想升官發財都依不得他了。

廠房設備還沒有全部安裝就位，日方一家模具公司希望與二哥合資。經幾次洽談並達成了意向。公司主要以設計製造汽車裝配流水生產的機械手，機器焊接噴塗取代人工。二哥看到未來汽車行業的微曦，擁有小汽車是人對文明的追求，這行業必將方興未艾。

經商中從政和從政中經商，二哥明白人際人脈資源對自己至關重要，若能充分發揮利用這些人脈關係，溝裡一條小魚遊進大海，天闊任鳥飛，海闊憑魚躍，金子作利劍，銀子當盾牌，殺進水晶宮與海龍王並起並坐。是中國特色與雙軌制給了二哥發財的機遇。政客們同樣挖空心思尋找發財的途徑，權力尋租直接與商人們兌換現金；商人的一分錢，必須換得百倍千倍的收益。權力人慷的是民之慨，哪怕他租得再廉價，與當官的沒有一毛錢關係。喝下迷魂湯老老實實通過自己辛勤勞動去發家致富，簡直是夢人說癡。除非春天種下去的一元錢秋天能收穫一百元，照現有的迫切心，嫌他來得太慢了。

二哥看呂不韋的電視劇對他的啟發特別大。呂不韋做生意敢冒風險，把辛苦攢來的家財統統押在落魄質子嬴異人身上。孤注一擲有多少勝算？萬一當不上皇帝他掇雞不著蝕掉米，富可敵國的呂不韋豈不又回到貧下中農去。一旦成功他一有百有。什麼商人、什麼生意像呂不韋賺一個國家的半壁江山？

說到底，產婦娘生兒子要靠自己用力的。張市長的女兒出嫁，他已經卸任退居。當官的跟做生意的同一個道理，證明大權旁落和血本無歸的是同樣的下場。過去的同僚同事同黨同志如落花流水。張的老家在山東，本地沒有家族勢力。他在位時官府是清水衙門，不像今天充滿利益衝突，小團體，黨內有黨，派內有派，人際關係搞得那麼嚴重。卸任的老張女兒出嫁門可羅雀，沒有同事人情賀禮，甚至老張想找幾輛婚車都沒門。二哥幫他張羅，出嫁這天，二哥帶領同僚為老張湊熱鬧。

老張看到今天這些官，經常跟二哥發牢騷，說：「現在這些幹部也太不像樣了，辦公室金堂佛堂，裝修得比五星級酒店還奢華。這是民脂民膏啊——」

確實公僕辦公的地方有了臥室盥洗室了，看上去既不像公務辦公，又不像一所私家住宅。

老張愈失落，愈要去對照自己的過去，「媽勒個巴子！俺當幹部冤枉虧死啦。俺三天兩頭的去下基層，同吃同住搞調研，俺工作日記的記錄本有一擔可挑呢！你看他們現在的這些幹部，哪個下基層去搞調研？即便下去開鑼喝道前呼後擁蜻蜓點水。尸位素餐甚至連自己份內事都不幹，一門心思謀私利、搞歪門邪道。天天大宴小席，酒池肉林、吃喝玩樂、請客送禮、行賄納賄、買官賣官……去看看那還像個人民的政府啊。黃主任，你雖然富了，但你仍沒有忘記窮人，修橋鋪路，經常捐助別人，是人民的好代表社會大好人。」

二哥搞關係請客送禮，他從來不花公家的一分錢，送禮也不求人家的回報，相信好事做著在的。尤其可貴的二哥花寶貴的時間和耐心，傾聽瞭解老幹部的想法和心聲，並力所能及的去幫助他們。無論新上任還是卸任的幹部，他們對二哥的印象總的不差，老幹部們見面，都說：「這小子人還不賴；不像為富不仁、人品低劣、自私自利的暴發戶。」二哥當選為人大常委會主任，他們起了很大作用。

何冉對二哥說，她女兒馬上要去美國上學了。二哥以十一點六元人民幣換一美元的比價換來一萬美金，送給了何冉。何冉幫了二哥天大的忙，二哥確實沒有送過一分錢，這次趁她女兒出國就讀，總得表示一下自己的心意。何冉推辭說不能接受。

「下不為例。」

「咱不是一般的朋友，」何冉扶了眼鏡說：「不要錢把他弄髒了，確實需要錢，就算向你借，以後一定還你。」

「什麼借不借，」跟何冉相處中二哥知道她不愛談錢，「這麼小，教她獨自一個去異國去闖蕩，這有多艱難。如沒有資金可寸步難行啊。」

「她舅舅在美國。要不然去我放心不下……」何冉說道：「你一肩挑兩個主任，擔子不嫌重嗎？別再戀棧了，儘快脫開你的勞協會，……」

聽何冉「別再戀棧了」的話，也許她在暗喻二哥身邊那兩個姑娘？「我已辭了，但交接有一個過程。」

二哥他不是一個適合搞政治的人，不懂得官場政治內涵，也不具備中國的八卦式政治修養素質。同樣也不懂西方式政治理論。二哥他從來沒有看過《國富論》《資本論》《天演論》，不知道莫爾就是馬克思主義的鼻祖。充其量只是一個逼上梁山的披著政治外衣的投機商或時代產物。

在這種政治環境中浸淫久了，自然火到豬頭爛，二哥慢慢的悟出了一點門道。說得三十三天天上天，當今的政治不就是GDP經濟指數嘛，不管白貓黑貓與政治水準的高低沒有一毛錢關係。政治協商人大代表應都不是什麼官，政位退下來的幹部當政協；所謂的人民代表既沒有人民提名，也沒有經過合法的選舉，只要誰的錢多，而且肯花，就能當人民代表。代表的責任，反映民意民情，為廣大老百姓說話，監督政府工作，討論立法。但事實上所謂的代表，在人民大會堂只有舉拳頭、吃饅頭的功能，看誰為執政一屆的領導讚歌唱得好。吸納大批大量的藝人明星、富豪大腕、壟斷大鱷跟吃人民的喪飯一樣普天同慶、濟濟一堂。嚴肅認真的政治搞成傀儡戲變愚弄節目。難怪老百姓十分不客氣的說：人民代表大會成了「富人俱樂部。」一黨的政府沒這個「兩會」的綠葉為他襯托，光孤孤的一朵大紅花，怎麼看都覺得彆扭。二哥被人推著走，老太婆坐花橋——神志昏沉沉，雖是無冕之王，辦事卻比做官的還方便。他們得徵求「人大」的意見，要「人大」那枚橡皮圖章才能行事。老百姓不知道人大是不是官，是什麼官，正與他們知道的，國家、政府、政黨、人民都是一碼事。

「老黃，」二哥一聽知道是楊局打來的電話，這官僚對下屬一向趾高氣揚，前一天他還稱二哥「小黃，」自成為全國勞模二哥走進人民大會堂，就改叫他老黃了。「單位名稱變更批下來沒？」

「楊局長，還沒呢，」二哥保持謙虛的說：「目前跟日資在談合作。我正想請教楊局您呢……」

「合資獨資先不用去管。」楊局說：「只要廠換個名稱，又可以免稅三年。人家單位三年一換，省去多少錢啊。嘿嘿嘿，你知道不大戶人家三年不死老婆——倒灶了！」

「難道死老婆好事？」二哥不知道俚語的含義，笑著問：「楊局，我第一次聽您說，這話怎講……」

「看來你還真不懂——」楊局道：「為什麼大戶人家死老婆是幸事，娶新老婆，得陪田地做嫁妝啊。三年不死老婆就倒灶啦，哈哈哈——」

「哦！」二哥醍醐灌頂，「明白，明白了。楊局您畢竟是老前輩。」

「另外……你立個科研專項，向市科委審報，有一大筆的研發資金可拿；國家的錢不拿患白癡——死媳婦，娶媳婦，不拿白不拿。好你忙你的，執照我幫你辦。註冊資金需要註冊多少？」

「五百萬吧……」

「五百萬？你以為小孩過家家，太保守，再加個零，註冊五千二百萬。不管合資還是將來企業上市，都有好處；按規定承接大宗業務，超過你的註冊資金沒有資質承接的，到時你不尷尬嗎。企業名稱想好嗎？」

「大同機械廠。」

「大同？還不如上次的立新好。又不是孫中山革命搞天下為公？企業名稱對企業來說很重要。」

「您說呢？」

「上海某某研究所白馬分廠，又好聽，

又大有來頭。人家迷信國家企業，誤以為你是響噹噹的國家單位，談生意容易得多……不會像上次因你是個體工商業主，合作差點兒泡湯了，」……

「高、高！實在是高——」

……

第九章

36

步子再寬除非地裡能種鈔票

大哥在不來白馬之前的生活教他自己的話說可過得自由愉快極了。跟他一塊的幾個因各有各的處境則如掃毛老發牢騷說是社會給他們挖下的坑。每個人的環境不同，什麼樹開什麼花正如什麼階級說什麼話。分田時政府在承包合同上說三十年不動，短短的六七年間，收了分、分了又收回去，最後收回集中承包給種田專業戶了。農民沒有了田等於失業。大哥賭博玩牌成了生活的一種常態。每天睡到中午十一點才起來，去菩提寺前的小菜場肉攤，割三兩鮮肉，教面館老闆下一碗麵條，半斤陳年加飯，下肚後精神氣爽，大家聚在一起，開始一天的鏖戰。

類聚的這些人，有的沒有老婆，有的老婆離婚，有的喪偶孤身一個。掃毛老、阿星曾磨拳擦掌的出去打工掙錢，可沒幾個月就跑回家來，說打工幾個苦錢不好賺的。小松馱背掇雞不著蝕把米，看見電線竿上張貼著「香港富婆求子」廣告，發大財機會終於來了，把幾年辛辛苦苦的磚刀錢，一次次統統給了愁錢沒處花的香港富婆。鎩羽而回，被翹首以待的老婆兒子罵死。而且外面鈔票外面花，一分錢都拿不回家，不如跟自己商量在屋裡日子過得差點算了。雖然子女結婚亟待建房子，做爹娘的只有這點能力，指望打苦工省幾個錢回來去補大窟窿無疑是杯水車薪。

阿星發牢騷說：「步子再寬除非地裡能種鈔票，教膽子再大除非兩把菜刀攔路搶劫——」什麼科學發展觀、持續性發展，簡直如緣木求魚。自己想清楚了，反正不靠兒女養老，天天玩牌賭錢。

大家光屁股一塊長大，一塊田裡幹活，一塊生產隊分糧食，一塊挖防空洞，一塊去手榴彈炸魚、田塍上背誦老三篇，把人生最美好的青春獻給社會主義的偉大事業。他們習慣了日裡一把鋤頭、晚上一個枕頭的烏托邦生活。雖然半饑不飽，但成天樂呵呵的，根本沒有危機感。當田地分到戶的第一張多米諾骨牌開始倒掉，集體所有倉房、蠶房、隊室、茅坑、水車、穀簞、風車等等全賣給個人，心裡依賴的集體像散架的臭糞桶支離破碎……但給不甘落後、肯吃苦用心的人創造了機會，他們口袋裡的錢卻不聲不響迅速多起來，一幢幢新房子在眼裡豎了起來，他們的富裕同時給自己的貧窮帶來了巨大的壓力，真教人坐立不安啊……特別現在自由程度，與過去管制式生活形成了巨大的落差，不管在家閒蕩，還是日高三丈仍在睡懶覺，不管餓死，還是大魚大肉吃得撐死，誰也不管，誰也管不了。貧富發生斷崖式的落差，但共同享有充分的自由，誰也不管自生自滅。

大哥對現狀並不覺得苦，恰恰相反相當滿足樂觀。見掃毛老一夥捧著茶杯陸續來我家打牌。

「革命同志！」大哥用文化大革命的腔調說：「不要生在福中不知福！你們要衷心感謝我們的總設計師。要是沒有他老人家改革開放的好政策，今天我們還在田裡當狗爬。一不怕苦，二不怕死。與天鬥，與地鬥，與人鬥。天大旱，人大幹。小雨不停工，大雨打衝鋒。只許老老實實，不許亂說亂動，跟猶太人集中營一樣……我跟你們說，不要頭朝天跟有錢人去比，人比人去死，貨比貨要扔，一日兩餐卻不勞而獲，能這樣舒舒服服坐在電風扇下打紅心鬥地主！毛爺爺手裡你辦得到不？人啊，良心要平些的，不要看人家千錢萬錢，心裡醋罐倒翻，你們只看見和尚師傅吃饅頭，勿看見和尚師傅受戒，他們的錢也是用心血換來的。這種美好的幸福生活，能過到我兩腳筆直，心滿意足了。」

「蠟梨，」掃毛老倒上茶說：「問題你沒有老婆兒子，不用造房子。兩手不沾泥鱗鱗居大廈，而且弟媳鈔票給了，兄弟又給。」

「所以老婆還是勿討好啊。」大哥點上一支煙說：「我還有兩樣任務要完成。一送奶奶上山，二照料我娘……」

「蠟梨，」娘噘著嘴笑，罵道：「你嘴巴倒說得好聽，衣裳脫落我給你洗，飯燒好現成吃，到底你照顧我，還是我在照顧你——啊？」

「不是說，八十歲歿娘重新老苦，」大哥搔著頭皮道：「世上只有媽媽好啊——」

奶奶走過了一個多世紀，已經準一百零三歲了。奶奶個性要強，她承認眼睛看不見，奇葩的說肚裡的一雙眼睛亮得很，驚奇的奶奶的耳朵簡直比大耳狐還靈敏，針掉在地上，她也能聽得到。八十八歲那年冬天的一個早晨，紅太陽剛剛曬到屋簷下，奶奶從口裡掏出一顆鏽跡斑斑、白堊期化石的爛牙腳，鄭重宣告她最後一顆牙齒告別人身。洞穴大開整個關隘無齒把守。二哥勸奶奶去白馬配一副全口。「哈哈哈」奶奶笑道：「除羅漢豆我什麼咬不動呢！一個瞎眼老太婆，雪白一副假牙難看死了。」奶奶一口拒絕。

九十九歲的一個春天的早上，天上下著雨，奶奶拐著龍頭棘杖背靠牆又語出驚人的說：「長出四枚新牙。」

母親不信，說奶奶又在胡說八道了。為驗明是否事實，母親戴著老花眼鏡，「你嘴巴張開讓我看——」母親眼見不為證，用手觸摸，果然上下牙床對襯的兩枚牙齒。讓母親大為震驚，「百歲出牙齒，斧頭柄發芽……」

於是菩提山對百歲奶奶長新牙議論紛紛。都說這不是什麼好現象，少不像少，老不像老，活著對子孫肯定不利的……天天來打麻將的小兔，他以為奶奶眼睛看不見，耳朵也聽不見，無所顧忌的在奶奶面前說奶奶壞話，「壽活太長，而且長出了牙齒，都說嚼子嚼孫，不吉利……」

小兔的話一點不少落進奶奶耳朵裡。奶奶呵呵一笑，看著和尚罵賊禿，「你知道個甚麼。一個人的壽數是前世討來的，不是你想活多久，就能活多久，不是你想出牙齒，就能長牙齒的，正如你娘不想讓你生出來，她能做到嗎？你說我嚼子嚼孫？你倒講出個道理我聽聽？菩提山這麼多的人當中，你說有誰的勾當、銅錢、名聲比得過我老二？相反壽越長子孫越發達……」

「哎喲太婆……」小兔一時語塞。急忙改口說：「是外面在說，這不是我小兔說的。太婆長福長壽——太婆，你的耳朵比我還亮呢……看你白頭發變黑了，手腳輕捷，返老還童了……難道黃穀給你吃了千年野山參……」

「何止野山參！」奶奶依著牆，龍頭棘杖輕輕的叩著地面，似乎有許多話要說。「本來我不想告訴你聽——吃食堂飯時，你爹做食堂保管員，你堂叔阿狗做食堂會計，阿金當大隊長，你家一手能遮天，紅光耀耀的多威風啊！人家餓得只剩一副骨頭一張皮了，你爹阿金跟阿狗吃的白白胖胖的。你爹的肚皮像女人的六月大肚一樣，屁股滾圓，像個磨盤，短腳褲擱在卵脬上。都是從我們口中刮去的口糧——你爹肚皮飽才有力氣弄你出來。不信，你數數像你的出身年齡，在我們菩提山有幾個？

「食堂倒掉，你爹也沒得吃了，天亮你娘叫他沒一點聲音，一摸硬翹翹了。沒有棺材，也沒有人葬，你娘求阿狗和阿金幾個堂兄，用門板抬你爹去山溝丟掉。誰人不知你爹一身膘肉，像張家口那頭千斤豬，肥得屁眼裡流油。這些人，像餓狼的等在山溝底下，等著屍體滾下來。小松、阿三、胡老、九頭鳥、啞老，為爭搶你爹的屁股肉，揮刀向相——阿狗與阿金人還未離去，屁股肉已被剜盡了。我不是他們的對手，只能遠遠站在旁邊看他們爭搶。直到兩條大腿剔得只剩下兩條直骨。阿三和胡老朝我笑笑，意思骨頭就留給你吧。

「蠟梨頭和黃穀纏住我喊『奶奶我餓！奶奶我餓啊！』怎能空著手回去。他們剜得像狗啃過一樣光。只剩下一顆頭顱和大腿弄兩枚東西沒人要……我揪住你爹生你的那截尾巴，閹太監的連核割下，哇啊！簡直像牯牛卵子一般，手裡滿滿的一捧。秤分量，三斤沒有，二斤半不會少個字。拿出幾張貓竹蒻殼，包粽子一般的裹起來，然後外面糊上一層稀黃爛泥，放在灶床火中煨了一夜一天。當剝開外面一層焦泥，香啊！鼻子都快掉下來。一個人躲在門角落頭，像叫花子雞的吃起來。啊——世上沒有比這更味美了……蠟梨頭鼻子像狗一樣靈，遁著香味嗅來，奮不顧身撲上來『奶奶——奶奶給我吃——我要吃——』我不好拿給他吃，他問我這是什麼肉，我怎麼對他說。狼吞虎嚥的吞入肚裡。蠟梨頭氣打一處來，對我小肚子兩拳頭。此後，七天七夜不覺得肚子餓，所有食省下來給兩孫子吃。我吃了你爹這千年野山參，身體一年比一年棒，半個多世紀沒嘗過一片西藥片……

「有天晚上，我在大樟樹下碰見了你爹。他怒氣衝衝的對我說：『賊瞎眼婆！你吃了我的命根兒，把我的命活去了，今天我特地向你要還的。』我說早變屎屙出了，要還不是向尼姑逼卵子嗎？『沒有命根，我轉世活不成啊？……』你爹嗚嗚哭，一邊痛陳我命讓我活去了。如果他的壽加在我身上，活一百零三歲並不多。可惜你爹死掉你還在娘的肚裡。你生的不是時候，沒趕上美好時光。」

「越老越昏死了！」娘放下牌，忿忿奔過去指罵奶奶。

奶奶不知羞恥的繪聲繪色的髒話連篇，說出了鮮為人知的故事。

「小鬼你不要信她胡說。人越老越不入調！」母親繼續罵道：「人家屋裡的氣數啊——你不是人肉制臘餵孫子，就是見鬼在家裡到處遊走。黃穀是人民代表，人民代表能吃人肉嘛！老昏死——你壽活這麼長幹嘛。」

「那好！」奶奶並不示弱，龍頭棘杖在地上狠狠一戳，變本加厲向母親叫囂，「你去拿老鼠藥來，把我藥死好了！省得活著跟你作對——無良心，你屙的八個孫子，哪個不是我一手抱大的！」

「難道我在做少奶奶？」母親想起悽楚的過去就氣打一處來。「風裡來，雨裡去天天掙工分。能像你坐坐吃吃好了……」

二哥請大哥去公司幫忙，大哥不是沒有想過，兄弟在外面奔波，顧不上家與生意，裡裡外外靠阿紅一個女人了。再說，兄弟弟媳待自己不薄，她們有錢了，從來沒有忘記這些兄弟。夫妻倆一個給過錢，另一個再給，自己照單收下。她們的錢要花的，她們有事不管且作壁上觀？教旁人也看不過去。阿紅對大哥佛一樣敬重，大哥的酒煙茶從未斷過檔。大哥不必洗衣燒飯，三餐六頓調勻，感覺這才像個家呢。

隨經營業務的擴大，銷售量也急遽上升，營業額比大哥來時翻了六七倍。大哥一心撲在生意上，公司讓他管理得有條不紊。進貨驗貨、進帳出賬、應收應付，及品種規格價格等閉著眼睛能報來。天天忙得他汗流浹背，累到夜直不起腰。

阿星說跟蠟梨打牌十有八次輸給他。這傢伙記憶特別好，你手中幾張什麼牌，跟瞧見一般。好記性派上用場了。

大哥把「好記性勿如爛筆頭」這句話當做座右銘，所有來往賬目，哪怕工作再晚再累，當天賬必須當天記好，一筆筆清清楚楚，沒有一筆糊塗賬。

阿紅回家常在母親面前誇獎大哥，「老大做生意比黃穀還會盤算，像老做生意……有大哥心裡踏實了。不然靠我一個真料理不下來。」

「嗐——」小雲看見大哥一頭西髮，西裝革履，坐在經理椅子上，小雲一時不敢認是大哥，仔細一看准是大哥。招呼掃毛老他們，「你們看！這狗日一頭西發了，西裝皮鞋的看著像，看著又不像，以為是香港臺灣來的老闆呢。」

大哥見小雲、掃毛老、阿星、蝦公他們一行來了，對一位員工說：「我有朋友來了。有事你打電話給我。」興沖沖的迎出來。當胸給小雲一拳，「走走走！到那邊屋裡坐。阿紅！阿紅——小雲他們來了！」

阿紅聽見大哥招呼，放下書，從書房迎出來。「你們真難得來的！小雲、阿星、蝦公進來坐吃茶——曉曉！出來泡茶。」

阿紅托人從香港給大哥買來假髮套，名牌西裝和一雙義大利牌子的高檔皮鞋，一塊朗琴腕表。

大哥指著帶來的物品問阿紅：「多少錢買的？」

「沒幾個錢啊……」阿紅對大哥的脾性瞭若指掌，如跟大哥說真話，他是捨不得穿戴的，知道花這麼多錢，一直會被他埋怨至衣服穿破為止。阿紅其他不怕，就怕大哥像捉起鯉鮫的嘰咕嘰咕嘮叨。「同樣價錢，香港的料作與做工比這邊好。不要藏起來，穿起來試試看啊。不是擺擺看的。」

「這……那……」大哥看著油光烏黑的假髮套心慌得有些發窘，「這這我算什麼呢？我已經習慣了，戴著總尷裡尷尬的。」

「尷尬什麼呀！」阿紅說：「戴幾天你就習慣了。時代變了，老早衣裳穿得像叫花子沒人說，現在舊了過時都沒人穿。過去人家越窮越光榮，現在貧窮倒楣的——佛要金裝，人要衣裝，穿在身上多神氣。你體面，就是公司體面……」

「那倒是，那倒是——」大哥戴上假髮去對鏡子，絕對認不出自己是誰。大哥他從來沒有過這種全新的感覺和體驗，臉孔紅得像火燒雲。

大哥寬鬆隨便的衣裳穿習慣了，最好他連扣子都不用，穿上西裝又要穿襯衫領帶，脖頸僵得像林沖戴枷。一次，大哥吃西瓜，西裝沾滿西瓜漬，吃完撩起名牌西裝衣角去抹嘴巴……阿紅看在眼裡，疼在心裡，但不敢說「十件也抵不過這一件的價錢。」

又有一次，大哥與員工們聊天，沒處坐，大哥脫下西裝，墊在屁股底下。打工的小年輕看見西裝的商標，「黃經理，你上萬元名牌西裝墊屁股……」

「見大頭鬼！」大哥屁股像火燙到的從地上跳起來。埋怨阿紅說：「知道這麼貴，不如鈔票糊衣裳……」

「你們怎有空一起來白馬？」阿紅問道。

「白馬抽獎啊！」小雲道：「全個村跑來摸獎，汽車都擠不上去……」

阿紅嫁到菩提山，一起跟掃毛老他們幹農活，雖然出來多年，但依然有種集體留下的親切。阿紅知道他們愛吃大魚大肉，喜歡喝酒抽煙，黃酒、葡萄酒、啤酒、五糧液任他們喝。大中華每人一包。

小雲咽下寶貴的一盅五糧液，由衷的啊一聲，感慨的說：「做人做了四十六年的頭，還真不知道五糧液啥味道。托蠟梨的福，總算嚐到了。哈哈哈！做頭世人啊。」

「既然來了，」掃毛老低頭偷偷的跟大哥說道：「我們打算輸兩個錢給你的，你看怎樣——」

「告訴你別來勾引我了……」大哥兩眼一瞪，扭頭朝阿紅看了一眼，壓低聲音說：「打牌就以後別來……」

「這賊坯！」小雲吃吃笑起來，「掃毛老他想試試你的，賭癮到底有沒有解掉。還真解淨了。我們這幫窮朋友，算你還有出息啊。」

「有甚的出息，」大哥拿過酒瓶，「今日且少說廢話，多吃點酒，狗日的，來——喝光了倒上。」

這幫朝夕相處的難兄難弟，長久不見說的話自然很多。他們對電腦網絡一竅不通，大多消息來源依賴電視官方傳統媒體，對途聽道說的小道消息更加津津樂道，不去甄別新聞是否可靠，寧可信其有，不可信其無，熱衷以訛傳訛，官方經常隱瞞真相，認為小道消息比官方報導的可信度還高。他們偶爾也談及政治，但最關心的還是落馬的官員貪腐了多少錢和有幾個小三，除此之外，就索然無味了。平時最熱衷說得最多的莫過是女人。他們對性像地球圍繞太陽轉那樣亙古不變。對瞭若指掌的性常常帶來困惑，像人類科學家對銀河系以外的未知天體充滿了好奇與誘惑。禁不起推敲的邏輯和不成系統的話題像脫離軌道的衛星天馬行空，常常把政治與女人混為一談。

「各位，」阿星說：「昨天你們電視裡新聞看嗎？警察一腳將房門踹開，裡面男女脫得絹光滑澤的……那女子又白又胖，像殺出毛毛褪盡的一隻白羊……記者攝影機對著警察廢紙簍撿來用過的安全套，用聚焦特寫的鏡頭放得更清楚。半透明的膠套裡，留著男人消魂的精髓——」

「有什麼奇怪。」掃毛老見怪不怪說：「各行各業競爭都激烈。電視臺記者把男女最感興趣最吸引眼球的東西放給大家看，目的為提高收視率，收視率關係效益，效益關係到個人收入。你看什麼老娘舅以解決矛盾為由，發揮想像去挖掘、撩撥當事人個人糗事隱私，甚至問男女怎麼睡在一起的，睡在一起又幹了些什麼。」

「蠟梨，」阿星三句不離本行問：「做人做到現在，你女人味道有嘗過？沒嘗過，什麼時候蝦公帶你去，哈哈哈。」

「你怎知道他沒嘗過？」老蝦公醉醺醺的笑大哥。

「你以為我是你！」大哥邊給他斟酒邊罵：「狗日！那泡東西屙出，褲子繫好，騙髮廊小姐『我錢包落在汽車裡，去拿——』溜之大吉了。小姐白白讓你弄去。以後立法允許女人做肉生意，你犯詐睡女人罪……」

「誰在造謠——」蝦公抵賴說：「完全捏造……」

「你怎麼知道的？」小雲問大哥。

大哥沒有正面回答。這事蝦公不說，大哥也想說，剛好撞到了槍口上。

蝦公睡女人不付錢溜走，是掃毛老私下跟大哥講的。他說老蝦公去人民路離這兒應該不遠一家洗頭店。進門問年紀較大的老小姐睡要多少錢？老女人輕蔑的朝他看了一眼，意思問店里弄，還帶出去？老蝦公說在店裡。老女人不想跟一副寒酸相的蝦公囉唆，回答他說二百元。老蝦公以牙還的白了她一眼，嫌她年齡大，而且相貌又不怎麼樣，不值二百元。老女人見他糾纏，說只要他出得起價錢，年輕漂亮的當然有。蝦公說錢不是問題，沒錢來這兒幹嘛，不懷好意的說弄的是一張臉——老女人聽他有錢，自己看走眼了，他還是個真客戶。滿臉堆笑的喚出五個女孩子，讓蝦公隨便挑選。蝦公揀了一個稚嫩的小女人。老女人向蝦公伸出四個手指頭，蝦公頓首表示認可。也許蝦公手頭緊張，好久沒有碰過女人，三下五除二就完了。付賬時渾身口袋摸遍，誆騙老女人錢包落在汽車上了，正要拉開玻璃門出去，老女人扯住蝦公的衣衫不放。讓他把錢付清，不付清不讓他出去。自己一時判斷失誤，應該讓他先交錢，女人深圳上海北京轉轉南北，派出所進派出所出，什麼樣的男人她沒見過。老蝦公指著馬路對面停著的小車，說：「你錢要不要？要就讓我出去拿，你叫人來，我就報警——」老女人瞄瞄停放的小車，想眼皮底下總不會出什麼花招吧，同意蝦公出去。蝦公不朝小車去，從人民路旋即拐進反帝巷，一條道走到頭怕她們張網以待，迅速拐進興無滅資路，鑽入連自行車把手都過不去的狹弄堂，溜之大吉。

曾經老實巴交的一個人，「老三篇」順背如流，多次被評為活學活用毛澤東思想的積極分子。三忠於，早請示，晚彙報，對著菩提寺牆上畫著的大海航行靠舵手、一句頂一萬句、句句是真理的副統帥畫像，舉起拳頭宣誓「永遠忠於偉大領袖毛主席，永遠忠於毛主席最最親密的戰友……聽毛主席的話跟共產黨走……」竟然敢空手騙睡女人？

老蝦公叫青榮，跟大哥一樣孑然一身。他羨慕大哥說：「我像你有這把刀（錢），不怕沒有女人。」蝦公一間破樓房，土改本來分給我爹的，爹嫌沒有發展的餘地，與爺爺一合計，就要了那三間茅草屋，樓房分給了青榮的父親。床頭一只尿桶，吃喝拉撒睡在這裡。差不多半個世紀沒添加過瓦片，風吹雨打、貓交雌雄瓦片碎的碎、落的落露出的椽子像黴肚鯉魚的肋骨，人家給他介紹有個貳婚頭，貪圖他還是個小官人，存心想跟他過日子，過來一看，屋漏牆破，黑疙瘩的灶台像一九一〇年英國產的火車龍頭。扶梯搖搖欲墜，樓板蛀得七孔八穿。貳婚頭心裡早打了退堂鼓，哪能往火坑裡跳……沒一刻鐘工夫，就跟他說拜拜了。

一年正月初一至卅十年夜，蝦公天天在我家，玩到半夜回去往破老棚裡一鑽。他說他的腰裡從來沒有別過一個鑰匙。今天贏了錢，明天就送去青樓，回來譏誚掃毛老和阿星，「雖然你們有老婆，遍數比我多，個數我比你們多……」

手裡錢少得可憐，對消費較高的例如KTV、舞廳、卡拉OK望而卻步。什麼菩薩蹲什麼廟，只能找洗腳髮廊女人，或價格更廉龜縮在僻巷陋街的拉客女，這些從貧困偏遠山區來的婦女，方言不通，層次不能最低了，有的已不適合服務了，臉上塗著厚厚的白粉，乾癟的嘴唇口紅搽得血淋淋的。她們扯著蝦公的胳膊，右一個大哥，左一個大哥。叫的雖然是錢，但沒人這麼親熱叫過，蝦公在她們面前彷佛找回做人的尊嚴。蝦公問要多少錢？一女子說一百元。蝦公抬腳就走。

女子馬上速降至五十元，蝦公仍不動心，一女子怕到手的財神溜走，拽住蝦公的皮帶不放，「大哥，三十行吧——」

「上樑不正下樑歪，」阿星說：「說某個官員被查，在日記本記著他有一百零七個情婦，梁山一百零八個好漢，一百零七個紅色娘子軍……」

「哈哈哈，」大哥笑著說：「根據那些狗屁學者和專家的邏輯，他坐八十萬的奧迪，我騎八十元的破車，平均為四十萬的汽車；他有一百多個女人，攤到你蝦公的名下，就有五十多個女人啊——」

「如今這個朝代，」掃毛老說道：「官無官德，民無風俗，國不將國了。你看大官大貪，小官小貪，無官不貪。男男女女墜入錢坑慾海，還有什麼羞恥心啊……大官有錢人找這些文工團、歌舞團、電視節目主持人、大排明星上流社會門當戶對。窮漢光棍找髮廊站街女瘟雞對死鴨。」

「男女這玩藝兒空的……」老蝦公說道：「跟雲來下雨一樣，下完，雲就散去。什麼也留不住。蠟梨你爹『西匹西到老，講勿出味道。丟掉力氣丟掉銅——』一直當山歌唱的。」

「話起……」大哥上廁所時打了一個電話，出來問道：「聽說菩提山出了椿大新聞，你們不知道？」

「出大新聞，什麼大新聞？」阿星驚訝的問道。

「前幾天，開超市的徐經理過來問我說：『菩提山有個叫南先生的人你可認識不？』我想了半天也沒有聽說過南先生這個人。徐經理看我一無所知，像法國人不知道拿破崙，美國人不知道華盛頓一樣吃驚。我說沒有具體名字，一個東南西北的南字怎麼知道。菩提山上千號人一個大村……她說不出名字，反正家喻戶曉，從地方庶民到中央大頭寸，是人是鬼都叫他南先生，這就奇怪了，難道是我孤陋寡聞？我問徐經理出了什麼事？徐經理從頭至尾說我聽。講煞匆相信，蚊子有九斤。

「她說她有個很要好的小姐妹，兩個同是

從上海來靠親投友的知青，後來一起進某紡織廠做擋車工。一個擁有幾萬人的國營大單位，這頭駱駝被崛起的私營紡織業的最後一根稻草壓死。工廠倒閉，女工們拿著了斷費自謀出路。小姐妹夫妻都在一家單位上班，兩人下崗一雙失業，孩子念小學五年級，上有老，下有小，正需花錢的時候，屋漏碰上連夜雨，小姐妹被檢查出得了乳房癌。半山腫瘤婦科主任說癌細胞已經擴散轉移，不宜再動大手術，動刀風險大於保守治療，建議她吃中藥治療。醫生無疑給自己判了死刑，小姐妹的情緒一下跌倒了谷底。應付生活已覺得很窘迫，如何負擔得起這高昂的治療費，況且開刀不能保證毛病能治好的，一切聽天由命。小姐妹權衡再三，不想給家裡帶來負擔，決定回家去恭候死神的到來。

「不知道她是從哪裡得來的消息，說菩提山有個叫南先生的神醫，說別的毛病他不治的，專治療乳腺癌，經他治癒好的人，不止十個廿個了。……

「我第一次聽她說，十分驚訝。她看我一臉懷疑，很認真的說：她是我閨密，可不是空穴來風途聽道說。讓他治癒好的人有姓有名、有地址聯繫電話，不信，牆上還掛著神醫跟大領導的合影，與學者專家、大排明星、財團大亨的大幅照片……出於人對生命的渴望，小姐妹不忌病急亂投醫，抱著去試一試的心態，就死馬當活馬醫吧。老公陪著她趕到南先生那裡。南先生根本沒有見著，一個打雜的女人出來問她有沒有掛號預約？她們根本不知情。女的讓她回去，擅自上門南先生是不會接收的。來看奶癌的病人非常多，如不事先預約，或沒有要好的熟人介紹，根本進不了診療室。夫妻倆沮喪的回來。老公想盡辦法，挽親托眷找到菩提山的小培村長，送了二條中華煙和二瓶酒，南先生看在村長的臉上才擠進去——」

「哈哈——」阿星搖搖手說：「你別說了！同治手裡的事，還當新聞講……」

「你知道，」掃毛老干涉道：「我們不知道呢，聽他講下去。」

「你曉得手裡的幾張牌！」阿星說：「屋

裡火著掉都不會曉得的——」

「一般病人七天為一個療程。患者住在南先生那兒。七天療程結束就回家去休息。然後等進行第二個療程。經三個療程的治療，病自然痊癒了，假若他說醫不好了，證明神仙乏術。通過三個療程治療，小姐妹覺得精神比以前好多了。九月份她再去半山醫院檢查，當年給她檢查的醫生說她的乳房腫塊消失了。

「醫生也有些懷疑，就反覆檢看她的病歷記錄。自己不能確認，於是叫專家來進行復診。經過專家的仔細複檢，乳房腫瘤確已消失。大牌專家對此結論半信半疑，問她究竟服過了什麼藥物沒有？她說什麼藥也沒有吃。專家搖頭說不治怎麼有可能自癒呢。認為小姐妹隱瞞著什麼。專家再三的追問下，小姐妹吱吱唔唔的說：『我只跟神醫睡了三個療程……』專家們面面相覷。說：你上人家當了，趕緊去報警吧，如今什麼神醫、大師、巫師、神漢、特異功能，騙財騙色滿大街是，不信你去咱醫院掛號大廳，馬上有人迎上來帶你去找神醫。醫師的職業，跟法官一樣，需要證據說話的，而不能迷信武斷的受自己的感情左右。說一千道一萬事實證明腫瘤完全消失。任何主觀臆測和臨床經驗與科學儀器變得蒼白無力。專家們最後不得不承認南先生的手具有治癒乳腺癌的特異功效——

「為了進一步得到證實，專家們專程去菩提山拜訪南先生。看到被治癒的病人，送來一面面：醫德高尚、妙手回春、天下神醫等錦旗。唯物論相信實踐是檢驗真理的唯一標準的法則，充分可以肯定南先生的治療成果。名聲在外的南先生經專家們一吹如火上加油，更上一層樓，名聲與財源如日中天。治癒的病人越來越多，送來的錦旗源源不斷，家裡都快掛不下了，一個剛治癒的病婦，第一天送上一面妙手回春的錦旗，說回去就死了。附近的就不用說了，從北京、上海、西安、南京來看病的絡繹不絕，網上預約耐心排隊等候……給他捐款的有百強企業，有個人財團，也有善男信女。有的提出要求跟他一起合作。小培村長想：肥水不流外人田，於是在風景秀麗的白馬水庫小島上建起中國第一所妙手回春醫院。在AAAAA級旅遊風景區，在高速公路的兩旁，在虛擬的網路空間的APP，都能見到妙手回春醫院的巨幅廣告。

「我簡直聽傻了！好像一個世紀我沒回過菩提山。出了這麼大的大新聞，你們都沒說起？……」

「你一門心思的賺鈔票，兩耳不聞窗外事，變成了外星人了。」阿星說：「知道南先生是誰嗎？說出來你便知道了，是給你爹吃屎的赤腳醫生，朱郎中最小的兒子朱南瓜。」

「哦，」大哥恍然大悟，「原是這個狗日啊……」

「你休罵他了，」蝦公說：「若當初不是朱郎中建議給你爹吃大糞，若不是你老三早晨屙的一坨新鮮屎，若不是你家腦子出毛病的混賬黃八蛋，你爹十老八早去了。不謝人家，還要罵他呢。」

「這小子從小被慣壞了，」阿星接著說：「從頭到尾沒幹過正兒八經的事。朱郎中這麼大年紀，在田裡割稻種田，身強力壯的兒子東蕩西遊，還到處騙財騙色，上他當的女人可不少，蝦公你跟他比，小巫見大巫啊。早先公共汽車上搞套鉛筆的遊戲騙錢，翻撲克牌，給人算命、卜卦、看相。因犯詐騙罪獲刑八年。勞改放出來，這傢伙搖身一變成了神醫。說他的手具有特異功能，患乳腺癌的女人只要三療程就好。

「但不要小看朱南瓜，倒也是個人才。千道理，萬道理，有錢就是硬道理。做賊做強盜，笑貧不笑娼啊。咱菩提山中除了你一家，估計算他最有錢了。這狗日的鈔票賺得發寒發熱了——如今他教小培村長端屎就端屎、端尿就端尿，比喚狗吃屎還聽話。誰有他性福？三個療程換個女人，一年白睡多少女人啊！

「你還真不要說，那個女人胸脯不給老公揉過，自己男人的手一無是處……只要朱南瓜三個療程摸下來就好。

「聽說，真假不知道。部隊一個大幹部的老婆（補充道：年紀相差一輩，不一定會是自己老婆？）開著法拉利送女人到朱南瓜裡。朱南瓜奉上加一受到特殊治療，女人在他那裡將近住了一個月，回去後那女人奶癌好了，而且還懷上孕——大官老爺雙喜臨門，一下賞給朱南瓜二十萬元……」

「這麼說確有其事——」大哥擼著假西發，自嘲說：「我這菩提山人白做了——三日大飯吃下來勿曉得誰死掉。」

「天下要亂了，不信你們等著看，」阿星撇開主題說：「有句話叫物極必反。現在不是物質匱乏而是過剩，過剩的後果一樣嚴重。咱們有柴不燒燒煤氣，不種田有飯吃，整日整夜扯牌賭博——出門行騙，入室撬竊，賣淫嫖娼，拐賣女人，做假證應有盡有。仔細想確實沒有事情做，要做的都是壞事體了。朱元璋賊做過做捕快，他深知沒有固定住所、沒有穩定收入、沒有正當職業的三無人員大量湧入城市一旦衣食無著就偷搶盜摸，是社會不安定的癌細胞。得了天下，他讓人人都享有田種並子孫永遠繼承，把全國農民牢牢拴死在田裡，子子孫孫離不開土地。頒佈國家法律，如果有田不種，末作者——從事第三產業的人，一律視作無業遊民，抓起來投入監獄。所以沒有閒人了。毛主席的深挖洞、廣積糧、不稱霸不是朱元璋那兒偷來的。六億農業戶口一個蘿蔔一個坑，沒一個會漏出法網。天天在地裡幹活，要是今天誰不來，相互探問某某今天他去哪裡了？縣市監督區鄉，區鄉監督公社，公社監督生產大隊，大隊監管小隊，小隊長監管社員，不但一級吃一級，而且相互檢舉揭發。不安心務農外出打工，統統視作為流竄犯。自產自銷或從事販運，一律以投機倒把罪論處，屢教不改或情節較為嚴重抓去勞動教養。」

「是人啊，」大哥說：「不是畜生，人應該是流動的，怎能畫地為牢，像集中營的關在一起？簡直荒謬至極，大躍進畝產幾萬斤，人肚皮餓得像白鯗，豬肥得看不到眼睛，人餓得拐來撇去。那時只有我們菩堤山一頭千斤豬。前來參觀取經的幹部，翻山越嶺太吃力，白馬幹部抓緊培養千斤豬，吹泡泡的六百斤吹出一千斤。豬與幹部一塊合影也上了頭版頭條。大隊書記對躺在地上懶得起來的肥豬說：『寶貝您快起來吧！這麼多大幹部、新華社記者看您了，寶貝聽話……』

一天豬不知要接待多少幹部，身價太重，爬起來吃力，躺在地上懶得見。槽中雪白的白米飯拌著豬屎，白馬天天有人餓死。正如秋生說的，政治家把農民當作政治試驗田；一會兒互助組，一會兒高級社，一會兒人民公社，一會兒全國農業學大寨，十八般武藝使光黔驢技窮，又搞三國演義合久必分……」

「……改革撕開一道豁口，」阿星說：「看公安局、法院、稅務局、人民政府大樓，建造的比美國白宮還氣魄，特權階層成當今的新貴。凡賺錢的行業他們壟斷。以權謀財，化國為私，你多大的銀子買多大的官。小官看大官，地方看中央，一級級競相仿效……中國百姓愚不可及，只要不觸及自身利益，大家集體沉默，連屁都不會放一個。我們東亞人的人種劣，文化差，品行惡，所以稱不上公民叫刁民；政府掌握中國特色，以人治人，以惡治惡，以毒攻毒，專門培養比老百姓更為惡劣的官吏去管理社會，幹部是什麼？是最聰明最惡劣的精英分子啊。腐敗的統領者披著『人民』這張皮為所欲為……」

「毛老頭子若地下有魂，」掃毛老說：「他會氣得七竅生煙，『我之所以要發動無產階級文化大革命，看到走資派就在共產黨內——』這些背叛共產黨宗旨的紅色資本家，自己做穩了奴隸主，當然必須反對抵制政治改革，不惜一切甚至用生命捍衛既得利益。社會矛盾積累到飽和了一定會動盪。政治上不改革，所有的改革都是扯淡！」

「還是毛爺爺的朝代好。」小雲說：「窮富大家一樣，晚上開著大門睡覺，你現在敢不關門，關門賊照樣進來……」

「你別說，毛爺爺不拿人當人，」大哥堅持反對說：「人比牛馬還不如啊。你今天生活不做能吃吃蕩蕩嗎？」

「關鍵窮富大家平均，」小雲反駁說：「現在窮的窮，富的富，太不公平了。新聞裡有錢人吃一頓飯，一扔上萬塊，你說那個富人是靠他雙手勞動致富的？不是官商勾結，巧取豪奪，弱肉強食——」

「自古說黑心做財主，殺人做皇帝，」阿

星說：「有人評價毛澤東是希特勒第二；解放土改、鎮反肅反、三反五反、反右、辦食堂、四清、文革，餓死、病死、整死、自殺、被殺非正常死亡的人，比抗日和內戰都多……他說東風壓倒西風，誰敢說西風壓倒東風，唱反調就像張志新、林昭一樣……大會上你家老二脫口『備戰備荒害人民，』要不是你拿槍去救，不是不及時逃走，今天下世也蠻大了。」

「正像樣板戲唱的那樣，三十年河東，三十年河西啊！」掃毛老幾杯黃湯下肚，心口開河地說：「黃穀打成現行反革命，今天他成了人民代表、全國勞模，邀請他去中南海議政參政——」

大家酒多話多。大哥知道阿紅厭惡談二哥的過去，黃穀不是普通老百姓，他是有身份地位的人。必須吸取當年的教訓，口無遮攔一字之差，竟惹出這麼大的禍水。於是大哥把話岔開了。

「爸爸！」正說著，掃毛老大女兒和她的男朋友從計程車上下來，見掃毛老在喝酒，三步並作二步衝上臺階，興沖沖的說：「要的身份證送來了！」

「身份證？」掃毛老一臉惘然。小雲、蝦公也弄得一頭霧水。「幹嘛用？誰說我要身份證了？」

「是蠟梨叔叔打電話給我的。」女兒認真的說：「說你中了大獎，獲得一輛奧迪車……說你身份證沒有帶來，趕快把身份證送來領車，馬上就開回家。村裏聽說爸爸中了一輛奧迪車，全村出動去白馬抽獎，公共汽車你根本擠不上，騎腳踏車的腳踏車，搭拖拉機的拖拉機，靳中華打電話叫了一輛的士急忙趕來。媽還在等好消息呢——」

眾人聽說大哥打電話誆騙掃毛老家人中了大獎，笑得前俯後仰。

「抽獎是一場騙局，」小雲氣惱的說：「他們做了手腳的，一共我買了三百多塊，連肥皂都沒有一塊。」

「這賊蠟梨！」掃毛老看著大哥哭笑不得的說：「什麼玩笑不好開。現在全村都知道我中了大獎，你教我如何做人……」

「你日裡夜裡都想發大財，」大哥說：「就弄張百萬英鎊給你高興高興啊。人家說你中了大獎，你只管承認就是。」

「狗日！」掃毛老苦笑道：「親戚朋友、七大姑八大姨都找上門來了，『你得了大獎卻悶聲大發財，也不讓咱們分享分享……』你挖坑教我往下跳——」

「叫你女婿坐下陪你喝老酒，」大哥端來椅子，又拿來兩瓶五糧液說：「反正中了大獎，就痛痛快快的吃老酒，教老杜開車送你們回家。」

37

「神鞭」的故事

「老二不知道他忙些什麼？」大哥道：「人家錢往屋裡送，他家裡的錢往外送——真有些搞不懂。超市的經營情況咱不知道，公司大半利潤他拿去填廠裡的窟窿了。不敢大批量進貨，若批量大進價更便宜，先預付定金，跟現買的價格相差遠呢。別的不去說它，運費也要省許多。不賺錢也罷，如此不做人家。」

「你別管他了，公司管好就好。」阿紅說：「誰知道你兄弟是這麼想的？過年之前向我要錢，為公家辦事，他自己出錢請客送禮。人家說做官發財，他是做官蝕本啊。」

「這生意做得好好的，」大哥一慣反對二哥辦工廠，「工廠花錢沒有個底，像碾米機一般嘩嘩嘩流去，始終見不到一分錢進來……人半年一載不回家，即便來了，家裡待得沒有放個屁的時間長。忙死忙活連他自己都養不活。」

「外面都說你兄弟的工廠火得很，」阿紅收去桌上的碗筷，「效益排在全市第一位……咱們外面敲銅鼓，裡面喝醃菜鹵，啞婆給狗困——叫得話勿出。」

大哥覺得二哥肆意糟蹋錢財，「承包山林，又白白的擲了一筆錢。種的一山桃樹只開花不結果，吃飽弄肚饑——花開邀請這些吃飽飯沒事幹的閒人來觀賞，家裡人賠酒、賠飯、賠工夫。結的桃子全村都輪得到摘，變成官桃。而承包款年年在攀升，從八百元提高到三千六，錢在往水裡扔啊！」

「你不知道，黃穀他還說，山上還要建一座亭子呢。」

「還要建亭子？建他個球亭——」

「明天是清明了，」大哥問阿紅，「黃穀不是說清明他要一起去上墳？明天要去，不知人在哪裡？」

「來了最好，」阿紅說：「娘說，今年爹十周年忌日。不管他來不來，我們走我們的。」

「黃聰他來不——」

「學校又不放假，」阿紅對著鏡子試穿著衣服說：「貴族學校讀書比勞改還管得緊。公司裡你安排妥當。」

「……沒什麼大事情，」大哥說：「銀行解款收賬，反正有曉曉在嘛。公司他們有事會打我手機的。」

「聽說菩提山手機還沒有信號呢。」

「他們知道家裡電話。當天回不了住一個晚上，難道會發生地震……」

也許大哥回菩提山感到很興奮，很早就起來了。吃完早餐迫不及待的點上煙，一手挾著香煙，一手指摳著牙縫中的菜梗，小孩子的哼起來，「正月燈；二月鷂；三月上墳看姣姣；四月秧田拔稗草……」

阿紅結婚後，她第一次跟著大夥一起去削麥草。大哥想與蝦公鋤一畦，蝦公有意不讓大哥合夥，呶呶嘴說：「你跟你新弟媳去合作吧——」大哥想跟小雲合作，小雲也不讓，幾個村姑刻意把阿紅排擠出去，非教大哥與阿紅合一畦。

菩提山跟全國各地農村一樣階級鬥爭天天講月月講年年講沒有其他什麼娛樂。這些散漫慣的農民一到田頭把馬列毛澤東思想丟在腦後，三句不離本行，專門講不堪入耳的男歡女愛的下流笑話。大哥害怕老三篇背不出扣工分，他用足了工夫，床裡睡下背，爬起背，吃飯背，屙屎也背。奶奶聽他從早到晚唧裡咕嚕念，責罵大哥，「你一天到晚念《材頭經》！」等到評工分那天，大哥背得滾瓜爛熟了，以為穩操勝券，結果上場就暈了，沒背上一半，心一慌就忘了前後次序。在一片哄笑聲中前功盡棄。還遭到掃毛老的嚴厲批評，說大哥因為有私心雜念，所以毛澤東思想沒有認真學好。本來穩篤篤能評上十折工分，因思想沒有過關，冤枉鬼叫的被扣掉一個折頭。大哥對此咬牙切齒，發狠說：「再也不背什麼『做一個高尚的人，做一個純粹的人，做一個脫離低級趣味的人』的斷命的《材頭經》了。」大哥說下作笑話他無師自通，並博採眾長又出神入化。當然，具有這種才能的人並不止我大哥，諸如阿星、掃毛老、蝦公之流，他們個個是一等一的天才。說也奇怪，大哥念書兩天捕魚，三天曬網的，小學沒念完，甘願跟著老牧牛放牛務農去了。老牧牛身傳言教之下，可謂名師出高徒，不論唱下作小調，還是講男女性事，大哥別具一格，青出藍而勝於藍，達到了爐火純青的程度。

「蠟梨頭，」老蝦公有意為難大哥，說：「今天新娘子第一天參加集體勞動，你應該先介紹介紹，表示歡迎她來到我們生產隊，你必須講個笑話給新弟婦聽一聽，……」

「你這狗日！」大哥狠狠瞪蝦公一眼，「你不要亂話三千——」

「你不要裝小娘相了。還是講吧！」小雲、阿星他們威脅大哥說：「今天如果你笑話不肯講，我們把你短褲剝下來……讓弟婦看看大伯的勞什子雕著龍沒有——」

大哥他平時太喜歡起哄肇事了，誰家新娘婦參加勞動沒過過他的一關。知道今天是遁不掉的，若不講他們真的說到做到，屆時就更加難堪了。知道拗不過他們的，腦子在飛快的思想，儘量講一些口味不重的故事，搜腸刮肚上下而求索，總揀不出口味不重的黃故事。硬著頭皮，「講個《神鞭》的笑話。」

……

大約乾隆年間，江南某地有個少婦，新婚不久，丈夫為求功名進京趕考，與愛妻惜別。

春天杏花紛飛，無聊的新婦在家非常思念丈夫，就天天去娘娘廟燒香，保佑丈夫榜上題名，同時希望丈夫平平安安的早點回家。但終日思君君不至，閨房寂寞度芳春。偶見一尊菩薩樣子長得甚俊，暗中對菩薩生了私情。

一晚，菩薩入得少婦臥房，兩者情投意合的一陣雲雨。這風流韻事終於讓菩薩的上司得知，身為安民的一方菩薩，卻與民女勾搭通姦，壞了天條戒律。上司下令將他貶職，往別的廟去當聽差。

臨走前的一夜，菩薩去與少婦告別，少婦與菩薩似膠似漆柔情似水，仙人合一而難捨難分。菩薩見少婦憂心忡忡，傷心的落淚，自己也肝腸寸斷。少婦問菩薩：這一走，你什麼時候能來看我？千萬不要到了別的廟宇，看得別的女香客姣好喜新厭舊，無情的把我拋棄……

菩薩向女人保證：哪會呢！要是你不放心，把我這個神鞭交給你便罷，這樣總可以放心了。

少婦又驚又喜，不無擔憂道：……能行嗎？

菩薩信誓說：你想我的時候，只要輕輕叫一聲，咿，神鞭准會鑽到你花部去。再喊一聲呀，那神鞭就出來。如此咿、呀使喚，便與現在一樣成事。菩薩跟少婦溫存一番，臨別把自己的東西交給少婦，拂曉頭雞始啼，菩薩化作一陣風逾窗而去。少婦用絹帕將其藏好且不在話下。

少婦家中還有個年青姑娘，年方十五，尚未出閣，偶然中，姑娘聽見嫂子在夜裡「咿呀」在吟，原以為嫂子身體不適，但聽之又不像痛苦的呻吟，心裡有點納悶，難道嫂子屋裡藏著男子不成？嫂子雖然獨居一室，但深居裡屋，來人必須經過父母的房門，除非有飛簷走壁的本事。日子一久，姑娘也就把它忘了。

一日，嫂子對公婆說：丈夫一時回不了家，我回娘家去探望父母，不久就回。公婆應允兒媳少回娘家。

姑娘待嫂子走出房門，心裡想：哥哥離開的時候，肯定給嫂子有很多錢，不妨去她房間搜搜，興許揀幾個銅錢使使，翻箱倒籠的找不到一個爛鉛錢，再去翻嫂子的枕頭底下，見一塊絹帕包著一卷銅錢，足夠她買繡花針線，姑娘見錢眼開，迫不及待的抖開絹帕，意想不到竟是菩薩的神鞭。黃花大姑娘沒見過男子的勞什子，詫異的「咿」一聲，那神鞭一下鑽進姑娘的腿叉處……這措不及防、突如其來的驚錯，姑娘駭得哇哇哭，瘋掉似的奔出了嫂子的房門，躲在自己的臥室，掩著門發狂發顛——

父母聽到女兒殺豬般嚎叫，急忙跑去問究竟，可女兒只是一唯的啼哭，一個閨女何以向父母訴說難言之隱?哪怕老婦也難以向人啟齒。父母焦急的問：你怎麼啦——怎麼啦！女兒只會哭，更加急壞了父母，老夫婦束手無策滿屋子亂轉。

還是隔壁老漢有主見，他說：府上千金這般模樣，老夫之見，十有八九中了邪氣，你們乾著急沒用，需得趕緊請王道士來驅魔。虧得旁觀者清，經老先生一撥點，老父趕緊派家中小廝，火速去請王道士。

有鍾馗之譽的王道士，法術無邊且有求必應，臨近三村誰家鬧鬼，都請他去捉，只是索價比其他道士要多得多。女兒邪氣惹身，命在旦夕，哪怕花再多的錢也在所不惜，但願道士早些驅逐女兒身上的鬼魔。

王道士各個門枋畫些符，口念咒語，背負寶劍，手執桃條，張牙舞爪的作起法術。從床上一直驅趕至灶房，從上午一直折騰到晚上，見女兒痛苦的哭喊，不但絲毫沒有減輕，反而胡言亂語的益發癲狂。王道士十八般武藝使盡，累得口乾舌燥又精疲力竭，再搞下去只是自欺欺人，就誆騙說：你家小女中邪甚深，四方惡鬼都纏住她不放，我王某人孤身作戰勢單力薄，一時三刻怕驅趕不成，若要除惡務盡，我必須將息一番，等我恢復元氣渾身解數都使出來；鑒此你們答應我兩個條件，一加倍付我酬金，二寡不敵眾，你們再去叫幾個道士來幫忙。王道士為人奸詐，一趁人之危，向東家再敲上一筆錢，二心裡害怕，萬一驅逐不了姑娘身上的魔鬼，把責任推給沒名氣的道士身上，可謂一舉兩得。父母不忍心看著小女撕心裂肺的哭喊，只得百依百順聽道士話，讓小廝再請兩道士來。

王道士一邊吃夜點心，一邊在心裡琢磨：捉了一輩子鬼，沒有像今天這種情況?大多數惹鬼的人，見到自己像見到了救星，一般都能安靜下來的，見小女雙手抓狂、雙腿死死的挾著，覺得好生的蹊蹺，莫非腿弄中有著什麼東西？王道士醒悟過來，對了！毛病一定出在這裡。

他立即放下手中的碗筷，兀自一人進入小女房間，便耐心開導說：究竟哪裡不舒服？能不能讓我看看。

女兒十分害羞，畢竟是小姑娘，道士畢竟是男人，不要說讓一個陌生男人瞧，連自己父母都不讓看，於是雙手捂得緊緊的，只哭不語。

道士明白問題就出在這裡了。就教父母做女兒的工作，母親再三勸說女兒：要祛除身上邪氣，你得聽道士先生的話，父母在場，沒有什麼大不了，讓他驗看就是，猶豫羞怯的女兒，吃不住驚嚇和痛苦，勉強的含淚默許了，於是道士讓父母回避一下……

女兒把褲子剛褪了一點，又猶豫的不肯褪下來，道士在一旁循循善誘，小女才繼續往下褪，剛褪到私處，又神經質的提起褲子。這可急壞了王道士，他好說歹說，信誓旦旦的向她保證：鬼就在襠內，我一定把它捉起來……

驅了一輩子鬼的王道士，見過各種各樣的鬼和各式各樣的人，但第一次碰見這樣的怪事。俯身伏首看見小女腿叉竟嵌著男人的根，驚訝的「咿」一聲，那東西箭一般，嗖一下鑽進王道士的肛門——

王道士突然遭殃，嚇得面如土色，失態的啊啊叫起來。父母回頭，見王道士喪心病狂的樣子，莫非邪符在了他的身上？大家聞道士驚叫，以為出了什麼禍事，急忙奔進房間，女兒止住了哭，帶著笑容的臉還掛著淚花。父親誇獎說：王道士法力無邊，你有真本事啊！鬼來如山倒，邪祛如抽絲……

父母見王道士士氣打翻的一言不發，手撫在屁股中間、一瘸一瘸出了大門，父母見王道士變成籮圈腿……好好的這麼成這個模樣？

叫來的道士，剛趕到門口，見王道士倉皇而去。父母追到大門口，喊王道士把辛苦錢拿去！

也許故事本來較為含蓄，所以並沒有引起

轟動。大哥滿肚子的黃色故事中，也許這是色彩最淡的一個故事。

「蠟梨頭，」四眼老問道：「你這個故事，恐怕不是菩提山老牧牛的作品吧？我想老牧牛是講不出這樣水準的……」

四眼原在江西共產主義勞動大學教書。據說他研究俄國文學，因為寫小說被打成了現行反革命。被開除公職，遣送回原籍接受勞動改造。回到菩提山，三天兩頭鬥爭他，戴著高帽像猴子的被人牽著遊街。父母含辛茹苦的竟然培養出這麼一個反革命的兒子，心裡多有怨言，甚至有些不肯接納的意思。四眼老的意識形態，在菩提山鶴立雞群，與大多數說不到一塊去。怕說錯話罪上加罪，四眼老學會了明哲保身法，只是聆聽，從不參與討論，大哥說他是「江西人補碗——滋咕滋（自顧自）。」

「聽勞改隊同監室的一個右派講的，……」大哥承認說。

「其實不算下作笑話，倒是正兒八經的小品，」四眼老說：「男女兩性能做的不過也這點事嘛，色也色不到哪裡去。但故事旨在一個女人的悲哀，丈夫好好在家的，為什麼要去求功名呢？王昌齡詩說『悔教夫婿覓封侯』這故事的核心，也是精髓的地方，世人百態、法力無邊又貪婪無道的道士，諷刺得淋漓盡致——」

大哥講男女性事著皮著肉的，女人們聽得耳熱心跳。阿紅心裡在想，大哥沒有過女人的經歷，他卻說得活靈活現身同感受……

「四眼老他還在嗎？」阿紅突然問大哥。

「四眼老——」大哥丈二和尚摸不著頭腦，「你說哪個四眼老？」

「從江西共產主義勞動大學下放來的現行反革命……」

「哦——說草人菩薩啊。上回，他爹來店裡寄東西的，我問他『你兒子現在在哪裡呢？』他爹一臉愁苦，『下放回家之前——老婆跟他離了婚，兒子判給了女方了。這兒子至死都不肯認這個爹，落實政策回江西原單位，本以為好享清福的，複職還沒領到一年的薪水，體檢查出犯了胰腺癌。查出三個月零六天就歿了。』你不說一

時還想不起來。」

「命真薄啊，」阿紅去接電話，「剛剛苦頭吃出山了，人死了。」

38

回頭看走過的路

阿紅從市場買了幾條大黑魚，兩大刀的肋條肉，豬頭、鵝、鴨、果蔬及鞭炮等，扎扎實實的幾紙箱。大哥調侃說：「你買這麼多魚肉煙酒，又不是辦喜酒。」

「你娘說你爹去世十周年了，」阿紅說：「即使不做忌日，幾年都沒有掃墓祭祖，應該隆重熱鬧一些。上次，我請福清寺和尚念了幾千高皇經，又教念佛老太去念了八百只元寶，八只紅箱。按理這些事由女兒操辦的，你爹生了你們八個兒子，命中沒有女兒，就讓我來安排吧。」

「司機知道今天去菩提山嗎？」大哥問。

「我昨天跟老杜講過去做清明的。」

阿紅換上一件粉紅色的襯衣，烘托潔淨白嫩的臉蛋像綻開的桃花，透著成熟女性的韻味。

「還值些錢呢……」大哥發覺阿紅還這麼的俊俏——牧牛遺留下的頑症又犯了，在弟媳婦跟前暴粗口。

「再也找不到第二個牧牛坯子！」阿紅轉嗔為笑，「你說——值多少錢？」

「看我這張臭嘴！」大哥為管控不住下流的嘴巴而痛心疾首，恨不得煽自己耳光。漲紅著臉，搔著頭皮向阿紅認錯，「我——不是故意的。」

「你啊，沒大沒小啥樣子……」阿紅微笑著批評大哥。「我們走吧！佛圖、紅箱你拿車上去。老杜車等在門口了。」

三菱車哼哼唧唧在崎嶇的山路上盤升，爬上山巔翻下就到了菩提山……路邊幾棵貓筍破土而出，阿紅看到，連忙叫「貓筍！貓筍！老杜你車停下。」阿紅像十指不沾泥的深閨小姐從沒見過竹筍，欣喜若狂的雙手去刨……

「教老杜停車，以為你要撒尿呢——」大哥揶揄她說：「像香港來從來沒見過貓筍。出土的老筍要它幹嘛。等會到家我去後山挖。」

阿紅雖住在山裡頭，但對山裡的事物依舊感到很陌生，不知道其中奧妙。阿紅站在高高的山頂上，回頭眺望盤旋上來迂回彎曲的山道，心曠神怡有種說不上的感覺。遠離了吵吵嚷嚷、人來人往的白馬集市，彷彿進入另一個陌生世界。憶當年讓阿紅感慨萬分，鬼使神差的跟著秋香媒婆去看人家，當她第一次經歷爬這麼高大的山，越爬心裡就越後悔，越悔腳骨就越酸。與李白進川走蜀道一樣——如果以後真的嫁到這山塢裡，回一趟娘家都很費力。她告訴自己這次是第一次也是最後的一次。

「阿紅姑娘，」秋香擦著汗說：「你走得慢些兒，我腳骨都打軟腿了，」爬了一段路就上氣不接下氣，「哎！累得我上無氣，下無屁——得吃豬肉飯才爬得動啊……」

阿紅心裡在罵她：「媒婆收了人家什麼好處了。不是自己的女兒心才不肉痛呢，要是你親生女兒，你肯把我嫁到大山塢去嗎？」忽然想起流傳甚廣的《菩提山下苦》的歌謠，借題發揮埋怨秋香坑害自己，於是阿紅大聲的唱道。

菩提山下苦，
紅蛇當大路；
種田沒有穀，
種麥全是殼；
走的山彎路，
住的茅坑屋；
有囡寧可嫁豬狗，
弗可嫁到菩提下
……

「唉——阿紅姑娘！」秋香驚慌的急忙阻止道：「被菩提山人聽到了，我們回都回不去！給他們打煞的——等會你絕對不能這樣！」

「又不是我唱出來的，」阿紅說：「滿天下都在唱，難道菩提山的人沒有耳朵的？人家能唱，我不能唱？你怕他們吃了我們，真是的——」

「聽不聽見是他們的事，」秋香說：「我

們來做客人的，怎好去糟蹋他們，揭人家爛瘡疤，你說誰會高興呢。」

阿紅結婚這麼多年，她不止一次反思過自己充滿危險的婚姻經歷。越琢磨反而越琢磨不透。阿紅絲毫沒有懷疑不嫁給小木匠，倒懷疑會另嫁男人。差一點她跟木匠佬就睡在一張床上……跟黃穀結婚，母親心裡還在懊悔不嫁小木匠……木匠手藝被現實無情淘汰了。小木匠迫於生計，那個金貴的嬌妻，被生活作弄得披頭散髮的，去上海跟人販豬油跑單幫。為節約幾個車錢，惡向膽邊生，冒險逃票乘車。小木匠鐵路道岔口去接應，當客車進站，速度放緩下來，老婆把車上蛇皮袋一包包豬油，從車窗口上推下路基。聽說，小木匠去廣州販走私香煙，連本夾利被鐵路公安沒收了。木匠佬致命一擊大病一場，險些兒命歸黃泉。一天二哥看見木匠的兒子，偷偷交給他五千元錢，「交給你爸爸，」兒子猶豫的縮著手，「拿著，我欠你爸的——」阿紅知道了這件事。她沒有把這件事說穿，心頭一熱，差一點掉下眼淚，覺得男人心胸寬厚，良心仁善——那個部隊復員回來分配在農機廠的鐵匠佬，命運不比小木匠好。農機廠賣給我二哥了，他佯裝來店買東西，低三下四的向阿紅求情，希望阿紅跟她老公說說，讓他去廠裏上班……

唯物主義說命運掌握在自己手裏，仔細經不起推敲——唯物主義本身被命運所注定。最努力、最機巧、最聰明逃不過如來佛手心。初次跟一個陌生男人見面，自己怎麼會跟他發生本不該發生的事呢？今天想起，都覺得匪夷所思啊。從此靈魂像拽在他的手裏，跟他結婚生子，死心塌地跟他過苦日子，看不到生活的一點亮光，絕望後悔嫁到菩堤山來……男人抱著不成功自殺的決心，五十斤糯穀租大糞坑起家，芝麻開花節節高，財源泥石流的擋也擋不住，當年反革命逃犯，今天去中南海大會堂，與中央大領導一起合影留念，廳堂懸掛著一張半尺闊、兩公尺長的照相，全村人競相爭睹，高山仰之。母親揚眉吐氣無限榮耀，戴著老花眼鏡，指著豌豆大小的密密麻麻的頭顱，掐蝨子的指點說：「看，這是某某啊、那是某某啊、我們黃穀在這兒哪。看到沒有？對，這個就是咱黃穀……」親家還是仇家，都肅然起敬。

回想起這些不堪回首的往事，「多像崎嶇蜿蜒曲折的山路啊……」阿紅居高臨下的望著山下想。

阿紅幾年不回家，回到菩提山覺得分外的親切。大樟樹下的人都圍過來看她，簡直像阿紅結婚的那天看新娘子一般。阿紅不再害怕她們指指點點的叫她「黃穀的老婆。」人們對她閃著敬仰羨慕的目光。阿紅向她們打招呼覺得倍感榮幸。

菩提山澗溪潺潺，屋前屋後開滿了各種野花，紫藤花，石楠花，杜鵑和野薔薇漫遍山岩……和煦的陽光像金子塗在碧綠的草木上，新鮮帶甜的空氣沁人心脾。杜鵑、鷓鴣、黃鶯、竹雉，啼叫聲此起彼伏。

全國農業學大寨山頂上開荒種莊稼，一陣暴雨，混濁的黃泥水，捲著枯柴衰草泥沙俱下。如今不種地，也不再上山砍柴，家家用液化氣，植被茂盛，樹木蒼翠，解放之後，生態環境從來沒有這般好過。

「呵！二嫂她們來了！」老五媳婦從家裡迎了出來，拉著阿紅的手，親親熱熱地問：「咱二哥呢——」

「他啊！」大哥不滿地說：「他是人大，哪有大人呢——」老五媳婦急忙去接大哥手裡的東西。「你去吧，給爹好好弄幾個菜。他活著的時候，想吃沒得吃、想用沒得花，現在有吃有用人死了。」

「是啊是啊，」老五媳婦笑道：「要是爹現在還活著，他該有多高興啊！愁的是吃不光花不盡啊。爹命苦沒福氣，不過還有娘在，你們兒子要好好孝順她。大哥，裡面什麼東西這麼重？」

「奶奶吃的條頭香糕——」

「奶奶吃香糕？」

奶奶不止一次跟大哥說她想吃條頭香糕。大哥覺得很為難，說：「奶奶，現在只要有錢你活老虎也能買到，這條頭香糕那是同治皇帝手裡的東西，有錢也買不到了——」奶奶確實給大哥出了一道難題。

大哥從農貿市場跑到小百貨商場，又從柯橋尋到義烏，義烏沒有，追到永康東陽，五縣六市無買處。有人告訴他說，紹興鄉下有傳統糕點買，不妨去那裡打聽打聽。於是老杜開車載大哥奔去，七折八彎找到那家食品小作坊，撞見一大幫戴大沿帽的人，正在廠門上貼封條。作坊老闆被執法人員塞進車裡捉走了。早不來，遲不來，偏偏這時候趕到。大哥又不甘心空著手回去，就問站在門口失去工作的外地人：「知道哪裡有條頭香糕買？」一個工人指著大哥說執法人員是他叫的來——把大哥當成告密的眼線，幾個人一齊湧上高喊打死他！

「有本事你們動動看！」老杜從車裡找來一根鐵管子，挺身站到大哥面前。老杜身材魁梧高大，聲如獅吼，關公似的橫刀立馬。讓喊打的望而生畏，連連退去。老杜說好漢不吃眼前虧，識事務者為俊傑，急忙拉大哥上車一溜煙跑了。

大哥說買不到只能晚上去偷。老杜說為香糕去做賊可犯不著，被外地打工的這群豺狼逮住，你小命難料。

「懂什麼……」大哥說：「小時我沒有我奶奶，早就餓死成鬼了。靠奶奶養大的。滴水之恩湧泉相報，難道奶奶這點小事我都辦不到？……被人抓住，頂多被打一頓，或罰點鈔票，盜竊香糕總不至於判我徒刑吧。」

「關鍵，」老杜本來想說大哥有過前科的，屬於累犯，性質完全兩樣了，又怕這話刺痛大哥，「就怕損害到你兄弟的聲譽……」

「聲譽？鳥聲譽！」大哥怒目圓瞪，「跟我一樣，他沒有奶奶能有今天嗎！狗日的，你不用跟我羅嗦。只要你發動著汽車在路上等我，一切與你無涉的……」

作坊本來就不結實，大哥翻窗進入作坊間，從眾多封存的食品中找到條頭香糕，丟下一百塊錢，抱起一箱子香糕就走。

「今天這個社會，」老杜讚揚大哥說：「找也不到像你這樣有孝心的人了，更何況是你的奶奶；就是親娘也不肯這樣做。蠟梨，做生意你是個好經理，不到一支煙工夫，就大功告成了，即使你去做賊肯定也是神偷——」

香糕是純秈米做的，烘乾製成後，幾乎跟石頭一般堅硬。休說奶奶咬不動，牙齒齊全的後生都費勁。咬碎嚼爛，全靠唾液的攪拌才能下咽。令人不解的已走了一個世紀帶零的奶奶，怎咬得爛石頭硬的香糕呢？大哥提著香糕，走到奶奶房裡，房間裡沒有人，床裡也空空的，大哥詫異地叫起來，「奶奶——奶奶！」

「蠟梨！」奶奶從遠處答應出來，「你叫我嗎？」

大哥循著窗外的聲音望去，嗨！見奶奶躺在她自製的吊床上悠哉悠哉。奶奶她別出心裁，拿舊被單擰成繩結成吊床，被單四角分別拴在四株大貓竹上，人躺上去，貓竹像彈簧的一張一馳，逗得快成蠶蛹的老女人咯咯咯的樂。奶奶左手握著她十分鍾愛的老藤杖，當她罵人時，會激動的用力篤地面。大哥勞改回來，不懼危險下到紅蛇娘娘誕生的岩洞采珍貴的草藥，懸岩下方是烈士被啞巴推下深潭淹死的地方。大哥發見岩洞處有一株老態龍鍾、九曲八彎、贅瘤滿身的荊棘古藤，大哥想好給奶奶當瞎子棒兼拐杖用的。大哥懸掛在峭壁上，蹲又蹲不下，站又站不直，足足花了半天，才把鐵一般硬的老棘藤砍斷取來。奶奶摸著棘杖，喜歡的合不攏嘴也從不離開手。

「我知道你今天會來的。」奶奶說話丹田尚足。

「我給娘打過電話，告訴你香糕買到了……」

「我才不跟她扯淡呢。你說，她會告訴我聽嗎？」

「你怎麼知道我今天要來？還是因為清明——」

「年年清明，你們過來沒有啊？嘻嘻嘻……嘻嘻嘻，告訴你吧，昨天晚上，八哥飛來告訴我，明天老大來了——」

「八哥？」大哥從後門來到奶奶的吊床前，「家裡哪還有八哥啊？」

「你去白馬八哥沒人照料，第二天我拔開閘門，就把他放飛了。尤其那個穿黑衣、戴草帽的壞傢伙，把靈性多嘴的八哥當做眼中釘，有過

上次的教訓，這傢伙遲早會把他殺死的。今天天亮時分，那個黑衣人又到我的房間來。看他與黃轂像有什麼糾葛……不過不像來尋事的，似乎有什麼事想告訴我聽。這種人我才不會去理睬他。也許覺得沒趣，就灰溜溜的走了。」

「奶奶，你真犯了糊塗了，難怪娘要說你了……那只八哥怎麼可能活到現在呢？你說已經放了，早與野鳥為伍，不可能再飛回來，與你說什麼話。」

「你也不信。」奶奶對大哥不信任的態度極為不滿，將大哥的錯誤加罪於母親，「娘生的兒子，你們是一路的貨色！你娘她到處說我昏死了，整個菩提山傳我昏死了！奶奶我從光緒皇帝活到了現在，你說這世上有什麼我不知道？有誰比我瞎眼婆看得更加清楚的——我說的話，你就是不肯相信。不錯，你捉來第一隻八哥被弄死的，後來放飛的一隻也死了，飛來跟我說話的是孫子的孫子……佛經說不增不減，不生不滅——」

「奶奶！」大哥覺得母親是對的，奶奶她越來越不靠譜了，「你在講童話故事給我聽吧……」大哥還是硬著頭皮聽她說。

「靈魂是不朽的。人死後靈魂就附在出世的人或豬或狗的身上……八哥天濛濛亮飛出洞去，捉到小蟲子和野果直奔我這裡。你看看窗臺上被太陽曬乾的蟲子就明白了，捉來的蟲子原是餵我的。我任何時候總開著窗戶，鳥看不懂玻璃的詭異，砰的一頭撞在上面，差點兒撞死——你最近見過黃轂嗎？我天天在想他，他來了你就告訴他，奶奶想他，並想跟他好好談談。」

出身於光緒的人，跟數字、WTO時代的人怎麼交流溝通。大哥真以為奶奶糊塗啞然失笑。「奶奶，我香糕給你買來了。這麼硬你還咬得動不？」

「——不能專吃八哥的白食呀，」奶奶雙手拄著龍頭枴杖，「咯咯咯咯咯！大家有去有來嘛……奶奶只能含在嘴裡，用唾沫化開來。哈哈哈，我咬得動，恐怕要紅腳盆裡轉世哉……八個孫子，算你頂孝順！」

「你香糕飼八哥？」費盡周賬弄得來的香

糕奶奶與鳥分享?大哥覺得太玄乎了，「八哥事先會通知你……」

「誒呀，俗話說老牛刁似賊，人壽長了，就跟老牛一樣刁滑。做人做事也跟牛耕田一般，一犁不到位，一犁留著，老牛它自然知道，什麼時候該轉彎了，久而久之再也用不著人教。說什麼、做什麼，我心裡早有了底——她們說我老昏死，這純是無稽之談！她們要說嘴巴長在她們身上，我有什麼辦法，就讓她們去說吧。」

「你爹他只有這點福份，」母親收拾好房間，聽見阿紅和五嫂討論燒幾樣菜，「人死了，還有什麼講究的，隨便燒幾個菜供供吧。黃金瓜要是今天還活著真享福了。解放你爹只相信共產黨毛主席，不相信神仙皇帝和菩薩大人。他經常說咱要是沒有共產黨毛主席，哪來的勝利果實，哪來的幸福生活。——你爹從來不去爺爺墳頭祭拜，我弄個三五塊豆腐乾，偷偷去祭拜，發現我祭拜祖宗，罵我搞封建迷信。你奶奶也罵你爹畜生，「你沒有祖宗難道是桑樹洞裡砸出來的？沒有天，哪有地，沒有祖宗哪有你！你爹被奶奶罵得一聲不響。我們有今天的日子，就是靠祖宗大人陰間照應的。阿紅，床鋪給你整理好了。」

「娘，」阿紅說：「今天我們打算回去。」

「當天來就當天去？」母親乍然發現，阿紅比第一次來看人家時年輕漂亮多了。心裡思忖，人有了錢，自然變得紅光滿面的一副福相。「至少宿一夜吧？黃穀不來，黃聰應該來的，這小鬼頭幾年沒看見他了。」

「黃穀你哪怕生八只腳，也追不上他。」阿紅帶著抱怨。「黃聰他四個禮拜只能回來一次。天天晚上要夜自修，不到十點十一點不能睡覺。我說過，這貴族學校比坐班房還嚴。即使回來，他跟我們沒有一句話說的，他心裡只有你們奶奶、外婆，好像他不是我生是你們生的。」

「小時跟我睡，」母親道：「你們去白馬，又住在外婆家。你們忙你們的生意，哪有心思和時間去管他。如今實行全封閉的學校，家長接觸就更少了。咱黃穀像大禹治水的常年在外，難得見上一次的。說實話，雖賺了一點錢，一家離多聚少。」

「聽二哥說，」老五媳婦說：「那個學校的學費貴得嚇人，倒不如教他到國外去念高中。別的不說，去見見外面世面也好。」

「國外的月亮特別圓，……」大哥從奶奶房裡出來。

「大哥又在瞎說了，」老五媳婦幼稚的問：「二嫂，你說國外跟咱們中國，是不是同一個月亮呢？——」

正說著，小兔進來，「什麼風把你們吹來的？」

小雲、阿星見大哥久別重逢一樣。

「特地回來做清明，」大哥一邊遞煙說：「爹今年十周年了。」

「哦哦，」小兔驚訝地說：「過日子這麼快啊！你爹十周年了？逝者如斯夫！好像是眼前的事，一晃十年過去了……」

「鳩山先先說人生轉眼就是百歲。」大哥說：「……貧下中農同志們你們要有清醒的認識，珍惜來之不易的幸福生活。一個人，有幾個十年？說不准突然之間嘎然結束。務必要抓緊時間，要以只爭朝夕的精神，過好每一天生活。」

「小兔，」大哥問：「最近有女人沒有——」

「要什麼女人啊。」小兔說：「女人以自由為代價的。光棍頭老活神仙，一把雨傘到西天——」

「你別說得那麼好聽了！」掃毛老嗆他說：「等老了有病，連送口水的人也沒有，到那時夜壺尿喝乾，床板底拍穿——」

「誰知道能不能善終啊？」小兔道。

「以後你死了，」小雲玩笑道：「閻王那裡報到，閻王過堂問你：小兔你從實招來，睡過女人沒有？你說從沒睡過女人。閻王大怒：混賬東西！派你人間去幹嘛的？快來人！拖下堂去，給我打三百餓卵棍——」

「蠟梨，」小雲說：「聽說你在白馬招了入贅女婿？」

「誰又在嚼舌頭——」

「大夥一天到晚在惦念你，」小雲道：

「難道你的耳朵不熱嗎？今天正好蘇連老也回來做清明，大家難得一聚，輸些鈔票給你們……」

「下午我要回去的，」大哥推託道：「公司事多著呢。今天有許多事要做，況且長久沒打牌了，徹底的解了。再說坐下來搓個兩三盤，弄得興不興、掃不掃，有什麼味道。不如幫我去放鞭炮。等蘇連老來了，一塊喝酒。」

39

尋找夢跡

通往爹墳頭的那條阡陌小道，長滿沒膝蓋的野草，荊棘當道，強盜的勾住衣裳，要求留下買路錢。老五媳婦擔著籃擔走在前頭，衣裳被荊刺拽住，刺針紮進了肌膚，痛得她咿咿呀呀的叫，差點連擔夾人跌下田坎去。幸虧蝦公眼快，將擔子接到自己肩上。大哥拿著鉤刀趕來，前面劈荊斬棘。

父親就葬在烈士墓下方。同時還有二哥的衣冠墓，三穴墳鼎足而立。二哥回來家人包括他自己都忘記這座衣冠墓，直到安葬父親時，二哥才發見自己的墳頭還在那兒。二哥因忙於生計，一直沒有把墳頭平掉。二哥有次他與阿紅聊閑天，不知何故說到自己的那座假墳，「我的墳頭還在呢，等有了空把它去平掉。」

二哥說過也就算了，但阿紅聽了卻成了心結，去跟她母親說：「黃穀他一時騰不出工夫去家裡。」

「去家裡幹嘛？」

「他想把早先那口墳扒了……」

「扒墳？」母親驚訝不已，「扒誰的墳呀？」

「是他自己的墳，」母親哪會知道活生生的女婿原來有座墳墓的。阿紅就一長二短的把來龍去脈講給母親聽了。「爸如果有空……」

「這樣——」母親有點兒擔心，「扒墳可不是一件小事，做做了，隨便不能扒的啊。人家起屋造宅，動土興木，打灶，出門，修櫥洞做壽材，都要去問算命先生適宜不適宜。雖然是一座假墳，人好好活著，請神容易走神難。你們一路順風順水的，正走在運頭上，自說自話的去扒墳……不知能不能動土、什麼時候能動土，應該先問問算命先生，讓他挑個吉利的時辰。」

「你說的也是，那好的。先去問問算命先生放心些。」阿紅過去根本不信這一套，不知為什麼，如今讓她愈發迷信了。

「阿水嬸，」全瞎子說：「是不是你女婿有了外路了？沒記錯結婚前秋香到我這裡算過命的。」

「先生，倒不是女婿有外路。……」

「問題是不動則已，一動就要死人——你女婿九死還魂一隻經死貓，虧得爹娘替他立了一座衣冠塚，逢凶化吉可幫了大忙。水嬸，據說葬墳的地方是大財主朱錫林的殯喪屋，風水好得不得了，給你女婿葬著了。你不想破他的風水，就不要去動它，你要破他的風水，馬上去扒掉。」

「先生，我怎麼好去破他風水啊！」母親仍然喜憂摻半，問道：「先生啊，可我女婿人還活著，無緣無故一座墳頭……」

「你不知道。難道活著就不能有墓穴？你忌諱什麼，皇帝癩子出娘胎就開始看風水建陵寢安排百年後事了，你以為舉國上下喊皇帝萬歲，真會活上一萬歲，毛主席萬壽無疆，他老人家連九十歲還沒有爬上。不是逼上絕路，誰想去死呢。你相信我算命，就明確告訴你不能動，你若一定要動那我也沒奈何。」

「吉紅，」母親算命回來，走進廚房間，悄悄說：「全瞎子說切忌不能動，一動就壞風水，你們蒸蒸日上正好起來的時候，存在就讓它存在吧。古話說，睡起病，搔起瘡沒事找事。」

阿紅想母親說得對，反正人好好活著，就算當他的過去死了，從此阿紅不再關心這件事，也沒有必要對二哥說的。

父親的土饅頭上長出碩大一棵苦楝樹，大哥埋怨老五媳婦，「十年樹木，爹養我們八個兒子，活著不孝順，死了也沒人照看記得，照例，他的墳頭應該整得乾乾淨淨的，竟然跟沒有子孫的五保戶一樣，墳頭長出了參天大樹，雜草叢生。我在家時一年培兩次新土，我一走，就沒人為他上墳泥了。常年在家吃吃坐坐的，也不曉得應該怎麼做。」大哥是有意說給老五媳婦聽吧，也許包括我在內吧。

「誰說不給爹上墳？」老五媳婦落耳朵了，忿忿地說：「你看看，墳頭上有新土沒？去年冬至，老五砍過一次草，只是老五捨不得把這棵樹砍掉。——野火燒不盡，春風吹又生，哪個墳頭不長草？你走出這麼多年，爹的墳頭看過幾遍——」

大哥心裡火熱起來，剛想發火，阿紅向大哥使使眼色，「大哥——你別多話了。」阿紅眼色說來則一趟，宿則一夜，大家本來歡喜樂笑的，你一槍，我一刀又何必呢，豈不是自尋煩惱。圓場道：「聽說墳頭不出青草，說這人死得有冤枉。或者乾脆像烈士墓一樣，用水泥澆灌，水泥墳頭也會長蘚苔。爹墳頭上草越茂，我們子孫就越發達。咱們回來的目的，主要看看活著的奶奶、娘和兄弟們……大哥，咱們把墳前打掃一番。」

大哥、蝦公、小雲將墳前的雜草除去，整出一塊乾淨的空地。娘與老五媳婦擺上各種祭品，然後點上蠟燭、香，大哥率領大家，向父親磕頭跪拜。蝦公小雲他們幫助燃放爆竹煙花，爆竹震的滿山滿谷的迴響。

阿紅一邊燒紙錢元寶，一邊虔誠的向父親默禱：「爸爸，我們來看你了。因為平時忙沒時間來看你，今天是你的十周年——爸爸你來吃來拿吧。爸在世，我們太窮，現在吃穿都不用愁，可是你已不在了……爸你要管得娘身體好，長福長壽；管兒子黃穀步步高升，管黃聰學業有成；管全家老小順當太平、人丁興旺……」

「沒什麼事了？」大哥像孩子徵求母親同意的對阿紅說：「他們陪我們上墳，讓我能陪他們玩一局？」

「玩吧玩吧，」阿紅撲哧一笑，「我裡錢拿幾個去——」

「狗日的——」大哥讓阿紅討了便宜，「天下亂套了。」

「只要他上了賭桌，死爹死娘匆管！」老五媳婦餘怒未消的損大哥說：「賭這東東，戒熱、戒冷、戒肚饑的。」妯娌兩去了灶間幫母親了理菜肴，一邊聊閑天。

「老三他還好嗎？」阿紅問。

「好什麼呀，」老五媳婦說：「說實在老三他最為可憐。入贅做上門女婿，跟岳父關係又不好。關鍵他老婆也不是親生的。事無大小，老的一對要掌大權。而小夫妻同爹娘說不到一塊，分家又分不開，住在一個屋簷下，弄得雞皮弗搭鵝皮的。你說這味道有多淡——古人說，田要冬耕，女要親生，不是自己親生，說來說去不貼肉。三哥曾提出分開過，養父母雖然同意分開，但條件是你們要走，就光身一個人走出。甚至連碗筷都不給她們一只，夫妻倆淨身出戶。帶著一雙兒女在外面租房住。老三還算能幹，最早包了一座灰窯廠，據說一年賺了幾萬，好好的他說又不幹了，想發更大的洋財，買了一條長途客運線路和一輛大巴士，雇兩個司機開車。那司機在盤山公路駕駛慣了，見上海大馬路上人山人海，城裡人他們根本不怕汽車，車到身後都麻木不仁，在人民廣場撞死了一個中國留學的黑人……好好的一個人家，被一場車禍弄得顛倒仰翻了。老三心比天高，命比紙薄，——前世作孽啊。」

「老三向我要了三十萬去包長途客運。我們不知道他會出車禍……」阿紅問：「老四他怎樣？」

「咳，怎麼說好呢，老四的丈人丈母只一個女兒，這裡不住搬到丈人家去了。老四的運氣也不好啊。老婆是個貳婚頭，為了這個女人，還坐了六個月的冤枉監獄。」

「為什麼……」

「女人同老四結婚之前，與先老公沒有辦過離婚手續，兩人稀裡糊塗的睡在一塊。小人剛剛出生，她那個先老公找上門來了，敲詐老四說：『你這老婆是我的，還為你生了個兒子，你倒會借雞生蛋了。你要我老婆可以的，拿二千塊現錢給我。』老四不肯付他錢。那人說：『那好！你做出狗牝倒灶的事，我讓你吃不了兜著走，教你腸子悔青——』老四堅持一分不給。那人動手去拽自己的老婆，小孩丟給老四——村部出來都幫老四說話。那男人我行我素，村幹部鄰居對他不客氣。看人多勢眾溜了，走時他丟下一句話說：『教你悔上一輩子！』這男的是個賭棍，老四他捨不得這兩千塊錢，這無賴一紙狀書，告到當地的法院，重婚罪坐六個月的勞改。老四拖著一個小孩，既當爹又當娘。四哥苦透苦透了。有時衣服我幫他洗，有時拿點好吃的東西給孩子。說句良心話，幸虧二哥和你對我們兄弟好，才有屋蹲，教我們自己造房子，這輩子哪造得起啊。我們兄弟身上你們花了多少錢啊。不是我沒有良心，救急好救，救窮難救，做人總不能一生一世靠你們……常言說，一娘生九子，子子不相同，老五他不像大哥二哥會做事體……」

「小八他最近有消息不？」阿紅最記得的應該是我小叔子吧。

要不是我當初不叫她一聲「二嫂，」今天不會嫁我二哥也未可知。

「咱這個小八……」老五媳婦對我看法褒貶不一，接著她又說：「小八的脾氣，跟其他幾個兄弟又各樣頭的……早先爹賒小豬的那戶人家，她父親自己跟娘來說『……你小兒子要是沒有對象，我們結親家如何？』他小女兒長得漂亮，數不上頂好，絕對不會比別人差。要不是看你們的面孔，這麼私利的人家，怎會倒梿上門給咱做媳婦。我聽人說，爹沒有本錢買豬崽，一趟趟的去財興家求財興賒小豬，他連僵壞豬都不肯賒，這麼漂亮的一個女兒，你想都不敢去想。誰知道小八怎麼也不要。還有陳小兔和松明大學生的女兒，也想給小八的，卻偏偏會……」

「小八他來找過一次，」阿紅說：「說借他五千元錢。我沒有問他借錢幹嘛用。這時房子剛造起，做生意資金也比較緊張。我問他五千夠不夠？他說夠了。我給他八千塊。吃過中飯，他就匆匆走了。晚上我問大哥，小八他借錢派什麼用的？大哥說他不知道，小八也沒有跟他說借錢。」

「他三千塊錢買個比他大二歲的一個外地妹——」老五媳婦道。

「知道小八有老婆。但小八自己沒有說。也不知道事情的先因後果……」

「娘看這女子人長相還不錯，要錢也不多，如果討個本地女人，後面再加一個零，也遠遠不夠的。娘想給老六做媳婦正好。老六說女人眼珠光溜溜，牙齒像積著茶漬一般醬鏽疙瘩。娘說老六十三點，討老婆又不是討她的牙齒？老六重牙齒不重面孔，又推三阻四的說她來路不明，說她不會有什麼圖謀，說講話難懂，交流不暢，愛吃麻辣，嫌咱這邊的菜寡淡無味。一兩天忍一忍算了，一輩子怎麼忍得了？日長子久，兩人為一日三餐而鬧矛盾，過得煩不煩人啊。老六這人也是個人精，對娘說『便宜便宜的——去問問小八要不？』小八對她一見鍾情，欣然答應了。」

「看她對小八還蠻體貼的，」母親插了進來說：「一個上灶，一個生火，出雙成對有話有商量。老五、老六、老七說像是裝出來的。而且背地提醒小八說不要見了女人骨頭就酥掉，知人知面不知心，一張床裡不一定做一樣的夢。不會是放勃鴿吧？財權千萬不能交給她管。大意失荊州——小八被這個女人花得神昏顛倒，拍胸脯維護自己的女人，信誓說：『你們放心！別的女人會逃，泱泱是絕對不會逃的』旁觀者清，當事人昏，走象棋一樣坐落做瘟豬，立起做軍師。……」

「小八雖這麼說，」老五媳婦搶過娘的話頭說道：「小八心裡不是沒有提防的。你不要看小八人老實，他賊得很。他為了試探泱泱的目的，特意在抽屜裡放了一千七百元錢，半個月仍絲文未動。隨後又跟女人說他要去趟舅舅家，見四下沒人，躲進樹林中。知道她要逃跑不會去坐公共汽車的，就守候在必經的小路口，如果泱泱想逃跑這機會千載難逢了。小八一連守了二天二夜，始終不見女人出逃，泱泱連步門外都不出，蹲在屋裡安安穩穩看電視。見她根本不想跑。小八覺得內疚，埋怨自己以小人之心圖君子之腹。要是泱泱知道自己對她如此不信任，她決定留下來反而是個錯誤。小八覺得對她不起，就一五一十把自己的所作所為告訴泱泱。說自己聽別人的讒言，不該採用這種卑劣的手法讓她往套裡鑽的。小八負荊請罪給她一根青柴棍教泱泱揍打。泱泱寬宏大度的說：『因為你在乎我啊，我完全能理解你……』又笑著說：『像你這麼好的好男人，我讓哪去找！就是你拿鞭子驅趕我，我也要強賴在你的身邊……』小八這才徹底放鬆下來。他堅信泱泱跟定了自己，自己應該好好善待她的。從此以後，小八把經濟支配權都交給她。那天，小八喝了不少酒，抱著女人一直睡至第二天的中午才醒來，懷裡抱著的不是他女人，而是一個空枕頭。叫泱泱她也沒有答應。小八這才驚出一身冷汗，翻身起床，趿著鞋追出門外去張望……急忙又回到屋裡翻抽屜，兩天前大隊倉房賣掉分得的一萬二千元錢不見了，被潛伏在身邊的女人席捲一空——二嫂，你不知道啊，小八他是個癡情漢，甚至還抱著幻想，堅信泱泱絕對不會逃走的。說不定晚上或明天她會回來的，五天過去，十天過去，還迷信女人會來，二十天、三十天、兩個月仍不見她回來……回顧整個過程，那天小八交給她一大遝錢。她問小八錢是從哪裡來的？小八說是集體倉庫賣掉分得的。女人從來沒見過這麼多的錢，表面她好像很平靜，心裡真快要激動死了，說她明天去白馬，給小八買件新衣服。晚餐很豐盛，兩個喝了一瓶的四特酒。事後，兩人長凳上做那事……第二天早晨，見小八睡得像個死豬，女人給他懷裡塞上一個枕頭，小八一直睡到中午才醒來，女人坐頭班車就走了。小八痛心疾首，癡漢的『我真傻，我真傻！泱泱你偷走的不是錢，是我的心啊！』」

阿紅一言不發，陷入了沉思。

「女人從懷裡逃走之後，」老五媳婦接著說，「小八日見消沉，他這人古怪，沒錢也不願向兄弟開口。向你借五千元錢，去北京尋生活了，因為他跟老五說過想去北京看看。這一去，電話也沒一個，連夢都不來托一個……不知道在北京還好不？心裡一直很惦記。特別是奶奶，他一天到晚記得小八塘裡抓石藏。小八他不像大哥二哥頭腦活絡，我擔心他在外面吃苦頭，但願早點回來。」

「能打聽到他的消息就好，」阿紅憂悒的說：「公司正需要人手，只要他回來，不愁娶不到媳婦。……舅舅他來過嗎？」

「誒，舅舅老得可真快啊——」

娘說道：「我去看他對我嘮叨，你家老二，他本來過繼給我的呀。黃穀跟你舅舅比爹跟兒子還親熱。『我看好外甥有出息。現在你們都好靠他了。黃穀早把我舅舅忘了，他來你告訴他，什麼時候到他家去，舅舅享他的清福。』阿紅，舅舅他好記得你們呵。看他手腳不靈活，大不如前了。」

「——是啊，」阿紅愧疚的說：「我們理虧，應該把舅舅接到白馬住上幾日。便話黃穀太忙，不要說顧不上舅舅，老婆孩子公司也顧不上……真是一家不知一家事。娘，到時我叫老杜把你和舅舅接來住幾天。今天老四知道我們要來不?」

「我昨天去叫了，」老五媳婦說：「他人不在家。」

「太太啊!」阿紅站起來上前去攙扶奶奶，「你坐這兒來吧……」

「哎唷!孫媳婦大娘，你不用攙扶的，太太跟看見一樣熟門熟路的。」

「她習慣一個人吃飯，」母親說：「只吃素菜就好。」

「太太，你不吃肉嗎?」阿紅問。

「這輩子肉吃膩了，聞著就噁心。」

「魚要吃不，黑魚很好吃。」

「不要吃。」阿紅攙著奶奶走到廚房間去，奶奶摸摸孫媳婦的手說：「手背手心肉墩墩的多嫩多滑，比你第一次來還軟糯……哈哈哈，你像十八九歲的小姑娘，捏著好舒服啊……哈哈哈。」

「太太，」阿紅撫著奶奶的手問：「想吃什麼?我去拿。」

「煎豆腐炒青菜，或貓筍煮醃菜，豆腐皮菠菜湯，臭缸鬧菜，黴莧菜梗兒。這菜我長長遠遠沒有嚐了……」

阿紅把話轉告母親，母親說：『家裡什麼都有，就是她想吃的沒有。吃得作骨，五穀想吃六穀的，到什麼季節了，哪門人家還有臭缸菜!』

「你奶奶她神志不清。」娘出來悄聲說道：「眼睛瞎了多年，看見這個看見那個，半夜三更時常走起來，從樓下摸到樓上，屋裡摸到院子，一邊走，一邊像與誰在說話。如果膽小，准會被她嚇死的。」

午飯後老五媳婦教阿紅去休息。阿紅說不睏。大哥全神貫注的打牌。阿紅在屋裡轉了幾圈，覺得無法排遣，見對面山上承包的桃山，承包款付了不少，阿紅還從來沒有看見過桃花呢，剛才山上一點沒有察覺到?阿紅一陣興奮，獨自向對面山上走去。

沒有可行的路，只能從烈士墳前過。見這一膝高、龜背形的水泥墳頭，阿紅想起第一次與二哥幽會，自覺的停下來。

二哥拉著她走出電影場，天空掛著一輪月亮，小樓吹奏著「雪花那個飄飄」低沉而淒婉的洞簫，電影唱著「賣花呀，賣花」艾怨的歌聲。山谷的晚上靜極了，遠遠仍然能聽到放映機吱吱的卷片聲。紅意識到跟男人單獨相處潛在的風險，警告自己必須懸崖勒馬，螳螂捕蟬的二哥，心裡更清楚過了這個村，就沒那個店了。

人類性行為發展到今天成為一種文化，儘管交配的實質並沒有改變，結婚不會說是粗鄙的交配。人類的性文化已經達到相當高的層次——不僅僅單純的為了繁衍……二哥卻以山頂洞人的交配方式奠定未來婚姻的基礎。

阿紅現在並不否認當初並不想嫁給我二哥的；她受了二哥的精後，雙腿叉開蹲在墳頭上，採用原始的方法來規避自己懷孕……這一切好像發生在昨天。好奇或說不出究竟出於什麼，阿紅詭譎的跨上墳頭去，她謹慎的蹲下身去，小心翼翼的揭開上面一層青苔，尋找著七千三百多天前留下的痕跡……

「你——找什麼啊!」

冷不防突然背後傳來一聲吆喝，嚇得阿紅臉孔煞白，慌忙立起。

40

無情總被有情惱

老五媳婦見阿紅一個人蹲在墳頭上幹什麼?難道今天早上祭祖。有什麼東西落在那裡了?

老五媳婦突然出現，阿紅彷彿像脫光了衣

裳突然闖進一個陌生男人那樣驚慌失措。阿紅慌亂的回過頭，卻看見老五媳婦站在那裡看她。阿紅心裡又羞又惱，嚇白的臉孔恢復過來做了虧心事的羞得通紅。

「我——看這裡的鵝人參長得多嫩。」阿紅語不達意的說：「過去，連一朵豬草都剿不到……」

「二嫂也真是的，水泥石頭那長得出鵝人參呢？」老五媳婦無意的一句話，戳穿了阿紅的謊言，窘得無地自容。

「二嫂，」老五媳婦沒有想得太多，問道：「娘教我對你說一聲，你們今天不用回去了。既然來了，也就不在乎這一夜的。安安心心的待一個晚上去。老杜師傅睡的房間，娘也收拾乾淨了……」

「不了，還是回去吧……」阿紅攏攏落下來的頭髮說。

「又沒有什麼要緊的事，即使你們要回去，吃了早夜飯，也來得及的。那——我早點準備晚飯。」

「午飯剛剛下肚呢。反正是汽車，那也行，遲就遲一些回去吧。大哥打牌正在興頭上呢，索性讓他多打一會。」

「等他打好了，」老五媳婦哈哈笑起來，「你等到明天天亮未必會打得好……來了一遭，就依他個一回。」老五媳婦怕阿紅誤會她在下逐客令，於是又說：「二嫂，你來宿一夜也難得的，不是我在黃婆賣瓜，這裡的空氣和水，比你白馬要好得多啊！」

「空氣水那還用說嗎。天不亮三卡呀、拖拉機啦、汽車的叫聲不斷。一天到晚噪雜的聲音不絕於耳。早先想街頭市面，現在怨聲載道。」

「我聽娘在說，」老五媳婦先吃吃的笑起來，「二嫂第一次來，說梳著兩條又黑又粗令人羨慕的長辮子。連掃毛老小雲他們也說，你的兩條長辮子，一直垂到腳彎處……如果養至今天，你可以申報世界吉尼斯記錄了。」

「長辮子要洗要幹活，太不方便了，結婚前我就把它剪掉了。」也許五媳婦的話說到阿紅的心坎上，心情大變說：「這裡山青水秀，沒有噪音，只有鳥叫的聲聲，住城裡那有這樣好的環境。等以後老了回來住。」

太陽被山頭遮沒了，天很快就幽暗下來，翠綠的青山染成了黛色。夜風悄然驟起，氣溫也明顯在下降，來時阿紅一點沒有考慮多帶件衣服去。

「大哥，」阿紅問：「我們怎麼打算？」

「好弟婦，既來之，則安之，求你讓我過一回癮吧。」

「這張牧牛老嘴巴！」老五媳婦撇著嘴笑道：「賭癮上來，比小孩子斷奶還困難——哈哈哈，我說的嘛，二嫂過一夜去。」

「難得來的啊，」蘇連老一邊幫襯大哥說，「這裡荒宿一夜去，我們的窮氣你不會帶去的——」

「好弟婦，」蝦公刻意模仿大哥口吻說：「你就可憐可憐大伯伯吧，現在教他走罪過人的。像滿月小狗分窩，回去三天三夜好吵呢。」

「好吧好吧！」也許阿紅不忍心教大哥走，也許她自己想留下來過夜，「你安安心心的打牌，明天一早再走。」

「我的大親娘！」大哥笑得嘴巴撕到耳朵邊。

母親忍不住也笑起來，對阿紅說：「這蠟梨頭還是一付牧牛老的脾氣，要到兩腳筆直會改掉。」

阿紅有生以來沒有像昨晚睡得這麼香過。床靠著後院的竹林，頭枕著山泉流水，聽石頭劃破泉水的私語，像男女談戀愛，有說不完的話。半夜突然起了大風，松樹和竹林發出陣陣濤聲，轟隆隆一聲春雷，降下夜雨。樓底下傳來賭徒們的一陣爭吵，你錯我的錢、或他錯了他的錢在錙銖必較。吵過後，又歸為春夜拂曉的死寂……昨夜發生的事阿紅一無所知，當睜開雙眼，「哥哥苦——哥哥苦」熟悉而久違的冤鳥聲吵翻了。

「九、十、十一、十二……」阿紅她扳著手指的數，「春眠不覺曉，我竟睡了十二個鐘點？」

白馬的床緊挨著馬路和市場。天還沒有亮，屠王白刀子進、紅刀子出，殺生的恐怖拉開了一天的序幕。繼而三卡、拖拉機、農用車、自行車、手拉車、雜遝的腳步，絡繹不絕的湧向市場，東邊嘭嘭嘭！西邊噠噠噠！卸貨的、裝車的又摜又摔、又叫又罵，尤其關在籠子裡的雞鴨，倒懸發出撕心裂肺毛骨悚然的慘叫，整條閭巷，充斥著禽獸死亡的威脅和活人生存的掙扎。金錢利潤的引誘下，沒人會計較追求帶來的疲勞。從深巷長街中，傳來熟人彼此招呼、小商小販們打聽行情的漲跌、坐賈們高喊著賤賣的口號，狐狸的想法把最壞的東西推銷出去。阿紅已經不記得自己三點起來磨豆漿了，小鋼磨空轉發出牙齒痙攣的尖囂，不知攪亂了多少人的晨夢。當別人響起小鋼磨刺激神經的尖囂聲，阿紅不止一次抱怨生活在這樣噪雜的環境中。

她打了一個哈欠，一隻鑽進窗子的松鼠，忽然見床裡有個人，他像阿紅被五媳婦嚇一跳那樣，驚慌失措的躥出窗外，難以置信的從窗戶背後探出一雙驚慌的眼睛，打量著從未謀面的陌生人。他知道不會受到傷害，調皮的在窗臺上做起雙手洗臉的動作。新鮮的晨風，從窗戶中吹來，夾帶著絲絲的甜味。阿紅大口的深深的呼吸著，「啊紫藤花，好香。」如果不是生意纏住，她今天都不想回去。

「老闆娘——什麼時候動身啊？」老杜捧著一只大茶杯，從樓下喊上來。

「好了！」阿紅回答道：「馬上下來。老大起床了不？」

老杜哈哈笑起來，「他什麼時候睡過覺啦——」

「他幹了一個通天宵？」阿紅在想。只離開了一天，大小事情一大堆了。兩臺電話此起彼伏，要貨、送貨、結賬一件接一件。

雖說大哥小學沒有畢業，但不能否認他處事的能力。早上醒來，首先考慮今天哪件事最重要，重要的事先處理，然後處理次重要或不重要的事，他主次分明，抓大放小，不會眉毛鬍鬚一把抓。雖然忙得團團轉，輕重緩急有條不紊。到傍晚，記好一天的日記流水賬，然後定心吃老酒，吃茶，睡前必定要檢討今天一天的工作，並部署明天的計畫。

阿紅桌上擺好晚餐，放上酒。哪怕大哥工作到很晚，阿紅從不顧自己先吃的，要等大哥吃完她才吃。

「今天批發賣了十六箱三夾板，」大哥說：「零售的還不算在內。纖維板庫存已不多了，明天就要進貨。我得給老許打電話，趕緊把貨款要來。頂討厭安凱公司，沒錢開存貸匯票給我，不到期銀行不給入賬。這印尼三夾板瘋了，漲到了六十三塊一張，再漲下去不如直接貼人民幣拉倒……」

「大哥，」阿紅拿出一張存款單，「這些年我給你存了一點錢。」

「我要他幹嘛！」大哥看也不看，「有吃有用有得住，錢我派啥用場啊。」

「你不存點錢起來，以後年紀大了，叫不應的。雖然你兄弟包括我不會厭棄你的，但兄弟畢竟是兄弟；——俗話說，爹有娘有勿如自有，老婆有還得開聲口。積蓄點以後好養老。……你弟這人糊塗得緊，現在只曉得一鼓足氣的朝前走，不會看也顧不得看腳底下有絆腳石……現在賺錢，永遠不會這麼好的。世事充滿變數，正如小星說『你家老二脫口一句備戰備荒害人民瞬間成現行反革命，』今天發財當官能進中南海人民大會堂，說得好聽靠運氣的。假如人揹運了，同樣不可想像的……千變萬化不可能發生的事情也會發生，千裡送客，沒有不散的宴席。我不是在觸自己的觸霉頭，你老二他做的事情我們根本不知道，畢竟他單槍匹馬的沒有背景的，……萬一說，他有個不出意乎呢，這苦心經營積攢起來的家產，不需要任何理由讓你傾家蕩產。」

「你嚇三惑四的沒想得想，這那怎麼可能呢。」大哥頭搖得像個撥浪鼓說：「那是絕對不可能的事。」

但大哥心裡承認阿紅居安思危的思想永遠是對的。大哥仔細地想，是啊，有壞就有好，有圓就有缺，誰能預料到以後會怎麼樣呢。她大膽放手的把所有事都交給自己管，從來不顧問或懷疑自己。大哥從心底佩服阿紅。

「我嫁乞隨乞，嫁叟隨叟，橫豎無所謂的。」阿紅說：「你是他的兄弟，況且光身一人，怎麼能沒有一點積蓄啊。人活著要吃要喝，要穿衣，要生病求醫問藥，自己沒有錢怎麼活？假如真落到不可收拾的田地，我和黃穀怎麼向你朝對。我想——」阿紅聽見電話響就去接聽。

「大哥，」阿紅出來說道：「你還是成個家吧。弄個貴州或四川的女人結婚……我們就踏實了。」

「別胡扯了！」大哥意決的把存單推到一旁，說道：「錢我不要！女人也不要！我一人過活怕太愜意了，何苦要緊在腳後頭吊一只破草鞋……等老還早著呢，老了老了再說。你想得最多也沒用，鬥大的蠟燭難照後……你要擔心，永遠也擔心不完的。麻將錢夠就好……也不要拿女人來煩我。」

「姑媽，」曉曉叫道，「表弟的電話！」

阿紅急忙去接兒子的電話。

大哥呷了一大口酒，從心裡湧出了牧牛的下流曲子，翹著二郎腿唱起來。

自從一別到今朝，
今日茶坊變樣了。
女兒以前貴相好！
這山要比那山高；
……
你走你的陽關道；
我走我的獨木橋。

四月繁花似錦，天氣不冷不熱，暖洋洋的春風，吹得阿紅酥酥的，心裡像有東西在蠢蠢欲動。二哥好久好久沒有回過家了，阿紅幾次打電話給二哥，說她很想念他。二哥也說他天天想著她，天天想去，就是天天沒時間。

「你就是來了，」阿紅在電話中埋怨他說：「一個夜都不願住，家裡的老……沒有外面的小好，——是不。」

「你瞎說，實在脫不開身，」二哥電話裡悄聲的說，「……昨晚做夢跟你……過幾天我來看你，好嗎。」

二哥「實在脫不開身」「過幾天」的搪塞阿紅耳朵聽起老繭了，二哥一直在搪塞。夫妻的事兒只有夫妻心裡有數，像鞋子適不適腳只有十個腳指頭知道。阿紅如果往深處從壞處猜測，帶給自己的恐怕只有煩惱。阿紅預感到夫妻的感情危機，不主動積極地去挽回甚至不聞不問，眼看二哥與她越走越遠了，以至無法挽回。

晚飯後阿紅又喝了一瓶波爾葡萄酒，獨自慵懶的伏在二樓的窗口上，眺望著遠處延綿的山巒，問自己「那邊是菩提山嗎？」阿紅對方向的認識很差，二哥住的地方去了三次，三次都找不到北，還是讓二哥開車去接。太陽即將落下山去，上帝他老人家撒下人間最後一抹餘輝，把周邊的白天染成絢爛的彤雲。曠野中的小蟲，吱嘎吱嘎的開始鼓躁。調皮的春風吹拂著她的臉頰，寧靜而美麗的黃昏是多麼的醉人。「我獨自寞落的守著空房，這般美好的時光白白流逝」……

阿紅不習慣晚上喝茶，睡前多喝了一杯新茶，本該早就睡著了，翻來覆去的折騰至後半夜，神志清爽仍沒有睡意。為不讓自己繼續胡思亂想，一二三四的默默心數，但仍舊無濟於事。到凌晨，做豆腐的小鋼磨發出尖囂刺耳的聲音。不知興奮消退了呢，還是小鋼磨的噪雜堵住了思路，打了幾個哈欠，便迷迷糊糊地睡去。

恍惚中，有個男子笑嘻嘻的逕直向阿紅床頭走來。那人身材不高，長得結實，似乎在哪裡見過？也許是個顧客？也許偶然碰見，不管阿紅怎麼回想，她始終記不起來。「他來我房裡幹嘛！」阿紅不由得一陣緊張，「怎麼擅自進來呢？」阿紅想叫大哥的，但半夜三更的又覺得不合適。就本能的用被子把身子捂實。

「你是誰？」阿紅渾身哆嗦的問。

「噓噓——」男人豎起食指，示意阿紅不要張聲。他小心的靠近床邊，在阿紅的床頭坐下：「姑娘，你不認識我了嗎？……」

「我不認識——請你走開，」阿紅緊緊的攥著被領，不幸的因睡不著手淫自慰，內衣胸罩都脫光了，男人像狼看到羊圈裏的羊。阿紅心裏害怕極了，整個身軀似乎畏縮成一個肉球了。

「俺第一次面對面目睹你的芳容，你忍心對俺下逐客令嗎？」聽他說話的聲音對方似乎還年輕。「有些話，只有俺倆才能說的，記得幾天前你蹲在俺的上面尋找什麼？嘿嘿嘿……」

「你胡說！我不認識你，根本沒見過……」儘管阿紅在極力否認，但已隱隱知悉他的來歷了，阿紅堅持不承認。

「阿紅姑娘，」男子將自己的名字呼之欲出，說道：「嘿嘿嘿，既然你想不起來，那好吧！就讓俺說給你聽。那天，你在尋找七千三百多天前春夜失落的青春中最寶貴最值得去回憶的東西……俺對你們的所作所為不能理解也不可原諒。你家那個王八羔子也來尋找過你在尋找的東西。當然不是那天，是很久很久之前。俺本想與你見個面的，不巧你家老五媳婦她在偷偷瞅著你，還有家裡那個瞎眼老太婆，對俺一直懷有敵意，所以不便與你說話。你老五媳婦她心眼兒忒多，她看你蹲在俺上面翻找，以為是金戒指或什麼貴重物品落在那裡了。一聲吆喝，可把你嚇得不輕……你回來後，你老五媳婦她再次來到俺上面，把所有覆蓋的青苔都揭掉，可惜讓她很失望，根本沒有她想像的東西。自言自語的『墳頭上蹲了半天，什麼鬼東西落在那裡？』嘿嘿你這麼快就忘了。」

阿紅終於印證了自己的猜測。男子雖然有憑有據，阿紅仍不願相信，矢口否認說：「你在撒謊！不——我不認識你！請你出去。」

「阿紅姑娘，美麗可愛的姑娘，請安靜，對，你需要安靜，千萬別激動。俺規規矩矩的，俺們可以慢慢溝通……」

床邊坐著一位素不相識的男子，仰躺著跟他搭話。對任何一個女子來說，處境非常糟糕的。更何況自己一絲不掛的，香蕉的光靠外面一床被包裹，一旦被子扯開，後果就可想而知的。阿紅只希望男子能儘快離開，她沒有足夠的能力把他驅走。

「我求你了，」阿紅有限的一生她從來沒有像今天可憐巴巴的向人哀求過，「你行行好吧，請你離開——」

「別這樣絕情，」他不但沒有離開的意思，人一直往身上靠，阿紅幾乎能聽見他心臟在跳，「親愛的姑娘，請你允許接受俺對你的愛——俺不想隱瞞事實，只有相互交流才能相互瞭解，才能取得彼此的信任。俺姓趙，字敬民，名義上俺是烈士，但在官方的檔案中找不到俺趙敬民。不說一肚子氣，說了俺兩肚子的氣，不說也罷。俺是你們倆正式結婚的唯一見證人。你們認識還不到一天時間，就在俺頭上做那事了，黃穀這個傢伙，跟我一樣對女人缺少經驗……你的血和他的精液滲入水泥，像含苞待放的五朵梅花。你們結婚生子，發了財，升了官，日子過得紅紅火火。俺有必要告訴你，黃穀這個王八羔子，當時拿不出娶你的一千彩禮錢，逼得走投無路尋死上吊。你知道不，俺不僅救了他的命，給他指明了方向。你們就靠一千塊錢發家的。你們當地俚語說，人有良心狗不吃屎。俺問你，你記得這小子向你發的賭咒嗎？」

「我不要聽你胡說……」男子的一番話讓阿紅羞愧難當。雖然極力為丈夫掩護，但顯然底氣不足。說道：「你捏造事實……他一直深愛著我。他沒有背叛自己的誓言，他的良心沒有壞。」

「哈哈哈，哈哈哈，」趙敬民笑著說：「你真的好可愛啊！姑娘，你不會介意俺喝你杯裡的茶吧？」趙敬民端起床頭櫃的喝剩的涼茶，用心的嗅嗅，說：「啊真幸福！還沾著你美唇留下的餘馨——新茶也好香，可惜涼了些。俺已經記不起了，什麼時候喝過新茗。我的老天，轉眼間五六十年過去了，時光可過得真速……你能送些俺嚐嚐不？」趙敬民把茶喝個底朝天，抹抹嘴巴又說：「渴死俺了，俺在做餓死鬼。」

「你們發生第一次關係的晚上，俺越想越氣惱，這王八羔子欺人太甚，半夜找他去算帳……這王八羔子機靈，還算懂世故人情的，第二天一大早，他兜裡藏著幾只元寶，一邊燒給俺用，一邊向俺求饒『恕一時莽撞，幹了不應該幹的事……』懺悔中向俺許下諾言『等有錢了，把整座山買下送給俺，烈士墓前給俺修座漂亮的亭子』俺也是通情達理的，你們窮得連褲子都穿不上，飯也吃不飽，俺畢竟與他非親非故，所以俺非但不去為難他，相反一直在暗中護佑他，想不到這王八羔子，用假幣假元寶來坑俺……俺拿著他給的元寶去地府超市使用，結果被人家的驗鈔機查出偽造，說俺使用假幣，擾亂冥府社會、破壞地下的金融秩序，冥府政法機關將俺緝拿歸案。幸虧俺狐朋狗黨多，小鬼差役遍佈各個行政機關，靠他們的竭力幫襯，疏通各個關節，俺才沒有蹲冤獄。地府跟你們世上一樣啊！兩手空空，誰會買你的賬呢，為此壞了同黨不少錢財。是可忍，孰不可忍，俺得不到這王八羔子的照應且不說，反而拿假幣來陷害俺？為之俺背了一身的債。想當初你們被趙美世攔路要債，你設身處地的為俺想想，欠人家錢是什麼滋味啊……不說了，不說了，再說俺要忍不住了……」說到了傷心處，他黯然神傷。

阿紅漸漸相信他說的話，聽趙敬民繼續傾訴。

「氣人的事還在後面，他親口對俺說，發了大財會好好謝俺的。一切遂了心願，把自己說過的話吃了。大丈夫一言既出，駟馬難追，怎麼能言而無信！姑娘，你不知道俺處在水深火熱中……俺在你們當地，一沒有親戚，二無朋友，三沒有關係，以前偶爾還有學生前來掃墓，捧著既不能當飯吃也不能當錢花的鮮花……後來說俺是自己跌下去淹死的，不是參加戰鬥犧牲的，沒有可歌可泣的事蹟，沒有不可埋沒的豐功偉績，檔案姓甚名誰都不知道，烈士碑都不值得立——俺十幾歲就參加了抗日，槍淋彈雨中出生入死，想不到俺淪落成孤魂野鬼的……

「俺救了他一命。假如沒有俺，你們就沒有今天的日子。你們從身無分文，到日進斗金，從破茅草棚到高樓廣宇地連阡陌，不流血，不流汗，從現行反革命到人大代表和全國勞範。你們心情愉快的擔著牲品、果蔬、酒肴去祭奠自己祖宗，這一切以為是祖宗對你們的庇蔭。俺近在咫尺，饑腸鹿鹿的看著，這世道多不公平啊，誰為俺主持公道！他說過，他要為俺旁邊修一座亭子。請來幾批人來看風水，選擇亭址，這小子根本沒有主見，任憑風水先生的擺佈，輕信他們的鬼話，亭址選在俺被啞巴推下的巉岩上。口上說得好聽極了，心裡一點不為俺想？你知道俺最恨的是桃樹，道士常拿桃條來驅趕——俺被桃樹包圍在核心中！恩將仇報，簡直豈有此理！

「今天俺走進你的心裡，」趙敬民一肚牢騷發畢，似乎怒氣稍減，態度和藹說：「俺見到你很高興，俺對你說句真心話——你要懂得愛護自己了。作為雌性的女人，沒有比青春老去更為可怕了，能永遠保持年輕漂亮，你才拴得住狂野男人的心。雄性的男人可不是信天翁，他喜歡跟多個雌性交配，他會尋找拋棄你的各種理由。這點你好像做得很不差，豐滿白淨，舉止文雅而且得體，成熟而更有女人味了，……」

阿紅像被他念了咒語，心神徹底放鬆了。

趙敬民俯下頭，輕輕的吻了一下阿紅，哀怨的說：「俺淹死時只有十八歲，至今不知道女人……」

在他的身上，阿紅聞到一股濃烈的似曾相識的煙酒味兒。這氣味雖然熟悉，但記不起是哪個身上。她剛開口想問『你吃酒抽煙嗎？』被他熱辣辣的大嘴堵在裡面……

她們墮入了慾海深淵，如饑如渴如癡如醉。

趙敬民一陣臨死的抽搐，慢慢鬆開交疊的雙手，他吃力的喘著粗氣，雖然阿紅看不清那人的臉龐，根據猜測他疲憊的臉上肯定露著滿足的笑容……然後他在阿紅臉上留下深情的一吻，就悄然的離開。

阿紅聽見房門發出咿呀一響，阿紅意識朦朧的抬頭張望，房門一閃一閃在晃蕩，同時扶梯傳來躡腳下樓的聲音。

「昨晚房門我沒關嗎？」阿紅否認的搖搖頭。「怎麼會開的？被風吹開的嗎？不！反鎖著的門怎吹得開呢？」阿紅曾經聽大哥說過，鬼是沒有腳的，走路是移的。那麼扶梯的腳步聲又怎麼解釋呢？阿紅下意識的摸了一下，體內尚留著那人的體液，鼻息間尚留著男人的體嗅和煙酒雜味。阿紅長長吐了一口氣，激情過後還能聽見自己的心跳——

41

不能改變別人就改變自己

「大哥，」阿紅梳妝打扮好從樓上下來，

「今天我去學校看黃聰，去你兄弟那兒。沒什事我過上幾天。」

「去吧！」大哥手一揮說：「老杜開車送你。」

「不用了，坐公車方便，直接到他學校門口的。」

阿紅並沒有去兒子學校，而是直接來到二哥的住處，二哥人不在。

阿紅走進屋內，X光一般的眼睛掃描了一下室內，物品擺放齊整，衣裳鞋帽放得井井有條。

阿紅跟二哥過這麼久了，對二哥的生活習性瞭若指掌，結婚至今，丈夫沒有疊過一次被子，起來將棉被蹭掉，鑽出被窩就好，床裡亂糟糟的像個豬窩，眼前床上棉被疊得方方正正，床下鞋子像哨兵站崗的一絲不苟。憑女人敏感的直覺，絕這不是丈夫能做到的——這背後恐沒有自己想的那樣簡單吧。

阿紅像福爾摩斯偵查案情一般，仔細在床裡尋找蛛絲馬跡。一絲淡淡的不同尋常的脂粉的幽香，在鼻息間暗香浮動，很快在被單和枕巾上找到幾縷女人遺下的長髮。阿紅鍬起枕頭，果然見枕下藏著備用的安全套……阿紅像當頭挨了一棒，腦袋瓜嗡嗡作響，剎那惱怒、憤恨、妒忌、醋心、屈辱、冤枉、後悔一齊湧上心頭，使阿紅心跳加速，熱血上湧，胸口堵塞，一個趔趄倒在沙發上。「黃穀啊黃穀！你這沒有良心的東西，背著我外面養女人……」

阿紅雖然早有預感，但不至於成眼前這個樣子啊！

儘管阿紅來前就有準備，但眼前還是讓她難以接受的。她像一隻可憐的喜鵲，辛辛苦苦一根一根銜來的枯枝把窠做好了，卻被斑鳩佔領去，望著窠無家可歸的在旁邊咆哮……背著自己做出對女人不忠的事情。阿紅的內心像一鍋煮開的沸醋在翻滾，一向對丈夫計聽言從百依百順的阿紅，此時此刻恨不得立即揪出這個賤女人，抓住她的長髮厲聲責問「你為什麼要勾引我的男人！——」然而狠狠抽她兩耳光，仍不解心頭之恨，臉上咬下一塊血淋淋的巴掌肉——

阿紅她厲聲的責問丈夫：「你曾對我發誓要用生命來愛我；就是西施勾引你，也不會去看一眼；發誓你無論富貴還是貧窮，做官，還是發財，哪怕窮得討飯捉蛇睡破廟，你會一輩子愛我！你言過其實，你心是口非，你忘恩負義，你卑鄙齷齪。你是現代版的陳世美。」

阿紅坐在沙發上憑著意氣杜撰出這麼一個虛擬的場景。她手腳冰冷，眼淚像珍珠般不斷落出來，擦濕了幾張餐巾紙。罵也罵了，打也打了，咬也咬了，肚裡的怨恨和怒氣被眼淚所稀釋，阿紅無奈的歎了一聲冷氣，「你再恨再氣，也解決不了任何問題。已經構成了事實，應該積極面對。不能當作困難去回避，你越是想逃避，困難就越追著你來。歸根到底三個人必須有個了斷。」阿紅恢復理智，她告誡自己切忌像剛才那樣衝動，克服意氣用事，必須調整好已經紊亂的思路，要以冷靜理智的方式解決或扭轉處於被動的局面。說容易，做起來就難，只要阿紅想起歷歷往事，寒天喝冷水點點滴滴在心頭，這一肚子的苦水向誰說去！忍不住淚水又撲簌簌的下來。

每當阿紅孤單隻影寂寞中思念二哥的時候，她心裡真的好後悔。早過上別人還在追求夢想的小康生活了，何必讓他出去幹事業？財再多，官再大，過的還是平常日子，雄心最大，人家又做不到天上去。只要想透了，人一生關鍵夫妻感情為要，縱然有金山銀山，夫妻同床異夢或聚少離多有何意思……獨自在家平時連個說話的人都沒有。

當愛和怨交織在一起，阿紅的內心很糾結矛盾。想到二哥給自己和家族帶來榮耀，想到宏偉基業蒸蒸日上，想到官場坦途和利益，想起往日對自己的千般情意，眼前這些怨恨和不快心裡的塊壘慢慢平復釋然了。當阿紅「現在你有了新歡，把我長期晾在家裡，卻跟另外一個女人纏綿悱惻同枕共睡——」這一肚子的委屈向誰去訴說……剛剛平復的心情，死灰復燃，阿紅絕望的心情糟糕透頂。她怕哭出聲音，咬著自己的手臂失聲慟哭。

阿紅沮喪消極的想，應該勸二哥辭掉工作，一起回白馬去。回白馬幹什麼，教他經營超

市，還去管理工廠？不就因為出於自私把他囚禁在婚姻的窠臼中……思前想後覺得自己這樣做也太不道德，不但沒有足夠的勇氣說服他，連自己覺得滑稽可笑。阿紅知道憑自己那點口才，哪怕說得再天花亂墜，只要二哥他想要做的事情，九牛都拉不回的，正如當初開大肚漢餛飩店一樣。

問題關鍵不在二哥身上，而是在跟他一起的女人身上。只要解決掉那個女人，釜底抽薪的一切就迎刃而解了。有什麼辦法能解決女人呢？好好勸她離開二哥？要是她不肯離開提出讓自己離開呢？假如二哥他不願意離開那女人呢？採取強硬手段呢，還是用金錢去引誘？跟她們針鋒相對矛盾公開激化，拼個魚死網破……最壞的結果只有一個——離婚。離婚牽一髮而動全身啊，怎能愚蠢到輕言離婚！一旦失和感情破裂，夫妻就像打破的碗，補碗的手段再高超也難以修復了。雖然勉強的在一起，心裡留下一道永遠無法彌合的隙罅。縱觀分析許多夫妻之間發生的危機，本來還有挽回的可能，由於一時衝動缺乏理性，喪失夫妻感情的自我修復功能，忽視夫妻生活的藝術性，往往變得事與願違。自己硬生生的把丈夫或妻子推到第三者懷裡。

記得二哥自己說「中國本是個骯髒的男人國度。」妻子承認丈夫有第三者，男人並不倒楣，受害的反而不光彩。搶人家丈夫的女人，公然還要奚落你自己沒本事。農村有句俗話說，男人是戴朵花，女人是帶個疤。二哥他不再是小老百姓了，是個有頭有臉的人，如果他的糗事捅出去，就算拽回到自己身邊，兩個人再能和好如初嗎？還能挽回昔日的感情嗎？無論社會政治影響，還是對家庭的利益，這樣做百害而無一利。

非把她們搞臭搞倒，等於自己親手推到另個女人的懷裡，設身處地的想，巴不得你跳出來公開化呢，乾脆把事情挑明瞭，男人喜歡愛誰就愛誰。自己親身經歷過大革命，打倒官員先從他的生活作風做為突破口。一旦口子撕開，即便馬克思是他的舅舅都沒用。現在政治上雖然淡化了，但百姓對官員的誹聞比任何事都關心。皇朝男女性事解鈕，人又回到了動物的本能去，滿街都是只能做不能說的色情行當，有錢有地位的人包養二奶三奶，錢少的男人逛低廉的洗腳房，身居高位道貌岸然的大領導，彷彿像西元前六百年的朝代，幾個男人共用一個夏姬……假如二哥除了自己沒有別的女人，他反而讓其他官員瞧不起。只要自己不把他當一回事，誰會把你當回事呢——為什麼非把自往死路上逼呢？只要不離開這個家，只要她不拆散我們保持名份，只要不傷害到家庭，睜一只眼閉一只眼讓它去——相信總有一天他會甦醒過來的。

阿紅燒了一桌子的好菜。然後對著鏡子，認真打扮了一番，對鏡子練習了幾遍微笑，回到客廳，打開電視。

阿紅聽見二哥同小石有說有笑的上樓，走到門口，兩個這才發現阿紅竟在裡面。小石做賊心虛，轉身想回去。

「哎呀，小石姑娘，快進來呀！」阿紅微笑的迎出去，一把牽住小石的手，說：「今天我去看兒子，順便就過來了。看看有什麼衣服、被單要洗的。沒事可做，我就做了幾個小菜。可惜我手拙不會做菜，來來，一起吃吧。」

「嫂子——你來了，」小石見阿紅悶聲不響的來到這裡心早就慌了，只好故作鎮靜的說：「我還是回家去吃……」

「家裡誰給你做飯啊。來吧——」

小石心裡好緊張，她連電話都不打一定是有備而來的，這下事情可糟了。她來了有一段時光，待在屋裡幹嘛呢，她會去床裡查看嗎？枕頭下的東西發現了沒有？說不定她證據已抓到手了？事實勝過雄辯，還有什麼話可以說呢……自己剛才轉身想離開的動態，恰好說明做賊心虛。問題關鍵主任是什麼態度？情人與老婆之間又會作出怎樣的選擇？兩人曖昧的過著夫妻一般的生活，他沒有向她說過「我愛你」的話，自己跟男人之間橫著一座山，傻B一樣也沒有追問過兩人的結局。難得糊塗的享受著不該享受的性生活。唯一希望她什麼也不知道。

阿紅不像過去那樣起早貪黑的，心身得到了前所未有的放鬆。年齡和眼界的開闊，金錢物質達到飽和與滿足，對精神反而感到越來越不滿足。肚皮吃飽再也不想吃甚至厭食，精神的追求與慾望永無止境的。養尊處優對大魚大肉失去好感，為保持健康與苗條，阿紅控制自己的食欲。一方面長期不曬太陽，連洗衣做飯打掃衛生的家務，再也不去關心。而把諸如做面膜、護膚、健身，放到了議事日程上，竭力保持年輕的容顏，皮膚鮮潔白嫩而富有彈性，雙手保養得玉筍一樣，背甲閃耀著朝氣的光亮，讓自己感到不足的，臉上的肌肉略顯豐滿了。阿紅穿戴不僅講究，而且追求時尚，平時經常上網與人交流學習，不僅豐富了生活，緊跟時代不至於被淘汰。

母親說：「阿紅第一次來看人家，皮膚黝黑，手腳粗糙，像個斫柴老的。生產隊裡開大會，撩起衣襟毫無顧忌的敞著乳房餵孩子奶。吃飯上頭，黃聰蹲在地上喊她『媽媽！我屎拉好了！』放下飯碗給兒子擦屁股，草紙裹著兒子的屎還捨不得丟到別人的糞坑裡，捨近求遠丟到自己的茅廁去。手也不洗一下，端起飯就吃……」

小石看阿紅像警犬嗅嫌疑人一般端詳著自己，這讓警惕的小石目光游離如坐針氈，汗順著背脊流下來。始終不敢正眼看阿紅。

「冬天穿過的衣服幫他洗一洗，」阿紅笑吟吟說：「想不到洗過了，被套毯子全都洗乾淨……多虧小石姑娘的照顧……」

阿紅每句話的每一個字，小石都會細細咀嚼斟酌，不管怎麼總覺得阿紅話中有話，多虧她的照顧什麼意思呀？小石羞怯地低下頭，目光又一次落在忐忑不安的床裡，想到昨晚兩人瘋狂的情景，似乎另一個女人就躲在蚊帳後面看。小石心怦怦直跳……她今天想來個甕中捉鱉——

「小石，」阿紅說：「看你比上次來我家時胖多了，既健康又漂亮。下回有空去菩提山玩玩。山區衛生條件雖比不上城裡，但山上空氣好，喝的水也比城裡好，這裡的自來水有一股難聞的漂白粉氣。那時團委去城裡開會，第一次喝到自來水，一股濃烈的漂白粉氣直叩腦門，我急忙去外面吐掉，真笑死人了……」

小石像十七八只吊桶在井裡打水，察言觀色的注意著阿紅的每一句話。不敢多走一步路，不敢輕易說句話。

二哥同樣在擔心枕頭底下藏著那東西，眼

睛時不時去瞟床裡，究竟有沒被翻動過。二哥在回憶阿紅平時的習慣，揣摩她屋裡會做什麼呢？既然她說是來洗衣服的，那麼肯定找過衣服被單之類了，不然她怎麼知道被套毯子洗過呢？要是避孕套已抓在她手裏，她不會這樣心平氣和吧！進門就要翻臉了，至少不會這樣和顏悅色的。通過舅舅為兄弟分家的那件事，讓菩提山的人一度傳為佳話，都說阿紅有忍耐心，寧可自己受委屈，要是換任何一個女人，所有債讓她們背卻稻草都沒有一根，早跟舅舅兄弟們鬧翻了。二哥一直認為女人與女人間鬥爭跟階級鬥爭一般激烈，肚量最大，也不能忍受另一個女人的存在。難道她設的是鴻門宴嗎？在這平靜的背後醞釀著風暴……

「公司生意好不？」二哥有意將話題轉移到生意上。

「生意不差，」阿紅說：「不過稅收之外的費用日益增多了，稱得上層層盤剝。工商去了稅務來，去個強盜來個賊。借著大沿帽和這一身老虎皮搞變相勒索，常以偷稅漏稅商標為名，對個體工商戶亂敲竹槓。稅務官像土匪的衝進家裡來，把抽屜裡的現金實記帳、發票本都掖走：『你到——所裡來處理！』揚長而去。做生意誰經得起仔細查帳呀，有的開抽芯發票，有的小頭大尾，即使他們查不出一點毛病來，你一毛不拔，休想還帳簿發票。開口罰款十萬廿萬，恫嚇個體戶按照國家稅務法規，補交稅額之外偷一罰三，證據確實情節嚴重的拘留或判刑。業主只好請他們吃飯，向他們懇情，向他們行賄。酒足飯飽要去歌廳KTV玩女人。送他中華煙、茅臺、五糧液不要，說家裡別人送的煙酒多的是，七折八扣轉賣禮品收購店。他們提供給你一個個人帳戶，讓你存入一二萬元錢，然後帳簿發票才能還你。這些戴大沿帽的執法隊伍，好比埋伏在正義道路上的搶劫犯——簡直是無法無天了。你身為人民的代表，如果有機會撞到你的槍口上，這種知法犯法的部門及行為，你應該好好向政府反映反映，你們政府教人怎麼做生意啊。現在，不比我們那時了，生意一日比一日難做。幾年前，是繳殺頭稅的，現在明的要繳稅，暗的還要勒索，這些國家公務員都張著獅子大的嘴，都想一夜暴富啊！……幸虧你在這個位置上，他們從不來麻煩我們的，還時不時的莫名其妙的送些東西給我們。狗眼看人低——」

「大哥他怎麼樣？」二哥不想聽阿紅這樣尖銳的政事兒。

「幸虧有大哥，」阿紅說：「雖然生意利潤比以前薄多了。靠公司信用和實力庫存壓得起。加上大哥管理精明，調度得當，用不著我操一點心思。只是大哥他想不通，他的脾氣頂好小工也不要，汽車也不要，說汽車要養路費、保險、維修、油錢再加老杜的工資，說不如叫社會車輛合算，計程車隨叫隨到。什麼錢他想一個人賺。」

「對對……就是啊！」二哥說：「煙酒給他買得好，邊吃邊埋怨——人窮怕了，窮到骨髓裡……」

「這是人家自己燒的燒酒，」阿紅拿著酒說：「我守著燒酒爐，看頭道酒流出，度數高，酒醇，舅舅他邊喝邊叫好酒好酒！在桌子上倒了幾滴，打火機一點，就轟的著了，火苗藍幽幽的。舅舅說這樣好的酒他幾年沒喝了。我買了兩罈送去給舅舅。舅舅說『外甥娘舅十多年沒見面了……』他對娘說你本來是他的……你應該抽空去看看。」

「確實不應該……」二哥呷了一口酒，「啊——真過癮！喉嚨熱辣辣的一直燒下腸子去，夠味。」

「小石來！」阿紅撥開小石阻擋的手說：「今天不喝酒你沒道理——」

「呀——這麼多啊！」小石連連擋住酒瓶，說：「嫂子我喝不了啊。」小石拿過酒瓶說：「讓我給嫂子倒……」

「老婆辛苦了！」二哥舉著杯說：「敬你一杯。」

「小石來，大家一起乾！」

阿紅的酒量不比小石小，二哥蓄意挑唆小石和老婆，「看你們兩個誰酒量好，今天見個高低吧。」

「開心不？大小老婆給你助樂……」阿紅

看二哥這副德性，心裡直罵二哥。還是端起酒向小石挑戰。小石仗自己的酒量大，並不懼憚，一時間觥籌交錯，氣氛和諧而活躍。一切疑慮、猜忌、惶恐煙消雲散。

在這極其敏感尷尬而複雜的場合，阿紅卻能沉著理智的應對，同床睡了這麼多年的二哥，也感到陌生了。

阿紅從貧苦的農婦，變為一個有錢的闊夫人。在跌打滾爬的磨礪中，世事洞悉，人情練達，既然自己改變不了別人，不如改變自己。一個人越深入社會內裡，對各種人和事的結構就越瞭解，更能把握自己與別人。阿紅多了一些心機，少了從前那種純樸。

「一心一意的愛我一個晚上——」阿紅對二哥說。

「打電話來我好去接你——」二哥特別想瞭解阿紅是否知道他跟小石的事情，然後打個措手不及？於是旁敲側擊的試問。

阿紅似乎刻意的回避，「我不在你身邊，要多注意自己的身體。因為你忙，所以我不忍去打擾你，心裡想得很，幾次要想去看你，自己勸慰自己，這麼苦都挨過去了，還有什麼不能克服的。我始終相信自己的男人，沒人能撼動我們的感情……當電影場第一次牽著我的手，我有白頭到老的一種感覺——這顆心跟當初一樣為你在激烈的跳動，她絲毫沒有老去——你能回家看我就心足了。你也是為了這個家，所以我不會拖你的後腿的，也不會耽誤你的事業與前程。不是說好清明你回家嗎？我去趙敬民的墓上察看……」

「趙……趙敬民？」這名字聽來好熟，可二哥怎也想不起來，「哪個趙敬民啊……看幹什麼？」

「葬在你旁邊的那個烈士。」

「哦——哦，」二哥十分詫異，「你看見什麼了？」

「我看七千三百多天前青苔覆蓋的精血——被你老五的老婆嚇了一大跳。她像鬼魅一樣在我的背後偷看。」

「你怎麼知道他叫趙敬民？」二哥摟著阿紅，憐愛的親了一下，「我的癡老婆，那是血不

是鐵，鐵也爛光了——」

「海可枯，石會爛，血永遠也抹不去。耳朵經常會響起《賣花姑娘》的歌聲；腦子印著那晚的月光；牢記著你對我說『就是西施勾引我，我也不會看她一眼』的話。她讓我醉到今天。趙敬民……」

「怎麼了？」

「他來找我了——」

「見鬼……」二哥心裡一顫，「這狗日怎麼會去找你的！他對你——怎麼說？」

「他對你非常氣憤。對我說，你燒給他的元寶全是假的，根本沒念過什麼佛經，因使用假鈔而鋃鐺入獄。要不是這些朋鬼幫忙，差點判處無期打入十八層監獄，朋鬼花錢疏通關節，才將他贖出來的。他還說他救了你的性命，幫助你娶了老婆，生了兒子，發大了財，做了大官，然而你對他的承諾一件都沒有辦到。非常非常生氣。」

「唔唔唔……還說什麼……」

「說你答應他山上建一座什麼亭，」阿紅當然不能說她與趙某人做愛了。「菩提山風景多宜人啊！——以後老了回菩提山去，那裡人少，山青水秀，我去了簡直不想再回來了——」阿紅聽二哥響了起陣陣鼾聲，雙手慢慢從二哥的懷裡移開，兩人背對背的拼成一個「北」字狀。

二哥心裡總覺得有一件事擱著，並沒有入睡，無非想讓阿紅先睡去。阿紅今天一天太疲憊了，發出了均勻的鼻息。二哥悄悄伸入枕頭底下，避孕套安然無恙，不由得臉上漾開了笑容。

第三天早上，阿紅說她得回去，二哥也正要去開會，八點半老杜車已開到樓下等，按了兩下喇叭。二哥在阿紅臉上親了一口，「過幾天，我回去看你——」

阿紅二個月沒有來例假，懷疑自己不會懷孕了。又過了一個月，才去醫院作檢查。經婦產科主任醫師診斷，告訴她說：「你應該早已懷孕了，差不多有三個月……」

阿紅診斷回來，她沒有立即告訴二哥，等肚子明顯看得出隆凸，打電話告訴二哥。二哥電話中得到阿紅懷孕的消息，簡直高興得發瘋。等二哥靜下來，在電話中覺得阿紅似乎並不高興。

「去墮胎算了……」阿紅冷冷地說。

「你在胡說什麼！」二哥急得立即跳腳，「不行！——那絕對不可以的。」二哥阿向紅哀求，「一個孩子太少……求你了，老婆我喜歡孩子，生下來吧。」

「我們已生了兒子，計生委說不能再生第二胎……」

「放他個驢子屁！」二哥兀的一句北人罵腔，阿紅覺得很新奇。「他們管這管那還不夠——你用不著跟他們囉嗦的，我教他們領導來找我——」

「我不想再要孩子了，」阿紅杜撰過計生委的故事，差點兒笑出聲來，說：「你們男人只會講現成白話。」

「親愛的！我求求你，——至少有我的一半……」

二哥電話裡從沒說過親愛的，趙敬民叫過她親愛的，「這麼多年沒生過孩子了，再教我生小孩，心裡非常害怕。一害怕要給孩子餵奶，二害怕晚上睡不好覺，三害怕小孩常生毛病，四怕你對我不問不聞……六怕破壞了我的體形，七怕自己成實足的老女人，更怕你不喜歡我……」

「呀呀呀！不要含血噴人好不！」二哥不等她說完，「什麼時候我不喜歡過你？我可以對天發誓——親愛的，你聽我說——添一個孩子就多一份父愛；你是天上的北斗，我們是群星，緊緊地圍繞在你的身旁……」

「嘴上別說得這麼好聽了——我人變老了，世界美女有的是，你移情別戀……而我孤單的圍著孩子們……」

二哥聽阿紅說的話受到了強烈刺激，條件反射的作出反應，「你說我會不愛你，阿紅我怎麼說你才會相信呢？要我把胸脯剖開心給你看。」

「如果是個女孩呢？」

「老天在管啊，巴不能夠的事。」二哥跟大多數父親一樣阿紅並不感到意外。「喂喂，你還記得生黃聰時，接生阿婆對你說『老二媳婦，你先結果，後開花……這兒子給爹當接腳兵；以後再生個寶貝女兒，給你做貼心小棉襖——』夢想成真了，盼到女兒這朵花。你的心頭肉，我的掌上明珠啊——」

「去做過超音波了，」阿紅隱瞞不了自己內心的感動，說：「白主任告訴我，十有八九確定是個女孩子。」

「受上天的眷顧啊！阿紅我說太好太好了，簡直比咱自己安排都如心——」二哥出自內心的激動，阿紅在電話中彷彿看到他喜極而泣……半晌也難以平復，用變異的聲調說：「阿紅……我我我激動得哭了，一生沒有這樣激動過。你不知道我有多麼的愛你。」

「你在外邊已有了要好的……」阿紅切準了火候，二哥如蛇打在七寸上。

「天厭我！天厭我！」二哥矢口否認，「工作這麼忙，你不但不體諒，還胡亂猜忌外面有相好……我們患難夫妻，赤膊身子從刺窩棚中鑽出來的，人間所有的痛苦哪樣沒有嚐過啊！我們風風雨雨的走到今天是愛支持我走到今天；沒有你哪有我的今天。我怎麼忍心拋棄你另覓新歡。天下的男人都可以有外路，唯獨我黃穀不會走這條路的——你還記得我對你說過，如我背叛了你，讓我不得好死，像菩提山那棵菩提樹那樣劈成兩半。請你相信我我不會包養女人的，身在江湖只是逢場作戲而已……」

二哥錯誤的為自己狡辯，認為他的放蕩與愛自己的女人兩者並不矛盾的——二哥見小石走來匆匆掛了電話。

當大哥得知阿紅有了身孕也樂壞了，叮嚀她要注意休息。

「大哥你也真的，」阿紅笑著說：「我不是金枝玉葉沒那麼金貴，懷黃聰的時候，六月大肚去種田割稻，挑兩百斤的穀擔頭呢，回家燒飯煮茶餵豬，油屁也沒有的一碗菜湯，兩大碗飯。適當動動反而對胎兒有好處。」

公司生意出奇的興隆，大哥進貨出貨忙裡忙外，渾身有使不完的勁。晚上兩碗黃湯落肚，一天疲勞消失了，抖著小腳，夾香煙的兩指頭熏得像廣東臘腸，打擊桌子為拍，哼著牧牛老的下流小調。

42 第十章

青羅短衫抛一旁；
八幅羅裙棄在床；
脫落紅紗兜，卸卻金銀鏈；
只見姣嫩的肌膚白如霜；
胸前露出兩只羊角奶；
半片紅蓮翹一旁；
美不過，雙彎嫩腿渾如藕
——輕啟窗，嚇一跳，
賊膽忒大哥郎竟敢闖閨房！
倘然是，洩漏風聲釀成禍……

什麼錢都敢要

二哥站在全市第一高的高樓上，俯看城市全貌不由感慨不已。原本騎自行車只消短短的十幾分鐘就能把整個城兜個遍，眼下工業開發區、住宅樓、商業街、廣場等等鱗次櫛比一望無際，城市擴張建設的速度像沒有剎車的汽車駛入了快車道。心理還沒有來得及準備數十公里之外成了市區範圍，憑肉眼的功能已望不到城市的邊際了，汽車要跑遍全市範圍，估計也得大半天。一個名不見經的縣級市，政府的辦公大樓讓美國人看了一定會說讓白宮也抬不起頭來。城市發展的速度只能用日新月異來形容，二十四層樓、三十二層樓的高樓大廈像雨後春筍的從地上冒出來。這一幢比一幢高的建築。富饒無比的地方政府，彷彿掘到了一座金山。因為掘之不竭、取之不盡，所以大肆的揮霍，比比都是樓堂館所，處處呈現出欣欣向榮。大片大片的稻田、蔬菜地、民房宅院正在萎縮乃至徹底蠶食。高樓下這破爛低矮飽經滄桑的陋巷將完全消失，豎立起一坨坨冰冷的水泥疙瘩。

GDP像另一種社會主義大躍進的翻版。說為了拉動GDP，不如說官員為了凸出個人的政績。

不僅城市建設搞得好，掌管的人撈得盆滿缽滿，關鍵獲得了晉級的政治籌碼。什麼叫雙贏，這叫三贏。

這裡我必須指出了，二哥對私生活放縱不加節制和檢點。環境墮落關鍵在於自身的墮落，無度的慾望正侵蝕著他的靈魂，他放棄了他應當去探索追求想要的知識。甚至他面對阿紅，仍然為自己不道德的行為作愚蠢而錯誤的狡辯。他不知道社會一旦自由氾濫，當一個人的愛好取代一切時，敬畏就不復存在，權威也就受到蔑視，道德法律就會被拋在一邊。至少人民代表應該為民說話，為民辦事，率先做出一個社會公民的典範，而不該默不作聲去當花瓶擺設的，反而與人沆瀣一氣，只顧自己發大財，成天沉湎於聲色犬馬中。二哥把感情與性慾無恥的剝離，認為肉慾只是原始的低級慾望，無礙於夫妻情感和家庭關係——現代觀念與傳統道德在十字路上猶豫徘徊，不能與時共進的當下，科學無論如何高超，人類能窺探到宇宙之外的多個宇宙，具有中國特色的人類社會萬變不離其宗。新知觀念像一直朝著地平線走一般，最終又回到原點。

二哥沉迷於女色幾乎到了畸形變態，像鴉片上癮一般不能自拔。下決心曾幾次想離開小石，最終還是讓他下不了決心。他像一個出色的驗屍官，對小石各個部位作細緻的勘查——發現除心理作出的反應和敏感存在各自的差異，她們身上的器官跟自己女人並無兩致——當縱慾過度精力衰退而感到力不從心，她們不依不饒如狼如虎如饑似渴。看不見摸不著的肉慾像是精神的黑洞……

也許徹底瞭解了女性的心理及構造也失去吸引。也許因為得知自己有了女兒他才痛下決心。也許因不為人知的原因才離開溫柔鄉的。

弗洛伊德分析人的性心理說：「生命的叫喊是從愛慾的鬥爭中發出的，毋庸置疑，快樂原則在同力比多，即把這種障礙引入生命過程的一種力量……」不可否認，人類性交不單單為了繁衍或複製自己，從另一個角度斜視人的本性則比性本身更具意義。二哥得到有了女兒的好消息，他一度激動興奮得哽噎，幾夜都沒有睡好覺，彷佛能想像出小女兒的樣子，活潑可愛，聰明漂亮。八個兒子讓父母無法忍受，自己都覺得不該來到世上。二哥的心情當然可以理解。

「喂——在哪兒？」

「剛到辦公室呢，」二哥知道是何冉打來的電話，「何市長有什麼指示……」

「說話——方便嗎？」

「沒事，請說。」

「這樣……老地方等。」

「我馬上就來。」

二哥的奧迪車駛上王朝大酒店，門口服務生把二哥的車子接走。進入電梯直奔一八二〇號房間。何冉剛從按摩浴室出來，頭上裹著一條白毛巾。何冉連看也不看一眼，劈頭劈腦，「事情怎樣了？」

「照你的指示，」二哥向他解釋道：「答應並滿足他們的要求。給方鎮長三套房子。他要求把房產登記在他老婆的名下。卞鎮長他說不要房子，他要現鈔。他這人比較特殊，平生最大的愛好是賭博，經常去緬甸澳門賭博。上次去美國考察，一次輸掉三百六十萬人民幣……其次就是搞女人，聽說長期養著兩個情婦還要去霸佔別人的老婆，照樣去色情場所……卞鎮長他沒有子女，說你給我房子我還得出售，買進賣出的影響太大了。開口要三百萬……」

「這些可惡的鄉吏，簡直越來越不像樣！」何冉忿忿地說。

何冉從政的幾年，政績斐然，名聲卓著。辦事雷厲風行，她想辦的事沒有辦不成的。

她剛入仕途時，她是個文質彬彬的溫良恭儉上的讀書人，工作踏踏實實的，確實幹了不少實事，隨業績凸出地位也越來越高，她與現在的潑辣獨斷充滿功利的何冉判若兩人。說她是披著羊皮的狼也好，或是羊訓成了狼也好，她從「政治幼兒班」出色的畢業了，成長為出色的陰謀家和野心家。何冉資歷變深，人脈關係也越來越廣，不知什麼時候開始，何冉的臉上褪去了親民的笑容。以專橫獨斷跋扈而著名。她的金絲眼鏡的背後，藏著一雙犀利可怕的目光，削瘦的臉上幾乎沒有多餘的肌肉，罵起娘來比男人還地道。

有次，二哥的朋友開玩笑，說：「你看何市長像不像江青同志……」這層紙一下給這個鬼給捅破了。

「區區一個亭長！」何冉罵道：「竟然如此的貪得無厭！人家向我反映，說陪他們一起去拉斯維加斯，他贏了三千美元——而你說他輸了三百六十萬人民幣？說法卻大相徑庭啊。去的這些同僚，見他贏這麼多錢，大廳一片譁然，個個紛紛下賭注，讓外國人刮目相看……除你沒有參與，每個人都下了賭注……幹部隊伍老百姓當中造成極其惡劣的影響！給政府抹黑。難道你不去認真的反思……」

「小題大作，」二哥點上煙說：「有些人在惡意中傷，有著不可告人的目的。唯恐天下不亂。」

何冉遞過法國玻璃煙缸說：「當然，有政治企圖。醉翁之意不在酒，目的要把對手搞臭搞倒。得注意你那些恭維你的朋友和酒桌上杯來盞去的鐵哥們未免都是可靠的人，也許是睡在旁邊的政敵——他們當面當面一套，背後又背後一套，上面跟你握手，下面踢你腳頭，整死你從你的屍體上踏過去……」

「聽我解釋——」

「不！你不要替自己解辯，」何冉武斷的打斷二哥，說道：「你沒長耳朵——說你六點七億的一個大工程，不就種了幾株樹木嗎。不然你怎麼肯花錢請他們去出國考察旅遊？說你人大常委主任的黑手在操控著整個工程，言外之意，因為有我在背後撐你的腰，人怕出名，豬怕壯，槍打出頭鳥，一旦成眾矢之的，就非常可怕了。你想三處拆遷工程，你幾乎包攬了百分之六十七。有實力、有背景的建築巨頭都盯著這塊肥肉。拆遷戶，市民及政治對手，都在一旁觀望伺機出手……你戰勝不了對手，對手就會戰勝你，不是東風壓倒西風，就是西風壓倒東風，官場上歷來沒有雙贏的局面。只要撕開一道口子，他們毫不留情將你斬盡殺絕。那時你要多難堪就有多難堪。這一點你應該比我明白的。」

「請你放心——」

「你讓我怎麼放心，啊？」何冉再次打斷

二哥，「必須紮紮實實、步步為營，必須防患於未然，必須顧全大局……牽涉到某些人的利益，關係到千家萬戶，若出紕漏，不要說政治對手，牆倒眾人推。老房子拆遷，他們歡欣鼓舞，從此告別陰暗潮濕的弄堂，有高樓新房住了，個個擁護支持政府的拆遷工程。但具體涉及到個人利益時，或達不到他們的補償願望，他們會團結起來，為自己的利益作共同的鬥爭，不惜跟你拼命，去越級上訪，去靜坐鬧事，去堵路堵車，破壞抹黑政府的形象，擾亂正常社會秩序，造成工作被動，帶來各方壓力。市領導尤其作為負責舊城改造的何冉難咎其責。不是危言聳聽，不去及時補救，一旦成為爆點，吃不了就兜著走。你和我走到這一步可不容易；經不起任何波動與折騰。」

「你說得對，——」

「關鍵的問題，」何冉說：「出在這二個鎮長身上，既能起積極的帶頭作用，也能起消極甚至煽動破壞作用。事已至此，不管採取什麼方法，儘快讓事端平息掉。二期工程大約什麼時候能竣工？」

「居民對市府舊城改造及補償問題持什麼意見我作過民意調查的。」二哥說：「絕大部分居民支持政府拆遷工作。雖安置工作出現這樣那樣的問題，但總體對拆遷補償還是比較滿意的，對工作表示理解……但他們意見最大的是每戶必需繳五千八百元管道煤氣初裝費。不僅如此，煤氣使用計費高出大城市的一倍，這顯然不合民情民意，是整個事件的引爆點……居民發牢騷說周市長成了周剝皮，政府工程把老百姓當做搖錢樹……市政工程本身為老百姓服務，是民心工程，你教老百姓拿出這麼多初裝費出來，市民的意見能不大嗎。他們寧願回到燒煤球爐子的時代。幾次來到人大反映這個問題，但……」

「你要擦亮眼睛，」何冉神情嚴肅的說：「黃主任千萬不要讓你手下所矇騙。他們在揣摩迎合你的心思。這些汙吏都是欺上瞞下的高手，能上能下、能屈能伸、見風駛舵、陽奉陰違，騙與瞞是祖傳的秘方中國的特色。說句心裡話，過去教書幼稚單純，進了衙門才知道宦海多深，玩

這種伎倆的（何冉搖著頭說）太多太多了……包括自己已深陷其中，你不得不跟他們玩一玩。仕途猶如走鋼絲繩啊，必須學會平衡技巧啊！管道安裝承包的人是周市長的外甥，這小子借他舅舅的名義，舅舅又借他的手來斂取洗白錢財，外甥娘舅狼狽為奸簡直無所顧忌了。周市長什麼事都想染指，他什麼錢都敢賺，什麼錢給他都敢要——老鷹吃河豚不怕死！找機會我與周市長開誠佈公的談一談，承包人畢竟是他外甥嘛，外甥出事不找你周市長！」

何冉又倒了兩杯紅酒，聽見玻璃蓋子天衣無縫的一聲。「上禮拜五王副市長被紀檢會找去談話了。看樣子他麻煩很大，說不好要雙規。至今沒人知道他關在何處何地……隊伍中一個人出了問題，覺得人人自危，個個忐忑，聽說組織部的肖部長和宣傳部的人去找過紀檢委，想通過上面把他撈出來。這次一點風聲都沒有漏出，是中紀委直督下來查辦的。現在上下都一樣，內部要麼不出事，一出事拔出蘿蔔帶出泥，大家懂得了抱團取暖……內部這些關係結構都非常複雜，煤氣管道不是牽涉他外甥那麼簡單，裡面有一幫子的利益共同人。不過我們不能對其亂加猜測，反正各自打掃門前雪，著重管好自己的事就行了。所以我不得不再三提醒你必須把握好尺度，不能有任何紕漏或閃失，聰明的做法是如何去化解與民眾利益衝突，處理好各種矛盾，明哲保身避免火燒到身上……」

何冉呷了一口酒，從沙發上立起，「何娜前幾天從美國打電話來告訴我，教我當面向你說聲謝謝。我呀，也沒有什麼可以報答你，幾年來，咱們不同於一般同事交情，從不把友誼作為一種買賣或交換，你是值得我信賴的朋友和兄弟，我坦誠的跟你說，我不想這樣一直幹下去，沒什麼特殊情況，再幹上幾年，就是不教我退位，我自動下臺，那時何娜也畢業了，應該有能力立足於美國社會了。人家國家無論自然環境，還是政治生態，中國是不能比擬的……說到底我不適合搞政治的，也沒有往上爬的念頭。只希望能體面結束我的政治之旅。」

……

43

何冉的業績

何冉大學畢業後她選擇了教書為職業。她不是本地人，既沒有家庭背景，也沒有社會關係，生得早不如生得巧，政府機關要招一名幹部，除了年齡條件，具有高等學歷、不參加任何黨派和宗教組織的女性任副市長。

何冉本來跟同學一起分配去設計研究單位，她不喜歡坐在高高的凳子上、將頭埋在螢光燈下枯燥乏味的滑動圓規和尺子，畫那些永遠不完的圓圈曲線與幾何圖，搞一輩子設計人生是莫大的悲哀。她認為最理想最適合自己是當一名教師。理由簡單得有些可笑，其一跟孩子在一起才覺得有安全感，不必像防範成人那樣去時時戒備不諳世事的兒童們，不用擔心相互之間暗算，像孩子那樣經常保持單純與幼稚，心態才會永遠年輕；其二教書可以享受漫長而快樂的暑假與寒假，有充裕的時間供自己支配和享受，回家探親與朋友團聚或作一次長途旅行。招工的工作人員笑她說：「你這麼高的學歷，為什麼選擇做教書匠？你做教師還不容易，豈不棟樑去做椽木。」就來到縣立中學當一名音樂老師。

基層推薦上去的人選很多，當地人的人脈關係藤兒牽著瓜、瓜兒牽著藤，社會關係千絲萬縷。何冉並非是她主動要求去的，而是被校方一路推著去的，當她發見本地這麼多優秀女性參選，何冉後悔不該參加的。幸虧不是她的願望，安慰自己「大可不必當真，不行就一心一意教你的書吧。有什麼可擔憂呢。」經過層層篩選和考核審查，最後只剩下八名女性入選，最後一致認為何冉更符合這次招聘要求。在眾多人選中何冉脫穎而出。

何冉以教書為己任，剛去的時候主管教育工作。改革開放進一步推進，鄉鎮和私營業蓬勃興起，得知何冉的大學同學許多在國營企業擔任領導，鄉鎮和私營企業，在業務、技術、設備方面要依賴國營單位的扶持。何冉有豐富的人力資源和社會關係，教育局調去管全市的工業，發展全市的工業化進程。就在二哥與設計院一籌莫展

的時候，何冉正好主管工業。她舉手之勞，解決二哥久而未決的困擾，與此二哥和時任的何副市長結下深厚友誼。

何冉不但教育工作出色，抓工業也卓有成效，然後隨形勢發展，又讓何冉主管城市建設。何冉受過高等教育的知識份子，智商視覺聽覺都比一般人敏銳，旅遊業將是未來發展的前景。把二千多年腐朽了的老祖宗挖出來，打造成為有品級的萬眾矚目的一個旅遊城市。又一炮打響。

何冉有過兩次失敗的婚姻。何娜是她第一任丈夫所生。當然何冉也希望自己有個完整的家，所以身邊不缺少男人。有的真心想跟她做夫妻，但跟她接觸交往過的男人，似乎對她並不看好。沒有多少天的熱度，都悄無聲息的離去了。那個曾經說何冉「像江青同志」的傢伙，是與何冉共同生活所得出的評判。二哥不敢去動問何冉極私人的問題，便問男人「什麼時候吃你們的喜酒。」

他搖搖頭，說：「沒一個男人會跟她相處得好……」

何冉不遺餘力幫助二哥最終與上海方達成協作，確實讓二哥非常感激。如果沒有何冉的關係並積極主動請纓，那個高高在上的設計單位，根本看不起二哥這樣的個體戶。通過這個事例，二哥徹底覺悟了，自己縱然有磨盤大的銀子，也抵不過巴掌大的面孔。不光有錢就能成事，還需要人脈關係。何冉幫二哥她從來不稱功賣勞，也不求什麼回報，趁何娜去美國念書，二哥送她一萬美元，自始至終沒送過她一分錢。何冉跟他說「我們不是金錢關係和權力交換，」二哥不願用金錢去污染兩人的友誼，也未必會輕易接受饋贈，何冉常說「世上怕就怕認真兩字——」二哥雖屁股坐在政府的位置上，但他是一個生意人，既然何冉幫忙，出於無私也好，純粹的友情也好，本職範圍也好，國與國、人與人只有永遠的利益，沒有永遠的盟友。不要人家的客氣當做福氣，合適機會想把欠她的人情還了。

何冉拋頭露面為二哥爭取科研專項基金，何冉為爭取二哥的企業上市，她不遺餘力削尖腦袋使盡渾身解數。讓銀行拆借三千萬給公司，策劃組織專業攻關，調動所有能利用的社會關係，幾乎她一手策劃企業上市必備的手續與條件。今天飛北京，明天跑上海周旋於企業與上層之間。整個攻關團隊，像一群聰明的海豚，將浩瀚大海的沙丁魚通通驅趕到一起，海豚、海豹、沙魚、賊鷗、軍艦鳥等全方位立體式出擊，與機會主義共享饕餮大餐。那些一心漁利傻子一般的廣大散戶如一群愚蠢的被驅趕暗算的沙丁魚。何冉利用自己的身份及可以調動的一切關係，二哥才完成這場光明正大的終極的圈錢運動。她或以市長的身份，或刻意隱瞞自己的身份，有時是一頭走獸，有時候是飛禽，以贈送原始幹股的方式掃盡一切障礙……可以說二哥哪怕錢再多，也找不到像何冉這樣的人選，即便有何冉這樣的才能，憑什麼她這樣盡心盡力去幫助二哥？二哥一直在想，何冉不會是上帝特地派來幫助自己的吧？沒有何冉就沒有二哥今天的發展。

「……內部基本定調，」何冉向二哥透露說：「年底或明年那片地就要開發了……正式還沒有向外披露。趁機你以擴建廠房為名，把它圈下……」

「這需相當的一筆資金啊。」二哥有些驚訝。

「你錯了，不用花什麼錢的，幾個人點頭就行，而且完全能辦到的。一旦等政府方案公開，就不那麼容易到手了。不用多久，那方土地的價格一定看漲。即便工廠不要擴建，行情好轉讓出去，有錢賺就行。從中還有一筆買賣好做……」

「什麼買賣？」

「買下，你趕緊在空地上蓋上簡陋廠房。採用最次、最便宜的建築材料，只要蓋上廠房不坍塌就行。徵用補償的標準，最好的廠房，跟最差的廠房賠償一個價。這樣同樣一塊土地，就兩次受益……」

二哥聽何冉這麼一說，心裡佩服得五體投地。自以為自己很精明了，與何冉比相差遠呢。二哥根據何冉方案實施。

「你先與白馬幾個幹部溝通一下，」何冉說：「具體的工作我會去做的。雖然你跟他們很熟悉，有時因為太熟悉，事情反而不好辦，我去絕對沒問題。形勢在變化，人思想也在變化，幹部都很實際了——」

何冉的精心謀劃與斡旋下，從商談到賣出，連頭夾尾只有十九個月時間，拆遷賠償、土地轉讓，這一進一出的差價，二哥淨賺三千零七十萬元。二哥他自己說「不花一點本錢和力氣，什麼生意賺錢這麼快！中國特色的現實社會，一夜暴富決非是神話。」二哥就因為這筆鉅款後來使二哥麻煩不斷，他們上訪鬧事、檢舉揭發，攪得二哥心神不安。二哥懊喪地說：「早知道這麼難賺不如不賺——出來混總是要還的。」不過二哥只是說說而已，假如他能吸取這次教訓，以後就不會有一系列的困擾了。當然我不是我二哥，站著說話不腰痛，要是讓我擺佈，二哥一生就不值得我寫了。打個不夠恰當的比喻，商人好比女人生孩子，分娩疼痛難忍時，她再也不想與男人交了，生好孩子就忘了生孩的痛。

「何娜假期快結束了，」何冉說：「禮拜天就要回美國去，……」

那天二哥送何冉母女到浦東國際機場，半途時，娜娜忽然想到藥品忘了帶來。二哥看她著急的樣子，笑道：「我以為你什麼要緊的東西忘了帶。娜娜，除出國護照不要忘帶，什麼都可以不帶，一樣東西帶上就好——」

「黃叔叔，那一樣呢？」

「錢。」二哥說：「有錢還愁國外買不到藥品？」說著二哥口袋摸出一張卡，「有錢走遍天下，沒錢寸步難行。你遠離家鄉親人，一個人照顧自己。多給你媽媽打電話，遇到什麼困難就直接打電話告訴叔叔……」

女兒下飛機去取款機一試，馬上給何冉打電話，「媽媽，黃叔叔送我的卡裡，有十二萬美金……」

二哥以調皮詼諧的方式給恩人送上一大筆美元，既避開了錢權交易，又不玷污兩人純潔的感情，免去有錢送不出去的尷尬，終於還了欠何冉的人情債務。

以後二哥把錢直接打入何娜的帳戶。何冉對二哥知恩圖報也非常感激，自己到底沒有看錯人，所以在市政工程的問題上，不惜人家猜忌她有貓膩，一心一意的為二哥謀取利益。

二哥說還了何冉的人情，其實錢是還不了的。對何冉來說，這點錢她並不稀罕，何冉坐上炙手可熱的建委的位置，送錢送房子的人絡繹不絕，她不要都不成。發財的力度與速度空前絕後，比二哥容易而且更迅速。

人家辦不到的事，何冉能幫人家辦到；埃爾菲公司憑著實力和自信，不按中國的實際國情，申報上市比二哥早一年，二哥上市了，他們還沒有取得成功。後來醒悟在中國不能光靠實力的，如果中國有一萬個像喬布斯那樣另搞一套不近人情不合國情的外星人，必定將他消滅在萌芽狀態中。再找人可惜又找錯了對象，結果連連受挫。繞了一個大圈終於找到何冉。在她的精心謀劃下，毫無懸念的成功上市。埃爾菲公司也沒有虧待何冉，同樣以原始乾股相贈。何冉雖沒有對二哥說起，據內部知情者透露，送給何冉的數目是個天文數字。例如建高速公路、加油站、環保市政等重大工程，承包商不擇手段去接近賄賂何冉。有的怕何冉不待見，想通過二哥的關係，替他們做說客並擔當掮客。二哥與她再好，怎麼好做這種忌器的傻事呢，等於通過二哥再把錢轉交何冉。難道行賄也要有旁證嗎？二哥想幸虧何冉是個女人，她要是一個男人，送來的美女爆棚了。二哥與他們送給何冉的好處相比，簡直微不足道了。

何冉不在乎二哥送錢，很在乎二哥對她一片真心，以致兩人發生本不該發生但必然會發生的男女關係。本來這是個人的私事，男女關係一點沒有關係的，問題何冉在性方面跟她工作作風一樣過於專制。要求「召之即來，來之能戰，」但不能戰之能勝。

二哥害怕跟何冉做愛。做愛時二哥不把何冉當作恩人看了，而是把她當作一個女人來使用……

何冉日理萬機、殫盡竭慮，身軀只剩下一副骨頭架子了，看她仰天的臥著，除了看見兩個黑暈的乳頭，兩只乳房像馬王堆出土的那個婦好的僵屍。按理，人有肉才有慾，何冉卻不然，她一會教二哥這樣，一會教二哥那樣，得不到滿足或不稱心意，直罵二哥是廢物！「你的力氣，在別的女人身上使完了？」二哥咬咬牙用力猛，又埋怨他不得要領，「你懂不懂得女人啊？十足的色盲！」廣東方言又夾雜著英語罵出一連串的下流話。二哥不像跟她是在做愛，而是跟雌老虎交配……

二哥玩其他女人遊刃有餘，也算身經百戰了，但碰到何冉就變成手下敗將，嚴重挫傷他的雄風。二哥沒有藉口擺脫或拒絕何冉的要求，只有處處留心，儘量避免不必要的一些風險，像螳螂交配，完事了就迅速逃離，稍有不慎或留連忘返，成為雌性螳螂的點心。在所有生物中，人最具有他的複雜性和危險性，也是最沒有規律最不可靠的物種。同類之間，算不勝算，防不勝防。

「喂——」

「你說，」二哥陽臺去接聽電話。

「主任，有事找您……能馬上回辦公室不？」

「好好！嗯嗯——我馬上就來。」這電話可救了二哥，否則二哥沒有理由擅自離開何冉的房間。何冉教他去的目的包含性的需要。「有人找，我——」

何冉陰沉著臉，像沒聽到一樣，喝光杯裡的殘酒，閉著眼靠在沙發上。二哥逃離瘟神的離開酒店。

二哥請來過三撥風水先生選擇亭址的位置。二哥本意希望建在烈士墓左上方，不想離烈士墓太遠，因為他是為他建的，但二哥不願說也不能說心中這個秘密。

風水先生擺擺手，明確表示建這裡不妥，「這兒不夠彰顯，後面被山頭遮住，陰氣有餘而陽氣不足，於風水不利。」看風水的指著二哥的衣冠塚說，「建在這兒，亭子擠在兩座墳的中間，……」

二哥不信這個看風水的，先後請來三撥風水先生，不約而合同都反對把亭建在烈士墓旁邊。

「不行就再偏上一點，行嗎？」二哥只能遷就，同意再往上挪挪。

那風水先生又說不成，說是惡煞之地。三個風水先生，都贊同建在山頂上。說：「雄居天下，有王者風範。坐北朝南，紫氣東來。運貫四方，子孫騰達。無論官運還是財運，可久盛不衰……」

二哥相信鬼神，沒理由不相信風水玄說，就同意建在山頂上。

山頂北面是懸崖峭壁，二哥疑慮曾傳說是紅蛇娘娘的誕生修煉之所，上面建亭，會不會冒犯了蛇精。

二哥陪風水先生回家，瞎眼奶奶拄著藤杖，在石榴樹下等二哥回來。「黃穀啊，」奶奶聽見二哥的腳步聲說：「奶奶有話要對你說——」

「我沒有工夫啊，」二哥急著要回城裡去，跟奶奶說：「我現在就要回去，等下一次來跟你聊吧。」

「你走你的！」母親站在大門口說：「跟她有什麼好說！這兩天屎屎屙在褲襠裡都不知道，……人已經出魂了，胡說八道的還有什麼人話說——」

「奶奶勸你不要建亭子，」奶奶沮喪的面對著山上說：「你要小心行事啊！那個人穿黑衣的人可不是好東西——」

「你聽聽——」母親沖著奶奶吼道：「又開始說鬼話了，早上起來就說，我昨天又碰到了誰誰誰，黃穀，你走吧。把這包筍乾帶去給阿紅，癆饞要吃，鑾嫩的。」

「我不去白馬直接回城裡了。你先放著吧。」

「唉呀……不聽老人言，吃苦在眼前。」奶奶歎著冷氣，跺著拐杖忿忿說道：「我怎麼不想子孫能興旺發達，作孽啊！閻羅大王你怎麼不把我叫去的？還活著幹什麼，日裡多吃米，夜裡多蓋被，白頭送黑頭——」

桃花亭的設計光設計費就花了六萬。設計方案是由古建築研究的成思公司資深設計師完成的。趙工給出三套設計方案供二哥選取。第一張桃花亭效果圖外形呈八角。第二張為六角形結構。第三張為外圓內方形。設計層高為六層。整體採用斗拱榫卯結構，整幢建築沒有一枚鐵釘。

專家考慮到亭子建立在山頂上，峽谷山風猛烈，特別春秋兩季風勢尤甚。屹立在懸崖峭壁之上恐遭大風破壞，一則可以減少狂風帶來的風險，二則可以減去不少造價，但不知這建議二哥是否能接受？經模擬試驗給二哥觀看，二哥採納專家意見認可減去二層。結構造型傾向於第一套方案。

方案確定之後，二哥對在場的金主編說：「每一層取個樓名罷。這方面我外行，這事就交給你了。」

金主編從頭至尾參與了整個過程，胸有成竹了，便笑笑說：「我私下認為頂樓取攬月樓，三層叫追日樓，二層藏雲樓，底下叫東籬閣……」

二哥對他大加讚賞，並叫書法大家白公望書寫匾額，拿去雕刻燙金。

從遠處看桃花亭的頂層，菩提山人說像合撲的一只木稻桶。蓋的桔黃色的琉璃瓦，九龍纏簷，麒麟坐視天空，四角懸掛銅鈴，微風一吹，叮叮噹噹的銅鈴聲傳得很遠，真有古剎禪院的韻味。門窗古色古香，不是幾何風格就是畫龍雕鳳。電源通進亭子，逢春節元宵，桃花亭張燈結綵，霓虹閃爍，靈瓏剔透，深不可測的鯰魚潭光怪離陸映得像水晶宮一般。永不開化萬世長如夜的窮山溝打扮得如天上人間——二哥他一唯的追求完美，為達到理想效果，花盡心血和財力，派人專門去收購舊祠堂、破廟，以及老臺門倖存下來的舊窗舊門。雕有人物故事的老式門窗，文革當作四舊遭到大肆的毀壞，自覺的或是被迫的拿刀斧亂砍亂斫，經過洗禮的門窗浮雕，有頭沒有軀，有軀沒有頭，有足沒有手，殘缺得面目全非。二哥他不計工本的送東陽的雕工重新去修補。桃花亭從設計到建造裝修完成，有帳可查的就花了七百三十餘萬元。

桃花亭落成之際，二哥一反常態，他沒有邀請任何的政界名流，也不邀請富賈和那些同僚。除了我不在家裡，邀請所有的親戚朋友，以及全菩提山的男女老幼，一起參加桃花亭的落成儀式，整個村子沸騰了，真可謂是普天同慶。從外面運來一汽車的煙花爆竹，雇人專門燃放煙火，聽說當晚的煙花禮花映紅了整個天空，染紅了川流不息的菩提河。爆竹聲、猜拳吆喝聲、爛醉的大笑聲，菩提山的原著土人度過這極其瘋狂的不眠之夜。聽說我奶奶也沒有參加典禮，她面對南山，拄著龍頭棘杖，孤寂的站在幾乎跟她一樣蒼老的石榴樹下，腳底下感到大地都在搖動，尤其看不見又不知名的禮炮像加儂炮一般在天空中炸響，而且連續不斷發出叭叭叭連環爆炸，「像日本老打進來了——」奶奶不無憂慮的說：「黃穀啊黃穀，你總不肯聽奶奶一句話，我——真為你擔心。」

菩提山的人至今還在吹牛皮，說：「歷朝歷代沒像今天《桃花亭》落成這樣的體面轟動和熱鬧。史上最為熱鬧傳達毛主席最新指示，半夜三更出乎意外的砰砰放幾個炮丈就玩完了；毛主席死掉懷有深厚無產階級感情的貧下中農真賠了不少眼淚。家裡死大人還有大飯吃呢，人民的大救星死了，人民連他的一粒大飯都沒有——黃穀翻身不忘鄉里人，慶祝桃花亭落成，擺三日三夜的大王餐。中華香煙隨你抽，黃酒、白酒、葡萄酒、飲料隨你灌，大魚大肉隨你吃……」

二哥豬買了二十頭，羊六十隻，雞鴨鵝圈了一方田，魚販子看二哥是個財神爺，索性拉了兩汽車的魚來。黃酒二百八十罈，孔府家酒六十六箱，啤酒，牛奶，酸乳，果汁椰子汁堆積成山。負責採購的估計不足，一邊開宴，一邊救火一般的催著供貨商，「飲料不足了，你趕緊運來——」

聽說大哥頒佈一道禁令，凡全村人不准自己生火做飯，凡來客，不管來多少、熟悉或不熟悉、客帶客來者不拒，多多益善。桃花亭明燭高燃，香煙嫋嫋，供奉天地。全村酒宴就擺在當年二哥呼反動口號的菩提山的文化政治中心，即臭名昭著的樟樹樹洞前面。滑稽的當年大哥為為救二哥，端著衝鋒槍向今天歡天喜地的人們掃射，那時我還穿著開襠褲呢，知道同仇敵愾，攥著鵝卵石勇往直前——

我不明白，過去的仇恨被稀釋沖淡了？還是傷疤好了，不記得疼？一富遮百醜、有奶便是

娘？這人本身就存在問題了。

第十一章

44

群賢畢至圖

桃花亭落成後歲在癸未，二哥邀請幹部培訓的黨校的羅教授，用二哥的話說羅是他的恩師。政協主席方洪全，文廣局的杜好梅，主編金榜首，作協主席兼大詩人舍前唐，書法大師白公望，人稱吳道子再生的大畫家張子道等文化名角大腕，參加桃花亭由文化人策劃的「流觴曲水」活動。

當初二哥只是邀請大家一起欣賞桃花，遊覽桃花亭而已。方主席說：「這兒風景不比蘭亭遜色。來的人，能文能詩能畫、能歌能舞能飲，咱利用有利的自然條件舉辦一次流觴曲水如何？」方主席別出心裁的構思，立即受到大家們的贊同。方又說：「千古盛事啊，雖前有古人，今還有我們呢，但以後就不會有來者了……」

當年大哥栽的一山桃樹，像人一樣正處在青春期。二哥目的為趙敬民承包這座山，種桃謀利只是他一個幌子。當桃花開過，大哥發現花好看，但果不結，結也只有毛桃一般大，秋盡葉落，果還掛在樹枝上。大哥不知道是觀賞樹，想以為山土貧瘠的緣故，反正吃不來，年年春秋噴灑兩次農藥，飼養場的雞糞鴨糞用拖拉機運來埋在土下。原本鹹性貧瘠瘦得吐血的黃土鬆軟發黑了。桃樹像瘋了一樣狂長，大哥把樹梢截短，不讓它往上長，樹枝就往旁邊擴張，整棵樹像遮陽傘一般覆蓋著，樹形美觀，枝條繁多，花兒開得密密麻麻的又紅又大。同樣的桃花，大哥栽的桃花，朵大、色豔、開花期更長。春天跟桃花似乎從來沒有失過約。百畝桃花一齊盛開，整座山頭鮮紅灼灼的好像著了火。人們一下車，就被漫山遍野的桃花看傻呆了。

二哥邀請方主席夫婦和杜好梅已成前妻的女人，沒有說是邀請她們去賞桃花，只是說去菩提山玩玩。跟她們說去山裡看桃花，未免小題大作了，如今城裡比比皆是的桃花，又何必老遠的跑到山塢去看呢？一年四季人家請她們去玩看花可多了去啦，誰稀罕看呢？四個人一下車，看到火焰山的一座桃花園，都吃驚得目瞪口呆了，個個讚不絕口。承認一輩子也沒見過這樣茂盛滿山遍野的是桃花。同時對菩提山似詩如畫的山川景色驚歎不已，方主席夫婦主張去山裡看看，然後回來再看桃花。一邊走，一邊讚不絕口說：「真想不到，主任住這麼好的地方！難得一見。」

天公不作美，一聲春雷從深谷滾出，驟然間，大雨跟瓢潑一般。方主席夫婦倆抱著頭一個往左跑，一個往下奔，二哥連連喊話：「別亂跑，跟著我來。」夫妻倆聽到召喚跟二哥逃到了屋裡，渾身上上跟水中撈出來一樣。方主席邊喘粗氣說：「哎喲喲——」謂女眷道：「芳玲啊，夫妻好比同林鳥，大雨淋頭各自奔——你朝東來我往西。……哈哈哈！」

豈料大雨一直下個不停，一直被困在屋裡，人在房檐下，像雞愁雨的看著天，再也出不去玩了。山煙暮合，雨襲桃花，凋落的花瓣順著小溪「一江春水向東流，」……方主席看看天，埋怨的說：「真是癩頭婆揀火日，有心看花天不抬啊。今天肯定是遊不成了，不如回家吧。」

老杜與前妻不似方主席夫婦愛說愛笑，明眼人一看就知道，夫婦倆貌合神離。杜怨天尤人說：「桃花就在眼面前，人卻被雨鎖在屋裡！就算天晴起來，天色也要晚了。況且山道泥濘，溝水橫溢，皮鞋腳哪能走呢。乾脆打道回府吧。黃主任，明年在來之前，你教算命先生去揀個好日子……」

第二年，人大會議跟春天與桃花相約一般如期召開了。大會、小組討論、學習，會議結束回來，「落花流水春去也，」桃花零落，雖有些遺憾，但菩堤山風光綺麗，空氣清新，野花噴香，綠肥紅瘦亦有一番韻味。方主席和杜好梅簡直留連忘返了，稱讚是當今的桃源。

「方主席，」老杜見家家大門緊閉，覺得十分詫異，問：「為什麼都會鐵將軍把門？人到哪裡去了？」

「你不覺得城市人多麼？」方主席笑杜好梅不關心民情國事，「你兩耳不聞窗外事——人都去城裡務工了。」

「年輕人都出去找事做了，」二哥說：「住在山裡，一則出入不方便，二則生活沒有來路，關鍵是子女的教育問題。頭腦活絡有辦法的人，不願守在家裡受窮。有的白馬做生意住在白馬，有的搬到市區，遠的去廣州、深圳、上海、北京，甚至勞務輸出去國外打洋工。社會多元化，青年人不像我們那時畫地為牢，八仙過海，魚有魚路，蝦有蝦路，只剩下七老八十和適應不了時代的人。不過對留守在家裡的大有好處，讓出的生存空間大了，勉強可以應付生活。」

「人少是好事，」杜好梅說：「人少了，樹木鳥獸多了，看自然生態多好……可惜這滿山的桃花寂寞開無主，她給誰欣賞啊！——」

方杜一行沿著山谷的小溪走去，澗瀑聲時近時遠，撲鼻的野花陣陣送來，到處鳥叫聲不絕於耳。幾個鐘頭前，還處在喧囂繁雜的大都市裏，紛亂氾濫擾人的資訊你關心也不是，不去關心也不是，連自己也說不清在尋找什麼？這裡沒有手機信號，也沒有霓虹廣告，不必看馬路紅綠燈，沒有美男靚女，彷彿掉進一方淨土。

「主任，」方主席問道：「承包這座山，你一年得花多少承包款？」

二哥聽了啞然失笑，「還不夠我一個月買煙抽……不想樹上開花，只種著玩，看見滿山花開，心裡就高興。人活著就圖個樂啊。」

「這方圓百里，估計再也找不到這麼一塊淨土了……」方說：「可惜名不見經啊，很少有人知道這個地方。桃花白白地開，白白地謝，白白等一山的桃樹衰老——像懷才不遇一輩子見不到伯樂。也沒人賞識，如穿著華麗的服飾在黑夜中行走。花啊花，你生得寂寞，死得也寂寞。」

一瓣粉紅的桃花掉進方主席的脖子，花兒帶著春淚，冷颼颼一陣使方主席縮緊脖子，側著頭要求杜好梅幫他拿一下，歪著脖子說道：「只有玄都館裏的桃花千年不凋謝，至今還開在人們的心裡。像西湖一樣，蘇東坡為她做了千年的免費廣告啊。千載傳頌，文化帶來的廣告效應不可小覷。黃主任栽一山桃花，和武陵一般處於世外，是稀缺的一種現成資源，既然咱們玩文化的，應該玩出個品位來。至少我們有責任讓文化界的朋友同仁知道有這地方，有義務為她好好做廣告，通過宣傳，才能擴大影響。」

「老方好主意，你說對了！」杜經方一提醒，茅塞頓開，「咱們把文化界的名腕角兒召來，賞花飲酒作詩，演一出後無來者的文化大戲。」

「英雄所見略同——哈哈哈！」方擊掌大笑。

「你們要舉辦，我認為政界要人最好不要他們加入……」二哥說：「摻和進來，一鍋粥掉進一粒老鼠屎。這些政客，哪怕是開家庭會的，都顯得正襟危坐官腔十足，以說套話、空話、假話過日子，邀請他們來，豈不作繭自縛。法定有清明節、五一長假、中秋國慶，我們不妨也來個『真話節。』」

「主任，我雙手贊成！」杜說：「他們來了，不但大煞風景，關鍵那個腔調簡直沒法忍受——清一色的熟悉的文化人氣氛就不一樣了。」

「我跟杜兄想到一塊去了，」方說，「邀請清一色的文化人與會，好是好，但沒有官方的加入，名氣不響啊。」

「不不不！千萬別……把記者引到這裡，」二哥知方主席他舊性不改，「首先原則不能放棄——要說官，你們都是廳處級，何必邀其他官員來湊熱鬧。純粹是私人聚會，與官方毫不搭界的。」

「也好！」方主席明白二哥主意已經打定，「你就讓我們幾個來策劃。」

二哥連連說好。又道：「桃花亭建成簡單得很，沒有請任何官員文人雅士參加慶典，邀請村裡的人熱鬧了一回。身陷官場不能自拔，畢竟出生在這兒，不請父老鄉親和那些苦過的光屁股農友兄弟，怎麼說得過去？雖然是種惡俗，但不得不這樣做。你們這麼說，我當然求之不得。」

「你出錢搭臺，請人家來唱戲誰不樂意呢。」方說：「杜兄，你說以什麼名義邀請他們呢?」

「剛才主任不是已經表明以私人的名義……」杜覺得方太迂腐了，「凡是官方召開的活動，除吃喝，就是遊山玩水，更惡俗的是借公共權力政府平臺，為自我表彰，自我膨脹，自吹自擂，自己給自己頒什麼矛盾、魯迅、老舍一坨狗屎獎!我贊同主任拒絕官員參加。獨立獨行。咱又不向政府出一分錢，也不需要找人拉贊助，更不需要組織部宣傳部的批准，何苦讓人牽著鼻子走。」

「說也是，」方嘴上說，心裡可還是放不下，「跟不相干的人在一塊大家都尷尬——但你想搞出名堂，沒有公權力的作用，還真不好弄。」

「求什麼名氣呀，」二哥說：「目的讓大家自由自在賞花、吃酒、作詩……跟官員好比兒子跟父親一般受拘束，無拘無束不好嗎?你想說什麼就說什麼。」

最後三人統一了思想，不請任何官員。

老杜背後跟二哥講，說方主席這人雖脫了官袍，心還是做官的心，政協主席仍然官氣熏天的。

二哥瞧不起這些酸腐的廟堂精英一百步笑五十步。自己也十分可鄙。但自己最大的優勢不是有文化而是有錢。無才無德只要有錢就砸開一條坦途你瞧瞧，連妓女都不如的文化人管什麼用。羅教授不問二哥學習成績看身份，兩條煙兩瓶酒的價值一張文憑賣給你。聽下一屆的學生說，黨校文憑的價錢越來越高，漲到了五位數了。黨校對培訓的基層幹部瞭若指掌，心裡明鏡似的，迫切需要職稱的幹部他們比誰都有錢，兜裡掏出的香煙，不是軟殼中華，就是芙蓉王和九五至尊。哪個幹部學生不肥得屁眼裡流油。他們刮老百姓的利益，黨校老師樂得放他們的血。你買文憑的目的是為晉升，做更大的官，發更大的財。說白了是社會叢林法則，一級吃一級，大官吃小官，小官吃細官，基層吃百姓，老百姓吃小百姓，白吃黑、黑吃黑，烏龜吃小王八。二哥他很自信也很任性，哪怕自己主任不做，也不會沒有底線的毫無原則的向權威遷就。他們則大不一樣了，像猴子爬樹的朝上看全是屁股，往下看都是笑臉。主編、主席、主任循規蹈矩的像纏著小腳的女人，捧人家碗，受人家管，自覺管好自己的嘴和筆桿，他教你咬誰，就咬誰，他教你捧誰，就捧誰，他指向哪裡，你就打向哪裡。說慣了套話空話假話，習慣成自然變為常態。真正讓他們獨立不能行走了。

有一次，一個不大不小的官薨了，二哥對杜好梅說，「某某死了，讓你追悼會上作篇誄文怎樣？付五千大洋稿酬。」

老杜說：「死掉這位仁兄，無論做人還是做官，老百姓對他口碑差極啊。給無功無德的人樹碑立傳。」

二哥心裡琢磨，杜好梅還鐵骨錚錚的像個有良心的文人。二哥說：「看來你不想為惡人歌功頌德，就找老金做吧……」

「不不不，我沒說不想幹呀，」老杜急忙說道：「我說他人品雖不及格，我不是不想攬這活。咱學韓愈先生只要給錢，就給他寫碑文……」

杜的言行讓二哥大跌眼睛。心裡竊笑文人到底不值錢的，骨頭沒有四兩重。明明知道死者做官還是為人千人唾罵不齒於人類的狗糞堆，杜見錢眼開賤賣了自己的良知。杜妙筆生花不負厚望，把十惡不赦的薨官，吹得他無與論比功德無量。來弔唁的人聽完這篇悼文五體投地，最挑剔的也無可挑剔。追悼大會一結束後，一離休的老幹部，私下向二哥打聽，這悼詞出於誰之大手筆？對杜好梅大加讚賞，縱然百年之後有拜託杜好梅的意思。

杜現任的老婆，比他的兒媳還小一歲。為了達到跟前妻離婚跟小姑娘結婚的目的，將大部分財產析給前老婆和兒子。後老婆尋死上吊跟他吵，答應一定給她買房子，女的斬釘截鐵的說你不買房子就不結婚。杜光靠自己這點白色收入去買天價房子，難度和壓力是可想而知的。杜自嘲的跟二哥說「爽快了小頭，苦煞了大頭。」每月收入一分不少得上交，老驥伏櫪，弄得筋疲力盡披頭散髮。自己像逮魚的鸕鷀，不下水去捉魚，漁家拿竹竿打，捉到大點的魚不讓吞到肚裡。聽

明的女人知道男人的肚腸，在脖子繫一條繩防患於未然，馬上掐出喉嚨。

短短一篇誄文是平常稿費的二十倍啊，嚐到甜頭後，杜好梅會經常打電話去詢問二哥，「死了嗎？」

「靠進口藥活著。死了告訴你——」二哥覺得阿杜真滑稽，忍不住說：「你巴不得天天死高官，發死人財——」

「主任，」老杜直言不諱，「馬瘦毛長啊！如今文化人能值幾個錢呢。君不見博士生導師跟失足婦女一樣出賣靈肉嗎。你說誰會像鳥愛惜羽毛去愛惜自己啊？」

我揣摩分析，二哥邀請這些文化界名人基於幾個方面的考慮吧？一桃花亭落成，他本該邀請他們的。二攀龍附鳳，與文化人混在一塊，出於某種虛榮的渴求與滿足，借此提升抬高自己的品位。三二哥建桃花亭的初衷他不能說，也不會說出晦澀的讓人匪夷所思的有形無影只有自己知道的一個夙願，而三個因素中，最主要的一個原因實現對趙敬民的承諾。四二哥當年畏罪而潛逃，大哥又為他去勞改，而父親受到陷害自殺，他讓一家人在眾人面前抬不起頭，村裡這些眼光短淺可惡的傢伙，心裡希望咱一家絕戶。「你們睜大狗眼，看看我到底是誰。」

「你去通知，」二哥與方主席說：「一律不帶家眷去……」

方愣了一下，覺得二哥有點蹊蹺，但不便多問，「好，我這就通知他們。」

「杜兄，」方根據二哥的意思對杜好梅直奏說：「一律不帶家眷去……」

「為什麼！」杜電話裡問：「老婆總應該帶去，怎麼連老婆也不讓帶嗎？」

「說一律不帶。你問我，我怎麼知道呢。」方主席想你要帶，你自己去問吧。「你問主任吧——」

「方兄，你不想帶夫人去嗎？」

「他說不帶，我怎麼帶。都不帶……」

「咦？這就奇怪了——」杜大約聽出了名堂，忽然一下子開竅了，「知道，知道——主任不會這樣安排，一定有別的什麼節目。方兄，你怎麼不說話呀？」

「說就俗了——」方主席哈哈大笑。

「問題，……我已對她說一起去的，」杜好梅自己出爾反爾有些憂慮，像對自己說：「怎麼跟她說呢。」

方掛了電話。杜握著電話卻在想怎麼搪塞女人呢。

方主席的習慣思維已成定式，大小會議像三文魚蘸芥末離不了官場模式，程式像電腦設計好的，洪亮的說：「各位大師，各位老師，各位來賓，今天有幸來黃主任家鄉欣賞桃花，舉辦流觴曲水的文化娛樂活動。毋庸我說，一千多年前王羲之與蘭亭舊事，一千多年後的今天，我們承前啟後在桃花亭舉辦文化盛事。各位大師名滿神州各懷絕技，我相信會像前輩那樣千年流傳……下面讓我們的東道主黃主任講話。請大家歡迎——」

「真腦子進水了！」二哥暗暗罵方道。方的官場作派讓二哥心裡十分惱火。再三強調不要搞那一套，又自覺的滑向迂腐、庸俗、僵化死板去了。二哥恨鐵不成鋼，也罷，索性發揮發揮，清清嗓子，像方鴻漸博士主講鴉片梅毒的神態說：「吭吭——鄙人邀請各位大師、老師、教授、學者，群賢畢至，使得窮鄉僻壤星漢燦爛，篷蓽生輝。鄙人謝謝你們大駕光臨（掌聲響起）！希望我為大家提供一個自由開放輕鬆愉快的環境，不要認真得太過拘謹……來者沒有等級，不分彼此，暢所欲言，想說什麼——」

「主任，」杜好梅忽中途叛變，反幫方主席說話，「畢竟是活動，作為東道主，哪能不出面向大家說兩句呢？雖不是官方活動，麻雀雖小五臟六腑齊全，不舉行任何儀式，講話必不可少啊。」

下面響起一片贊同聲。這些名流大腕有著驚人的組織性與紀律性，彷彿從一個模具中套出來的葫蘆鼻煙壺，齊聲的「方主席老杜說得對，黃主任不講話不成體統！」掌聲震得山谷回盪。

「給臉不要臉——」二哥心裡在罵，臉上堆著笑，腦子裡羅織搜尋著世上最為惡毒的語言。

二哥摸爬滾打商場混到官場。大的官僚也看得多。一般情況下他不喜歡講話，喜歡聽別人的講話，別人話進入耳朵深入大腦經過過濾他究竟說的是什麼意思。二哥最容易犯正話反聽的錯誤，並養成習慣思維，譬如說，要團結不要鬧分裂，要光明正大，不要搞陰謀鬼計，黨內分裂所以林彪出事了。說形勢一片大好，肯定一蹋糊塗。畝產萬斤必然餓肚子等等。非得上臺去發言，二哥並不為難，往往不講則已，一說就口若懸河滔滔不絕。哪怕半夜三點把他夢中叫醒，教他上臺去發言，大夢未醒頂多頭兩句有點混沌，第三第四句保證頭腦清醒、思路正常，不會顛三倒的四說夢話。讓他即興演講，三個指頭撮田螺——穩篤篤。二哥說話的聲音似教堂磬鐘，丹田宏亮，不亢不卑信口拈來。恩師曾聽過二哥一次報告，對自己門生刮目相看，讚揚二哥是出色的演說家。

「你們是文化界的精英，國家之脊樑……鄙人在各位大師、老師面前顯得卑微。學生天資愚鈍，朽木難雕，不學無術——混在你們中間做南郭先生。毋須忌諱，我沒有受過良好系統的正規教育，成天只捧一本紅寶書。而各位老師尊長，都是名校班科專業，出類拔萃，經天緯地。……幸虧遇到羅教授，深得恩師的厚愛和栽培，有句土話說，笨人有笨福，爛泥菩薩住瓦屋，一輩子忘不了恩師對學生的教誨。

「孔夫子說有教無類，毛澤東說要苗正根紅，毛的思想邏輯，越有知識的人思想就越反動，文人排在乞丐和妓女的中間……天下所有書籍都是毒草，只有他的書才是香花，強迫人們只許讀他的書——記得我大哥為背老三篇，他日裡背，夜裡背，吃飯背，拉屎背，已背得滾瓜爛熟了，可一上場就頭暈，弄得先言不搭後語次序顛倒，十折勞力貶到九折……為給八億人洗腦，大搞政治傳銷（熱烈鼓掌）。『從來就沒有救世主，也不靠神仙皇帝』自己做了萬歲。沒有救世主卻成了我們的大救星。新瓶裝舊酒——反對封建專制搞封建專制，用他老人家的話說叫『打著紅旗反紅旗』『披著羊皮的狼。』那三年不是自然災害是人禍，餓死了多少人，以後發展下去恐怕文革也定性為人力不可抗拒的自然災害，被殺、自殺死了多少無故性命，我想你們應該都是過來人……（一陣沉默，突然掌聲震得山谷回盪。）

「孔夫子說他也賤，多能鄙事，我想他老人家連下賤事都做，怎麼會五穀不分、四肢不勤呢？我家有八兄弟，加奶奶和父母，有十幾口人吃飯，毛主席他老人家教我們出什麼吃什麼，閑時少吃或吃稀半乾半稀，國人糧食無私支援越南。據說自衛反擊戰衝進軍庫，疊滿『中糧公司』米袋子。食不果腹，半饑不飽，吃一頓吵一頓相罵……我們養的蠶巢的絲，紡的紗織的布，讓亞非拉黑人穿綾羅綢緞，我們衣不遮體，穿得比乞丐還不如。宣傳說美帝國主義和臺灣人民生活在水深火熱之中……今天才明白社會主義幸福生活與五十萬年前的山頂洞民一樣……

「話說回來，離開沸沸揚揚琳琅滿目的聲色世界，來到與世無爭的菩提山，與香草花樹為伍，與鳴禽作伴，勝十年塵夢啊。不是黃穀賣瓜越賣越黃，方圓百里你找不到這樣好的景致，方主席和杜兄曾說：不來不知道，一來忘不了。徜徉在花的海洋中，讓你彷彿來到現實中的世外桃源。你們看，哪裡有花，哪裡就有蜂蝶；哪裡有漂亮的女人，哪裡就有赴湯蹈火的男人（哄堂大笑）。草木如此，又何況靈性的人乎？

「白大師的書法取義之之精髓，承米芾之神韻，博採眾長而自成一體，是當今公認的一代宗師。可謂一字千金！收藏家趨之若鶩一字難求。可以毫不誇張地說，黃金有價，白大師的墨寶無價。我是個生意人，首先考量的是價值。說一千，道一萬，沒有價值的東西，誰又會去收藏呢。市場是鐵面無私的試金石，通過買賣才能體現一個文化人的含金量。上面《桃花亭》和各層樓的題匾，出自白大師的手筆。絕非誇張白體到爐火純青空前絕後……黃某向白大師深表謝意！

「杜老師，不僅好賦詩，好文章，好酒量，還好（女人潛臺詞，眾人大笑）。古人說不學詩，無以言。不是說不會寫文章，關鍵行之不遠。杜老師飽覽詩書，學富五車，引經據典，縱橫捭闔又妙趣橫生。參禪悟道，不食人間煙火。讓人一讀三歎。杜老師的治學，給當今浮躁自我操作剽竊盛行的華夏文明一記響亮的耳光——

「方主席就用不著我贅述了，在座的各位沒一個不熟悉他。高考恢復第一代北大生。文章常見於各大報端，雜文、小品、散文、遊記，當今無人能出其右。語不驚人死不休，難能可貴的不落前人窠臼，肺腑之言鬼也感動得流淚——強調人性，上知天文，下知地理，並且一手好書法……

「既然你們讓我說，說就要講大真話，但真話不好聽的。據說咸豐皇帝讓大臣們提意見。曾國藩憨頭憨腦的批評咸豐小事精明，大事糊塗。徒尚文飾，不求實際。剛愎自用，飾非拒諫，出爾反爾，自食其言。這三個原則性錯誤，不要說皇帝了，即便是要好朋友也要跟你反臉了。專制的暴君，不但撲殺臭老九的肉身，而且扼死自由獨立之精神，御用文人像主人餵養的金絲鳥，你寫文章，他發你工資，專職供於廟堂頌功歌德。你叫得好聽，不但有吃，且好又多，你唱反調不聽話，下放去農村，喜歡做糞坑老鼠吃屎呢還是做官倉老鼠吃大米，立馬金剛變成軟蛋。這一肚才學只能帶進棺材去。傳世之作，人還沒有死掉誰也記不得了。漢文化日趨低俗，進入自愚自樂的時代，……庶出的日本、韓國或從我們這裡偷去的漢文化，他們做成我們的文化，然後大量反傾銷給我們，這就相當的悲哀了……不請官員的目的，就是讓大家講真話、講實話——」

「暴發戶不就有幾個臭錢嗎！」羅教授心裡早就罵開了。這臭小子含沙射影不就針對體制內些人嗎。「沒有共產黨，就沒有新中國。說這種話大概吃錯藥了。你不要忘記自己的身份。兒不嫌娘醜，作為一個黨員，不歌頌黨也就算了，吃肉罵黨，看著和尚罵賊禿。看上司校長的面孔，我才收你二瓶酒、二條煙，這一點小錢，能換一紙文憑不!不去打聽打聽現在行情……說這沒良心的話。」

「小子恨到了骨髓。口無遮攔，怪不得被打成現行反革命了——」方心裡想：「你不請官方記者，就為說真話，一吐為快？按『什麼樹開什麼花，什麼藤結什麼瓜，什麼階級說什麼話』邏輯說，他處的位置應該歌頌才對啊？——」

「有些人看不起我，」二哥似乎看穿了他們內腑，「認為是暴發戶、投機奸商、靠權力資本大魚吃小魚……」二哥有的放矢，「不錯我就是暴發戶。但不是天上掉下來的，在茅坑上擺餛飩攤，是一碗一碗捧出來的，不是權力尋租靠貪腐受賄得來的。修橋鋪路、希望小學等等善事也做得不少了……話講到這兒了，希望前輩老師不要吝嗇自己的才情，不要辜負來之不易又瞬間即逝的寸金光陰，拋開一切雜念煩惱，醉心在桃花灼灼的春色裡——謝謝各位！謝謝尊長（熱烈鼓掌）！」

二哥把話語權還給方主席。「杜兄，」方主席問道：「下面你具體向大家說說流觴曲水的遊戲規則。」

「各位老師來賓，在座各位大家，」杜侃侃而談，「是主任和春天賜予的機會，讓大家走到一起，我們沿著永和元年蘭亭流觴曲水的千年遺事，桃花亭舉辦文化盛事。方主席說過前有古人，今有我們，但不一定有來者，即使有來者，他們也像我們誇耀永和元年那樣去誇耀我們，相信我們一定能辦好這次活動……主任他特地從酒廠弄來二十年陳年佳釀，燒制了古代雙耳觴杯。菩提山不是蘭亭，但賽過蘭亭，你們蘭亭應該不止去過一兩次了，多的已記不清了。古蘭亭長得什麼樣沒人知道，什麼茂林修竹啊，平平常常彎彎曲曲一條小溪，幾處小山，幾處斜竹，說山不在高而已。這兒高山流水，桃花滿山，如同仙境，彎過九道灣的一條小溪，沿著山腳淙淙而來，……

「正如主任所言，天高皇帝遠。今天沒有等級，不分彼此——什麼書記、主席、局長、主任、處長，該罰的罰，該喝的喝，該寫的寫，一視同仁。原則公平公正，務必請各位聽好記住，觴杯飄到誰的面前，必須飲酒作詩，誰也不能例外。酒腸寬似海，詩膽大如天，盡盡發揮你的想像力吧！一觴一詠，一吃為快，一吐為快……（掌聲）」

「首先——」二哥又補充說：「必須向各位大家申明，東道主才疏學淺不會作詩。職責把大家招待周到……」

「那不行！」幾位立即提出批評，「剛剛還說原則上是公平公正呢，東道主首先破壞規則了，乾脆大家都不作詩，專吃酒，老酒吃飽了打道回府——」

「且慢，聽我說，」方主席急忙替二哥打掩護，「東道主既然請我們來，當然得照顧好我們。會場有很多事要他了理，他不作詩或許真的不會作詩。非把鴨子趕上樹去，也太勉為其難了。」

「你不要受東道主的矇騙了——」方話音剛落，老舍、老白不滿的嚷起來，「今天不論官職大小，一律平等，咱們對主任可能不太瞭解，今天主任講話他不打草稿，即興演講就知道他有多少文化含量，思想新銳，意識超前，觀點明確，深藏不露，怎麼可能主任他不會作詩，肚裡有沒有貨，一聽了然。提出不公平不合情理的要求，莫非主任瞧不起我們這些臭老九……東道主應該率先作出表帥。能不能讓我們負責後勤。」

方主席和二哥相處了這麼久，卻一直認為二哥是個生意人，買賣為主做官為副。今天聽他的開場白，倒不似他自己說是個白目，肚裡還藏著點貨色。溫飽足而知禮樂……你小子官場假話套話空話屁話說得不比咱差勁，文字遊戲也玩得轉。

子道支持舍白兩人道：「主任你出口成章，連腹稿都不要，哪有不會作詩的道理呢？我支持老舍和老白的意見。」

「老師們，」二哥說：「沐猴而冠，這點兒文化，出醜不如歇手，多讓你們笑話我的。」

「這樣吧，」羅教授出來打圓場說：「為公平公正起見，我提個折中辦法，他不會作詩也行，每一次必須陪吃三杯酒，或罰他唱一首歌，歌不唱，就爬樹給大家看……」羅教授看似原則性很強，但他教二哥考試那樣人是活的什麼原則都能變通。

正說著一輛麵包車停下，從麵包車下來一群可愛的姑娘，大家們齊刷刷目光集中到姑娘的身上，二哥像被丟棄的一只破畚箕，沒有人再去糾纏他作詩。

「各位老師，」二哥叫了半晌才把大家們的心召回來。「這幾位小姐，是專門為大家斟茶、倒酒、放逐觴杯、攤紙磨墨洗筆的。」

「方主席，」老杜見方心不在焉，上前一步咬他耳朵說：「都是十八九歲的人，個個如花如玉，人見人愛。嘻嘻嘻——我說的嘛，主任另有安排，細微周到。」

近視鏡片下方主席興奮的目光像玻璃罩裡做實驗的小白鼠躁動不安。他沒有搭理想帶老婆來的杜好梅。走到二哥跟前，「主任讓這些姑娘捧觴杯，我向你提個建議，讓她們把鞋子襪子脫掉，把觴杯放進她們的鞋子裡，然後光著腳丫捧酒給我們——」

「吃鞋杯酒！」老舍受到方主席的啟發，拍拍方的肩膀說：「方主席，你可太有創意了。妙啊妙……」

各位對方主席的建議無不拍手叫好。

「只有方主席和杜好梅想得出這種餿主意——」羅教授想笑，但平時嚴肅有餘，而活潑不足，一時忘了怎樣去笑。蠕動著滑稽的嘴巴在心裡說。

45

一觴一詠

女子像彩霓一般向山上徐徐飄來，男人見了漂亮年輕的女子，身內起化學反應，目光精力全集中到異性身上。連創造我們的造物主也感到驚訝。

「大家別急，別急——」二哥像對待一群不聽話的幼兒，連續叫了三次。見杜好梅已下到溪邊離開了隊伍，「下面，讓方主席介紹活動的具體守則——」二哥與方主席咬耳朵，方不斷地點著頭，但不知道有什麼陰謀。

「這樣好吧，」方主席說：「因為臨時決定的，有關事宜還待主任跟她們溝通。杜兄你上來喝茶吧，不需要你去歡迎。早上匆匆忙忙出來，也沒有喝過一口茶呢。」

大家去桃花亭喝茶了，二哥下山找帶隊的

小姐去協調。

「我介紹一下活動的規則。」方說：「一男一女兩人一組。男子不能去溪邊，也不能隨便走動，只能靜候在三十米外。小姐依溪而立，各守自己的位置。聽源頭鑼當的一響，站在起點的姑娘，將斟上酒的耳杯放入溪流之中，順著流水自然漂下。由裁判斷定這耳杯飄向哪位姑娘的距離最近，就歸跟她搭配的先生吃了。酒畢，當場賦詩一首。特別強調指出，必須一口飲盡，詩也要揮筆即成。不得抄襲、不得作弊、不得代酒、不得以任何藉口破壞活動的規則……在公開、公平、公正下進行——大家還有什麼疑問沒有？沒有，好！她們佈置好會告訴我們的。」

「方主席，作詩有沒有規定的？譬如七絕、七律、五言、詞曲、白話、打油詩等。」金主編扶扶近視眼鏡問。

「應該不作規定，」方主席低頭喝了一口盪茶說：「反正輪到吃酒就必須作詩一首，至於作什麼詩、什麼題材、題目不作任何限制，讓大家自由發揮。主任說，兩點，一誰詩寫得出色，經大家投票來評選。二本活動作品，不能對外公開發表。三六設獎狀與證書。四獲獎者贈送『脊山猴茗』頂級綠茶一兩。」

「一兩？」羅教授心裡想，「這小子比歐也尼葛朗臺還摳門啊！」

「不要看不起這一兩茶的價值，」金主編說：「比黃金還貴——要知道梨子的滋味，得親口嚐一嚐……」

「啊——香煞人！」老杜低頭嗅著杯中的茶，讚不絕口。聽金主編說比金還貴，產生了廣告效應，「名不虛傳！茶芽像針頭一般細。湯色碧清，有蘭花的幽香……」

「確實好茶！」白大師也交口稱讚說：「有次，一學生送我半斤明前龍井，說是正宗龍井茶，只有中南海國家主席才喝得到，連政治局九個都喝不到，比『人民大會堂國宴專用』高出幾個檔次。不怕不識貨，只怕貨比貨，國家主席喝的茶與這茶一比，正宗的龍井算個屁！主任這茶不會是菩提山出的吧？」

「不是不是，」金主編代替二哥介紹說：

「我跟主任一塊去的，是千步庵一位老和尚送他的。」

老杜接過桌上的錫罐，似乎鼻子被錫罐子拽住了，戀戀不捨的離開罐子，「啊——真的鼻子會香落。」

老杜聞過老白拿去聞，老白又交給子道聞，傳花接鼓的一個個遞著聞。

「一共也只有兩三兩茶葉……」金主編又說：「千步庵老和尚說，冬天，饑鳥沒有東西為食，食茶籽果腹，然後隨著糞便拉出掉入岩縫石隙自然長出。海拔接近二千米光禿禿的裸岩，只有沉積下來的苔蘚幾乎見不到泥土，不知是怎麼生存下來的。任憑風霜雨雪、雲霧烈日，缺乏養分的茶樹，看不出長大，也看不見衰老死亡，一副仙風道骨的樣子。山外清明新茶早上市了，穀雨茶老無人問津，寒山之中霜還濃呢，茶芽烏喙的剛剛丫鵲口。早年老和尚束腰芒鞋攀登去採，近來體力不支，悉心調教了幾隻猿猴，讓他們攀崖採擷。猴是人的哥哥，懂得利弊得失，採青葉跟老僧兌換果子吃，如果不給果子，猿猴們就集體罷工。和尚跟猴子討價還價。所以和尚叫它『脊山猴茗。』」

聽了金主編一通說，老舍又重新拿起錫罐謹慎的深深吸了幾口，嗅覺把香味傳遞給大腦仔細分析。咂咂嘴巴，眯著眼睛端詳玻璃杯半沉半浮的茶芽，並將剛才故事一併揉入到香味之中……「果然好茶。得益於寒風露水和雲霧。沒有化肥和農藥，手工製作，烘焙考究。外面假的太多了，今世人不僅以中南海的名義去騙老百姓，同時也騙中南海這些大傻瓜——他們未免能喝到這種質量的茶！不過話得說回來，沒有菩提山之清冽，最好的茶，也煮不出這個味道。」

「老舍對茶頗有研究，不愧說你茶聖，」方恭維道：「咱只知其一不知其二。茶經就無從談起——」

方其實在暗諷老舍，老舍卻拿砒霜當補藥，「按茶道，玻璃器皿不合適泡茶的。據說在日本，玻璃杯泡菜還是禮節上的問題，中國自己不知道有這些講究——但日本至今仍然保持著我們的古法。沏茶最佳為唐宋黑釉兔毫斗笠碗，粗大碗次之。蔡襄《茶錄．茶器》云：『茶水白，宜黑盞。建安所造者紺黑，紋如兔毫，其杯微厚，熁之久熱難冷，最為要用。』北宋以兔毫盞斗茶為時尚。明清時行紫砂壺沏茶，大約不光為喝茶了吧，文人已提升到把玩的層次了。玻璃杯不是不可，最適用於辨茶識湯、做工優劣、採摘品質便一覽無遺。只看這些茶芽兒，明顯的長短不一，有的有葉無芽，有的有芽無葉，瑕瑜互見。猿猴畢竟不是人，不能太於苛求。」

大家聽老舍的高論，像在故弄玄虛。相互瞧不起屬文人的一大優點。

領班小姐問二哥活動什麼時候開始？

「你們做過實驗沒有？」二哥問道。

「試了幾次……」

「漂流一次需多長時間呢？」二哥同領班來到現場，「漂流速度不宜過快，喝好酒還得寫詩，寫詩還需要時間構思，所以你要觀察進展速度，第一次沒有結束不能放第二次。節奏太快酒容易吃醉，醉了詩就作不成了，活動也沒有辦法進行下去。你必須把握好尺度，懂嗎。」二哥輕聲問領班「按說好的計畫，男女必須對號入座——別搞得張冠李戴。」

「事前我把各自搭配的名單告訴她們，都與她們交待清楚，」領班小姐說：「一對一應該不會認錯的，……」

「還有一事，」二哥說：「鞋襪都要脫掉，酒杯放入自己的鞋裡，光腳丫走路。這兒走到寫字處不過二三十米吧。」

「光腳走路？」領班詫異的看著二哥，為難的說：「讓她們光腳走怎麼行……襪子能讓她們穿不？」

「什麼叫光腳，」二哥態度十分明朗，「當然不許穿襪。」

「怎會這樣，」領班小姐皺著眉頭說：「上面可沒有交代必須光腳……你們新增的一個項目。你知道她們剛從學校出來，沒赤腳走路的經歷。這高低不平的斜坡，且上面全是尖利刺腳的砂石，不是在海灘走路啊。」

「又不是教你們上刀山——」二哥雇她們花了一大筆錢，聽領班小姐這麼忸怩，氣打一處來。「你們赤腳都不能，幹嘛呢！小小一盞酒又不是百斤重擔，不至於會閃腰骨吧。你們男人怎麼會揹得動！——既然這麼金貴，何不去當官太太，不但不用赤腳受苦，還有人服侍你們……你們來賺什麼錢！你知道他們是些什麼人——」

「好吧，我儘量照老闆說的辦……」小姐看見二哥經常去她們酒店，她應當知道二哥的身份吧。

姑娘平均年紀不過二十上下，好比春光下灼灼桃花。個個細皮嫩肉，漂亮豐滿，嫵媚動人。「這些美女因演藝圈沒有抬場她們的人，」老闆說：「被導演裁下的邊腳料，與雞不能同日而語，其中個子高挑的那兩位，是從職場找來的嫩模……也是王朝的金字招牌和鎮館之寶。」

「現在的美女處於飽和狀態……」二哥嗤之以鼻，「何況她們整過容……」老闆目的向二哥抬高出檯費。

「小姐沒有自己姓名？」二哥問領班，「十號、十二號我們怎麼叫啊？叫錯一個數完全是兩個人。活生生的人，怎麼沒姓沒名，搞得跟機器設備編號一樣？把人數字化，既不合人性，又尷尬冷漠，相互溝通設置障礙。我建議恢復使用她們名字……」

「有規定不能使用自己的姓名。」領班小姐說：「進了房間，手機掃一掃她的二維碼就瞭解到她全部資訊……」

「哪裡有二維碼？」

「咯咯咯……」領班詭譎的一笑，「跟她發生——才看得到……一掃知道她姓名、年齡、地址、學歷、網址、聯繫方式……」

「聞所未聞，不是忽悠我吧？」

「不信，也不會忽悠你吧。」領班小姐確實沒有忽悠二哥，金主編後來跟二哥去私人會所時聊天說，他證實那位叫葡萄的小姑娘，輕易不示人的地方果然有二維碼的。在生殖器那個地方，刺著大大一枚「乾隆通寶，」中間的方孔，對準她那個洞。「看似入行不深的小姑娘，很有構思和創意。性也有藝術，你想一個男人在方孔中拼命賣力，不管男人有多少力氣，還是有多少金錢，這洞你永遠塾不滿，她照單全收啊。」

「我的意思，」二哥說：「不叫真姓名也行，臨時給她們取個化名，反正只使用今天一天。這樣吧，報一個名，我取一個行嗎。」

「31號，」二哥對著化名單，「哪位——」一名雙腿秀長的女孩答應出來，「31號聽好，現在起叫你櫻桃，記住沒有。」她嫣然一笑，高興的答應。「77號叫荷花吧，記住你與方主席配對……」二哥分別叫08號杏月，22號叫茉莉，14號叫芍藥，32號叫葡萄，01號叫夜來香，04號叫玫瑰。然後二哥讓她們自己重新報一遍臨時姓名，然後教她們各就各位作好準備。

「等活動結束了，」二哥對領班說：「誰跟誰一個房間，可不要搞錯了。你要跟她們交代清楚。」

「老闆你也太幽默了！」領班笑笑說：「房間根據搭配安排的，搭配了一天她們連自己的男人都不認得……咯咯咯。」

「主任，」方主席笑道：「你讓這些姑娘復活了，不但名字取得好，且有韻味。與小姐就更加貼近了……主任的組織能力，著實讓我方某折服。」

「鏜！」聽一聲鑼響，一俊秀的男裁判高聲宣佈：「請——芍藥小姐。」

自小姑娘來到世上，沒出赤過一天腳，更不要說光腳板走在堅利的砂礫上。粉嫩的佈滿筋絡的腳板與堅硬的砂土第一次親切接觸，腳踏在砂石上，似癢非癢似痛非痛心裡說不出的滋味，兩腳軟骨病的支撐不住自身重量，身子像蚯蚓的蜷曲起來，走一步扭三扭，好像驚濤駭浪中的一艘小船；又像紅軍二萬五千裡長征爬雪山、過草地……方主席這一個主意產生出意想不到的效果，使這些大師名家耳目一新，個個笑得前仰後俯眼淚直流，有的笑得支撐不住，蹲在地上捧著肚子喊痛。

芍藥穿一件低開領、藍花白底的襯衣，挽著袖子，露著羊脂白玉一般的手臂，彷彿維納斯斷失的兩條胳膊就在她這兒。芍藥腰身纖細，胸脯膨脹，豐臀肥股。身上該曲的曲，該凸的凸，上帝將美好的體形賦了這個女人，最挑剔的人也無可挑剔。當芍藥蹲下身去取水中的耳杯，胸前噗的一聲，一枚衣扣掉進水中，低開領的襯衫又少了一枚扣子，半露的胸罩全露了出來。

「脫穎而出了，」老舍心裡說。

「老舍，你開門紅，吃酒吧——」場地上響起一片歡騰。

「老舍同志，」老杜幸災樂禍拍著手說：「……可交上了桃花運，第一杯和第一美人讓兄占去——」

芍藥把滴水的雙耳觴杯放進自己的高跟鞋，不知為什麼這麼巧，癲子當和尚剛能容一只杯。芍藥一手托著鞋頭，一手托後跟，宛如大臣捧著朝笏上朝，傴僂著身子一步三搖進金鑾殿。芍藥忍著腳板的刺痛，咬著牙，兩眼盯著鞋裡的酒，披頭散髮踉踉蹌蹌地，又像吃了冤枉的小白菜去衙門告狀。

春風又綠江南岸，風有意無意的揭開老舍染過的黑髮，吹得隱藏在裡面的蓑髮一片零亂。老舍像個渡口等女兒歸來的老翁，芍藥捧著鞋杯酒一拐一拐走來的場面生動有趣。也許雙方都在想自己是怎樣一個搭檔？

芍藥走完艱難的征程，衣領洞開，頭髮散亂，狼狽不堪，臉上浮起羞紅望著老舍。老舍憐香惜玉看著芍藥。老舍接過芍藥手裡的高跟鞋，聞到一股臭豆腐的腳丫黴臭氣，皺著眉頭苦笑。

「舍兄！」老杜皇帝不急太監急，「芍藥姐姐的腳可抹了麝香的，你趕緊喝呀……」

「芍藥姐姐，」老舍忍不住笑道：「你的香蹄比麝香還香……哈哈哈！哈哈哈！」

芍藥忍俊不禁低下頭髮見自己胸脯敞口，胸罩全曝光了。怪不得這些老東西眼睛一直盯著……心裡一陣驚慌。

老舍將鞋裡的杯取出，雙手執耳，一飲而盡，來到備好紙筆的案桌前，提起狼毫筆一揮而就。

嫦娥下凡赤腳來，
靴子載酒金耳杯。
人生如同此曲水，
芍藥有緣為我開。

老舍引得眾神仙一片恭維，說他不愧是本朝的大詩人。

「請——芍藥小姐」裁判宣佈說。

「又是芍藥姐姐！」杜好梅高興的跳起來，「好事成雙——好人成對，她對舍兄情有獨鐘……」

芍藥雙腳下過水後，腳板被水泡脹，腳皮嫩薄就更加怕痛，砂粒像針一般的刺進皮肉去，疼得芍藥像尺蠖蟲一般蜷起來。一路跌跌撞撞、東倒西歪的晃得一鞋酒。雪白的臉蛋太陽炙得像貴妃醉酒一般，玉臂粒粒水珠閃著斑光，像灑在荷葉上的夏雨。老舍接過鞋杯酒憋著氣，脖子一仰倒進喉嚨去。

老舍確實沒想到自己會連吃二杯。因此沒有準備作二首詩。躊躇了片刻，鎮子壓住宣紙，提起筆紙上龍飛鳳舞。

滿山桃花翳豔陽，
一江春水入畫屏。
不思鷗鳥九萬里，
只求一日逍遙遊。

「妙妙妙！」方主席大聲贊捧說：「好詩也！老舍同志三碗不過崗，看來你還得再吃一杯啊——」

二哥作為東道主，不論他們的詩寫得如何如何，他瞎子摸象隨聲附和。

白公望點評說，「滿山對一江，桃花春水工整妥帖。佳句也！」

「請——荷花小姐請！」裁判唳長的唱道。

杜好梅似乎全年的快樂都集中到今天來，「這下輪到我們方主席吃了！」

上游鑼鏜的一聲響，耳杯放下水去，波濤中幾經沉浮，幾經曲折，有驚無險的漂到荷花身邊位置。方主席埋怨荷花姑娘站的位置不佳。荷花不承認自己位置不好，訕笑方主席的運氣欠佳。

「我運氣怎麼會不好？」方說：「是你隔夜手沒有洗淨……苦煞我也！」

「你瞎說——」荷花漲紅著臉爭辯說：「我沒有做過什麼。」

「沒有做就沒有做嘛，」方道：「……你臉紅幹嘛？」

荷花的男朋友是大學同學，兩個租房子住在一塊。昨晚接了一單買賣，回來男朋友又跟她作愛，她說：「一晚沒好好睡過——被臭男人快折騰死了。你還要再來折騰我，煩不煩人啊……」男朋友的雄勁上來，不管好話惡話都不起作用，乾脆躺在床上一個大字，像死人的任男朋友擺弄。一個起勁在身上勞作，一個疲倦的鼾聲迭起。當早晨醒來，突然想到今天的工作，「呀——遲了！」起來問男朋友，「你把我的短褲丟在哪裡？」男朋友睡得像個死豬的。一模手上全是男朋友鼻涕似的東西，心急火燎連手也不洗去趕車。方主席點到荷花的死穴上，所以臉紅了。

荷花的膚色長的比芍藥黑，五官位置和長相極其端正。老杜悄悄跟方說：「好一朵黑牡丹。」如果不是搞拉郎配，而是自由選擇，杜毫不猶豫會選擇荷花姑娘。杜看女人如火眼金睛，一眼看上荷花這嫩模。

荷花不小心腳下一滑，差一點翻進水去，幸虧二哥手快，一把將荷花拽住。荷花眼看觴杯越漂越遠，忠於職守的下到河裡去追。根據條例細則，小姐失足跌入水裡，或失職放跑了耳杯，必須罰酒三杯。荷花不怕弄濕衣裳，不顧個人安危撲向水裡，二哥被她的敬業精神所感動，想；這個社會無論精英白領，還是當官賣淫，應該要有她這樣的職業操守，社會才會進步……當荷花追上耳杯，看她高興得溢於言表，像一條落水的狗掙扎著爬上岸，看了教人可憐。打濕的單衣，緊貼著荷花豐滿可愛的身段，幾乎全裸的呈現在大師尊長的面前。大師們只關注荷花身上的玄妙，想不到也不在乎她已經犯規了，沒有人找她的茬，二哥放她一馬默不作聲。

荷花打濕的裙子緊貼著屁股，可憐的三角短褲已昭然若揭……文人也是男人，心裡引發一陣騷動。荷花端著鞋杯酒，千裏尋夫的投奔方主席——

「酒裡摻了水，」方主席說：「照理，這杯酒應該由你吃的，……」

「不生孩子不知道肚子疼，」荷花心裡忿忿不平地想：「這該死缺德的餿主意只有你們才想得出！」荷花央求方主席說：「我不會喝酒，請你高抬貴手……」

杜好梅見方主席不依饒讓對方喝酒，站出來為荷花打抱不平，「方兄！你這樣疙瘩下面怎麼進行。只有半杯酒，你讓我喝、我讓你喝，像拉鋸的。吃了酒做你的詩去。」

方主席只為吃荷花的豆腐，被杜好梅一說，心裡不爽，心想分配我的女人，又不是你的女人，管你鳥事！氣哄哄的取出酒，將臭皮鞋扔得遠遠的。抓起毛筆，硯盤草草一舔，狂草醉字。

曠世雜樹多，我為梅咨嗟。

「問君何獨然？」「孤傲天下雪。」

「未有媚春日？」「因為窮來磨。」

二哥在一旁拍手叫好，他不知道方在譏刺杜好梅。杜文章中稱自己像梅一樣高尚，幾千元錢丟掉人格。

杜好梅也聞出其中異味，「好在打油詩？」

「打油不算詩嗎？」方主席接茬說：「酒喝了，詩在紙上，教老白老舍他們評評……」

「順口溜，白話詩都是可以的，」老舍和老白不了解他們的微妙，老舍道：「網絡上某詩體傳瘋了。不管什麼詩，能轟動就好，即便詩最好，沒人看也轟動不了有什麼好。咱們畢竟不同於泛泛線民，既能寫，又懂得欣賞，無厘頭或過於淺顯，就缺少韻味與思考了……」老舍的話兩個都聽得不高興。

「請——荷花小姐！」裁判打斷他們說話。

「又是方主席！」金主編眯著一雙小眼珠說。金說他很會找樂子，活著的本質就是為快樂。但你自己不去找樂，樂不會主動找你的，偶爾找上門，見你毫無樂趣，他當然不願與你待在一起受罪。金說話風趣幽默，臉上總掛著常人難以做到的笑容。他曾跟二哥說，念大學時坐火車，三個鐘頭內就能物色到他想要的女子，從搭識到混熟並自願跟著他去旅館開房間。他釣女人的本領像大衛‧科波菲爾穿越長城一樣令人感到不可思義。二哥說他有女人緣他表示承認。

「你們聽我說，」金說：「原來的規則有個缺陷，應該需要完善一下：接連兩次碰上喝酒，應該跟像打麻將一樣加倍。而不能喝一杯算數。我建議，凡吃第二次酒者，必須小姐反哺給搭檔吃——方主席的一杯酒，應當由荷花小姐一口口喂他……老舍、老杜、老白你們同意我的建議不？」

金主編這個鬼主意一出，眾口一詞的「堅決支持！」杜好梅為報這一箭之仇，呼籲「從方主席開始……」

二哥真的很佩服金主編，只要眼睛一眨，計策一百，而且花樣迭出，不斷翻新，令人絕倒為止。

眾人熱情高漲，喊荷花快哺給方主席吃。方遭突如其來的變數，像子彈卡殼，尷尬的與荷花面面相覷……

百年一遇，二哥從來沒有這樣開心過，邊笑，邊催促她們不要磨蹭，「方主席，伸頭一刀，縮頭也一刀。該怎麼就怎麼。活動留下時間不多了！」

「這這……」方主席為難的回頭看著二哥，「你說，這……這場合，怎麼行呢……不好吧……」

金主編惟恐天下不亂，二哥隔岸觀火，杜好梅屁眼裡添薄荷——涼到心裡頭，眾人不依不饒，咬定青山不放鬆。

「荷花小姐，」杜恫嚇道：「你像媽媽喂兒子那樣，一口口哺給方主席吃！你吐掉或刻意從嘴漏出，不但不算得重新來，而且你必須罰三杯——」杜煽動性的問：「各位同意不同意？」

「同意！」

「好不好？」

「好！」

把流觴活動推向了高潮。

荷花雖然年輕漂亮，但就是進不了圈內，別人的介紹下加入「有色行業。」職業陪酒陪睡陪聊算一個老江湖，她什麼樣的場合和男人沒見過，男人想玩她，結果被她玩於掌股之中。荷花明白這些文人看似滿腹經論溫文爾雅，旮旯角一肚子的花腸子。大庭廣眾下連最後一方遮羞布也不要了。

職業決定使荷花的嘴巴在整個工作中的比例占得較多。上崗前先把嘴唇塗紅，男性見猩紅的嘴唇，宛如西班牙公牛見紅斗篷一般亢奮，差不多這工作靠她嘴巴來完成的。荷花手抱琵琶半遮臉，望著猶豫不決的方主席，也許她想把杯裡的酒一口喝進嘴裡，無奈嘴巴容積沒那麼大，又吐出一半到杯裡，但嘴裡依然覺得塞得太滿了，泡在酒裡的舌頭沒有一點迴旋餘地，甚至連喘氣都覺得困難，兩邊腮幫像求偶的青蛙一樣鼓凸。吐不能吐，咽又害怕咽下去，噎得她「唔唔唔」叫，希望方主席趕緊接應。

「這……」方主席無助的看著大家，「不能——啊，」方主席敗兵朝後退。

荷花心裡有苦說不出，見方主席往後退去，一邊焦急的「唔唔唔」叫方主席，不顧腳下錐痛，不顧一切追過去。

「方主席！」他的行為引起眾人的譴責，「去接呀！人家姑娘快憋死了，不能這樣缺德啊，快去接啊。」

酒腥味直叩荷花的腦門，臭男人存心想憋死自己。兩胳膊像章魚觸鬚箍住方主席的脖頸，往他的嘴上貼……

眾人監督下方主席只能認賬。方有一米八三個子，人高馬大，荷花只有一米六五，相差有一個頭多，雌兒幾乎整個人掛在方的脖頸上。方主席宛如一頭長頸鹿伏在河邊飲水。一男一女，一高一低，一哺一咽，看上去似膠如漆親親熱熱忍俊不禁。全場爆發出心態扭曲而熱烈的笑聲，震得桃花從樹上紛紛墜落——

白大師笑得直不起腰喘不過氣，他說這輩子從來沒有今天這麼高興了。老舍眼眶中噙滿淚水不知是痛苦還是高興。張子道簡直比揀到金元寶還興奮。二哥由於笑得太厲害，曲蹲在地上不斷說「笑死我了，笑死我了……」一本正經的羅教授卻一反常態，忘記了馬克思主義的嚴肅性和黨的一慣教導。如果去翻看羅教授一生所有記錄，今天無疑是創了記錄……用他自己的話說把這一生的不如意給通通忘了。

縱觀這些人的靈魂背後都藏著一幅精神的春宮圖……

「——各就各位了！」領班小姐看大家東倒西歪的潰不成軍，像一隻棲在高處的鸚鵡叫著。源頭一聲鑼響，耳杯已經流放水去，小姐們各就各位做好準備。方主席咽下酒趕緊去寫詩。

「請——葡萄小姐！」

葡萄跟金主編配成對。葡萄長得水靈靈的，王朝老闆對二哥說還沒有到法定年齡。她面目靚麗，肌膚白嫩，身材姣好，兩只乳房恰似蓓苞待放的花朵，姣好的五官嵌著兩只勾魂攝魄的杏眼。金主編那近視鏡背後的瞳孔閃著金光……葡萄同樣沒有光著腳在地上走過，光腳走在毛茸茸的地毯上覺得腳底癢癢的，何況走在堅利的砂石上。她緊咬著嘴唇，身子彎得像一張弓，又像受到威脅的一隻蝦公，每走一步，春風拂柳的一路搖曳，雙眼盯著鞋子裡的酒杯，小心翼翼亦步亦趨曲折透迤的像一條蛇。好不容易捧到金主編跟前，金煞有介事的扶扶眼鏡，從鞋裡掏出酒，一股臭豆腐乳氣鑽進鼻子，金皺皺眉頭說：「葡萄小姐這麼香住椒房的啊。能讓我親口嚐嚐你的爪嗎……」葡萄羞澀的低頭一笑，不好意思的轉過身去。這些女子中，唯葡萄不是從演藝方面來的，剛入道不久，原始的青澀還沒有完全褪色，在男人面前，她不像其他姑娘成熟老練。

「金主編你敢！——」眾人剛平復下去的情緒因金又高漲起來，起哄說：「人家可是處女腳丫……」

金主編女子可不是見過十個廿個，閱人多矣。尤其像葡萄這樣嫩的女子，他要她圓就圓，若要她長就長，容易得如反掌一樣。金教她把腳伸過來，她乖乖的照辦了。金像一位虔敬的信徒伏倒在大主教腳下，吻主教一樣吻葡萄的腳丫。伸出那毛刺刺熱辣辣像蛇一般的信舌……罩著玻璃的眼睛，往上看著葡萄的面部表情。當舌尖觸

到葡萄的腳丫，像毒蛇咬了的痙攣起來，「啊啊……」頭烏龜的縮進項去，雙腳勾起，整個身子縮成一個肉球，……

「主編大人，」二哥沖金主編一笑，說：「不要把小姑娘的骨頭舔酥了——人家上班沒幾天呢。老闆特地關照剛剛涉水，需要愛護與照顧……」

「何以見得呢？」老杜聽說葡萄還是頭一回。

「看她眉毛緊密，」二哥評估女人像販牛老買牛一樣內行，「屁股圓渾往上翹凸，表情青澀，舉止保守，懂行的人一看便知。還沒有遭男人的賊手……」

「主任一席話，勝讀十年書——受益匪淺！」老杜說：「實踐才是檢驗真理的唯一標準，主任練就火眼金睛，你得下多少工夫啊。——後生們對此就一竅不通……」

「男人是人，女人是物，所以稱『人物』兩字。」二哥說：「那個獲得諾貝爾獎的八十二歲娶二十八歲的門生，公開說這是上帝賜予給他的『禮物。』女人是物毋庸置疑。以諾貝爾獎的公信度和信譽作擔保，證明他的言論具有足夠的權威性——女人不是人，是男人的一件『東西』……」

「我從來沒有去思考過，聽君這麼一說，倒——」杜好梅說道：「主任，你對男女的看法另闢蹊徑，想說說不出來，你給說出來了。」

「解放提倡男女平等、同工同酬、婦女能頂半片天。」二哥說：「純粹扯淡。你們都親眼看見，擁有Z小三和種種對婦女不合理的現象，婦女平等了嗎？解放了嗎？有她們的一半片天嗎？」二哥近乎怪論，讓這些飽學之士既新鮮又解頤。

「咋知道男人賊手沒沾過？」金主編狡黠地問。

金與二哥間的交往，比其他任何人關係要密切。二哥為金主編和行長在私人會所辦了會員卡，三人一起出入風月場所。三人湊在一塊談論天下女人，像鳳凰衛視的《鏘鏘三人行》百無禁忌，入木三分，滿口色語妙趣橫生。金主編一天要抽幾包煙，三尺之遠就能嗅到他身上濃烈的煙癆味。招風耳朵，黃板牙，近視眼睛，尖嘴腮，嘴邊長著幾縷衰草似的稀鬍鬚，如晝伏夜出的黃鼠狼。金主編像王荊公一樣不修邊幅，不刷牙，不洗臉，不洗腳，起來就去單位上班了。當初老婆打也打過，罵也罵過，金說「除非你離婚，舊性不會改。」一張眠床勿出兩樣人，老婆近墨者黑。讓人不敢恭維的一副品相，卻絲毫不影響女人對他的青睞，也不妨礙鮑照一般的才氣。

「處女都造假女人在迅速墮落。」二哥沒有回答金的話方主席接過說：「報導那些做花生意的反覆充當處女……裡面塞鴿子血和黃鱔血。這男人太好欺蒙了。世風日下，找個真正的處女不比大熊貓容易啊，墮落下去處女變國寶級了。」

這些喝過墨水懂禮的文人，在黨多年的教育與培養下，大會小會上談政治談馬克思主義不用打草稿，一旦思想放縱，說真話，問題就顯露出來，轉來轉去轉到女人身上，滔滔不絕口若「黃河。」二哥後來作了一幅聯：滿口馬克思主義，一肚子花花肚腸。二哥看看表催金主編趕緊做詩了。

金主編好文章如好色，平素鍵盤敲習慣了，毛筆寫字要他的命，字差得一塌糊塗。二哥揶揄他說：「不是顏體，不是瘦金體，你學的什麼秘宗體？筆劃似晾衣竹丫叉的張牙舞爪，……」

金隨手拿起開花筆，《永遇樂》一揮而蹴。

幾時過年，過年幾時，今天問了，明天又問。不曉人真好。

剛剛過年，咋又過年，曉得辰光知短。愁來也，憂也來也，從此失去傻笑。

計算人生，反來覆去，足三萬五。憂也一天，樂也一天，嘴巴笑到耳邊。

桃花林中桃花運，死了也休。

「金主編寫的好詞！」老舍說：「舍某得好好向你學習！」老舍與金不同年級就讀於同一

所大學，兩人雖然早就認識了，但並沒有交集。老舍知道金與他老婆不相配，女方只為擺脫農村戶口才嫁給金的。金看中的是大學一個同學，女的對金沒有那種感覺，她嫁給與自己最要好的朋友。

「請——夜來香——」

夜來香與羅教授搭配。羅教授來時曾悄悄的問二哥，「……裡面有熟悉我的人嗎？」不然就不去參加了。二哥讓他放心，絕對不會走漏風聲。羅突然向二哥提出說：「作詩無所謂，教我吃酒實在為難，能不能代呢……」

恩師不光不會飲酒，平時任何慶典包括過年過節他點酒不沾。那些為了職稱升官讀書的學員，除送來的貴重物品包括現金，送他的高檔煙酒，例如茅臺、五糧液、瀘州特曲等等他夫人全賣給禮品回收店。因校長、書記、同事都住在同一個單元，避人眼目，夫人前後買了三套房子，寧可讓黨校分配的新房子空著，搬到同事看不到的地方去。一個作為教育幹部廉潔的教父，神聖背後盡幹這些見不得陽光的骯髒勾當。明拿暗斂的短短幾年，置了四五套的商品房。靠山吃山靠黨吃黨大發橫財。

眼看恩師陷入窘境，二哥不能視而不見，剛想說「讓我代替老師喝吧。」一致被眾人制止。

「主任不能不守規矩，」方主席說：「你們師生兩個誰也代替不了誰。」

受一致反對，羅教授的幻想徹底破滅了。夜來香光著腳雙手捧著鞋酒，阿娜多姿的宛若天上下凡的赤腳大仙，望著年過半百大半個腦袋已經沙化的羅教授。羅表面一本正經似乎對女性不感興趣，但內心也喜歡女人，平時因為老婆管得他嚴厲，杜絕他跟女性去接觸，不讓他口袋有一分私房錢。每次提出買書向夫人索錢，夫人的審查制度比黨校財務科嚴多了。羅的女學員或同事有事找，也不敢輕易給羅家裡打電話，如果夫人聽對方是女性就像美國聯邦調查局一般，嚇得對方慌忙擱掉電話。即便羅向外打電話，夫人的耳朵兔子的豎起來，聽不出對方女的還是男的，他一撂下電話，夫人就馬上回撥過去去確證。有次羅終於忍不住爆發了，提出要跟女人離婚，兒女們勸父親說媽媽到了更年期，不能這時候提出離婚。見夜來香婷婷玉立心生歡喜，但想到自己背著老婆心裡一片慌亂。

夜來香見羅教授卑怯複雜的樣子，不好意思呡呡嘴偏了過去。兩人彷彿在婚姻介所剛剛認識的——

杜好梅動了惻隱，抑或想討好二哥的，但杜沒有什麼好點子解這個圍，想起剛才荷花哺酒給方主席吃的方式，何不教羅教授反哺給女的吃，也許大家都會贊同。「我建議，」杜摘掉叼著的煙說：「讓羅教授哺給夜來香吃——」杜沒說羅不會喝酒，含蓄富有藝術地說：「一充分體現男女平等。二則禮尚往來嘛，女的餵過男的吃了，男的應該回敬女士。任務交給羅教授去……大家同意不同意？」

杜雙面道好可謂一石兩鳥。大家覺得他這主意也不賴，像古希臘長老院一致認為蘇格拉底有罪。二哥還是為恩師考慮，雖然不必咽苦酒了，但他畢竟受黨多年教育和培養對人家馬列主義大庭廣眾與小姐嘴巴對嘴巴的能行嗎？如果恩師堅持黨性原則和人倫拒絕不道德的行為，這出戲還唱得下去嗎？

按理羅對這樣的結果是可以接受的，但看他還是有點猶豫。二哥想，哪怕是一杯鴆酒毒藥，少量咽下去也不至於藥死吧。羅教授他也是這樣想的。關鍵不是門關起來做的，門關起來就不怕了，大家親眼看到的，要是有人傳給他老婆知道吃不了得兜著走……上次二哥組織村官鄉僚去新馬泰考察，將恩師一同捎上。外出考察，官無大小，無一例外對人妖興趣特濃厚，羅見兩個幹部親自驗證人妖是男還是女，眉飛色舞說「不虛此行——你們不去摸一下人妖後悔一輩子。」羅搓著手躍躍欲試，二哥支付了一百五十美元的撫摸費。回來後，不知那個搬弄是非的學生，傳到他老婆耳朵裡，河東獅子跟羅足足鬧了三個月。羅越是想解釋清楚，反而越描越黑。不依不饒的情況下，羅教授只能向二哥求助，並出面向他夫人作出解釋。老婆並不賣二哥的賬，說他們是「一丘之貉」……弄得二哥灰溜溜。最後大女兒讓老爸向老媽承認錯誤立下保證書再三保證不再碰任何女人——所以說是書呆子，羅畫蛇添足的說：「再也不摸……」

老婆要吃了他一樣，狠狠瞪了一眼，「只是我你不要碰——」矯枉過正又遭老婆一頓臭罵。

這次讓她知曉犯同樣的錯誤，四個字屢教不改，後果不堪設想。羅轉念一想，與會者都是有頭有臉、有家有室的黨員幹部，難道人家碰得我就碰不得？我不碰女人，他們以為我堅持原則。任何團體組織你不願跟人合汙，人家也不願與你合流，讓你一個人去清高吧。現在幹任何事哪怕貪腐犯罪，要幹就大家一起幹，你單獨沒有官官相腐的共同觀念，非但立不住腳，毫不留情的把你踢出革命隊伍。同吃一杯酒，同作一首詩，同玩一個女人，大肆貪腐大堆分錢，打成一片……七尺男人咽不下一盞酒，也不敢喜歡心裡喜歡的女人，這一點勇氣都沒有算男人嗎，自己總不至於把櫃內的醜事說出來吧……羅教授擼了擼禿頂邊緣落下的一縷長髮，聳聳單薄瘦小的雙肩，像去扛鼎一般，從夜來香手中接過高跟鞋，取出耳杯，謹慎的將鞋子交到她手中，雙手端酒，深深呼吸了一下……

「謝謝媽！」羅的舉止讓方主席一下想到《紅燈記》李玉和唱的一句臺詞，移花接木嫁接恰到好處，頓時大眾笑倒一片。台下一起唱「臨行喝媽一碗酒，渾身是膽雄糾糾……」方主席喚醒沉睡的記憶……面對可愛的小姐成「母親」的角色，羅自己都覺得荒謬滑稽，紅從脖頸栽起漫上禿頂。

羅教授咬緊牙關鎖緊喉嚨屏住呼吸，嘟吃進了一大口，只覺得酒腥氣通過氣管往神經末梢亂竄，憋在口腔內咕嚕嚕的嘟囔著，真是有苦說不出。羅手指著自己嘴裡的酒，意思教夜來香快點去吃。

二哥看羅教授雙眼豹凸，臉孔漲得血紅，再含下去恩師就要醉了，腮幫鼓得像玻璃缸裡的紅錦魚。不知夜來香出於何種動機，她卻遲遲不去接應，羅教授含著苦酒咕咕嚕嚕像快淹死的人。眾人出於何種心態，不同情弱者，卻容忍夜來香見死不救的行為?二哥實在看不下去了，抓住夜來香的小胳膊，一把將她塞入恩師的懷裡。事關生死，羅急於把酒吐出，抱住女子像撈到了救命稻草，螳螂捕蟬把她獲住，迫不及待去找她的嘴巴。胳膊中的女子像扣在餐桌的猴腦。

小姐的嘴巴沒有羅教授容積大，倘若羅教授稍有耐心，一個吐，一個咽，一口口哺，兩個都沒問題。她剛張開嘴，羅教授就想一吐為快，滿口頭酒灌入小姐的嘴，洪水的小女人哪招架得住，心一慌就亂了方寸，搞反傾銷的吐給羅教授還。羅教授不知她有這一著，有種被淹死的恐怖，不管三七二十一，強行吐給小姐。小姐越抗拒，教授越強硬，扼得快窒息，一邊努力吞咽，一邊呃呃的往外溢。教授怕眾人不滿，罰他吃酒，拼命的堵她的嘴，九死一生的女人，像兔子急咬人，用可愛的粉拳捶教授的背。在眾人的笑聲中終於鬆開手。小姐頭髮零亂，像虎口逃脫的一隻羔羊，痛苦扭曲的臉上沾滿酒花和淚花。少量酒流入羅教授的喉嚨去，梆梆梆一個勁咳嗽。

「羅教授寫詩!」方主席看了看手機顯示的時間說。

教授懼憚吃酒，詩作得不怎麼地，何紹基的字體，三句不離本行。

黨的教導記心間，
槍桿子裡出政權。
只要印把掌在手，
姓資姓無我江山。

舍前唐褒貶不一的說道:「千古絕唱!羅教授詩好，書法也好。但酒表現不好，差一點弄出人性命。」

白大師稱讚道:「羅教授煙酒不染，女色不沾，值得我們學習!思想第一，詩第一，書法第一，可作永久收藏。」

二哥心裡想，「我看不出詩好在哪裡?」他們奉承的也太肉麻人了。「順口溜也罷了還一副的無賴相，……」

杜好梅說:「今天對白大師開恩了，幾位同仁甚至連吃數杯，就白大師不用吃酒，也不作首詩。這樣的文化盛事千年一回，白大師無酒無詩辜負自己與各位，既然來了，不能親眼看大師揮毫潑墨，永遠留下一個遺憾。我提議，白大師酒可不吃，詩也可以不作，但字不能不留下。」

「應該感謝黃主任給我的機會！」不是二哥再三邀請白大師，他不願拋頭露面，一貫清寡少欲，甚為低調，但他越這樣，追名逐利的越不肯放過他。「我何嘗不這樣想。我人生就笨拙，在要緊場合，總找不到靈感，只有自己與自己相處時，偶爾寫上一首小詩。三年兩句得不敢說，但沒有十天半月是做不成詩的。收藏名家粟先生教我為他作詩，半年過去，也得不到我的詩。也許他等得不耐煩了，卻送給我一副對聯：白大師寫白詩白白等半年，求黑字藏黑字墨墨無聞……若諸位老師要求我像你們一樣臨場發揮，對我緣木求魚……今天非要寫只能襲前人句。」

白大師個性內向，不大喜歡湊熱鬧，女人之事冷淡無欲。也許出於這點，一致表示能理解。他謂櫻桃說：「請拿支大一點的筆來，」地上揀起一塊石頭，幽默的跟老舍說：「他山之石可以鎮紙。」親自磨墨試筆，懸腕寫《遊東田》一首。

戚戚苦不悰，攜手共行樂。
尋雲陟累榭，隨山望菌閣。
遠樹暖阡阡，生煙紛漠漠。
魚戲新荷動，鳥散餘花落。
不對芳春酒，還望春山郭。

老舍如是說：「齊武帝文惠太子在東田有座觀樓《梁書·范雲傳》『常出東田觀獲』觀看收莊稼。玄暉（謝靈運）『魚戲新荷動，鳥散餘花落』多好的中國畫啊……」

白大師身上沒有什麼油水可榨，但事情好像遠沒有結束，眾人把目光都集中在二哥的身上，教他吃酒，又教他作詩。老杜說：「作為東道主不能一毛不拔，這樣成何體統？主任你起碼作一首詩，否則不能壓軸——」

「預先我向各位表明……」二哥抵賴說。

恩師以李報桃給二哥解圍，「不勉強要求

你作詩，既然當初有過約定，咱們照約定的辦，喜歡唱歌還是爬樹隨你便。」

二哥搔著頭皮說，「我唱首《唱支山歌給黨聽》……」

「歌太老了，」杜不無譏諷說：「估計，主任的嗓門唱起來，我們身上恐怕會起雞皮疙瘩的……」

「不愛唱就不唱——」羅教授他自己不愛聽也未可知?說道：「倒不如春晚唱的哥哥在岸上走的好。」

「那歌我不會唱的，」二哥老實說。

「這樣吧，」方主席又有了新招，「你與領班小姐兩個，一塊唱黃梅調夫妻雙雙把家回……」

「我也不會啊。」

「你會唱什麼呢?」方主席鰲咬不放。

「只會哼牧牛的下作歌……」

「這太好了!現在獨缺原生態的東西。唱吧，唱吧!」眾人一致叫好。

舍前唐說：「那歌可是滅絕了啊，……他跟『公要渡河』一樣悠久。請大家為主任熱烈鼓掌……」

杜說：「唱奶奶十八摸……」

「唱什麼都行，」羅教授說：「不要唱這調子，太露骨了。找雅一點山歌最佳。我寫下來，裱糊好，掛著作話年。」

二哥急了，「老師，白紙黑字不能寫，真成了別人的話靶——將來，朝代造反革命，反革命咎由自取——」

「不寫不寫，」老師說，「唱過就一風吹過……」

二哥搜腸刮肚回憶那些唱過的野歌，畢竟幾十年不唱，不是忘了開頭，就忘掉結尾，記得最牢、不堪入耳的猥詞淫句，總覺得唱不出口。忽記起《老鴉叫得早》，二哥扯開公鴨嗓子唱起來。

樹上喜雀喳喳叫，
新婦一路奶奶跳。
阿公順手摸一把，

婆婆看見嘴巴翹。

46

山風欲來花滿樓

「主任你可不能錯過呀，」方說，「過了這個村，沒那個店，這樣的盛會，不一定有下次。不留一點墨蹟總說不過去的。」

大家你一言我一句的勸二哥，雖說自己不會作詩。畢竟盛情難卻，半推半就道，「不僅詩作不來，寫的字像蟹爬的。大師名家跟前我獻醜了……」

其實他不在這兒，
其實他就在這兒。
不就為了
這一切；
一切的一切
不是這一切
……

二哥寫的毛筆字，像兒童一樣稚嫩。白大師看了沒有貶他，反而大加讚賞，誇獎他的字像天真無邪的兒童，像沒有破過身的「處女體。」之前二哥在宣紙上沒寫過字，恐怕以後也不會在宣紙上塗鴉，而且只有他這一首白話詩。「其實人在這兒，其實他就在這兒，……」猜測二哥只為趙敬民而作的？

流觴活動結束，午宴擺在桃花亭頂層「攬月樓」上。

眾人第一次登桃花亭的樓層。二哥平時一直不開放，首次打開攬月樓的門招待賓客。雕有各式花鳥及人物故事古色古香的花鏤窗一一敞開，保證每一席、每一個人都能看到外面的景致。桃花亭孤零零的屹立在斷崖最高點，菩提山人說它是獨立金雞。當第一縷陽光來到大地，桃花亭近日樓臺先得光，當落山太陽的最後一抹紅霞離開桃花亭，宣告黃昏黑暗即將來臨。山風一陣吹來，掛在簷角的風鈴叮噹搖響，晚風像對白日投井下石，又像為白日的逝去招魂。鈴聲又招來了山風，彼此遙相呼應。老舍將頭探出窗外，迎面吸了一口陰風，打了一個寒顫，吃驚地說：「岩石像切豆腐一般陡啊！」

方主席好奇的也探出窗外張望，「哇噻——這地方岌岌可危，好驚險啊！往下看頭暈腳底癢。深幽幽的一江潭水。」

「真好懸！」羅教授好奇有餘但膽量不足，急忙把頭縮進，朝後退了三步，「太險太險了——腳底生癢。」

「剛才下面那位烈士，」二哥說，但他始終不敢說出建桃花亭的初衷。「進菩提山剿匪時，被村裡一個不明事理的啞巴謀殺的，他抱住那個南下幹部一起跳下懸崖。那北方人本不會浮水，像秤砣扔進水中，沉到底裡淹死……」

一連下了幾場雷雨，千溝萬壑匯成一股洪流，跳水一般從斷崖上跌落，猛的撞在鯰魚潭的岩石上，發出震耳欲聾像尼加拉瓜大瀑布的轟鳴。水撞擊石頭濺起巨大浪花，摔成了一堆碎雪，化作一團雲水在石壁的穀底下打轉。桀驁不羈自由奔放的山洪發怒了，企圖從岩壁撞出一條出路，哪怕粉身碎骨也不願過死水一般的平靜生活。與其得不到自由不如同歸於盡。翱翔於半崖幾隻鳶鴟，在充滿腥味的浪滔中發出嘎嘎的哀鳴。

「這麼高崖上推下去，」方主席頭往下一探，身同感受的說：「十個五雙丟命。這南下幹部也是個倒楣蛋，打仗不死被啞巴扼殺。所以人的一切不由自己說的，由命說了算的，要是他活著，做大官，享厚福了。常常不該死的死了，該死的卻不死。」

「潭裡的水非常之深，」二哥說：「天地形成以來水一直沒有涸過。小時候我想鑽下去探底，二分鐘潛不到底，盛夏潭水冷得徹骨，不少人因腳吊筋而淹死。那時家裡放著整箱的手榴彈，大哥他們拿手榴彈去炸魚，炸死的大魚有兩百來斤重，比一個人還高。」

「流傳著紅蛇娘娘的故事。」金主編忽然記起問道：「說紅蛇誕生在這岩洞裡？曾經想來這兒製作一檔民間傳說的節目。不管紅蛇精故事是真是假，流傳久並且影響廣泛，節目組想下到崖下去看個究竟，紅蛇蹲過洞是否真的存在？」

「我問主任，」老舍對紅蛇的故事有聞已久，對此也很感興趣，「到底有人見到過紅蛇精沒有？你認為這事可信不可信？主任你相信不？」

「這教我怎麼說好呢。」二哥不置可否道。

方、金、杜、子道、老白他們對紅蛇的傳說聽了很多版本，要求二哥講給他們聽聽。他們的思想意識讓二哥感到很不解。他們不是山村野民和不識字的人，受過高等教育，受物理科學的訓習，同樣經歷過破除封建迷信的思想改造，並且以唯物主義自居去改造過別人。百足之蟲，死而不僵，難道真正中國文化的精髓是這些宗教嗎？毛澤東他老人家不遺餘力勞民傷財的去破四舊、立四新。到頭來四舊破不了，四新也樹立不了，對妖魔鬼怪帝王將相才子佳人的態度，變本加厲的愈演愈烈。

「又不是耶穌、釋迦牟尼，也不是馬克思、毛澤東的誕生之地。」二哥曖昧的說：「我不敢說紅蛇到底是否存在？只能說一直這樣流傳的……我沒有去探索過那個岩洞，有個挖草藥的乞丐下去了，不僅看見那個岩洞，還進了洞採了好多名貴藥材……傳說紅蛇從普通一條凡蛇修煉成神蛇，仙途也像蘇東坡仕途一般跌宕起伏，從九天之上貶到九地之下。想獲得人們的尊重，必須讓人們感到恐懼，鉗制他們的思想，才能獲得敬畏與尊重，從岩洞遷徙去樟樹洞裡。有個孩子進洞再也沒有出來，至今沒人知道孩子的下落。從此一談到紅蛇臉色就變。傳說不足以讓人相信，但目睹的兩件事，讓我感到不好解釋。群專主任是個活生生的實例，撒桂子帶頭『破舊立新，』第一個鑽進樹洞裡，公開褻瀆並向紅蛇發起挑釁。六月債還得快，他老婆生生一條蛇，一連生了三個怪胎，這還不算，家裡梁上、柱子、灶台、床上到處出現了蛇。有次跟老婆做愛竟然壓著的是個蛇身……撒桂子精神崩潰，人徹底的瘋了。老婆離他遠去——你們從車上下來時，他站在大樟樹那邊呵呵的向你們在傻笑。第二個倒楣的是革委會主任屠王大。下雪天，一隻狐狸睡在他家門口，屠興奮不已，想吃狐狸的肉，取狐狸的皮。他拿著一杆洋炮尾隨而去，狐狸進到樹洞，屠王大也進洞裡，瞄準狐狸轟的一洋炮。槍管爆炸，把他半個臉蛋削去……但我也進去過幾回，非但沒有走厄運，活得應該不賴吧——」

「是真的嗎！啊呀呀……」眾人的嘴驚愕得像一個O字。

「事實擺在面前！」白說：「傳說歸傳說，事實又是事實，最真實莫過於自己親歷。毛要是不破四舊，不反對封建迷信，相反鼓勵提倡做人善有善報，惡有惡報——這個社會今天不會這樣烏七八糟，沒有道德，毫無秩序的亂成這樣子。從高位退下的高官跑寺廟、跟和尚、伴大師。專程去湘潭拜教父，共產黨幹部心裡不是沒有鬼，怕東窗事發……毛地下有靈不知心裡會怎麼想？政治家用封建迷信統治人民，是最有效也是社會成本最省的一套方法。」

「照白兄理論說，」杜說：「截然相反的治國方略保證無產階級紅色江山永不變色立於不敗之地？哈哈哈……」

「政治，」方主席忍不住說：「政治可以用愛因斯坦的廣義相對論理解。資本主義制度與社會主義綱領，大部分財富控制集中在少數權貴手中，到不能忍受的限度，兩個主義或階級都沒有優勢可言，得重新洗牌推倒重構……」

「主任的一生富有傳奇色彩，」老舍把話從政治的邊緣拉回來，「聽說當時你出逃去江西，幾次死裡逃生的？大難不死，福人自有吉相……我建議修一座紅娘娘廟，讓子孫千秋萬代記得……」

眾人都說老舍說的對，「廟宇建起來，求官求財的迫切，香火一定會很興旺。現在善男信女的靈魂沒地方寄託啊。」……

報紙、電視、電臺，政府不遺餘力大書特書把二哥打造成致富的典範。一個社會放棄的人一步步走上尊貴，越發覺得富有傳奇了，簡直成了阿裡巴巴與四十大盜的神話。賀龍同志兩把菜刀起家，二哥從糞坑上挖到第一桶金，繼而發展辦實業、開公司、超市連鎖、又到企業上市。從勞協會撈到政治的第一桶金，繼而當選人大代表、全國勞模、常委會主任青雲直上。除了菩提山，很少有人知道不提二哥過去那段「極不光彩」的史實。一但成為尊者，劉邦那樣不是父親生的而是母親與龍交配的。就算媒體想挖二哥的瘡疤，黨也不允許媒體這麼報導，挖二哥一人的爛瘡疤，等於挖整個政府的爛瘡疤；否定二哥等於否定自己的歷史。有誰喜歡敬酒不吃，吃罰酒呢？知道二哥有見不得陽光的勾當，存在錢權交易、暗箱操作、官商勾結，涉及不為人知的違法行為和交易黑幕。不是二哥一個人起的作用，而是整個政治網路社會環境所致，腐敗政治像厄瓜多爾現象已成態勢不可逆轉。獨木難成林啊，二哥身上牽涉到太多官員的切身利益。在沒有外力的干擾下，一心爭奪權力，謀取政位，不擇手段相互拆臺。一旦涉及到共同利益，又相互勾結在一起。二哥要是出了事，整個領導班子會發生政治塌方，犧牲一大半政府官員；每個都明白「我為人人」就是「人人為我。」某一個部門或某一人出了事，撇開成見想盡辦法把人撈出來。

老舍感到頭有些暈，也許血壓又高了？早上服過降壓片，還是有恐高症？便移步到西窗去看景。

西邊是舉辦活動的一大片桃叢。午日春光沐浴著桃花，桃花映紅了春光，彼此交輝，灼紅一片。蜜蜂們經受了一個冬天的寂寞，屁股翹著天空，頭貪婪的埋在花蕊之中。

「隔斷紅塵三十里，白雲紅葉兩悠悠，」老舍忽然記起程顥好句，自言自語說：「唯一不被世人糟蹋過的地方！若那天能拋棄俗務，丟掉糾葛與應酬，來此修身養心、讀書、著書該有多快意。」

方主席跟老杜已和好如初，一直立在北窗向外指指點點的，大約在說二哥還沒有說完的蛇故事？

「桃花亭上往下看，心生恐懼。」方說。

「人本來喜歡尋求刺激，冒險和恐懼帶來精神刺激的樂趣……」杜望著雲水翻騰聞到一股水腥味，「方兄，亭的位置極佳——」

「聽說，」方悄聲對杜說道：「黃主任請三批風水先生來選擇亭址，最後決定建在山頂上的。」

杜知道二哥告訴方的，但方還是繞了一個大彎，借他人之口，說：「聽說其中的一位風水先生，他的知名度很高，看一次風水的價錢，普通老百姓能過一年生活……主任不想選擇在懸崖上。三批風水先生不約而同主張建在上面。主任想建在烈士墓那邊，風水先生都說不好。你不知道，下面有主任的一座墳……他寫的詩句『其實人不在這兒，其實他就在這兒，』我想是這個意思吧……」

「我不知有這事，」杜驚訝不已，「倒是第一次聽說，……」

「你千萬別說我對你說的。」

「我不會亂說。」

「看風水的說，」方又向杜吐露說：「若要風水好，必須建在山巔上面。有王者之氣、財氣、官運、子嗣興旺，凡事亨通……哪用看風水的說，教我們也會選擇這上面，就是造價高了些。下方地勢凹，沒風沒水，也沒有什麼風景。這兒能照到第一縷陽光，氣勢恢宏，嵯峨崢嶸，上可攬月，下可捉鱉。東方紫氣朝來，西邊晚霞，群峰如馬……菩提山原來是有名的窮地方啊，你聽過《菩提山下苦》的謠嗎？想不到成為好地方了。這樣浩大的工程，落成時主任不請政界商界要人？甚至連我們這些朋黨他都秘而不喧——卻請全體村民鬧了三天三夜。」

「黃主任喜歡低調，不愛張揚，」杜說：「轟轟烈烈未必是件好事。容易讓人說他的閒話。政府官員包括我們這些長舌文人，吃了你的酒，還出你的醜，德性還不如咬嘴嚼舌的三姑六婆厚道。山村父老知道好歹的，永遠會記在心裡。主任不那麼愛走上層路線，更傾向於基層……修橋鋪路做好事，沒有他出資，菩提山今天也不會通汽車。包括文革想整死他一家的仇人，現在都道他好。資助村裡的老年活動室，幫助特困戶——說句不好聽的話收買人心。富貴不回鄉，等於穿著華麗的衣服在黑夜行走……」

「可以理解的，」方說：「他花那麼多銀子，在人跡罕至的山塢角落建亭子，這畢竟不是搞公益事業，政府官員一來，媒體像嗅狗吃屎一樣跟來，究竟政府為他宣揚什麼？他在官場混了這麼久，難道他會不明白嗎。」

「老方老杜，」二哥跟領班商量好回來，「開席時間到了，你們在談論什麼?請大家各就各位——」

方看見底下搭著一頂黃布帳篷，好奇地問，「搭帳篷幹嘛?」

「臨時廚房，」二哥說：「要不然沒法做菜，在家裡做好，端到這裡菜全涼了。」

「這太有意思了，算午宴呢，還是吃野餐?」杜笑著問。

「兩者兼之，」這氣氛方似乎覺得很愜意，「桃花叢中搭帳篷、招待設宴，別有一番風味——」

小姐們遵照領班的旨意各自找自己的搭當入座。酒色相互作用下，眾人的情緒再次高漲起來。

這次活動安排得當，如果大家先遊覽桃花亭，登高望遠，吃茶談天，大家不想再挪動屁股了。流觴曲水就提不起興趣。筋疲力盡來到桃花亭在攬月樓登高眺遠，讓人心曠神怡。與小姐並排坐、盞把盞、面對面促膝交談，所有的疲勞消失殆盡。

最後對詩和書法想進行評選，二哥見大師們魂歸女人，各自伴著自己的女人，評選一事丟進了爪哇國去。只好暫且擱起，把題成的墨寶放在茶几上。

「山裡沒有什麼佳餚可招待貴賓，」二哥指著嫩筍鮮肉燉鹹肉說：「偉大領袖毛主席教導我們說出什麼吃什麼……（哄堂大笑）。山裡出筍，讓大家嚐筍。鮮醃肉筍一塊燉叫『醃篤鮮。』味美，又是健康的綠色食品。形容筍的新鮮氣還沒有斷呢，城裡怕是辦不到的。醃火腿的豬，也不是科學方法養的激素豬，是本地的土種，用傳統落後方法飼養，至少養了一年時間。農曆十一月殺豬醃肉，採用山裡特有的傳統工序醃制。肉質好，工藝地道。偉大領袖毛主席教導我們說要知道梨子的滋味，必須得親口嘗一嘗……」（大笑）

「鮮鮮鮮！」方主席邊嚼邊說。

「味精放多了吧……」杜問。

「所有菜禁止用味精。」二哥申明道：「味精吃多了，等於服砒霜……」

「確實好鮮，」白大師邊嚐邊說：「看它土老土氣，登不了大雅，好吃。怎麼做，回去如法炮製。」

老舍專揀鮮肉，而且要肥的。白大師大熊貓的專門揀筍吃。方對醃肉情有獨鐘。羅教授不吃竹筍，他說他長在山區裡。筍一出，家裡別無長物，一天三頓筍當飯吃。正值豆麥未老，青黃不接，春末夏至，晝長夜短，加上平時沒一點油水，筍把腸子的油都刮盡了，肚子越吃越餓，吃飯喉嚨像碾米機一樣漏下肚。羅的腦海裡，記得娘奪著大哥的飯碗，向兒子求饒，「兒啊，你就少吃一碗吧——」羅教授還在念中學，母親埋怨他，說他活不會做，吃飯比全勞力還會吃，常常先吃後空。「你讓我去哪裡借米啊——」羅教授筍吃怕了，看見就反胃。卻葉公好龍的說筍好吃，一邊揀裡面的火腿。

「蕨菜野香菇燉雉雞，」二哥話落，又端上來一盤魚，二哥放棄雉雞，指著魚說：「趁著熱吃，冷就腥了。這不是養殖的那種鯽魚，是鯰魚潭裡捕的活魚，如今這魚少了，所以難得捕到了。半月前打漁的給我養著的。這魚非鯽非鯉，叫它山裡鯽魚，與其它鯽魚不同，身扁肉瘦，體形偏長，鱗片金黃，有人曾作過研究，說這魚跟外面的鯽魚不一樣，是因為環境改變了魚的體形。這兒的魚愛力爭上游，能爬山，喜歡逆水而上，跳躍於澗瀑溪流中，晚上聽見岩壁上嘩嘩沖水的聲音。用達爾文的說法是進化的結果。魚的生命力極其頑強，我奶奶將魚的心肝挖出，教我去小溪裡去洗，一不小心魚從我手裡逃脫，第三天被我發現，竟然還活蹦亂跳的。你們光聽我說話，不趕快吃，馬上凍了——」

「太神乎其神了，」老舍聽之入神，夾了一塊放進嘴裡，「好吃好吃。烹飪有什麼講究呢？」

「鮮肉剁糜，」二哥說：「放紹酒，生薑，青蔥打成結頭，一起塞入魚肚。最好放在農村燒飯大鍋上蒸，飯熟，魚老嫩恰好。不宜蒸煮過久，魚肉僵硬，嚼之無味。哦——紅酥手來了。」

老舍見一盤秀色的紅燒豬爪，二哥說是「紅酥手，」他大或不解，問道：「陸遊《釵頭鳳》裡的紅酥手嗎?那是指唐琬的素手……主任，拿陸遊玩噱頭?」

「一千個人看哈姆雷特有一千個哈姆特。」二哥不以為然說：「大多數人包括一些學者，認為紅酥手是形容唐琬手的。我認為並不一定很確切，即便學者大家也不一定真正瞭解當地的文化；一開始就理解錯了，哪本書能找出女子的手，稱為紅酥手的?唐琬與陸遊沈園相遇，唐琬捧出紅燒豬爪及紹興黃酒給陸遊吃，陸遊跟表妹結過婚，難道沒見過她的手?張冠李戴的豬手充人，怎麼扯也扯不到人手去。黃藤酒就是紹興黃酒，沒有黃藤酒記載。歷代的臭老九、書呆子，謬誤可不淺——」

所有目光都盯著這盤豬爪開始仔細研究。醬汁綢繆、酡紅酥香的豬爪子秀色可餐。二哥介紹說：「用三年陳自釀的甜醬加以烹飪。大麥做成醬黃餅，沸水煮過，用黃荊條葉子焐餅，發酵至黴爛出烏花白花，在太陽下曬整整一個夏秋，才能食吃。早晨起來第一件事，把一缽頭的甜醬捧到太陽下去曬，太陽下山捧回屋，曬了一天的甜綿醬，帶著溫熱透著醇香的醬在缽頭裡作響。太陽和時間都融入甜醬中，散發出雋永的馨香。白裡透紅的腳爪覺得比少女的手還嫩，幾個粉紅可愛的腳丫如荷花藕頭。陸放翁說『我想像力也算豐富，你們比我還豐富。』你們不要忘了吃。」

「真沒有充分的證據，可以駁倒主任。」老舍道。

天氣說變就變了，好端端的豔陽天剎那陰雲密佈，談笑間狂風乍起，桃花像紅雪一般漫天飛舞。鬼旋風攜著花雨捲入攬月樓，剎那山風欲來花滿樓，花瓣兒紛紛掉進了菜碟和酒碗中。葡萄啊呀一聲，狂風肆無忌憚掀開她的裙子，把她臉給蒙住了，揭出兩片潔白豐滿的屁股……鬼旋風在攬月樓中打了一個急轉，呼的捲起墨蹟剛乾的新詩條幅，群龍的竄出窗外飛向天空。獲得自由的宣紙，像斷線風箏直上雲霄。大家眼睜睜看著詩作、墨寶被狂風擄走。可惡的狂風把宣紙捲到半空後，狂風突然鬆開手，題成的條幅像鍋裡下面條的紛紛墜入鯰魚潭中。

「這——如何得了！」二哥急得直跺腳。

金主編像在看別人家裡著火，扶了扶鏡架，不痛不癢說：「潑出去的水，你休想追回來。去罷——去罷。」

「嫁與春風不用媒，」老杜似乎不怎麼心疼，聽天由命的說：「詩稿跟著春風私奔啦！……哈哈哈。」

二哥幼年夜裡經常溺尿，朦朧中，老三覺得腰際暖哄哄的，手一摸，又闖大禍啦，全個背脊都是二哥的尿。老三害怕不及時報案栽在他身上，到明天就說不清了，「娘娘」的大叫「你看二哥尿又撒在被窩裡了——」第二天，母親將尿濕的棉被抱到柴垛上去曬。母親自言的說這被子是阿婆的嫁妝，棉絮硬得像石頭，磕出鼻頭血來——怪只怪小孩多家窮，一床被蓋四個人有你沒有我，尤其大冬天，你扯去、我拽來像春秋戰國的局勢。好像也在這個季節裡，忽然一陣鬼旋風，棉被被一陣狂風揭走，風扯著破棉被，輕飄得像一葉豆腐乾鳶，越飛越高。母親看晚上要蓋的被吹上了藍天，她邊哭，邊喊父親快去追下來。父親扔了手裡的旱煙竿，繫緊腰間的大腳布，像教課文說的「夸父追日。」父親只盯著天上的棉被，恨不得一步登天拽它下來，不小心被地下的死柴頭拌了一腳，一個踉蹌，跌跌撞撞向前衝去，頭朝下腳朝天栽下坎去。爹摔斷了腳骨，在床足足臥了三個月。花錢請郎中接骨頭不算，損失八九百工分。第二天有人帶信來說，你家的棉被落在鯰魚潭中。大哥忍著寒冷去水中打撈上來，足有百來斤重。母親看著水泡脹的棉被如喪妣考，搶天哭地的「老天菩薩啊！為什麼禍總跟著窮人走？你教我拿什麼東西給他們蓋啊！」二哥不忘階級苦，牢記血淚仇，從紐西蘭捎來四條駝羊毛被子，讓奶奶和母親把過去的損失補回來。母親不識得駝羊毛為何物，「秕殼卵頭輕的，一陣風吹得地方都沒有……」奶奶更加可笑了，她必須在席夢思上墊稻草，不要蓋駝羊絨被子，要蓋笨重的厚棉被，這還不算，她教家人把父親穿過的舊蓑衣找來，舊蓑早就丟掉了，沒辦法老五媳婦村子裡挨家挨戶去問，才取得一件破蓑衣。奶奶笑著說這下睡著就踏實了。二哥想到這些往事，止不住一陣心酸。

颶風漫捲，桃花搖落，墨寶沉江，黃沙夾風塵暴蔽天遮日。氣溫發生斷崖式下降，早晨裙子襯衫，突然間要穿棉襖。小姐身上幾乎半裸，在恆溫的賓館像溫室的花朵，遇到惡劣天氣，個個都縮著頭，凍得牙齒打架，身子彈棉絮的哆嗦，一個勁叫冷死人了！大師們也盼望早點收場，跟小姐一起回賓館，早點進入兩人世界。唯一辦法躲進汽車馬上回去。一個說走，風捲一般的出了桃花亭。

「金兄，」二哥對金說，「這篇《桃花亭賦》就拜託你了。等賦寫成，我教工匠把賦刻在花崗岩上……」

「知道，但我得靜下心來，好好構思。要好，你再陪我來這兒，在桃花亭裡過夜，這才會有體會。」

「那好，我改天約你。」

二哥與大師們抱拳作別，「各位大師老師，請走好。我有事還不能走。恕不送各位回賓館了，後會有期。」

所有小姐坐上搭檔的汽車走，只有茉莉小姐留下來繼續陪伴二哥。二哥見茉莉凍得瑟瑟發抖，「教我母親幫你找件合適的衣服穿上。我出去一趟就來。」

留守在山裡的不是上了年紀，就是無技之長融入不了社會。儘管今日生活不像過去飯吃飽衣穿不暖，對照別人依舊處於貧困。二哥每年在農曆過年之前，百忙中驅車來山裡，給六十歲以上的老人二百元的壓歲錢。這次活動的買辦、煮茶、烹飪、燒飯等雜務，叫小東與小雲他們操辦。為表示感謝，二哥另補貼小東小雲各兩千元辛苦費。小東夫婦死活也不肯接受，小東說：「錢你收起來！這樣太見外了。咱們同村同隊同一畝田並排並的跪著耘田，一同挖防空洞，雖你現在錢多，我們苦一點，不是吃不過去。咱心胸不高，不與人家攀比，苦飯總有得吃的，同毛爹爹那時比，已好到天堂去了——」

「小東，」二哥固執的塞到他的口袋裡，「你不要嫌少就好——」

小東連聲道謝，握著二哥手道：「今天你不回去吧？」

「要回去的。」

小東老婆說：「你難得來一次的，不宿一夜去嗎。」

「不了，我事情多著呢……」

「哎呀——」小東媳婦道：「我早點兒安排晚飯，你吃過了再走，反正你是四個輪子——進來吃茶。」

「那好。」二哥說：「我不進去坐了，等會兒再來……」

「急什麼呀！」小東扯著二哥的袖子，「進屋坐！」

「不，我去看看撒桂子嘛……」

「去看他？」小東懷疑的看著二哥，「這打殺坯！你還當他人看待！群傳主任時他是怎麼弄訟你們的……」

「癲掉——老婆顧自走了。」小東女人說：「惡事做得太多了，不是不報，是時候不到。人在做，天頭上看著。」

「都過去了，」二哥瀟灑的邊走邊說：「我去了就來。」

「黃穀他的肚量真大……」二哥聽見背後小東在說：「換成誰，誰也做不到的。」

「宰相肚裡好撐船。量大才能福大。」女人說：「好心才有好報——」

撒桂子仍舊住在老屋裡。說老也不過文革初期建造的。不遠就是隊長借給二哥做婚房的大隊會計室。撒桂子人生正處於政治巔峰，當時有一大半社員自覺自願去幫撒主任抬石頭叩屋基、挑沙泥、拌石灰、夯沙牆。泥水和木匠濟濟一堂。活幹到中午或晚上，撒桂子的老婆只供一頓點心，收工自覺回到家去吃飯。有的還怕自己不夠格被他轟出來呢。短短幾天這三間沙牆屋搭起來，沒有木頭用貓竹做椽子，薄薄鋪上一層瓦，裝不起玻璃窗，用塑膠紙替代。與現在建造條件相比撒主任的住房狗窩都不如，但那陣子連一日三頓都吃不飽，只有群專主任才有能力辦到。膽小或身上有歷史汙點的人嚇得大氣都不敢出，見撒主任像打拍的狗瑟瑟發抖。誰不想跟撒主任扯上關係。

二哥門口喊了一聲「撒叔！」門洞開著，裡面黑咕隆咚的什麼也看不清。良久，二哥聽到人趿著鞋拖遝的出來。

「誰——叫我呀？」撒桂子一副襤褸，顫巍巍的立在破桌子旁邊聊無生氣的問。

「撒叔，」二哥走上前去，「我黃穀，你認識不？」

「哦——黃穀啊，」撒桂子神志異常清醒，說：「聽說你……外面發了大財，當大官了。難得見你……」

隨年齡的增大，撒桂子的瘋病反而好了。人們始終相信他的毛病不是自己好的，綁在樹洞前是紅蛇娘娘治癒的。他趿著一雙破爛不堪的蚌殼棉花鞋，手拄著拐杖不停的抖動。「老了……眼睛看不清。這手日裡夜裡不停的抖，尿尿都困難……黃穀同志，我好死不死活受凌辱啊。」

「人老誰不是這樣的，」二哥從口袋摸出一千元錢，尊重的放到他手裡，「撒叔，錢不多，請你收下……」

「我不要。非親非故的不能要你的錢，而且你年年給……我心裡接受不起——欠的太多。今生今世還不了了，等下世我撒桂子還你……」撒激動得哽咽起來，幾滴混濁的老淚掉在發抖的手背上。

二哥是個豁達的人，拿得起也放得下，心裡早恨不起來了，因為可憐，甚至不忍去多看一眼。也不是撒桂子一個人的錯，他不去做群專主任，依然有人出來做主任的，甚至比他還革命。撒桂子跟自己一樣時世弄人，是政治環境下的產物……想不到叱吒風雲的撒桂子晚境如此悲涼。

「撒叔，你身體多保重。有空我再來看你。」

「謝謝！怕是沒幾天的客人了——」

晚上，母親家裡招待白天幫忙的村民，母親問二哥小東怎麼還沒來？二哥說小東不來吃了，他去小東家吃飯。帶著茉莉一起去小東家。

二哥心情特別舒暢，跟小東多吃了幾杯

酒。茉莉說：「酒後不能駕車，何況晚上又是山路。」

「沒事，晚點走，等酒氣消了。」

小東媳婦泡來一壺釅茶，二哥吃完三汁，對茉莉說：「晚餐吃太飽了。風好像已經停了，咱去外面走走。」

風不知何時停息的，夜空出奇的清朗謐靜，月亮高高掛在山巔上。空氣中彌漫著野花的香味。二哥帶著茉莉鬼使神差朝烈士墓去。

「這衣服穿在身上難看死了，」茉莉抖著阿紅放在家裡的衣服說：「怎麼肥大……你母親說是兒媳婦穿的。是你老婆吧？」

「你說難看，難看在那裡？」二哥微微一笑，說：「寒不擇衣，窮不擇妻，當你現在暖和了，就嫌難看了。」

二哥在王朝酒店花掉的錢自己都記不清。老闆把二哥奉為財神。物色到漂亮沒有跟男人上過床的女子，會在第一時間告訴二哥。二哥滿意，老闆作出貞女的擔保，帶女子到別處投宿，從不在「江青同志」下榻（何冉已調往了省城）的地方做那種事。去王朝大酒店取樂的二哥幾乎都面熟，有的在同一幢大廈辦事。同僚魚貫出入又魚貫而出，大家心照不喧，從來不打招呼。二哥最怕的是明爭暗鬥的政治敵手，與輸送利益的財團設計陷阱，有組織、有預謀、有計畫的對他偷拍取證。以及以勒索錢財為目的的流氓集團對二哥進行要脅、訛詐。不擇手段買通酒店工作人員，讓他往套裡鑽。

二哥伸手去摸茉莉一把。小女子靦腆的側身躲開。二哥就喜歡遭拒絕的女人，這樣才覺得有味。茉莉不像職場這些女子那樣淫賤，你不去摸她，她就來摸你。二哥親熱的吻著茉莉的耳廓。也許女子怕癢，或沒有被男人這樣吻過，縮著頭頸便吃吃的笑。

二哥跟第一次與阿紅那樣他故技重演，把茉莉小姐抱上烈士墳頭。

「啊唷——」小女子痙攣的一顫，「痛……」月光下眼裡充滿了複雜的淚水。

「你太美了，」完事後，二哥不忘誇獎她說：「之前你沒有碰過男人？……」

「學校剛畢業。」女子破涕為笑，揪住二哥的脖子不放，不知是懇求還是撒嬌，她風情萬種的說：「愛我，就把我包下來。你教我生兒子女兒都行。老闆，好嗎——」

47

《桃花亭賦》

「主任！我老金呀，」金主編在電話裡說：「《桃花亭賦》拙作雖已草成。正像你所說，我們這些文人只剩說官話、套話、吹毛球疵的功能了，真教我寫文章，絞盡腦汁也榨不出令自己滿意的文字。江郎才盡，筆朽字爛——不一定令你滿意啊。我什麼時候送去讓你過目？不妥的地方再作改動。」

「金兄，謙遜過啦，」二哥電話裡哈哈大笑，「擺什麼噱啊！你教我看，能看出什麼名堂呢？關公面前舞大刀不是笑話我嗎。你說文章關鍵在立意，有立意就有主心骨，言之無物用華麗的詞藻堆砌不接地氣的。……憑你這支筆哪用得著我過目。」

「過獎過獎。話是這麼說的，但做起來就一竅不通……思維已經形成，腦筋再也換不過來了。」

二哥跟金主編是何冉拉的關係。二哥被鐵路警察毆打，並投進了黑監獄，在何市長的授意下，金以「文逵」筆名刊登「代表碰到警有理說不清」萬言調查報告，轟動全市點燃了第一把火。媒體的作用，群情激昂，尤其義憤填膺的這些果農和珍珠販子，舉著大幅標語去火車站抗議。熊熊大火才驚動了高層。從此兩人的關係越來越緊密，越來越好，乃至無話不說。

金又說：「我的觀點，不等於你的觀點；正如一個小編輯他說不出常委會主任說的話一樣，你過於信任我，越俎代庖可不行，必須有你自己的思想才好；況且，這不是刊登在報刊雜誌上的文章，而是像石鼓文的刻在花崗岩石頭上的，一千年、一萬年，朝代更迭，石頭上字不會爛呀——」

「乾脆你來一趟吧。」

「現在嗎？快下班了……下午吧。」

「一塊吃中飯，邊吃邊談。」

「那行，」金主編說。他給家裡打了個電話。

金主編來到二哥辦公室，拿出寫成的《桃花亭賦》，展開墨蹟猶新、字字透著郁馨的宣紙。

「墨恁般香？」二哥詫異地問。

「是乾隆御用的徽墨。大約五六年前吧，文物管局李局長送我的。他說是乾隆皇帝用的好墨。你說能不香嗎。」

二哥給金主編泡來一杯茶，酌字酌句的看《桃花亭賦》。

禹跡聖地。西去廿里，山似彌勒而謂菩提。武林之白娘娘；百萬大山之花娘娘；則菩提紅娘娘者。

黃家高祖，拓荒簡居，恪守德訓，三代忠厚。以五斗粳粟創於圊溷之初，亡命之徒為後起之秀。生之坎坷，而百折不沉，飛黃騰達。富而好仁，憫貧不忘，厚德載物也。山有千桃碧樹，築《桃花亭》以謝祖陰，山水上座，宜子嗣造其裘。

《桃花亭》危百刃，岌岌而屹，四面八方。南觀太平之海，東接瀛洲之洋，北連黑海之濱，西至極樂世界。上接天靈，下連地傑。

癸未三月。文學泰斗，群賢畢至。越先賢之千年「蘭亭」盛事；添桃花亭之韻事，一觴一詠矣。

金見二哥看畢，放下茶走上前說：「我這……字太醜了，」金並不隱諱自己的字寫的蹩腳，「拿不出去。不如你請白大師重新代筆。」

二哥曾當面揶揄金，「你的毛筆字七彎八繞又畫蛇添足的像個九疊篆。」二哥並沒有告訴金他建桃花亭的隱衷，金當然不知道二哥與烈士那段不能啟齒的曖昧關係。二哥借紅蛇娘娘的名義，向金傳遞過隱約的某種資訊，金一直認為二哥信仰的是紅蛇娘娘。不僅蒙蔽了金，這幫文人都蒙在鼓裡。

「你『五斗粳粟創於圊溷之初，亡命之徒

為後起之秀』這簡短的十九個字，把我的一生濃縮囊括殆盡了……好文章，好文章！」

「我寫了又刪，刪了又增，」金解釋道：「本該為尊者諱。圊溷、亡命之徒之詞，有損於你尊嚴。但不寫吧，後世人不知道你的事蹟了。」

「這怎麼能不寫，況且不是至高無上的君王啊，君王不義，不惜生命代價有『崔杼弒其君』的記載。」二哥坦言，「覺得最為合心意的就是這兩句了。把政治歷史社會與個人的面貌都展示出來了。很不喜歡『黃家高祖，恪守德訓，三代忠厚』之語，黃家稱得上高祖嗎？祖宗連自己姓氏都沒有的，你把我描繪成劉邦、朱元璋一類。什麼德訓？什麼三代忠厚？忠厚人是這樣的嗎！文過飾非，太令人作嘔了。」

「皇帝是人，咱也是人，人應當把自己當人對待才是。皇帝的頭代，尊稱高祖，不管無姓無名、還是有姓有名，難道老百姓不是爹娘生的？沒有祖宗的？有祖宗，為什麼不興稱高祖。……」金扶扶眼鏡說。

「你那麼說，皇帝輪流做，明年到我家，國人的造反革命力爭當皇帝的心結已滲到了骨髓，——」

「哈哈哈，秀才造不起反的……」金自嘲道：「造反未必是壞事，就是靠造反精神推動著中國歷史前進！不過中國的革命是『馬前懸人頭，車後載婦女』自己也準備被殺頭的革命，極不樂意為自由、平等、民主而革命。」

有次二哥邀金青藤閣喝茶，兩個大談魏晉風度，二哥問道：「士大夫死便埋我放浪於形骸之外的現象，你是怎麼看的……」二哥電話驟然響起，嗯嗯的幾聲之後，看二哥臉上笑得像花開一樣。嗯嗯、好好！收了電話對金說：「早不有事，晚不有事，偏偏這時有事。金兄，只能改天了——」

金想他十有八九又搞到一樁什麼大生意了。在金的眼裡二哥只適合做生意，搞政治不行，何冉想把他扶起來，可他像個劉阿斗。對市場很敏感，常常比人家領先一步，只要看準有利可圖，奮不顧身撲向生意。一次招標會議上，他跟智囊團說：「任何行業沒有盛開不衰的花朵。不可連續也很難超越自身——爭奪競爭是殘酷的，沒有銀子砸不開的大門，只要認準目標與方向，好鋼要用在刀刃上，沒有拿不下的工程項目。」每次工程招投標，二哥必親自坐鎮指揮，不借一切手段與代價，志在必得。

金對二哥的定位，他小事也不糊塗，但會裝得糊塗；大事看似很糊塗，只是他不露聲色的一個假像，十分沉著果斷。一次他坐在車裡看二哥公路邊買甘蔗，為幾枚鋼幣竟與面黃肌瘦的小販計較。金心裡想你送她幾枚又怎麼樣，比乞丐還吝嗇小氣！另方面大筆捐款，出鉅資修路，給濟貧困，花麻盤大的銀子請他們玩小姐，私人會所VIP一擲萬金……他有著多重複雜的人格；正如又想為人民說話，又想為自己謀利，內心有著暴發戶窮侈極欲畸形的一面，但骨子裡透著冰凍三尺的賤相。

競爭的焦慮和官場不得不應對的各種危機，二哥說他晚上最多睡四個鐘頭，心理壓力可想而知。儘管二哥使出渾身解數，生意可以做到完全不管，但政治二哥不能不管，否則稍有懈怠別人就趁虛而入，疲於應付顯得力不從心，深感自己能力欠缺，產生挫敗感。他曾在金面前說：「誒，悔不該入官場的，徹底看透了。仕途像似高空走鋼絲，『氣候不好』或一個大意，栽倒死無葬身……」跟金說他想退出政治舞臺，實際上他只是嘴巴說說而已，如果他頭上沒有這頂紅帽子，對不起，強中自有強中人，他的買賣真這麼唾手嗎。二哥接到電話，立即信心十足的興奮起來。

「賦寫得很好！」二哥說：「不瞞金兄說，桃花亭是我多年的心結。現在我改變了想法，賦不想刻在小小的花崗岩上，打算鑿在桃花亭下面巨崖壁上。與山渾然一體，搬也搬不走，砸也砸不爛。不管風吹浪打，一直至海枯石爛。承認這樣做出於自己的私心……以後兒子去國外讀書，誰知道會哪兒生根發芽，不回來了，即便回來，不會去菩提山的。我想已經為地球村、全球經濟一體化，到兒女這一代，根本沒有祖宅概念，不像我住在城裡覺得沒有歸屬感——爹娘、祖宅、桃花亭，所有一切，與她們不存在任何聯繫。但這是我對他的承諾，……」

「對誰的承諾?」金聽得莫名其妙。

二哥諱莫如深的一笑，「沒什麼……自己對自己的承諾。」

「子道兄打電話給我說，他計畫明年春季書畫展，希望去桃花亭舉辦，屆時跟你商量。子道這傢伙回去後又去了菩提山，他像著了迷一樣，口口聲聲說再也找不到保持這樣好的原生態。帶著門生去那裡寫生，說他發現了新大陸，問我水庫去過沒有?我說沒去過。『哎喲喲!這麼好的地方不去，真可惜……好得我沒法描述，淹在水中的一座座小山，像一粒粒的翡翠，碧水澄練，水天一色，人跡罕見，可惜你們都沒有去過。明年你們如果去，我建議去看看——』子道兄大概玩癡了。」

金滔滔不絕，二哥對貧窮、落後、愚昧的菩提山沒有好感甚至覺得乏善可陳。過去的恩恩怨怨時間一久或隨老去發酵覺得它像臭豆腐一樣好吃，有時像結了痂的傷疤被人硬生生的撕開。

「得開口笑亦無一二，稱心事十無八九，」二哥像憋著一口悶氣，「與人無爭的生活多好。我是生意人，想的是掙錢，鬼使神差的去衙門，這些人個個是精英高手，擅長政治挖坑、相互傾軋，你看著吧，大家終有一天會翻船……沒一個善終……回頭是岸，我騎在老虎背脊上，想下來也下不來。」

二哥忽明忽暗向金說出自己的隱憂。那些甘為他兩肋插刀的鐵哥，二哥從不向他們吐露心事，甚至患難與共的阿紅也不說半字。二哥洞悉這些鐵哥們，他們像食腐肉不吐骨頭的獵狗，辛辛苦苦咬倒一頭大型獵物，聞腥趕來分得一杯羹。自己處在生物鏈的頂端，遵守叢林法則，一級吃一級。這些所謂鐵哥其實爹死娘嫁人樹倒猢猻散，跟他們能說什麼呢。紅曾經問過二哥好多遍，二哥總避而不談官場之事。自己已經夠煩了，再讓阿紅擔心幹嘛。有關二哥的種種謠傳，金時有耳聞——好幾次金想問，過於唐突和敏感沒有說。兩個男人可以交流對女人的感受，可以探討共同切磋文學，官場政治必須保持謹慎，尤其社會流傳官員的一些小道消息必須謹慎……今個兒二哥自己對他說，金放下思想顧慮，向他吐露說：「那次記者跟我說……」

「說什麼？怎麼說？」金欲言又止，「哈哈哈！金兄，你不必吞吞吐吐的，你我之間有什麼不好說的，儘管直白一些。」

金扶扶鏡框，像跳高運動員準備衝刺。話到嘴邊一個急轉彎，問非所答，「……德謨克利特說；快樂的箴言的要旨是謹慎、滿足於現已具有的東西，不要太貪心，『凡想安寧地生活的人，就不應該擔負很多事情；不論私事還是公事；也不應該擔負超乎他的能力和本性的事。甚至當命運向他招手並似乎要把他引向高處時，也還是小心為妙，不要去觸動那超過他能力的事。因為中等的財富比巨大的財富更可靠。』西元前四百六十年的德謨克利特，早指出要見好就收。」

「開卷有益，書也誤人。」二哥說：「如果說我不成為一個富人，或應該賺的錢我不去賺，或白拿的錢我去拒絕，或我不貪腐、或不行賄納賄，政治生態就環保了嗎？官員就沒有腐敗了？」

「不是這個意思。」金說：「一個人根本改變不了現有的社會制度、政治格局，你不貪別人照樣貪……我是說你該放棄的時候就要放棄——自古說瓦罐不離井上碎，文仲不聽范蠡狡兔死，良犬烹；敵國滅，謀臣亡的勸告。句踐讓文仲體面的自刎……林彪、劉少奇、賀龍、彭德懷他們都是毛的功狗啊。步鑫生、年廣久等等，多少人在改革開放中崛起。註定要成為改革開放的墊腳石，屹立不倒的寥若辰星。……中國的政客還是富賈他們差不多跟小賊一樣。」

「金兄你扯得太遠了。我不是你哲學系畢業的，你別跟我兜圈子玩晦澀對牛彈琴了。記者跟你怎麼說？」

「記者，」金搔著頭皮，「是那些上訪的人向他反映的。說你強迫收購他們土地，一畝田，你只給了幾千元錢，而以十多倍的價格倒賣出去。他們上訪去告狀，要討回自己的合法權益。這是一件事，第二件事，關於舊城改造，

拆遷戶得不到合理的補償，斷水斷電強行趕出家門。控告你跟市府領導共同侵佔拆遷戶的利益……濫用公權力利用防爆警察與公安實施強拆，雇用慫恿黑社會地痞流氓對釘子戶進行恐嚇毆打，一個五十歲的老婦，被打成重傷，送醫治無效死亡。政府為隱瞞事實真相，跟他們爭搶屍體……他們找到記者，把訴狀、材料遞交給記者，希望記者幫他們遞給中央紀委，為他們伸張公平正義。

黃兄，你是官，又是億萬富翁——人怕出名豬怕壯，矛頭直接指向你，說你殺人勿怕血腥氣，不顧政府拆遷政策法規、不顧百姓的切身利益、不管民生的死活、不管子孫將來有沒有飯吃，你的每一分錢，都沾著老百姓的鮮血……幹的是斷子絕孫的事——他們把這些冤屈不良資訊發佈到網上，雖然貼上去馬上被刪去，但不久又出現在網上。繼續鬧下去，對你可不利，有損你的形象和譽聲，影響你的前途……當年果農販子去火車站歡迎你的場面頗讓人激動。你有正義感，同情弱者，而今你是官員又是豪強……我分析事情不光是針對你一個人的，涉及到領導集體。指導我們思想的理論基礎是馬克思主義；領導我們事業的核心力量是既得利益——外界對你的謠傳你根本聽不到，緊緊圍繞在你身邊的人，只想從你身上撈好處，說的都是讓你舒心的話，

集權勢力的背後，存在各自的利益輸送。我們集團同樣存在利益輸送，節目主播跟張某搭在一起，范台長為他拉皮條。向官員送美女，何止她一個。某領導有九處房產，某某也有六套商品房，某某資產總值過億……某某的情婦一桌還坐不下，婚外生有四個兒子和三個女兒。某某包養三個二奶，說忙中偷閒還接受邀請他去嫖娼。……某某老百姓的口碑還不賴，說他也金屋藏嬌……當然這些傳說畢竟缺少依據，或誇大事實。政府官員不敢公開婚外女人和財產，老百姓只有去猜測。幹部隊伍烏煙瘴氣，衙門黑得伸手不見五指——政府不讓老百姓活，也不准他們開口說話，逼著她們去上訪告狀。民不畏死啊，一次捉回來，放了又去上訪。記者如是說。

不要誤會你會賺錢金某窮而生妒。生死有

命，富貴在天，人的慾望與可塑性，令自己也感到吃驚，沒得吃人相食，有得吃暴殄天物，浪費驚人。你說可塑性有多大。揮一揮衣袖，不帶走一片雲彩。不管記者怎麼說，應該有所警惕了……」

「狗日的！」二哥一直沒有罵過這句土罵，「我的事壞在他們身上。」至於金說的情況，二哥並不否認，「怪我一時疏忽，把心思放在了別處，底下怎麼操作極少顧問。雖然不是理由，應該是我的責任。我會切記金兄的忠告……」

「黃兄，既然話已說到這兒，」金不說欲休，「恐怕這不算是最壞的消息，別把賭押她一個人身上……成也何冉，敗也何冉。」

「你聽到了什麼？」

「消息靈通的說，希望工程那筆款項，被何冉挪得不知去向了……個別領導死盯著這筆錢，緊追不放呢。多次向中紀委舉報，紀委調查，不知為什麼一直沒有結論？」

「聽誰說的？」金知道二哥與何冉關係密切，故沒有正面回答。二哥向金吐露說：「有人向我來反映過這事，我向何市長作了彙報。她立即沉下臉，批評我『你不要聽見風就是雨，專項基金有專人負責管理，不是哪個隨便可以挪用的。不是職責範圍的事，不需要手伸得這麼長。』我應該相信何冉，誰敢擅自挪用希望工程的捐款。官場太複雜，不是相互勾結，就是相互傾軋。我想會不會出於政治目的，對何冉惡意中傷吧？向我反映情況的人，見我沒有下文，認為我與何冉串通一氣的，再沒人向我反映了。」

「聽說調查過這事，不久就撤走了。不了了之。」

「他們問我否瞭解這捐款的去向？我確實不知道啊，總不能隨便信口亂說，實事求是『我不知道。』人大會議又有人向我提問這筆資金的去向。他們有權向我責詢，我有義務回答他們問題——金兄，你說我的處境有多尷尬。後來知情人對我說，上面來調查的，沒有結局走了，又來過一批，又不聲不響的走了，誰也不知道其中真相……」

金詭秘的咧著嘴，鏡片後閃著他一雙狡猾而靈活的小眼珠，「這筆資金，何市長私下轉借給某集團公司的……調查的三撥人，都被何冉收買了。什麼狗屁紀檢委，他們是人，不是特殊材料做成的。制度教他們這麼做。拿住貪官等於逮住一隻金老鼠，你不拿銀子就教你雙規。如是說一級吃一級，不如說貪官與紀檢坐地分贓。更具有諷刺的，何冉不但沒有被挖出來，省建委當一把手……這個社會政治結構，還沒有皇帝時代獨裁制度先進，拿高薪的哪個官員，能像韋應物『身多疾病思田裡，邑有流亡愧俸錢』說句良心話？這個社會官無官德，民無仁德，只要錢，不要臉。不是危言聳聽，說不準啥時候，嘩的一下坍到底，壓死的是天下蒼生——她的事你難道不知道？」

「不知道不是更好嗎，」金不了解他與何冉的真實關係。二哥如果說他不知道，金肯定不相信。

「喂——在哪裡？」金見二哥接聽電話，聽出是何冉打來的。向二哥揮了揮手，拍拍屁股跑了。

第十二章

48

罅隙

「嗯嗯，好好……我們現在有事，好好，等會聯繫……」說到曹操，曹操就到，也許二哥剛才聽金的一番話影響到自己的情緒了，對何冉陡增厭惡。

何冉聽「我們」便掛了電話。

有關何冉涉足希望工程款一事二哥不能說不知道，但知道的並不多。這讓人忌諱又極其敏感的問題，哪怕兩個關係再好，何冉不可能主動對同僚或情人講，二哥也不會問她。別人看來她們兩人好得似一個人的，誰會怎麼笨向二哥去反應呢？

二哥與何冉不像當初那樣推心置腹無話不

說。何冉從政多年，她不再是小兒科，而是資歷漸深的人。她受過良好教育，做官為人眼睛擦得雪亮，心眼又活，感受這官場風氣產生大變，如果不走捷徑仍舊像過去那樣腳踏實地的埋頭苦幹，恐怕永遠不會有升遷的機會。必須走上層路線。

機關上班，整幢大樓沒幾個人在幹事，辦公室的電話鈴聲響個不停，辦公的人充耳不聞。女的在玩偷菜的遊戲，男的聚精會神在看三級片，或QQ網上聊天。短信上不是某某大酒店宴請，就晚上KTV唱歌，用納稅人的錢建造的漂亮宏偉有國徽的政府大廈裡面藏汙納垢，男女苟且、貪污腐敗、怠政、懶政。正副市長將近一個加強班，除大會講話、先進表彰、工程剪綵、題詞、奠基，平時連個鬼影都沒有，除非企業財團有求必應，一般見他比登天還難。忙忙碌碌為自己謀幸福。政府公務員該幹的公務不幹，都忙於私利，幹的不是歪門就是邪道。下級熱衷拜訪上司，聯絡感情，說白了就是跑官要官。潛規則官場皆熟，多大銀子買多大的官，兩袖清風給官帽嗎？

官場歷練多年，何冉諳熟其中的規則，不但送大把的錢，上司意思要跟她上床。年近七旬的老者雄風不再，對性死不瞑目，沒艾可邁幹不成事。他讓何冉用嘴。何冉雖然有些猶豫，但她別無選擇，在老幹部的面前她像個下賤的妓女。充滿腥味的東西一直在腦海裡揮之不去，幾周過去依留在鼻息間。每當吃飯就聞到這惡臭。「比畜生還不如。要我的錢又要我的身體，有毛的畜生幹不出來，沒毛的人才有這赤裸裸的骯髒交易。」

大家都知道何冉即將晉級，只瞞著二哥一個，在二哥面前何冉始終不提一字。彷彿二哥是她身邊一個賊。

路遙知馬力。相處久了，何冉看出二哥的從政能力。曾經幾次對二哥說：「你不想換個環境，離開這個熟人團體……」

二哥當初可謂躊躇滿志，一心想為老百姓辦事說話，沒想到壯志未酬，掉進「人不為己，天誅地滅」的老套。自己率先富了，但貪欲在無限膨脹，富了還想富。不可否認二哥有些財富從百姓身上搜刮來的，發的是「民難財。」自己的歡樂與滿足，建立在千家萬戶的痛苦上。但二哥他不是聖人，也做不到他能潔身自好。進官場如倒入攪拌機的一粒砂石，跟著一起轉動。大多幹部失去執政信念，事實政令不出中南海，地方諸侯腐敗糜爛的風氣愈演愈烈，已經到刮骨難療。二哥曾提醒過自己：「你不能再往前，要急流勇退——」因為二哥有公司有事業。何冉知道他在打自己的小算盤，根本不思上進了。看似她們關係密切，其實貌合神離而漸行漸遠了。

「你最小的兄弟在幹嘛？」一年前，何冉跟二哥說：「跟袁局說，讓他去教育局謀個職……」

「是個小學生！」二哥笑笑說：「怎能去教育局工作？我那個小八他是徐霞客，今天去北京，明天到北海，闖海南，走山東，逛山西居無定所。教他去加油站，他不願幹，教他去公司也不去，一個人滿世界的跑，辦公室哪能坐得住。去了讓你為難。」

後來她又跟二哥說讓我去電視臺工作。金主編打電話跟二哥說：「聽說你小兄弟要來電視臺了——」

「沒有的事。誰說的？」

「這就怪了……」

二哥不讓我去那些部門，說我是沒有經過訓化的一個野生動物，他不懂你們的文化娛樂業，母豬怎能上樹呢。我能完全理解我二哥，二哥是不願意給人家添麻煩，也不想讓我去是非圈。關鍵我們每個兄弟都持有他給的公司原始股，寧讓我四處流浪，不讓我走進編制。他豪邁地說：「幹嘛不好，去幹這種無聊的事情——」

有句話官勿會做看旁邊的吏。言傳身教耳濡目染，就是一塊朽木也能像官。二哥如緊跟何冉，自己再稍微賣力一點，就搭上了何冉的順風車。一元化領導下看似風平浪靜，深徜暗潮湧動，西山一幫，東山一派，河南一會，河北一黨，沒有壓縮，沒有組織紀律，黨內有黨，黨內有派。人士關係搞不好，會導致政治風險。二哥不得罪何冉，也不想與同僚捆在一起，希望保持中立，或形成鬆散型關係。二哥只是獨廂情願，不是東風壓倒西風，就是西風壓倒東風，不存在真正的中立。結果是塑膠紙揩屁股——兩面勿討好。

二哥會經常懷念擺餛飩攤的日子。那時真好快樂，錢也值錢，一張十塊頭幾天都花不完，一天賺五六張大團結喜得連皇帝都不想做。店門口放一臺三洋牌雙卡收錄機，唱著鄧麗君的歌曲，靡靡之音醉倒了多少行人。二哥第一個買牡丹牌黑白電視機，天還沒有黑呢，門口擺滿了小凳子，深巷長弄的婦孺，聽見《姿三次郎》歌曲響起，連飯碗都不洗了。二哥臉上總掛著知足的笑容，嘴裡叼著一支西湖牌的香煙。裡面一件圓領棉毛衫，外面穿西裝，衫袖反捲，露著雙獅牌全自動日曆的走私錶。個個叫他黃老闆……白天揉麵團、捧餛飩、抹桌子，晚上數鈔票，麵粉堆裡與阿紅做愛……

二哥與何冉有兄妹之好、同僚之情，有夫妻一般的肌膚之親。

何冉的脾氣越來越大而壞，稍有不順心，就把二哥當出氣筒。有時脾氣發過，馬上向二哥道歉，「對不起……」她情緒狂躁又反覆無常，二哥懷疑她是否到了更年期？

她對二哥說，另一個電話只對二哥一個人公開。二哥覺得不是好事，擔心隨時打電話叫他去，像一枚定時炸彈埋在心裡，讓人時刻提防。提防時電話總不響，不去提防電話突然響起，甚至夜很深了，還來電話叫他去。二哥心理患上了「何氏恐懼症。」

厭惡歸厭惡，恐懼歸恐懼，二哥在何冉面前依然表現得唯命是從，不斷的提醒自己要憑良心，要講情義，不能過河拆橋。發財做官何冉出過大力，何冉到處活動遊說，光靠幾個臭錢沒那麼容易。二哥可以忘記任何人，包括父母兄弟，也不能忘記何冉的真心實意；她曾懷過二哥種下的孩子，她徵求二哥要不要這孩子？二哥說不能要，她二話沒說，忍痛割愛把胎兒打掉。這對任何一位母性來說，是個艱難的取捨。何冉對二哥沒有一句怨言。

「你趕緊過來！」何冉打電話說。

她盛氣凌人的行政式命令，二哥心裡十分反感，「什麼事急成這樣？」

「死人了！」何冉吃了槍藥沖著二哥吼，「你說什麼事。」

「神經病……」二哥心裡罵道，急忙驅車趕到酒店，見何冉雙手叉著腰、目光凌厲的像個政治母夜叉。

「佩服你能淡定自若，」何冉似乎克制著自己情緒，「你不知道這些人又去京城上訪嗎？不是半途把她們截回來……計畫某報社門口集體喝農藥自殺，做出驚天動地的大事……身上穿著『政府與民奪利』的廣告衫，懷裡揣著『還我土地、欺騙國家賠償』的橫幅標語。狀告市領導以低廉的價格徵用土地，以高出十多倍的價格倒賣給鵬程集團，鵬程加價轉讓給永利，又從永利手中回購，以上百萬元一畝的價格賣出……揭發何冉跟你坐地分贓。稱她們有大量證據掌握在手裡……我多次提出過忠告，不要只顧眼前利益，跟拆遷戶不要鬧得你死我活。該讓的利，你得讓，該補償的錢，你得補償給他們。你聲聲口口教我放心——結果呢？他們本地鬧得不過癮，穿廣告衫鬧到北京去，自殺給黨中央中南海看——目前不是錢不錢的問題，是會不會出政治事件的問題。上面要動真格，哼！我看一個都跑不掉——瓜兒連著藤，藤兒牽著瓜，藤兒越肥瓜越甜，藤兒越壯瓜越大，倘若藤蔓連根拔起，大瓜小瓜一塊薨死。」

二哥臉色凝重的一聲不吭站在那裡。

「修行到現在，你說容易嗎？」何冉說話聲音有點顫抖，她轉過背去，見她眼睛紅了。舒了口氣說：「平平靜靜的大半生，教幾個臭錢弄得聲敗名裂，不，死無葬身……後悔在教書的，卻走上這不歸路——黃主任，你成天沉溺於聲色犬馬，對正事不顧不聞。須想盡辦法扭轉目前這被動的局面。」

「沒說的那麼嚴重。」二哥帶著譏刺說：「大小事情還出得少嗎！抓去坐牢的有幾個？不說煙草局財稅局兩頭兒，出了這麼大的案照常平安無事。沒有過不去的坎……」

「法不責眾——」二哥的帶意氣的話讓何

冉感到驚心，「不能一直把她們關在看守所中。為維護社會的穩定，防止他們再次上訪，與政法兩局長座談時我說：『改革開放像一條河的兩岸，右邊是繼續保持發展的一道大壩，左邊是維持社會穩定的一道大壩，一切改革只能像河水在大壩內進行……推進城鎮化建設形勢不容樂觀，阻力來自利益受損的那部分人。城市要發展勢必損害到某些人的利益，會得罪人。城市建設要土地，沒有土地，城鎮建設怎麼搞？又要馬兒好，又要馬兒不吃草，哪有這樣好的事？』關局長他說任何事物都有它的兩面性，改革發展也是一把雙刃劍——郭副局長說雖然有這樣那樣的不足，目標方向明確，步子應該堅定，任務是艱巨的，我們政法系統不能因少數人的干擾和阻撓，放棄或放慢停止城鎮化建設的步伐。毛主席說要奮鬥就會有犧牲，死人的事是經常發生的……建設和諧社會，首先要有個安定的環境，社會不安定，如何談得上和諧。排除一切干擾，維護社會穩定，保障國家安全，推進改革進程。長期駐京解訪人員。兩手抓兩手都要硬……」

「現在去跟他們談補償，」二哥考慮的仍是利益，「這道口子一撕開，銀行也難以填滿他們的貪欲。你放心，在三天之內，一定把事情擺平……」

「你真不懂還是裝憨？啥時候了，」何冉對二哥唯利是圖的做法非常惱火，「老虎追到腳後跟，你還要看看雌雄嗎……」

其實兩人的心裡都明白著——彼此都為自己在著想；誰也不會站在對方的立場上去考慮問題。

兩人陷入了沉默，像沉寂的火山。二哥一刻也不願待在這兒，正想說有事先回去，杜好梅來電話，「不要忘記，晚上稻香村。」

「幸好你提醒，……」二哥像撈到救命稻草，二哥把電話換到右耳聽，「杜兄，不好意思了，目前資金有點緊……你先拿二十萬去吧，這樣？好嘞！唔唔唔，好就這樣，帳號發我手機上……」

「哈哈哈！」老杜電話中說：「我不好意思——那行，行，行行！不過我先跟你打個招呼。」

「你說。」

「什麼時候還，一時說不上來……」

「誰沒有困難，」二哥笑著說：「提什麼還不還的，只是讓你失望了……區區一點小事別掛在心上。好好，那就這樣吧。唔唔，等會見……」

「你去忙吧，」何冉的臉色陰沉得要下暴雨。

客廳開著的電視，突然間「沙沙沙」一片雪花。剛才香港鳳凰衛視正播放著大陸的負面新聞，遮罩了電視信號，螢幕一片黑子。「沒良心的鬼東西……」不知何冉罵二哥，還是罵電視？

二哥想一個懶得連早都不肯起酸腐文人，連自己私事都處理不好，不知道成本和利潤的產生，生意如何做得好呢。借我的雞生蛋，二哥不必等他結果出來，如冬天水一眼到底。

杜捨棄前老婆及兒女，娶女兒一般大的小女人。倘若房子多得沒人住，錢多得揮霍不盡，弄個小女人樂樂倒也罷，看他上竄下跳急猴猴一副窘迫相。人家年輕的一張嫩臉給你禿頂玩，天下男人死光了。不圖你的錢財又圖啥。

前老婆率子女跟小老婆爭奪家產，雙方都打一一〇，警方說是家務事，他們不管管也管不了，你們去法院解決。杜好梅畢竟好面子，於是勸小老婆不要跟大老婆計較，「只要留得青山在，不怕沒柴燒。保證一年時間，你兜裡的錢比她多……」

女人有直覺沒有腦袋好被男人哄。小老婆聽杜好梅的口氣不小，滿以為他偷偷隱匿了財產，問杜不置可否。就放棄了主張。前老婆如願以償，這場風波也算偃旗息鼓。小女人讓杜把隱匿的私產拿出來，哪知道杜這人頭鑽出不顧尾巴夾住的，自作聰明揚湯止沸去哄女人。女人見杜編造謊言欺騙她，傷心之極，欲跟杜分手。杜跪地向她叩頭求饒，並再三向女人保證，一定讓她見到錢。

「口說無憑，」女人拿來紙和筆，「我說你寫。一個星期如果不拿錢來，咱們一刀兩斷！賠償我青春損失費……」

杜離婚前大海航行靠老婆把舵，家資還算殷實的，前老婆及兒女三魂六魄，杜幾乎變淨身出戶了。離婚結婚折騰下來，從不缺錢的杜好梅捉襟見肘。二哥及時批評杜不該這樣草率，看他落魄的樣子又充滿同情，慷慨解囊，記不清給濟過他多少回。老杜在職，明的暗的灰的收入，一月也有上萬元，屬小康之家，不至於窘迫到這田地。小女人生怕杜拿去接濟前老婆一家，未雨綢繆把他工資卡收了，所有收入一把抓緊。鸕鷀的只有捉魚的份，沒有吃魚的份，被女人逼得走投無路，對二哥謊稱去做生意。杜稱「受於魚不如授予漁，……」要做買賣，開口就要五十萬。二哥不想讓朋友難堪吧，也不去問他做什麼生意。給濟沒問題，可背後一個小女子是個無底洞。二哥杭州人賣傘——半殺價，砍去一大半。

二哥體諒老杜，不得已他才向自己開口的。借錢兩頭都難，借時一個臉孔，討時又一個臉孔。既然錢借出去了，就別指望他來還，若心裡一直巴望著還，倒不如當初回絕，同樣失去朋友，至少錢沒有受到損失……而最壞的結局把人得罪了，錢也放風箏飛了。不借不夠朋友，借他肉饅頭打狗，中國人對「借」的文化寬泛至難以界定，賊偷說借我用，水滸草寇攔路不說搶，也說借。朋友的一個借字，把人情世故打扮得漂漂亮亮。

何冉晉升的第二年冬天，從省城回來，跟二哥說：「打算去美國探望何娜。她馬上高考了，一方面幫她調理一下生活，一方面也調整一下自己。」

49

家的距離

「晚上我回去，」二哥電話中對阿紅說，「回來恐怕要晚些……」

「預約回家還是第一次！……」阿紅不無揶揄的說：「家你找得著不——要不然我去接你，咯咯咯，咯咯咯！」

「嘿嘿……嘿嘿，」二哥苦笑著說：「真怕找不到……」

「你感冒了？」

「沒有呀。」

「聽你聲音嗡嗡的。」

「也許人有些疲勞了。公司產品結構調整，天天開董事會什麼的，不是這事，就是那事，弄得頭痛……天天想來就來不了……小燕子好吧，哦有好長時間沒有看到她了，心裡好想你們。」

「小丫頭越來越頑皮了。你回來休息上幾天吧。」

「什麼時候搬過去住？」二哥催促阿紅搬到別墅去住，二哥催了阿紅三年，阿紅總是不願挪窩。「你裡又做生意又住人，總不太像樣子。回家來連汽車都沒地方停。周圍的環境越來越差，汽車噪雜，馬路上污水遍地，人們爛菜葉、茭白葉、西瓜皮、死魚死雞肚腸隨便亂丟，要捂著鼻子走。房子也太老舊了，衛生設施不成樣了。這邊環境又好，裝修三年一直讓它空關，——」

「……心裡想是這麼想，但真要離開卻割捨不了。你想我們兩手空空逃難一樣從家裡出來，一直順風順水沒一點勾扳疙瘩，住了這麼多年產生了感情，怎也捨不得離開……你現在嫌不方便，這也不好，那也不好，我覺得哪裡也沒有這兒好。住到別墅沒有街頭市面，也沒有隔壁鄰居說話，大家都關著門吃飯的，這兒有人聊天，捧著飯碗去串門，……哪好，回家再說，我電話掛了，燕燕在叫呢。」

二哥大禹一般，心裡只有國沒有家，很少回家，回來最多住一兩晚。春節總應該一家團圓了，誰知他到過年時節，比農民搶收搶種還忙碌。慰問老幹部老同志、送年貨年禮、送溫暖、慰問貧困、參加團拜、聯歡會、座談會等等等等。不用看別的，看政府門前汽車像老鼠咬尾巴。管大門的閽人忙得像狗追雉雞，「你這兒不能停車、喂喂那也不能停、沒地方給你停——」辦公室的電話被打爆了，拜年祝福的短信堆積如山，諸如「心想事成」「恭喜發財」「步步高升」幽靈的對號飛來。有的擠不進手機懸在空中而無家可歸。二哥的下屬、同僚、幕僚、同事、表面好心裡有意見的、關係戶、老朋友、新朋友、親戚、親戚的親戚、八竿子打不著邊的、素昧的、莫名其妙的人也向二哥拜年、送禮送年貨。闔人自己說家裡冰箱塞滿了年貨，過年是個災難，吃得臭掉出蛆，成袋成包當垃圾去丟——政府門口管門，比東京萬壽門外蔡太師府前守門的不但威風，且油水多，大廈裡的就不難想像了。「山外青山樓外樓，西湖歌舞幾時休，」腐敗奢靡讓南宋臨安政府臉紅。茅臺、五糧液喝得神志暈乎乎……二哥也像別人向他送禮一樣向上進貢「聯絡感情，」感情好不好決定仕途和命運，關係來年豐收和淺收，你兩袖清風不播種子，就會造成顆粒無收。二哥是個精明的生意人，不是一個豬頭山，做任何生意哪怕政治投資他也在考慮投入與產出，以最低的成本去獲得利益的最大化。二哥用商業的手法操作政治，掂量送禮的對象的權力與自己利益的輕重而量身裁衣。比當初入仕求官的態度要私利得多。微不足道無關緊要的關係近於搪塞，舉足輕重、權力非同一般另當別論，多方臆測他人送他十萬元，二哥送他數十萬，人家送數十萬，他送百萬。雖然心裡肉痛，捨不得孩子打不著狼，反正取之民，用之於官，羊毛出在狼身上。每年代表大會，二哥心裡明白哪些話該說，哪些話他不該說，想前思後覺得出頭椽子先爛，根本沒有什麼話好說。不是奉承，就是唱讚歌，所以老百姓說代表「吃饅頭，舉拳頭——是富人的俱樂部。」不為民說話倒也罷也，與會者一有機會溜出會場，忙於私下拜訪京官大人，空手能去府邸拜訪嗎，誰稀罕你的土特產，除了錢現在什麼都不缺。為爭取什麼立項或指標獲得國家撥款；拿納稅人的血汗錢做呂不韋那樣的大買賣……

大哥每年三十這夜回家跟奶奶、母親吃團圓飯。貴族學校念書的黃聰，放寒假如籠子放出的鳥兒，連晚上也不歸林子來投宿。沒一個年在家裡與母親過的，不管外婆「回到你自己的爹娘身邊去」怎麼拒絕他，死也要賴在外婆的家裡。阿紅常常一個人冷冷清清，盼著二哥回家吃團圓飯。菜冷了熱，熱了又冷，眼淚水包烏珠，淚眼看孤燈金星迸濺……阿紅當著兄弟和外人的面，對丈夫從來沒有半句怨言，不管任何時候、任何場合，總把丈夫的體面與尊嚴放在第一位。菩提山還是街坊鄰居對阿紅讚許有加，說她賢慧能識大體。

阿紅參加生產隊集體勞動時，她跟楊桂花最說得來了。那天桂花來白馬出街，看見阿紅，「哎呀呀！」桂花上下打量著阿紅，說：「若在路上碰見，我都不敢叫你了。你越來越漂亮，越來越年輕了。雪白粉嫩的真像個闊太太了。」

「你讓我鑽地洞……」阿紅拉著桂花到家裡坐。「有十幾年沒碰見了？我心裡一直在記得。你開玩笑，人都老了，看，白頭髮也來了……」

「上海做保姆了。」桂花說：「我才不開玩笑，你去鏡照照，年輕漂亮不！那像我老相啊，我比你小三歲呢。你過去多苦啊，一年到頭不是上山，就是下地。連飯都吃不飽，有什麼時光、鈔票打扮。確實你比從前後生，我一點不說誑話的……你知道不？」桂花咬了阿紅削給的一口蘋果，放低聲音說：「你老公帶一大幫男女山上搞什麼名堂來著。年輕女子口裡含酒，一口一口哺給男人吃呢，真要笑死人。你沒看見啊，陌生男女嘴巴對嘴巴不讓人肉麻死……」

「現在的事你沒法說了……」阿紅的不以為然和桂花的驚訝成為顯明的對照。「工作上的事情叫了幾個禮儀小姐招待客人——」

「阿紅，你不擔心黃穀有外路——」桂花問。

「有什麼好擔心的，」桂花捕風捉影或聽到黃穀什麼謠傳？

「你不能放任不管，遲早跟你離婚……男人有錢就開始變壞。他不光有錢還有權。他不想女人女人想他……這種事體看多了，靠女人管得牢的啊！鬆手不管，任憑男人去，百分之二百出事體——」

「兩腳管兩腳，你說管得住不？」阿紅替自己丈夫掩護說：「像蝦公、小兔、掃毛老他們，兜兜湊湊幾個錢送給白馬洗腳店女人，這些當官有錢的哪個不拈花沾草的？沒有女人的官員倒反讓人看不起了。」

「啊——說來也是。」桂花說：「頂怕他有了外路，把好好人家拆掉……」

「那時談戀愛，我們手都不敢牽。夫妻多年合下來，我曉得黃穀心思，哪怕他做了皇帝，也不會忘記結髮夫妻……對我仍然很好，只是忙了沒時間……桂花，我不瞞你說，想起那段感情像陳年酒那樣醉人，像儲蓄在信用合作社的一筆錢，利息都花不了——咯咯咯！咯咯咯。」

「老話說句有句，」阿紅讓桂花大跌眼睛，「生意做不著一遭，老婆討不著一世——黃穀有你這樣一個老婆，讓天下男人眼熱煞……」

阿紅換成淺薄的女人，一下會蹦起來，一鬧二哭三上吊，甚至不顧一切，天天去二哥辦公室吵，領導同事知道讓他抬不起頭。死了，也要把屍體拽回到自己身邊。阿紅不會蠢到這個程度的，這樣做不僅挽回不了丈夫，自己也沒有什麼面子，最後人不見、錢不見、家徹底散架。

二哥回來總千方百計的想跟女兒親熱，阿紅冷在一旁。丈夫對女兒一往深情的樣子，心頭吹過一絲悲風；把她騙至烈士墳頭那種激情已經燃燒殆盡了，儲蓄在信用社的那筆錢，因貨幣變值幾乎破產……摸遍愛情的每一個毛孔，涼絲絲感覺不到愛情的餘溫……

阿紅對著浴室鏡子，自己體形顯露出的真相感到一陣惶恐……懷兒子留下的妊娠紋好久才褪去，而小女兒像車禍發生的第二次撞擊，給她致命的一擊，體形臃腫已不可逆轉，小肚子網狀的妊娠紋像新疆哈密瓜的讓人不忍卒睹。充滿自信的乳房，被小女兒吮得像喝空的皮水壺，蕭條的像濃霜打過的老絲瓜難堪的掛在胸前……阿紅憂傷的懷疑地望著鏡子裡的自己，捫心自問：

「是我嗎？」

那天，二哥噙住阿紅一只乳頭，跟女兒一塊爭奶吃。二哥的嘴巴像測電流的鉗子，性慾電壓指針一下劃到極限。阿紅一陣悸抖，迫切的說：「你快——上來——」好似浴火重生鳳凰涅槃……

二哥力不從心的從阿紅身上下來。他頹然、狼狽、沮喪，像被逐出統治地位的一頭暮年老雄獅……

「燕燕，」二哥拍拍手，「過來，讓爸爸抱！」

女兒見二哥馬上往回跑，一邊跑，一邊喊，「不要，不要——」女兒對不常來的父親十分陌生。望著燕子蹣跚倉促的逃離，剛才興奮親切的目光像失油的燈幽暗下去，眼瞳佈滿惆悵。

「阿紅，」二哥充滿內疚和悲涼，說：「女兒見我像陌生人——」

「還要說呢，」阿紅正話反說：「誰教你天天在家裡。一年至尾回過幾次家？女兒見小雲阿星來，大伯大伯可叫得歡呢，搬凳子、遞香煙一點不怕陌生，就是你是陌生人。現在有人偷孩子賣，她大伯不讓陌生人去碰燕燕……別說小燕子，兒子都當你陌生人……幼小外婆領大，跟外婆睡一起。兒子眼裡他只有外婆，沒有我們了——給外婆打電話問長問短、問寒問暖，給外婆買補品，從來不曉得給我們打電話的，每次只有我打過去，說不上三兩句話他就覺得煩了……現在想，真不該讓他寄在外婆家裡的，把外婆當娘了……電視中那些被人販子賣掉的孩子，親爹親娘千辛萬苦千方百計找到失去多年的孩子，彼此彷徨困惑不安迷惘的看著對方，不管母親摟抱還是捶胸頓足的哭嚎，對冗的出來的爹娘無動於衷，人間一場歡喜一場悲。」

「說的對，家裡窮，哪顧得上兒女。」二哥感慨地說：「她們下一代人再不會像我們了。」

「你在作政府工作報告？」阿紅說：「農村的留守兒童，數千上億，不像你說，下一代不會像我們，下一代的情況，比我們一代更糟糕。他們得不到父母溫暖，也得不到公平的教育，其他就更不用談了——小孩子不跟自己父母在一起，對小孩成長尤其不利，包括單親家庭的孩子。」

「一切成為過去了，」二哥內疚地說：「拿再多的錢，也無法補償對孩子的愛和教育的缺失——」

睡覺時，小燕子見陌生人進了她們房間，她警惕的盯著父親，「媽媽，」她奶聲奶氣的問阿紅，「他不回家——要跟咱們一起睡嗎？」

「小寶貝，」母親糾正道：「他是你的爸爸呀！你叫一聲，爸爸給你買好多好多的洋娃娃……」

小燕子膽怯地把頭埋進母親懷裡。母親又將她推出來，敦促她說：「乖，聽媽媽話快叫聲爸爸，你不叫，教人抱去餵大灰狼了……」

小燕子受到恐嚇，哇的大哭起來。一邊地上搓著雙腿撒野，抵制拒絕二哥一起睡，「他不是我爸爸……我不要爸爸！你走，你走。」

「燕燕，」阿紅說：「聽話啊，他是你爸爸，給你買這麼多芭比娃娃，還有漂亮的新裙子、新鞋。」

「那邊不是有床嘛……我不要跟他一起睡。」

「爸爸呀，怎麼不能跟我們睡！你又不聽話了。」

本來燕燕直的躺著，一下子橫過身子把床占住，小腳頭亂踢，邊哭，邊嚷嚷：「我不要他……不要他跟媽媽睡……」

二哥覺得好像不是在自己的家裡，像一個擅自闖入他人生活的局外人，一股說不出的滋味湧上心，二哥別過頭去，把淚落進黑暗。

50

三人夜話

二哥腦子裡不知在想什麼，那條熟悉得閉上眼睛也不會走錯的路，鬼知道靈魂出竅車駛過了頭，等他回過神，早錯過拐道的機會，乾脆一直朝前駛去，繞了大半個城，往省道朝人民路返回來。二哥離開白馬多年沒有走這條老路了，舊貌不復存在，很記得原來是收購毛豬的地方。那頭養了四五年的老勿大，收購員疑為是一頭野豬，收購不及格，大哥與父親餓著肚子憋著氣，將老勿大豬車回家。記憶中的毛豬收購站幾經變遷，馬路一拓再拓，方位都很難確認了。周圍全是新建的樓宇，街道煥然一新。一眨眼又要駛過家門，二哥猛的一個剎車，孰料後面跟著一輛摩托車，差點兒撞上賓士的後尾。

「對不起——」二哥從車上下來向他道

歉：「沒有注意後面——好險，差點把你撞倒……」

那人戴著黑頭盔，看不見臉上什麼表情，從容淡定的樣子反而二哥大驚小怪。他嫺熟的雙腳踮地摩托車退後，車頭偏轉聽見油門轟轟的幾聲咆哮，像一匹受傷的狼，嚎叫著衝向黑夜。

二哥又給寶貝女兒買了好多玩具。燕燕已經酣然入睡，稚嫩可愛的小臉蛋似熟透了的紅蘋果，「這丫頭太可愛了！」二哥把玩具往沙發一丟，迫不及待的伏下頭去吻，「小寶貝，爸爸一定抽出時間陪你玩，你是爸爸的心肝寶貝……」

「黃穀，你肚餓不？」阿紅一覺醒來了，看看牆上的西鐵城正指向午夜。她起身披上衣服，「讓我弄點你吃的。」

「本來不餓，」二哥笑說：「你一說我就餓了。晚上沒有吃食，只喝了幾杯酒。今天回來不不知怎麼回事，竟然開錯了路。」

「我說的嘛，」阿紅穿上褲子，「你屋裡不認識了……咯咯咯。」

「岔路口我忘了拐進。開到門口發現後面有一輛摩托車跟著，他差點兒撞上我的車尾……天冷得很，你別凍著了。讓我自己來動手。」

「你不知道東西放哪裡。」阿紅說道：「前兩天，應該快有一個星期了，陌生人送給我們一條烏鯖魚乾。」阿紅兩手張開比方著魚說：「……有一個人那麼高。是鮮魚的話，至少上百斤。」

「是——誰送的？」

「送的人我不認識。」阿紅說：「我猜不是你的同事，就是你的朋友。蹊蹺的送一條鹹魚幹嘛呢？什麼意思？送錯人了？去年這時候包工程的袁老闆，送來四條極品利群香煙，他也沒說什麼，擱下香煙就匆匆忙忙的走了。你大哥說這香煙幾百塊錢一包，抽煙不是燒鈔票。我說讓他抽，他不要教我賣掉。幸虧我沒有去賣，四條煙裡塞著一遝遝的百元大鈔……他特地問我是黃主任家吧？我問他你是誰，有什麼事嗎。他說：『我姓王，白馬剛調來的政法委書記——』魚是從背脊對中劈開的，一目了然，魚肚皮塞不了鈔票的，王書記送一條魚乾而已？你猜，這條魚出自哪裡？後來聽掃毛老他們說，坤山河水鬼的大兒子鯰魚潭用滾釣逮到的。『別地方沒有那麼大的烏鯖魚！』你哥說：『這般大的野生魚，恐怕鯰魚潭還有。當年我手榴彈炸的那條螺螄鯖，簡直像一艘小船……』世事你想有多荒唐，他就有多荒唐，我們人在白馬，吃菩提山捕到的魚，而且是政法書記親自送給我們吃的，真是諷刺劇——你大哥吃了還罵他們，『狗日出來的東西！——前三十年公社治保給我吃耳光；後三十年政法書記送魚給我們吃……』我記得分家的一年，你從白馬水庫撈來一條死魚，肚皮都爛沒了，露著一條條魚肋刺，臭得我連隔夜冷飯都嘔光。我問你死魚撈回家幹嘛？你說鹽醃一醃曬乾吃。魚肚都沒了，這死魚恐過了五七了——我拿去茅坑頭扔掉，你把魚奪回去，『你不吃我要吃，鹽醃曬乾噴上一兩燒酒，好吃得不得了……』我捂著鼻子依你炮製，三裡路外的蒼蠅紛至遝來，嗡嗡的像紅衛兵造反……」

「饑不擇食，窮不擇妻。我不說，恐怕你還不知道，我小時候差一點餓死，奶奶去偷剜死人的肉。屍肉製成臘乾，我和大哥才活了下來……」

「你不要嚇我！」阿紅走到樓梯口，回過頭睜著駭人的眼睛，「我從來沒有聽大哥說過——打死我也不相信！我聽爹媽說吃過米糠、野菜、狼萁根、苧麻根，香灰土當飯吃。娘說我柴根樹葉吃得屎屙不出，肚皮脹得像摩天嶺的，痛得我哭爹喊娘。爹看我奄奄一息快脹死了，用手指頭一點一點幫我屁眼洞裡摳出來，摳得像產婦大出血……聽我娘說隔壁的鳳陽婆是餓死的，但沒聽說吃人肉。」

「小孩知道什麼，是奶奶給我的。也不知道肉的來歷。奶奶還捨不得浪吃呢，見我們實在餓不過，才肯給我們吃，每次只有麻將牌大一塊肉乾。手舉著肉乾，像入黨宣誓一般要我保證外面不說出去，包括爹娘。一次只能吃一塊，吃完不准說討添。得到明確保證，奶奶才肯鬆手，迫不及待的塞進嘴裡，嚼都不嚼吞下喉嚨。我不知道這是人肉，覺得肉乾非常之好吃，吃完還想吃，成天惦記著奶奶的黃沙甏。趁奶奶不注意，

摸到奶奶的床頭，盜竊藏著的肉乾。」

「太讓人噁心了！」阿紅終於相信二哥確實吃過人肉幹的，「我念小學，一個勁高唱『社會主義好，社會主義國家人民地位高……』這社會或國家或政府組織犯下的重大歷史錯誤至今沒敢公開提及？證明本身沒有悔改之意；民族或人種存在缺陷；政治文化存在莫大問題；證明我們人類沒有一點兒良知人性，墮落成性，集體沉默，人格低賤，是高級的低級物種。」

「你從哪裡來的這些思想？」夫妻這麼多年，二哥把阿紅當柴米油鹽的家庭婦女，第一次聽阿紅這麼說。

「互聯網時代滲透到各個領域。你以為現在的百姓是以前坐在田埂上吸旱煙講大頭天話的老農民。是專制政治的噩夢的開始……」

「……如果要算這筆舊債，」二哥說：「必須把天安門那具僵屍拿掉！中國不想成為蘇聯老大哥，共產黨應該革共產黨的命——黨內首先實行民主……歷史的深層次問題積重難返，不是一句話兩句話能說清的，更何況超出你我的範疇。不談也罷。你愣著幹嘛，去拿酒上來啊。」

阿紅下樓，端來魚乾和一瓶五十二度的五糧液，往茶几上一放說：「你先吃著，我下去再炒個菜……」

「不用不用，你坐下來陪我喝吧。」

「光魚乾怎麼行。」

「一絲絲撕著吃，比牛肉味道美！」二哥嚼著說：「你別看我。坐下來一塊喝，我一個人喝沒興趣。」

「要我去叫個陪酒女郎來——」阿紅笑眯眯的說：「看你鬍子像曹操胡老的，忙得鬍子也沒工夫剃……」

「味道好極了，」二哥讚不絕口，「山珍海味嘗遍，只剩騙人的噱頭，什麼佳餚及得這魚乾。」

「我說，你們兄弟，獨好吃臭魚乾，咯咯咯——」阿紅天生喜歡揶揄與幽默，二哥撞上她的槍口。「你大哥，十幾元一瓶的酒他都捨不得喝，埋怨說我太浪費，大哥他一個銅錢翻轉『中國人民銀行』六個字。有福不會享——再多鈔票有什麼用！」

「苦日子過慣了。節約還不好嗎。」

「過去節約稱光榮，現在提倡今天花明天的錢，鼓勵人們超前消費。節約反潮流拖消費的後腿。」

「你多奇談怪論，創出這麼多的新名詞——」

阿紅兩盅酒下肚，思維反而更加活躍了，一本正經道：「不知你外面處於怎樣一個境地；——《紅燈記》李鐵梅唱一千斤分挑八百斤，就是知道你有一千斤，我也無能為力的。現在我們不是一般有錢了，就算一點不做生意，天天吃山珍海味，穿錦羅綢緞，活上十輩子也花不了這些錢。何況過的平淡日子，金子銀子堆成山不就跟石頭一樣毫無價值。人家又做不到天上去了？我研究過窮的人，有時不是沒有財富，而是守不住得來的錢財，一旦發了，就亂了方寸，不知道該怎麼花，看哪些拆遷戶，銅錢一到手，一夜賭個精光……看錢的多少，通俗以滿足衣食住行為標準，有了巨額財富，孜孜不倦的還在不斷追求，為數字而瘋狂，一字後面概是零……我說你應該明白，教別人去幹吧。能下來不下來，想下來恐怕由不得你了……」

「說什麼呀！」二哥守口如瓶，「吃酒講醉活了。」

阿紅喜歡看書，從網上世界去瞭解這個社會，更多的時候她會反思自己。阿紅對社會的瞭解，二哥也覺得不比自己少。他有些話不能說的，阿紅思想大膽而新銳。阿紅談到他的工作上去，莫非她外面聽到了什麼？二哥不想說給紅聽，對自己沒有什麼幫助，反多教她多擔心事。

「之前，」阿紅說：「我做夢見爹拿著鋤頭，怒氣衝衝又要扒我們的灶頭。我奪住爹的鋤把，哭著求他不要砸我們的生意。爹突然撲通的跪在我面前，一邊向我磕頭，一邊哀求說：『阿紅聽爹爹話，把攤頭趕緊收拾掉吧，回到菩提山去還！你們再不關門，有大禍來臨……爹偷偷逃出來告訴你的……』爹話還沒有說完，突然闖進幾個手拿鐵鏈子的阿旁牛首，晃啷噹一聲套住爹的脖子，牽狗一樣把爹牽走。我哭著急忙去拉爹，爹倏地不見了。我從噩夢中跌醒，再也睡不著，左思右想的扳著手數，爹死掉連頭夾尾十一年了。我覺得好奇怪啊，難道娘把爹十周年忌日忘了？按理娘無論不會疏忽掉的！但娘沒有來通知我備什麼紅箱元寶佛經，這些事必定由我來辦的——冥冥之中，爹想跟我說什麼話？會不會我冬至沒有去爹墳頭？攪得我心神不寧……」

「夢畢竟是夢，不值得當真……」

「但爹死了後從來不給我托夢……恰巧冬至入我夢來。人雖然死了，但似乎總有條無形的線牽著你。不能全信，也不能全不信。」

「說來容易，」二哥長歎說：「多難啊，我何嘗不想洗手不幹，回到菩提山聽鳥叫，看花飛，傍青山，伴白雲，枕松根，濯山泉。不愁吃，不愁穿。打柴、捕魚享受農家的樂趣。一入衙門深似海，想下來也下不來了……」

「說我聽——」

「來！」二哥顧左右言他：「老婆，一起乾了！」二哥咽下酒，「不去說這些事好嗎。看這小捉奸睡得多熟。吃好酒，我給你好好舒服舒服……」

「你舒服，還是我舒服——」阿紅道：「人家被你弄得癮頭上來，你那東西像潮掉麻花的……」

「兩人都舒服。」二哥說：「今天不會了……你瞅瞅，鬥志昂揚，召之即來，來之能戰，戰之能勝——」

阿紅見他下面像旗杆的筆陡，撲哧一笑，全身火燎的熱起來，上前抱住丈夫，深情的看著二哥。眼中滲出兩顆晶亮的淚珠，「好好愛我，像第一次那樣……」

二哥粗暴的褪去她身上的衣裳，阿紅像剝了殼的象牙筍，白白胖胖的對著二哥，——二哥從頭吻吻到底……阿紅春情湧動，心怦怦直跳，胸脯一起一伏。二哥把阿紅抱起，像第一次抱上墳頭那樣平放在沙發上——

「謝謝你！」阿紅面孔潮紅笑著說：「跟你做了這麼多年夫妻，沒有過滿足感，得到前所未有的滿足。」

阿紅去打來一盆熱水，把二哥下身擦乾

淨，然後幫二哥穿上短褲。二哥薄荷眼起，喃喃說道：「我——我睏——想睡……」

當阿紅從衛生間出來，輕輕推他說：「不如去床裡睡吧？」二哥沒反應，聽見鼾聲迭起，紅拿來一床被子蓋在身上。

「黃主任——」二哥從車子下來，聽見有人叫，回頭原來是久違了的趙敬民。

二哥一臉錯愕，不等開口趙敬民說道：「俺想見上你一面好難啊!還不如見皇上容易呢……」

趙敬民依舊戴著第一次見到的那頂大帽子，穿著那件黑色長袍。「你不記得俺敬民了麼?是啊，你已今非昔比了，不再是跪在俺面前向俺求饒、禱告、庇護的那個黃穀了；不是娶不起老婆要尋死上吊，而是女人多得成災、財大氣粗、忘乎所以、聲色犬馬花天酒地。糟蹋睡過的女人多得他自己都記不清了，俺枉為男人，至今都不知道女人啥滋味?你官運亨通有權有勢，早把俺丟到了爪窪國，再也想不起俺這個窮小鬼。你們南方說忘恩負義叫過河拆橋，俺北方叫卸磨殺驢……不過今天能見到你，俺仍舊願意以高興來形容自己。」

「……真對不起，」二哥一時語塞，慚愧地說：「不敢忘記大恩人。確實工作很忙，但都不足推卸不去看你的理由……」

「你別搪塞俺了!」敬民打斷二哥憤怒起來，「俺不怕站著死，怕人跪著求饒。你們這些流氓文痞，不!連文痞都沒有資格稱呼!你們在俺的眼皮底下，搞什麼烏七八糟的流觴曲水，喝酒作樂玩女人……說你們這些人是人渣、雜種、敗類一點都不會過。不知道天下還有羞恥兩字不?恬不知恥的自己稱謂自己什麼大師、大家、名家、文豪、教授。你不去想想自己念的什麼狗屁大專啊?披著主任的外衣幾條煙、幾瓶酒換來的文憑。不值一文的假學歷比擦屁股的茅草紙不如——草紙屁股擦得乾淨，蠟光紙連屁股都擦不乾淨!光榮偉大正確的黨培養接班人的學堂，成了這些敗類個人斂財的搖錢樹和聚寶盆，培養合格的腐敗分子名正言順去禍國殃民——

「這些狗屁名家大師，妄稱自己的詩空前

絕後，自己的字千金難求，俺受你們的騙一陣鬼旋風悉數到俺的手中。媽勒個巴子！俺信以為是名家墨寶，被這些欺世盜名的傢伙坑得好苦。俺等啊等，久久不見你來元寶寒衣，冬至盼清明，清明盼七月半，今年盼明年，明年盼明年……俺眼巴巴的盼望著，哪知是俺在獨廂情願，是俺癡心妄想。俺像你欠錢被逼得沒有辦法一樣，只好動歪腦筋，把這些詩作墨寶統統地捲走。滿以為拿去典當行抵押，還清所有債務，再弄幾個小錢花花。俺興沖沖去長安街那家古董商行抵押。古董老闆瞟了瞟俺手裡的東西，連抖都不教俺抖開來看，睥睨的看了俺一眼。你不知道地府的冬天有多冷，簡直像冰窟裡一般。俺在地上不停的跺著雙腳，驅趕身上的寒冷。心裡想得美，趕緊換點錢，換瓶北京五星二鍋頭買回醉……『不要！』店老闆的話比天還冷啊。俺大言不慚的對奸商吼：『天地良心啊！你睜大眼睛仔細瞧瞧！可不是平庸糗貨，是舉世聞名當之無愧的名家傑作——』奸商跟你一樣冷酷，不想再搭理俺，俺估計他一輩子沒見過俺這樣寒酸的小鬼……從他的臉上俺讀出罵俺是窮鬼。他咧了一下嘴巴，嘴角浮著像錐子一般的譏笑，『一堆爛狗屎抵押給誰去？——』俺認為貨到地頭死，奸商在宰俺的血，陰司間與陽間一般黑。如果不賣給他，你又賣給誰去？再說，留著俺不能當飯吃、也不能當衣穿。管它值幾文呢，撈到蘊藻便是蝦。俺主動的掉價說……老闆十塊錢行不？『十塊？』奸商聳聳狡詐的鼻子，俺實在受不了這種屈辱，恨不得沖上去咬他幾口肉。『什麼，十塊？十塊麥德龍超市能買幾摞茅草紙……』氣得俺渾身哆嗦。你們這些白食煙火的人渣，製造出這等垃圾！被侮辱為一坨狗屎！俺當寶貝的跑到著名的長安街，自取其辱啊——俺恨自己瞎了眼，看錯人認錯主，為胸無點墨的人搖身一變躋身於文化界充當精英而羞愧——

「我……」

「別強詞奪理！俺上你的當、吃你的啞巴虧。」趙抽泣著說：「俺陷在漆黑潮濕、冰涼、饑餓、孤獨無助的絕境中，叫天天不應，叫地地不靈，度日如年。你在俺上面一遍遍搞女人，你把俺的墳頭當作妓院，犧牲女子貞操的祭壇……」

「趙敬民，」阿紅聽見二哥與趙敬民說著話，便插嘴進來，「有什麼委屈，你對我說。黃穀不會沒良心的，他哪怕忘掉他自己，也決不會忘記你恩人。請你原諒，他工作實在太忙了，……」

「愚蠢善良慈悲的女人……是你慫恿成就了他——」二哥說的是北方口音，明顯不是二哥的聲音。「他背著你與女人——有些話髒得教俺實在說不出口。他不但背叛了俺，也背叛了你，你說他還值得你信賴包庇嗎。你們錢多，而且越來越多了，不要忘記，這錢沾滿了血，不乾不淨——」

「你的話我一定記在心。你說，我該怎麼做好——」

「好自為之吧——」二哥說完，打了幾個哈欠，「雞啼了，俺得走了——」

二哥咂咂嘴巴，似夢中醒來，從沙發上抬起頭問：「天亮了？唔……還沒……亮呢唔……」翻了一個身又沉沉的睡去。

51

狡兔

有次知情人向二哥透露說何冉現在的境況，如果何冉擁有的房子去做產證的話，應該有厚厚一疊了……

「我請了一個月假。」

「什麼時候動身？讓我送你去機場。」

「那最好。大後天，買的回程機票。」

「有什麼要買？就讓我去辦——」

「沒什麼準備齊了。」何冉燦然一笑，「如你說除護照什麼都不用帶的。其實那邊的物價反而比中國便宜。機場拖著多累人。」

「工作忙吧？」二哥正視看了何冉一眼，「覺得你胖了許多。」

「是嗎。」何冉莞爾一笑，「工作也很忙，但人際關係比較簡單，事情也不像這兒那樣難處理，壓力也沒這麼重……選擇離開應該是對的。」

二哥自己猜測何冉送女兒出國念書，目的為家人與自己謀劃退路。大筆來路不明的資產，一不做買賣，二不辦企業，三沒有祖上遺產，無非來自向她行賄的贓款。通過親戚匯入地下錢莊，人民幣兌換成美金轉入到女兒的帳戶黑錢變白。何冉政治資本稱不上足，學歷和智商比一般高，辦事情想問題，很快就找到關鍵所在。她思考縝密，組織活動能力都強，善於應對各種突發危機，適應新形勢新變化，不同於擺資格、憑經驗、走一步看一步、玩小聰明的傳統政客。城建委這一要職，誰不知道是個肥缺，況且何冉在掌著實權。收納的現金與房子讓她心驚肉跳，晚上都睡不著覺。受過高等教育的她熟讀中國歷史，尤其對新中國百年來的政治規律，政治制度不改革，哪怕有堯舜那樣的素質，三年幹部下來，隨便給你羅織十年勞改的資格。咱民族最大優點三年不造反革命心裡就憋得慌，不管一無所有的赤貧，還是豐衣足食的小康，一有風吹草動，唯恐天下不亂。「一切為無產階級政治服務」的條件下有法律也沒用，強盜審官司愛怎樣就怎樣。逼良為娼的制度你不貪不行，貪也不行，為官如高空走鋼絲，必須掌握和保持平衡的技巧。這些地產鉅賈送這麼多財產給自己，一點不用懷疑或心存僥倖，遲早一天會暴露。就算自己不出事，一旦別人出了事，拔出蘿蔔帶出泥，大量現金放在身邊如一枚定時炸彈。錢也不見，人也不見——何冉狡兔三窟，先讓母親及兄弟和女兒出去……

希望工程捐款一案，金主編說的並不是空穴來風。何冉以一分八厘的年息，拆借給凱立集團。因有人揭發何冉，擔心事情敗露，三年後把資金全部抽回。但何冉並沒有「錢歸原處，」一部分賄賂紀檢幹部，一部分買官賄賂上層。用金錢糊起來的陣地可謂固若金湯。打發過餘下的錢，匯往女兒國外的帳戶。貪污捐款一案，僅僅是何冉所有問題的冰山一角。蓋子一旦被揭開，政界地震引發海嘯。

農曆十一月下雪南方很罕見。二哥冒著雪開車送何冉去浦東國際機場。

「你兒子，」何冉問道：「什麼時候去英

國念書？」

「也許明年吧。」二哥心中也無數，「他媽想他去，又不想讓他去。捨不得他離得太遠了。」

「讀書怎樣？」

「班上還算過得去。怎麼說好呢，出去念書，無非去鍍一下金而已。像蔣夢麟、胡適他們學貫中西，這麼有學問，洋人不信中國文化，他們削尖腦袋也進不了他們主流社會，沒有市場，只能回到中國來哄中國人得浪名。我想讓小子去外面見識見識倒也好。」二哥側目去看了何冉一眼，「將來，等何娜大學畢業取得了學位，你打算讓她回來創業，還留在那裡工作？」

「還早著呢。看她自己怎麼選擇了。仁者見仁，依照我的想法嘛，女孩子最好不去創業做生意，做個學者首選，退其次找份穩定體面的工作。」

「整個世界趨於商業化，包括書念的目的也像你所說只為找份體面安定收入豐厚的職業而已，創業做生意有何不好……」

「你完全想錯了。」何冉攏了攏落下來的頭髮說道：「在中國做生意，你除了行賄只有行賄；你說創業吧，我們民族容不得像Steve Jobs這種人，他破壞了我們傳統的集體主義團隊精神，不僅不能容忍千夫所指，這種有創新的人在中國只有死路一條。請問集體團隊有創新精神嗎？恰恰是扼殺個人創新的劊子手。一個法治國家打官司不管有理無理，大家都要找關係，形成正不壓邪的社會風氣。

什麼國稅地稅分稅制，赤裸裸中央與地方爭奪利益。這種經濟模式與管仲時代鹽鐵國家經營大同小異。肥肉讓你中央剜去了，地方政府哪來的錢，賣土地當財政主要來源與GDB增長指標兼諸侯凸出的政績。地方債務高到令人吃驚的程度。政府與土地擁有人賴以生存的人發生尖銳的衝突，說難聽一點，政府公開與農民搶奪利益，殘酷剝奪他們的生存權力。那裡搞建設，那裡就有暴力強拆；那裡發展最顯著，那裡腐敗就最嚴重。官吏貪腐成災了……國家公務員趨向高福利，而農民既沒有土地，也沒有社會保障，他們及他們的子孫將怎麼生存？共產黨打土豪分田地一起推翻蔣家王朝，共產黨產生的強豪成為共產黨的最大的敵人。靠槍桿子能維持社會和諧嗎？歷史的現今的種種積累的政治弊端已積重難返，為下次社會動盪埋下隱患……特別受金融風暴的影響，中國自己說影響不大，但我不認為，中國經濟嚴重摻水虛胖，問題不是一般的嚴重，不按經濟規律和發展方向提出抓大放小，把剛剛興起開始壯大的民營中小型企業扼殺，賭注押在不具競爭力病入膏肓的國營身上，弊病滿身的國營躺在舒適的席夢思上，依靠貸款發工資，工人發不出工資，去政府門前靜坐抗議，大量貸款給企業，肉饅頭砸狗——大量職工失業下崗，民營得不到國家銀行貸款工人驟減，雙雙造成就業壓力。抓大放小戰略重心放在不出創新的國有壟斷企業，壟斷培養企業墮性，制度導致化國為私，成為高官的錢袋子……國進民退嚴重扼殺了私有製造業，現在整個經濟主體不是製造，土地牟利和迅猛發展的高利貸行業成為了主旋律。政府把吹肥皂泡，稱作做大蛋糕……」

「你很有見地。」二哥說：「那些稅利大戶私營老闆，不做製造業和加工業了，都轉向了土地買賣、房產開發、典當行、地下錢莊高利貸發展。原本規模不小的企業，從銀行貸不到一分錢，依靠借高利貸去經營，越做窟窿就越大，最後資金鏈斷裂，逃的逃、失蹤的失蹤、自殺的自殺。全民都在放高利貸，低的二分息，高的達二角。經濟發展變成一個怪胎了——」

「不用看社會成一個什麼狀況，看身邊政府一些幹部，多少人幹的是正經事，說幹私事，不如說在幹壞事；包括我在內。有人說政府部門三分之一在做事，三分之一不做事，三分之一幹壞事。哪一級哪個幹部敢說，『我屁股乾淨』他說準備一百口棺材，九十九口給貪官，一口留給自己。擔心這一百口棺材全留像你這樣的人……」何冉突然問道：「你想來美國不？」

「我嗎？」二哥笑笑，「去那裡幹嘛？他們又沒有人大機構的。沒有社會關係，不懂英語，不知風俗文化，人生地不熟，兩眼一抹黑，去了連乞討都沒有路——資本主義世界金錢為唯一標準，人民幣以十當一，哪怕兜裡再有錢，到美國變成一個貧下中農。」

「黃穀，」何冉過了半晌說：「我——這次出去，不打算再回來了，……」

「開什麼國際玩笑？」二哥頻頻側過頭去，何冉表情有些複雜。

「誒——真的。」何冉嘆了一口氣，「再不用對你隱瞞了。希望工程捐贈的七千三百萬元，我挪用的，不，是我貪污了。紀檢委查過這件事，前前後後我花了二千一百多萬，為調動鋪路，又花了二千多萬。回頭無岸了，剩下的我匯往國外……事已至此，我不該再瞞著你了。杭州這些財產委託別人全部脫手……如沒有什麼特殊情況，做做投資什麼，即便不做投資，也不會流落街頭的。美國物價穩定，生活成本還是國內高。」

二哥方向盤握得手汗津津的，他想吸支煙鎮定一下思緒，開窗風太大又冷，不開窗煙氣受不了。猶豫的把煙放回原去。

「黃穀，」何冉溫柔地說：「從我們認識到現在，有十四五年了吧？一天天過去，沒有想過去盤點他，不算不知道，一算嚇一跳……謝謝你一直對我的照顧。我脾氣不好，動不動發火……真誠的向你說聲對不起——」

「不不！」二哥非常感動，「……你別這麼說，你像對待自己的事情那樣，誠懇無私的幫我，你這麼說，我無地自容……給你添了不少麻煩。沒有你那有我今天。這輩子我永遠記著。不管你做什麼，用得著我義不容辭……」

「恕我冒昧，」何冉在肚裡醞釀了良久，「許多事，不能去後悔的——要是我把這孩子生下來，快上初一了……」何冉這條尼羅河鱷，落下了淚水，幽咽地說：「我們，我們，能重新開始嗎……」

何冉退出江湖之際希望跟二哥重修舊好，回到她的身邊，教二哥拋棄家庭跟何冉去美國生活。何冉明明知道他不至於拋棄妻兒和家業跟她私奔去國外。二哥因為重感情往往拖泥帶水造成麻煩，多此一舉的說：「怕那裡的生活不適應……」

「這根本不是問題。華人社區和唐人街，跟你生活在中國無異。許多大陸去的也不懂得外文，」何冉進一步說：「其實是一個習慣，跟抽煙喝酒一樣，何況沒人要求你按別人的習慣生活，還有我可以應付啊。等女兒能獨立了，按美國的習慣，她不會在我身邊的，咱們過咱們的生活——如果你想好了，我馬上給你辦投資移民，用不著很長時間可以來美國。只要你把家裡的事務處理好……」

我至今不知道二哥是怎麼想的？舊情復發？還是虧欠她太多盛情難卻？還是出於搪塞敷衍？儘管二哥他行賄，也受賄，巧取豪奪不是很乾淨，但畢竟他有企業。有必要到國外去躲著生活？

「……成功並獲得巨大財富，」何冉見二哥猶豫，說：「沒人敢說靠勞動致富合法乾淨的。之所以中國人仇富仇官，因合法性受到廣泛質疑；仇官比仇富更嚴重——是沒有公平正義造成的。現有政治體制不允許公平正義。不是危言聳聽，資訊發達的網路時代不同於文革造反，偶然一個突發事件，火星掉進油桶中，幾個小時『五洲震盪風雷急，四海翻騰雲水怒，』蘇聯解體不要說美國中國，蘇聯人民連自己也不相信，一夜改朝換代。拿槍的敵人消滅了，網路虛擬社會成為威脅政權的最大敵人……你在官場混了這麼多年，見到聽到切身捲入裡面，難道從來沒有仔細想過——

頭上懸著的利刃，今天或明天時時刻刻有掉下的危險。政權交接如傳花接鼓，咚咚咚的誰知會落在哪個倒楣蛋手中。官場猶如連環地雷，就算自己不踩響，不能保證別人不踩響。我對前景並不樂觀，看不到平安落地的希望……你貪也得貪，不貪也得貪，老鷹拼死吃河豚。」

「我一直深愛著你，」何冉摘下眼鏡去擦淚水，瘦削的肩膀顫抖著，「對不起……多希望你在我身邊，我們走得遠遠的，……」

何冉出境是梁素英的名字，沒有本人出境的記錄。

第十三章

52

蹊蹺的火災

何冉網上看到一則新聞。

——一月十四日消息，本市發生一場特大火災。大火燒毀了一家五金建材公司。雖經消防隊員奮力撲救，終因火勢太猛，室內存放著大量的油漆、松香水、木材等易燃易爆物品，加上道路被車輛堵塞，使消防車不能直接進入火災現場。大火從凌晨一直燃燒到第二天下午一點才徹底撲滅。數間樓房毀於一旦。

經警方初步勘察，大火從一樓開始燒起，由於堆放大量易燃化工產品，大火又發生在半夜凌晨，平時缺乏防火安全意識，店裡沒有必備的滅火器和消防設施。火勢迅速蔓延到上面幾層。處在熟睡的店主一家三口，當場被大火燒成炭化……

燒焦的兩具屍體身上沒有發現衣裳的纖維痕跡，據警方初步分析，認為死者生前沒有穿任何衣服。因為互相抱得太緊，燒焦的肉粘在了一塊……警方尚未查明起火的原因，究竟是電線斷路所致還是其他原因，具體案情和財產損失等情況，有待警方進一步調查核實。

Google搜索白馬火災，出來許多有關白馬火災的資訊。某論壇有人發貼說：「白馬那場大火奪去生命的不是夫妻——」

跟帖的透露說：「不能排除係縱火報復。據警方透露說向氏兄弟對拆遷補償不滿，拒絕搬遷，與警方發生激烈衝突，曾帶頭煽動越級上訪遭到數次拘留。釋放的向氏兄弟揚言要進行對黃某實施報復，半夜駕駛摩托車尾隨黃某，……」

「黃主任嗎？」

「你……哪位？」

「喂，我郭副。」

「郭隊長，怎麼說？」

「你來一趟？」

「什麼事？」

「……案子有了進展。最好你協助來辨認一下……」

「去局裡？」

「你直接到羈押處。好嗎。」

二哥來到看守所，郭隊長把他迎到辦公室。看守女警去倒茶，二哥擺擺手說：「別麻煩了，我們直接談事。」

「那好，」郭指著監控的錄影說：「視頻中出現的那個人，你是否熟悉或在什麼地方見過他……」

「我——不認識他。」二哥仔細看了幾秒鐘搖著頭說。從監控錄影的時間顯示在十二月二十日晚上十二時四十分。

「你的車沒有直接從岔路口下道，而是一直從北開，出省道進入金山路朝人民路的方向開。為什麼你要繞個大圈子呢？」

「哦，對了，」二哥說：「那天我忘了拐彎，就繞個圈子。那條路多年不走了，一看到家門口，我踩了急剎，不知後面跟著一輛摩托車，幸虧那人反應敏捷，不然他就撞上我的後車尾。」二哥對這一細節記得很清楚。「我下車並向他道歉，他一句話也不說，油門一轟就走了。那人戴著黑色的頭盔，又是夜裡，看不出長什麼樣子，從他反應敏捷的動作和騎車的熟練程度，估計年紀應該很輕……」

「在銀行找到一處監控，但是根本無法看清，只有你們兩個模糊影像……我們採取倒查的方法，追蹤到那輛摩托車的行駛軌跡，果然這輛摩托車在多處監控中出現過，最終鎖定在三向巷。通過偵查知道他的落腳點，目前向氏兄弟有重大作案嫌疑，立即將他們拘捕。你可以看審訊過程錄影。」

以下為審訊錄影資料：

「姓名？」

「向東方。」

「別名叫什麼？」

「向小東」

「家庭住址？」

「三向巷四十三號。」

「年齡？」

「廿三。」

「職業？」

「沒有。」

「一月十四日的晚上你在哪裡？」

（他略遲疑了一下說）「去喝酒唱歌了。」

「跟誰在一起？」

「幾個同學。」

「同學叫什麼名字、住哪裡？你們在哪裡喝的酒……」

「向小東！你不要抱什麼僥倖心理，還是放老實點好！」審訊的讓向看了監控視頻，「騎摩托車的你認識嗎……」

……（向低頭不語）。

「……火是不是是你縱的！老實交待——」

「我我——」（抬起頭又低下）「沒沒有……」

「鐵證面前，你還要百般抵賴，是不！火不是你放的，你深更半夜跟蹤那輛汽車的動機是什麼！根據我們現有所掌握的資料，你們兄弟倆蓄謀已久——說！你們暗地跟蹤那輛車多長時間了？——唔！」

「他強拆了我家房子。」（向抬起頭辯解）「多次找拆遷辦，他們答覆說『你們找我們沒有用，我們只是小八癩子，有能耐你們去找黃主任，他才是說了算的老闆——』我們去黃老闆，還沒進政府大門，就被外面員警控制起來。看守所關了我們一個星期。我們沒有地方可以說理，確實有過實施報復的念頭……但——但是我們沒有放火，這不是我幹的！我沒有放火，不信我發誓……」（郭關了視頻）

「黃主任，」郭說：「……案子基本可以確定是向氏兄弟所為。但目前是否還有其他人參與作案，還不能下結論，有待進一步查明。」

不滿拆遷的釘子戶，他們經常在網路論壇上發貼，詆毀政府並把矛頭直接對準二哥。但貼上去很快被網管刪除，刪除不久又出現在網上，他們像一群討厭的牛虻，叮得政府這頭大水牛心神不寧。

迫於輿論壓力，警方就很快破獲並向媒體公佈，白馬一一四縱火殺人案徹底搞破，大火造成兩個成人和一個小孩死亡。現已查實兇犯是三向巷向家兄弟，交代作案的整個過程。並已向法院提起訴訟。向東方對犯罪事實供認不諱，縱火的目的為報復殺人。法院認為向東方犯罪事實清楚，情節特別惡劣，性質十分嚴重，給社會造成嚴重後果。為維護安定團結的大好局面，根據從嚴從快原則，判處向東方的死刑，並立即執行——向東紅當日因身體不適，沒有直接參與縱火，但一起預謀策劃，系共同犯罪，判處有期徒刑二十年——

向氏母親見兩兒個一個處決，一個判二十年徒刑，不分晝夜的哭啊哭，兩只紅腫的眼眶像抽幹的枯井，淚泉再也流不出一滴眼淚了，一夜之間，兩只眼烏珠像瑪瑙一般血紅血紅。看見兩兒子回來了，她蓬頭跣腳衝出門去擁抱，大喊「大東！小東來了！——」母親神經錯亂掉了，父親見一家人頓時灰飛煙滅，活著也等於死了一樣，萬念具灰喝下一瓶農藥。只剩下獄中的大東和瘋瘋癲癲的母親。

郭隊長短短幾天破獲這起駭人聽聞、蓄意報復的縱火殺人大案，榮立一等功，副隊長晉升公安局局長。

二哥幾乎沒有睡過一個好覺。案子告破，可以對妻女及大哥有了交待。二哥神情恍惚再也堅持不住，終於躺下了。等二哥醒來，在醫院已住了三天。醫生說二哥不能出院，還需要觀察和藥物治療。

一夜之間，二哥痛失三個親人。出了這麼大的事情，黃聰始終沒有為母親和家人掉過一滴眼淚，一直住在外婆家，像跟他沒有關係一樣。丈母娘見女婿痛不欲生，對外甥說：「聰聰，你爸爸一個人他多傷心啊！你不要一個人待在這兒，去陪陪你爸……」

聰聰不說去，也不說不去，房間轉了一陣，悶悶不樂地走了。外婆本以為他去陪父親去了，誰知聰聰他去了網吧。

老師對黃聰總的影響，說他不合群個性孤僻、內向、懦弱、自卑。在校裡不怎麼愛跟同學說話，也不跟班主任老師溝通，老師觀察看出黃聰心理上存在障礙。有一次，同宿舍的張飛，教一個同學下樓去打壺開水，那同學說：「天下著雨，你為什麼不叫黃聰去打，非教我去呢？我不喝水。」

張飛不是什麼善腳色，為顯示自己的權威，命令黃聰去打水。

開水一直是黃聰打上來的，從來不用別人差遣他，而張飛入住以來只打過兩次水，特別張飛對他發號施令，黃聰的怒火一下子爆發出來，大聲呵斥張飛，「憑什麼讓我去打水給你喝！難道你自己腳不生的，我又不是你的奴僕。」

「噫——」張飛見黃聰平素悶聲不響忠厚人發笨性，先是一怔，繼而指著黃聰大罵：「狗娘養的！你反了！」

張飛不是本鄉的學生，父親是一家知名企業的老闆，有一家規模不小的鋼管公司，那天張飛過生日，蛋糕房竟運來一面包車的生日蛋糕，請全校同年級班的學吃生日蛋糕，全體學生為張飛合唱Birthday song。這排場蔚為壯觀。因為他捨得大把花錢，所以在學校中要風得風，要雨得雨，曾誇下海口說沒有他搞不定的事。

無獨有偶，同班一個叫童弋的學生，家境富裕與張飛旗鼓相當，他生日排場更了得，請全班同學和老師吃比薩，然後再送班裡每個同學一百元的電話卡而一時傳為美談。記得有次去食堂晚了，童弋問食堂有什麼菜好吃的？食堂說只剩下馬鈴薯炒肉片和青菜了。童弋問，有炸帶魚、紅燒牛肉買不？食堂說沒有了。他指著黑板上的菜譜說，上面寫著不是有嘛？食堂說你來晚了。童弋大怒，那你為什麼不寫來晚的沒了？這爛菜連豬玀都不吃！還能餵人麼？隨手把食堂所有剩菜扳倒在地。心平靜氣的對食堂人員說你們帳算一算，這些餵豬的東西共需要多少錢？我照付。

黃聰炫耀的資本不但比他們缺乏，政治資本而且比誰都雄厚。可黃聰他一向不大愛跟人說話，也不屑跟別人去攀比。他默默無聞的井水不犯河水，難怪張飛把他看扁了，當成好欺負的窩囊廢。黃聰竟然分庭抗禮挑戰他的權威，怒不可

遏，決心好好修理他。黃聰似乎早有準備，打架不是張飛對手，攥著一直放在褲袋中、一直沒有機會使用的這把瑞士小刀。張飛撲上來就聽見他啊的一聲。黃聰不露聲色的將白刃插入張飛的腰際了。要不是同室迅速向校方報告，即使不被憤怒的黃聰捅成馬蜂窩，至少丟了性命。

校長從來沒有想過會出這樣嚴重的事情。口氣嚴厲的批評黃聰，黃聰早豁出去了，什麼校長不校長，歇斯底里的大吼：「寧願被你們開除，也不做你們的受氣筒……要麼在沉默中死去，要麼在沉默中爆發！」讓全體老師目瞪口呆。

雖黃聰一直低調或說性格孤僻，通過這件案子，才認識這個其貌不揚甚至顯得自卑的學生，背後竟然有一位不為人知來頭顯赫讓人羨慕的父親。學校領導或稱老闆更為妥帖，學校是臺灣人創辦的一所私立貴族學校。不看佛面看僧面，只要不鬧出人命，最明知的做法大事化小、小事化小。張飛雖然有錢也有勢，畢竟強龍難壓地頭蛇，縱然有孫悟空的本事，也翻不出如來佛的手心。

校長不是老闆，只是投資人暫時讓他去管理而已。臺灣人為這所貴族學校，二哥幫助臺灣人可大了去。

童弋的父親一次就捐給學校二十萬，臺灣老闆可樂壞了，「我代表校方，謝謝童弋爸爸啦！我會當自己的兒子一樣看待他，放心好啦……」童的父親年產值過億，是有名的利稅大戶，這樣的學生對謀求利潤的「商業學校」來說，當然多多益善了。類似童弋的學生，在校就讀的可不在少數，追求愛慕虛榮的學生，有錢的比闊，學校如富比士全球財富排行榜；有權的諸如像「我爸是李剛」大家去比勢。節假日放假，學生家長開著寶馬、賓士、奧迪、法拉利等名車來校接兒女。貴族學校的老師倚伏在平臺欄杆邊，指手劃腳饒有興趣點評著家長開來的各種高級轎車，談論評估學生的家庭財富和富裕程度……只有二哥不去接自己兒子，黃聰同樣不希望父親去接他。偶爾二哥開車送兒子回學校，離學校門口遠遠的要求下車了，不讓父親把車開進學校跟領導沒完沒了的。從家裡到學校半小時的車程，黃聰與父親同居一車似坐針氈，彷彿一個世紀的漫長。他從不叫爸爸，二哥問三句最多答半句。二哥似乎在回避與兒子接觸，久而久之，父親與兒子的內心距離就越拉越遠了；父子倆聚少離多形同陌人，各自活在各自的世界中。

學生把社會上各種壞習氣、壞作風和怪現象傳染給學校，校方也看到這些不良現象，通過這次血的教訓，校方研究討論決定，採取「物以類聚人以群分」的方式，對學生的宿舍作了調整。讓富家子弟跟富家子弟同住一個寢室。大家富對富，讓他們相互攀比吧！至少不會產生階級矛盾。「我爸是李剛」的跟「我爸是李剛」住一塊，官官相護不會出大亂子。比較窮的或達不到富裕標準的住到一起，大家都沒有可炫耀的資本，烏龜對王八，不至於瞧不起相互白眼。

「你家黃聰，」班主任曾因黃聰傷人找阿紅談話，「成績中等偏上。就覺得這孩子說話不多……跟同學不大合得來，不知他跟你們父母話多不？」

「小鬼跟我們在一起生活很少，」阿紅如實告訴老師說：「只吃了我六個月奶交給他外婆了。外婆家一直待到能上學，又長期住在學校裡。放暑假、寒假也不回自己家來……與我們親情的紐帶斷了。」

「哦！」老師明白了，又說：「之所以聰聰他不願跟人合作溝通……是啊，小孩子不宜脫離自己父母，長期在奶奶、姥姥身邊生活，容易造成孤獨、染上暮氣，更嚴重影響到人格發育健全。你們家長，不要以為往貴族學校裡一放，等於進了考大學的保險箱。一個孩子不光成績重要，要得到全面發展……你看像北大、清華、復旦這樣的名牌大學，濫殺無辜的優等生還少嗎？家長包括我們學校，要關注孩子思想成長，培養孩子與社會溝通能力，教育培植人與人之間的情感交流。將來走上社會不一定學歷高就有出息，學生的社會活動能力很重要啊。」

「老師您說得對！」阿紅說：「早前家裡窮得沒法說，只好讓外婆帶著，等有了錢，小孩再不願回到我們身邊了。說句心裡話，賺了一點錢，卻丟了兒子——老師您的話，我會記住的。謝謝老師對聰聰的付出！」

53

二哥在哪裡

黃聰書包一丟就往外走，母親連聲問他去哪兒？黃聰邊跑邊說去外婆那裡。他去超市買了幾包速食麵，沒有去外婆家而是逕自去了網吧。

白天回家怕被母親叫住在家裡做作業，所以白天不敢回家取書包，網吧玩到後半夜，黃聰從後院翻牆溜進，躡手躡腳摸上二樓，當他經過母親的房門口，見房門開著一個口子，街燈亮光透過玻璃窗模糊的照在母親床前，黃聰頭探進房去張望，看到母親的床裡，他看到他最不願看到一幕——像當頭挨了一棒，腦袋嗡嗡作響。這光鮮榮耀的家庭背後，藏著不為人齒的卑鄙……頃俄間，想到母親只要一拿起電話就，「你要好好學習啊，為我們爭口氣啊，不要學人家的壞樣啊，要正派規矩」等頭痛、無聊、厭惡的訓戒無比憤怒。殘存在內心對母親的最後一點愛也蕩然無存，……

黃聰不能寬恕母親這種行為。恨不得拿刀捅死……忽然間閃出一個罪惡的邪念，悄然回到樓下，從營業房提來三大桶的香蕉水，從母親床下一直傾倒出門外，又從過道淋下樓梯延伸到堆滿化工油漆的店堂。點燃的香蕉水像一條火龍迅速躥上二樓，撲進母親臥室。

風在吼，火在叫，店堂在咆哮——黃聰將門反鎖回頭看了最後一眼，從容的翻出後院牆頭，來到外婆家裡。當他脫衣睡下，聽消防車呼嘯而來，在寒冷寂靜的凌晨，十萬火急的警報聲響徹寒夜。

我無數次撥打二哥的電話，二哥的電話始終處於無法接通狀態。也許手機沒電了，也許有事把電話關了，也許馬上就會接通的。儘管我有種不祥之兆，但始終不敢往別處去猜。我電話打疲了，懷著希冀朦朧的睡去，忽聽見二哥電話通了，我神經質的跳起來，迅速打開手裡的手機，卻是嘟嘟嘟絕望的蜂鳴聲……手機顯示已凌晨三點，電話仍然「不在服務區範圍……」再次發短信給二哥說「二哥在哪裡？」

我知道二哥已經出事，只是不願意相信。從他辦公室找到公司董事會，一概的都說不知道！沒人能告訴我二哥去了哪裡，相反他們居然向我了解二哥的情況。凡二哥去的地方我都一一找遍了，事實二哥失聯了，對外我不承認二哥失聯。

家裡一下死了三個親人，相繼二哥又不知下落，對家人是個致命的打擊。二哥突然失蹤怕家裡引起秩序混亂帶來更大麻煩，又怕被母親知曉接受不了這殘酷的事實，所以兄弟統一口徑，一律不能告訴給母親聽。二哥不光是我的二哥，他是社會公眾人物，隱瞞好比紙包火一樣困難，菩提山有這麼多口子人，不像自己家人能守口如瓶？其實母親哪會不知道，而是她怕我們知道。母親我們面前假裝的笑臉，比哭還難堪啊。那是這樣一場大災難！我寧可讓天塌下來，全家都壓死算了……

兄弟聚到一起商量對策。此時四哥癌症已到了晚期，苟延殘喘一直躺在醫院裡。老五村裡招入贅，夫妻倆看二哥房子建好了，一千一萬個道理不要做上門女婿，堅持要回來。幾個兄弟妯娌認為「嫁出去的婿，潑出去的水。」不同意老五回來分房子。

「老五是迫不得已出嫁的。」二哥旗幟鮮明，「同樣是手足。喜歡回來就回來，兄弟在一起有什麼不好呢！人身上有十個手指，你們能剁一個掉嗎！如果一個人，連身外的東西都捨不得，手足有什麼情義。」在二哥的支持下老五回家，兄弟一視同仁。六哥在幾年前車禍死了。

「二哥他要禁不起打擊，」老三說：「萬一想不開去尋短見……留下這麼多的資產，該怎麼分——」

我聽三哥說出這種混帳話，氣得肺都要炸了。狗日的老三，不想辦法去找人，卻動起壞腦筋，想吞沒二哥的財產。「三哥，」我忍不住，「良心要放在當中央的！——即使二哥不在世了，還有兒子呢！也輪不到你我瓜分吧！」

老三正要罵我。

「當務之急找人要緊。」老五媳婦見我出來制止，藏起了狐狸尾巴。「不過三哥也沒說錯呀，萬一二哥找不到呢？留下這麼多的家產，難道都歸黃聰一人所有？難道我們兄弟沒有份嗎？家裡還有奶奶、娘。老六車禍死亡，賠償費母親也有……二哥財產連她們都沒有份當然沒道理。」

「氣數十八代，老鼠拖牌位！」大哥二嫂已故，應該算老三輩分最大了。三哥雖是一個混球，但他老婆還明事理，生氣的手指著老三（隱含老五媳婦）罵道：「你們放著二哥不管，昏頭昏腦想得他的財產——到關鍵時你們兄弟心不往一處想，禁不往一處使，難道指望別人來做這件事！你們愚蠢的想法，讓別人看我們的笑話？想分二哥的遺產，上對不起祖宗，對不起奶奶和娘，也對不起你們自己的良心，也對不起下一代的子孫——」三媳婦夾頭夾腦一陣猛烈轟炸，大家才不敢吭聲。事情又回到正題上來。

「我想，」四媳婦插話道：「當然這是我瞎猜瞎想的，雖說二哥不算個文人，再去讀書也算半桶子水。會不會受到刺激，看破了紅塵，或隱居山林，或去做了和尚什麼的？不妨寺廟去打聽打聽。」

「四嫂分析得有點道理，」老七說：「但問題二哥他經常在電視、廣播、報紙上拋頭露面的，去廟裡燒香拜佛的人又多，很容易被人認出來啊！……說二哥去山裡做隱士倒很有可能——早年去江西他有個朋友，種過藥材，搞過山林，深山老林一個人住了兩三年。說不定去江西也不一定。」

「這樣吧，」我覺得七哥的猜測有些靠譜，病急亂投醫來不及細想，我說：「二哥究竟人在哪裡，不去找不會知道，只有到那兒才知道。三哥你在家聽候消息，七哥你去附近寺廟道館打聽一下，明天我去江西……有什麼消息大家一定要保持聯繫的，及時告知大家。」

我驅車來到三十年前二哥逃亡落腳的深山野嶺。

讓人頭暈的盤山公路已成為了過去。高速公路從山肚子裡鑽進從山那端穿出成一個個遂道，峽谷溝壑一橋飛駕天塹變通途。

姚姐光著上身隱在草叢在池塘邊捶衣，有悖於二哥女人不會不穿上衣的邏輯思維。數平方公里的茅草不復存在。姚姐居住過的木屋人去屋空，久沒有人住木屋破敗不堪，木板欄柵門楣爬滿了青藤。灶台的一半已經坍塌，暴露的木炭依舊很黑。放水缸的位置長出一棵碗口大的馬尾松。

我站在已成廢墟的木屋前沉思：那麼二哥過去就住在這裡。害怕刮紅色颱風民兵深夜抓人，通宵半睡半醒的豎著耳朵諦聽大門的動靜，若有風吹草動，他像受驚的兔子，縱身從後門逃走，躥入茫無邊際看不到星空的茅草叢，鋸齒一般鋒利的茅葉，似一把把軟刀，割得二哥體無完膚渾身是血……他躲在草叢中呆想：要是在宋江那個時代多好，乾脆去投奔梁山落草為寇，或上山為匪，或參加革命，享受二兩黃煙四兩肉……

我無法想像二哥是怎樣生存下來的？我到這裡不是追思二哥的過去，到底二哥來過沒來過？我必須找到姚姐。

聽二哥說過離姚姐家大約三五里地，有一家國營煤礦。姚姐跟煤礦的一個頭頭相好，最好直接找到這個人。

「那人姓劉，」一位退休的老礦工告訴我說：「姓劉的老早生病死了。一九七八年還是七九年記不清楚，反正死掉有年頭了……」

我問老者姚姐他知道不？

「姚姐——姚……」老者皺著眉頭，想了半天也說不上來，「她叫什麼名字呢？」

「名字不知道，只知道她跟姓劉的要好……」

「噢——噢！」老礦工頓悟，說道：「你說那個知青吧？後來她調抽到我們煤礦百貨商店當營業員。煤礦倒閉百貨商店也相繼關門了。我估計她可能回了城裡？具體去哪我也說不清。」

正當陷入迷惘，過來一個退休的老礦工，兩人用土話嘰咕了一陣，老者跟我說：「反正這裡你打聽不到她的，你去她娘家問問……」

我問姚姐的娘家住哪裡？老者根本說不上地址。一個礦工說他去過姚姐的家，乘火車去她家寄過行李。詳細路名門牌說不上來，反正靠火車站很近。我根據他們提供的大概方位去海裡撈針。

對他們提供的資訊，我並不抱很大希望，但沒有其他辦法，只好盲目的去尋找。我來到車站前街一條小巷，見小巷內靜悄悄的，兩邊的房子低矮簡陋，有的房子已經搬空了，有的正在搬遷，有的還住著人。我一籌莫展找不到人問詢，見一男子從矮房中出來，天下真有這麼巧的巧事，一下問到姚姐的弟弟。他看我是外地來的，問我找姚姐何事，正說著，姚姐從對門出來，他兄弟手指了指說：「她就——是姚萍。」

我簡單向姚姐介紹我是誰。「黃穀是你的二哥？」她招呼我進屋去坐，屋裡雜物碎紙一地，七零八落無處可以安身。

「姚大姐，」我取出兩萬元錢，「二哥讓我交給你……」

「你二哥……」姚萍被我搞糊塗了，「你不是說來找他的？怎麼又說是他讓你把錢交給我呢？——」

「……這樣的，」我解釋了半天，「早些時候，我二哥去看過你。你不住在那裡了，因為找不到你，所以我捎來的……」

「真的，哎呀……」姚姐大為感動，比送她二萬元錢還高興。憂鬱的目光落在手中兩疊錢上，說：「小黃——他可沒來過我這兒啊！我搞糊塗了，他什麼時候來找過我？究竟怎麼回事呢……」

「應該在九十年代初……」我回憶說：「具體哪一年，我記不得很清楚了，應該當勞動模範的一年？」

「他找我幹啥？」

「你幫二哥的大忙，他特地來謝你的。」

「我幫他什麼忙呀？」

「他娶媳婦遇到困難，打電報向你借錢。你寄給他二千元錢……幸虧有你的幫助，二哥一直在惦記你啊！」

「哦哦！」姚姐記憶猶新，「這錢本來就是黃穀的。只不過他說錢夠了，路上怕查到被沒收掉，帶身邊不方便，一定要送給我……喔！黃觳他當上全國勞模！真了不得——怎麼找到我這裡來？」

兩人一別三十多年，不經意卅十年如彈指一揮，這三十多年在一個人身上會發生多少事呢。我跟姚姐怎麼說得清呢？又該從哪裡說起好，恩愛情仇、悲歡離合、患得患失填滿了空虛的一生。當務之急是找到二哥的下落。我囫圇吞棗向姚姐介紹二哥一個大概。

「我二哥會不會去山裡……」

「太滑稽了，」姚姐覺得裡面內情有些複雜，知道我的來意，搖頭否認說：「這怎麼有可能呢！當年是為了逃命，現在他身價數億，錦衣玉食，名利雙收了……他會放棄便捷舒適的現代生活，放棄豐富物質和各種誘人刺激的快樂，放棄虛榮給予的滿足，放棄上層的人際交往，放棄至親朋友，躲進深山老林去過人猿生活？蘆葦作巢，與狐兔為伍，不是在開玩笑嗎！……你一定要去找的話，我就陪你去。」

「我以為你二哥是個野人，哈哈哈！」姚萍描述二哥的行狀說：「衣服撕得像美國的星條旗，隨風飄揚。身上體無完膚，蓬頭垢面，睜著驚恐未定的眼睛。我想不會是從煤窯洞中逃出來的……隨身也沒有一件行李，也沒有任何一份證明，像半啞的不說話。我懷疑他肯定犯了什麼事逃到這兒的。看去虛年齡十八九歲……那晚刮紅色颱風，幸虧他去山上種藥了。否則證明沒證明，要熟人我沒熟人，抓去就慘了。」

「姚大姐，」我疑惑的問：「為什麼你住在這裡？」

「話可長啊……」姚萍觸景生情感慨不已，「我初中也沒有畢業，把我列入知青下放到這裡。這裡一個大隊方圓有幾十公里，有的兄弟三人為一個自然村，有的獨家占座山灣，一天一個大隊都走不到邊。他們讓我落戶在這兒，革委會已給足了面子。這兒沒有大山，地勢平坦，離煤礦又近。」

「你什麼時候離開這兒的？」

「老公煤礦出事故死了，有兩個小孩，我是知青，照顧我去煤礦百貨商店工作。煤礦資源枯竭而倒閉了，煤礦沒人了，百貨商店也開不下去。根據知青政策返回城裡。因為老巷子要動遷我才回娘家來，要不然你找不到我了。他們良心太黑，我有兩兒子，動遷組只同意給我一套房子。我不同意，提出兩個兒子至少給兩套房子，否則怎麼向兒子交代……哎！祥林嫂命苦，我比祥林嫂還苦——四個男人一個都……」姚姐那粗糙風霜的老臉上生著像掃把的一副眉毛。

「二哥經常念叨幸虧有姚姐幫忙……」

「你二哥找不到事做，不好意思在我裡吃閒飯，不瞞你說，我也負擔不起多一張嘴。我表兄想掙大錢，山裡劈荒種藥材，我介紹小黃去幫忙理。可是天不肯幫忙，連續三年沒下過一場透雨，藥材全都旱死了，表兄弟血本無歸，小黃幾年沒一分錢拿著。那只朝夕相處的瞎眼猴子，一把火把木屋燒了。我認識了煤礦一區的頭兒，回來後老劉幫忙，介紹他去山上搞礦木。」

「你看，」姚姐指著燒焦的房柱，像蠟燭芯的還插著，「燒成這樣子——幸虧小黃人沒燒到。」

我一頭鑽進樹林叢，希望找到二哥來過的一些線索。我悵然的立著，望著荒無人煙的四野，哪有二哥來過的痕跡。抬頭看見樹丫上有像老鴰窩的東西，仔細一看不是鳥窩，是已經發黑的簿子，上面落滿厚厚的松針。我一陣狂喜，立即脫掉鞋子，試圖爬上樹去摘下來，我爬樹不行，爬兩尺滑一尺。

「你哪兒成，」姚姐笑著說：「我去想辦法。」她扯來幾根葛藤，繞成一個圈，然後讓我把兩腳套進去，半箍著樹竿一蹭一蹭的往上爬。意想不到樹上擱著正是二哥撰寫的《黃穀栽藥記》。

二哥失落了三十多個春秋的栽藥記失而復得，居然讓我找到。經過三十多年的風霜雨雪，封面上「毛主席像太陽，照到哪裡哪裡亮」一片漆黑了。二哥一共寫了七八本練習簿，然後電線火裡燒紅，把數本簿子裝訂在一起。裡面鉛筆寫成的字跡與歲月一同老去。只有仔細辨認才能認得。二哥以為手稿也被老猴燒了，誰知瞎眼老猴把手稿掛到樹丫上去。戲劇性的到我的手裡。

我們沿著山澗溪流溯上，來到當年二哥創

造過奇跡的地方。刀斧斫不盡，春風吹又生，樹木砍光的山頭，又長出了參天大樹。走到陡峭而狹窄的溪穀口，兩邊山坡，至今留著類似地下核子試驗的炸坑。

「老劉說保險起見，又追加了三百公斤。五百公斤炸藥的費用結算中扣除，三百公斤作為他們的獎勵。小黃有智慧，人絕頂聰明，伐木的人一批來，一批走，走了又來一批，然後又離開，斷斷續續不知付出多少代價，死了埋在山上，以生命為代價。直至糧米耗盡彈盡糧絕，筋疲力盡人不像人，鬼不像鬼，傷心哭著離開的。幾年連一根木頭都運不出去。小黃在山上轉悠了幾天，心裡已有藍圖。召集這些殘兵敗將，鼓勵大家切莫悲觀失望，讓大家一定掙到錢。集中力量把伐倒的木材搬運到山谷中。要知道三年沒有下過像樣的雨。雖小黃不遺餘力，命運處決於天下不下雨，成敗在此一舉。彷彿大雨就等著小黃，等一切就緒，處暑一天半夜，天上動了雷聲，頃刻間狂雨如注。小黃一夥赤著頭皮沖進雨中，用松明火把點燃埋有八百公斤炸藥的導火索，兩聲沉悶的爆炸同時響起，兩邊的山體一齊倒向峽谷，瞬間築起一道大壩，形成巨大的堰塞湖，數千立方米的礦木鍋裡煮餃子的浮上水面。老天似乎憤怒極了，把三年不下雨的積蓄全還給今晚。集雨面積廣闊，大壩不堪負重，突然轟然崩潰，成千立方米的木頭，像數萬支箭向山下飆去，連同大壩泥砂俱下。勢不可擋的浩浩蕩蕩的，飛流直下三千尺，疑是九龍搬木頭。沖入十里之外的水庫上游。你二哥完成他們幾年也沒有實現的夙願。這些流竄犯盲流者，不顧雷電閃鳴和狂雨潑下，瘋子的雨中狂奔，相互擁抱，又哭又笑，高呼『黃穀同志萬歲！』……我一直在想，你二哥憑他的智慧和能力，在改革開放的形勢下，若不發財就讓人奇怪了。」

「可是，——」我欲言又止。

「官場厚黑……」姚姐感歎道：「你二哥人厚道，不會搞陰謀鬼計是他的短板，他缺乏政治能力。發財無正路，正路難發財，……」

「現在錢不見，人不見……」我撥打二哥的電話仍然無法接通，重複發短信「二哥在哪裡。」

54

落花流水去

不說兄弟似手足，我與二哥來到世上擁有同一個母親肯定不能重來和複製的。我堅定尋找二哥，放棄了所有，不分晝夜、一遍遍撥打他的電話發同一條短信。車不停輪行駛在車塵滾滾的途中，穿行於眾生芸芸塵囂甚上的市道上。我尋找二哥心切，我不舍遠近、不辨資訊來源真假，聽見風就是雨，跑遍了大半個中國。經歷欺騙、搶奪、偷竊、恐嚇和敲詐。我的汽車在前不著村後不著店的路上拋錨。鉛灰色的天空下起紛紛揚揚的大雪，寒冷、黃昏、孤獨無助的我，叫天天不應、叫娘娘不應。陌生冷漠的異鄉喚醒我幼時的記憶，父母把我一個人丟在草囤裡，老鼠在下面噬我的腳趾，蚊子蒼蠅和牛虻聚集在臉上，瘋狂咬我的肉，吮吸我的眼淚和血。我絕望無助對天長哭：今天為找二哥又陷走麥城……

去中南山的路上，老七忽然打來電話，我喜出望外，以為二哥有了好消息。老七嗚嗚咽咽的哭著說：「小八你快回來，娘快不行了……」

老七他把電話貼到母親的嘴邊，我聽見母親喃喃說：「小八——小八，你你在哪兒……兒？」我聽娘咽氣的呼喊，心都快碎了，殘酷聽見母親斷氣的那一刻。

我一邊流著眼淚，一邊視線模糊的背離家的方向越來越遠……我大聲責問上帝「您真的死了？」您連讓我見母親的最後一面的機會也不給。我內心的傷痛，不是這寥寥幾個字可以形容的。我隱隱約約預感這家正像冰山一樣在迅速融化。像豐盛的晚宴和盛大的慶典已接近尾聲了，聽見賓客和觀眾起立的噪動；像門前的桃花由盛轉衰，一陣狂風落花流水去。終於相信奶奶的嘮叨成為讖語警示我們會發生什麼——漸漸的會得到印證。

小雲姑父的兄弟的哥哥的堂兄，特地跑來告訴我一個可靠消息，他說林隱寺大雄寶殿看到的和尚，長得很像我二哥。這麼說二哥根本沒有走遠去？於是我抱著莫大的希望，讓堂兄帶著我去林隱寺偷窺辨認。

我囑咐他在沒有完全確定的情況下，不宜冒昧的去驚動人家，必須仔細看清了之後，起碼有百分之八十的把握，再去跟當家和尚說話。我混跡在香客隊伍進大雄寶殿，堂兄指著身披皂色袈裟、雙手合掌念經的和尚說：「是你二哥吧——」

我差點失聲叫「二哥我找得你好苦啊！」無論身材還是相貌確實很似我二哥，應該百分之八十……

我冷靜的對自己說千萬不能冒失！仔細看明白。我點上香，心不在焉的拜著菩薩，頭側過去看那和尚。默默禱告道：「大慈大悲觀世音菩薩，我東找到南，西找到北，歷盡艱辛與磨難，大慈大悲的觀世音菩薩啊，您保佑我，但願眼前的和尚就是我二哥。讓我平平安安的把他勸回家。」

趁後面人上來敬拜，我向前邁了幾步，終於看清了和尚的真面目。

二哥是大眼睛、雙眼皮，那和尚眼睛不大，而且是單眼皮。雖然可以整容，誰會把漂亮的雙眼皮整成難看的單眼皮？二哥鼻樑較挺，和尚略為遜色。最為明顯是二哥下巴有一枚像毛主席的黑痣，和尚根本沒有。和尚念經的聲音不很清晰，但聽二哥的聲音熟了，隨時可從調出來比對，哪怕一點異樣，足以辨認。再看和尚合掌的右手沒有疤痕。二哥是左撇子，小時放牛割草，差點把自己的食指割斷。奶奶二兩香油、炒四個雞蛋讓二哥一次吃下。奶奶說吃了香油炒蛋，以後不會落下疤痕的。儘管祖傳妙方，但依然留下明顯的疤痕。二哥卻很享受，跟別人說以後再割他一刀。父親得知後，打了二哥一巴掌，「狗日出來的！我乾脆幫你剁了！」無論二哥抽煙還是執筷寫字，那道疤痕明顯可見。我失望的向他堂兄搖搖頭，頹然走出大雄寶殿。

當我再次去二哥的單位打聽消息，已接近喪心病狂的春節。

市府大門口，依舊跟往年過節一樣，車水馬龍熙熙攘攘。送禮拜年的小車，老鼠咬尾巴絡繹不絕。管停車位的閽人，仗著衙門的威風，頤頤指氣使，「這裡你不能停！」「喂喂！那裡也不能停！」「快開走！沒有車位——」

開車人搖下車窗，丟給管門的二包大中華，管門的像狗得了一個鍋巴團，熱情上前給他安排車位。

「我找張市長！」那開車人狐借虎威，不賣他的賬。

「你找張市長又怎麼啦！……」閻人喉嚨比他響，「不是不讓你停車，因為沒有張市長的停車位。」

「那不是有空車位嗎？」

「是工作人員專用的。」閻人尖刻地說：「如你像張市長一樣在政府這兒上班，你就儘管停。」

懂潛規則的幾箱年貨往門房一放，「這幾箱海鮮給你們的。」

「喔唷！謝謝謝謝！新年快樂，恭喜發財——您車停那位置。」

現在爹親娘親，不如送禮的親。於是有人說，「連政府門口的兩只石獅子也不乾淨，採購石獅子的人，不知吃了多少回扣。」

二哥要是今天在位，此時此刻他也是眾多忙碌中的主要一員。聽說內部已初步宣告二哥失聯，至於失聯原因和由誰來接替他的工作秘而不宣，似乎像秦始皇死得不是時候臭鮑魚掩屍「秘不發喪。」原因裡面水太深，涉及到複雜的人士安排和內部派別勢力等問題，暫時由副主任王國權接替工作。

「喂！我王主任……」辦公室門口，王國權聲先奪人聽他電話中稱自己主任。沒有二哥地球照樣轉。但二哥是死是活還沒有定論，王國權鳩占鵲巢，取代了二哥的位置。

「我忙得連小便的時間都沒有！」國權見我就以忙回絕我，「你看這頭電話抓起，那頭又在叫我聽電話，袋裡手機又響起，跟陀螺似的忙得團團轉。現在哪有工夫接待你……小黃，你改天來吧，等這個年過完再說，過了正月十五元宵節再說吧——」

「狗日出來的！」我心裡咬牙切齒的罵，二哥掌權時，這傢伙像個哈巴狗，成天圍著二哥轉，二哥指向那裡，他就打向那裡，對上級舔痔吸膿，對下面兇神惡煞，二哥人一走茶就涼了，這官場比江湖騙子還惡劣！

公安部門查看了我二哥的出入境記錄。二哥曾帶領幹部多次去新馬泰、德國、秘魯、埃及、俄羅斯等國進行考察。但失聯的一段時間沒有他任何出境記錄。他們跟何冉的失聯聯繫串並，大膽推測二哥的失聯與何冉的失蹤不是偶然的巧合。如果不是巧合，那麼她們的失蹤問題就嚴重了。但在海關查不到何冉的出境記錄。他們發現何冉與二哥不是同一時間失去聯繫的，不能肯定在一起。問題在國內，還是已經出境？出境是通過怎麼出境的？

為什麼何冉不辭而別，其中有什麼不可告人的秘密。官方沒有作出明確的解釋，警方也不去認真偵查。媒體沒有得到默許三緘其口。不明真相的人發揮自己豐富的想像力，一時謠言四起。有的說何冉貪腐受賄的資產上億，名下諸多房產全部變賣，贓款通過地下錢莊匯到美國女兒處。何冉一家人全部移居國外……說何冉從緬甸偷渡去美國，所以出境根本查不到她的記錄。說二哥跟何冉不是普通關係，她們實質上跟夫妻沒有什麼兩樣，出逃是她們共同策劃的。杜撰說何冉要二哥去美國共築愛巢。二哥不肯放棄家人和他親手締造起來的龐大事業，不願意跟隨何冉去美國生活。何冉雇兇手，一把大火把他的老婆孩子燒死，林沖逼上梁山，……

乍一聽，這說法符合邏輯。二哥跟何冉的關係眾所周知，把你老婆孩子滅了，死心死肝跟她去美國。是何冉對二哥下的狠手，從邏輯上也說得通。但仔細一想這說法根本經不起推敲。何冉即便有這個圖謀，也不會採取這種極端方式。她畢竟是知識份子，不齒於做出下三爛的事情。何冉有錢雇凶不是問題，她雇誰？怎麼雇？雇幾個兇手？難道沒有一點線索與物證痕跡？何冉脫離基層高高在上，沒有這方面經驗，根本不知雇兇殺人的易難。國外想搖控兇手，何冉斷然沒有黑社會的鐵腕手段。她學理科精於計算，思維縝密，如果她沒有失去理智，應該對放火殺人存在的風險不會沒有預測和評估。快近更年期的女性，為愛情瘋狂到青年也不敢的程度？

我懷疑應該有人知道何冉究竟發生了什麼。這些跟何冉關係密切的利益夥伴，也許在暗暗慶倖何冉從人間徹底消失掉，卸去身邊不定時隨時可能引爆的炸彈引信——失聯一年過去，政府部門沒有出來說話，像根本沒有發生一般。政績多多益善，醜事不可外揚，何冉像艘觸礁沉沒不想打撈的船，讓真相永遠沉在海底。

55

裝滿辛酸的米甕

二哥的常年法律顧問打電話找我，讓我在什麼文件上簽字。我說我不在家，有事找老三老五吧。他說老三老四都簽了。我問他是什麼文件要簽字?可唐律師沒有回音了，我聽見電話裡面一片噪雜，任憑我怎麼喊，就是沒有回答。

老三跟他的連襟兩人吃酒，聊起家裡那場災禍，老三連襟說：「我在想，你老大幫老二做了那麼多年生意，難道老大會沒有存款留下?現在人死了，錢躺在銀裡睡大覺，不去查這錢就歸了銀行。」

「說得對啊！」老三心裡想，可嘴上並沒有說，還裝得不以為然。「老大他一向喜歡藏現銅錢的，那年老二結婚沒錢，他從床底下捧出一個黃砂甏，積蓄了十餘萬的零碎鈔票，都捐獻給老二。如果他有現鈔票，也被大火燒了。我反正不想老大的銅錢。」

老三想了一夜頭，第二天一早，也沒有對老婆說，城裡跑到白馬銀行，有的放矢的去查大哥的銀行帳戶。不查不知道，一查嚇一跳，大哥的帳戶存款高達二百三十七萬元之多。老三心怦怦跳，想不到有這麼多存款。

老三問銀行人員：「我兄弟的錢取出來，需要辦哪些手續?」

工作人員對他說，需要所在地派出所開具相關證明，證明存款人已經死亡，並證明你是他的合法繼承人。

老三被錢沖昏了頭腦，抑制不住內心激動，出門時，差點撞在大門的玻璃上。從銀行出來，逕自去了派出所。

派出所的人問：「父母還在不？」

「都沒了。」

「他老婆孩子呢？」

「光棍一個。」

「你們有兄弟幾個？」

「原有八兄弟，老大死了，老二失蹤，老六老四都死了，現在只有我們四個。」

「失蹤你們沒有死亡申報，不能作為死亡論處……對這筆存款沒有異議，你們帶身份證來派出所——」

「現在的人多忙碌，一個兄弟在北京，一個在南京，一個在山東，教他們特地來跑一趟哪有時光。我前面兩個哥哥走了，我居老大，他們說過所有事全權委託我辦理。」

「委託要有委託手續，並且要公正處公正——然後帶他們本人身份證影本、私章，委託書……」

老三機關算盡，根據派出所要他提供的資料一一辦齊，順當從大哥帳戶轉出二百三七萬元存入自己的帳戶。老三昧著良心一個人獨吞了。

我們兄弟並不困難包括黑心的三哥，二哥公司上市，他一視同仁送給我們每個三萬股。

三媳婦知道自己丈夫愛賭錢，還喜歡女人，錢到丈夫手裡，就像棗子進了猴嘴巴，摳出來難上加難。三媳婦把錢權牢牢抓在自己手裡。老三平時向她要賭資，一個不肯，一個硬討，兩個三天兩頭吵架。

兄弟幾個除了我，大家都離開了菩提山老家。老三房子買在桂花山莊。老四香港街建了一幢六樓，自己住頂層，中層租人開公司，下面租給別人開店，不管颱風下雨坐收房租。老五買在富人集中的金鑼灣。七哥置業在最繁華的市中心。只有人死了仍要回菩提山葬。隨殯葬制度的改革，規定不能私自亂葬了，大哥、吉紅、四哥和母親也不能葬在祖墳旁邊，跟學大寨一樣過集體生活。

不知誰告訴四媳婦聽，大哥二百三十多萬存款，通通被這老三黑心獨吞了。四嫂心急如焚，嘴巴機關槍一樣罵老三。四嫂拿出電話，想給其他兄弟報警的，她轉念一想，覺得心裡沒有太多把握，貿然的告訴別的兄弟，要是沒這回事呢，不被老三罵死才怪。她立即跑到白馬銀行，查詢大哥的存款資訊，果正是老三把錢合法地轉走了。四嫂拉了一張單據作為證據，立即打電話告訴老五和老七。老五問這事要不要告訴我？五嫂和四嫂都說不要跟我說，對我說，只有壞處，沒有好處。我知道她們怕我反對而受阻撓，豈不自找麻煩。她們知道我，像我知道她們一樣，沒日沒夜、沒完沒了的在外面尋找二哥。金錢面前人心叵測，她們不想讓我分一杯羹吧？我心裡只有二哥，看我老大不小，仍孑然一個，沒有父母，沒有孩子，再多的錢對我也毫無意義的。老五夫婦和四嫂及老七夫婦倆勾結在一起，便興師動眾上門向老三討個說法。

五嫂和四嫂覺得真理握在她們手裡，沒說上兩句話，雙方就開始罵仗。三個女人一臺戲，五嫂罵人不打草稿，不費力氣，一套套出口成罵。翻動紅口白牙，什麼黑良心呀、強盜烏龜賊呀、斷子絕孫啊、生癌生丁瘡死啊，等等無惡不罵。四嫂看似木訥，內在功夫比五嫂還來得，指著老三的鼻子罵得狗血淋頭。老七媳婦在旁吶喊助威。三個潑婦像三條訓練有素的德國狼狗，咬得老三夫婦頭尾不能相顧。

五嫂妯娌幾個非把老三拉到公安局去不可，社區住戶和行人，看她們鬧得這麼凶發生了什麼大事，紛紛圍攏看熱鬧。見圍觀人越多幾個女人越來勁。看客怕鬧出人性命，有人打一一0報了警。不安好心的通知電視台趕來採訪。電視臺記者正愁缺少收視率的家長里短，不顧職業操守和道德底線，幸災樂禍不擇手段挖掘他人隱私和家醜。老娘舅熱線的新聞從業者驅車趕來。仨女人見電視臺興奮得像來了靠山，準備把家裡所有的醜事全抖出來曝光。老三見電視臺記者像烏龜的縮了回去。三嫂手快眼快一把扯住老三領子，想把他從屋裡揪出來，老三緊緊攀著門框，三個嫂子像老婆婆拔蘿蔔的往外拽——整個社區都轟動了，聞訊趕來的堵住了道路，車進不來也出不去，拼命的按喇叭，交響樂的與爭吵織成一片。

看客們從嫂子口裡得知一家人為什麼在爭

吵，人們相互交頭接耳的議論：「鬧架的原是人大常委主任的兄弟，他們為搶奪大火燒死的兄弟的錢……」

城裡人平時看狗咬都圍著不肯走，更不要說看人吵架了，何況她們吵得這樣激烈，說不定好戲還在後頭。於是乎手機、相機、攝像機三管齊下，光天化日下家醜便一覽無遺。撥火棒的老娘舅積極參與進來，甘願為五嫂四嫂七嫂伸張正義，她們像資深記者採訪大明星，對著長焦距大書特書。老娘舅火上加油的挑唆，不住點頭佯裝支持，「老三從銀行轉走的錢就是大火燒死的大哥的……」企圖從無知的女人嘴裡挖出不為人知的醜聞。

民警趕到現場，為控制混亂局面，民警不問錯對，被通通帶上警車，一塊到派出所去解決。晚上六點三十分電視新聞家喻戶曉……

老三獨吞已經不可能了，民警督促下在派出所跟幾個弟媳擠牙膏的討價還價。老三提出他獨自要拿一百萬，其餘一百三十七萬給她們。

兄弟當忍不讓，四嫂咆哮著說：「哼！你想錢想瘋了，老實告訴你，我們不怕你少一分錢——」

派出所見她們是家庭經濟糾紛，既然協調不成，就讓她們回家去協商了。

在利益面前，所謂的親情不堪一擊，兄弟徒然變成凶弟。老三見拗不過她們幾個，要一百萬也辦不到，退一步說：「至少八十萬——」

「你做春夢！」四嫂五嫂分文不讓，「少一分錢都不行！」

「六十萬——」老三想錢真想瘋了。像洪水淹到脖子根還捨不得十文擺渡錢的客，死到臨頭勾著手指只肯出九文。「你們的良心讓狗吃了！」老三吼道：「要不是我去銀行找出來，你們一分錢都拿不到……我去派出所打證明、刻印章、來回的車馬費、誤工費、口舌費、精神損失費、交際費等等等等，都是我掏的腰包啊，你們倒好坐享其成，等桃子熟了現成來摘——我名正言順應該多得的。」

「告訴你！不要神志昏沉沉，屙屎拎尿瓶，」老七像雨著田雞的眨著一雙沙眼，使出了剎手鐲，「我去法院告你，你私刻偽造我們的印章和身份證，冒領我們的鈔票！不是錢吐出來的問題，你已構成詐騙罪。非判十年、廿年徒刑不可……」

老三不見棺材不落淚，經老七這麼一唬擊中要害，像洩氣的皮球，一下子投降了，要求取得兄弟的原諒，願意把錢吐出來大家平分。

「沒那麼便宜的事！」老五宜將乘勇追窮寇，「你這狗日的！我們要你賠償誤工費、車馬費和精神損失——」

三嫂平時做人還算在行，不與妯娌交惡，表示服軟，埋怨老三說：「你啊六親不認，銅錢銀子白，眼睛烏珠黑——」三嫂向弟兄表示歉意說：「老三有錯，兄弟總歸是兄弟，常言道銅鑼一響，坐攏一桌生，打斷骨頭還連著筋，煮豆燃豆萁，何必這麼難堪呢。這樣吧，我飯店訂一桌酒，向你們兄弟幾個道歉！菩提山大家都住在一個屋簷下，到城裡大家各歸東西了，以後應該多走走，只要相互多溝通，就不會有這事了——」

俗話說人活著沒日子，死了有日子，大哥二嫂小侄女死去的第一個清明節。在這一年多的日子裡，我去過江西、林隱寺、中南山、嵩山、嶽山、九華山、齊雲山等名山古剎，但始終沒有二哥的蹤跡。每天早上起來或晚上睡下，第一件事給二哥打電話，然後發一條「二哥在哪裡」的短信。一年多撥打了二千三百九十次電話，發了二千三百九十條短信。帶著充滿希望的短信飛向虛渺浩瀚的太空，在擁擠狹窄的時空中與千萬條短信擦肩而過，跨過黃河長江，穿過雲層雷電，條條短信像發射失敗的火箭脫離軌跡墜入時空的大海杳無音信——

這一年多時間，家人死的死、離的離一敗塗地。母親死後接著老四也隨她而去，七哥肝癌早不死，晚不死，死在大年三十。看到七哥冰冷的屍體，問自己那是娘懷裡跟我搶奶的七哥？手指被蛇咬住，帶魚的拎著邊哭邊跑教奶奶幫他解危的七哥嗎……我失聲的大哭，問蒼天：為什麼不讓我死別人哭我？我一輩子在哭別人！我再沒有眼淚可流了，心痛得已經麻木了……

黃聰自由快活得像出籠的小鳥。家裡沒人

管他了，書也不念，事也不做，成天吃住都在網吧。曾因聚眾吸毒被公安拘留，第四次送去戒毒。

遙想小時候雖然很窮很窮，八兄弟人丁興旺，像一窩調皮的小狗相互戲鬧，像一群爭吃的豬崽相互攻忤。一切不快今天成了美好的記憶。

我從外面疲憊的回來，小雲媳婦從奶奶的房間出來，見我回來，笑著說：「今晚由你來照顧奶奶？」

「為什麼？」我半開玩笑的說：「省不來，教小雲過來。」

「瞎說什麼呀！年紀半百了——」

「哪為什麼？」

「……這麼多的房子，一個人都沒有，只有我跟你奶奶。自你家裡出了事後，這些賭棍轉移了方向，山羊辦置了三張自動麻將桌子。晚上只有我一個女人，你說嚇不嚇人？你看看牆壁上，空調洞都成了鳥窩了，松鼠像跳樑小丑到處亂竄，老鼠犯上作亂，在馱羊被上做窩、生兒、屙屎。大白天野豬衝進院子，幸虧我逃得快，趕緊把門反鎖。夏天那個晚上，我穿著一雙拖鞋，突然踏著一條蛇，人靈魂都嚇丟了……更怕是你瞎眼奶奶，人縮得像個胎兒。前半夜我幫她脫衣睡好，後半夜她光著個身子出來遊走，竟站在我的床前，目不轉睛的盯著我，差一點嚇死過去。」

「奶奶她沒有眼光的。」

「她視若無睹的看著你才嚇人啊！她那兩只眼睛烏珠，像千年不腐的僵屍的枯眼深深陷在骷髗頭中。」

歷盡百年劫難的奶奶，一生全濃縮在這張臉上。許多不幸與坎坷字一樣寫在縱橫交錯的皺紋中，沒有生氣的老臉，像藤蔓枯死的麻皮老南瓜。嘴唇乾癟無肉，嘴巴洞開像年久塌陷的破窯洞。重新長出的牙齒，似野豬的獠牙拐彎……沒有肉全是淤青筋結的雙手，像風乾的雞爪，石灰指甲像老鷹的喙勾頭……

「我幾次幫她剪指甲，」小雲媳婦道：「奶奶死活不讓我剪掉……三天前忽然奶奶人不見了？我納悶她會去哪兒呢。從樓上找到樓下，從屋裡喚到屋外，山上找到山下，不瞞你小八說，我腸都快急斷了。要是因我把老人家弄丟了，養到國寶級的珍貴年紀，若要我賠的話，人家撲掉、傾家蕩產、賣兒賣女也賠不起啊。我急忙打電話叫小雲來，小雲他怎麼也不相信，屋裡每一個層樓、每一個房間、前前後後、上上下下逐一仔細尋找，連容易被疏忽的門背後都找個遍，就是不見人。小雲又從後門出去，上貓竹山去找，又到對面桃山找，這老太太像神仙一樣遁去了。小雲急出一身汗，連忙給阿星、掃毛老、小東他們打電話，讓他們幫忙找人。

四五個大男人，從中午找到黃昏，依然一無所獲。一致認為不可能跑到山上去，但畢竟不是一枚縫衣針啊，這屋子再大、房間再多，也瞞不過五六雙雪亮的眼睛，難道她跟我們在捉迷藏？幾個大男人嚇三惑四說奶奶不是鬼就是妖。他們越說越離譜邪乎，我越想越覺得寒，加上天黑下來，樹林黑影憧憧，汗毛一千一千的豎起來。他們推委家裡有事在等，一個個都溜了。我講給你聽，更嚇人的事還在後頭——

我又不敢跟你老三打電話說，他講話不知輕重的，跟他說，保證埋怨我『你連一個老太婆都看不住的，』要是你二哥在就好了。我絕望無助的蹲在空蕩蕩的院子中，一邊奶奶奶奶的呼喚。

怪只怪小雲沒有本事，不去賺錢，整天玩牌。我想賺幾個保姆錢，以後好供兒子上大學。我越想越覺得委屈，蹲在地上傷心大哭。忽然聽見牆角發出一串奇怪嚇人的一陣笑。我馬上刹住哭，屏住氣、拔出耳朵，朝院牆一角看。除一堆砌牆剩下的碎磚頭，和丟棄已久的一口大肚甕，根本沒有藏身的地方。

我不哭，她也不笑，靜靜的再沒有一點響動。我懷疑自己一時緊張耳朵出了問題？忍不住我又哭起來，又聽見咯咯的笑。嗡聲嗡氣的聲音，斷定甕中發出來的。於是壯著膽，輕手輕腳走近甕去，天哪！果然瞎眼奶奶在甕裡，像繭裡的蠶蛹坐著。我又氣又惱又激動又興奮，為失而復得破涕而笑。『你這該死的老婆子！』我的喜悅馬上消失化為嗔怒，『我找得好苦啊！』我想把她從甕中拽出來，可任憑我怎麼拽，她就是不肯出來。

我彎下身去拉她的胳膊。『別拽我了……』她頭仰著甕口說：『這口大甕好給我做棺材的。毛主席分給我的勝利果實，阿有地主土改改出來的。當了幾十年的米缸。米不裝了大甕沒有用了。這些子孫讓我一個個都送走，我也要走了……這勝利果實給我好做棺材的——小雲嫂嫂，不要拽我出去，讓我安安心心躺在甕裡——小八快要到家了，告訴小八，我死後不要盛棺材，不要給我辦喪事，不要做道場法事，不要送我去公墓，連人夾甕把我埋在爺爺的墳旁……』。

你奶奶甕裡已蜷縮三個晚上了。吃也不吃、喝也不喝，屙也不屙。她說：『小雲嫂嫂你放心，我不見到小八不會死的。小八應該昨天到了，今天不到，明後兩天一定到——』說你奶奶神志昏吧，可有時她比誰都明白，你說她腦袋正常吧，往往時空顛倒，讓你毛骨悚然……沒辦法，我跟小雲只好連人夾甕搬進她的房間。」

我半信半疑的走進奶奶房間，見奶奶仍蜷縮在大口甕中。她像被武則天斫了手腳的那個人彘。未待開口我一陣心酸，好好一個大家庭，如今落到這副田地！止不住一陣酸楚，眼淚嘩嘩下來，落到奶奶的甕裡頭。

「奶奶！」我心裡堵得慌，俯伏在甕口邊上，一股難聞的老人味沖上來。我聲音沙啞地說：「奶奶啊，你怎麼能這樣呢？聽話，我抱你出來吧——」

「小八你可回來了。奶奶怕等不到你——」奶奶大甕中像母親肚裡的胎盤，艱難的抬頭看我。奶奶一甕白髮。殊不知奶奶是怎樣把自己裝進甕去的？

「本來我早走了，奶奶心有不甘，一定要見到你小八才會心死，……知道你這兩天會到家的。奶奶托你一件事，不要把我拽出甕去，不要盛棺材，不要辦喪事做道場。這兒好，像娘肚皮轉世的蹲著。見到小八我心也死了，好死——了。」說完瞌然長辭。

我搶天呼地的喊：「**二哥在哪裡——**」

後記

奶奶活了一百三十歲，經歷目睹了無數個朝代。她像政治廣場的那株內朽外茂的大樟樹。雖頑強活了一百三十年，但還是死了。奶奶同樣是空手來到世上，她像和尚結跏趺坐在大肚甕中，帶著許許多多該有和不該有的生存事故圓寂了。

桃花與春天再一次相逢。二哥種的一山桃花，曾經盛極一時，至今蟲也沒人除，肥也沒人施，花也沒人來看了。花朵萎靡，老樹流出像果凍一樣的漿汁。一家人曾經為吃，成天罵聲不斷，而二哥辛辛苦苦賺錢蓋起的新樓房，像燕子歸去留下一個空殼……不朽鋼門窗滿是塵網。豔陽照耀著蕭條零落的桃花……山上響起叮叮噹當的風鈴聲，恍如彌散的梵鐘。又起風了。

菩提桃樹黃郎栽，
流觴依然舊曲水。
傷心不登桃花亭。
低喚黃郎幾時回？——

……

方主席他獨自一人反著手邊吟邊走從桃花亭上下來。

2017年05月01日

國家圖書館出版品預行編目資料

二哥在哪裡 / 駱一浪著
-- 初版-- 臺北市：博客思出版事業網：2017.10
面； 公分
ISBN：978-986-94508-8-1(平裝)

857.7 106007429

現代文學 42

二哥在哪裡

作　　者：駱一浪
編　　輯：高雅婷
美　　編：高雅婷
封面設計：塗宇樵
出 版 者：博客思出版事業網
發　　行：博客思出版事業網
地　　址：台北市中正區重慶南路1段121號8樓之14
電　　話：(02)2331-1675或(02)2331-1691
傳　　真：(02)2382-6225
E—MAIL：books5w@gmail.comc或books5w@yahoo.com.tw
網路書店：http://bookstv.com.tw/　http://store.pchome.com.tw/yesbooks/
三民書局
博客來網路書店 http://www.books.com.tw
總 經 銷：聯合發行股份有限公司
電　　話：(02) 2917-8022　傳 真：(02) 2915-7212
劃撥戶名：蘭臺出版社　帳號：18995335
香港代理：香港聯合零售有限公司
地　　址：香港新界大蒲汀麗路36號中華商務印刷大樓
C&C Building, 36,Ting, Lai, Road, Tai,Po, New,Territories
電　　話：(852)2150-2100　傳真：(852)2356-0735
總 經 銷：廈門外圖集團有限公司
地　　址：廈門市湖里區悅華路8號4樓
電　　話：86-592-2230177　傳 真：86-592-5365089
出版日期：2017年10月 初版
定　　價：新臺幣380元整（平裝）
ISBN：978-986-94508-8-1